KB009863

최악

북스토리 재팬 클래식 플러스 011

최악

오쿠다 히데오

양윤옥 옮김

북스토리

1

요즘 들이 월요일 아침은 으레 납품일이었다. 가와타니 신지로는 6시에 일어나서 아침 준비를 시작했다. 아내 하루에가 차려준 아침밥을 먹고 건강을 위해 자신이 직접 고안해낸 운동기구에 1분간 매달리면 당장 변의(便意)가 생기는지라 화장실에 들어가 볼일을 보고 일찌감치 자택 옆 작업장으로 향했다. 두 아이들은 그때까지 자고 있었다.

주문이 들어온 부품은 그 전날까지 작업을 마쳐두었다. 즉 주말에도 근무한 것이다. 월요일 납품이라고 깜빡 마음이 해이해져서 금요일 작업을 대충대충 넘어가 버렸기 때문이라는 것은 신지로 스스로도 잘 알고 있었다. 금요일 안으로 납품해야 하는 일이었다면 좀 더 바짝 몰아붙여 일을 마치고 주말을 편히 보낼 수 있었을 것이다.

신지로는 손때 묻은 미니 지게차를 운전해서 부품이 들어 있는 바구니를, 똑같은 꼬락서니로 고물이 다 된 2톤 트럭에 옮겨 실었다. 이번 부품은 너트를 박아 넣은 레인포스로, 자동차 뒷좌석을 고정해주는 부분이었다. 이것을 오전 8시까지는 납품해야 했다.

납품 일시까지 세세하게 지정하게 된 건 도요타에서 '저스트 인 타임 방식'이라는 것을 고안해냈기 때문이었다. 필요한 물품을 필요할 때 필요한 만큼만 납품하게 한다는 것이다. 공장에 재고를 쌓아두지 않겠다는 이 기막힌 아이디어는 창고관리의 번잡스러움과 경비를 현저히 줄인다는 점에서 눈 깜짝할 사이에 제조업 전체로 퍼져 나갔다. '기막힌 아이디어'라는 건 물론 원청업체에게만 기막히게 좋다는 뜻이다. 고속도로 휴게소에 주차한 트럭들의 대부분은 쉬기 위해 서 있는 게 아니었다. 공장에서 지정해준 시간에 맞추기 위해 거기서 시간을 조정하고 있는 것이었다. 일찌감치 도착해봤자 공장에서 받아주지도 않고 그렇다고 늦었다가는 두말할 것도 없이 클레임이 들어왔다. 요즘에는 중간급 하청업체까지 그걸 그대로 따라 해서, 그 밑에 딸린 하청업체에게 똑같은 요구를 해왔다.

신지로는 부품을 다 옮겨 싣자 짐칸에 포장을 씌웠다. 그날은 아침부터 비가 내렸다. 타이어 홈을 손가락으로 훑어보다가 진즉에 수명이 끝났다는 게 잠깐 생각나기는 했지만, 뭐, 괜찮겠지, 라고 혼잣말을 하며 운전대에 올라탔다.

키를 돌리자 스타터가 날카로운 소리를 내고 이어서 디젤 엔진이 부르릉거리며 돌기 시작했다. 충분히 예열을 하고 싶지만 이른 아침부터 이렇게 요란한 엔진 소리는 이웃에 폐가 될 터라서 가벼운 노킹을 해가며 50미터쯤 앞 큰길까지 나가 그곳 갓길에서 엔진을 데웠다. 예전에는 이곳 '가와타니 철공소' 근처라면 온통 동업자 아니면 논밭뿐이어서 누구 눈치 볼 것 없이 큰 소리를 낼 수 있었다. 하지만 논밭은 어느새 주택가로 변하고 열 군데가 넘던 영세 공장들도 반으로 줄어들어, 새로 들어온 주민들과의 관계에 신경을 쓰지 않을 수 없었다. 골목을 사이에 두고 공장 바로 앞쪽에 지은 지 얼마 안 되는 번쩍거리는 7층 맨션이 서 있었다.

자판기에서 뽑은, 유난히 캔만 뜨거운 커피로 손바닥을 녹여가며 천천히 마시고는 기어를 저단에 넣었다. 납품처인 '기타자와 제작소'까지 약 20킬로미터. 이 시간대라면 30분만 달리면 도착할 것이다. 기타자와 제작소는 종업원 300명의 중간 규모 공장으로, 일류 자동차 메이커의 부품을 하청해서 제작하고 있고, 스스로도 많은 관련 하청업체를 떠안고 있었다. 동업자의 소개로 가와타니 철공소는 몇 년 전부터 그중 하나로 들어갔다. 간선도로에 들어선 참에 라디오 볼륨을 높여 교통정보를 들었다. 아직은 특별한 사고 뉴스는 없었다. 늘 다니던 길이라

별문제는 없을 것이다.

비 때문에 시야가 좋지 않아 평소보다 조심스럽게 운전했다. 대형 트럭이 옆 차선을 내달릴 때마다 물이 요란하게 튀어 앞 유리가 일순 물탱크처럼 젖었다. 와이퍼가 열심히 움직였지만 깨끗하게 닦이지는 않았다. 분명 와이퍼 블레이드도 수명이 다 된 모양이었다.

환상 8호선을 통해 제3게이힌 도로로 들어가 흐름을 타고 나자 가슴팍 호주머니에서 담배를 한 대 꺼내 불을 붙였다. 한 차례 금연을 했었는데, 너무 쉽게 끊을 수 있어서 언제라도 끊을 수 있겠다는 안도감에 다시 피우게 되었다. 피우는 대수가 줄어들었기 때문에 그다지 신경은 쓰이지 않았다. 자영업자에게 가장 걱정스러운 건 자신의 건강이지만 노상 걱정만 해봤자 별수도 없었다.

게이힌 가와사키 인터체인지로 내려서서 5분쯤 달려 '기타자와 제작소'에 도착했다. 초등학교 운동장만큼이나 큰 공장이었다. 그런데도 메이커 회사의 2차 하청업체라니, 역시 제조업 피라미드는 높기만 하다. 아마도 신지로가 업무 문제로 직접 자동차 메이커 측 사람을 만날 일은 평생 없을 것이다. 공장 부지로 들어서자 창고 앞에 트럭을 세워놓고, 포장을 벗겨 바로 가까이에 있는 지게차에 옮겨 실었다. 노상 들락거리는 공장인지라 일일이 양해를 구할 필요는 없었다. 자동차 키는 늘 꽂아둔 채로 두었다. 명패가 걸린 자리에 부품을 내려놓고 그게 끝나면 전표를 들고 사무동으로 가면 되었다.

"안녕하십니까?"

힘찬 신지로의 목소리가 아직 사람이 뜸한 사무소 안에 퍼졌다.

"아, 가와타니 씨, 수고 많으시네요." 낯익은 여직원이 의자에 앉은 채 뒤를 돌아보며 꾸벅 고개를 숙였다. "간다 씨는 아직 출근 안 하셨어요."

간다 씨는 외주 담당자로, 물품을 점검하고 도장을 찍어주는 사람이었다.

"응, 괜찮아요, 비도 오고 하니."

신지로는 벽 쪽 선반으로 걸어가 '가와타니 철공소 귀하'라는 명패가 걸린 서랍을 열고 그 안에서 새 도면과 주문서를 꺼내 대충 훑어보았다. 이만한 규모의 공장에서는 대부분 일의 발주가 시스템화되어 있었다. 담당자가 없더라도 알아볼 수 있게 모든 거래가 서류로 이뤄지는 것이다. 도면에 세로로 된 마감 기호가 있으면, 바로 그 부분을 가공해달라는 표시였다. 주문서에는 수량, 기일, 금액이 컴퓨터로 인쇄되어 있어서 거기에 맞추어 필요한 부품을 반출하는 절차다. 직접 건네는 게 아니라서 그런지, 아니면 컴퓨터 글자 인쇄 때문에 그런지 이 방식을 취한 뒤부터 금액이나 기일이 빡빡하게 나오는 일이 많아졌다. 직접 마주 보고는 말하기 어려운 요구라도 서류로는 하기 쉽기 때문일 것이다.

이어서 신지로는 스프링이 삐걱거리는 소파에 앉아 테이블에 놓인 스포츠 신문을 펼쳤다. 여직원이 차를 내주어서 공손히 인사하고 마셨다. 한참 읽은 다음에야 어제 신문이라는 것을 알았지만, 그것 말고는 딱히 할 일도 없어서 평소에는 별 관심도 없던 연예 섹션을 들여다보고 있었다.

"어, 가와타니 씨. 수고가 많네." 올려다보니 간다가 웃는 얼굴로 서 있었다. "자이언츠, 또 졌더라고. 아무리 개막전이라지만 참 너무하는구먼."

"누가 아니랍니까? 마쓰이는 괜찮은데 기요하라가 좀 그렇더라고요."

신지로가 팔자 눈썹에 한층 더 각도를 붙이며 쓴웃음을 지었다. 단골 거래처 담당자와 공통된 화제가 있다는 건 고마운 일이었다. 간다가 마침 자이언츠 팬이라서 첫 대면부터 얘기가 술술 풀릴 때는 여간 마음이 놓이는 게 아니었다.

"참내, 그러고도 3억 몇천만 엔씩 연봉을 받다니. 텔레비전에서 그러는데, 한 타석에 70만 엔이라나 뭐라나. 정말 웃기지도 않아."

"우리야 한 개에 몇 엔, 몇십 전 하는 세계인데 말이에요. 하하하."

행여 우는소리로 들리지 않도록 신지로는 애써 밝게 웃었다.
이번 납품은 한 개당 가공비가 5엔 30전. 300개가 1로트인데
모두 10로트를 인수했다. 그것을 약 7시간에 걸쳐 만들어냈다.
시급으로 따지면 어떻게 되나. 하지만 정확하게는 운송에 드는
경비며 수고도 쳐야 하기 때문에 아예 계산해볼 마음도 나지
않았다.

"용병도 별로야."

"정말이에요. 그쪽도 억대로 돈이 들어갈걸요?"

"그러니 젊은 치들만 딱하다니까."

"정말 그래요."

"자, 도장 찍어드려야지."

신지로가 의아한 눈빛으로 얼굴을 쳐다보자 간다는 "응, 여
기 오기 전에 창고에 들렀다 왔거든"이라고 앞질러 말하고는
책상 서랍에서 도장을 꺼냈다.

"발주서 봤지? 다음은 30로트인데 괜찮겠어?"

"예?" 신지로는 당황하여 다시 서류를 보았다. 평소대로 10
로트인 줄 알았더니 서류에는 정말 30로트라고 적혀 있었다.
"아차, 정말이네. 이만한 분량이면 월요일까지는 아무래도 어
렵겠는데요?"

"흐음……." 간다가 신음을 내뱉었다.

신지로는 어깨까지 흔들며 웃는 것으로, 방금 그 말은 항의

라기보다 그저 해본 농담이라는 뜻을 내비쳤다. 여기서 못 한다고 해봤자 다른 공장으로 일감이 넘어가는 것뿐이라서 이럴 때 뒤로 물러설 자영업자는 없었다.

"정 어려우면 10로트는 월요일에 보내주고 나머지는 그 다음 날이라도 괜찮긴 한데 그게⋯⋯, 실은 우리 쪽 예상량이라서 말이야."

하청 제조업계에서는 때로는 원청회사에서 내려올 주문을 미리 예상해서 부품을 더 만들어두는 일이 있었다. 이른바 '저스트 인 타임 방식'에 맞추기 위한 고육지책이었다. 어디까지나 예상량이기 때문에 만들어뒀다가 손해가 날 수도 있었다. 물론 거기에 대해 원청회사에서는 일체 책임을 지지 않았다.

"뭐, 별일 있겠어요? 우리 공장에서 할게요. 운반으로 두 번 왔다 갔다 하느니 아예 한번에 해버리지요."

"아, 그래? 미안하네, 항상."

정말로 미안하다는 듯 간다가 머리를 긁적였다.

간다는 거래처 사람들 중에서는 가장 사람 좋은 담당자였다. 현장이나 원청회사에서 무리한 요구를 받고 그 스트레스를 아래쪽에 퍼붓는 사람도 많은데, 그나마 간다는 휘하의 하청업체를 잘 챙겨주는 편이었다. 때문에 이제껏 목소리가 거칠어진 일은 한 번도 없었다.

"아, 그리고 이거."

간다가 서랍에서 수표를 꺼내 신지로에게 내밀었다. 월말은 수금일이기도 했다.

"번번이 고마워요."

신지로가 장난삼아 스모 선수가 상금을 받아드는 몸짓을 흉내 내며 받아들었다.

"요즘 어때, 가와타니 씨, 돈 좀 벌려?"

"에구, 설마요. 죽을 지경입니다."

"터릿 펀치 프레스 들여놓으면 좋잖아. 가와타니 씨는 너무 신중해서 탈이라니까."

'터릿 펀치 프레스'라는 건 철판에 모양을 찍어내는 대형 기계였다. 간다는 요즘 들어 신지로에게 설비투자를 권하고 있었다.

"그야 돈 대주는 데만 있으면 들여놔도 괜찮지만, 우리처럼 영세한 공장은 은행에서 상대도 안 해줘요."

"그런가? 저 철도 맞은편에 있는 거." 간다가 턱으로 가리켰다. "거기 갈매기은행에라도 가서 상담해보면 되잖아, 기왕 거래도 있으니."

"무슨 말씀을, 그쪽은 천하의 시중은행인데요?"

"시중은행이면 안 돼?"

"당연하죠. 간다 씨는 모르시겠지만, 우리처럼 작은 공장에는 절대로 돈 안 빌려줘요."

"흐음, 그런가?"

"그렇다니까요. 큰 회사에 근무하시니 그런 걸 모르지요."

"큰 회사는 무슨, 우리도 원청회사 한 마디에 목숨이 오락가락하는데."

업무 시작종이 울릴 때까지 신지로는 간다와 그렇게 세상 돌아가는 이야기를 나누었다.

신지로는 짐칸이 텅 빈 트럭을 몰고 기타자와 제작소를 뒤로했다. 무사히 납품을 마친 뒤의 작은 성취감을 음미하며 이번에는 재료 조달 거래처로 향했다. 거기서 엘리베이터용 부품을 받는 것이다. 의뢰받은 일은 나사에 구멍 뚫기. 가공비는 개당 7엔 50전이었다. 빗발이 조금 강해져서 미등을 켜고 조심스럽게 트럭을 몰았다.

신지로가 가와타니 철공소를 창업한 지 그새 18년이 된다. 순풍에 돛 단 듯이 늘 술술 풀린 건 아니지만 참 잘도 견뎌왔다고 스스로 칭찬하고 싶은 기분이기는 했다. 아마 그건 부지런한 신지로의 성품 덕분이기도 할 것이다.

작은아버지가 철공소를 해보지 않겠느냐는 이야기를 해온 건 도쿄 교외 문구점의 둘째 아들로 성장한 신지로가 스물여덟 살 때였다. 아라카와 구에서 소규모 공장을 운영하던 작은아버지는 후계자가 없어서 사업을 접게 되었는데, 그 설비를 몇 군데 거래처까지 함께 붙여 싼값에 넘겨주겠다는 것이었다. 당시 신지로는 자동차 정비 공장에서 일하고 있었고, 이미 아내와 아이 하나를 거느린 가장이었다.

월급이 생각만큼 오르지 않아 내심 불만이었던 신지로는 이 제안을 받아들여 한동안 작은아버지의 철공소에 다니며 일을 배우기로 했다. 자영업자의 불안정한 생활을 누구보다 절실히 겪어본 어머니는 반대했지만 아버지는 한번 해보라고 격려해주었다. 아버지가 연대보증인이 되어 국민금융공고에서 개업 자금을 얻는 절차도 챙겨주었다.

1년여의 수업을 마치고 신지로는 독립했다. 운 좋게 도쿄 서부에 살림집과 공장이 함께 있는 물건이 얻어걸려서 마침내 간판을 올린 것이다. 주위에 동업자가 많아 그게 무엇보다 든든했다. 2층짜리 살림집과 180제곱미터의 널찍하고 지붕 높은 작업장. 임대료는 양쪽을 합해서 20만 엔이었다. 망설일 것도 없이 곧바로 계약하고 작은아버지 공장에서 용접기며 나사 구멍을 제작하는 터핑 공작기, 소형 프레스기를 실어왔다. 트럭은 큰맘 먹고 새 차를 구입했고 짐칸 옆구리에 회사 이름도 넣었다. 서른 살을 앞두고 자신의 공장을 마련한 신지로는 참으로 뿌듯한 마음이었다. 아들 노부아키가 두 살, 딸 미카는 아직 아내의 배 속에 있을 때였다.

처음에는 작은아버지 공장에서 일하던 나이 많은 아저씨와 둘이서 용접 주문을 중심으로 일했다. 일한 만큼 돈이 들어온다는 건 역시 기분 좋은 일이었다. 아무리 잔업이 많고 휴일까지 일을 해도 수입이 늘어나는 것을 생각하면 전혀 고생스럽지 않았다. 오히려 신지로는 일에 푹 빠져 지냈다. 언젠가는 꼭 집을 짓겠다는 꿈도 부풀었다. 딸을 낳고 나서는 아내도 공장 일을 거들고 나섰다. 기계를 조작하는 정도의 작업이면 여자도 할 수 있었고, 전화 받기나 장부 정리에 아내는 없어서는 안 될 소중한 일손이었다.

당시, 업계의 전체적인 경기는 결코 좋지 않았다. 그 몇 년 전에 1달러가 200엔 아래로 떨어진 뒤부터 여기저기 메이커마다 수출을 중지했고 그 여파로 도산하는 하청업체가 뒤를 이었다. 하지만 그건 수많은 종업원들을 데리고 있고 설비투자액도 컸던 대기업 쪽 이야기고, 애초에 불면 날아갈 듯한 신지로의 공장은 어떤 소소한 일감이라도 받았기 때문에 도리어 여기저기서 요긴하게 써주었다. 중요한 건 소소하더라도 거래처를 되도록 많이 만들어서 주문이 특정 기업에 치우치지 않게 하는 것이었다. 신지로는 어디까지나 영세 공장의 규정을 지켜온 셈이었다.

그럭저럭하는 사이에 거품경제가 다가왔다. 맨 처음 호경기를 예감한 건 그때까지 전혀 인연도 없던 한 이벤트 회사가 간판 제작을 의뢰해왔을 때였다. 무대에서 사용할 거라는 복잡한 모양의 간판을 겨우겨우 마감해서 납품했더니, 엄청난 금액이 계좌에 입금되어 있었다. "원래 견적대로 만드는 건 도저히 어렵다"고 중간에 우는소리를 좀 했더니 대금이 당장 두 배가 되었던 것이다. 그 회사는 갑작스레 단골 거래처 넘버 쓰리가 되었다. 그쪽 주문에 따라 원숭이 곡예단의 무대 세트까지 만들어주었다.

뒤를 이어 나타난 것은 부동산 업자였다. 공장을 다른 곳으로 옮길 마음이 없느냐고 은근슬쩍 운을 떼서 일순 얼굴이 새파래졌더니만, 이주비 조로 2천5백만 엔을 주겠다고 하는 바람에 이번에는 머릿속이 하얘졌다. 스이도바시 쪽의 10평짜리 인쇄소는 퇴거비가 3천만 엔이라는 이야기가 동업자들 사이에 급속히 퍼졌었다.

수주되는 일거리의 로트가 짧은 간격으로 부쩍부쩍 늘어나기 시작했다. 마치 여우에게 홀린 듯한 기분으로 바쁘게 돌아가고 있는 판에 주위의 동업자들이 술렁거렸다. "가와타니, 제발 우리 일 좀 도와줘!" "무슨 소리야? 우리도 일손이 딸려 죽겠는데." 서로 어쩔 줄 몰라 하면서도 얼굴은 싱글벙글 웃고 있었다. 신문에서는 자동차와 가전제품 등이 날개 돋친 듯 팔린다고 매일처럼 보도했다. 신시보가 난생처음으로 경험해본 호경기였다. 모두 기세등등해서 저절로 배짱도 두둑해졌다. 처음으로 외국인 노동자도 종업원으로 고용해봤다. 상공조합 친구와 하와이니 대만이니 여행에도 나섰다.

부동산 업자는 은행을 뒤에 달고 뻔질나게 찾아왔다. 어느새 이주비는 6천만 엔까지 올라가고, 은행에서는 얼마든지 융자를 해줄 테니 토지를 사라고 했다. 하지만 신지로에게 가장 절실한 것은 일손이었다. 공장을 세우고 설비를 늘려봤자 3D 직장이라며 모두가 피하는 동네 영세 공장에 그렇게 금세 일할 사람이 채워질 것 같지 않았다. 신지로는 결단을 뒤로 미룬 채 하루하루 밀려드는 일에 쫓겨 정신없이 시간을 보냈다. 어쩌면 배짱이 없었는지도 모른다. 새로 수천만 엔의 빚을 떠안는다는 게 낯선 배의 키를 떠맡는 것처럼 자신에게는 너무 버거운 일로 생각되었다.

그렇게 우물거리며 시간을 끌었던 게 신지로에게는 천만다행이었다. 부동산 업자의 얼굴이 안 보인다 싶더니 이벤트 회사는 부도가 났고, 일상적인 일거리까지 급작스럽게 줄어든 참에 신문이니 텔레비전에서 '거품 붕괴'라는 단어가 춤을 추었다. 기껏 5년 동안의 거품경기였다.

업계 전체가 완전히 나락으로 떨어지는 듯한 느낌이었다. 거래처마다 냉랭한 기운이 감돌고 은행은 모르는 척 손바닥을 뒤집어버렸다. 동료들끼리 만나기만 하면 도산한 동업자 얘기를 수군거렸다. 공격적으로 나갔던 사람일수록 더 비참해서 설비투자를 거창하게 했던 가까운 프레스 공장은 어이없이 도산해버렸다. 핏기가 싹 가신 사장 얼굴은 딱해서 차마 마주 볼 수가 없었다. 담보 가치가 떨어졌으니 어서 돈을 갚으라는 식으로 나오는 은행의 태도에는 남의 일이지만 정말 분통이 터졌다. 국민금융공고나 보증협회에서 마구잡이로 닦달하는 꼴에도 깜짝 놀랐다. 도산한 경영자들은 공적인 융자기관이라는 곳이 중소기업 편은 절대로 들어주지 않는 것에 분노를 삭이지 못하는 모습이었다. 신지로는 어땠는가. 저금은 좀 늘었지만 부도수표를 몇 장 떠안은 데다 월 매상도 반으로 줄어들어 결국은 원점이었다.

시간이 남아돌았다. 너무 남아돌아서 파키스탄 종업원이 딱해 하며 공장을 그만뒀다. 사흘씩이나 전화 한 통 오지 않아서 거래처가 우리를 완전히 잊어버렸나 하는 고독감에 시달렸다.

엔고(円高)마저 쐐기를 박고 들어왔다. 1차 하청업체 중에는 메이커 업체에서 30퍼센트나 비용을 낮추라는 요구가 들어온 곳도 있었다. 당연히 그 여파가 2차 하청업체에 밀려왔다. 동료들을 만나도 좋은 이야기라고는 하나도 들을 수 없었다.

그즈음 한 차례 호흡곤란에 빠진 일이 있었다. 밤에 잠을 못 자고 뒤척거리는데, 돌연 숨이 쉬어지지 않아 신선한 공기를 찾아 잠옷 바람으로 바깥으로 뛰쳐나갔다. 딱 한 번뿐, 그 뒤로 재발하는 일은 없었지만 그때 아내의 당황한 얼굴은 신지로의 눈에 낙인처럼 남아 있다. 익숙지 않은 영업활동이 스트레스가 되었나 보다고 혼자 짐작만 하고 넘어갔다. 앞날이 막연하다는 공포감은 원래 자영업자의 숙명이라지만 신지로는 마음이 어둡기만 했다.

2년 남짓 힘겨운 경영이 이어지다가 엔고가 한고비를 넘기면서 가와타니 철공소도 아주 조금이지만 형편이 나아졌다. 영업에 힘을 쓴 보람이 있어서 자판기 메이커 업체에서 같은 계열사로 붙여준 것이다. 음료나 물, 담배는 경기와 그다지 관계가 없었다. 정신적으로도 조금 편안해졌다. 계기는 실로 사소한 일이었다. 임대계약을 갱신할 때, 잔뜩 올라 있던 임대료를 부동산 회사 쪽에서 먼저 거품경기 이전으로 내려준 것이다. 기껏해야 몇만 엔 차이였지만, 신지로는 부동산 업자도 그리 나쁘지만은 않구나 하고 마음이 흐뭇해져서 세상을 조금은 다시 보게 되었다.

시중은행과의 거래도 열렸다. 하긴 이건 단골 거래처인 기타자와 제작소에서 들어온, 거절할 수 없는 부탁 때문이었다. 그 지역 담당 은행원이 자신의 할당량을 채우기 위해 기타자와 제작소의 하청업체를 소개받아 반강제로 계좌개설을 요구했던 것이다. 거기에 5백만 엔짜리 정기예금을 들어둔 게 신지로에게는 보물단지가 되었다. 신용금고의 예금까지 합하면 18년 동안 저축한 돈이 합계 8백만 엔 정도였다. 형편이 어려울 때, 여차하면 그 돈이 큰 힘이 되어줄 거라고 혼자 힘을 내보곤 했다.

그 뒤로도 여전히 경기는 침체된 채였지만 가와타니 철공소는 그럭저럭 무사히 굴러갔다. 양이 많은 일감이 해외로 옮겨 가거나 모회사에서 엄격한 코스트다운 요구가 들어오기는 했지만, 그저 착실히 한 푼 두 푼 벌어들이는 게 장땡이라고 마음을 다독거리면 그럭저럭 공장을 유지하는 건 가능했다.

자영업은 어떤 면에서는 달관하지 않으면 안 되는 구석이 있었다. 신지로가 최근 18년 동안에 배운 것이라면 남에게 많은 것을 기대하지 말아야 한다는 것이었다. 기대가 깨진 것쯤에 일일이 낙담을 했다가는 도저히 몸이 견디지를 못한다. 그런 자세는 종업원에 대해서도 그대로 적용되어서 신지로는 웬만한 일에는 화를 내시 않았다. 자기 혼자 꾹 참아서 끝날 일이라면 자기 선에서 끝내버리자고 마음먹었다.

현재 종업원은 돈벌이를 위해 일본까지 찾아온 태국인 코비와 스무 살 마쓰무라, 두 사람이었다. 코비는 자기 나라에 아내와 자식이 있고, 두 정거장 떨어진 곳에 태국인 동료들과 공동으로 아파트를 빌려서 살았다. 괴상한 일본말을 부끄러워하지도 않고 조잘조잘 말을 많이 해서 이웃에 사는 아이들이 재미있어했다. 인재파견 회사에서 알선해준 연수생 명목의 외국인 노동자인데 첫해에는 다달이 9만8천 엔을 브로커에게 내주는 형식이었다. 코비가 그쪽에서 받는 돈은 믿을 수 없게도 2만5천 엔이었다. 마쓰무라는 자기 집에서 출퇴근을 하지만 극도로 내성적인 성격인지 거의 입을 여는 일이 없었다. 신지로의 아들 노부아키와 동갑이라서 더 그런지도 모른다고 혼자 짐작만 하고 있었다. 노부아키는 대체 어떤 유전자를 이어받았는지 국립외국어대학에 다녔다. 그리고 마쓰무라는 그런 노부아키와는 아마도 전혀 다른 청춘을 보내고 있을 터였다.

아들인 노부아키는 가와타니 철공소를 이어받을 마음이 전혀 없었다. 신지로도 바라지 않았다. 그걸 생각할 때마다 어머니가 자영업을 반대했던 게 떠올라 혼자 쓴웃음을 지었다.

조달처를 거쳐 공장에 돌아온 신지로는 트럭에서 짐을 내리자마자 당장 다음 작업에 들어갈 준비를 했다. 코비와 마쓰무라는 지난주부터 해오던 자판기 부품 스폿용접을 하고 있었다.

"사짱님, 어서 오세요."

코비가 스스럼없이 웃으며 맞이하고 마쓰무라는 입을 꾹 다문 채 슬쩍 고개를 숙였다. 조립식 자재로 껍데기만 대충 씌운 사무실에서 하루에가 침울한 얼굴로 나왔다.

"저기, 여보."

"응, 무슨 일 있어?"

"저 앞 맨션에 사는 오타 씨 부인 생각나?" 하루에가 턱으로 맞은편 맨션을 가리키며 말했다.

"응, 그 화려한 안경 쓴 부인?" 신지로의 얼굴이 흐려졌다. "또 뭐라고 잔소리해?"

"일요일에는 소음을 내지 않기로 약속했지 않느냐고 하던 데……."

"나는 그런 약속 안 했어."

아무래도 어제 작업 소음에 대해 잔소리를 해온 모양이었다.

"그렇지? 약속 안 했지?" 하루에가 입술을 삐죽 내밀었다.

"그래서, 뭐래?"

"앞으로 좀 조심해달래."

"그건 안 되지. 이번 주말에도 작업해야 하는데. 기타자와 제작소에서 일감이 30로트나 들어왔어."

"그럼 당신이 말해."

"그래, 다음에 또 잔소리하면 내가 얘기할게."

신지로는 작업장 구석에서 자기 손으로 직접 차를 타 약간 미지근한 것을 선 채로 마셨다.

그러잖아도 기계 소음에는 상당히 신경을 쓰는 편이었다. 부근에 주택이 들어서기 시작할 때쯤부터 누가 뭐라고 하기도 전에 방음재를 벽에 넣었다. 그 비용만도 수십만 엔은 족히 들었다. 소음 문제는 동네 공장의 공통된 고민거리였다. 이웃한 야마구치 차체(車體) 사장은 "자기들이 나중에 들어온 주제에 웃기고 있어"라며 분개했지만, 신지로는 그렇게까지 강하게 나갈 마음은 없었다. 이 동네로 이사 온 초기에 이웃의 야간 소음에 질릴 대로 질린 경험도 있는 것이다.

신지로는 스스로에게 기합을 넣듯이 기지개를 쑥 켜고 디핑 공작기 앞에 앉았다. 맡아온 부품에 이 소형 기계로 나사 홈을 파는 것이다. 오른편에는 가공해야 할 부품을 쌓아놓고 왼편에는 다 된 것을 집어넣는 철제 바구니를 놓았다. 문고본 책 크기의 합금판을 작업대에 세팅하고 구멍 위치를 정확히 맞춘 순간에 오른발로 페달을 밟는다. 날카로운 금속음과 함께 용접봉이 내려와 구멍 안쪽에 홈을 새겼다. 그것으로 나사 구멍은 완성이었다. 왼손으로 바구니에 던져넣으면서 동시에 오른손으로는 부품을 집어 들었다.

신지로는 이 작업을 시간당 500개쯤의 속도로 하나하나 마무리해나갔다.

2

비 오는 날과 월요일은 우울했다.

집 현관을 나서는 길에 후지사키 미도리는 유난히 어두운 아
침 하늘을 원망스럽게 올려다보며, 역까지 자전거로 갈까 아니
면 걸어서 갈까 망설였다. 이슬비라면 우산을 받쳐 들고 자전
거를 타도 괜찮지만 빗발이 강하고 바람까지 불면 그게 좀 힘
들었다. 오늘 아침은 마침 그 중간쯤이라 어떻게 할까 망설여
졌다. 평소보다 5분 일찍 준비하고 나섰으니 걸어가도 전철을
놓칠 걱정은 없었지만, 구두가 젖을 일을 생각하면 역시 조금
머뭇거려졌다. 하긴 자전거를 타고 가면 더 심하게 젖을 테니
이 고민은 그저 시간 낭비다. 힘들게 걸어가고 조금만 젖을까,
아니면 좀 편하게 가는 대신 더 많이 젖을까, 별로 마음에 들지
않는 두 가지 선택이 있을 뿐이었다.

어휴, 버스 정류장도 없는 곳에 집장사가 얼른 뚝딱 지어놓은 집을 사들일 건 뭐야.

아버지, 어머니에게 엉뚱한 화풀이를 하다가 문득 주차장에 눈을 던진 미도리는 자전거가 없다는 것을 깨닫고 눈을 질끈 감았다.

또 여동생이다. 여동생이 간밤에 제멋대로 자전거를 타고 나갔고 게다가 외박까지 한 것이다.

정말로 비 오는 날과 월요일은……. 문짝을 발로 밀치면서 미도리는 크게 한숨을 내쉬었다. 옛날 외국 팝송에 그런 노래가 있었던 것 같다. 이런 날에는 아직 이십 대인데도 더 이상 젊지 않다고 투덜거리며 모든 것을 내던지고 싶어진다는 노래. 그 노래를 부른 여가수는 거식증을 앓다가 죽었다는데, 어쩐지 그 심정을 알 것 같은 마음이 들었다. 이런 종류의 감수성은 이따금 파도처럼 밀려들어와 온 세상 여자들을 우울하게 만들어버리는 법이다. 눅눅한 습기 때문에 머리 모양이 제대로 잡히지 않는다. 그 정도 일로 죽고 싶다고 하는 건 물론 과장이겠지만 아침 식사로 나온 요구르트에게 "너 같은 건 안 먹을 거얏!" 하고 욕을 퍼부을 만큼은 기분이 엉망이 된다.

게다가 월말까지 겹치면 미도리의 주초는 최악이다. 비 오는 날에, 월요일에, 월말이라니……. 마치 별자리 점에서도, 손금에서도, 성명학에서도 죄다 버림받은 듯한 기분이었다.

'결근해버릴까?'

골목길을 걸어가다 저만치 앞에 온통 물이 고인 웅덩이를 발견한 순간, 미도리의 마음속에 유혹이 솟구쳤다.

지금 돌아서면 아직 조금은 온기가 남아 있는 이불이 나를 기다릴 텐데.

다만 그 이불 속에 기어들기까지 어머니라는 난관이 있다는 것을 생각하면 발이 멈춰지지 않았다.

"월요일부터 쉬다니, 그건 게으름 피우는 거야."

미도리는 초등학생 때부터 그런 말을 귀가 닳도록 들어왔다.

게다가 월말은 누구라도 쉬어버리고 싶은 날인지라 더더욱 쉬기가 어려웠다. 감기를 핑계로 결근하는 건 테레사 수녀라도 믿어주지 않을 터였다. 지난번에 결근했을 때는, 그 다음 날 성질 못된 과장에게 "진단서는?"이라는 퉁명스러운 잔소리를 듣는 바람에 적잖이 굴욕감을 맛보았다. 은행의 월말은 어느 누구라도 도망치고 싶은 전쟁터인 것이다.

원래 월말의 은행은 어째 분위기부터 불온하기 짝이 없다. 몇 개 안 되는 소파를 확보한 행운의 고객과 그것을 놓치고 서 있어야 하는 압도적 다수의 고객이 부루퉁한 얼굴로 카운터 너머에 줄줄이 늘어선 모습은 웬만한 시민단체 항의단 못지않은 모양새다. 공공요금 납부를 웃는 얼굴로 기분 좋게 해주십사 하는 건 애초에 먹히지도 않을 소리지만, 그래도 이건 좀 어떻게 안 되나 하고 미도리는 생각했다. 하긴 간단한 일이었다. 부루퉁한 고객을 마주할 때마다 "자동입출금기를 이용해주시면 고객님도 저도 해피하겠는데요"라고 쏘아붙이고 싶은 것을 미도리는 꾹꾹 눌러 참았다.

계좌를 개설하거나 할 때, 세금이나 공공요금은 자동이체로 해달라고 권하기도 하지만, 창구직원으로서 고객에게 그런 말을 하는 건 거의 자살행위나 마찬가지였다. 귀찮다는 마음을 품고 있으면 아무리 웃음을 찍어 발라가며 감춰봤자 순식간에 고객에게 전해진다. 그래서 고객도 못마땅한 표정으로 마주 쏘아보면 말하기도 괴롭고, 열 명에 한 명쯤은 "그게 당신들 하는 일이잖아?"라며 씹고 들어온다. 고객이라는 족속은 왕처럼 모셔주지 않으면 벌컥 화를 내며 달려드는 것이다.

며칠 전에도 유난히 얼굴이 큼직한 뚱뚱한 아주머니 하나가 마구 신경질을 부렸다. 각종 공공요금의 납부고지서에 합계 금액을 써넣지 않아서 미도리가 "다음부터는 합계 금액을 기재해주세요"라고 했더니 당장 얼굴색이 홱 변했던 것이다.

"어머, 어차피 그쪽에서 계산할 거잖아요?" 말투에 잔뜩 가시가 돋쳐 있었다.

억지로라도 이쪽에서 웃는 얼굴을 만들며 물러서 주면 좋았을 것이다.

그렇건만 미도리는 일이 흘러가는 과정상 대답을 하고 말았다.

"네, 하지만 저희 쪽에서 하는 건 어디까지나 검산이거든요."

그만한 일에 분통을 터뜨리는 인간은 대체 어떤 생물일까, 하고 이따금 미도리는 생각한다. 성선설도 성악설도 아니고, 성불쾌설을 주장하고 싶어지는 순간이다.

"뭐야, 이 아가씨가 고객한테?"

그다음은 정해진 코스를 더듬었다. 당신 같은 어린애하고는 이야기가 안 되니 당장 윗사람을 부르라고 고객이 소리를 지른다. 그러면 우선 과장대리가 손을 비벼가며 등장한다. 그래도 가라앉지 않을 때는 응접실로 모셔 들이고 과장이 뛰어나온다. 대개의 고객은 이쯤에서 분노가 진정되어 캠페인 상품을 선물로 받아들고 돌아가는데, 개중에는 좀 더 윗사람을 불러오라고 씩씩거리는 고객도 있었다. 화통을 터뜨린 자기 자신 때문에 점점 더 흥분하는 타입이다.

얼굴이 큼직한 그 아줌마도 그런 타입이었는지 허리 주변의 살집을 출렁출렁 흔들어가며 "저 아가씨를 이 자리로 당장 불러서 고개 숙여 사과하게 해요"라고 했다. 아무리 그래도 합계 금액을 기재해달라고 한 정도로 사과까지 요구하는 건 어렵겠다고 생각했는지 "고객을 향해서 볼펜을 내던졌다니까요!"라는 새로운 혐의까지 덧붙였다.

"저, 그런 짓 안 했어요."

"아니, 그러니까 던질 마음은 없었겠지만 손에서 깜박 떨어뜨렸다든가 그럴 수도 있고 말이지……."

물론 과장대리는 그게 고객의 애먼 소리라는 것을 잘 알고 있었다.

"아뇨, 그런 일도 없었어요. 애초에 볼펜 같은 건 건네지도 않았는데요. 합계 금액은 제가 써넣었어요."

"저런, 그건 좀 문제지. 금액란은 반드시 고객님이 기재하게 해야지. 내가 늘 말했잖아."

미도리는 그만 입을 다물었다. 반성했기 때문이 아니라 문득 지겨워졌기 때문이었다.

"아무튼 응접실에 와서 사과 좀 해줄래?"

"아뇨, 그러니까요……."

"알아, 알아. 자네가 잘못한 게 없다는 건 나도 알지. 하지만 상대는 고객이잖아. 그냥 한 마디만 죄송했다고 고개를 숙이면 그쪽에서도 그 이상 아무 말 안 할 거야."

과장대리는 땀을 뻘뻘 흘리고 있었다.

"……."

"부탁이야. 그러면 다 끝난다니까."

결국 그 얼굴 큼직한 아줌마는 미도리가 깨끗이 사과를 했더니 염치도 없이 더욱더 부루퉁한 얼굴로 물러갔다. 분명 그 아줌마는 자신이 불쾌했던 이유를 다시 생각해보지도 않을 것이다. 자기혐오에 빠질 만한 성격이라면 그렇게 살이 찔 리가 없다.

"후지사키, 잠깐 휴게실에서 쉬어요. 아, 20분만. 20분 뒤에는 다시 창구로 나와야 해, 응? 자자, 기분 풀고."

미도리는 아직까지는 그나마 직속상사를 잘 만난 편이었다. 최근에 맨션을 구입한 기다 과장대리는 부하직원에게 세심하게 마음을 써주는 사람이었다. 그의 책상 서랍에는 늘 한방 위장약이 들어 있었다. 도저히 존경할 수 없는 사람은 그 위의 다마이 과장으로, 여자 은행원들 사이에서는 간신배 '딸랑이'로 통했다. 집에 가면 처자식을 거느린 어엿한 가장인 남자 은행원들을 실적이 나쁘다고 한 시간씩 벌을 세우고 때로는 바닥에 무릎까지 꿇려놓다니, 대체 정신이 어떻게 된 사람인지 모르겠다고 미도리와 다른 은행원들은 생각했다. 그런 때는 꾸지람을 듣는 남자 행원이 너무 딱해서 차마 얼굴을 마주 볼 수가 없었다. 자신이 남자라면 저놈을 언젠가 반드시 죽여버리겠다고 생각할 것이다. 아니면 은행원이라는 남자들은 그런 굴욕감에 이미 마비가 된 것일까.

"휴우."

가까스로 도착한 전철역 플랫폼에서 불쾌해 보이는 수많은 등판을 바라보며 미도리는 오늘 들어 두 번째 한숨을 내쉬었다. 우산에 묻은 빗방울을 가만가만, 그래도 꼼꼼하게 털어내고 잠금 끈을 채웠다. 문득 옆에 선 중년 남자의 손을 보니 젖은 우산을 접지도 않고 축 내려뜨리고 있었다. 되도록 그 사람 쪽에는 가까이 가지 말자고 생각했다. 차 안에서 저런 우산이 내 몸에 닿았다가는 오늘이라는 날이 점점 더 싫어질 것이다.

아무튼 비 오는 날과 월요일은 진짜 싫다. 출근길에 미도리는 대개 공상에 빠져 있었다. 머릿속에서 가수가 되기도 하고 쟁쟁한 커리어우먼이 되기도 하고 연애 이야기를 만들어보기도 하고. 그러면 따분한 시간을 잠시 잊을 수 있었다. 전철이 터미널 역에 도착해 미도리는 접시에 쏟아지는 시리얼처럼 차량 밖으로 토해져 나왔다. 누군가 등을 떠미는 통에 앞으로 고꾸라질 뻔해서 뒤를 돌아보니 기름 낀 중년 남자가 눈도 맞추지 않고 빠른 걸음으로 옆을 스쳐 갔다. 떠밀린 것쯤으로 화가 나지는 않았지만 중년 남자에게 몸이 닿으면 왠지 영 손해를 본 듯한 기분이 들었다.

갈아타는 플랫폼에 섰다. 다가온 전철은 "나는 정말 쇳덩어리로 만들어졌어요"라는 듯 클래식한 형태였다. 그 둔해빠지고 낡아빠진 차량에 구색을 갖추듯이 이쪽에서는 승객의 질이 확 바뀌었다. 연선에 공장들이 많다 보니 대부분 그곳 종업원들이 차지하는 것이다. 공장의 가동 시작 시간은 은행원의 출근 시간과 기가 막힐 만큼 겹쳤다. 넥타이도 매지 않고 가방도 들지 않은 이 남자들은 거리낌 없이 젊은 여자들을 힐끔거렸다. 적어도 자신의 눈에는 그렇게만 보였기 때문에 미도리는 그런 시선과 되도록 마주치지 않게 늘 눈을 아래로 내리깔고 있었다. 쌀쌀맞게 보인다 해도 상관없었다. 나를 좀 알아줬으면 싶은 남자는 이 차량에는 단 한 사람도 없었다.

본선만큼 혼잡하지는 않지만 그래도 누구와도 몸이 닿지 않고 갈 수는 없었다. 좁은 상자 안에서 눅눅한 기운이 점점 팽창되는 게 느껴졌다. 전철이 흔들리고 남자의 등 때문에 앞머리가 눌리는 바람에 누구에게랄 것도 없이 저절로 얼굴이 찌푸려졌다. 내가 생각해도 정말 따분한 나날이다, 하고 미도리는 생각했다.

부모가 권하는 대로 들어간 은행에 그다지 불만은 없었지만 적어도 자신이 하고 싶은 일은 아니었다. 하긴, 그럼 무슨 일을 하고 싶으냐고 묻는다면 우물쭈물 대답도 못 하겠지만.

늘 이용하는 출입구 옆의 작은 창에 허리를 숙이듯이 얼굴을 들이밀고 미도리는 "안녕하세요?"라고 말했다. 철 격자가 달린 유리 건너편에서 굵은 목에 레지멘털 넥타이를 맨 남자 은행원이 어색한 미소를 지으며 문의 열림 버튼을 눌러주었다. 두툼한 철제문을 열고 안으로 들어가 다시 한 번 아침 인사를 건넸다. 이와이라는 이름의 이 행원은 조금 더듬거리며 마주 인사를 해왔다. 원래부터 걸핏하면 얼굴이 빨개지곤 했지만 요즘 더 심해진 듯한 느낌이 들었다. 이와이는 미도리의 얼굴을 똑바로 보려고 하지 않았다.

이 은행은 경비원이 영 미덥지 않은지 출근 점검을 은행원이 직접 맡아서 했다. 업무 시작 전의 점검 당번을 일반 남자 행원으로 로테이션해서 건물에 들어서는 사람을 엄중하게 체크하는 것이다. 하긴 단골 거래처 담당의 이 젊은 행원은 이달 중순쯤부터 거의 날마다 당번을 서고 있었다. 예금 책임량에 크게 못 미치자 성질 사나운 지점장이 "도무지 쓸데가 없는 놈"이라고 다들 보는 앞에서 욕을 하고는 벌주는 식으로 한 달간 점검 당번을 명했던 것이다. 옆에서 보기에 명백한 왕따였지만, 왠지 은행 내에서 아무도 그를 동정하지 않았다. "그 바보"라고 하는 여자 은행원도 있었다. 미도리도 딱하다는 마음은 들었지만 반쯤은 어쩔 수 없다고 생각하고 있었다.

유니폼으로 갈아입기 위해 2층 탈의실로 올라갔다. 이미 몇몇 여자 은행원들이 와 있어서 미도리는 한 사람 한 사람과 인사를 나누었다.

"안녕?"

"안녕하세요?"

월요일 아침은 다들 어쩐지 목소리가 침울하게 가라앉아 있다. 동기이자 융자과 창구를 맡고 있는 유코가 로커 거울에서 앞머리에 스프레이를 뿌리고 있었다.

"어제 뭐했어?" 유코가 거울을 향한 채 미도리에게 물었다.

"쇼핑."

"누구랑?"

"근처에 사는 옛날 친구하고."

유코가 무엇을 샀느냐고 꼬치꼬치 물어서 미도리는 착실하게 대답해주었다.

"아, 그거 와키자카 씨 결혼식에 입고 가려고 샀구나?"

유코가 이번에 사내 결혼을 하는 선배의 이름을 댔다.

"아니, 나는 후리소데● 입고 갈 건데, 뭐."

"후리소데? 아, 나도 그걸로 할까? 돈도 없고."

유코가 세운 앞머리를 손가락으로 정리하다 그 겨를에 처음으로 미도리를 보았다. 아무래도 오늘의 헤어스타일이 마음에 든 모양이었다.

옷을 갈아입은 순서대로 1층에 내려가 각자 상사에게 인사를 했다. 기다 과장대리는 상냥하게 가벼운 농담으로 응하고, 별명이 '딸랑이'인 다마이 과장은 경제신문을 펼쳐든 채 "으흠"이라고 무거운 소리로 대꾸했다. 늘 그 꼴이었다. 딸랑이가 고개를 숙이는 건 자기보다 직위가 높은 차장과 부지점장과 지점장뿐이었다. 여자 행원들은 서로 분담해서 책상 위를 걸레로 닦고 남자 행원들에게 차를 끓여 냈다.

● 주로 미혼 여성이 입는 화려한 예복.

8시 반이 되면 전원이 로비에 줄을 서서 아침 일과인 라디오 체조를 시작했다.

언젠가 디자인 회사에 근무하는 친구에게 아침마다 체조를 한다는 이야기를 했더니 배를 잡고 웃어댔다. 그때는 마침 백화점에 근무하는 다른 친구가 있어서 "우리도 하는데?"라고 거들어줘서 다수결로 이길 수 있었다. 다른 회사가 업무 시작을 어떻게 하는지 미도리는 알지 못했다. 미도리의 은행에서는 그다음으로 "어서 오십시오!" "잘 알겠습니다!" "고맙습니다!"라는 합창을 한 끝에 지점장의 훈시를 들었다.

"에—, 최근 들어 '설마 그 회사가'라고 생각했던 거래처가 도산하는 일이 많아졌어요. 따라서 담당자는 A급 고객이라고 해서 마음을 놓지 말고 다시 한 번 철저히 체크해야 할 것이고……."

대개는 전달 사항이었지만 지점장이 이따금 신경질을 내는 일이 있었다. 1년 전에 부임해온 이 아저씨는 남을 얕잡아보기를 좋아하는 데다 힘겨운 과제를 던져주고 은근히 즐기는 버릇이 있었다. 오늘 아침도 그랬다.

"그런데 말이야……." 지점장은 이번 분기의 실적이 별로 좋지 않다는 것을 누누이 늘어놓더니, 마지막으로 방금 생각난 것처럼 "이번 주는 예금 두 건, 융자 한 건씩 반드시 따오도록 해"라고 내뱉었다. "알겠나, 자네들? 은행 안에서 어슬렁거리는 놈은 은행원이라고 할 수 없어. 돈 물어오는 놈은 항상 밖으로 도는 법이야. 신규 개척을 못 하고서야……." 갑자기 중간부터 야쿠자 같은 말투로 바뀌었다.

전임자가 온화한 사람이었기 때문에 이 지점장이 처음 부임해왔을 때는 다들 몹시 놀랐었다. 지점장이 비닐 시트로 포장한 1억 엔 뭉치를 발로 냅다 걷어차며 거치적거린다고 툴툴거렸을 때, 미도리는 저도 모르게 그 얼굴을 빤히 쳐다보고 말았다. 가난한 사람을 엄청 싫어하고 소액 손님은 아예 무시했다. 도심에서 한참 떨어진 변두리 공장지대의 지점으로 밀려난 게 진심으로 지겨운 모양이었다. 갈매기은행 기타카와사키 지점은 지점 중에서도 한참 격이 떨어지는 곳이라고 여겼다. 지점장은 잔소리를 할 때 이외에는 과장 이하와는 말도 섞지 않았다.

조회 뒤에는 각 과로 나뉘어 미팅이 있었다. 하지만 창구 업무를 담당하는 영업과에 날마다 무슨 특별한 변화가 있을 리 없었다. 딸랑이가 부루퉁한 얼굴로 주의 사항을 늘어놓았고 뒤를 이어 기다 과장대리가 휴식 시간을 배정했다.

오전 9시에 셔터가 열리고 전원이 일어서서 "어서 오십시오!"라고 한목소리로 인사를 건넸다. 말일이라서 은행 안은 금세 사람으로 가득 찼다. 고객이 줄줄이 번호표를 뽑아가고 디지털 번호판은 순식간에 두 자리 숫자를 가리켰다.

자동입출금기 앞에도 사람들이 줄을 섰다. 하지만 이 세상에는 기계라면 우선 무서워하는 사람들이 있는지라 담당이 아무리 설명을 해줘도 막무가내로 창구를 선택한다. 나이 든 사람들은 특히 더 그랬다.

뒤쪽을 지나가던 유코가 미도리의 옆구리를 쿡 찔렀다. 퍼뜩 고개를 들자 노신사가 소파 한쪽에서 로비에 비치해둔 신문을 읽고 있었다. 눈이 마주쳐서 미도리가 살짝 인사를 했다. 노신사는 얼굴이 헤벌쭉 풀어지며 일부러 자리에서 일어나 허리 숙여 인사를 건네왔다. 유코가 눈빛으로 '어휴, 이 바쁜 날에'라고 투덜거리고 있었다.

시바타라는 이 노인은 매일같이 은행에 찾아왔다. 오늘은 전기요금 납부, 내일은 가스요금 납부 이런 식으로 일일이 창구에 와서 돈을 내는 것이다. 한번은 보다 못한 기다 과장대리가 노인을 불러 자동이체를 권했는데, 당장 부지점장이 달려 나와 과장대리를 뒤로 끌고 갔다. 시바타 노인은 이 동네의 대지주로 기타카와사키 지점에 상당한 예금이 있었던 것이다. 게다가 한차례 변액보험으로 크게 손해까지 끼친 터라 은행으로서는 고개를 들 처지가 못 된다는 것이었다. 그리고 약간 치매기가 있다는 소문이 돌았다. 심할 때는 9시부터 3시까지 로비에 죽치고 앉아 이 사람 저 사람에게 말을 붙였다. 깜빡 그 말 상대를 해주었다가는 계속 붙잡혀서 전쟁 때 이야기를 한없이 들어야 한다고 했다. 그나마 늘 단정한 양복 차림으로 와주는 게 은행 측으로서는 천만다행이었다. 가족들은 아예 포기를 한 건지 아니면 마침맞은 소일거리가 생겼다고 좋아하는 건지 아무도 따라와서 말리는 기미가 없었다.

뒤쪽에서는 책상마다 단골 고객 담당자와 융자과 행원들이 가방을 안고 나갔다. "다녀오겠습니다!" "안녕히 다녀오세요!" 작은 목소리가 미도리의 등에 와 닿았다. 모든 부서가 같은 층에 뭉쳐 있는 한 층짜리 영업점이라 부서 간의 격차는 별로 없었다. 그 대신 프라이버시도 없어서, 어디의 누가 실수를 했는지 굳이 귀를 세울 것도 없이 훤히 알았다.

"이봐, 냉큼 고객한테 다녀오라고!"

이와이가 나지막한 소리로 꾸지람을 듣고 있었다. 살빛이 하얗고 퉁퉁한 사내가 어두운 얼굴로 고개를 끄덕이는 모습이 눈에 선히 떠올랐다.

미도리는 솜씨 좋게 창구 업무를 해치웠다. 전자계산기로 검산을 하고 서류에 도장을 찍고 고객 앞의 수납 접시에 얹어나간다. 고객을 대할 때는 미소를 잃지 않았다. 이상하게도 아무리 기분이 좋지 않을 때라도 억지웃음이 만들어졌다.

기계 합성음이 번호를 알린 순간, 시바타 노인이 미도리 앞으로 걸어왔다.

납부고지서를 보니 오늘은 수도요금이었다.

"오늘은 비가 좀 많이 왔지, 후지사키 씨?"

시바타 씨는 아직 시력은 상당히 좋은지 은행원의 명찰을 재빨리 알아보고 늘 이름을 불렀다. 미도리는 '최소한 5일, 10일, 월말만이라도 피해주면 좀 좋아?'라고 생각했지만, 물론 그런 말은 입 밖에 뻥긋도 하지 않았다.

"그렇군요. 빗길에 고생하셨지요?"

반응이 돌아온 것에 시바타 씨는 좋아하며 다시금 말을 붙여 왔다.

"이번 비 때문에 벚꽃 핀 것도 별 볼 일 없겠어."

"그러네요."

"꽃구경은 가는가?"

"네에, 이번 금요일에 저희 지점 야유회가 있어요."

"그래? 그거 좋겠네."

시바타는 점점 기분이 좋아져서 고개를 주억거렸다.

지폐와 동전을 헤아리고 접시에 거스름돈을 얹어 내밀자 시바타는 "잔돈은 필요 없어"라며 되밀었다. "아가씨가 넣어둬."

"아뇨, 그건 곤란한데요."

"아냐, 그걸로 커피라도 마셔."

시바타 씨는 영수증만 집어 들더니 만면에 웃음을 띠었다. 미도리가 당황하여 뒤에 도움을 청하자, 모르는 척하며 주의를 기울이고 있었는지 기다 과장대리가 곧바로 달려왔다.

"시바타 씨, 정 그러시면 이 돈은 예금으로 넣어드리겠습니다."

평소에는 별말 없이 예금으로 넣어주곤 했는데, 오늘은 점내에 고객이 많아서 괜한 오해를 사지 않도록 과장대리가 일부러 사람들에게 들리는 소리로 말했다.

"아니, 나는 이 아가씨한테 줬는데?"

"네, 잘 알겠습니다. 저희 은행에서 맡아두지요."

이 상황을 주위에 어필하기 위해 과장대리는 적잖이 오버하며 난처한 웃음을 흩뿌렸다. 시바타는 그래도 물고 늘어져서 과장대리와 두서없는 대화를 되풀이했다. 로비 안에 작은 실소가 터진 뒤에야 과장대리의 눈짓을 받은 미도리가 인사말을 건넸고, 그것으로 일단 정리가 되었다. 물론 그 잔돈은 예금으로 돌려져 나중에 가족에게 보고가 들어갔다. 단골 고객 담당자에 의하면 시바타 씨의 가족에게서는 미안하다는 말 한 마디 없다고 한다.

시바타 노인이 다시 소파로 돌아가 이번에는 화보잡지를 펼쳤을 즈음, 미도리는 손 옆의 버튼을 눌렀다.

"13번 손님!"이라는 합성음이 울리고, 학생인 듯한 남자가 임대료를 납부하러 왔다. 16만 엔이라는 큰 금액을 보며 얼마나 호화스러운 곳에 사는 걸까 하고 생각했지만 그런 감정을 얼굴에 드러내는 일은 없었다.

미도리의 경험에 의하면 창구 업무는 오전이 길게 느껴지고 오후는 시간이 빨리 지나갔다. 하긴 말일에는 그것도 들어맞지 않았다. 그저 눈이 핑핑 돌아갈 듯 바쁜 시간이 오후 3시까지, 그리고 숫자를 맞추기 위해 그 이후까지 계속 이어질 뿐이었다.

비 때문에 고무창 구두를 신은 고객이 걸을 때마다 삐익 삑 하는 귀에 거슬리는 소리가 로비 바닥에 울려 퍼졌다.

미도리의 비 오는 월요일은 이제 막 시작되었을 뿐이었다.

3

비 오는 월요일이 왠지 모르게 마음이 편안해지는 건, 반쯤은 현장에서 일하던 시절의 흔적이었다. 열일곱 살 나이에 아이치 현 동쪽 변두리에서 먹고 자며 토목공사 일을 하던 무렵, 노무라 가즈야는 일요일 밤이면 조립식 창고방 벽에 등을 기대고 라디오 일기예보에 귀를 기울이며 내일은 비가 와주기를 작은 소리로 빌곤 했다. 비가 오면 현장 작업은 중지되고 생각지도 않던 휴일이 굴러드는 것이다. 일당은 날아가고 늦어진 일정만큼 잔업이 늘어날 수밖에 없지만, 그걸 알면서도 주초의 비는 작업원들 얼굴에서 긴장을 풀어주곤 했다.

그리고 마음이 편해지는 이유의 나머지 반절은 요즘 가즈야가 제대로 된 직업이 없기 때문이었다. 월요일 아침, 사회 전체가 부스스 움직이기 시작하는 가운데 하늘까지 그것을 격려하듯 환하게 맑으면 갈 곳 없는 사람에게는 여간 따분한 일이 아니었다. 양심에 꺼림칙함을 느낄 만큼 부드러운 신경의 소유자는 아니지만 소외감쯤은 남들만큼 느꼈다. 그러나 비가 오면 그것이 완화되었다. 벌써 1년 가까이 일을 하지 않았다. 마지막으로 가졌던 직업이 요코하마의 게임센터 상주 점원 일이었다. 마음에 들지 않는 선배를 두들겨 패주고 관뒀다. 나중에 떼로 달려들어 뭇매를 얻어맞긴 했지만.

가즈야는 눅눅한 이불 속에서 윗몸만 일으켜 커튼을 슬쩍 쳐들고 창밖을 보았다. 회색 하늘은 밋밋하게 표정이 없고 수많은 빗방울이 맞은편 집 지붕에서 사이다 거품처럼 통통 튀고 있었다. 발로 이불을 걷어내고 두 다리를 이불 위에 올렸다. 이 방의 커튼은 손으로 꼽을 정도밖에 걷어본 일이 없었다. 이불을 말린 일은 한 번도 없었다. 원래 이 방의 붙박이장에 들어 있던 거라서 대체 몇 년 묵은 이불인지조차 모른다. 올 연말에 철거하기로 정해져 있어서 쉽게 입주할 수 있었던 철근 아파트였다. 보증금은커녕 보증인도 필요 없었다. 좁아터진 주제에 그럴듯한 한 칸짜리 목욕탕이 딸려 있는 게 마음에 들었다.

다시 한 번 몸을 틀고 손만 뻗어서 방바닥에 내던져져 있던 루이비통 지갑을 끌어당겼다. 안을 들여다보니 만 엔짜리 지폐 한 장과 천 엔짜리 세 장이 있었다. 요즘 매일 들락거리는 파친코 가게에 가기에는 좀 아슬아슬한 돈이었다.

뭘 할까나.

천장을 멀거니 바라보며 항상 걸고 다니는 금목걸이를 주물럭거리면서 궁리를 했다.

가장 손쉬운 건 번화가에서 학생을 상대로 공갈을 치는 것이지만, 수확은 별로 좋지 않았다. 나이프를 슬쩍 내보이면 벌벌 떨면서 갖고 있던 돈을 탈탈 털어주기는 하는데 대개는 몇천 엔에 지나지 않았다. 샐러리맨을 노려도 괜찮지만 액수가 높아지는 만큼 100퍼센트 경찰에 신고를 하기 때문에 위험부담이 상당히 컸다.

그다음에는 톨루엔 한 되들이 통을 훔쳐볼 궁리를 했다. 사람을 사이에 끼워 야쿠자에게 부탁하면 4만 엔에 받아주는 것이다. 석 달 전, 파친코 가게에서 사귄 친구와 하네다의 판금도장 회사에 몰래 들어가 열 통쯤 슬쩍해온 일이 있어서 보관 장소는 알고 있었다. 슬슬 경계를 풀었을 즈음일 것이다. 하긴 이일은 밤이 될 때까지 기다려야 하고 그전에 어디서든 자동차부터 조달해야 한다. 지금 필요한 건 오늘 쓸 돈이었다.

가즈야는 30분쯤 두서없는 생각을 굴리다 결국은 일단 파친코 가게에나 가보기로 했다. 소음이 필요했다. 귓속에서 원반이 날고 있었다. 원반이 나는 것을 본 적은 없지만 아마 이런 소리가 날 것이다. 사흘만 조용한 곳에 있으면 아마 가즈야는 미쳐버릴 것이다.

일어나서 옷을 갈아입었다. 위아래 똑같이 캘빈클라인의 하얀 트레이닝복으로 맞춰 입고 그 위에 용(龍) 자수 점퍼를 걸쳤다. 오른쪽 호주머니만 축 처진 건 그곳에 항상 버터플라이 나이프를 찔러 넣고 다니기 때문이었다. 하지만 항상 위험한 짓거리만 생각하는 건 아니었다. 그저 들고 다니다 보니 그게 버릇이 되었다. 없으면 도리어 뭔가 허전한 느낌이 들었다. 부엌의 거울을 보며 머리에 살짝 물을 묻혔다. 두 손에 무스 거품을 내서 앞머리에 볼륨이 생기도록 손질했다. 아파트를 나와 큰길까지 물웅덩이를 피해 걸어나가서 택시를 잡아탔다. 가와사키 역 앞까지 2천 엔이 나왔다. 시청 길가에서 내려 일단 지하도로 들어가 맥도날드에서 햄버거를 먹고 유난히 맹탕인 커피를 마셨다. 자판기에서 말보로 한 갑을 샀더니 남은 돈은 정확히 만 엔이 되었다.

지상으로 올라와 상점가를 잠시 걷다가 나란히 들어선 두 군데의 파친코 가게 앞에서 오늘은 어느 쪽으로 들어갈까 망설이다 어제 잘 터졌던 가게로 들어갔다. 어젯밤에 가게를 나오는 길에 언뜻 눈에 들어왔던 175번 기계에 왠지 끌리는 게 있었기 때문이다. 엘리베이터를 타고 2층 홀로 올라가 그쪽 기계로 향했다. 가게 안에는 귀에 익은 기계음이 가득했다. 오전이라 손님은 반도 차지 않았지만 사람들의 체취와 여자들의 화장품 냄새, 자욱한 담배 연기와 바닥의 왁스 냄새가 어지럽게 뒤섞인 독특한 냄새가 가즈야의 마음을 서서히 가라앉혀주었다. 세 번째 통로를 지나 눈독을 들이던 번호판을 찾아냈는데 그곳에 낯익은 선객이 있었다. 이름도 성도 모르지만 척 보기에도 물장사하는 차림의 노처녀였다. 딱 한 번 말을 나눈 적은 있었다. "안 나오네, 진짜." 가즈야가 무심코 혼잣말을 흘렸더니 뒤쪽 기계에서 "누가 아니래?"라는 여자 목소리가 들려와 서로 마주보며 웃은 적이 있었던 것이다.

비스듬히 뒤편으로 들어선 참에 그 자리에 서서 가볍게 혀를 찼더니 여자가 돌아보았다.

"어라, 오빠. 이 자리 찍었었어?"

여자는 물고 있던 담배를 포동포동한 손가락 사이에 끼우고 담배 연기와 함께 목쉰 소리를 토해냈다. 립스틱이 짙게 묻은 담배 필터가 눈에 들어왔다.

"어때요?" 가즈야는 그 말에는 대답하지 않고 기계 번호 곁에 깜빡이는 디지털 표시를 들여다보았다. 이곳에는 그날의 당첨 횟수가 나왔다. 아직 몇 차례뿐이었다.

"방금 시작했는데, 뭘." 여자는 묘하게 교태를 부리며 대답했다. 이이서 턱으로 홀을 가리키며 "월요일이니까 어제보다는 당첨 많이 나게 못을 좀 풀어주지 않을까아?" 하고 말꼬리를 길게 늘이며 말했다.

"말도 안 돼."

"그런가?"

"당연하죠. 월급날 직후에는 한참 동안 쪼이고 들어와요."

정말인지 어떤지는 모른다. 어디서 얻어들은 소리였다.

"오늘이 30일이었나? 정말 월급 때구나." 여자는 대화에 굶주린 사람처럼 몹시 친한 사이 같은 상냥함을 흩뿌리고는 잠시 틈을 두었다가 "오빠, 이 근처 사람?"이라며 가즈야의 얼굴을 정면으로 바라보았다. 기계 핸들은 100엔으로 고정되어 있어서 그사이에도 구슬은 판 안에서 구르고 있었다.

"뭐, 대충." 가즈야는 애매하게 대답하고서, 잠깐 망설이다 맞은편 기계의 빈 의자에 엉덩이를 슬쩍 얹었다.

"매일 오지?"

"……." 가즈야는 눈을 내리깔고 쓴웃음을 지었다.

"나도 그렇긴 하지만."

"정말 자주 눈에 띄던데요?"

"……오빠, 학생?"

그렇게 보일 리가 없을 텐데도 여자는 그렇게 물었다.

"응? 아니, 백수……. 누나는?"

"아, 나는 바로 저기, 헤이와 큰길에 '미츠코'라는 가게."

"누나가 미츠코 씨?"

"아냐, 미츠코는 마담 언니. 난 거기서 일해."

그렇게 말하면서 나이도 적지 않은 주제에 수줍은 듯이 슬쩍 몸을 꼬았다.

가즈야는 여자의 몸을 보았다. 넉넉한 사이즈의 트레이닝셔츠 위로도 풍성한 젖가슴이 충분히 상상이 되었다. 그 성적인 냄새에 문득 이 여자와 자고 있는 자신을 머릿속에 떠올렸다.

"작은 가게긴 하지만."

혹시 용돈 좀 쥐여주려나? 그런 것까지 생각했다. 스무 살의 가즈야에게 이 나이 또래의 여자들은 거리감이 있었다. 나이도 짐작이 가지 않았다. 자신처럼 젊지 않다는 것을 알아볼 뿐, 스물여덟이라고 하든 서른여덟이라고 하든 그냥 그런가 보다 할 터였다.

"괜찮으면 다음에 우리 가게에 자기 술병 하나 넣어줄래?" 여자가 말했다. 하지만 진심으로 권하는 게 아니라 인사차 해보는 소리라는 느낌이었다.

"응, 만 발쯤 터지면 가죠."

가즈야는 일어서서 크게 기지개를 켜며 "어디, 해볼까?" 하고 중얼거리고는 그 자리를 뒤로했다. 가슴이 은근히 두근거렸다. 타인과 나누는 대화는 파친코 가게에 들락거리는 것밖에 별로 할 일이 없는 가즈야에게는 일상의 자그마한 정감이었다.

홀의 구석 쪽 기계에서 3천 엔어치 프리페이드 카드를 사들고 잘 터질 만한 기계를 찾았다. 아직 해본 적이 없는 신형 기종을 둘러보고 다니려니 딱 한 대, '풍차 밑의 3연정(三連釘)'이라고 유도정(誘導釘)이 만만해 보이는 기계가 있어서 거기에 앉기로 했다. 3연정은 풍차 밑의 틈새와 바로 오른편 4연타와의 틈새를 메우듯이 쏘아 올려져 있고 게다가 유도정이 배꼽(배꼽이란 디지털을 시동하는 구멍을 말한다)을 향하고 있는 게 마음에 들었다. 카드를 기계에 꽂고 구슬 나오는 버튼을 누른 다음에 다이얼을 돌렸다. 온통 핑크빛의 화려한 벚꽃이 그려진 판 위를 구슬이 몇 발이나 튕기면서 타고 내려갔다. 화면에는 기모노를 입은 여자가 양산을 받쳐 들고 서 있었다. 새로 나온 기종은 취향을 이해하는 데 시간이 걸렸다. 파친코 잡지로 예습을 하고 오지 않으면 곧바로 구조를 알 수 없었다.

3천 엔은 눈 깜짝할 사이에 없어졌다. 가즈야는 가볍게 한숨을 내쉬었다. 찬찬히 들여다보니 제일 중요한 명정(命釘)은 좁고 배꼽도 다른 기계와 비교해 결코 넓지 않았다. '잘못 짚었나?'라고 생각하며 담배에 불을 붙였을 때, 점내 방송이 울려 퍼졌다. "175번 기계, 확률 변동 스타트, 축하합니다!" 조금 전 그 노처녀의 기뻐하는 얼굴이 눈에 선했다.

"어이, 형씨, 그 기계에서 좀 더 해봐."

굵은 목소리가 들려와서 뒤를 돌아보았다. 두 칸 건너 기계에서 사십 대쯤의 중년 남자가 앞을 바라본 채 계속 게임을 하고 있었다. 깍두기 머리의 이 남자도 낯익은 단골이었다. 가즈야가 대꾸 없이 있으려니 "어제, 서른한 번 터졌어"라고 남자가 턱짓을 하며 말했다. 어제 일요일에 이 기계가 서른한 번의 당첨을 냈다는 것이다.

"어제 그만큼 났으면 오늘은 안 되는 거 아녜요?"

"아냐, 당첨 데이터를 봤는데 지금 나오지 않는 건 그 반동 때문이야. 아마 그 기계는 토요일부터 최고 설정으로 들어갔을 테니까 조금만 더 버티면 나오게 되어 있어."

남자의 발치에는 달러 상자라고 불리는 대형 상자 세 개가 쌓여 있었다.

"……아저씨, 믿어봐?"

"책임은 못 지지만."

남자는 컴퓨터로 정보를 얻는 모양이었다. 파친코 가게의 홀 구석에는 각 기계의 당첨 상황을 볼 수 있는 디지털 화면 기계가 설치되어 있어서 회원이면 누구든 자유롭게 이용할 수 있었다. 가즈야는 컴퓨터라는 소리만 들어도 흠칫 겁이 나서 한 번도 만져본 적은 없었다. 아마 이 깍두기 아저씨는 반은 프로일 것이다.

가즈야는 다시금 3천 엔어치 카드를 사들고 남자가 말하는 대로 같은 기계에 집어넣었다. 판을 응시하며 꼭대기의 왼편에서 두 번째와 세 번째 사이를 노려 구슬의 흐름을 눈으로 좇았다. 그러자 맨 처음에 넣은 500엔으로 벌써 첫 당첨이 터졌다. 리치가 걸리자 화면 옆에서 소녀 캐릭터 만화가 나와 꽃 세 개

그림을 맞혔던 것이다. 판의 램프가 반짝이는 패턴이 바뀌었다. 전자음도 요란하게 울렸다.

"형씨, 내 말이 맞지?"

깍두기가 을러대듯이 웃었고 가즈야도 따라서 웃었다.

그 뒤에도 상황은 호조를 보였다. 4천 발이 든 달러 상자는 금세 구슬로 가득 차 가볍게 두 상자째로 옮겨갔다. 한 발당 환금률이 3.3엔이기 때문에 만 발만 나오면 수익은 플러스 3만이 된다. 하긴 그 정도로 만족할 마음은 없었다. 지난 주말에 5만 엔을 잃었다. 가즈야는 한참이나 기계에 집중했다. 삐뽀삐뽀 하는 전자음을 뒤집어쓰고 있으면 시간을 잊을 수 있었다.

오후 3시를 넘어 달러 상자가 네 개째로 늘어난 참에 일단 잠시 쉬기로 했다. 누가 정했는지, 언제부터인가 파친코 가게에는 '발밑에 세 상자, 손 밑에 한 상자' 이상은 놔두지 않는다는 규칙이 있었다. 사행심을 부채질할까 봐 그러는 모양이었다. 하긴 그런 규칙을 지키는 사람은 별로 없고 점포 쪽에서도 까다롭게 굴지 않았다.

일단 환금을 하기 위해 파친코 가게를 나왔다. 같은 아케이드 안에 양품점 일부를 판자로 둘러친 허름한 현금교환소로 갔더니 서너 명이 줄을 서 있는데 그 가운데 동갑내기 아는 놈이 있었다. 이름이 다카오라고 했다. 하지만 파친코 가게에서 말고는 한 번도 만난 일이 없었다.

"뭐야, 다카오? 어째 안 보인다 했더니 오늘은 '밀리언'에 갔었냐?"

가즈야가 나란히 이웃한 또 다른 파친코 가게 이름을 대며 물었다.

"응." 다카오는 심드렁한 기색으로 대꾸했다. 얼굴빛이 하얗고 비쩍 마른 데다 키가 큰 이 녀석은 간사이 지방 사투리를 썼다. 고향이 오카야마라는 말을 들은 적이 있었다. "넌 어뗘?"

"뭐, 그럭저럭. 이제 시작이야. 어제 잃은 만큼은 따야지."

"응, 지독했다, 어제는."

다카오는 먼저 환금을 마친 다음, 길가로 가 담배에 불을 붙였다. 오늘은 스트라이프 양복을 입고 있었다. 척 보기에도 완전한 야쿠자, 실제로도 그 비슷한 녀석이었다. '선배'라고 부르는 야쿠자가 휴대전화를 지급해줘서 무슨 일만 나면 그의 지시를 받곤 했다. 톨루엔 거래처를 소개해준 것도 다카오였다. "좀 있으면 잔(蓋) 받을 거야"라고 했었는데 어디까지가 참말인지는 알 수 없었다.

가즈야도 환금을 마치고 다카오 곁에 섰다.

"또 '밀리언'으로 갈래?"

"아니, 이거한테 갈 거야." 다카오가 새끼손가락을 세워 보이며 따분한 듯 말했다. "넌?"

"다시 들어가야지. 어제의 리턴매치라고 했잖아."

"웃기시네, 진짜."

"시끄러." 다시 파친코 가게로 돌아가는 진짜 이유를 털어놓을 마음은 없었다. 귓속에서 항상 원반이 날아다닌다는 이야기 따위, 들은 쪽에서도 난처할 터였다.

"아 참, 야!" 가즈야가 언뜻 생각이 나서 물었다. "슬슬 톨루엔 한 번 안 할래?"

"어, 좋지. 내가 선배 쪽에 알선해줄게."

"그게 아니라 이번에는 너하고 함께하자."

"지난번 파트너는 어쩌고?"

"내가 어찌 알겠냐? 요즘 통 못 봤어."

지난번에는 현역 폭주족과 팀을 짰었는데 그 뒤로 통 만나지 못했다. 파친코 친구라는 게 원래 한 번 보면 그걸로 끝나는 사이였다.

"흐음, 그려? 언제?"

"언제든 좋아. 오늘 밤이든 내일 밤이든. 하긴 그전에 차가 필요하긴 하지만."

"선배 차라면 빌릴 수 있을지도 모르는데."

"야, 좋은데!" 가즈야가 다카오를 툭 쳤다. "혹시 벤츠?"

"그래, S클래스. 중고다만." 다카오는 마지막 말은 작게 덧붙이고 쓸쓸하게 웃었다.

"그럼, 얘기 끝났네."

"너, 휴대전화 번호는?"

"그런 거 없어."

요즘 같은 때 휴대전화도 없다는 게 창피해서 괜히 퉁명스럽게 대꾸했다.

다카오는 가즈야의 뱃구레 쪽으로 시선을 옮기더니 뭔가 미심쩍다는 표정을 했다.

"그럼 이건 뭐여?"

그러면서 그냥 보기에도 길쭉한 물건이 들어 있음직한 가즈야의 점퍼 오른쪽 호주머니의 불룩한 부분을 움켜쥐었다.

"어라라." 다카오가 얼굴이 환해지면서 가즈야의 호주머니에 손을 찔러 넣었다. "이놈, 이거 꽤 위험한 놈이네, 엥?" 마지막 말은 그야말로 반갑다는 듯한 목소리였다.

"야, 꺼내지 마, 이런 데서." 가즈야는 당황하여 버터플라이 나이프를 다시 빼앗았다.

"찔러본 적 있어?" 다카오가 진지한 얼굴로 물었다.

"있어."

가즈야는 무뚝뚝하게 대꾸했다. 사실은 찔러본 일은 없고 공갈을 칠 때 저항하는 상대를 그어본 것뿐이지만 그래도 상처를 입힌 건 사실이었다.

"와우." 다카오는 다시 봤다는 듯 새삼 가즈야를 바라보았다. "뭐, 어쨌거나 이쪽 파친코 가게에 있을 거지? 차 빌리면 내가 찾아오마."

"응, 부탁한다."

다카오하고는 거기서 헤어졌다. 파친코 가게에 돌아가 로비에서 캔 커피 두 개를 사들고 2층으로 올라갔다. 깍두기를 찾아보니 두 칸 건너 기계에서는 사라지고 없었다. 홀을 한 바퀴 돌았지만 눈에 띄지 않았다. 어쩔 수 없어 여전히 175번 기계에 붙어 있는 노처녀에게 커피 캔을 내밀었다.

여자는 소녀처럼 좋아하더니 핸드백에서 가게 성냥을 꺼내 건네주고는 "꼭 와야 돼?"라고 다시 묘한 웃음을 흘렸다.

아까 라이터를 놓아두고 나갔던 기계에 다시 붙어 앉았다. 잠깐 쉬어서 흐름을 놓친 탓인지 디지털이 영 제대로 돌아가지 않았다. 천 엔 당첨의 회전수가 10여 차례로, 아까까지의 기세가 거짓말 같았다. 그쯤에서 게임을 그만두고 담배를 피워물었다. 입안이 담뱃진으로 텁텁했다. 벌써 말보로 한 갑이 다 떨어져 간다. 가게 안을 둘러보니 홀은 70퍼센트쯤 손님이 차 있었다. 이제 와서 새삼 다른 기계로 옮기는 것도 귀찮아 다시 붙어서 해보기로 했다. 아직 몇천 엔밖에 투자하지 않았기 때문에 마음은 편했다.

잠깐 쉬기 전에는 상황이 좋은 바람에 기분이 좋아 깨닫지 못했는데 찬찬히 들여다보니 천정(天釘)을 넘어 오른쪽으로 흘러간 구슬이 허탕이 되기 쉬울 것 같았다. 오른쪽 풍차에 얽힌 구슬은 좀체 배꼽으로 가지 않았다. 다이얼을 조정해서 천정의 첫 번째와 두 번째를 노리기로 했다. 그러면 구슬에 브레이크가 걸려 오른쪽으로는 흐르지 않는다.

한참 버티고 있으려니 점점 돌아가는 판세가 괜찮아졌다. 못이 변한 것도 아닌데 흐름에 물이 오르는 걸 보면 파친코는 정말 신기하다. 박아 넣은 구슬 수로 대충 계산하면 천 엔으로 27, 8회 정도는 디지털이 돌아올 것 같았다. 이렇게 되면 이번에 가진 구슬 2천 발 남짓으로 220에서 240회전은 기대해볼 수 있었다.

20분쯤 했을 때 대당첨이 터졌다. 게다가 확률 변동 넘버 '1' 세 개가 나란히 섰다. 이 확률 변동에는 연속 찬스로 돌려졌지만 달리 상자 수가 한 개 더 불어났다. 그것으로 마침내 이쪽 기계에만 죽치고 앉아 있기로 결심을 굳혔다. 이렇게 되면 그다음부터는 디지털 파친코가 아니면 볼 수 없는 물고 늘어지기 작전이다. 따분하기는 하지만 시간은 충분히 때워졌다.

누군가의 시선을 느끼고 돌아보니 통로 끝에서 노처녀가 가볍게 미소를 지었다. 입 움직임만으로 '먼저 갈게' 하고는 그대로 나갔다. 오후 5시. 이제부터 출근 준비를 하는 걸까. 호주머니를 뒤져 아까 건네받은 성냥을 보았다. 한번 가볼까 하는 마음이 들었다. 물론 가게 생긴 꼴을 보고 나서. 괜히 엉뚱한 자리에 끼어들어 망신을 당하고 싶지는 않았다.

밤이 되면서 디지털이 돌아가는 게 둔해졌다. 대당첨 1회분의 구슬을 집어넣어 봤자 200회밖에 돌지 않았다. 배가 고파 잠시 1층 로비에 내려가 자판기 햄버거 하나를 샀다. 둥근 테이블에 앉아 먹고 있는데 대학생으로 보이는 두 녀석이 다가와 맞은편에 앉았다. 한 놈은 만 엔짜리 돈을 헤아리고 있었다. 새로 들어온 기종에 대한 이야기인지, 그쪽 기계는 스트로크가 이러니저러니 하는 대화가 들렸다. 문득 저놈들에게서 돈을 좀 뜯어낼까 하는 생각을 했다. 척 보기에도 비쩍 말라서 싸움은 못할 것 같았다. 목에 나이프를 들이대면 단방에 끝날 것이다. 하지만 상상하는 것만으로 그쳤다. 이 녀석들을 상대로 공갈을 쳤다가는 당분간 이 가게 근처에는 얼씬도 못 하게 된다.

늘 그랬던 것처럼 결국 폐점할 때까지 죽치고 앉아 있었다. 야간부에서는 일진일퇴, 모두 계산해보니 4만 8천 엔 플러스였다. 어제의 패배를 거의 회복한 것이라서 가즈야는 만족스러웠다. 빈털터리가 되었다면 호주머니 속 나이프를 써먹을 터였다. 하긴 그걸 쓰지 않아서 다행이라고 할 것도 없었다. 이제는 협박으로 돈을 뺏는 일에 완전히 익숙해졌다. 흥분하는 일 없이 얼마든지 평온한 마음으로 해치울 수 있었다. 상대가 빌빌거릴수록 자신은 냉정해졌다.

다시 현금교환소에서 돈을 받아들고 잠시 거리를 돌아다녔다. 비가 이미 그쳐서 가즈야는 우산을 길가에 내버렸다. 어차피 어디선가 슬쩍 집어온 비닐우산이었다. 그러고는 사우나에 갔다. 이것도 일과였다. 아파트에서 물을 데워 목욕을 한 건 처음 한두 번뿐이고 그다음은 샤워만 했다. 카운터에서 3천 엔과 소비세를 내고, 트렁크 팬츠와 수건을 받아들고 옷을 갈아입었다. 사우나실은 그냥 넘어가고 우선 욕탕으로 들어갔다. 물속에 몸을 담그고 느긋하게 팔다리를 쭉 폈다. 이런 해방감을 한번 맛보면 아파트 작은 욕조에는 더 이상 못 들어간다. 가즈야는 코밑까지 뜨거운 물에 담그고 한참이나 땀을 뺐다.

욕탕에서 나와 머리를 감고 그 참에 수염도 밀었다. 하얀 트렁크 팬츠에 러브호텔에나 있을 법한 후줄근한 가운을 두르고 거실에서 땀이 식기를 기다렸다. 텔레비전에서는 해가 바뀌는 시기를 앞두고 벌써부터 입사식을 거행한 기업이 있다는 뉴스가 흘러나왔다. 감색 양복을 입은 동년배의 젊은이들이 얌전한 얼굴로 의자에 줄줄이 앉아 있었다. 등받이 의자에 앉아 한참이나 텔레비전을 보았다. 이대로 수면실에서 밤을 새울까 하는 생각이 문득 들었지만, 아침에 우울해질 게 뻔해서 관두기로 했다. 아침 시간에 다급하게 몸단장을 하고 떠나가는 손님들을 멀거니 쳐다보는 건 정말 기분이 나빴다.

12시 가까이 되어 사우나를 나왔다. 택시를 잡으려고 역 앞으로 가자 남녀 대학생들이 광장에 둥그렇게 서서 어깨를 걸고 노래를 하고 있었다. 교가 같은 건 아니지만 저희 학교의 응원 가 같은 노래인 모양이었다. 에이, 진짜 시끄럽게 구네, 하고 쳐 다보려니 금단추가 달린 재킷을 입은 한 남학생이 미니스커트 차림의 여학생을 번쩍 안아 들었고, 그 순간 한 옥타브 높은 환 성이 터졌다. 그 곁에서 친구들은 웃고 떠들고 난리법석이었다. 여학생을 안아 올린 녀석은 수줍어 어쩔 줄을 모르고, 주위 친 구들은 바래다주라느니 늑대는 되지 말라느니 하며 놀려댔다.

택시를 찾으며 잠시 길가에서 담배를 피우고 있는데 대학생 들이 해산하여 저마다 역 개찰구를 향해 걸어갔다. 가즈야의 배 속에서 무언가가 꿈틀 움직였다. 그 꿈틀거림은 위장을 뜨 겁게 달구고 서서히 트림으로 터져 나왔다. 귓속의 원반이 어 느새 편대가 되었다. '제기랄, 또야?'라고 생각했다. 귀울림이 머리 안쪽을 무궤도로 마구 뛰어다니는 통에 귀에 손가락을 들 이밀어 박박 긁고 싶은 충동에 휩싸였다. 이대로 돌아갈 수는 없다고 생각했다.

'불행의 분배'를 해줘야지.

가즈야는 적당한 차표를 사서 재킷 입은 녀석의 뒤에 바짝 붙어 개찰구를 빠져나갔다. 녀석은 친구 몇몇과 계단을 올라갔 다. 미니스커트 여학생이 없는 걸 보니 다른 방향으로 집에 간 모양이었다. 녀석은 시나가와 방면 전철에 올라탔고 가즈야는 그 뒤에 따라붙었다. 같은 차량의 한쪽에 진을 치고 녀석을 주의 깊게 바라보았다. 녀석은 두 손으로 천장에 매달린 손잡이를 잡고 친구와 담소를 나누며 이따금 어깨를 까불었다. 오이마치에 도착했을 때, 녀석이 친구에게 손을 흔들고 내렸다. 예상 밖으로 일찌감치 혼자가 되어서 가즈야는 가슴이 뛰었다. 녀석은 오이마치 선으로 갈아탔고, 가즈야도 뒤따라 올라탔다. 두 번째 역에서 녀석이 내렸다. 가즈야는 10미터쯤 거리를 두고 개찰구를 통과했다. 주위를 둘러보았다. 자정이 넘은 시간이었지만 역 주변에는 아직 행인들이 있었다. 녀석이 편의점에 들어가는 바람에 가즈야는 잠시 망설인 끝에 길에서 기다리기로 했다. 바로 앞에서 전화를 거는 척했다. 녀석은 5분쯤 선 채로 만화책을 뒤적이다 비닐봉지를 손에 들고 편의점을 나왔다. 감자칩 과자 봉지가 투명한 봉지 밖으로 훤히 보였다.

녀석은 역 앞 상점가를 빠져나와 주택가로 들어섰다. 수은등의 간격이 띄엄띄엄해서 녀석의 등이 밝아졌다 어두워졌다 했다. 바로 앞에 주차장이 보이는 곳쯤에서 가즈야는 마음을 굳혔다. 신중하게 거리를 좁혀갔다. 뒤를 돌아보았지만 다른 행인은 없었다. 호주머니를 뒤적여 버터플라이 나이프를 꺼냈다. 소리나지 않도록 칼날을 꺼냈다. 손바닥이 축축이 젖어 있었다. 옆에 나란히 붙어서면서 녀석이 무심코 고개를 돌린 순간에 가즈야는 아스팔트를 박차고 몸을 날렸다. 왼손으로 녀석의 멱살을 움켜쥐고 온몸의 체중을 실어 주차장 쪽으로 밀어붙였다.

낮게 으르렁거리며 나이프를 녀석의 목에 들이댔다. 가즈야는 자신의 얼굴이 후끈 달아오르는 것을 느꼈다.

녀석은 끽소리도 내지 못했다. 입을 달싹거리기는 했지만 말이 되어 나오지 않았다. 다리가 엉켰는지 그 자리에 스르르 무너져서 가즈야가 질질 끌고 가는 꼴이 되었다. 그대로 주차장 안쪽까지 데리고 갔다.

"머니, 머니—."

한쪽 무릎을 짚고 다시 나이프를 목에 들이댔다. 범행 때 외국인인 척하는 건 가즈야의 경험에서 우러나온 지혜였다. 그러면 상대는 더 무서워했다.

입 끝으로 씰룩 웃으며 녀석을 보았다. 녀석은 얼굴빛이 완전히 하얗게 질려 있었다. 땀인지 뭔지 알 수 없는 액체가 이마며 뺨을 축축하게 적셔서 수은등에 퍼렇게 번들거렸다.

나이프를 콧구멍에 들이대자 겨우 녀석의 반응이 돌아왔다. "히이익" 여자 같은 비명 소리를 냈다.

"머니—!"

다시 한 번 낮은 소리로 을러댔다. 녀석은 떨리는 손으로 재킷 안쪽 호주머니에서 지갑을 꺼내려고 했지만 어딘가에 걸렸는지 좀체 나오지 않았다. 어쩔 수 없이 가즈야가 녀석의 손을 밀쳐내고 직접 꺼냈다. 새 가죽지갑이었다.

가즈야는 지갑을 자신의 점퍼 호주머니에 쑤셔 넣고 천천히 몸을 일으켰다. 나이프를 겨눈 채 녀석을 내려다보며 말없이 안면에 무릎차기를 날렸다. 녀석은 "켁" 하는 소리와 함께 그 자리에서 벌레처럼 동그랗게 몸을 말았다. 지금 이 녀석은 벗으라고 소리치면 팬티라도 벗을 것이다. 완전히 지배당한 인간의 모습이었다.

가즈야는 자갈을 짓이겨 밟으며 주차장을 나서 큰길 쪽으로 대충 방향을 잡고 걸었다. 일이 끝난 다음에는 다른 루트로 튀어야 한다고 불량한 친구 녀석에게 들은 적이 있었다.

걸으면서 문득 밤하늘을 올려다보았다. 바람이 구름을 날려보냈는지 별이 몇 개나 반짝였다. 폭력의 여운조차 없는, 묘하게 희박한 느낌의 시간이었다. 큰길로 나와 택시를 타고 좌석에 등을 맡긴 채 지갑을 열어보았다. 8천 엔이 들어 있었다.

가즈야의 오늘 수입은 도합 5만 6천 엔이 되었다.

4

걱정했던 대로 맞은편 맨션에 사는 오타 부인에게서 소음 공
해라는 민원이 터져 나왔다.

가와타니 신지로는 목요일 저녁 나절, 기타자와 제작소에서
부품 일거리를 받아오자마자 당장 그날 밤부터 작업에 들어갔
다. 금요일과 토요일 연달아 잔업을 해서 되도록 일요일 작업
은 피하려고 애를 썼지만 역시 보통 때의 세 배나 되는 로트는
간단히 끝낼 수가 없었다. 잡다한 볼일이 많았던 것도 스케줄
을 엉망으로 만들었다. 반출 반입이 평소보다 두 배나 많았고
느닷없는 일거리도 들어왔다. 나사 구멍 뚫기 150개를 급하게
해달라는 소리에는 성격 좋은 신지로도 불끈 화가 났지만, 그
렇다고 단골 거래처의 부탁을 거절할 수는 없었다. 최소한 실
어다 주기라도 하면 좋으련만 역학 관계상 그게 가능할 리 없

었다. 반입 반출을 생각하면 이익 볼 것도 없는 일거리에 반나절을 써버렸던 것이다.

오타 부인은 이웃 주민들을 데리고 나타났다. 아내 하루에가 작업 중인 신지로의 등을 쿡 찔러서 돌아봤더니 맨션 아줌마들이 웃음기라고는 없는 얼굴로 이쪽을 쏘아보고 있어서 대충 짐작은 했다. 수건으로 손을 닦으며 바깥으로 나가자 몸에 착 달라붙는 타이즈 같은 것을 입은 몸집 큰 여자가 서 있었다. 양옆으로 같은 맨션에 사는 여자 둘을 거느렸고, 조금 뒤편에는 중년 남자도 서 있었다. 물큰 화장품 냄새가 풍겨왔다.

"일하시는 중에 죄송하지만요……." 오타 부인은 가볍게 인사를 하고 운을 뗐다. 처음부터 싸울 기세로 나오지 않는 건 다행이었지만, 그 눈은 전혀 웃지도 않고 뭔가 강한 의지마저 내뿜고 있었다. 여자치고는 키가 큰 편이고 굽이 높은 샌들을 신고 있어서, 중키에 평범한 몸집인 신지로가 여자를 올려다보는 꼴이 되었다. "일요일에 소음을 내시는 건 좀 어떻게 해주셔야죠"라고 오타 부인이 뒤를 이었고, 다른 두 여자는 팔짱을 끼고 정말 민폐가 이만저만이 아니라는 듯 크게 고개를 주억거렸다.

"네, 일단 셔터는 내리고 일을 했는데……." 신지로가 애써 밝게 대답했지만 여자들의 딱딱하게 굳은 표정은 전혀 풀리는 기색도 없고 오히려 뺨이 샐쭉해졌다. 오타 부인은 교양이 넘치는 태도로 고충 사항을 늘어놓았다.

"일요일쯤은 우리도 조용하게 하루를 보내고 싶어요. 귀를 막아야 할 정도의 소음은 아닌지 모르지만 그래도 정말 신경에 거슬립니다. 창문을 닫아도 이 공장의 윙윙거리는 기계 소리가 방 안까지 들어와요. 평일에는 이래저래 바쁘고 집안일에 쫓겨서 소음도 좀 잊을 수 있지만 일요일은 우리 주부들도 쉬는 날이라고요. 좀 느긋하게 쉬고 싶은 날이라서 더욱더 소리에 신경이 쓰여요. 왜 그런 거 있잖아요? 조용하면 벽시계 소리까지 거슬리는 거. 그렇다고 우리가 지나치게 신경질적인 건 아니에요. 원래 일요일은 생활 소음이 별로 없는 날이라 공연히 더 귀에 거슬린다는 거죠. 오늘은 여기 이웃의 야마구치 씨네 공장이 쉬는 날이라 그나마 다행이지만, 가끔은 양쪽 공장에서 동시에 작업을 하니까요. 그럴 때는 정말 무슨 이중주 같아요. 제발 저희 사정도 좀 이해해주세요. 물론 야마구치 씨네 공장도, 가와타니 씨네 공장도 우리가 여기 이사 오기 전부터 이 사업을 하셨으니까 나중에 온 쪽에서 무슨 잔소리냐고 하실지도 모르지만요……."

"아니죠, 그건." 옆에 선 뚱뚱한 여자가 톤이 낮은 소리로 말했다. "그건 아니지요. 그럼 공장 주변은 어디에도 집을 지을 수 없다는 얘기잖아요?"라면서 진하게 화장한 얼굴을 딱딱하게 굳혔다. "그렇죠?" 세 여자가 서로 마주 보며 고개를 크게 끄덕였다.

"그러니까요, 우리도 나름대로 불만을 자제하고 있어요. 이웃 간에 괜히 티격태격하고 싶지는 않은데, 지난번에 맨션 관리조합 모임 때도 이 이야기가 나와서…… 특히 우리는 2층이라 방음벽도 없이 직통으로 소음이 날아드는 통에…… 솔직히 말씀드리자면 일요일뿐만 아니라 토요일도 조용히 해주셨으면 좋겠어요."

"그리고 평일 저녁 7시 이후에도요"라고 뚱뚱한 여자가 다시 턱을 치켜들었다. 그러더니 다시 셋이서 마주 보며 고개를 끄덕이고 저마다 불만을 늘어놓았다.

그 순간, 신지로의 얼굴이 후끈 달아올랐다. 아무리 그래도 그렇지, 저녁 7시까지라는 건 도저히 안 될 소리였다. 그래도 차분히 대응하자고 마음먹고 할 말을 찾고 있으려니, 오타 부인이 "여보, 당신도 한마디해봐요"라며 뒤를 돌아보았고 남편인 듯한 중년 남자가 그제야 앞으로 나섰다.

"뭐, 일이 그렇게 됐다는 겁니다."

남자는 가볍게 웃음을 띠며 비즈니스맨 같은 부드러운 태도로 말했다. 여자들은 남자를 경호원 삼아 데려왔는지도 모르지만 신지로로서는 남자를 상대하는 게 훨씬 나았다. 그래도 남자 쪽이 작업 현장의 사정을 더 알아줄 것 같았기 때문이다. 다만 이 남자의 차림새에는 약간 기가 죽었다. 셔츠에 카디건의 평범한 차림이지만 어딘가 퍽 세련되어서 그야말로 인텔리다운 냄새를 풍겼다.

신지로는 우리 쪽에서도 소음에는 상당히 신경을 쓴다, 일부러 수십만 엔을 들여 흡음재를 벽에 붙였다, 오늘은 봄 햇살이 따스한데도 일부러 셔터를 내리고 작업을 했다, 우리 같은 동네 공장의 경우는 대기업 사정에 맞춰서 일을 해줘야 하기 때문에 휴일 근무를 피할 수가 없다, 당신도 일을 하고 있다면 하청업체의 고충은 잘 아실 것이다, 라는 이야기를 내내 별말 없이 맞장구만 치는 중년 남자를 향해 털어놓았다. '하청업체'라는 대목에서 괜히 굽실거리는 자신에게 적잖이 혐오감이 들었다. 마지막으로, 내일 아침 8시에 납품해야 할 일이 있어서 오늘은 작업을 중지할 수 없는 사정이라고, 자신으로서는 최대한 의연한 태도로 말해주었다.

"어머, 어쩜⋯⋯."

여자들은 노골적으로 불쾌한 표정을 보였다.

남자가 "아, 잠깐, 잠깐"이라며 여유 있는 태도로 손을 쳐들어 여자들을 제지했다. 그야말로 협상하는 일에는 익숙한 듯한 남자였다.

"그럼 이렇게 하면 어떨까요? 이런 문제는 당사자들끼리 아무리 말해봤자 더 복잡해지기만 하고, 서로 감정적으로 나가다 보면 나중에는 고집 싸움이 되어서 잘 풀릴 이야기도 더 꼬이기 십상이죠. 생활권이라는 건 서로 똑같이 가진 권리니까 가와타니 씨 쪽에서도 이유가 있으실 거고 저희로서도 할 말이 있습니다. 그러니까 일단 중간에 공적인 입장을 가진 사람을 두고서 이야기해보는 게 어떻겠습니까?"

신지로는 가슴이 덜컥했다. 재판이라는 단어가 머리에 떠올랐다.

"시청에 환경공해과라는 창구가 있다던데요. 공해 상담에 응해주는 곳이라는군요. 우리는 다음 주 초에 그쪽으로 상담하러 갈 예정인데, 어떻습니까, 가까운 시일 내에 가와타니 씨도 시청 쪽과 한번 이야기를 해보시겠습니까?"

"아니, 이보세요, 공해라는 건 좀……."

재판이 아니라는 것에 일단 마음은 놓였지만 '공해'라는 말에는 불끈 화가 났다. 공해라는 건 대기업이 강이나 공기를 오염시킬 때나 쓰는 말이라고 신지로는 생각하고 있었다.

"아, 규모는 작더라도 어찌 됐건 일반 주민의 생활에 피해를 미치는 건 일단 모두 공해라고 하거든요."

신지로는 얼핏 대답이 막혔지만 아무래도 그 말을 받아들일 수는 없었다.

남자는 시종 웃음을 잃지 않았지만, 그건 외국인이 자기 이론을 주장할 때 짓는 억지웃음 같아서 도무지 비집고 들어갈 틈이 없었다. 외국인 노동자들은 월급 더 주는 회사를 찾았다는 말을 태연히 웃으면서 내뱉고 하루아침에 공장을 그만두곤

했다. 그런 느낌과 비슷했다.

"이런 일은 중재자를 세우는 게 가장 좋아요. 우리는 택스페이어, 즉 납세자니까 시청에 그런 정도의 요구는 가능하거든요. 그렇게 하시죠, 그렇게 해서 서로의 접점을 찾아보자고요."

"음, 그야 뭐 좋지요." 신지로는 신음하듯이 말했다.

"우리가 무리한 요구를 하고 있나요?"

"아니, 무리랄 것은 없지만……."

"아, 다행이군요, 이야기가 잘 통하는 분이라서."

마치 악수라도 청해올 것 같은 몸짓이어서 신지로는 순간 몸을 긴장시켰다. 외국인들은 갑자기 공장을 그만두고 떠날 때도 손을 쑥 내밀었다. 저도 모르게 그 손을 맞잡았던 자신에게 나중에 슬금슬금 화가 치밀곤 했다.

"우리는 이 문제가 원만하게 해결되기를 바랍니다."

이렇게 되면 일본인과 이야기하는 것 같지가 않다.

맨션 주민들은 마지막으로 다시 한 번 공손히 인사를 하고 여유 있는 걸음으로 공장 부지를 떠나갔다. 한 여자는 지은 지 30년은 넘었을 신지로의 집을 찬찬히 뜯어보고 갔다. 서로 큰 소리가 나지 않았던 건 다행스러웠지만 신지로의 가슴속에는 가벼운 굴욕감이 남았다. 기름에 전 작업복 차림의 자신과 봄답게 경쾌한 차림새를 하고 찾아온 그들과 비교되는 것도 별로 유쾌하지는 않았다. 아내도 그것을 느꼈는지 환한 구석이 없는 얼굴로 내내 입을 꼭 다물고 있었다.

신지로는 다시 작업에 들어가기 전에 트럭을 셔터 앞에 바짝 대놓고 짐칸에 포장을 씌웠다. 그렇게 해두면 소리가 퍼지는 게 조금이나마 줄어들 것이다. 짐 꾸릴 때 쓰는 담요를 셔터 안 쪽에 쳐볼까도 생각했지만 그 효과와 수고를 견주어보고 그건 관뒀다. 잠시 뒤에, 어디서 얘기를 들었는지 이웃한 야마구치 차체의 사장이 신지로의 공장으로 찾아왔다.

"어이, 가와타니, 건너편 맨션 사람들이 왔었다면서?"

"아, 예. 정말 죽겠네요. 넷이서 우르르 몰려왔더니까. 진 짜 사장님 불러서 쫓아달라고 하고 싶더라고요."

"불러, 불러. 내가 똑똑히 말해줄 테니까. 당신들, 나중에 굴 러들어온 주제에 뭐 잘났다고 떠드느냐고 말해주지."

"아하하, 하지만 사장님이 오시면 정말로 싸움 나요. 괜찮겠 어요? 경찰에도 두 번째로 신세를 지면 간단히 내보내 주지 않 는다던데?"

둘이서 어깨를 들썩이며 웃었다. 야마구치 사장은 예전에 술 집에서 젊은 샐러리맨들과 싸움판을 벌였다가 경찰한테 잔뜩 혼이 난 적이 있었다.

"그래서 어떻게 됐어?"

"시청으로 가자던데요?"

"뭔 소리야?"

"뭐라더라, 시청에 무슨 환경공해과라는 게 있으니까 거기서 상의하자고 하더라고요."

"공해?"

"예, 공해래요."

"웃기는 소리. 완전 놀고들 있네." 사장이 성질을 냈다.

"그렇죠? 나도 화가 나서 한마디 해줬어요. 우리는 대기업처럼 강물을 더럽히거나 연기를 뿜어서 환자를 만드는 게 아니다, 정직하게 일하는 사람한테 무슨 소리냐, 그랬죠."

"그랬더니?"

"그 점만은 사과를 하더라고요, 미안하다고."

"흥!" 신지로의 작은 거짓말에 약간은 노기가 가라앉은 모양이었다. "그래서, 대체 어떤 작자들이었어?"

"여자들은 그냥 보통 주부들이에요, 약간 콧대가 높긴 했지만. 근데 남자가 하나 있더라고요. 그 사람이 아마 오타 씨라고, 말깨나 하는 여자의 남편인 모양인데 진짜 만만찮은 사람이더라니까."

"어떤 식으로?"

"뭐랄까, 말투는 아주 신사적인데 속으로 무슨 생각을 하는지 도통 모르겠다고 할까……."

"사람을 깔보는 식이야?"

"으음, 글쎄……."

"엘리트 선생이신가?"

"그럴 거예요. 머리는 잘 굴리게 생겼더만."

"쳇, 진짜 맘에 안 드네."

야마구치 사장이 손가락뼈를 우드득 울리는 바람에 신지로는 "아휴, 괜히 일 시끄럽게 만들지 마세요"라며 웃었다.

야마구치 사장은 잠시 세상 돌아가는 이야기를 나눈 뒤에 돌아갔다. 가는 길에, 저기 필리핀 바에 새 아가씨가 들어왔던데 이담에 한잔하러 가자고 한마디 툭 던져서 무심코 그러자고 대답했더니 자기 맘대로 토요일이라고 날짜까지 정해버렸다.

신지로는 '발차기' 기계 앞에 앉아 다시 나사 뚫는 작업에 들어갔다. 합금판을 오른손에 들고 두 군데가 뚫린 구멍 가운데 하나를 작업대의 중심에 맞춘 다음에 오른발로 페달을 밟았다. 발로 페달을 조작하는 거라서 그런지 옛날부터 이런 공작기계를 '발차기'라고 했다. 너무 오래되어서 요즘은 별로 눈에 띄지도 않는 기계였다. 앞쪽에서 노즐이 쑥 나오면서 튀어나온 너트가 구멍과 겹쳐지면 위에서 내려온 용접봉이 그것을 고정했다. 부품에서는 검은 연기가 피어오르고 동시에 금속이 타는 냄새가 코를 찔렀다. 기계가 소리를 낼 때마다 맨션 주민들의 얼굴이 떠올라 마음이 불안했다. 문득 이번 발주가 '예상량'이었다는 게 생각나서 우선 완성된 분량만 납품하고 나머지는 나중에 할까 하는 마음도 들었지만, 또 어떤 일거리가 느닷없이 튀어나올지 모르는 터라서 그 생각은 지워버렸다. 일거리를 뒤로 미뤄봤자 좋을 일이라고는 하나도 없는 것이다. 마음속에 답답한 작은 덩어리가 걸려서 일에 집중할 수가 없었다. 맨션 아줌마들은 작업을 멈추게 하지는 못했지만 신지로에게 충분한 압력을 가하는 데는 성공한 셈이었다.

그날 저녁, 밥을 먹다가 신지로는 별것도 아닌 일로 딸인 미카를 나무랐다. 스스로도 놀랄 만큼 감정적으로 나갔다. 미카가 아르바이트 이력서를 쓸 때, 가와타니 철공소라고 쓰려면 좀 창피하다는 소리를 전혀 미안해하지도 않고 쑥 내뱉었기 때문이다.

"아빠, 우리도 이제 슬슬 이름 좀 바꾸지?"

"무슨 소리야?"

"아무래도 영어 이름이 더 멋있잖아? 가와타니 스틸이라든가 가와타니 메카닉이라든가."

"그게 뭐야? 스틸이라니, 그럼 제철소잖아? 메카닉도 그래, 무슨 정비 공장 같잖아. 너, 영어 공부는 제대로 하고 있냐?"

"그럼 그런 거하고는 상관없이, 예를 들어 그냥 가와타니도 떼어버리고 주식회사 래빗이나 주식회사 돌핀 같은 건 어때?"

"우린 주식회사가 아냐, 유한회사지. 게다가 오래전부터 가와타니 철공소라는 이름으로 장사를 해왔어. 그렇게 간단히 바꿀 수 있겠냐? 그리고 그건 또 뭐야, 래빗이라는 건?"

"그러니까 그건 예를 들어 그렇다는 거야."

"왜, 가와타니 철공소라고 하면 마음에 안 들어? 가와타니 철공소가 뭐가 어때서?"

"글쎄, 이력서에 쓸 때 좀 창피하단 말이야."

여기서 신지로는 발끈했다. 낮에 주민들과 티격태격했던 일 때문인지도 모른다. 갑작스레 정신없이 딸에게 고함을 쳐버렸다. 그런 말은 하면 안 된다고 생각하면서도 "흥, 누구 덕에 밥을 먹고사는데!"라는 소리를 진심으로 내뱉었던 것이다.

딸이 처음에는 눈이 휘둥그레지더니 금세 얼굴색이 변해서 고개를 핵 돌리고 제 방으로 뛰어가 버렸다. 아들인 노부아키는 "어어, 진정하시죠"라고 완전히 남의 일이라는 듯 슬금슬금 제 방으로 물러갔다. 반항적이라기보다 이런 식의 가족 싸움은 경멸한다는 듯한 태도였다.

아내 하루에는 중간에서 신지로를 달랬지만, 함께 아이들을 혼내주는 것도 아니고 둘만 남은 뒤에는 아무 말 없이 밥만 떠넣고 있었다.

새로운 한 주가 시작되어 기타자와 제작소에 무사히 납품을 마치고 공장에 돌아오니 전화 한 통이 신지로를 기다리고 있었다. '야요이 공업'이라는 거래처에서 온 것인데, 수화기 너머의 목소리가 묵직하니 노기를 띠고 있었다.

"가와타니 씨, 불량품이 나왔어."

"엇, 그래요?"

신지로가 소리를 낮추어 말했다. 제조업에 불량품은 으레 나오게 마련이지만 문제는 그 정도와 발생 상황이었다. 야요이 공업은 가스 급탕기 열교환기 부분 부품의 2차 하청업체였다.

"그래요가 아니지. 진짜 곤란하다고, 이렇게 바쁜 판에."

담당자는 히라노라는 이름의 동갑내기 남자였다.

"미안해요. 지금 곧바로 수거하러 찾아뵙지요."

자기도 모르게 신지로의 허리가 숙여졌다. 이것 때문에 또 시간깨나 잡아먹겠구나 싶어서 마음이 무거웠다.

"우리 쪽으로 올 일이 아냐."

"예?"

"좀 더 위라니까."

담당자 히라노는 그 급탕기를 제조하는 메이커의 이름을 댔다. 그러니까 원청업체의 공장 제조 라인상에서 불량품이 발각되었다는 얘기였다.

"아……!"

할 말을 잃고 있으려니, 히라노는 아무튼 지금 당장 메이커 공장까지 와달라, 장소는 지도를 그려서 팩스로 보내겠다, 자신도 지금 그쪽으로 가겠다는 이야기를 한숨과 함께 혀를 차며 말했다. 평소에는 농담을 주고받는 사이였는데 이번만은 불쾌감을 감추려고도 하지 않았다.

신지로가 원청업체에 가보는 건 이게 처음이었다. 애초에 야요이 쪽과 메이커가 어떤 관계인지, 자세한 내용에 대해서는 알지도 못했다.

침울한 마음으로 트럭을 몰아 메이커 공장으로 향했다. 다마 시 외곽지역인 데다 월요일 교통사정도 있어서 한 시간이나 걸렸다. 마침 점심시간이었지만 때맞춰 밥을 챙겨 먹을 여유는 없었다.

도착하니 공장 안에 어두운 표정의 히라노와 두 명의 낯선 남자가 서 있었다. 신지로는 급하게 달려가, 이번 일은 참으로 죄송하게 됐다고 머리부터 숙였다. 상황이 어떤지는 잘 알지 못하지만 아무튼 우선 머리부터 숙이는 게 순서였다.

"흠흠……."

이 사람은 또 누구냐는 식으로 넥타이를 매고 베이지색 작업복을 입은 사내가 헛기침을 했다. 아무래도 원청업체의 현장 책임자인 모양이었다. 현장 책임자는 신지로가 알지 못하는 또 한 사람, 깨끗이 머리가 벗겨진 남자 쪽으로 의아한 시선을 던졌고 이어서 그 남자가 히라노 쪽으로 '누구야?'라는 시선을 던지자, 그제야 비로소 히라노가 신지로를 소개했다.

"열교환기 용접을 맡은 가와타니 철공소 사람이에요."

신지로는 두 남자에게 명함을 내밀었지만, 명함 따위 별로 관심이 없다는 눈치였다.

"아, 그래요?"

그 말만 하고는 들여다보지도 않았다.

현장 책임자는 처음부터 끝까지 대머리를 향해서만 말을 할 뿐 히라노도 신지로도 전혀 안중에 없다는 듯한 태도였다. 대머리는 손수건으로 이마를 닦아가며 쌀 찧는 절굿공이처럼 연신 허리를 굽실거렸다. 이쯤에서 신지로는 이 사람들의 관계가 대충 짐작이 갔다. 메이커 회사에서 대머리네 회사에 일거리를 의뢰했고, 대머리는 히라노의 회사에 일거리를 하청했다. 1차 하청과 2차 하청, 그리고 3차 하청인 신지로까지 모두 한자리에 모인 것이다.

메이커 회사의 현장 책임자는 이름도 대지 않았지만, 그래도 대머리는 '동운공업주식회사 영업부장 가네코 야스오'라는 명함을 신지로에게 건네주었다. 하지만 지금 명함 같은 걸 주고받을 때가 아니라는 식으로 삐죽 건넸을 뿐이었다.

"아무튼 하나라도 불량품이 발견된 이상, 앞서 조립한 것까지 모든 부품을 체크해야 하니까요, 지금부터 모두 함께 나눠서 실시하지요. 우선 조립한 것부터 점검할 테니까……."

현장 책임자는 어디까지나 가네코에게만 말을 했다. "아셨죠?"라고 하자 가네코는 고개를 끄덕이며 히라노에게 눈짓을 보냈고, 히라노도 마찬가지로 신지로에게 눈짓을 보내면 거기서 비로소 신지로가 고개를 끄덕이는 것이다. 메이커로부터 질책을 들을 각오를 단단히 하고 찾아왔는지라 적잖이 김이 빠졌다. 결국 신지로의 공장은 상대거리도 안 된다는 뜻이었다.

현장 책임자는 이런 종류의 사고에 관해서는 경험이 많은지 대단히 침착했다. 망설임 없이 지시를 내리고 그 지시에 따라 수많은 종업원들이 작업에 뛰어들었다.

"어디가 안 좋았어요?"

종업원 사이에 끼어들며 신지로가 작은 소리로 히라노에게 물었다. 가장 중요한 불량 부분에 대해서는 아직 물어보지도 못했던 것이다.

"용접이야, 용접." 히라노가 내뱉었다. "금세 벗겨져 버린다고. 전류가 약했던 거 아냐? 진짜 미치겠다. 가와타니 씨 공장만 믿고 맡겼는데, 우리 입장도 있잖아?"

아무래도 히라노는 가네코에게 된통 잔소리를 들은 모양이었다.

신지로가 하청받은 일거리는 500개여서 그것을 모조리 점검할 필요가 있었다. 이미 본체에 조립된 것도 있어서 이게 보통어려운 일이 아니리는 건 금세 알았다. 본체 커버를 벗겨내고 일일이 분해해서 점검하는 것이다. 신지로는 트럭에서 자신의 공구 상자를 들고 와 작업에 합세했다. 모두들 심각한 표정으로 손을 놀리고 있었다. 잠시 뒤에 깨달았지만, 작업을 하는 종업원의 반절은 다른 제복이었다. 급히 동운공업에서 데려온 사원들인 것 같았다. 가슴께를 보니 역시 동운공업이라는 회사명이 로마자 자수로 새겨져 있었다. 일의 중대성에, 가슴속에서 회색빛 기분이 모락모락 피어올랐다. 히라노는 몸 둘 바를 모르겠다는 기색으로 조그맣게 쪼그라들어 있었다. 그렇다면 신지로는 좀 더 조그맣게 쪼그라들지 않을 수가 없었다. 식은땀이 주르륵 등줄기를 타고 흘렀다.

하지만 신지로로서도 할 말이 없는 건 아니었다. 제조 라인까지 이 불량품이 와버렸다는 건 야요이 공업 쪽에서 제대로 점검도 하지 않고 동운공업에 납품했다는 이야기고, 동운공업에서도 그것을 놓쳐버렸다는 얘기다. 아마 메이커 현장 책임자에게는 신지로의 실수 따위는 문제도 아닐 것이다. 불량품을 그대로 조립해서 올려버린 동운공업이 문제인 것이다.

히라노가 너무나 기분이 안 좋아 보여서 신지로는 되도록 멀리 떨어진 자리의 메이커 사원들 틈새에 끼었다. 현장 종업원들은 따로 잔업수당이 나오기 때문에 별로 짜증을 내지는 않을 터였다. 게다가 기간공이라면 회사에 대한 충성심도 적었다. 이야기할 상대는 없었지만 작업은 순조롭게 진행되었다.

자신이 만든 부품이 사람들에게 일일이 점검을 당한다는 건 수많은 사람들이 지켜보는 가운데 시험 채점을 당하는 것 같아서 여간 마음이 불편한 게 아니었다. 곁눈으로 보고 있으려니 메이커 종업원들이 일부러 난폭하게 다루는 듯한 느낌이 들었다. 남의 불행이 그리도 고소한지 탕탕 두들기는 사람까지 있었다. 너무 얄미워서 '이 친구야, 제발 좀 살살 다뤄'라고 속으로 욕을 했다.

개시 10분 만에 두 개째의 불량품이 발견되었다. 자신이 저지른 일이고 보니 그냥 입 다물고 있을 수도 없어 현장 책임자와 가네코에게로 갔다. 히라노가 틈을 놓치지 않고 잽싸게 달려왔다. 바라보니 판을 직각으로 붙이는 자리의 용접이 충분하지 않아 조금만 힘을 줘도 간단히 벗겨지는 것 같았다. 종업원 마쓰무라의 얼굴이 떠올랐다. 이 작업은 마쓰무라에게 맡겼었다.

"이런 식이면 스무 개 정도는 나오겠는데?"

현장 책임자가 무표정하게 말했고, 가네코는 대머리에 솟은 땀을 손수건으로 닦아가며 몇 번이고 머리를 숙였다. 히라노와 신지로도 동시에 머리를 조아렸다.

"동운공업은 지난달에도 한 건이 있었죠?"

다시 셋이서 머리를 숙였지만, 그것은 신지로로서는 전혀 기억에 없는 일이었다. 아마 히라노도 마찬가지일 것이다. 이제야 사정이 대강 이해기 되있나. 동운공업은 연속으로 사고를 쳤고, 하필 재수 없이 신지로 쪽의 실수가 그 끝에 딱 걸린 것이다.

잠시 뒤에 이번에는 양복 차림의 남자가 찾아와 현장 책임자에게 깊숙이 절을 했다. 가네코가 전무님, 전무님, 하는 걸 보니 그 남자가 동운공업 쪽 간부인 모양이었다. 1차 하청업체로서는 사활이 걸린 문제일 것이다. 이 급탕기 메이커는 그들에게 가장 소중한 거래처인 것이다. 동운공업은 이번 실수 때문에 떨어져 나가는 걸까, 하고 신지로는 생각했다. 그렇게 되면 연쇄적으로 가와타니 철공소도 일감을 잃는다. 거래액을 머릿속에서 주판으로 튕겨보았다. 그리 대단한 금액은 아니네, 하고 스스로를 위로했다.

저녁 나절까지 가까스로 모든 점검을 마쳤다. 결국 열여덟 개의 불량품이 발견되어 그것을 동운공업 쪽이 회수하기로 했다. 히라노나 신지로에게는 별말이 없는 걸 보니 아무래도 자기네 선에서 처리할 모양이었다. 동운공업 간부들은 사무동 쪽으로 불려 들어가고, 히라노와 신지로는 그 자리에 남겨졌다. 메이커에서는 처음부터 끝까지 이쪽은 상대도 해주지 않았다.

"정말 죄송하네요."

신지로가 미안한 얼굴을 하자 이제는 평정을 되찾았는지 히라노는 입 끝으로만 슬쩍 웃으며 "아냐, 우리 쪽도 점검이 허술했어"라고 말해주었다. 그나마 구원을 받은 듯한 마음이 들었다. 두 사람은 등을 바짝 세운 채 건물 밖으로 나왔다. 잠시 근처를 둘러보고 나서 히라노가 입을 열었다.

"진짜 미치겠더라." 마치 중학생처럼 입을 삐죽거린다. "저 가네코 아저씨가 진짜로 머리에서 김이 푹푹 나게 화를 내고 소리를 지르더라니까? 그야 뭐, 나는 그저 죄송하다는 말밖에 할 말도 없지만, 그래도 스무 살짜리 젊은 애라면 또 모르지만 처자식 딸린 어엿한 가장에게 그런 식으로 소리소리 지를 게 뭐 있냐, 내 말은 그 말이야."

신지로는 눈썹을 팔자로 한껏 내린 채 맞장구만 치고 있었다.

"사람을 보자마자 당장 이놈, 저놈하고 덤비더라니까. 그런 소리 들어본 거, 난 정말 거의 기억에 없어. 30년 만에 처음 듣는 거 아닌가 몰라. 최소한 사회에 나와 일 시작한 뒤로는 처음이었으니까."

히라노가 쉴 새 없이 그때의 상황을 이야기했다. 말하다 보니 새삼 화가 치미는지 정수리에 퍼런 핏줄이 섰다.

"진짜 지겹다, 지겨워. 참 지독한 장사야, 하청이란 거."

신지로가 쓴웃음을 짓고 있으려니 그 의미를 알아차렸는지 "아니, 가와타니 씨가 더 힘들지도 모르지만 말이지"라고 덧붙였다.

"자기들 좋을 대로 아무 때나 불러내질 않나, 힘든 일 떠맡기질 않나, 싼 돈으로 마구 부려먹질 않나……."

히라노가 투덜거릴수록 그건 점점 더 신지로의 처지를 그대로 대변하는 말이 되었다.

"어때, 가와타니 씨네는?"

"거품 꺼진 뒤로 좋은 일이라고는 하나도 없어요."

"그렇겠지. 나도 일거리 주면서 이런 단가로 참 잘도 버틴다 싶어……. 아차, 기분 상했어? 미안, 미안."

신지로의 표정이 일순 변했기 때문에 히라노가 서둘러 자신이 뱉은 말을 거둬들였다.

"지금 그 말은 농담이야, 농담."

자신보다 아래쪽을 찾아내 울분을 털어내려는 것처럼도 보였다.

"하지만 어쩔 도리가 없어. 우리도 먹고사는 문제가 걸려 있는데, 뭐. 여기서 더 이상 코스트다운에 응하지 못하면 메이커에서야 당장 해외로 이전하겠다고 나올 거고, 그렇게 되면 우리뿐만 아니라 가네코 아저씨네가 제일 먼저 죽을 거고, 다들 갈 데 없는 실업자 신세야. 하긴 뭐, 아무려나 상관없어. 나야 세타가야 고급 주택가 쪽에 아파트도 있는데, 뭐."

"그래요?" 신지로가 솔직하게 놀란 얼굴을 보이자 "흐흥" 하고 히라노가 코로 웃었다.

"거짓말, 거짓말이야. 그냥 한번 그런 말이나마 해보고 싶었네."

히라노는 담배에 불을 붙이더니 자줏빛 하늘을 향해 길게 연기를 토해냈다. 벌써 여름의 기척까지 느껴지는 짙은 저녁노을이었다. 신지로도 자신의 담배에 불을 붙였다. 배 속이 꼬르륵 울려서 점심을 안 먹었다는 것을 깨달았다.

"……뭔가 떨어질지도 몰라."

히라노가 하늘을 올려다본 채 중얼거렸다.

"예?"

"이번 사고."

"아, 예……. 우리는 용접 비용은 청구하지 않을 텐데."

부품 한 개의 스폿용접이 15엔. 거기에 500을 곱해봤자 겨우 7,500엔의 일감이었다.

"그걸로 끝나면 좋겠지만……."

"엇, 그래요'?"

"제조 라인을 멈추게 해버렸으니. 이런 일에 메이커 공장은 인정사정 안 봐줘."

"……."

"뭐, 어쨌거나 동운공업 쪽 이야기야. 우리야 뭐, 애초에 가진 것도 없으니 털리고 말 것도 없어."

그러더니 히라노는 자포자기 비슷한 웃음을 지었다.

신지로는 그쯤에서 겨우 풀려났다. 잃어버린 시간은 6시간. 저녁노을을 등에 받으며 트럭을 몰아 귀갓길에 올랐다. 물론 집에 돌아가도 산더미 같은 일거리가 기다리고 있었다.

5

당장 그 다음 날로 차를 마련해올 것처럼 말하더니 다카오는 좀처럼 모습을 드러내지 않았다. 판금도장 회사 창고에 몰래 들어가 톨루엔을 털어올 계획은 여전히 답보상태였다. 어쩔 수 없이 노무라 가즈야는 날마다 역 앞에서 파친코만 하면서 시간을 보냈다. 가끔은 요코하마 근처에 나가보고 싶기도 했지만 다카오의 연락을 기다리자면 가와사키에 붙어 있어야 했다.

가와사키에 자리 잡은 지도 이제 슬슬 1년이 되어간다.

아이치 현의 동쪽 외곽도시에서 태어난 가즈야는 그 지역 고등학교를 중퇴하자마자 집도 버리고 뛰쳐나와, 함께 껄렁거리던 친구네 작은아버지가 십장으로 일하는 토목 회사에 뛰어들었다. '집을 버리고 나왔다'는 건 반쯤은 가즈야의 괜한 허세였다. 아직 삼십 대인 어머니는 가즈야가 집을 나오자마자 기다렸다는 듯 다른 남자와 살림을 차렸고, 원래부터 집에 잘 붙어 있지 않던 아버지는 그즈음 오래도록 병원에 들어가 있었다. '강제 입원 조치'라는 말을 들은 적이 있다. 이웃 사람들이 수군 거리는 소리는 언제인지 모르게 가즈야의 귀에도 들어와서, 어렴풋이나마 아버지가 있는 곳이 어딘가 정신과 전문병원이라 는 건 짐작하고 있었다. 집안은 저절로 없어져 버린 것이나 마 찬가지였다.

작업원 숙소에서 보내는 생활은 가즈야를 충분히 만족시켰 다. 부모에게서 떨어져 나왔다는 해방감과 자기 손으로 돈을 번다는 보람이 있었다. 자신의 행동에 잔소리를 하는 사람도 없고, 어른들 틈에 섞여 당당히 담배를 입에 물 때면 뭔가 사회 의 일원으로 인정을 받은 것 같아 저절로 웃음이 나왔다. 일은 힘들었지만 익숙해지고 나니 가즈야의 젊은 몸뚱이가 그것을 능가했다.

하루 일을 끝내고 숙소로 돌아와 목욕을 한 다음에는 고등 학교를 중퇴한 친구들과 우르르 밤거리를 몰려다녔다. 밤의 유 흥은 날이면 날마다 즐기고 싶은 축제였다. 숙소에 동갑내기 는 없었지만 규슈에서 여기까지 흘러왔다는 이십 대 초반의 형 제가 있어서 가즈야를 귀여워해주었다. 그 형들을 따라 필리 핀 술집에 갔을 때는 여자가 갑작스레 사타구니에 손을 집어넣 는 바람에 저도 모르게 흠칫 몸을 뒤로 뺐고, 뒤에서 가즈야의 기색을 살피던 형들이 그 꼴을 보고 엄청나게 웃어댔다. "이 녀석, 아직도 동정인 거 아냐?"라고 놀리는 통에 불끈해서 아니라고 했더니 점점 더 배를 잡고 웃어댔고 그 후로 형님 아우 사이가 되었다.

합숙소 사람들은 다들 적당히 불행하다는 게 가즈야는 마음에 들었다. 고된 육체노동과 합숙소 생활을 좋아서 하는 사람은 없었기 때문에 누구든 저마다의 사연들을 안고 있었다. 세상에 널리고 널린 행복한 모습들이 너무 눈꼴이 시어서 기가 죽는다는 식의 어리바리한 감수성도 다들 갖고 있었다. 대부분의 노동자들이 이곳을 떠났다가도 다시 돌아오곤 했다. 비슷한 처지의 사람들끼리 함께 있으면 불안감은 사라지고 마음이 환해졌다. 가즈야와 그들에게 합숙소는 이 세상에 하나뿐인 '내 한 몸 기댈 곳'이었다. 규슈에서 온 형들은 가즈야의 신상을 자세히 알려고도 하지 않았다. 그쪽에서 묻지 않으니 가즈야도 그쪽 사정을 묻지 않았다. 그런 걸 캐묻는 사람은 합숙소에 아무도 없었다.

가즈야가 맡은 일거리는 다리 공사였다. 하지만 말이 그렇지, 자동차 면허도 없고 토목 기계도 조작하지 못하는 가즈야에게 주어지는 일거리는 밀차로 돌을 나르거나 벽돌 쌓기, 어쩌다 교통정리를 도와주는 일 정도뿐이었다. 하라는 일만 했기 때문에 전체적인 일의 순서도 시스템도 전혀 알지 못했다. 내내 작업반장이 제일 높은 사람인 줄 알았더니 그게 아니었다. 오후에 잠깐씩 얼굴을 내미는 서른 살 정도의 안경잡이에게 작업반장은 매번 굽실거렸다. 안경잡이는 작업복에 헬멧은 쓰고 있었지만 한 번도 손을 더럽히는 일 없이 간간이 도면을 펼쳐 들고 측량 같은 것만 했다. 그런 안경잡이가 등을 바짝 세우고 잔뜩 긴장하는 건 양복 차림들이 나타날 때였다. 그자들이 공무원이라는 건 작업반장에게 들었다. 헬멧을 대충 뒤로 젖혀 썼더니, 이제 곧 시청에서 나올 테니까 똑바로 쓰라고 주의를 주었던 것이다. 그 양복 차림의 사내들이 작업반장과 말을 섞는 일은 단 한 번도 없었다.

가즈야가 반년 만에 그곳을 그만둔 것은 규슈 형들이 사라져버렸기 때문이었다. 어느 월급날 밤에 형들은 사무실에서 작업반장을 두들겨 패고는 그대로 짐을 챙겨 어둠 속으로 사라졌다. 미리 계획한 행동이어서 가즈야는 그 이야기를 형들에게서 먼저 들었다. 삥 뜯는 게 너무 심하다는 게 형들이 댄 이유였다. 가즈야는 그 일에 가담해달라고 말해주기를 기다렸지만 그런 말은 없었다. 형제는 짐을 챙기더니 붉어진 얼굴 그대로 조립식 숙소의 계단을 통탕통탕 뛰어내려갔다. 곧바로 사무실에서 고함 소리가 메아리쳤다. 그들은 도쿄로 간다고 했었다.

이야기할 상대가 없어지자 가즈야는 아직도 눈가에 시퍼런

멍 자국이 남은 작업반장에게 그만두겠다고 말하고 나고야로 왔다. 딱히 갈 곳이 있는 건 아니었지만 중고차 한 대는 살 만큼 저금이 있었기 때문에 불안하지는 않았다. 스포츠 신문의 구인광고를 뒤적여, 열일곱 살이라는 나이를 속이고 카바레 입주점원으로 들어갔다. 호스티스들이 좀 예뻐해줄지도 모른다는 야한 기대감이 약간 있었는데 그런 건 전혀 없고 도리어 선배 점원들에게 된통 시달리기만 했다. 청소를 제대로 하지 않았다고 날마다 잔소리를 하고, 인사 안 한다고 노상 째려보았다. 카바레는 영락없이 고등학교 운동부였다. 개점 전에 전원이 늘어서서, "어서 옵쇼, 잘 알겠습니다" 하고 큰 소리로 합창을 해야 할 때면 가즈야는 늘 암울한 기분이 되곤 했다. 가즈야는 '복종'이라는 것을 저항 없이 받아들일 수 있는 인간이 아니었다. 겨우 사흘 만에 지긋지긋해졌다. 그나마 석 달씩이나 카바레 일을 계속했던 건 열여덟 살이 되기를 기다리기 위해서였다. 자동차 면허만 따면 자신도 훨씬 더 자유로워질 것 같은 기분이 들었다. 일단 면허를 딸 때까지는 일정한 거처가 있는 게 유리했다.

생일이 되자마자 가즈야는 운전학원으로 달려가 스트레이트로 실습을 마쳤다. 자동차는 처음이었지만, 무면허로 오토바이나 스쿠터는 어지간히도 굴려봤던 터라 스피드에 대해서라면 감이 있었고 반 클러치 조절도 별것 아니었다. 그러고는 경찰

시험장에 갔더니 본적지가 필요하다고 하는지라 어쩔 수 없이 집에 한번 들러보기로 했다. 어머니나 새 남자와 얼굴을 마주하고 싶지는 않았지만 우선 운전면허가 급한 판에 그런 걸 가릴 때가 아니었다.

거의 열 달 만에 시영주택 집에 돌아가 보니 낯선 문패가 걸려 있었다. 잠시 무슨 영문인지 몰라 입을 헤벌린 채 새 문패만 쳐다보았다. 두세 번 집 주위를 돌아보았지만 그런다고 뭐가 달라지는 것도 아니었다. 머릿속이 하얗게 비어버린 채로 무작정 벨을 눌렀더니 당연한 듯이 한 번도 본 적이 없는 중년여자가 얼굴을 내밀었다. 여자는 외판원인 줄 알았는지 눈앞에 선 젊은 사내를 짜증스러운 눈초리로 바라보았다.

가즈야는 여자를 향해 "여기 살던 노무라 씨는요?"라고 물었다. 저도 모르게 목소리가 갈라지고, 제 성에 '씨' 자를 붙이는 것에 묘한 위화감을 느꼈다. 여자는 문손잡이를 잡은 채, 이사온 지 두 달밖에 안 되었고 전에 누가 살았는지는 잘 모른다고 말했다. 어딘가 불량해 보이는 분위기의 가즈야에게 잔뜩 경계심을 품은 눈치였다. 말없이 우두커니 서 있었더니 여자는 동사무소 주택과에 가보면 전출지를 알 거라고 가르쳐주었다. 그 말과 함께 문은 눈 깜짝할 사이에 쾅 닫혀버렸다.

가즈야는 제집 문짝을 한참이나 바라보고 17년 동안 살았던 단층 건물을 몇 번이고 돌아보았다. 화장실 정화조에서 솟은 굴뚝 끝에서 팔랑개비가 바람에 달각달각 돌아가고 있었다.

동사무소에 갔더니 개인정보는 가르쳐줄 수 없다고 무뚝뚝하게 나왔다. 아들이라고 했더니, 아들이 어머니가 이사 간 곳도 모르느냐고 의심에 찬 눈초리로 쳐다보았다. 어물어물 사정을 설명하고, 자신은 주민표가 필요한 것뿐이라고 말했더니 "아, 저런, 그런 거였어?" 하고는 서류를 건네주었다. 거기에 기재했더니 금세 주민표 등본을 내주었다. 들여다보니 주소는 예전 그대로였고, 아버지와 어머니와 자신의 이름이 마치 고이노보리• 잉어처럼 나란히 늘어서 있었다. 한참이나 그것을 들여다보며 일순 몸이 허공에 붕 뜨는 듯한 착각을 맛보았다.

그리고 이삼일이 지난 뒤부터 이명(耳鳴)이 들리기 시작했다. 돌연 찾아온 게 아니라 문득 깨닫고 보니 늘 귓속에서 원반이 윙윙 돌고 있었다. 마치 남의 일처럼 냉정하게 받아들였지만, 어쩐지 세상의 종말을 선고받은 듯한 기분이었다.

일주일쯤 지나자 깨어 있는 시간 모두가 고통스러워서 가즈야는 종일 거리를 헤매고 돌아다녔다. 이따금 원반은 편대를 지어 몰려왔고 그럴 때면 되도록 소란스러운 곳을 찾아 새벽까지 게임센터나 사우나를 전전했다.

카바레 다음에는 머무를 곳을 찾아 몇 군데서 일을 했지만

• 5월 5일 명절 행사 때 어린 아들의 입신양명을 빌며, 종이나 천 등으로 잉어 모양을 만들어 기처럼 장대에 꿰어 달아놓는 것.

모두 그리 길게 붙어 있지는 못했다. 빌어먹을 이명 때문에 항상 침착성이 없는 것도 이유였지만, 일을 한다는 게 바보같이 느껴진 것도 사실이었다. 껄렁거리며 함께 놀던 친구 몇몇이 야쿠자가 되어 적어도 가즈야 앞에서는 돈 씀씀이니 뭐니 꽤 위세가 좋았던 것이다. 그들은 일하는 가즈야를 보면 "야, 너 꽤 모범생 됐다?" 하고 깔보는 듯한 태도를 취했다.

가즈야는 한 번인가 선배의 권유에 따라 조직 사무실에 가본 적이 있었다. 하지만 안쪽 방 안에 줄줄이 늘어선 이층 침대를 보고는 잔뜩 주눅이 들어 야쿠자가 될 마음이 싹 가셨다. '사무실 입주'라는, 그 조직의 말단 일은 막노동보다 더 힘들어 보였다. 그래도 유흥업소 광고지를 붙이는 일거리 같은 걸 이따금 줘서 용돈 정도는 벌었다. 이즈음부터 돈이 떨어지면 칼을 들고 공갈을 쳐서 빼앗기도 했다. 잠잘 곳이 없을 때는 친구네 집으로 밀고 들어갔다. 자동차 훔치는 기술도 배워서 때로는 그 차 안에서 잠을 자는 일도 있었다. 뭘 하건 살아갈 수 있구나, 하는 묘한 확신을 얻었다.

나고야에 1년쯤 있다가 가와사키로 왔다. 딱히 나고야를 떠나야 할 이유가 있었던 건 아니지만 작업원 시절의 규슈 형들이 "도쿄에라도 갈란다"라는 말을 남겼던 게 머릿속에 아직 남아 있었다. 꼭 만나고 싶었던 건 아니고, 그저 가방 하나 달랑 들고 거처를 훌쩍 옮기는 그 호쾌함이 부러웠다. 환경을 바꾸면 이명이 낫지 않을까 하는 희미한 기대감도 있었다. 하긴 그건 헛된 기대로 끝났다.

가와사키를 선택한 건 도시 규모가 나름대로 익숙했기 때문이었다. 처음에는 도쿄로 갔지만 신주쿠와 시부야를 반나절 돌아다닌 것만으로도 그 화려함과 번잡함에 완전히 압도되어 당장 물러나왔던 것이다. 거리를 오가는 젊은 여자들은 모두 손에 닿지도 않을 만큼 아름답게 보이고 남자들은 머리가 뛰어난 인재들로만 보였다. 이런 곳에 사는 건 좀 더 익숙해진 다음에 하자, 라고 자신에게 변명을 했다.

어디까지 돌아갈까, 도카이도 선 기차 안에서 궁리를 하던 끝에 별생각도 없이 가와사키에서 내렸다. 단순히 지명을 알고 있다는 이유 하나 때문이었다. 차 안의 안내방송으로 그 이름을 듣고 잠깐 둘러보고 싶은 마음이 났다. 그리고 역을 나와 지하상가로 이어지는 계단에 내려섰을 때, 가즈야는 가슴이 두근거렸다. 나고야에 있는 지하상가를 고스란히 닮아 있었던 것이다.

반가운 마음에 지하상가를 빙글빙글 돌아다녔다.

가즈야는 그때 벌써 여기서 살자고 마음을 굳혔다.

그날은 아침부터 왠지 상태가 좋았다. 전날 밤에 찍어두었던 기계는 못에 거의 손을 대지 않아서 일단 회전상태부터 보자고 생각했더니 맨 첫 방의 500엔 구슬에서 갑자기 리치가 걸려 한 방에 당첨을 내버린 것이다. 게다가 나란히 줄을 맞춘 건 쓰리 세븐의 확률 변동. 아직 손님도 드문 점내에서 자신의 기계만 화려한 전자음을 울렸다. 가즈야는 아무래도 누군가 자신을 놀리는 것만 같고 영 실감이 나지 않았다.

두 번째 당첨도 틈을 두지 않고 연달아 찾아와서 침착하게 담배 한 대 피울 틈조차 없었다. 세 번째에 다시금 쓰리세븐으로 확률 재정비. 오전에만 달러 상자가 세 개가 되어서 3만 엔 넘게 벌었다.

마음만 먹으면 파친코로도 얼마든지 먹고살 수 있었다. 가즈야 같은 떠돌이에게는 참으로 고마운 이 사회의 틈새였다. 도박으로 큰 부자가 될 수 없다는 건 경륜, 경마 등과 마찬가지지만 파친코는 그래도 생활비는 벌 수 있었다. 게다가 다니면 다닐수록 기계의 공략법을 터득해서 그 확률이 높아져 갔다. 디지털 기계 도입 이후로 파친코는 이제 영업사원이 일을 슬쩍 땡땡이치고 한두 시간 놀다가 가는 목가적인 유희가 아니었다. 시간이 남아도는 자일수록 이길 확률이 높아지는 것이다.

가즈야가 다니는 가게에도 명백하게 파친코로만 먹고사는 듯한 사내들이 있었다. 그들은 개점 전부터 줄을 서서 문이 열림과 동시에 통로를 내달려 점찍어둔 기계를 확보했다. 구슬이 나온다고 해서 무슨 극적인 드라마가 펼쳐지는 건 아니었다. 그대로 밤까지 계속 게임을 해서 구슬을 따면 얼마간의 현금을 손에 쥐고 돌아갔다. 그것으로 호사스럽게 놀아가며 살 수 있는 건 아니지만 적어도 먹고살 수는 있었다. 세상 어느 누구와도 관여할 것 없이 살아갈 수 있었다. 파친코는 어떤 종류의 인간들에게는 어딘가 '구원'과도 같은 면이 있었다.

기계가 돌아가는 상태는 변함없이 쾌조를 보였다. 천 엔으로 30회 가까이 회전했다. 당첨은 벌써 7회째에 접어들었고 가즈야는 점심도 안 먹고 게임에 집중했다.

구슬이 쏟아져서 기분이 좋아져 있는 판에 누군가 등 뒤에서 말을 걸어왔다.

"오빠, 진짜 굉장하다아!"

돌아보니 어깨 바로 뒤에 부드러운 젖무덤이 있었다. 시선을 위로 옮기자 그 노처녀의 얼굴이 있었다. 전에 캔 커피를 건네준 적이 있는 그 호스티스였다. 아무 말 없이 있었더니 여자는 가즈야의 기계를 들여다보고는 "이 기종에서 나는 한 번도 따본 적이 없는데"라며 몹시 친한 척 말을 이었다. 젖무덤이 가볍게 어깨에 와 닿았고, 바로 옆에까지 다가온 여자의 목덜미에서 가루우유 같은 화장품 냄새가 풍겼다.

"이 기종은 당첨 확률이 낮거든요. 잘 돌아가는 기계를 찾지 않으면 크게 손해만 봐요."

가즈야는 무관심한 척하며 대꾸했다. 이럴 때 어떤 태도를 취해야 좋을지 알지 못하는 것이다.

"흐응, 나도 조금만 해볼까? 곁에서 해도 되지?"

여자는 그러면서 토실한 엉덩이를 의자 위에 얹었다. 타이트한 스커트 아래로 검은 스타킹에 감싸인 매끈한 두 다리가 곧게 뻗어 나왔다.

"오빠, 술 마실 줄 알지?" 앞을 바라본 채 여자가 말했다.

"아, 물론 마시죠."

"그럼 우리 가게로 오면 좋잖아?"

여자가 입을 뾰로통하게 내밀었다. 농담이라고도 생각되는 장난스러운 말투였다.

"음, 미츠코라고 했던가?"

"그래, 그래. 헤이와 거리의 미츠코. 내가 성냥 줬었지?"

"그럼, 이번에 따면 가죠."

"정말? 와, 좋아라! 약속했다아?"

이렇게 노골적으로 교태를 부리는 여자를 만난 것은 처음이었지만, 여자에게서 호의적인 시선을 감지하는 건 비록 나이든 여자라 해도 그리 기분 나쁜 일은 아니었다.

여자는 3천 엔어치를 눈 깜짝할 사이에 털려버리고는 "아잉~" 하는 달콤한 소리를 내며 의자에서 일어섰다.

"내 탓 아니에요"라고 가즈야가 말했다. 여자는 후후후 웃으며 자리를 옮겨갔다. 붉게 칠한 입술이 착색한 명란젓처럼 번들거렸다.

밤 9시까지 결국 8만 엔 넘게 땄다. 지금까지 파친코에 다녔던 가운데 세 번째쯤으로 기록될 큰 수확이었다. 최근 일주일의 수익만 따져도 지갑 안에 12, 3만 엔이나 들어 있었다. 거리를 걸으면서도 발걸음이 가벼웠다. 가즈야는 불고기가 간절히 먹고 싶었지만 고기 집은 혼자 들어갈 곳이 못 되는지라 어쩔 수 없이 요시노야에서 쇠고기 덮밥을 먹고 맥주 한 병을 마셨다. 배 속에 환한 등불이 켜지는 듯한 기분이었다.

그다음에는 밤 12시까지 열려 있는 신사복 매장에 들어가 전부터 점찍어두었던 쇼윈도의 양복을 입어보았다. 멀리서 보면 엷은 그레이지만 가까이서 보면 가늘게 스트라이프가 들어간 것이었다. 입어보니 천이 부드러우면서도 가벼워서 다가올 계절에 안성맞춤이었다. 거울 앞에서 한 바퀴 빙 돌아보았다. 자신이 연예인이라도 된 것처럼 저절로 포즈를 취하고 있었다. 가게 주인이 "손님이 키가 커서 잘 어울리시네요"라고 칭찬을 해주었고 스스로도 그렇게 생각했다. 이 정도면 다카오에게 얼마든지 대적할 수 있을 것 같았다.

가즈야는 최고의 기분으로 "이거 주세요"라고 말했고 가게 주인은 그보다 더 기분이 좋아서 "아유, 감사합니다" 하고 허리를 숙였다. 양복에 맞춰 흰 와이셔츠도 샀다. 다 합해 6만 5천 엔의 쇼핑이었다. 덤으로 포켓 치프를 주었다. 개인이 경영하는 점포인지 바짓단을 그 자리에서 수리해줘서 가즈야는 새 양복이 든 큼직한 종이봉투를 들고 밤거리를 걷게 되었다.

마음이 통통 튀었다. 누군가에게 이 이야기를 해주고 싶어 문득 상점 유리창에 비친 자신을 향해 말을 건네기도 했다. 또 하나의 자신은 그야말로 즐거워 보였다. 그리고 지하상가에 내려섰을 때, 더 이상 참을 수 없어 화장실로 뛰어들었다. 가즈야는 장애인용의 널찍한 화장실로 들어가 용무늬 점퍼와 트레이닝복 상하의를 벗고 새로 산 양복과 셔츠로 갈아입었다. 큰 거울에 자신의 모습을 비춰보며 포켓 치프를 가슴에 꽂고 와이셔츠 칼라를 반듯하게 잡았다. 소매에 코를 대보니 새 옷 냄새가 났다. 신발은 운동화였지만 그건 그리 문제가 되지 않았다.

벗은 옷을 둘둘 말아 종이봉투에 넣고 역의 코인로커에 넣어두었다. 애용하는 버터플라이 나이프는 일단 상의 오른쪽 호주머니에 넣어보았지만 보기 싫은 주름이 생기는 바람에 바지 뒷주머니로 옮기기로 했다.

그렇게 다시 지상으로 나왔다. 가즈야는 헤이와 거리를 향해 껑충껑충 뛰듯이 걸었다. '미츠코'에 가는 것이었다.

"어머, 너무 고마워! 약속한 거 잊지 않았구나!"

카운터와 테이블 두 개밖에 없는 어둑한 가게 안에 여자의 낭랑한 목소리가 울렸다. 여자는 설거지하던 손을 멈추고 가즈야에게 한껏 미소를 건넸다. 손님은 안쪽 테이블에 두 명뿐이었고 이미 술이 올랐는지 가즈야 쪽으로는 고개도 돌리지 않았다. 다른 호스티스 둘이 상대를 해주고 있었다.

"여기, 여기로 앉아." 여자는 젖은 손끝으로 카운터를 두들기더니 "배고프지?" 하고 물었다.

"아니."

가즈야가 고개를 저었다. 가게 안을 휘익 둘러보고는 자신이 엉뚱한 곳에 온 건 아니라는 데 마음이 놓였다. 어디에나 있는 그저 그런 변두리 스낵바였다.

"자기, 일부러 옷까지 갈아입고 왔어? 안 그래도 되는데."

여자는 행주로 양손을 닦고는 유리잔을 꺼내 가즈야 앞에 놓았다.

"그치만 진짜 멋있다. 무슨 영화배우 같아. 핸섬하고 키 크고, 여자애들한테 너무 인기 있어서 처치 곤란이지?"

"누나도 예쁜데?"

익숙하지 않은 칭찬을 하느라고 목소리가 붕 떴지만, 여자는 너무 기쁘다며 요란하게 몸을 꼬더니 "이건 내 마음"이라며 맥주 병마개를 땄다.

"난 가에데라고 해. 잘 부탁해."

"가에데?"

"응, 단풍나무의 풍(楓) 자."

"으응. 아, 나는 노무라 가즈야."

"가즈야 군? 어머, 좋은 이름이네. 미안해, 손님으로 왔는데 '군'이라고 해서. 하지만 너무 앳되게 보이는걸? 좋겠다, 가즈야 군은. 지금 몇 살이야?"

"스무 살인데."

"우와, 젊다, 젊어. 앗, 안 돼, 내 나이는 물어보면 안 된다?"

여자는 그렇게 말하며 만면에 웃음이 번졌다. 그 밝은 웃음에 가즈야도 덩달아 웃었다.

잠시 있자니 안쪽 테이블에서 마담인 듯한 여자가 다가와 가즈야에게 인사를 건넸다. 마담은 가에데에게 "젊은 보이프렌드가 있어서 좋겠다"라고 놀리듯이 말했고, 가에데는 "스무 살이야"라고 대답했다. 그 순간 여자들이 일제히 탄성을 터뜨렸다. 마담은 "아이, 내가 뺏어버릴까 보다"라면서 심술궂게 가즈야를 뒤에서 껴안았고 가에데가 "아앙, 안 돼! 내가 먼저 침 묻혔단 말이야"라고 맞받아쳤다. 남들에게 이만큼 사랑을 받아본 건 정말 오랜만이었다.

맥주를 다 마셨을 때쯤 가즈야는 약속대로 양주 한 병을 주문했다.

"괜찮아?" 가에데가 약간 심각한 얼굴로 물었다. "우리 집,

올드가 8천 엔이나 하는데."

"아, 괜찮아, 그 정도는."

"자기, 오늘 얼마나 땄어?" 가에데가 몸을 내밀며 목소리를 낮추었다.

"8만 4천 엔."

"우와, 그럼 좀 더 비싼 걸로 넣어 달래야겠네."

가에데가 그런 농담을 하며 뒤편 선반에서 올드 병을 꺼냈다. 하얀 블라우스 속으로 브래지어 끈이 그대로 비치고, 발돋움을 하자 그 끈이 빡빡하게 살집을 파고드는 게 보였다. 파친코 가게에서 보았을 때보다 치마 길이가 더 짧고 한쪽 허벅다리 옆이 깊숙이 갈라져 있었다.

가에데는 부탁하지도 않았는데 잽싸게 소시지를 볶아 가즈야에게 내놓고 자기도 카운터에서 나와 옆자리에 앉았다.

"난 요즘 자꾸 잃기만 해. 자기, 어떻게 하면 딸 수 있는지 누나한테도 좀 알려줘, 응?"

가에데의 무릎이 가즈야의 허벅지에 닿았다. 일순 가즈야는 하마터면 몸을 뒤로 뺄 뻔했다.

"일단 천 엔당 회전수는 항상 계산을 해야지."

"응응" 하고 고개를 끄덕이며 가에데는 담배를 문 가즈야에게 능숙하게 100엔 라이터로 불을 붙여주었다.

"이만큼 안 터질 때까지라는 최저선을 정해두고 거기에 못 미치면 얼른 기계를 바꾸는 거야."

가에데는 자신의 담배에도 불을 붙이고 "아하, 그렇구나"라
는 말을 담배 연기와 동시에 내뱉었다.

"하지만 좀 참고 기다리면 갑자기 터지기도 하니까 일정하진
않아."

"응? 그럼 어떻게 해야 돼?"

"나도 모르죠."

가에데는 자신을 놀렸다고 생각했는지 "아이~" 하고 콧소리
를 내며 가즈야의 어깨를 툭 쳤다. 가즈야도 슬슬 마음에 여유
가 생겨서 그 손을 가볍게 막아냈다. 손과 손이 맞닿으면서 여
자의 따스한 체온이 전해져왔다.

가에데가 틈을 놓치지 않고 가즈야의 손을 잡더니 손금을 봐
주겠다며 바짝 몸을 붙여왔다.

"우와, 피아니스트처럼 손가락이 길다. 자기, 젓가락보다 무
거운 건 들어본 적도 없지?"

"아냐, 나, 옛날에 막일도 했었는데?"

"거짓말. 어디 어디?" 가에데는 가즈야의 어깨며 가슴팍을
스스럼없이 만져보더니 "어머, 진짜, 그냥 보기에는 마른 거 같
은데 꽤 근육질이잖아?"라고 마치 슈퍼에서 과일을 가늠해보
듯이 말했다.

"어디, 누나는?"

가즈야가 복수를 해줄 심산으로 마주 더듬으려는 포즈를 취하자 가에데는 몸을 틀며 "어머, 안 돼"라고 섹시하게 웃어젖혔다. 가즈야는 능숙하게 여자를 다루는 자신이 만족스러웠다.

가에데는 가즈야의 손금을 보며 여자를 울릴 타입이라는 둥, 그래도 결혼은 빨리 하겠다는 둥, 분명 다른 손님들에게도 똑같이 했을 말들을 조잘조잘 늘어놓았다. 그러고는 노래를 하겠다고 나서더니 가즈야가 알지도 못하는 옛 노래를 두세 곡 불렀다. 권하는 대로 가즈야가 팝송을 한 곡 불렀더니 "어머 어머, 너무 잘한다!" 하고 박수를 치며 좋아서 팔짝팔짝 뛰다시피 가즈야의 품에 안겨들었다.

어느새 시계 바늘은 12시를 넘어가서 안쪽 테이블의 샐러리맨이 돌아갈 준비를 하고 있었다. 가즈야가 그쪽으로 눈길을 던지며 "자, 나도 슬슬"이라고 말하자 가에데가 "자기, 라면 먹으러 안 갈래?"라고 슬쩍 물어왔다. "좋지"라고 대답하자 "곧바로 뒤따라갈 테니까 먼저 가 있어"라고 낮은 소리로 속삭이고는 바로 옆의 라면체인점 이름을 댔다.

일러준 대로 패밀리 레스토랑 같은 그 가게에서 먼저 라면을 먹고 있었다. 15분쯤 지나서 가에데가 나타났다. 가에데도 라면을 주문해서, 흘러내리는 머리를 왼손으로 잡아가며 솜씨 좋게 훌훌 먹었다. 새삼 바라보니 가에데는 미인이라고까지는 못해도 남자들이 호감을 가질 만한 얼굴이었다. 나지막한 코에도 애교가 있었다.

가게를 나서는데 가에데가 팔짱을 끼어왔다.

"자기, 역시 물어봐야겠어."

"......뭘?"

"나, 몇 살로 보여?"

"스물일곱."

가에데는 "아하하" 하고 기분 좋게 웃더니 가즈야의 팔을 힘껏 끌어당겨 자기 가슴에 댔다.

가즈야가 그 팔을 풀었다. 왼팔로 여자의 어깨를 안고 오른손으로 그 젖가슴을 붙잡았다.

"우와, 얼굴 표정이 무서워."

자신이 어떤 얼굴을 하고 있는지 가즈야는 알 수 없었다.

"안 돼, 이런 곳에서는."

가에데는 연상의 여자다운 여유인지, 상황을 즐기듯이 가즈야의 오른손을 가만히 떼어내더니, "우리 집에 가도 되는데"라며 그 손을 꼭 쥐어왔다.

둘이서 택시를 잡아타고 겨우 10분 만에 가에데의 맨션에 도착했다. 차 안에서 가에데는 가즈야의 허벅다리를 만지작거리며 순진한 스무 살 젊은이의 반응에 좋아라 웃고 있었다.

맨션 엘리베이터에서는 가즈야의 사타구니에 손을 뻗어왔다. 가즈야는 저도 모르게 허리를 뒤로 뺐다. 여자는 "아우, 귀여워"라며 촉촉한 눈을 했다.

집 안에 들어서 현관문을 닫았을 때는 벌써 부둥켜안고 키스에 들어갔다. 서둘러 구두를 벗어던지고 뒤엉키다시피 안쪽 침실로 들어가자, 가에데는 일단 가즈야를 떼어놓고 자기 손으로 옷을 벗어 전라가 되었다. 흥분했는지 입은 꾹 다문 채였다. 커튼이 활짝 열려 있어서 달빛에 여자의 벗은 몸이 떠오르고 짙은 그림자가 풍만한 살집을 한층 더 부드럽게 그려냈다. 거친 숨을 억누르며 가즈야도 옷을 벗었다. 가에데가 침대에 앉아 있어서 말도 없이 그대로 덤벼들었다. 뒤로 누워버린 가에데는 팔을 가즈야의 몸에 휘감고 아앙, 하는 거친 콧소리를 냈다. 상반신을 강하게 밀착시키자 여자는 마주 비벼오며 몸을 뒤틀었다. 뜨거운 몸이었다. 이어서 여자는 몸을 일으켜 위로 올라와 가즈야의 입술을 빨았다. 입안에 들어온 여자의 혀는 마치 전혀 다른 생물처럼 거칠게 움직였다. 가즈야도 화장한 여자의 얼굴을 핥았다. 머리카락이 얼굴에 걸쳐 있었지만 상관하지 않고 함께 빨아댔다.

잠시 허겁지겁 서로를 탐하고 나서 가에데는 침대 옆 서랍에서 콘돔을 꺼냈다. "여차할 때를 위해 준비해둔 거니까 오해는 하지 마, 응?"이라고 했다. "자기는 이런 거 안 가지고 다니잖아?"라고 거듭 변명을 했다. 가에데의 인도를 받아 가즈야는 열심히 몸을 움직였다. 여자의 호흡이 거칠어지고 이윽고 신음으로 변하더니 턱을 바짝 치켜든 뒤에는 가즈야가 깜짝 놀랄 만큼 비명을 질렀다.

여자는 연달아 세 번을 청했고 젊은 가즈야는 어려움 없이 거기에 응했다. 여자의 온기를 온몸 가득 느꼈다. 나쁘지 않은 하루였다.

6

4월도 중반에 접어들어 새싹에도 물이 오르고 이제 슬슬 올 때가 됐구나 했더니만 아니나 다를까 늘 보던 붉은 회람판이 돌아왔다. 이 시기에 늘 있는 '신입행원 환영캠프' 안내서였다. 후지사키 미도리는 점심시간에 그 회람판을 받아들고 잽싸게 아래쪽 페이지를 들춰보고는 작은 한숨을 내쉬었다. 올해도 불참란에 도장을 찍은 용기 있는 은행원은 아직 단 한 사람도 없었다. 회람판의 가장자리가 붉었기 때문에 다들 '죽음의 붉은 종이'라며 지겨워했다. 정말 회람판에는 좋은 소식이라고는 있었던 적이 없다.

신입행원 환영캠프는 해마다 황금연휴의 귀중한 이틀간을 죽이며 거행되는 갈매기은행의 연례 행사였다. 명칭 그대로 올해 새로 들어온 은행원을 환영하는 캠프였는데, 얼마나 어처구니없는 행사인지는 은행 내 누구나 다 인정하는 바였다. 미리 지목된 행원이 캠프파이어에서 '맹세의 말'이라는 것을 늘어놓을 때는 듣는 사람까지 낯이 뜨거워서 냉큼 도망치고 싶어졌다. 상사들도 뒤에서는 이 행사에 대해 "우리가 무슨 중학생도 아니고 이게 뭐야?"라고 투덜거렸다. 덕분에 세상이 마음껏 놀아대는 황금연휴의 해외여행 러시 같은 건 미도리가 다니는 갈매기은행에서는 멀고먼 딴 나라 얘기였다.

다들 지겨워하는 행사가 왜 계속 이어지는가. 그 이유는 조합에 있었다. 거대한 조직이라서 미도리가 그 구조를 전부 파악한 건 아니지만, 그저 느낌상으로도 은행조합은 어용조합의 영역마저 뛰어넘었다. 완전히 남자 은행원들의 출세 코스이자 구제 센터였다. 무슨 영문인지 조합 임원을 거치면 아무 소리 안 해도 부장급까지는 술술 올라갔다. 할당된 책임량이 없는 부서이기 때문에 저절로 실력은 시원찮지만 학력과 배경만은 기막히게 좋은 자들만 모여서, 출세가 약속된 느긋한 기분에 아무려나 상관없는 짓거리를 마구 벌이는 것이었다. 그나마 그냥 아무 말 않고 있어주면 좋을 텐데 은행에 무슨 행사라도 있으면 이때다 하고 자기 존재를 어필하지 못해 안달이었다. 행원들도 자신이 언제 그런 입장이 될지 모르기 때문에 겉으로 드러내놓고 불만을 토로하지는 않았다. 기숙사 운동회, 각 지점별 여행, 가을 하이킹. 다들 싫어서 어쩔 줄 모르면서도 거절할 수가 없었다. 조직의 관습이란 언제나 불합리한 것이다.

게다가 은행 행사는 전원 참가가 암묵적인 의무 사항이었다. 물론 어디에나 용기 있는 사람이 있게 마련이지만 그런 행원에게는 지점장의 개별 면담이 기다릴 뿐이었다.

작년에는 선배 여자 행원이 그 면담 세례를 받았다. 대학 시절 친구와 해외여행을 할 예정이었던 그 선배는 점심시간에 지점장에게 불려가 깐죽깐죽 어지간히도 잔소리를 들었다.

"흐응, 좋겠네, 젊은 아가씨는. 세상 무서울 게 하나도 없을 거야. 그렇지?"

그 면담이 끝나자 이번에는 과장이 와서 "어떻게 예정을 좀 바꿔줄 수 없을까?" 하고 우는소리를 늘어놓은 끝에 "그래서야 되겠어? 인사고과에 영향이 있을 텐데?"라는 위협 비슷한 말까지 했다.

물론 여자 행원에게는 그런 건 하나마나한 소리였다. 애초에 은행은 완전히 남성사회여서 미도리 같은 여자 행원에게 출세의 길이 있는 것도 아니었다.

진짜 이유는 부하직원의 인사고과가 아니라 자신들의 인사고과였다. 지점에서 한 사람이라도 결석자가 나오면 본점 쪽에서 지점장에게 관리능력이 부족하다는 추궁이 들어오는 것이다.

그 선배는 하와이여행을 기어코 강행했지만 돌아온 뒤가 더욱더 딱했다. 선물로 사온 마카다미아를 나눠주자, 다들 미운 소리를 쏘아붙이는 바람에 혼자 급탕실에서 울고 있었다. 아마 선물을 안 사왔으면 안 사왔다고 또 뭐라고 했을 것이다.

"휴우······." 미도리는 다시 한 번 작은 한숨을 내쉬고는 도장을 꺼내려고 책상 서랍을 열었다. 문득 고개를 돌렸다가 뒷자리의 유코와 눈이 마주쳐서 소리죽여 물어보았다.

"유코, 신입행원 환영캠프 어쩔 거야?"

"어쩌긴 뭘?"

무슨 뾰족한 수라도 있느냐는 듯이, 우울해 보이는 말투였다.

"그냥 내빼버릴까?"

"용기 있어?" 유코가 어깨를 으쓱 쳐들었다.

"외할머니 제사가 있다고 해볼까?"

"작년에는 없었잖아."

"7주기라서 올해는 꼭 가야 한다든가······."

"조사 들어갈걸?" 유코는 서류 귀를 탁탁 맞추어 클립을 끼웠다.

"지점장이? 설마 그렇게까지 할까?"

"아니, 지점장한테 목숨을 건 딸랑이가 하겠지."

미도리는 손으로 입을 틀어막고 킥킥 웃었다. 있을 법한 일이었다.

"점심이나 먹자."

유코의 말에 두 사람은 위층에 있는 식당으로 올라갔다. 두 사람 모두 늘 도시락을 가져왔다. 사원 식당은 값이 싸서 고맙기는 했지만 맛 또한 싸구려였다.

빌딩 3층의 식당에서는 요코스카 선 빌딩을 끼고 건너편 공장들의 지붕이 내려다보였다. 미도리는 늘 이 창문으로, 점심 시간에 공장 구내에서 배구 등을 하고 있는 종업원들을 멍하니 바라보곤 했다. 이런 감정이 실례라는 건 잘 알지만, 그들을 보고 있으면 미도리는 큰 은행에 취직이 되어 정말 다행이라는 생각이 들었다. 기름때를 묻히며 일한다는 건 미도리로서는 생각도 할 수 없는 일이었다. 그리고 자신의 배우자도 그 속에 있으리라고는 생각할 수 없었다. 가장 앞쪽에 있는 공장은 갈매기은행 기타카와사키 지점의 거래처였다. 분명 이름이 기타자와 제작소였던 걸로 기억하고 있다.

그다지 크지 않은 식당이지만 은행원들이 교대로 올라오기 때문에 대개는 비어 있었다. 창가 테이블에 앉자마자 유코가 남자처럼 목뼈를 우드득 울렸다. 코를 벌름거리며 숨을 들이쉰다. 이것은 그녀가 한바탕 하소연을 늘어놓기 전에 나타나는 증세였다.

"또?"

미도리가 유코의 얼굴을 들여다보며 앞질러 쓴웃음을 지었다. 유코는 요즘 들어 결혼하라는 부모님의 성화에 시달리고 있는 것이다. 이런 하소연이 매일 터져 나왔다.

"오늘 아침에도 또 그 소리지 뭐야."

"뭐라시는데?"

"좋은 사람 있으면 어서 빨리 결혼해라. 그게 아니면 선을 봐라."

유코는 업무 연락 같은 사무적인 어조로 말했다.

"아직 스물두 살인데 왜 그러시지?"

"스물세 살이 됐지."

"언제?"

"지난주에."

"뭐야, 생일이면 생일이라고 말을 해줘야지."

"말하기 싫어." 유코가 도시락밥을 한입 가득 떠넣고 묵묵히 턱을 움직였다. "아, 싫다 싫어, 4월생이 뭐야. 좋았던 건 스무 살로 끝이더라. 같은 반 친구들보다 먼저 어른이 되는 거 같아서 좋았거든. 근데 그 뒤로는 완전히 반대야. 내가 제일 먼저 나이를 먹는다니까."

"후훗."

"하지만 이유를 알았어."

"무슨 이유?"

"우리 부모님이 내 결혼을 서두르는 이유."

"뭔데?"

"우리 과에 오자와 씨라고 있지?" 유코가 젓가락으로 아래층을 가리켰다. "그 선배 말 듣고 단번에 알았어."

"그러니까 뭔데?"

"오자와 선배가 지금 스물여덟이잖아. 그 선배는 2년 전 스물여섯 살 때, 지금의 나하고 똑같이 부모가 결혼하라고 성화를 댔었대. 근데 그 나이를 지났더니 별로 잔소리도 안 하더래."

"그건 또 왜?"

"내가 하소연을 했더니 오자와 선배가 '너희 아버지, 지금 몇 살이셔?'라고 물어보더라고. '쉰넷이에요' 했더니 '아, 대충 알겠네' 그러는 거야. '혹시 너희 아버지 회사, 쉰다섯에 정년 아니니?'라고 묻는 거야. 나, 자세히는 모르겠는데 언젠가 사원들 대부분이 쉰다섯 살이면 자회사로 내려 보낸다는 얘기를 들은 적이 있거든. 아, 그거구나 싶더라. 오자와 선배 말에 따르면 우리 아버지, 앞으로 1년이면 회사가 바뀔 테니까 자꾸 내 결혼을 서두른다는 거야. 나도 그제야 감이 잡히더라. 분명 그거구나 하고."

미도리는 무슨 말인지 잘 알 수 없어서 밥을 입에 문 채 유코를 멀거니 바라보았다.

"그러니까 우리 아버지가 지금 회사의 그 자리에 있을 때 딸 결혼식을 치르고 싶은 거야." 유코가 차근차근 풀어가며 말했다. "자회사로 밀려나기 전에 딸을 정리해버릴 속셈이란 얘기야."

"아하." 반은 감탄하며 미도리는 고개를 끄덕였다.

"어떻게 생각해?"

"어떻게 생각하냐니?"

"너무 자기들 맘대로 아니니? 부모 체면 때문에 딸의 인생을 이러고저러고 하다니."

"유코 아버지, 어디에 근무하시는데?"

유코는 누구든 다 알 만한 대기업의 이름을 대고 거기 본부장이라고, 재미없다는 듯 입을 뾰로통하게 내밀었다.

"우와, 굉장하다."

"그런가? 아무리 세속적으로 굉장해도 회사 직함만 없어지면 그냥 보통 아저씨야. 지금 상황에 맞춰서 현재의 직위에서 딸 결혼식을 치르고 싶다는 건 그걸 스스로 인정하는 꼴이지 뭐야."

"그렇긴 하네……." 미도리는 고개를 끄덕였다.

"샐러리맨이란 게 일단 정년퇴직을 해버리면 분명 칼 뺏긴 무사처럼 흐물흐물 주저앉을 거라고."

그 정경이 눈앞에 선히 떠올라 미도리는 저도 모르게 웃음이 터졌다.

"미도리, 너희 집은 그런 거 없어?"

"우리 집은 전혀. 아니, 그보다 우리 부모님은 여동생 일 때문에 골치가 아파서 내 일 같은 건 생각도 안 할 거야."

"여동생이 또 무슨 일 저질렀어?"

"응……." 미도리의 목소리가 어두워졌다. 여동생에 대해서는 유코에게 대충 이야기했었다.

"싫으면 말 안 해도 돼. 너희 집안일인데, 뭐."

"아냐, 싫을 것도 없어. 고등학교 중퇴한 것까지는 좋은데 딱히 하는 일도 없이 날마다 빈둥빈둥 놀고 있어."

"흐음."

"우리 엄마, 무지하게 고민 중이야."

"몇 살이랬지, 동생이?"

"열일곱. 나하고는 좀 나이 차가 나거든."

"괜찮아. 그러다가 얌전해질 거야."

"제발 그래야 할 텐데." 미도리가 한숨을 쉬었다.

"완전 맏딸이네."

"응?"

"미도리 너 말이야. 맏딸들은 묘하게 책임감이 강하더라. 우리 언니만 해도 그래. 완전 똑같네, 뭐. 내가 엄마아빠하고 싸우기라도 하면 자기는 아무 상관도 없으면서 혼자 속을 태우고 그래. 부탁도 안 했는데 괜히 끼어들어."

"아, 그럴지도 모르겠다." 미도리가 저도 모르게 맞장구를 쳤다.

"언니가 작년에 결혼을 했는데 형부가 별 볼 일 없는 이웃 동네 사람이었어. 물론 좋으니까 결혼했겠지만, 그거하고는 별개로 어딘가 부모하고 가까운 데서 살아야 한다는 의식이 강하게 작용한 거 같아. 우리 언니가 외국계 회사에서 근무했었걸랑. 마음만 먹으면 근사한 엘리트 잡아서 외국 생활도 가능했을 텐데 말이야."

미도리는 말없이 듣고 있었다. 그건 자신에게도 꼭 들어맞는다고 생각했다. 이런저런 미래를 꿈꾸면서도 자신은 분명 평범한 사람과 평범한 결혼을 하리라.

"결국 지나치게 신중한 거야. 모험에 뛰어들지 못한다고 할까? 자기 스스로 브레이크를 걸고 마는 타입이야, 맏딸이란 건."

"그렇게까지 신중한 건 아니고……."

"아니, 너를 보면 진짜 신중해. 술자리에서 아무리 신이 나도 12시 가까이 되면 자꾸 불안해서 집에 갈 궁리만 하지?"

"그건, 그러잖아도 동생 때문에 아버지랑 엄마가 고민이 많은데 나라도 걱정을 끼치지 말아야지 싶어서."

"바로 그게 맏딸 기질이라는 거야."

유코가 의기양양하게 웃자 미도리도 대꾸할 말이 없었다.

"그럴지도 모르겠다." 미도리는 도시락 뚜껑을 덮으며 창밖으로 눈길을 던졌다. "어차피 난 겁쟁이야"라고 살짝 삐친 척해 보였다.

"아, 차는 내가 가져올게." 유코는 말이 너무 심했다고 생각했는지 미도리 몫까지 차를 가져다주었다.

"아 참, 신입행원 환영캠프, 빨리 도장 찍어서 돌리는 게 좋을 거야."

"……."

"왜 그래?"

"……나, '불참'에 찍어버려야지."

미도리는 의자 등받이에 몸을 기대고 팔을 들어 크게 기지개를 켰다.

"또, 또 안 될 소리를 한다."

"글쎄, 나는 정말 가고 싶지 않아." 미도리는 천장을 바라본채 딱 잘라 말했다.

"내가 모험을 두려워하지 말라고 해서?"

"아니, 그거하고는 상관없어."

유코가 좀 난처한 표정으로 미도리를 바라보았다.

"난 이제 문구용품 사러 가야겠다" 하고 유코가 자리를 떴기때문에 미도리는 혼자서 창밖을 내다보고 있었다. 철도 너머공장에서는 작업복 차림의 종업원들이 여전히 신나게 배구를했다. 공장 지붕이 봄 햇살을 받아 하얗게 빛났다. '철도 너머'라는 말은 남자 행원들이 주로 쓰는 말이었다. 미도리는 한 번도 가본 적이 없지만 저 철도만 넘어서면 동네 분위기가 확 달라지면서 쇳덩어리와 기름 냄새가 풀풀 난다고 했다. "식당에놓인 만화책까지 다르더라니까?"라고 누군가 말하는 것을 미도리도 들은 적이 있었다. 어떤 카페에나 놓여 있는 샐러리맨 대상의 만화 주간지가 철도 너머 동네에서는 야쿠자나 마작꾼이 주인공으로 등장하는 저급한 만화 주간지로 바뀐다는 것이다. 어쩌면 일류 기업의 능력 있는 과장이 미인 커리어우먼과 이러쿵저러쿵 엮인다는 이야기 따위는 그쪽 동네에서는 실감이 나지 않거나 그저 보기만 해도 불쾌한 것이리라.

'철도 너머'에는 미도리의 중학교 동창 하나가 살고 있을 터였다. 몇 번인가 전철에서 만난 적이 있었다. 수수하고 별로 눈에 띄지 않는 여자애여서 학교 다닐 때 그다지 친하지는 않았지만, 최근에 차 안에서 눈이 마주쳐 서로 깜짝 놀란 얼굴로 인사를 나누었다. 미도리가 은행에 다닌다는 이야기를 하자 그 친구는 "와, 대단하네" 하면서 자신의 직업은 사무직이라고만 말하고 대충 얼버무리며 넘어갔다. 내리는 역이 같아서 미도리는 상점가가 있는 동쪽 출구로 나오고 그 친구는 공장이 늘어선 서쪽 출구로 나갔다. 그 뒤로는 어쩌다 만나도 별로 대화가 이어지지 않고, 어쩐지 그 친구 쪽에서 차갑게 대하는 것 같아 혹시 플랫폼에서 눈에 띄어도 미도리는 말을 붙이지 않게 되었다.

'사람은 어디서 인생이 갈라지는 걸까' 하고 미도리는 이따금 생각하곤 했다.

자동판매기에서 커피를 뽑아 다시 창가에 혼자 앉았다. 점심시간은 앞으로 30분쯤 남아 있었다. 조금 떨어진 테이블에서는 후배들이 어젯밤의 텔레비전 드라마 이야기를 떠들썩하게 하고 있었다.

창에 가득한 햇살을 받으며 미도리는 멍하니 생각에 잠겼다.

매일 12시 50분에 울리는 공장의 차임벨이 철도 너머 이쪽까지 어렴풋하게 들려왔다. 미도리는 손목시계로 시간을 확인하고 오후 업무에 들어가기 위해 자리에서 일어섰다. 문득 돌아보니, 비스듬히 뒤쪽 테이블에서 다른 과의 남자 행원이 혼자 차를 마시고 있었다. 가볍게 인사를 건네자 남자는 다정한 눈길로 빙긋 웃었다.

"고뇌하는 아가씨."

"네?"

"후지사키 씨, 멍하니 뭔가 생각에 잠겨 있던데?"

남자는 그렇게 말하며 하얀 이를 내보였다.

미도리가 얼굴을 붉혔다. 남자는 다카나시라는 이름의 2년 선배, 나이는 네 살 위였다. 일류 국립대 출신이고 지점장에게 특별대우를 받는다는 건 이 지점의 누구라도 다 알고 있었다.

다카나시는 입을 바쁘게 움직이며 이쑤시개를 오징어처럼 씹었다. 뭔가를 씹는 게 이 남자의 버릇인 것이다.

"또 그런 걸 씹으시네요."

미도리가 어이가 없다는 표정을 짓짓자 다카나시는 "담배를 끊었더니 입이 심심해서"라며 일부러 두 번째 이쑤시개를 집어 들었다.

"일하다가도 가끔 볼펜 끝을 깨물죠?"

"그렇다니까. 차장님한테 늘 혼이 나. 아하하."

다카나시는 그리 겸연쩍은 기색도 없이 웃어젖혔다.

"자, 그럼."

"응, 또 봐."

미도리는 그의 시선을 의식하며 식당을 나왔다.

지점 인사권은 거의 지점장의 손에 달려 있지만, 해마다 인사하는 행원 가운데 수십 명은 지점에 근무하더라도 본점 인사부 직할이었다. 그들은 대부분 국립대나 유명 사립대 출신으로, 은행에서는 학력이 모든 것을 대변했다. 다카나시도 거기에 해당되었다. 본점에서 '2년 후에는 본점으로 다시 부를 테니 그사이에 융자와 외국환 거래를 경험하게 하라'는 통지가 내려왔기 때문에 지점장도 웬만해서는 토를 달지 못하는 것이다. 여자 행원은 인사의 속내 같은 건 자세히 알지도 못했지만 날마다 은행에서 함께 지내다 보면 대개는 짐작할 수 있었다. 간부 후보는 입사하는 시점에 이미 구분이 되어 있었다. 체육계열 출신자는 취직에 유리하다고들 하지만 사실 그들은 그저 '보병 요원'에 지나지 않았다. 지점에서 실컷 부려먹고, 쉰 살이 되기 전에 전원이 자회사로 낙하산을 타는 우울한 꼴을 겪는다. 수천 명이나 되니 모두 다 엘리트 대우를 해줄 수는 없었다. 은행에는 소수의 지휘관이 있고 압도적 다수의 병사가 있는 것이다.

정보통 선배의 말에 의하면, 이런 변두리 지점에 간부 후보가 내려오는 일은 극히 드물다고 한다. 그러니까 초엘리트는 아닌 모양이지만 그래도 '그 바보' 이와이 같은 행원과는 하늘과 땅 차이일 것이다. 은행에서는 사내 결혼율이 60퍼센트를 넘었다. 미도리도 그것을 의식하지 않을 수 없는 것이다.

점심시간이 끝나고 창구에 돌아오니 단골 고객인 시바타 노인이 지팡이를 짚으며 막 들어서는 참이었다. 오늘은 어쩐 일로 오후에 출근을 하시는구나 했더니만 시바타는 그대로 미도리 앞에 다가와 "아아, 아가씨, 뭔가 내가 도와줄 일 없어?"라고 말을 붙여왔다.

"네?"

"인감은 가져왔어. 항상 갖고 다니거든."

"저어……." 웃음 속에 약간의 난처함을 내비치며 미도리가 노인을 올려다보았다.

"오늘은 한가한 것 같으니까 번호표는 안 뽑아도 되지? 이봐, 후지사키."

"네에……."

미도리의 뒤편에서 몇몇이 걱정스럽게 이쪽을 살피고 있는 게 느껴졌다.

"내가 옛날에 작기는 해도 회사를 경영해봤거든. 이런 일에도 각자 책임량이 있다는 건 나도 잘 알아. 아가씨한테도 다소간 책임량은 있을 거 아냐?"

미도리는 무슨 영문인지 알 수 없어, 빙글빙글 웃고 있는 시바타를 멀거니 쳐다보았다.

"자네만 괜찮다면 내가 도와주지. 암, 도와주고말고."

도움을 청하려고 뒤를 돌아보니 모두 일제히 고개를 숙였다.

"저어, 그러시면 연금가입은 어떠세요?"

"그건 벌써 들었어. 우리 며느리가 마음대로 들어버렸더라고."

"그럼 공공요금 자동이체는 어떠세요?"

"아, 그건 안 돼." 시바타는 환한 표정을 지으면서도 딱 잘라 말했다. "그러면 은행에 올 일이 없어지잖아?"

"네에, 그러시면……."

미도리는 난처했다. 정말로 원하는 건 각종 공공요금의 자동이체였지만 시바타는 그것만은 분명하게 거부 의사를 밝힌 것이다.

"은행에서는 책임량이 어떤 식으로 나오지?"

"아, 글쎄요……." 치매기가 있다는 소문이 떠도는 노인에게 금융상품을 팔 수도 없고, 미도리는 별 지장이 없을 책임량 항목을 댔다.

"아, 그럼 그걸로 하지. 그 크레이지라나 뭐라나 하는 서 하나 들자고."

"크레디트 카드 말씀이십니까?"

다시 뒤를 돌아보자 '딸랑이' 다마이 과장이 눈짓으로 어서 받으라는 신호를 보내는 게 보였다.

"그러시면 지금 담당자를 불러드릴 테니까 저쪽 상담 창구 쪽으로……."

"아니, 나는 아가씨한테 들고 싶은 거야."

결국 딸랑이의 지시에 따라 그쪽 창구를 대신하여 미도리가 시바타의 신용카드 신청서를 접수했다. 시바타는 단정한 해서체 글씨로 신청용지에 필요 사항을 기재했고 그것을 건네줄 때에 미도리의 손을 슬쩍 쥐었다. 화들짝 놀라 손을 빼내자 시바타는 그제야 제정신이 돌아왔는지 "아, 이런, 미안해"라면서 마치 꾸지람을 들은 중학생처럼 풀이 죽었다.

시바타가 돌아가자 딸랑이는 미도리에게 "이다음에는 정기적금으로 해"라면서 음흉한 눈빛으로 웃었다. 기다 과장대리는 "괜찮아. 담당한테는 내가 말할 테니 걱정 마. 그리고 그 댁에서 누군가 맡아줄 거야"라며 미도리의 어깨를 두드렸다.

이 모든 상황을 힐끔힐끔 지켜본 유코는 이 일로 사흘씩이나 미도리를 놀려댔다.

7

　시청 환경공해과의 상담지도계라는 명함을 가진 인물이 나타난 것은 맨션 주민의 민원이 있었던 날로부터 이 주일이나 지난 뒤였다.

　일이 그렇게 한참이나 늦어진 것에 가와타니 신지로는 크게 낙담을 했다.

　민원이 있었던 날 밤부터 신지로는 어쩐지 불안한 나날을 보냈다. 속을 끓일 정도는 아니었지만 마음속은 항상 엷은 구름이 낀 상태였다. 맨션 주민의 민원을 접수한 공무원은 언제나 오려나. 그 생각을 하면 납품을 하러 나갈 때도 공장을 비우기가 걱정스러웠다. 아내인 하루에는 신지로보다 더 순해빠진 성품이라 불리한 요구에도 금세 넘어가 버릴 것 같았다.

　신지로는 머릿속에서 두서없는 상상을 해가며 기운이 빠졌다가 다시 기운이 났다가를 반복했다. 혹시 영업 시간 제한 조치가 떨어지는 건 아닐까. 아니, 시청에 그런 권한이 있을 리 없다. 혹시 신지로가 알지 못하는 시의 조례가 있어서 소음을 단속하겠다고 나서는 건 아닐까. 아니, 그런 이야기는 다른 공장 동료들에게서도 들은 적이 없다. 설마 공업단지로 이전하라는 권고가 들어오려나? 하지만 그거야말로 무리한 이야기다. 이 도시에 그럴 만한 장소가 있을 턱이 없다……. 처음 한동안은 꿈까지 꾸었다. 맨션 주민들이 공무원을 데리고 나타나 퇴거를 요구하는 불길한 꿈이었다. 신지로의 성격은 전혀 낙천적이지 않았다.

그런데 일주일이 지나서도 시청 직원이 찾아오지 않자 약간 희망이 생겼다. 맨션 주민들의 민원을 시청에서 받아주지 않았을 거라는 생각이 솔솔 들었던 것이다. 먼저 입주한 건 가와타니 철공소 쪽이고 따라서 공장 영업은 기득권으로 인정을 해줄 터였다. 그런 생각이 점점 더 강해져서 이 주일쯤 지났을 때는, 이제 공무원은 안 온다, 그저 괜한 걱정이었다, 라고 나름대로 결론을 내렸다.

그래서 오전 작업 중에 양복 차림의 남자 둘이 나타나 "시청에서 나왔습니다"라며 명함을 내밀었을 때, 가슴속에 암울한 기분이 퍼짐과 동시에 자신의 달콤했던 예상을 저주했다. 신지로가 그 순간 생각한 건, 세상일이란 대부분 내게 불리한 쪽으

126

로 굴러가게 마련이라는 것이었다.

나이가 든 한쪽 공무원이 공손히 허리를 꺾더니 "이미 앞의 맨션에 사시는 분들에게 이야기를 들으셨겠지만요"라고 말했다. 곁에 선 젊은 공무원이 엷은 웃음을 지었다. 그 젊은 공무원의 손에는 소음계인 듯한 도구가 쥐어져 있었다.

"아, 예. 들었는데요……."

"그래서 잠시 상의 말씀을 드릴까 하고요."

이 사람들은 마치 방문 판매원처럼 저자세였다.

신지로는 머리를 벅벅 긁어 불쾌한 듯한 포즈를 취하며 두 사람을 사무실로 안내했다. 상냥하고 친절하게 대하면 도리어 얕잡아볼 것 같았다.

"조금 전까지 오타 씨를 비롯해 여러 분의 의견을 듣고 왔는데요." 나이 든 시청 직원의 말을 들으며 신지로는 담배에 불을 붙였다. "일요일과 야간 소음……이랄까, 가와타니 철공소 쪽에서 나오는 기계 소리가 말이죠, 맨션 주민들의 귀에 좀 거슬린다고 해서요. 그걸 좀 고려해주시면 어떨까 하는 부탁을 드리려고 이렇게 찾아왔습니다."

"……우리도 꽤 신경은 쓰고 있는데요." 하루에가 차를 내오자 공무원들은 과장스럽다 싶을 만큼 황송해했다. "막무가내로 큰 소리를 내는 건 아니에요. 저거 보세요, 저 벽도 이웃 맨션이 들어섰을 때 일부러 흡음재를 넣었어요. 이것도 수십만 엔은 들었다고요."

나이 든 공무원은 고개를 끄덕이며 벽을 들여다보았다.

"민원이 나온 다음에 흡음재를 넣은 게 아니에요. 그전에 내가 자발적으로 설비를 했죠. 그밖에도 휴일 같은 때는 여름에 아무리 더워도 셔터를 내려서 최대한 소리가 밖으로 새어나가지 않도록 하고. 원래부터 나는 트럭 시동을 걸 때도 디젤 엔진은 소리가 너무 크니까 이른 아침 시간에는 예열도 안 하고 일부러 큰길까지 나가서 덥힐 정도예요. 우리도 나름대로 상당히 신경 쓰고 있다고요."

신지로는 콧구멍을 벌름거리며 항변했고, 나이 든 공무원은 몇 번이고 고개를 끄덕였다.

"그래서 말인데요." 이번에는 젊은 공무원이 말했다. "일단 이 소음계로 소리를 측정해봤어요." 젊은 남자는 트랜시버 같은 기계를 내밀었다. "일단 45데시벨이 나왔습니다만……."

그게 어느 정도인지 알 수 없어 신지로는 입을 꾹 다물고 있었다.

그때 사무실 문을 두드리는 소리가 나서 돌아보니 이웃한 야마구치 차체의 사장이 서 있었다. 그 뒤에는 아마도 사장에게 소식을 알렸을 터인 하루에가 있었다.

"어이, 공해인지 뭔지 하는 과에서 여기는 무슨 볼일이쇼? 시청인지 뭔지는 모르겠지만 말요!"

야마구치 사장은 단박에 한바탕 붙을 기세로 나왔다.

"저어, 이분은……?"

나이 든 공무원은 여전히 얼굴에 웃음을 띠고 있었다. 신지로가 이웃 공장의 사장이라고 말하자 "아, 이다음에 찾아뵐 예정이었습니다"라고 하얀 이를 내보이며 "자, 그러시면 기왕 오셨으니, 라고 하면 좀 그렇지만, 야마구치 사장님도 함께 이야기를 해주시죠"라고 가볍게 턱을 내밀었다.

"뭐야, 우리한테도 불만이 있다는 거야, 그 사람들?"

야마구치 사장이 눈을 부릅뜨고 뭔가 더 떠들 기세여서 신지로는 "아, 잠깐" 하고 다가가 팔을 잡으며 자리에 앉으라고 권했다. 작은 테이블에 남자 넷이 무릎을 마주하고 앉았다.

"아, 그래서, 뭐였지요?"라는 신지로.

"45데시벨입니다."

"뭐야, 45데시벨이란 게?" 야마구치 사장이 끼어들었다.

"소음계로 재어봤더니 그렇게 나왔대요."

다시 야마구치 사장이 눈을 희번덕거리는 바람에 신지로는 "사장님, 우선은 이야기를 끝까지 들어보자고요"라며 말렸다. 사장 덕분에 자신은 냉정해질 수 있었다.

"그래서, 45데시벨이라는 건 어느 정도예요?"

"예, 일단 제1종 주거지역에서는 주간에는 일단 45데시벨 이상으로……. 그게 그러니까, 아슬아슬하긴 한데 일단 공해방지 조례에 저촉되는 것으로……."

젊은 남자는 연거푸 '일단, 일단'을 연발했다.

"제1종 주거지역?"

신지로는 납득할 수가 없었다. 이 근처는 상업지역이라고 들은 적이 있었다.

"네, 이곳은 분명 상업지역이기는 한데, 일단 이 앞의 도로를 경계로 해서 건너편 맨션 쪽은 주거지역에 들어가기 때문에……."

"그럼 문제가 없잖아! 그쪽이 주거지역인지 뭔지는 모르겠지만 이쪽은 엄연히 상업지역이잖아. 안 그래?"

야마구치 사장이 동의를 청해오는지라 신지로는 크게 고개를 끄덕였다.

"그리고 그거, 대체 어디서 측정한 거요?" 야마구치 사장이 재우쳐 물었다.

"네, 그게요……." 젊은 남자가 어물거리자 나이 든 공무원이 뒤를 이었다.

"불만이 들어온 쪽의 부지에서 측정하게 되어 있어요."

"흥!" 야마구치 사장이 팔짱을 꼈다.

"그래서 20분쯤 전에 측정을 했습니다."

"그걸 집 안에서 쟀다고?"

"아뇨, 바깥에서 쟀는데요."

"바깥, 어디?"

"그러니까, 정원이랄까……."

"그런 거, 어디서 재고 어디다 마이크를 대느냐에 따라 숫자가 완전히 달라지는 거 아뇨?"

"예, 그건 그렇습니다만."

"정말 45데시벨이었어?"

"예, 그건 사실입니다."

젊은 공무원이 소음계의 화면을 보여주는데 거기에는 분명 '45.0'이라는 숫자가 표시되어 있었다.

야마구치 사장은 잠시 그것을 들여다보더니 낮게 신음한 뒤에 불쑥 말했다.

"도대체가 마음에 안 들어."

"뭐가요?" 신지로가 야마구치 사장에게 물었다.

"아니, 그렇잖아, 가와타니? 숫자가 너무 딱 들어맞는다고. 45데시벨 이상이 조례에 걸린다면서, 그걸로 측정했더니 정확히 45데시벨이었다는 게 말이지 아무래도 뭔가 수상하다고, 이건."

듣고 보니 신지로도 그런 마음이 들었다.

"아, 물론 당신들이 거짓말을 한다는 건 아냐. 관청에서 나오신 분들이 그러기야 하겠어? 가짜 조사를 했다가는 당장 모가지일 텐데, 뭐."

"가짜 조사라니요?"

"아니, 그러니까 그 숫자는 믿을 수 있어. 분명 45데시벨이라는 숫자가 나왔겠지. 하지만 그게 뭐라고 할까, 이를테면 순간최대풍속 같은 거 아냐? 애초에 이 기계도 최대치를 재는 설비는 아닐 거 아뇨?"

나이 든 공무원이 뭔가 말하려는 것을 제지하며 야마구치 사장이 뒤를 이었다.

"이건 어디까지나 추측인데, 그 맨션에 사는 오타 부인인지 뭔지 하는 아줌마의 민원을 받고 당신들은 조사에 나섰다, 그 소음계를 들고 바깥에서 측정을 했다, 하지만 처음에는 낮은 수치밖에 나오지 않았다, 사실은 그런 거 아냐? 그런데 오타 부인인지 뭔지 하는 그 아줌마가 이건 도저히 받아들일 수 없다고 한 거야. 시의 조례를 들고 나설 수가 없으니까 말이지. 그래서 기분이 상한 아줌마에게 떠밀려 여기저기 장소를 바꿔가며 측정을 해봤더니 겨우겨우 순간적으로 45데시벨이 나왔다, 그래서 잘됐다 하고 여기로 달려왔다, 그런 거 아뇨?"

야마구치 사장은 정말 믿음직한 사람이라고 신지로는 생각했다.

"아뇨, 절대 그런 건 아니고요……."

시청 직원은 둘이 동시에 손수건으로 땀을 닦았다.

"하지만 순간적으로 저 앞의 도로를 오토바이가 달려갈 때

측정하면 그 정도 소음은 나올 거라고. 이봐요, 시청 양반들, 수치를 내밀려면 좀 더 제대로 된 데이터를 제시해주쇼. 몇 월 며칠, 몇 시부터 몇 시까지 어떤 지점에서 측정을 했는데 평균 몇 데시벨의 소음이 나왔다든가 말이지. 이봐, 안 그렇소?"

공무원들이 "아, 예, 그야 그렇습니다만"이라고 얼버무렸다.

"저어, 그런데요." 이번에는 신지로가 물었다. "가령 45데시벨 이상이 나왔다고 해도 그게 무슨 벌칙 규정이라도 있어요?"

"아뇨, 딱히 그런 건……." 나이 든 공무원이 대답했다. "저희에게 그런 권한은 없고요……."

"흥, 무슨 소리야, 이게?" 야마구치 사장이 코웃음을 치고는 "굳이 따지고 들 일도 아니었잖아?"라고 의기양양하게 가슴을 젖혔다.

공무원들이 "에헤헤" 하고 힘없는 웃음을 돌려주었다.

그 말을 듣고 신지로는 안도하며 가슴을 쓸어내렸다. 우선은 영업에 지장을 몰고 올 사태에 이르지는 않았다. 상당히 기뻐할 만한 결과였다.

"그거야 그럴 테지. 만일 강제집행 같은 걸 했다가는 이 동네 공장은 전부 없어질 거라고. 그랬다가는 세금도 못 거둬서 당신들 공무원은 다 죽는 거지, 뭐."

야마구치 사장은 벌써 여유를 되찾았는지 껄껄 웃었다.

시청 직원들은 연신 머리만 숙일 뿐이었다. 시청 관리라고 해서 처음에는 꽤 긴장을 했는데 막상 마주하고 보니 '권력'이라는 이미지와는 거리가 멀고, 그저 일개 진정단에 지나지 않았다. 오히려 신지로는 그들이 딱하게 보였다. 아마도 이 사람들은 날이면 날마다 오타 부인 같은 부류의 시민들에게 시달릴 대로 시달리며 여기저기 작은 공장단지를 방문하고 다닐 것이다. 아무런 제지 수단도 없고 자기들이 잘못한 것도 없는데 이래저래 머리를 숙이며 돌아다니는 것이다.

"그런데 그 공해방지 조례라나 하는 것에 저촉되면 어떻게 되는 거요?"라는 야마구치 사장.

"일단 지도에 나섭니다. 소리가 새어나오지 않도록 개축을 하라든가, 물론 이건 당장 할 수 있는 게 아니니까 시간을 두고 부탁하는 형식입니다만……."

"곤란한 케이스라면 어떤 게 있나요?"라는 신지로.

"그건 역시 쌍방이 감정적으로 대립하는 경우겠지요."

"우리는 딱히 감정적으로 대립하려는 건 아뇨." 야마구치 사장이 의자의 등받이를 삐그덕 울렸다.

"예, 물론이지요."

"감정적으로 나온 건 그 맨션의 오타 부인인지 뭔지 하는 부인 아니오?"

"아뇨, 아하하……. 하지만 규칙으로는 0.7킬로와트 이상의 동력원은 공해방지 조례의 대상이 되거든요. 민원이 들어오면 저희로서는 아무리 작은 일이라도 찾아가봐야 합니다."

"0.7킬로와트?"

"예, 그렇게 되면 인쇄소는 물론이고 세탁소도 대상이 되지요."

"그건 좀 말이 안 되네." 야마구치 사장이 어이없어했다. "당신 말이요, 관청이라는 건 약자의 편을 들어줘야 맞는 거 아뇨?"

"아, 예. 물론 강력한 지도에 들어가는 건 큰 공장에 한해서고요, 자영업을 하시는 분까지 단속을 하자는 건 아니에요."

"뭐, 아무튼요." 신지로가 말했다. "우리는 남을 괴롭게 할 마음 같은 건 전혀 없어요. 되도록 소음을 내지 않으려고 나름대로 애를 쓰고 있고 앞으로도 그럴 거예요. 여유가 나면 흡음재도 좀 더 보충할 겁니다."

"거참, 고마운 말씀입니다."

공무원이 머리를 숙였고, 야마구치 사장은 댁들도 참 힘들겠다고 중얼거렸다.

"그래서 말인데요, 우선 첫 단계로 휴일에 하시는 작업을, 아, 물론 완전히 안 하기는 어려우실 테니까 가능한 한 피하겠다고 약속해주실 수 없을까요?"

아무래도 그게 오타 부인이 낸 최저한의 요구인 모양이었다. 아마도 최소한 이 약속만은 받아오라고 주민들에게 등을 떠밀렸을 것이다. 이 공무원들로서는 그 요구에 대한 보고도 해야 하는 것이다.

"어허, 그건 안 되지." 야마구치 사장은 일소에 부쳐버렸다. "우리라고 일요일까지 일을 하고 싶겠소? 하지만 원청회사에서 금요일 발주, 월요일에는 납품을 해내라고 하니 어쩔 수 없이 영업을 하는 거라고."

"물론 그러시겠지요. 그러니까 가능한 한 피하겠다는 것으로 일단 약속이나마 해주실 수는 없을까요?"

공무원은 '가능한 한'이라는 부분에 힘을 주어 말했다.

"글쎄. 뭐, 그 정도야 좋겠지요. 이웃 간에 싸우고 싶지도 않고. 우리도 긴급한 때 이외에는 피하기로 하죠, 뭐."

신지로는 선한 눈빛으로 대답했다.

"고맙습니다."

"어이, 가와타니. 그렇게 쉽게 합의하지 말라고. 나도 이 일에는 분명히 관계자야."

"아이, 그 정도면 됐어요, 사장님. 이 사람들도 중간에 끼어서 이래저래 힘들 텐데."

"예, 정말 고맙습니다."

"우리도 별생각 없이 잔업을 하고 일요일까지 작업하는 부분이 있어요. 뭐, 일요일에 하면 된다 하고 말이죠. 마음속으로 슬쩍 미루는 거, 우선 그런 걸 없애고요, 되도록 평일에 처리해버리고 일요일에는 장기라도 두자고요. 서로 좋은 게 좋은 거죠."

"흥, 말로는 간단하지. 나는 싫어. 약속은 못 해."

"아 참, 사장님, 그렇게 열 내지 마시고, 아무튼 감정적으로 나가는 게 가장 나쁘다니까 최소한 우리 쪽에 악의는 없다는 뜻을 그쪽에 전해두자고요, 예?"

"그거야 뭐, 나도 원만하게 타협하고 싶지."

"고맙습니다."

공무원들은 몇 번이고 머리를 숙이고 있었다.

어떻든 사태가 생각 밖으로 경미하게 지나간 것이 신지로로서는 고마울 따름이었다.

야요이 공업에 가는 건 오랜만이었다. 가스 급탕기의 열교환기에서 불량품을 내고 난 뒤로는 이쪽에서 먼저 연락하기도 뭔가 마음이 무겁고 행여 거래가 끊기는 건 아닌가 싶어 신지로는 내심 걱정하고 있었다. 그래서 담당인 히라노에게서 여느 때와 다름없는 말투로 주문 전화가 들어왔을 때는 정말로 마음이 푹 놓였다.

공장에 들어갔더니 히라노는 싹싹하게 사양서를 펼쳐 들고 설명을 해주면서 "이번에는 제대로, 잘 부탁해"라고 어깨를 두드렸다.

"예, 물론이죠. 지난번에는 정말 큰 폐를 끼쳤습니다."

신지로가 공손히 머리를 숙였다. 그러자 히라노는 일순 진지한 얼굴이 되어 "잠깐 시간 좀 있어?"라고 물었다.

"예, 있는데요."

"그럼 밖에서 커피라도 한 잔 마실까?"

야요이 공업은 철도 연변의 준공업지대에 있어서 회사 문을 나서도 공장 밖이라는 느낌이 들지 않았다. 눈앞의 조립식 창고에서는 선반이 돌아가고 그것이 도로에서도 다 보였다. 기계가 내는 소리는 마치 이 동네의 배경음악처럼 위화감 없이 울려 퍼지고 금속 냄새가 동네 전체에 스며들었다. 바로 앞 공터에 '맨션 건설 반대'라는 간판이 걸려 있어서 저게 뭐냐고 물었더니 히라노는 "상공업조합에서 반대운동을 하는 거야"라고 했다.

"이런 데다 주택을 짓는다지 뭐야. 맨션 건설을 중지시키지는 못하겠지만, 완성이 되면 분명 공장 소음 문제가 발생할 테니까 이쪽에서도 선수를 쳐두는 거지. 당신들, 소음은 미리 각오하고 이 맨션을 산 거 아니냐 하고."

신지로는 우리도 그렇게 해둘걸, 하고 생각했다.

택시 차고 곁에 민속품 가게 같은 찻집이 있어서 거기 안쪽 테이블에서 신지로와 히라노는 마주 앉았다. 뭔가 좋지 않은 예감이 들더니만, 히라노가 "지난번 일인데"라고 첫말을 떼는 것을 보고 신지로는 역시 그 얘기인가 싶었다.

"가네코 아저씨, 기억하지?"

"동운공업 쪽에서 나온 분이셨지요?"

"응, 그 대머리 영업부장. 별로 크지도 않은 부서지만. 아무튼 그 아저씨한테서 청구서가 날아왔어, 우리한테로."

"청구서요?"

"뭐, 말하자면 손해배상 같은 거야." 히라노는 미간에 주름을 잡으며 그렇게 말하고는 컵의 물로 입안을 적시고 말을 이었다. "원래는 메이커 공장에서 나온 청구서야. 제조 라인을 멈췄고 자기 회사 사람들을 점검에 썼으니까 그 여분의 작업을 잔업비로 환산해서 그 돈을 지불하라는 거지. 물론 동운공업 쪽에 보낸 거야. 메이커의 직접 거래처니까. 근데 가네코 아저씨가 그것을 받자마자 우리한테로 넘겨버렸어. 진짜 너무 심하잖아, 이건? 아마 자기네 전무에게 괜찮다, 이런 건 야요이 공업에 넘기면 된다, 아마 그런 식으로 말했을 거야. 윗선에는 그저 굽실거리기만 하는 사람이거든. 그래서 어제 동운공업에 갔을 때 내 손에 넘어왔어, 이 봉투가."

히라노는 작업복 윗주머니에서 두 번 접힌 봉투를 꺼내 서류를 빼내더니 테이블에 펼쳤다. 복사된 종이의 맨 위에 숫자가 보였다.

"컥! 36만 엔이에요?"

"응. 메이커도 아주 엿을 먹인다니까. 한 시간에 2천 엔의 잔업비에 30명 곱하기 6시간이래."

"6시간이나 걸렸던가요?"

"누가 아니래? 기껏해야 5시간이었어. 게다가 정말 30명이나 왔었는지, 그것도 확실하지 않아. 내 말은, 여기서 반절만 내라면 그래도 공정하다고 감수하겠다는 거야. 동운공업 쪽은 요즘 들어 연속 사고를 냈던 모양이야."

"예……." 신지로는 어깨를 움츠린 채 듣고만 있었다.

"그러니 더 분통이 터진다니까. 메이커는 이런 걸로 단단히 잡도리를 하겠다는 속셈인지 모르겠지만, 어째서 그게 고스란히 아래로 떨어지느냐 말이야. 동운공업에서 낸 다른 사고하고 우리는 아무 관계도 없다고."

"예, 그렇지요……."

"이런 때는 아주 머리가 핑핑 돈다니까."

"예에……."

"이봐, 가와타니."

"예."

"반절만 좀 해줄래?"

"저희가요?"

"그래, 18만 엔. 괜찮잖아, 원인을 따지면 그쪽에서 낸 불량품이 문제였고 하니."

"아, 예. 그건 그렇지만……."

신지로는 힘겹다는 듯 얼굴을 찌푸렸다. 기껏 7천5백 엔의 일거리에 18만 엔의 변상이라는 건 너무 심했다.

"알아, 나도. 가와타니 씨가 무슨 말을 하고 싶은지. 우리는 이럴 때를 위해 관리비 명목으로 커미션을 챙겨두거든. 하지만 그렇게 말하자면 우리 위에서 훨씬 더 가로채 먹는 동운공업은 뭐냔 말이야. 사실 우리도 이런 돈을 낼 이유는 없어. 즉, 가장 나쁜 건 시치미 뚝 떼고 청구서를 아래로 내려 보낸 가네코란 그놈이야." 히라노는 말을 하다 보니 더 열이 나는 모양이었다. "이런 말 하면 좀 뭣하지만, 반액으로 한 것도 사실은 내가 마음을 써준 거야. 아니, 그렇잖아? 만약 내가 가네코 같은 놈이었으면 틀림없이 전액을 가와타니 씨에게 밀어붙였을 거라고."

"아, 예……."

"가와타니 씨에게 밀어붙이고, 잘 부탁한다 한 마디 하면 끝나는 거라고."

"그, 그건……."

"아니, 물론 나는 그런 쩨쩨한 짓은 안 해. 불량품을 낸 건 가와타니 씨지만 체크를 안 한 건 나니까. 그러니 반절만이라도 좀 맡아달라는 거야."

"……."

신지로는 말없이 듣고 있었다. 히라노의 말은 분명 일리 있는 말이었다.

"실은 나머지 18만 엔, 내 주머니 터는 거야."

"그, 그래요?"

신지로는 깜짝 놀라 히라노를 보았다.

"우리 사장한테 어떻게 그런 얘기를 하겠어? 까딱하다간 영업부에서 밀려나든지 감봉이야."

히라노는 답답한 듯 크게 한숨을 내쉬더니 쉰 목소리로 "제기랄"이라고 중얼거렸다.

"전에도 한 번 이런 일이 있었는데, 아주 한 반년 동안 잔소리를 하더라고. 우리 사장도 딱 맺고 끊는 데가 없는 사람이라서 말이지. 그런 잔소리를 듣느니 차라리 내 주머니를 터는 게 나아."

히라노는 분통이 터지는 듯 말끝에 코웃음을 달았다.

"그러니까 좀 부탁해. 가와타니 씨도 반절만."

"예에……."

도저히 거절할 수 없었다. 신지로는 체념한 얼굴로 히라노를 바라보며 "알았어요. 18만 엔은 우리가 내도록 하지요"라고 조용히 말했다.

"아휴, 난 정기적금 해약해야 돼. 마누라한테 뭐라고 말해야 할지 모르겠어. 이제는 마누라를 어떻게 달래야 하나, 그거 생각하느라고 아주 머리가 아파."

"……."

"가와타니, 18만, 다음 주에라도 준비해줄 수 있을까?"

"예, 그 정도라면……."

"뭐야, 부자구먼?"

"아니, 그건 아니고……."

"농담이야, 농담. 아무리 영세 기업이라지만 18만 엔 정도에 기둥뿌리가 흔들린대서야 진즉에 도산했겠지, 하하하."

신지로는 발끈할 마음도 나지 않았다.

"그나저나 가네코 아저씨도 참 너무하더만. 나를 불러놓고, 이거 부탁해 딱 한 마디 던지고는 끝이더라고. 미안한 표정도 안 짓더라니까. 외려 내가 새파랗게 질린 건 재미있디는 눈초리로 흘끔흘끔 쳐다보더라……. 처음이네 진짜, 인간이 그렇게 미웠던 건. 인간이란 게 말이지, 그럴 때 갑자기 사람을 죽이고 그럴 거야."

"아이, 그런 험한 소리는……."

가볍게 웃어가며 자리를 부드럽게 풀어보려고 했지만 히라노의 얼굴은 진지했다.

"아니, 나 스스로도 놀랐어. 나처럼 평범한 사람이라도 살의를 품는 일이 있구나 하고. 분명하게 살의가 들었었어, 그때 얼마나 분했던지."

히라노는 뒤를 이어 하청업체의 비애를 장황하게 한탄하고 세상을 실컷 욕하고 가네코의 험담을 누누이 늘어놓았다.

신지로에게 다 털어놓아 속이 후련했던지 아니면 자기도 조금은 창피했던지, 마지막에는 "미안하네, 푸념만 늘어놓아서"라고 불쑥 말했다.

신지로는 돌아오는 트럭 안에서 18만 엔이면 무엇을 살 수 있나 생각했다. 그리고 다시 한 번 금연을 해볼까 하며 작게 한 숨을 내쉬었다.

다음 날, 히라노에게서 전화가 걸려와 18만 엔을 20만 엔으로 해주지 않겠느냐고 했다. 겨우 2만 엔 차이라도 자기에게는 정말 빠듯하다고 히라노는 기분이 안 좋은 듯 말했다. 신지로는 말없이 받아들였다.

오타 부인에게서 항의도 들어왔다. 밤 9시경에 작업을 하고 있으려니, 어두운 표정의 오타 부인이 나타났던 것이다. 이번에는 거만한 자세가 아니고 이쪽이 황송할 만큼 저자세로 "미안해요, 오늘은 두통이 심해서······"라고 가느다란 소리로 말했다. 그냥 보기에도 아픈 듯한 모습에 신지로는 그만 미안해져서 작업을 중지했다.

8

다카오가 파친코 가게에 나타난 건 결국 길거리에 슬슬 여름 옷차림까지 보이는 4월 중반을 넘어설 무렵이었다. 다카오는 번들거리는 옷감의 양복을 걸치고 머리를 올백으로 넘겨버린 탓인지 이전보다 훨씬 더 어른스럽게 보였다. 그동안 뭐하고 있었느냐고 가즈야가 묻자 다카오는 한참이나 뜸을 들이며 "아, 이래저래 좀 바빴네"라고 제법 생각이 깊은 척 대꾸했다. 파친코 기계에 앉지 않고 휴게 공간으로 성큼성큼 나가는지라 가즈야는 게임을 잠시 쉬고 그 뒤를 따라갔다. 다카오는 자동판매기에서 커피를 사더니 소파에 자리를 잡고 담배에 불을 붙였다.

"오랜만이다."

"그러네."

"뭐야, 소매치기하다 붙잡혀서 감옥에라도 다녀왔냐?"

"바보. 이 나이에 누가 그런 조무래기 짓을 하냐?" 다카오가 천천히 담배 연기를 토해냈다. "너, 차림새가 아주 좋은데? 그 양복, 샀냐?"

가즈야는 이전에 파친코로 한탕 크게 벌었을 때 사들인 양복을 매일 입고 다녔다. 구색을 갖춰 가죽 구두도 샀다.

"그런 건 됐고, 뭐했냐, 그동안?"

"일했다, 일."

"무슨 일?"

"응? 농성이라는 거."

"농성?"

"선배 명령으로 경매 물건에 들어가서 농성했어. 도베르만 경호견하고 같이."

"뭔 소리야, 대체?"

"쉽게 말해서 빚진 돈의 담보로 차압에 들어간 집에 들어가 아예 거기서 먹고 자면서 경매를 방해하는 거야. 나도 자세한 건 모르지만, 점유권을 주장하기 위해서는 누군가 반드시 거기서 거주해야 한다더만."

"그거, 위험한 거 아니냐?"

"물론 위험하지. 처음에 온 넥타이는 도베르만 때문에 잔뜩 쫄아서 금세 갔는데, 한참 있었더니 경매꾼이라는 놈이 와서

나, 완전 결딴나는 줄 알았어야." 다카오의 콧구멍이 벌름거렸다. "한밤중에 문을 쾅쾅 치고 이건 뭐, 빨리 문 열라고 밖에서 남자들이 고함을 치고 아주 난리를 치더라고. 깜짝 놀라서 선배한테 휴대전화로 연락했더니 자기 올 때까지 죽어도 열어주지 말래. 그래서 나도 문을 밀어붙이면서 이놈들아, 우리는 임대계약서가 있다, 재판소든 뭐든 다 데려와라 하고 맞고함을 쳤지."

"헤에, 굉장하다."

"음. 선배가 미리 채권자를 잡아서 저당 들어가기 바로 전 날짜로 계약서를 받아놨거든. 그걸로 법률적으로도 우리가 유리한 거야."

일대 활극 같은 이야기를 가즈야는 몸을 내밀고 듣고 있었다.

"그래서 나도 진짜 용은 써봤는데 선배가 도착하기 전에 경찰차가 먼저 오더라고. 이웃 사람이 신고를 했던 거야. 주택가에서 한밤중에 상소리로 고함을 지르니 그럴 만도 하지. 그러니 어쩌겠냐? 내가 나갔더니 그자들이 면허증을 내놔라 어쩌라 하더라고. 아니, 이보쇼, 영장 있어요? 하고 나도 큰소리를 치고. 그러고 있는데 선배가 마침 도착해서 그다음은 계약서 보여주고 상황 끝. 경찰도 경매꾼도 찍소리 못 하더라고. 하긴 이제부터는 조직끼리 담판을 해야겠지만."

"상대편도 야쿠자야?"

"그야 당근이지. 나한테 누구 백 믿고 까부느냐, 너희 젊은 두목, 처발라버린다고 했거든. 야, 이 멍청아, 내가 젊은 두목이다 하고 나도 고래고래 고함을 쳐줬지."

다카오는 그러더니 유쾌한 듯 웃었다.

"결국 담판 끝날 때까지 이 주일이 문제야. 어휴, 진짜 힘들었다야. 전기도 수도도 안 들어오지, 별수 없이 여자 친구한테 편의점 도시락 사 오라고 해서 줄창 그것만 먹었어. 어휴, 개도 돌봐줘야지, 진짜 미칠 뻔했다야."

가즈야에게는 다카오가 전쟁터에서 귀환한 병사처럼 보였다.

"하지만 배짱은 좀 두둑해졌다. 현관에 굵은 설탕을 뿌려놨어. 누가 들어오면 그걸 밟아서 소리가 나거든. 인간이란 진짜 신기한 거라서 신경을 날카롭게 세우면 자다가도 작은 소리에 몸이 먼저 반응을 해. 그야 처음에는 잠도 못 잤지만, 언제라도 올 테면 와라 하고 각오를 해버리니까 어떤 상황에서든 쿨쿨 잘 수 있더라고."

"흠, 그렇겠지." 가즈야는 '나도 이런 일이 있었다' 하고 자신의 체험담을 펼치고 싶었지만 안타깝게도 대항할 만한 내용의 이야깃거리가 없었다.

"그럭저럭 하다 보니까 보름이 훌쩍 가더라."

"돈벌이는 좀 됐어?"

"그게 말이야." 다카오가 여기서 벌레 씹은 얼굴을 했다. "그 선배가 자린고비야. 이 주일씩 꼼짝 못 하게 거기 처박아뒀으면서 말이지, 용돈이나 하라면서 겨우 5만 엔을 주더라니까? 나 참, 어이가 없어서. 그러고는 초밥 한 번 사주고 그걸로 끝. 내 생각에는 이건 틀림없이 백만 엔 단위의 돈이 왔다 갔다 한 일이야. 아니, 어쩌면 그 선배, 천만 엔쯤은 먹었을 거다. 그게 요코하마 고다이 쪽 일등지에 원래 부동산 회사 사장이 살았던 집이거든."

"호화 저택이었어?"

"어. 2층 창문에서 바다까지 다 보여. 배가 저 멀리서 스르르 지나가더라니까? 좋더라, 진짜. 한 번이라도 좋으니 나도 그런 집에서 살고 싶더라야."

다카오는 생긴 꼴에 어울리지 않게 멍하니 생각에 잠긴 눈빛이 되었다.

"이 주일이라도 살아봤으니까 됐잖아?"

"바보, 내가 말했잖아, 전기도 수도도 안 들어왔다고. 게다가 가구를 몽땅 실어가서 나는 달랑 침낭 하나에서 잤어. 게다가 기껏 5만 엔에. 이제 다시는 안 한다. 아무리 선배 부탁이라도 누가 그런 짓을 하나?"

말투는 툴툴거렸지만 다카오는 내심 자랑스러운 기색이었다. 아마 이 이야기는 앞으로 수없이 듣게 될 터였다.

"그럼 돈은 없겠구나?"

"그래, 없어."

"톨루엔이나 하러 가자."

"아, 지난번에 말했었지, 너?"

"하네다의 판금도장 공장. 누워서 떡 먹기야. 창문 깨고 들어가 안쪽에서 문을 열어주면 당당히 들고 나올 수 있어."

"좋아, 그럼 한번 해볼까?"

다카오가 입으로만 떠드는 녀석이 아니어서 가즈야는 내심 흐뭇했다.

"아 참, 그렇지." 다카오가 가방에서 휴대전화를 꺼내며 말했다. "하나 사라. 너한테는 8천 엔에 줄게. 이걸로 서로 연락하자고."

들여다보니 가방 안에 휴대전화가 몇 개나 있었다.

"어떻게 된 거야, 이거?"

"실은 이것도 선배한테 부탁받고 한 대에 만 엔씩 파는 거야. 아, 사용료는 필요 없어. 계약자 명의는 다른 사람으로 되어 있거든."

"그게 무슨 소리야?"

"빚으로 옴짝달싹 못 하는 놈을 붙잡아서 여기저기 휴대전화 계약을 하게 해. 그걸 다 거둬서 우리가 팔러 다니는 거지. 말하자면 빚을 회수하는 방법 중의 하나야. 신용카드로 물건을 구입하게 해서 그걸 신품 그대로 전당포에 팔잖아? 그거하고 똑같은 거. 그자는 어차피 파산할 거니까 아무도 사용료는 지불할 필요가 없는 거지. 단지 이 휴대전화는 두 달밖에 못 써. 지불이 두 달 밀리면 전화국에서 회선을 끊어버리거든. 뭐, 두 달 쓰고 버리는 휴대전화라고 생각하면 돼."

"흐응."

가즈야는 점점 더 유쾌한 기분이 되었다.

"어제, 여고생한테 세 대나 팔았다. 한 달 5천 엔에 쓰고 싶은 만큼 실컷 쓴다는 게 걔네들한테도 나쁜 얘기가 아니거든."

다카오는 전화번호를 적은 메모지를 주더니 가즈야에게서 돈을 받아들고 "자, 오늘은 이걸 다섯 배로 불려볼까?" 하고 일어서더니 파친코 기계로 갔다. 왠지 그 등판이 동갑내기로 여겨지지 않을 만큼 미덥게 보였다.

가즈야의 휴대전화가 처음 울린 건 그날로부터 사흘째였다. 다카오는 자동차 빌렸다고 옆 동네 드라이브라도 가듯이 가볍게 말하더니, 당장 그날 밤에 톨루엔을 접수하기로 결정했다. 전혀 겁내는 기색이 없는 다카오 덕분에 가즈야까지 기운이 났다. 밤 12시에 가와사키 역 앞에서 만나 잠시 시간을 죽이기로 했다. 신문 배달이 움직일 때까지라면 결행 시간은 되도록 늦을수록 좋았다. 마침 운 좋게도 토요일 밤이었다. 월요일 아침까지 들킬 염려가 없다는 건 경찰 수사에 무지한 가즈야로서도 꽤 유리한 일 같았다.

가즈야는 평소대로 파친코 가게 폐점 때까지 붙어 있다가 일단 아파트로 돌아가 가벼운 면바지와 용무늬 점퍼로 갈아입고, 준비해둔 두 사람 몫의 장갑과 비닐테이프, 손전등을 편의점 봉투에 넣고 약속 장소인 백화점 앞으로 나갔다. 닫힌 셔터 앞에는 불량 고등학생들이 떼를 지어 땅바닥에 주저앉아 떠들고 있었다. 가즈야는 별 의미도 없이 셔터 문을 발로 걷어찼다. 한 차례 쓰윽 노려봤더니 고등학생들이 서둘러 자리를 떠서 가즈야는 내심 만족스러웠다.

10여 분 늦게 다카오가 자동차를 몰고 찾아왔다. 어둠에 녹아들 듯한 윤기 없는 검은 대형 왜건이었다. 다카오는 운전석에서 얼굴을 내밀며 "야, 타!"라고 마른 목소리로 말했다. 차의 큼직한 덩치에 입이 떡 벌어져서 가즈야가 허겁지겁 올라탔더니 다카오는 "야, 배고파 죽겠다. 패밀리 레스토랑에라도 가자"라면서 아무렇지도 않게 자동차를 몰았다. 차 안은 미니버스처럼 의자가 줄줄이 이어져 있어 세어봤더니 11인승이었다.

"이상한 벤츠다?"

"예, 신형이구먼요."

그 장난스런 말투에 가즈야가 풋 웃음을 터뜨렸다. 아무리 봐도 우익의 선전용 차량이었다.

"옆구리에 '되찾자 북방 영토'라고 안 쓰여 있는 게 다행이다."

"알아봤냐?"

"그야 척 보면 알지."

"원래는 선배의 위쪽 조직이 몰던 가두선전차였는데 그걸 물려받아서 검정으로 칠했다더라. 밝은 데서 보면 무슨무슨 정신대라는 글자가 희미하게 보여. 한 되들이 깡통을 실으려면 역시 왜건이 편하고 이렇게 시꺼먼 색깔이어야 눈에 띄지도 않으니까 잘됐지, 뭐."

그에 비해 창문엔 여전히 금줄이 들어갔고 뒤쪽 창문에는 일장기 스티커가 붙어 있었다. 무슨 만화처럼 일이 술술 흘러가는 게 정말 재미있었다.

주차장에는 들어갈 것 같지 않아 길가에 차를 세워놓고 둘이서 패밀리 레스토랑에 들어갔다. 가즈야는 간단한 카레라이스를 시켰지만 다카오는 저녁을 제대로 못 먹었다면서 스테이크 세트를 주문했다. 정말로 드라이브를 나온 것처럼 긴장감이라고는 전혀 없었다.

"가만 생각해보니 너하고 밥 먹는 거 처음이다?"

다카오가 물컵을 단숨에 비우고서 말했다.

"그러네."

다카오가 컵을 머리 위에 쳐들고 흔들자 웨이터가 급히 달려와 물을 채워주었다.

"너, 이 근처 출신이냐?"

"아니, 아이치 현."

"근데 왜 나고야 사투리를 안 써?"

"무슨, 간사이 사투리처럼 폼나는 것도 아니고."

"나고야에선 바보를 '다와케(田分)'라고 한다면서?"

"응, 다와케라는 건 논을 나눈다는 뜻이야."

"그게 뭐냐?"

"옛날에 논밭은 장남에게만 물려주는 걸로 정해져 있었거든. 근데 형제간에 평등하게 나눠주면 그건 바보 천치다, 거기서 나온 말이라더라. 초등학교 때 배웠어."

"너 장남이냐?"

"응, 그래. 장남이라기보다 외아들이지."

"가족은 뭐하는데?"

"내가 아냐, 그딴 거?"

"그래?" 다카오가 씩 웃었다. "나도 그딴 거 몰라. 뭐, 이제 는 살아 있는지 죽었는지도 모르고 산다. 귀찮은 게 없으니까 그게 더 낫다만."

가즈야가 마주 웃었다. 녀석이 동류라는 건 처음부터 냄새로 알았었다.

"근데 왜 이쪽으로 건너왔냐?"

"응? 그쪽 야쿠자하고 문제가 좀 생겨서. 친구들하고 폭주족 을 쪼아서 돈을 걷어오라고 했더니 그놈 뒤에 야쿠자가 있더라고. 1차 협박이 들어왔는데 내가 알 게 뭐냐 하고 한 장 만 엔짜리 후원카드 100장을 틀어넣었더니, 조직에 회장(回狀)을 쫙 돌렸더라고. 우리 손가락 하나씩 끊어놓겠다고 야쿠자가 씩씩거렸대. 뭐, 나야 아무래도 상관없었지만 친구 놈들이 하도 걱정을 해서 토꼈지. 까딱하다간 살해될 거라나? 그래서 잠시 열기나 좀 식힐까 하고 건너왔다."

물론 지어낸 이야기였지만 가즈야에게 거짓말을 한다는 의식은 없었다.

"흥, 대충 그럴 줄 알았다. 나도 말이지……."

질 수 없다는 듯 다카오가 털어놓은 이야기는 자기 고향 쪽에서 야쿠자가 경영하는 술집에서 깽판을 쳤다가 경찰과 조직 양쪽에서 쫓기는 신세가 되었는데 중학교 선배 덕분에 간신히 빠져나왔다는 스토리였다.

다카오는 팔뚝에 문신이 있어서 셔츠를 걷어올리면 '의견무용(意見無用)'이라는 글씨가 새겨져 있었다. 다카오는 이 문구는 좀 후회가 된다고, 별로 후회하는 것 같지 않은 얼굴로 말했다.

"그래서, 앞으로는 어떻게 할 거냐?"

"딱히 생각 안 해봤어."

"어때, 선배 만나게 해줄까? 함께 조직에 안 들어갈래?"

"난 됐다. 나고야에서 아주 질렸어. 날마다 유흥업소 광고지 나눠주느라 죽을 뻔했어."

"그건 처음에나 그렇지. 이대로 파친코로 먹고살아봤자 무슨 수가 나는 것도 아니잖냐? 야쿠자, 그거 꽤 쏠쏠해. 선배 보면 역시 부럽더라야. 기업을 상대로 한 판 크게 결전을 벌이면 돈이 엄청 굴러들더라고."

"나, 파친코로 먹고사는 거 아냐."

"그럼 뭐여?"

"응, 반은 제비족. 나이는 좀 먹었지만 여자 친구가 호스티스거든. 나는 그냥 놀고먹어도 된대."

가에데와는 그 후에도 네다섯 차례 만났었다. 만날 때마다 섹스를 했고 그때마다 가에데는 망측할 만큼 심하게 굴었다. 하지만 제비라는 건 거짓말이고, 가에데는 용돈을 줄 만큼 부자는 아니었다. 별 볼 일도 없는 허세였지만 다카오가 존경의 눈빛으로 바라봐서 가즈야는 만족스러웠다. 거기서부터는 섹스 쪽으로 이야기가 흘렀다. "나이 많은 여자는 뭐든 다 해줘"라는 가즈야의 말에 다카오는 배를 부여잡고 한참이나 웃었다.

결국 가즈야는 다카오와 새벽 2시 가까이까지 이야기에 빠졌다. 신이 나서 맥주를 몇 병이나 비웠다. 토요일 밤, 어디에라도 있을 듯한 두 젊은이의 모습이었다.

한껏 신이 난 기분은 하네다 공업지역까지 달려간 뒤에도 변함이 없었다. 공장이 처마를 맞대고 이어진 그 일대는 완전히 인적이 끊겨 유령도시처럼 고요히 가라앉아 있었다. 군데군데 서 있는 가로등이 어둠과 정적을 더해주었다. 주인 없는 고양이가 앞을 가로지르자 다카오는 요란하게 클랙슨을 울리며 "얌마, 다친다, 다쳐!"라고 소리쳤다. "야, 큰 소리 내지 마"라면서 가즈야는 컬컬컬 웃었다. 왠지 사소한 일이어도 마구잡이로 재미있었다.

점찍어두었던 공장은 금세 찾아냈다. 셔터 앞에 차를 세우고 엔진을 껐다. 전에 했던 대로 뒤쪽으로 돌아가 어떤 창문을 깨뜨릴까 하고 찾아봤는데, 그새 죄다 쇠파이프로 격자를 쳐두었다.

"야, 어쩌지?" 다카오가 뒤에서 김빠지는 소리를 냈다.

"지난번에는 이런 거 없었는데?"

"그야 도둑을 맞았으니 대책을 세웠겠지, 당연히."

게다가 창유리는 와이어가 들어간 것으로 바뀌었다.

"야야, 사전조사쯤은 해둬야 할 거 아냐?"

나무라는 게 아니라 웃음이 터지려는 것을 억누르는 듯한 말투였다.

"아예 왜건으로 정면에서 들이박을까?"

"시끄러, 임마."

가즈야는 어떻게 할까 궁리하면서 격자를 흔들어보았다. 조금 덜컹거리는 소리가 나서 쇠파이프를 양손으로 잡고 벽에 다리를 대고 힘껏 당겨보기로 했다. 그러자 비용을 아끼느라 부실한 것을 썼는지 카앙 하는 날카로운 소리와 함께 어이없을 만큼 간단히 떨어져 나왔다. 그 바람에 가즈야는 엉덩방아를 찧었다. 쇠파이프를 든 채 다카오와 어리둥절한 얼굴로 마주 보았다. 잠시 틈을 두고 두 사람은 동시에 폭소를 터뜨렸다.

"야, 허술한 것도 정도가 있지, 이게 뭐다냐?" 다카오는 허리를 꺾어가며 한참이나 웃어댔다. "문제가 되겠는데, 이건? 분명 이 근처 공업사에 부탁했을 거라고. 아마 잘 아는 집이었을 텐데. 이거, 영 사이가 틀어지겠다야, 그치?"

가즈야도 웃었다. 쇠파이프는 차례차례 떨어졌고 그때마다 웃음이 어둠 속에 퍼졌다. 이어서 유리에 테이프를 붙이고 가까이에 있던 벽돌로 깨부쉈다. 와이어가 들어간 창유리는 역시 간단히 깨지지 않았고, 깨진 뒤에도 손이 들어갈 만한 구멍이 좀처럼 뚫리지 않았다. 게다가 소리가 너무 커서 역시 신경이 쓰였다.

"잠깐! 자동차에 담요가 있었어."

다카오는 왜건에서 너절한 담요를 꺼내왔다.

"이걸 테이프로 창문에 붙이고 벽돌로 내려치면 돼."

가즈야는 창에 빈틈없이 담요를 붙여놓고 멀리서 달려와 벽돌을 내던졌다. 둔한 소리가 울리며 창문이 안쪽으로 찌그러졌다.

"간다!" 다카오가 자신 있는 목소리로 말했다. "이거 한 방

먹어라!"

타타타 내달려서 창을 향해 냅다 발차기를 날렸다.

"너도 해봐."

그 말에 가즈야도 발차기를 먹였다. 둘이서 번갈아 찼다. 터엉 텅, 상당히 큰 소리가 울려 퍼졌지만 그쯤 되고 보니 소리 같은 건 상관없다는 마음이 들어 가즈야와 다카오는 어린애 장난처럼 마구 발길질을 해댔다. 열 번쯤 만에 와이어가 든 창틀은 통째로 안쪽으로 떨어져서 자물쇠를 여는 구멍이 아니라 사람이 그대로 들어갈 만큼 뻐끔하게 가장자리만 남았다.

거친 숨을 몰아쉬며 두 사람은 만족했다. 엄청난 짓을 벌이는 자신들에게 취해 있었다. 가즈야가 안으로 넘어들어가 출입구 문을 열었다. 다카오를 안으로 맞아들여 작업장 구석에 쌓인 톨루엔 한 되들이 통을 이십 개쯤 차에 옮겨 실었다. 사실은 산더미처럼 많았지만 더 이상은 옮기기도 귀찮았다.

돌아오는 차 안에서 두 사람은 마구 떠들었다. 다카오는 이 물건을 처분해서 중고 포커게임기를 사겠다고 했다. 그러면 돈을 훨씬 더 벌 수 있다고 신이 나 있었다. 앞으로 계속 파트너가 되어 일하자고, 진심으로 흐뭇해지는 제안도 해주었다.

시답잖은 개그를 해가며 둘이 내내 웃었다.

청춘이란 이런 것인가, 하고 가즈야는 생각했다.

9

가와타니 신지로가 여느 때처럼 기타자와 제작소에 납품을 하러 갔더니 담당인 간다가 시간이 있느냐고 물었다. 괜찮다고 했더니 신지로를 회의실로 데려갔다.

이럴 때면 신지로는 가슴이 철렁했다. 회의실까지 데려간다는 건 뭔가 심각한 이야기일 터였다. 그렇다면 분명 나쁜 이야기일 것이다. 사무동 가장 안쪽에 있는 회의실까지, 신지로는 간다의 등을 바라보며 내심 불안하기만 했다. 기타자와 제작소는 가와타니 철공소에게는 가장 중요한 거래처였다. 지불이 늦는 법도 없고 이쪽 어음을 은행에 가져가면 두말없이 할인해주었다.

안으로 들어가 의자에 마주 앉자 간다는 은근히 목소리를 낮추며 "가와타니 씨 공장, 꽤 넓은 편이었지?"라고 운을 뗐다.

"예, 뭐, 비슷한 규모의 공장 중에서는 꽤 넓은 편이죠⋯⋯. 그런데 무슨?"

"그 뒤로 새 기계 좀 들어왔나?"

그 뒤로라는 건 처음 거래가 시작되어 기타자와 제작소 쪽에서 찾아와 설비를 시찰했던 때를 가리키는 것이었다.

"아뇨, 그대로인데요."

"그럼 아직 널찍하겠네?"

거품경기 끝에 불필요한 설비를 정리하기도 해서 신지로의 공장은 반절 가까운 공간이 비어 있는 상태였다.

"예, 그런데요."

"그럼 공간적으로는 문제가 없겠군."

"무슨 얘기신지?"

신지로가 고개를 갸웃거리자 간다는 "아니, 펀치 프레스 이야기야"라며 몸을 앞으로 내밀었다.

펀치 프레스란 '터릿 펀치 프레스'라는 대형 공작기계인데, 한참 전부터 간다는 그 기계를 구입하라고 권해왔다. 아직까지 신지로는 그저 해보는 소리로 흘려듣기만 했었다.

"어때, 정말 들여놓을 생각 없어?"

회의실까지 데려와 이야기하는 걸 보면 아무래도 이건 비즈니스 상담인 모양이었다.

"글쎄요." 신지로가 팔짱을 꼈다. 설비투자 얘기라면 그리 간단히 대답할 수는 없었다. 거품경기 때, 무리하게 설비투자에 뛰어들었다가 도산해버린 동업자들을 수없이 봤었다.

"은행이 문제라면 내가 알아봐 줄게."

"그래요?" 의외의 말에 신지로는 고개를 번쩍 들었다.

"실은 지난주에 철로 너머 갈매기은행에서 찾아와서 어디 대출해줄 데 없느냐고 물어보더라고."

"호오, 뜻밖이네요. 요즘 은행이라면 죄다 대출금 회수에 혈안이 되어 있는 줄만 알았는데."

"그야 그렇긴 하지만, 한편으로는 각자 책임량이라는 게 있잖아. 아직 새파랗게 젊은 은행원인데, 그래도 느낌이 꽤 좋더라고. 세상이 죄다 연도(年度)가 바뀌어서 말이지……. 나야 경제에 대해서는 잘 모르지만 자기자본율인가 하는 것도 통과됐고 공적자금도 투입되어서 은행도 좀 여유가 생긴 거 아닐까? 가와타니 씨 이야기를 했더니 한번 만나고 싶다고 하더라고. 뭐냐, 다카나시라고 했던가, 그 은행원?"

"아, 예. 하지만 펀치 프레스를 들여놓으면 종업원도 새로 뽑아야 하고, 우선 그 기계 돌릴 만큼 충분한 일거리가 있을까요, 기타자와 쪽에서?"

"물론. 우리가 일을 대줄 생각으로 제안하는 거야."

간다는 흔쾌히 말했다. 신지로는 내심 기쁘면서도 적잖이 당황스러웠다. 분명 기타자와 제작소와는 관계가 양호했지만 이렇게까지 신경을 써줄 정도는 아니라는 건 누구보다 신지로 자신이 가장 잘 알고 있었다.

입을 다물고 있으려니 간다는 공작기계 판매 회사의 이름을 대면서 거기도 소개하겠다고 막힘없이 말을 이었다.

"신품이면 5천만 엔이 넘어가지만 중고라면 2천만 엔이 안 되는 물건이 있어, 틀림없이."

신지로는 남의 공장에서 구경한 적이 있는 터릿 펀치 프레스를 머리에 떠올렸다. 컨테이너처럼 큼직하고 무게는 30톤 가까이 되는 위풍당당한 기계였다. 그걸 사들이면 이웃의 야마구치 사장이 완전히 놀라 자빠질 거라는 생각이 문득 들었다.

"아무튼 좀 생각해봐. 근데 좀 빠른 시일 내에 가부간 결정을 내려줬으면 좋겠어."

간다는 그렇게 말하더니 마치 신지로의 질문을 막으려는 듯 차를 마시고는 "자이언츠 팀은 대체 왜 그 꼴인지 몰라?"라며 억지로 화제를 바꾸었다.

"그러게요. 하지만 아직 4월이니까 좀 더 두고 봐야죠." 신지로가 쓴웃음을 지었다.

"아니, 글러먹었어. 자이언츠는 미리 승수를 잔뜩 따둬야지, 역전으로는 한 번도 우승해본 적이 없는 팀이야."

성적은 부진한 주제에 거액을 벌어들이는 4번 타자가 간다는 도무지 마음에 들지 않는지 이런저런 트집을 잡으며 투덜거렸다.

　돌아오는 차 안에서 신지로는 설비투자에 대한 생각으로 머릿속이 복잡했다. 만일 그 기계를 들여놓고 기타자와 제작소에서 충분한 주문이 들어오기만 한다면 그건 가와타니 철공소로서는 획기적인 일이었다. 아마 한 달 매상만 백만 엔은 나올 것이다. 가령 대출금을 월 30만 엔씩 낸다고 해도 충분히 이익이 남을 터였다. 거쳐야 할 관문이 이래저래 많을 테지만 돈을 대출해볼 가치는 있었다. 만일 일이 잘되기만 하면……. 갑작스럽게 땅까지 사는 건 어렵다 해도 임대한 땅 그대로 집을 새로 짓거나 작업장을 개축하고, 가족 모두 풍족하게 살 수도 있었다. 그렇게 신지로는 오랜만에 기분이 환해졌다.

　사거리를 돌아든 참에 타이어가 터덜거렸다. 이제 어지간히 타이어도 갈아줘야겠다고 생각한 순간, 아니, 새 트럭을 살 수도 있겠구나, 하고 완전히 설비투자 쪽으로 마음이 기울어버렸다.

　"아, 그거, 분명 리베이트 따먹을 속셈이야. 틀림없어."

　야마구치 사장은 불룩 튀어나온 배를 슬슬 쓸어내리며 우렁우렁한 목소리로 말했다. 저녁 무렵 스윽 얼굴을 내민 사장에게 그날 일을 이야기하자 맨 처음에 나온 말이었다.

　"그런가?"

　"그야 물론이지. 그게 왜 그러냐면, 자네 공장은 기타자와 제작소의 협력업체 중에서는, 아, 이런 말 하기 좀 미안하지만, 아무튼 여기 말고도 협력업체가 수없이 많지? 그런데 굳이 자네 공장으로 그런 좋은 걸 내줄 리가 없잖아. 이건 한마디로 간다라는 그 외주 담당자 혼자 생각이라는 거고, 그렇다면 뭐, 틀림없이 뇌물을 바라고 하는 짓이지 뭐야?"

"하지만 그 담당자, 지금까지 한 번도 리베이트를 요구한 적이 없는데요?"

"기껏해야 1, 20만 엔짜리 발주에 리베이트를 달랄 놈이 어디 있어?"

"그야 그렇지만……."

"금액이 높으면 리베이트 받기도 쉽거든. 펀치 프레스 들여놓게 하고 백만 엔짜리 일거리 맡기고, 이봐, 10퍼센트는 내놔, 그러면 간단한 거야."

"정말 그럴지도 모르겠네."

"아니면 기계 판매 회사에서 소개료를 톡톡히 받거나. 그게 천만 엔 단위의 장사잖아? 정가 같은 건 있어도 없는 거나 마찬가지고. 5퍼센트 소개료 받고 그만큼 자네한테 더 청구하면 판매사 쪽에서도 손해날 거 없거든."

"으음."

"아무튼 돈이 얽힌 얘기야, 이건."

푸른 담배 연기를 피워 올리며 웃고 있는 야마구치 사장을 신지로는 멀거니 바라보았다. 이 업계에서 리베이트는 드문 이야기도 아니었다. 개중에는 공식적으로는 하청업체를 연수여행에 초대한다고 해놓고서 자기네 가족의 해외여행비를 요구하는 놈도 있었다.

"하지만 자네한테도 손해나는 이야기는 아니야." 야마구치 사장은 담배를 재떨이에 비벼 끄고 잠시 헛기침을 하고는 뒤를 이었다. "그게, 일거리는 보증된 거나 마찬가지잖아? 그 간다라는 담당자하고 공범 관계가 되는 거니까. 이거야 바라지도 않던 복이 굴러든 거야. 게다가 다른 곳에 영업도 할 수 있어. 펀치 프레스 들여놨다고 하면 일거리 따내기도 쉽잖아."

"흠……."

"뭘 고민하고 있어?"

"아뇨, 빚을 떠안아야 하는 게 좀……."

"은행이 일단 상담을 해주겠다면서? 게다가 시중은행께서. 괜찮은 이야기야. 신용금고에 비하면 금리가 2퍼센트는 싸게 먹히거든."

"그렇지요."

"그 시중은행에는 착실하게 실적을 쌓아뒀던가?"

"실적이라고 할 정도는 아니고요. 갈매기은행 기타카와사키 지점이 그쪽 기타자와 제작소의 주거래 은행이라서 우리도 그 연줄로 반은 강제로 계좌를 만들어뒀어요. 원청업체를 사이에 넣고 협력 좀 해달라는 데야 우리는 뭐, 절대로 거절은 못 하잖아요."

"그야 그렇지."

"꽤 많이 들었어요. 무슨무슨 기념 협력예금이니 신용카드 책임량이니 그런 거, 죄다 우리한테는 아무 이익도 없는 건데."

"하지만 그게 높은 평가를 받은 거야, 틀림없이. 아무튼 빌려준다는데 그걸 안 빌리면 그거야말로 손해지."

야마구치 사장은 노상 들락거리는지라 자기 집처럼 주전자에서 직접 차를 따라 꿀꺽꿀꺽 마셨다.

"좋겠네. 자네 공장도 드디어 설비투자로 큰 발전을 하겠어."

"아이, 뭘 그리 대단하다고."

"자네도 사나이야, 경영자라고. 이럴 때 한판 승부를 해봐야지?"

경영자라는 말을 듣자 뭔가 힘이 나는 듯했다. 그리고 그간 돈 버는 일과는 너무도 거리가 멀어서 자신이 경영자라는 것도 깜빡 잊고 살았던 게 우습기도 했다.

저녁밥을 먹고 아이들은 평소대로 각자 방으로 들어간 뒤, 아내인 하루에게 그 이야기를 했더니 하루에는 기뻐하는 게 아니라 불안한 표정부터 보였다.

"괜찮을까?" 조심스럽게 물으며 테이블에 팔꿈치를 괴었다.

한바탕 불경기를 경험한 뒤로 하루에는 완전히 겁쟁이가 된 모양이었다. 그 가운데서도 이웃 공장이 도산해서 늘 친하게 지냈던 그 집 식구들이 야반도주를 한 일이 마음에 큰 상처가 되었는지, 요즘도 그쪽을 지날 때마다 미카와 동갑이던 그 집 딸애를 생각하며 "유미짱은 지금쯤 어떻게 지내는지" 하고 한숨을 내쉬었다. 그때 이래로 부자가 되는 건 바라지도 않고 그저 가족이 함께 있는 것만도 행복하다는 둥, 어딘가 달관한 듯한 말을 하곤 했다.

"간다 씨 쪽에서 먼저 말을 꺼냈으니까 그야 당연히 괜찮고 말고. 우리가 새로 기계를 들여놓고서 일거리 달라고 하는 것과는 차원이 달라."

"그래도……."

"일거리를 충분히 대준다니까 무리한 모험은 아니야."

"응, 그렇긴 하네."

"그렇긴 한데, 뭐가 어떻다는 거야?"

"그래도 완전히 보장되는 건 아니잖아."

"그거야 이 업계에 완전한 보장 같은 건 없지. 이제 새삼스럽게 무슨 소리야?"

"계약서 같은 거라도 받아두면 좋을 텐데."

"그건 안 되지. 큰 거래라면 또 모르지만 이런 정도의 일에 어떻게 그런 걸."

"이런 정도의 일이라니? 간다 씨네 같은 큰 공장은 일상다반 사인지도 모르지만 우리한테는 진짜 큰일이잖아."

"그럼 어쩌라고?"

"응?"

"이대로 사는 게 좋아?"

"저기 유미짱네 공장도 그렇게 무너졌고……."

"또 그 얘기야?"

"거기도 은행에서 자꾸 대준다고 해서 공장 다시 짓고 투기용 맨션 사들이고, 그러다 갑자기 값이 뚝 떨어져서……."

"우리는 맨션을 사는 게 아냐."

"그렇긴 한데, 유미짱 엄마가 머리카락이 뭉텅 빠지는 걸 내 눈으로 봤었어. 당신은 그 자리에 없어서 모를 거야. 정신이 반은 나가서 우리 집에 찾아왔는데 얼굴이 딱 굳어서……, 그래서 거실에서 이야기를 들었는데 방바닥에 뭔가 검은 게 우수수 떨어지더라? 뭔가 하고 그 여자 머리를 봤더니 머릿속에 동그랗게 허연 살이 보였어. 당장 얼굴색이 변해서 머리카락을 주워들고 그대로 뛰쳐나갔다고. 그다음부터는 밖에도 나오지 못하고……."

"큰 충격을 받았다는 건 나도 알겠어. 하지만 그 집하고 우리는 사정이 다르다니까? 그 집도 돈이 잘 벌릴 때 고급차 몰고 다니고, 정월에는 종업원들 데리고 하와이 가고, 부인도 화려하게 차려입고 다니면서 어지간히 주제넘은 짓도 많이 했잖아? 전적으로 동정할 수만은 없어. 우리는 돈놀이를 하자는 게 아냐. 이건 어디까지나 제대로 된 사업투자야."

신지로의 말에 하루에는 입을 다물었다. 그때 전화가 울렸다.

"됐어, 내가 받을게."

옆의 응접실 구석에 있는 전화 수화기를 들고 "가와타니입니다" 하고 이름을 대자 응답이 없었다. 5초쯤 기다렸지만 수화기 건너편은 조용한 그대로였다.

"쳇, 장난 전화인가?" 혀를 차며 끊고 돌아서려 하자 다시 전화벨이 울렸다.

"예, 가와타니입니다."

이번에는 조금 딱딱한 투로 대답했다. 그래도 수화기 너머에서는 아무 말이 없었다.

"여보, 왜 그래?"

"아무 말이 없어. 진짜로, 나 참."

오프 스위치를 누르고 수화기를 내려놓았다. 그대로 지켜보고 있었더니 세 번째로 벨이 울렸다. 신지로는 수화기를 귀에 대고 이번에는 아무 말도 하지 않았다. 10초쯤 고집싸움을 벌이다 그쪽에서 먼저 전화를 끊었다. 그것으로 말없는 장난 전화는 멈췄다.

"허 참, 누군지 진짜 시간이 남아도는 놈이네."

거실로 돌아와 하루에에게 차를 한 잔 더 달라고 해서 씁쓸한 녹차를 마셨다. 텔레비전에서는 연예인이 젊은 아가씨들에게 설교를 하는 방송을 하고 있었다.

그것을 보고 생각이 났는지 하루에가 "아 참, 여보" 하고 불렀다.

"미카가 아무래도 전문대에 가고 싶대."

"그 얘기는 취직하기로 이미 끝냈잖아."

"친구들이 다들 가니까 미카도 가고 싶은가 봐."

"친구들이 간다고 자기도 간다니, 그런 게 이유가 돼? 이러저러한 공부를 하고 싶으니 대학에 가겠다고 하면 이해가 되지만, 그래서야 놀러 다니겠다는 소리나 똑같네."

"그래도."

"그래도 뭐?"

"노부아키만 대학에 보내고 미카는 취직하라는 것도 좀 안됐고……."

"노부아키는 공부를 잘했으니 어쩔 수 없었지. 국립대학이었고. 그런 점에서는 노부아키가 효자야, 효자."

"응. 맞아."

"게다가 남자와 여자는 달라. 여자는 머지않아 시집을 갈 거고, 취직을 해도 학력이 문제 되는 것도 아니잖아?"

텔레비전에서는 허벅지를 드러낸 여자들이 다리를 꼬고 연예인의 설교에 깔깔거리며 웃어댔다. 미카도 교복을 입을 때 보면 스커트가 엉덩이에 걸친 것처럼 짧아서 아버지인 신지로조차 눈을 어디다 두어야 좋을지 난처할 지경이었다.

"전문대는 얼마나 들지?"

신지로는 담배에 불을 붙였다.

"이것저것 해서 백만 엔."

"백만 엔? 뭐가 그렇게 많이 들어?"

"나도 모르지. 교육부에 물어봐, 당신이."

"대학도 참, 부모의 약점을 노려서 그저 장사만 해 먹는다니까."

신지로는 리모컨을 끌어당겨 채널을 바꾸었다. 자이언츠 팀이 게임을 하고 있었다.

"엇, 프로야구 하잖아? 그런 줄도 모르고 시시한 방송만 보고 있었네."

벌써 9회말 공격. 그렇다면 자이언츠가 이기지는 못했다는 것이었다. 화면 구석에 눈을 던지니 '1—8'이라는 스코어가 보였다. 말없이 내내 지켜보았다. 자이언츠 팀은 변변한 공격도 못 해보고 깨끗이 져버렸다. 한 번도 본 적이 없는 상대팀 선수가 수훈선수로 인터뷰를 하고 있었다. 만루홈런 장면이 녹화로 흘러나왔다.

"펀치 프레스를 들여놓으면 미카도 전문대 보낼 수 있어."

"응, 그건 그렇겠지……."

야구에 별 관심이 없을 터인 하루에도 텔레비전 화면을 쳐다보고 있었다.

"잘하면 5년 안에 대출금 다 갚고 그다음부터는 전부 순이익이야."

"응……."

"그러면 여기 땅도 살 수 있고."

"응."

인터뷰를 하는 선수가 이마의 땀을 닦으며 고맙다는 인사를 연발하고 있었다. "다음에도 열심히 할 테니 응원을 부탁합니다"라고 카메라를 향해 고개를 숙였다.

그때 문득 주위가 조용해졌다. 나지막하게 털털거리던 모터소리가 멈춘 것이었다. 이웃의 야마구치 차체가 지금까지 작업 중이었다는 것을 그제야 깨닫고, 정말 익숙해진다는 건 무서운 거구나, 하고 신지로는 새삼 감탄했다.

10

커튼을 닫고 있어도 봄날의 햇살은 창틀을 슬라이드 영사기처럼 띄워 올리고 커튼을 뚫고 들어온 광선은 방 안을 엷은 흑백 영상으로 물들였다. 덕분에 가에데의 피부는 평소보다 하얗게 보였다. 가에데의 큼직한 젖무덤은 정맥이 내비쳐서 손으로 주물럭거리면 한층 더 섹시하게 물결쳤다. 여자의 가슴을 주물럭거리는 건 아무리 오래 해도 싫증이 나지 않았다. 그저 만지고만 있어도 묘한 안도감과 충족감이 들었다. 이상하게도 이명까지 잊을 수 있었다.

"후후, 아기 같아."

가에데는 말은 그렇게 하면서도 순순히 몸을 맡겼다.

"얼마 전만 해도 훨씬 더 모양이 예뻤는데."

여자는 늘 혼자서 멋대로 떠들었다.

가즈야에게 휴대전화가 생긴 뒤부터 가에데는 이따금 대낮부터 가즈야를 맨션으로 불러들였다. 대개는 파친코에 푹 빠져 있는 오후 3시쯤이었는데, "시간 있으면 좀 올래?"라며 가에데는 전화로도 알아들을 콧소리를 냈다. 그래서 찾아가면 반드시 섹스를 했다. 때로는 속옷 차림으로 가즈야를 맞이하기도 해서 그런 날에는 차 한 잔 마실 틈도 주지 않고 연극적인 애교를 부리며 거리낌 없이 침대로 데려갔다.

한낮의 섹스는 오후를 죽이는 방법으로 그리 나쁘지 않았다. 투실투실 살이 오른 여자를 아래에 깔고 있으면 뭔가 정복한 듯한 기분이 들어서 가즈야는 저절로 기운이 솟구치는 것을 느꼈다.

가에데 쪽에서도 어린애가 새 장난감을 얻은 것처럼 젊은 남자와의 섹스를 즐기는 눈치였다. 띠동갑일 만큼 나이 차이가 나는 게 여자를 더욱 대담하게 만드는 모양이었다. 이러다가 금세 떠나버릴 젊은 남자를 누릴 수 있을 때에 실컷 누리자는 적극적인 의지처럼도 보였다.

가에데는 언제부턴가 가즈야를 '키다리'라고 불렀다.

"키나리, 사실은 여자 친구 있지?" 매번 똑같은 질문을 했다. "하긴 여자 친구가 있었으면 나 같은 거, 진즉에 버리고 떠났겠지?"라면서 혼자 토라져서 투덜거렸다.

"그런 거 없어."

가즈야가 그렇게 대답하면 가에데는 만족스러운 듯 품에 안겨들었는데, 그럴 때마다 자신이 이 관계에서 우위에 서 있다는 게 확인되어서 가즈야 역시 만족스러웠다.

"사실을 말하면 나, 예전에 결혼했었어."

천장을 바라보며 가에데가 중얼거렸다. 마음먹고 고백한다는 것도 아니고, 그저 잠깐 자기 얘기나 들어보라는 식의 가벼운 말투였다.

"군마 현 마에바시에서 살았을 때 트럭 운전사하고. 벌써 10년 전 일이네. 그 사람, 처음에는 착실하게 일도 잘했는데, 내가 밤일을 나가면서부터 경륜에 빠져서……. 키다리도 도박 좋아하니? 어머, 이거 좀 이상하다, 후후후. 우리, 파친코 가게에서 만난 사이인데. 내가 말하는 건 경륜이나 경마 같은 거야. 키다리는 그런 건 안 하지? 그건 절대로 하면 안 돼. 파친코하고는 달라서 이겼다 하면 큰돈이 들어오잖아. 전남편도 100엔당 2만5천 엔이 되는 마권이 맞아떨어져서, 전부 만 엔어치였으니까 당장 250만 엔이 된 거야. 그랬더니 눈빛이 확 달라지더라. 실제 버는 돈이 월 20만 엔을 좀 넘을 정도. 겨우 하루 만에 1년치 돈을 벌어들인 셈이니까 누구라도 당연히 힘들여 일하는 게 바보짓처럼 느껴지겠지. 트럭 운전사라는 거, 돈벌이가 좋은 것 같지만 그냥 차만 몰면 실제로는 얼마 안 돼. 직접 영업을 해서 수수료를 벌어들이거나 그게 아니면 자기 트럭을

사서 자영업처럼 하지 않고서는 별로 들어오는 게 없는 직업이
야. 내가 밤일을 시작한 것도 그 사람이 말하는 게 서툴러서 영
업도 못할 것 같고, 그렇다면 트럭을 사자, 그래서 그 자금을
벌기 위해 나간 거였어. 근데 조금 여유가 생기자마자 도박에
빠져들었으니…… 하지만 그 250만 엔이 생겼을 때는 진짜 신
났었어. 이것도 사고 저것도 사고, 진짜 좋았다. 내내 사고 싶
은 거 못 사고 꾹꾹 참기만 했었는데, 더 이상 참을 거 없다는
생각만으로도 마냥 신바람이 나는 거야…… 보통으로 생각하
면 그 돈으로 트럭을 샀으면 좋았다고 하겠지. 하지만 그게 안
돼. 트럭이 3백만 엔이니까 나머지 50만 엔만 대출받으면 좋았
을 텐데, 그 50만 엔도 경륜으로 벌어들이자. 생각이 그렇게 돌
아가는 거야, 남자란 게. 하긴 나도 사주는 대로 마구 옷을 사
들였으니까 할 말도 없지만, 도박이란 게 그렇게 빠져드는 거
더라고…… 어쩌면 막상 일을 해보니까 내가 돈을 더 많이 벌
었던 것도 문제였을 거야. 자기가 땀 흘리며 벌어들인 돈이 물
장사하는 아내 월급보다 적다는 건, 남자로서는 정말 견딜 수
없는 일이라는 식으로 생각하는걸, 뭐. 내 생각에는 인간이 행
복해질 수 있는 돈이라는 게 저마다 다른가 봐. 물론 돈이야 많
을수록 좋지만 많다고 해서 꼭 좋은 것만도 아니더라고. 사람
마다 꼭 맞는 돈이라는 게 있는 거 같아. 아마 그건 한 사람이
받는 현재 월급의 20퍼센트쯤 더가 아닐까? 이를테면 월급이

20만 엔인 사람이 이게 24만 엔이라면 좀 더 넓은 집에서 살 수 있을 텐데, 좀 더 옷을 살 수 있을 텐데, 한 달에 한 번은 여행을 할 수 있을 텐데, 그런 생각을 하지? 행복이란 건 그런 작은 소원이 이뤄지는 건가 봐. 느닷없이 복권으로 1억 엔이 당첨되거나 하면 난 분명히 불행해질 거 같아."

"불행해지더라도 나는 1억 엔 있었으면 좋겠다."

가즈야가 짧게 말했다. 이불도 여자의 몸도, 손에 닿는 모든 것이 따스해서 입을 열지 않으면 그대로 잠들어버릴 것 같았다.

"그건 키다리가 아직 젊어서 그래. 나도 스무 살 때쯤이라면 그렇게 생각했을지도 모르지……. 아, 말해두겠는데 나, 그렇게 아줌마는 아냐. 아직은 결혼도 하고 아이도 낳고 해도 전혀 이상할 거 없는 나이고, 일하는 사람 중에 내 나이쯤의 독신은 그리 드물지도 않아. 하지만 키다리가 너무 젊으니까 내가 자꾸 아줌마 같은 말투가 된다니까."

가즈야가 가에데를 끌어당겨 젖꼭지에 가볍게 이를 세웠다. 여자는 "아앙" 하고 기뻐하는 소리를 내며 가즈야의 머리를 두 팔로 감쌌다.

"키다리는 여자에게 손댄 적 있었어?"

"없어."

"진짜?"

"여자를 때려서 뭐해?"

"아, 다행이다." 그 말은 의외일 정도로 실감이 담겨 있었다. "전남편은 폭력을 휘두르는 남자였어. 작은 일에도 얼굴이 휙 변해서 그냥 때리는 거야. 기절할 때까지 맞은 적도 있어. 헤어질 때도 엄청 고생하고 아예 도망치다시피 마에바시를 떴다니까. 키다리는 여자한테 다정하지, 그치? 아, 다행이다."

가즈야가 오른손으로 엉덩이를 쓸어주자 여자는 허리를 내밀어 마주 비벼왔다. 반쯤 열린 입술에 입술을 대고 혀가 엉긴 채로 몸을 바꾸어 여자를 위에 올렸다. 이렇게 하면 가에데는 다양한 애무를 해주었다. 화장대에 반사된 엷은 빛이 여자의 얼굴에 걸려 있었다. 이 여자를 언제라도 마음대로 할 수 있다고 생각하니 달콤새콤한 감정이 치밀었다.

휴대전화가 울렸다.

"전화 왔어."

가에데의 목소리가 부엌에서 들려왔다.

가즈야가 몽롱한 졸음에서 빠져나와 소리 나는 쪽을 더듬거리자 옷걸이에 걸린 윗도리가 눈에 들어왔다. 침대에서 내려와 오른쪽 호주머니를 뒤져 휴대전화를 꺼냈다. 버튼을 누르자 다카오의 목소리가 귀에 뛰어들었다. "나다"라는, 늘 듣던 그 목소리였다.

"응, 기다렸어. 어때, 무사히 처분했냐?"

하네다의 판금도장 회사에서 훔쳐온 톨루엔은 다카오가 선배라고 부르는 야쿠자에게 납품하기로 했었다.

전화 너머에서 다카오는 "당근이지, 짭짤하다야"라고 약간 가래가 끓는 듯한 목소리로 말했다.

"그래? 잘됐네." 반으로 나눠도 수십만 엔의 돈은 굳는다. "그럼 어디서 만날래?"

다카오는 사무실로 와달라면서, 선배를 소개해주겠다고 밝게 뒤를 이었다.

"사무실이 어딘데?"

다카오가 오는 길을 간단히 설명했다. 그리고 몇 시에 올 수 있느냐고 물었다.

"지금 바로 갈 수 있지. 30분도 안 걸려. 근데 얼마나 받았냐, 그 톨루엔?"

가즈야의 물음에 다카오는 "그건 만나서 얘기해줄게, 기대해라"라고 으스대며 전화를 끊었다. 말하는 투로 봐서 그리 나쁜 금액은 아닌 모양이었다.

"키다리, 누구 전화야?"

가에데가 행주로 손을 닦으며 얼굴을 내밀었다.

"파트너."

"흐응."

문득 큰맘 먹고 이 여자와 온천여행이라도 갈까 생각했지만,

데리고 다니기에는 너무 나이 차이가 난다는 게 생각나서 관두었다.

"자, 그럼 나, 간다."

"응. 또 전화할게."

가즈야는 가에데의 맨션을 나서자 메모를 참고하며 '다테노 친목회' 사무실로 향했다.

'다테노 친목회'는 길쭉한 회색 빌딩의 4층에 있었다. 올라가는 계단은 사다리처럼 좁고 급경사였다. 벽은 페인트로 하얗게 칠했지만 청결한 느낌을 주는 게 아니라 낡아빠진 벽에 억지로 떡칠을 한 듯한 인상이었다. 각 층에는 차가운 철제문이 하나씩, 제각기 그야말로 수상쩍은 간판들이 붙어 있었다. '○○ 경제연구소'라고 적혀 있는데 전혀 그런 곳으로는 보이지 않았다. 어떤 현관문이나 뒷골목 세계로 통하는 입구라는 느낌이 묻어났다. 페인트 때문인지 여기저기서 약 냄새 같은 게 감돌았다. 전체적으로 공중변소 같은 빌딩이었다. 4층까지 올라가자 계단참의 형광등이 찌지직 불쾌한 소리를 내며 깜빡거려서 야쿠자 사무실 간판을 한층 더 창백하게 비추었다.

인터폰을 눌렀다. 올려다보니 천장 가까이에 비디오카메라가 설치되어 있었다. 잠시 뒤에 "누구쇼?"라는 으스스한 목소리가 흘러나왔고, 이름을 말하자 자물쇠를 여는 금속음이 덜컹 울렸다.

안쪽에서 문이 열리고 그 틈새로 펀치파마 머리의 젊은 남자가 얼굴을 내밀었다. 남자는 무뚝뚝하게 턱짓으로 가즈야를 안에 들이고 그대로 뒤돌아 다시 문을 잠갔다. 눈앞에는 병원에서나 씀직한 커튼 칸막이가 있어 고개를 빼고 들여다보니 그 안쪽 벽에 '임협도(任俠道)'라고 새겨진 목제 벽걸이가 보였다. 펀치파마가 뒤에서 가즈야를 슬쩍 밀었다. 가즈야가 은근히 성질이 나서 앞으로 성큼성큼 걸어가자 칸막이 건너편에 응접세트가 있었다. 번들거리는 검정 소파에 앉아 있던, 포마드로 머리를 빗어올린 남자가 가즈야를 보자마자 벌떡 일어섰다.

"네가 노무라 가즈야냐?"

날선 목소리가 귀에 꽂히고 남자가 얼굴을 바싹 들이댔다. 고추처럼 붉은 얼굴이었다. 손에는 가죽 장갑을 끼고 있었다.

시야의 한쪽 귀퉁이에 다카오가 비쳤다. 내려다보니 녀석이 바닥에 무릎을 꿇고 앉아 있었다. 영문을 모른 채 서 있으려니 누군가 양쪽 겨드랑이에 팔을 끼워넣는 바람에 팔꿈치가 불쑥 쳐들렸다. 다음 순간, 강한 충격이 왼쪽 턱에 내달렸고 이어서 명치에 뭔가 덩어리가 파고들었다. 하반신이 감각을 잃고 흐물흐물 주저앉으려는데 어깨가 판자에 붙은 것처럼 고정되어서 무릎이 허공에 붕 떴을 뿐이었다. 뒤를 이어 격한 구토감이 치밀었고 그와 동시에 가즈야는 누군가 뒤에서 양팔을 결박하고 있다는 것을 깨달았다.

"어디서 까불어, 이 새끼야!"

남자의 분노한 고함 소리가 메아리치고 다시 한 번 턱에 충격이 내달렸다. 고개를 들 힘이 없어 툭 떨어뜨렸더니 눈앞에 맹렬한 속도로 검은 것이 달려들었다. 그것이 남자의 무릎이라는 걸 깨달았을 때는 벌써 콧구멍이 찌릿하면서 의식마저 가물가물했다. 얼굴과 몸뚱이 곳곳에 격통이 일고 그때마다 두개골이 안쪽에서 망치로 내려치는 것처럼 징징 울렸다. 몸 안의 핏덩이가 얼어붙는 듯한 한기를 느끼며 왠지 허탈감이 전신을 꿰뚫었다.

"키 큰 2인조라며?"

그 목소리는 위에서 떨어졌다. 뺨에 바닥의 차가움이, 이마에는 미지근한 액체가 주르륵 흐르는 게 느껴졌다.

"훌쩍하니 키 큰 이십 대 2인조가 검은 왜건 차에 한 되들이 깡통을 실어내는 장면을 봤다더만."

남자가 가즈야를 발로 걷어찼다. 저항할 마음은 전혀 들지 않았다. 손으로 천천히 코를 더듬으려는데 소매 근처가 핏물에 젖은 게 보였다. 기껏 사들인 양복이 완전히 끝장났구나, 하고 묘하게 엉뚱한 생각을 했다.

"이 새끼들, 완전 일 터졌어."

가물거리는 눈으로 남자를 올려다보았다. 눈이 마주치자 남자는 가즈야가 아직 살아 있는 게 신경질 난다는 듯 한층 얼굴을 붉히며 구두 바닥을 가즈야의 얼굴에 수없이 들이박았다.

"다시 세워!"

거친 숨을 몰아쉬며 남자가 펀치파마에게 명령했고, 가즈야는 다시 양팔을 뒤로 잡힌 채 넝마처럼 일으켜 세워졌다.

주먹이 안면을 연타해서 시선이 희미하게 허공을 헤맸다. 왼쪽으로 머리가 돌아가서 아래를 보니 얼굴 모양이 변해버린 다카오가 창백한 얼굴로 가즈야를 보고 있었다. 이 정도까지 오면 구체적인 아픔 따위는 느껴지지 않는다. 마비와 열기만이 온몸을 지배한다. '이런 장면, 예전에도 있었어'라고 가즈야는 몽롱한 의식 속에서 생각했다.

아이치 현 동쪽 외곽에 있는 시영 주택에서 밤이 되면 초등학생 가즈야는 잔뜩 긴장하곤 했다. 술 됫병을 들고 있는 아버지는 동전 던지기의 양면 같은 존재였다. 앞면이 나오면 기분이 좋아서 아들을 무릎에 앉히고 택시기사 일 등을 재미있게 이야기해주지만, 뒷면이 나오면 집 안은 한순간에 아수라장이 되었다. 가즈야가 가래 때문에 자꾸 헛기침을 하는 소리가 듣기 싫다고 밥상을 냅다 걷어차는 것이다. 그것은 너무도 돌발적이었다. 가면이 벗겨지듯 아버지는 도깨비 형상이 되어 주먹을 날렸다.

"가즈야! 왜 쿵쿵거려!"

아버지의 폭력은 용서가 없었다. 어른의 힘 그대로 제 자식을 두들겨 패고 발로 걷어찼다. 번쩍 쳐들어 바닥에 내동댕이쳤다.

턱을 잡고 30분이 넘도록 뺨을 때리는 일도 있었다. 울면 시끄럽다고 눈을 치뜨고, 울지 않으면 왜 쏘아보느냐고 고함을 내질렀다.

어머니는 위험한 낌새를 느끼면 눈을 내리깔고 계모임이 있노라고 중얼거리고는 뒷문으로 슬그머니 도망쳐버렸다. 이웃집에 소리가 다 들릴 텐데도 아무도 도와주러 오지 않았다. 이런 일에 얽히는 것을 두려워한다는 건 어린 마음에도 다 알 수 있었다.

아버지가 날뛰기 시작하면 그릇이 깨어지고 장지문이 찢어지고 때로는 벽에 구멍이 뚫렸다. 거실 전구가 갓과 함께 뒤흔들려 검은 그림자가 여기저기서 뛰놀았다. 그럴 때면, 방 안은 거친 파도에 뒤흔들리는 난파선이었다.

어린 가즈야가 할 수 있는 일이라고는 어서 시간이 지나가기만을 빌고 또 비는 것이었다.

대체 얼마나 지났을까. 린치에서 해방되었을 때는 온몸의 힘이 빠지고 가까스로 숨을 쉬는 게 고작이었다. 남자는 "두 놈다 나란히 무릎 꿇어!"라고 고함을 쳤지만, 가즈야는 손을 짚고 몸을 일으킬 수도 없어 시체처럼 바닥에 드러누워 있었다.

"알겠냐, 이 애송이 새끼들아, 잘 들어."

이마에 금속이 느껴졌다. 일본도 칼끝이었다.

"네놈들이 몰고 갔던 왜건 차를 목격한 놈이 나왔단 말이야. 근처 공장에서 숙직하던 놈이야. 예순 넘은 영감이라더라. 노안은 가까운 건 못 봐도 먼 것은 잘 본다더만. 바깥이 소란스러워서 내다봤더니 키 큰 2인조가 자동차에 한 되들이 깡통을 옮겨 싣는 게 보이더래. 이상하다 싶어서 번호를 적어뒀대. 그래서 월요일에 맞은편 판금도장 공장에서 도둑이 들었다고 난리가 나니까 역시 그렇구먼, 그거라면 내가 봤소, 하고 나오신 거야. 참 훌륭하신 영감님 아니냐? 시민의 귀감 아니냐고, 엉? 들은 바에 의하면 요란한 소리를 내면서 창문을 다 때려 부쉈다면서? 담요 붙여놓고 발로 막 찼다면서? 야야, 저 이웃 동네까지 다 들렸다더라. 너희들, 진짜 말도 안 되는 짓거리를 했어, 이 바보 새끼들아!"

남자가 이번에는 다카오에게 일본도를 들이밀었다. 다카오는 이미 핏기를 잃고 입술마저 보랏빛이었다. 저 위세 좋은 다카오가 그 꼴이 되어버린 것이 이런 판국에도 가즈야는 정말 우울했다.

"덕분에 눈 깜짝할 사이에 꼬리가 잡혀 가택수색이 들어왔어. 알아듣겠냐, 이 새끼들아? 잘 들어, 어제 우리 사무실이 가택수색을 당했다고. 그것도 이쪽 사무실이 아냐. 우리 형제 조직 사무실이야. 아사다 큰형님네 조직이란 말이야! 잘 들어, 그 왜건은 아사다 형님께서 양도해주신 거라 명의가 옛날 그대로야. 번호 조사하면 그쪽이 꼬리가 잡힌다고. 알아먹냐? 덕분에 이 몸은 손가락을 바치게 생겼다고, 지금!"

하긴 그렇지, 라고 가즈야는 멍하니 생각했다. 요즘 좋은 일이 너무 연달아 터졌었다. 파친코는 매번 돈이 붙었고 나이가 많긴 하지만 여자도 얻어걸렸다. 내 인생이 그렇게 순조롭게 풀릴 리가 없다. 어딘가에서 원래대로 돌아갈 터였던 것이다.

"이 새끼들, 여기서 장사 지내줄까? 절대 용서 못 해!"

남자의 목소리가 뒤집히고 다시 발차기가 떨어졌다. 그냥 협박이 아니라 야쿠자가 진짜로 분노하고 있었다. 다카오는 발차기를 정통으로 먹었는지 뒤로 나가떨어져 책상에 요란하게 머리를 찧는 소리를 냈다.

"야마자키. 어이, 잠깐."

다른 남자의 굵은 목소리가 들리고 발차기가 멈췄다.

"이런 꼬맹이들, 파묻어봤자 한 푼도 득 될 거 없어."

또 한 사람, 수염을 기른 중년 남자가 어느새인가 소파에 깊숙이 들어앉아 있었다.

"하지만 형님, 이놈들을 살려뒀다가는 제 체면이……."

"멍청한 새끼, 야쿠자 몇 년 해 먹었다고 체면을 들먹거려?

적당히 까불어라, 엉?"

수염은 부하의 멱살을 움켜잡더니 소파 곁에 앉혔다.

"이봐, 야마자키. 애초에 이 다카오라는 애송이한테 차를 빌려준 건 너지? 시치미를 뚝 떼시는데 사실은 톨루엔 째비는 것도 다 알고 있었지?"

"아뇨, 저는……."

"아, 됐어. 뭐, 그것도 야쿠자의 기량이지. 조직에 회비만 잘 납부해주시면 돼. 조직 간판 이용해서 네놈 뱃속만 채울 꿍꿍이었다면 말이지, 나한테 아무 소리 없이 톨루엔 쓱싹해버린 네놈 정신상태부터 손을 봐줘야겠어."

야마자키라고 불린 야쿠자가 입을 꾹 다물었다. 가즈야가 알아낸 건 다카오가 선배라고 하던 야쿠자의 이름이 야마자키라는 것, 그리고 다카오가 조직에 말도 없이 차를 꺼내다 쓴 건 아니라는 것이었다.

"너도 손가락 잘리고 싶지는 않지?"

"아, 넷, 그야."

"그렇다면 좀 괜찮은 그림을 그려보라고. 아사다 형님하고 경찰을 이해시킬 만한 그림을 말이야."

"네에……."

"어쩔 거야?"

"이놈들을 자수시키겠습니다."

"이 얼굴로? 이 꼬맹이들 얼굴 꼴 좀 봐라. 푸르딩딩 불그죽죽, 최소한 이 주일은 이 꼴일 거야. 진짜로 머리 쓸 줄 모르는 놈이군, 이 새끼. 제멋대로 성질부려서 여차할 때 써먹을 방법까지 없애버리고 말이지."

"……."

"이렇게 되면 돈밖에 없어. 가택수색을 당한 건 어쩔 수 없고. 아사다 형님은 경찰에서 진즉에 폐차해서 내버린 차라고 우겼다더라. 어떻든 공안을 거쳐 조사해보면 그 번호판 차로는 1년 넘게 가두선전 나간 적이 없다는 건 밝혀질 거고, 이런 건 그냥 우기고 보는 수밖에 없어. 다행히 가택수색에서 곤란한 물건은 안 나왔어. 그러면 남은 건 위자료야. 우리 두목하고 아사다 형님 사이에 최소한의 예의는 갖춰야지. 야마자키, 돈이나 만들어내."

"아, 넷."

"톨루엔, 전부해서 얼마나 되냐?"

"스무 통입니다. 지금 여자 집에 보관해뒀습니다."

"200cc 드링크 병에 담아서 하나에 얼마야? 솔직하게 말해."

"……2천5백 엔입니다."

"그럼 한 깡통에 18리터면……. 어이, 꼬맹이들. 계속 자빠져 있을래? 똑바로 무릎 못 꿇어!"

수염이 난 중년 야쿠자의 으름장에 가즈야와 다카오는 가까스로 윗몸을 일으켰다. 중년은 젊은 펀치파마에게 주판을 가져오라고 해서 중얼중얼해가며 튕겼다.

"어이, 꼬맹이들. 주판할 줄 아냐? 너희들 어차피 산수는 빵점이었던 멍청이 새끼들이지? 나는 이래 봬도 상업학교 출신이야."

그러면서 씨익 웃었다.

"어디 보자, 한 깡통에 구십 개 나오니까 22만 5천 엔 아니냐. 여기에 20을 곱하면…… 음, 450만 엔이군. 야, 야마자키, 나한테 비밀로 하고 이렇게 재미난 돈 따먹기를 했었냐?"

중년은 대형 주판을 쳐들더니 기세 좋게 야마자키의 머리를 내리쳤다. 이어서 가즈야와 다카오의 머리에도 날아왔다.

"이제 알았냐, 내가 주판 쓰는 이유?"

중년이 담배를 입에 물었다. 펀치파마가 잽싸게 라이터를 받쳐 들고 불을 붙여주었다.

"어쨌거나 자수한다는 방법은 저 꼴을 보니 물 건너갔어. 450만, 뭐 꼭 위에 바칠 건 없어. 야마자키, 우선 톨루엔은 다른 젊은 놈들 시켜서 처리해. 분명히 말해두겠는데 이건 전부 네 놈 재량으로 하는 거니까, 명심해. 조직은 이 일하고는 아무 상관도 없다는 말이야. 그걸로 450만이야. 그다음 남는 건 550만이지? 너희들 최저로 잡아도 한 장은 준비해야 돼. 그럼 그거 가지고 내가 뒤처리를 해주지. 아사다 형님이 말귀는 잘 알아

듣는 분이시거든. 너희 놈들의 때 묻은 손가락보다는 후쿠자와 유키치●선생 쪽을 훨씬 더 좋아하실 거란 말이지. 야, 물수건 좀 가져와라. 이 꼬맹이들 것도."

펀치파마가 급탕실에서 사람 수에 맞춰 쟁반에 물수건을 담아왔다. 시키는 대로 가즈야는 물수건을 집어 얼굴에 댔다. 차가웠다. 얼굴을 닦아내자 하얀 수건이 당장 시커멓게 물들었다. 왼쪽 눈이 반쯤 떠지지 않아서 손에 닿는 대로 꾹꾹 눌렀다. 다카오는 이미 때를 놓친 것 같았다. 얼굴 여기저기가 벌에 쏘인 듯 퉁퉁 부어 있었다.

"문제는 경찰이야. 아사다 형님이 이삼일 안에 우리 쪽 이름을 불어버릴 거라고 했어. 그야 그러시겠지. 명의를 변경하지 않은 이상, 사용자 책임이란 것도 있을 거고, 폐차했으니 우리는 아무것도 모른다고 버텨도 그게 계속 통할 리도 없고. 선물을 좀 쥐여주지 않으면 윗분들도 가만있을 리 없어. 그렇게 되면 그다음은 우리한테 수색이 들어와. 자동차는 어차피 넝마 같은 거니까 내놔도 괜찮지만, 톨루엔을 내놓지 않으려면 우리도 경찰 쪽에 뭔가 그럴싸한 그림을 그려내야 한단 말씀이야."

"우선 지난번 견습생이 차를 가지고 도망쳤다고 하고, 우리도 지금 찾는 중이라고 하면……." 야마자키가 말했다.

"뭐, 처음에는 그 정도로 해두는 수밖에 없지. 좋아, 차 키를

● 일본 개화기의 사상가이자 교육자로, 만 엔 지폐에 그려진 인물.

내주고 이놈들한테 처분하라고 해. 알겠지? 이번에는 실수 없이 해."

중년이 일어서서 허리를 흔들며 바지를 추어올렸다.

"야마자키, 내가 아는 병원에다 전화해둘 테니까 이놈들 데려가."

드디어 해방되는구나 싶어서 가즈야의 치켜들었던 어깨가 스르륵 내려앉았다.

"이놈들 몇 살이냐? 아직 스물 전후지? 이거, 대충 헐값에 팔아도 500은 받겠는데?"

중년 야쿠자는 허리를 숙이더니 값을 가늠해보듯 두 젊은이를 지그시 쳐다보았다.

"너희들, 신장 팔아와. 그걸로 빚은 때워주지. 알겠냐?"

11

올려다보니 산등성이 위로 엷은 파란색이 부드럽게 펼쳐지고 그 투명함은 한이 없는 것 같았다. 좀 더 시선을 올리면 완만한 그러데이션으로 푸른빛에 광채가 더해져서 이번에는 늠름하게 대지를 지켜보고 있었다. 혼자 달랑 떠 있는 구름 하나가 비행선처럼 유유히 자리를 잡았다. 후지사키 미도리는 저도 모르게 가슴을 젖히고 크게 심호흡을 했다. 내륙의 차가운 공기가 몸속을 상쾌하게 내달리고 그 참에 긴 숨이 새어나왔다.

후지산 옆의 고텐바에 위치한 갈매기은행 휴양지는 그저 허허벌판으로, 1년에 한 차례씩 신입행원을 환영하는 캠프 때만 사용되었다. 폴로 경기를 세 군데서 동시에 할 수 있을 만큼 넓지만, 아마 도쿄에 작은 운동장 하나 만드는 것보다 훨씬 싸게 먹혔을 것이다. 그다지 유효하게 이용되는 일도 없이 숲에 둘러싸여 조용히 누워 있었다. 하긴 기복이 심한 땅이라 별로 쓸모는 없었다. 조금 더 사들여 골프장 개발업자에게 팔거나, 이런 식으로 직장인들에게 텐트를 치고 놀게 하는 정도의 물건이었다.

벌판의 가장 안쪽 나지막한 언덕에는 산장으로 쓰이는 콘크리트 건물이 있었다. '청풍장'이라는 이름의 이 숙소는 갈매기은행의 휴양시설로 행원들은 1인당 2천8백 엔의 사용료로 누구든 이용할 수 있었다. '신입행원 환영캠프' 때는 임원들의 전용 숙소로 쓰였다. 임원들은 잔심부름을 해주는 비서를 부려가며 텐트가 아니라 그곳에서 따로 먹고 자는 것이다.

미도리는 작년에 지점장의 지시로 그 언덕 위에 올라갔던 일이 있었다. 지점장이 싸들고 온 뇌물용 와인을 가져다주는 심부름이었다. 공손한 태도의 비서에게 건네주면서 현관 옆 테라스에 시선을 던지자 얼굴이 번들번들한 남자들이 테이블을 둘러싸고 앉아 담소를 나누고 있었다. 잎담배 연기를 피워 올리며 커피들을 마셨다. 잎담배를 피우는 사람을 실제로 본 건 그게 처음이었다. 다른 세계를 얼핏 들여다본 것만 같았다. 그리고 문득 고개를 돌려 산장 아래 벌판을 내려다보니 수백 개의 오렌지색 텐트가 무당벌레들처럼 빽빽이 들어차고, 그 사이사이를 행원들이 돌아다니고 있었다. 생각지도 않게 통쾌한 전망이었다. 그 순간 미도리는 구로사와 아키라●의 영화 한 편을 생각했다. 전국시대의 무장이 언덕 위에서 자신의 군대를 지휘하는 장면. 샐러리맨이 어떻게든 출세하려고 기를 쓰는 심정을 이해할 것도 같은 마음이 들었다.

쏟아지는 햇살 아래서 미도리는 나무망치를 휘둘러 말뚝을 박았다. 텐트 치는 일이라고는 별로 해본 적이 없어서 땅바닥에 박혀야 할 말뚝이 오른쪽 왼쪽으로 자꾸 흔들렸다.

"어머, 미도리 아니니?" 그 목소리에 돌아보니 유코였다. "웬일이래? 안 오신다더니?"

유코는 아침부터 벌써 몇 번이나 심술궂게 놀려댔다.

"시끄러!" 미도리는 뾰로통해서 볼이 부었다.

결국 미도리는 회람판의 '불참'란에 도장을 찍지 못했다. 지점장 및 다마이 과장에게 취조를 당하는 것과 황금연휴의 소중한 이틀을 희생하는 것, 그 둘을 저울질해본 끝에 결국 이쪽을 선택한 것이다. 뒷일을 생각하면 그러지 않을 수가 없었다.

"유코는 벌써 텐트 쳤어?"

"응, 다카나시 씨가 여자들 것도 다 해줬거든."

유코는 본점 인사부 직속이라는 소문이 도는 다카나시와 같은 조에 들어갔다. 미도리는 어떤가. 별명이 '그 바보'인 이와이와 같은 조가 되었다. 이와이는 상사의 지시에 따라 어두운 얼

● 일본의 유명 영화감독. 작품으로 〈라쇼몬〉〈7인의 사무라이〉 등이 있음.

굴로 아까부터 근처의 풀을 뽑는 벌을 받고 있었다.

"다카나시 씨, 진짜 괴짜더라." 짧은 반바지 차림의 유코가 말했다. 유코는 몸에 딱 붙는 티셔츠 차림이었다. 보정 란제리로 가슴을 강조했다는 게 같은 여자의 눈에는 뚜렷하게 다 보였다.

"괴짜? 왜?" 등을 향한 채로 미도리가 별 관심 없는 척 물었다.

"글쎄, 디즈니랜드에 한 번도 가본 적이 없다지 뭐야."

"그런 것도 '괴짜'에 속하는 거야?"

"속하고말고. 대개는 다 한 번씩 가보는 데잖아."

"공부만 하느라고 그런 거 아냐?"

"아니, 줄서는 게 싫어서 그랬대."

"흐응."

"시골에서 수학여행 온 학생들이 우글우글하는 거 같아서 싫다나?"

말뚝이 좀처럼 들어가지 않아 미도리는 자리를 조금 바꾸어 망치를 내리쳤다.

"근데 디즈니랜드에 가본 적이 없는 건 이상하다고 다들 뭐라고 했더니, 아 그런가, 하는 거야. 그래서 이번 어린이날에 모두 함께 가기로 했어."

"모두라니?"

"융자과 사람들. 미도리도 같이 갈래?"

"글쎄⋯⋯."

미도리의 손 밑 풀밭에서 작은 벌레가 기어 나와 우왕좌왕하고 있었다. 약간 심술이 나서 장갑 낀 손끝으로 톡 튕겨냈다.

"연휴 마지막 날이라 무지 붐빌 텐데."

"다른 날은 다카나시 씨가 골프하러 가야 한대. 지점장이랑 접대 골프."

"흐응."

"가고 싶으면 말씀하셔."

가고 싶으면, 이라는 말이 신경에 거슬려서 미도리는 "응, 생각해볼게"라고 떨떠름한 대답을 했다. 유코와 경쟁해야 하는 게 귀찮다는 마음도 있었다.

"딸랑이의 머리라고 생각하고 쾅쾅 내려쳐."

"응?" 미도리가 올려다보자 유코가 팔짱을 끼고 킥킥 웃었다.

"그 말뚝 말야. 다카나시 씨가 이런 건 상사의 머리라고 생각하고 내려치래. 아까 저쪽에서 그 말로 완전히 히트 쳤거든."

유코는 머리채를 쓸어올리며 사라져갔다.

미도리는 그 말대로 해보았다. 아닌 게 아니라 쑥쑥 들어갔다.

텐트 설치를 마치고 지급된 도시락을 먹고 나자 지점별로 나뉘어 동그랗게 둘러앉았다. 하지만 업무적인 미팅이 아니라 친목을 위한 레크리에이션 게임이었다. 각 지점별로 나누어 배치

된 신입행원들이 본부 텐트까지 달려가 봉투를 받아왔다. 봉투 안의 종이에 문제가 적혀 있어서 모두 함께 다양한 방법을 활용해 정답을 찾아낸다. 정답을 적어넣은 종이는 다시 신입행원이 본부 텐트로 가져가고 답을 얼마나 잘 맞혔느냐에 따라 순위를 정하는 것이었다. 한 문제마다 주어진 제한 시간은 15분. 좋은 성적을 올린 지점에는 그걸로 단골 거래처를 부지런히 돌아다니라는 뜻인지 뭔지 스쿠터를 선물로 주었다.

첫 번째 문제는 '올해 월드컵 대회 참가국 32개 나라를 모두 쓰시오'라는 것이었다. 한마디로 실없는 장난 같은 게임이었다.

"이봐, 축구 잘 아는 사람!" 부지점장이 소리를 질렀다.

"아니면 축구 잘 아는 친구가 있는 사람!"

누군가가 그 뒤를 이었다.

"저희 동생이 대학 축구부 소속이에요."

"그럼 어서 전화해봐. 잡지에 실린 게 있으면 조사 좀 해달라고 해."

"집에 있을지 모르겠네." 휴대전화를 들고서 남자 행원이 버튼을 눌러댔다.

웃기지도 않는다고 생각하면서도 저절로 흥이 오르는 게 미도리는 우스웠다. 은행원의 습성인지 책임량이 부과되고 성적을 다투게 되면 모두가 기운이 펄펄 나는 것이다.

옆 팀에서는 신문사에 전화를 하고 있었다. 역시 도심 한복판의 지점인 만큼 단골 거래처 중에 신문사가 있는 모양이었다.

　미도리네 지점에서는 모두가 분담하여 여기저기 전화를 해 봤지만 결국 답을 얻어내지 못했다. 그저 게임인데도 지점장은 "아무짝에도 못 쓸 놈들"이라고 거의 진심으로 화를 내며 투덜거렸다.

　두 번째 문제는 출제자의 심술스러운 성품이 엿보이는 '인수분해'였다. 은행원 가운데는 나이가 지긋하게 든 뒤에도 고등학교 때 성적을 자랑하지 못해 안달인 남자들이 많았다.

　"이거, 글렀네. 수학은 진즉에 다 잊어버렸는데." 부지점장이 두 손을 번쩍 쳐들고 항복 포즈를 취했다. "이런 건 신입이 맡아줘. 이봐, 자네는 아직 입시 공부 했던 거 머릿속에 남아 있지?"

　"아뇨, 저는 추천 입학이어서……."

　부지점장의 지명을 받고 척 보기에도 운동부 출신으로 보이는 젊은 남자가 죄송스러운 듯 머리를 긁적였다.

　"내가 해볼까?" 출제 용지를 들여다본 것은 다카나시였다. "수학은 꽤 잘했거든."

　다카나시는 아이스박스를 책상 삼아 미세한 작업이라도 하듯이 답안 용지에 얼굴을 들이대고 연필을 굴렸다. 이따금 침착하지 못하게 손가락을 떨고 연필 꽁지를 씹었다. 예전에는 저런 식으로 수험 공부를 했겠구나, 하고 쉽게 상상이 가는 모습이었다.

"어머, 대단하다!"

그 곁에 찰싹 달라붙어 진을 치고 있던 유코가 몸을 내밀며 작은 탄성을 올렸다. 유코의 머리가 다카나시의 어깨에 닿았다. 다카나시는 그걸 알면서도 비키려고 하지 않았다.

"아마 이게 맞을 거야."

잠시 후, 다카나시가 얼굴을 들었다. 모두가 "우와~" 하고 탄성을 터뜨렸다.

"나는 그런 문제를 풀면 머리가 터져버릴 텐데."

유코가 애교를 부려가며 장난을 쳤다.

다카나시는 약간 겸연쩍어하는가 싶더니 "흠흠, 내가 입시학원 모의고사에서 만점을 맞은 적이 있지" 하고 어린애처럼 의기양양하게 말하는 것이었다.

세 번째 문제는 '수취인과 기입일이 기재되지 않은 어음이 들어왔을 경우의 대처법'이라는 문제였다. "이런 문제를 틀려서야 말이 안 되지"라며 지점장이 심각한 얼굴로 직접 전화를 걸어 잘 아는 세무사에게 이러니저러니 확인을 했다.

네 번째 문제는 '인기 그룹 SMAP와 TOKIO와 V6의 멤버 이름을 모두 쓰시오'라는 것이었다. 이 문제는 물론 여자 행원들이 시끌벅적 떠들어가며 처리해냈다.

조합에서도 연구를 많이 했구나, 하고 미도리는 감탄했다.

지겨워하면서도 일단 참석하면 나름대로 재미가 있는 게 회사 행사였다.

오후의 레크리에이션은 성황을 이루었다. 인사이동이 잦기 때문에 간토 지역에서 모인 3천 명의 은행원들에게 이 행사는 일종의 동창회 같은 성격도 있어서 여기저기서 "오랜만입니다!"라는 인사가 오고 갔다. 먼 전출지에서 일부러 달려온 사람들도 있었다. 개중에는 예전에 사내에서 불륜에 빠졌던 상대와 덜컥 마주쳐서 어색해하는 남녀 행원이 많다는 것도 미도리는 알고 있었다.

저녁 식사 준비는 아직 하늘이 황혼의 서곡이라고 할 모습을 보이는 오후 5시부터 시작되었다. 지급된 종이 상자 안에 음식 재료가 들어 있고 그걸로 카레라이스를 만드는 것이다. 고기 대신 콘비프 캔. 해마다 똑같았다. 개별적으로 먹을 것을 들고 오는 건 금지되어 있었다. 어떤 지점만 근사한 요리를 해 먹거나 하면 본점에서 협력성이 부족하다는 주의가 떨어졌다.

이와이가 눈을 깜빡거리며 양파를 다지고 있었다. 눈이 따가워서 그런 게 아니라 요즘 몇 주일 동안 계속해서 나타나는 그의 버릇이었다. 이와이는 갈수록 내성적이 되어서 같은 조인데도 별로 대화를 나누려고 하지 않았다. 하긴 미도리 쪽에서도 먼저 말을 걸고 싶은 마음은 없었다. 이와이는 캠프에서도 주위로부터 무시를 당하고 있었다.

은행이란 수십억 엔의 이익을 물고 오는 행원이 있는가 하면 월급만큼도 돈을 벌어들이지 못하는 행원도 있는 조직이었다. 그래도 삼십 대 중반이면 거의 비슷하게 승진을 하기 때문에 그런 불공평함에 대해 뭔가 화풀이를 하려는 마음이 드는 건 어쩔 수 없는 일이었다. 돈을 많이 물고 온 사람은 자신만만하게 복도를 활보하며, 이 은행은 자신이 끌고 간다는 듯한 태도를 노골적으로 드러냈다. 실적이 좋지 않은 사람은 심하게 따돌림을 당하고 여자 행원들에게까지 바보 취급을 받았다. 누군가 한 사람이 책임량을 달성하지 못해 어쩔 수 없이 과 전체에서 커버해줘야 할 때는, 너 때문에 오늘도 잔업이야, 하고 태연히 욕을 내뱉는 행원도 있었다. 세상이란 요령이 없는 인간은 고통을 받도록 만들어져 있었다.

이와이가 한 차례 사표를 냈지만 지점장이 수리해주지 않았다는 소문이 있었다. 자신이 이동한 다음에 멋대로 관두든지 말든지 하라고 쏘아붙인 모양이었다. 그렇다고 그 말을 그대로 고분고분 따르는 이와이도 정말 머리가 어떻게 된 거다.

미도리는 같은 과 여자들과 카레라이스를 먹었다. 쇠고기 대신 콘비프를 넣었어도 맑은 공기 속에서 먹으니 맛이 나쁘지 않았다.

임원들은 저녁 식사 때가 되자 언덕 위 산장에서 내려와, 미리 본부에서 통보해두었던 조에 참여하여 그 조에서 요리한 것을 먹었다. 친숙한 경영진을 연출해보겠다는 뜻이겠지만, 지목된 조의 지점장과 행원들은 얼마나 긴장했을지, 손에 잡힐 듯이 느껴져서 미도리는 우스웠다. 아마 그 중년 아저씨들은 그걸로 '현장의 소리'를 들었노라고 의기양양할 것이다.

저녁 식사의 뒷정리를 마치자 캠프파이어를 하기 위해 본부 텐트 옆 광장으로 전 행원이 모여들었다. 굳이 전원이 모닥불 하나를 둘러싸지 않아도 괜찮을 텐데, 라고 미도리는 생각했지만 무슨 일이건 모두 함께한다는 게 은행의 습성이었다. 덕분에 원이 엄청나게 커져서 비탈면을 이용해 자리를 잡아야 했기 때문에 로마의 카라칼라 대욕탕 같은 모양새가 되었다. 인원이 3천 명이나 되고 보니 캠프 자체가 웬만한 이벤트 못지않았다.

다행히 미도리네 지점은 뒤쪽이어서 '맹세의 말'을 하라는 지명도 없었다. 자리를 잡을 때 지점장이 "어휴, 이게 뭐야. 작년보다 더 뒤쪽이잖아"라고 기분이 별로 안 좋은 듯 혼잣말을 흘렸다. 앞쪽에는 우수 지점이 줄줄이 서 있었다.

처음에는 전원이 기립하여 은행가(銀行歌)를 불렀다. 뒤를 이어 조합위원장의 인사, 이어서 점화식이 시작되었다. 광장 여기저기에 횃불이 설치되어 동시에 불이 붙여졌다. 어떤 감각으로 준비했는지 배경음악으로는 〈차라투스트라는 이렇게 말했다〉가 확성기를 통해 흘러나오고 그 팡파르가 최고조에 달한 시점에 미리 선발된 신입행원들이 일제히 불을 던졌다. 여기저기서 환성과 휘파람이 날았다. 아마 모르는 사람이 봤다면 비밀 종교의식이라고 오해하기 딱 좋은 광경이었다.

신입행원 대표가 '입사의 인사'를 읽었다. 미도리 자리에서는 얼굴도 보이지 않았지만, 도쿄 대학 법학부 출신이라는 것만은 알 수 있었다. 그 이외의 대학 출신자가 대표로 임명되는 일은 없기 때문이다. 그것이 끝나자 이번에는 지명된 행원들이 차례로 마이크 앞에 나와 '맹세의 말'을 늘어놓았다. 일종의 웅변대회 같은 것이었다. 청중을 한순간 고요하게 하거나 와아 웃기거나 해서 회사의 사기를 가장 높여준 사람에게는 상으로, 과연 어떤 사람이 그딴 걸 갖고 싶을까 하는 생각이 절로 드는 창업자의 부조(浮彫) 액자가 수여되는 것이다. 당연히 역대 수상자는 두고두고 놀림감이 되었다.

"저는 재무성 담당 때, 첫 접대 마작에서 은행국 담당자를 국사무쌍(國士無雙) 패로 때려눕혔던 사람이올시다아!" 와아 하고 웃음소리가 일었다. "하지만 그 일로 제 얼굴을 똑똑히 기억해주셨습니다아!" 칭찬의 환성이 들끓었다.

"손해를 보며 이득을 얻으라고 하는데, 저는 득을 보고 득을 얻었습니다아!"

이런 얘기라면 간부들이 어지간히 좋아할 거라고 미도리는 생각했다.

은행 남자들은 하나같이 말주변이 좋았다. 거의 모두가 학창 시절에 학교 간부를 경험한 사람들이었다. 고등학교 때 전교 회장이었다는 건 여기서는 자랑거리 축에도 못 끼었다. 그냥 학급 반장이었던 쪽이 오히려 이상할 정도였다.

미도리는 풀덤불에 자리를 잡고 멍하니 먼 곳의 캠프파이어 불길을 바라보았다. 뒤쪽에서는 모두들 멋대로 떠들고 있었다. 아무도 이야기할 상대가 없어 미도리는 혼자 이런저런 생각을 했다.

캠프파이어가 끝나자 상하 구분 없이 어울리는 자리로 여기저기 술판이 벌어졌다. 본부에서 캔 맥주가 지급되었지만 그것으로 성이 찰 리 없어서 각 지점별로 준비한 위스키며 소주를 풀었다. 이것에 관해서만은 본부에서도 잔소리를 하지 않았다. 기본적으로 조별 술판이었지만 오랜만에 옛 동기를 찾아 원정을 나가는 사람도 있었다.

"어라, 아직 9시야?" 옆자리에서 다카나시가 유쾌한 듯한 소리를 냈다. "접대도 아닌데 이렇게 일찍부터 술을 마시다니, 이런 거, 정말 오랜만이네."

여기서도 다카나시 옆에는 유코가 찰싹 붙어 있었다. 부드러운 랜턴 불빛을 받은 유코의 옆얼굴은 약은 오르지만 정말로 섹시하게 보였다.

미도리는 적당히 핑계를 둘러대고 옆 조로 끼어들 생각이었지만 유코에게 기선을 제압당하고 말았다. 문득 시선이 마주쳤을 때, 유코가 시치미를 뚝 떼고 "미도리, 그쪽도 재미있지?"라고 물어온 것이었다. 미도리는 "응" 하며 웃음으로 응수했다. 그러자 유코는 "후후, 자, 그럼"이라며 환하게 손을 흔들었다.

그 말 때문에 그쪽 조로는 갈 수 없게 되었다. '흥, 자, 그럼이라고?' 미도리는 같은 여자가 부리는 심술에 적잖이 화가 났다.

별수 없이 얼음도 없이 미즈와리●를 마시고 있었다. 술을 즐기는 편은 아니지만 딱히 할 일이 없으니 따분해서 시간 때우기가 지겨웠다. 이와이는 아까부터 캠프 일정이 적힌 인쇄물을 물끄러미 들여다보고 있었다. 그도 따분한 눈치였다.

"이와이 씨, 미즈와리 만들어줄까요?"

미도리의 말에 이와이는 마주 쳐다보지도 못하고 "아, 응, 고마워요"라는 대답만 했다.

"이와이 씨는 쉬는 날에는 뭐 해요?"

다른 여자 행원이 어떻게든 화젯거리를 찾아야겠다는 기색으로 물었다.

"글쎄, 기숙사에서 자거나 이따금 드라이브하러 가는데?"

"자동차 있어요?"

"응, 중고차긴 한데."

"누구랑 드라이브하러 가요?" 약간 짓궂게 여자 행원이 캐물었다.

●물과 얼음을 넣어 농도를 조절한 술.

"친구하고 가기도 하고 그러는데?"

이와이는 어디에나 '하는데'를 붙였다.

기숙사에 친구가 있을 리 없었다. 아마 거짓말일 거라고 미도리는 생각했다. 남자 행원들은 이와이와는 아예 상대도 해주지 않았다. 이야기가 썰렁해졌다. 일단 완전히 무시하지는 않았다는 듯 그쯤에서 이와이에 대한 배려는 끝내버리고, 여자들끼리 뭉쳐서 수다를 떨기 시작했다. 텔레비전 드라마의 여주인공은 앞으로 어떻게 될 것인가 하는 등의 이야기였다. 옆 조에서는 환성이 터지고 유코의 달콤한 콧소리가 이쪽에까지 들려왔다. 아마 '이름 맞히기' 게임으로 한창 신이 난 모양이었다. 그렇게 되자 이쪽 조 모임은 점점 더 따분하게 느껴지고 도무지 기분이 나지 않았다. 미도리는 애꿎은 미즈와리만 몇 잔이나 마셨다.

얼마나 시간이 흘렀을까. 이제 슬슬 자리를 마무리하는 조가 나올 즈음, 미도리는 속이 울렁거렸다. 자기도 모르게 술을 너무 많이 마신 모양이었다. 머리가 마비되는 듯한 느낌과 함께 가벼운 구토감이 치밀었다. "나, 이제 그만 잘까 봐"라고 다른 여자 행원에게 말했더니 다들 그래야겠다면서 주섬주섬 자리에서 일어섰다. 유코 일행을 곁눈으로 흘끔거리며, 그만 텐트로 돌아가려고 했다. 그 순간 다리가 휘청거리고 위 속에 든 것이 목구멍으로 올라왔다. 토해내는 게 좋겠다고 판단한 미도리는 텐트를 지나 눈앞의 숲으로 걸어갔다. 남에게 보이고 싶지 않아 토기를 꾹 참고 좀 먼 곳으로 들어가자고 생각했다.

숲 속에는 가족이 숙박할 수 있는 크기의 방갈로가 몇 개 띄엄띄엄 자리 잡고 있었다. 그 뒤쪽에 숨으면 신경 쓸 것 없이 토할 수 있을 것이다.

정신을 차리고 보니 방갈로 벽에 손을 짚고 토하고 있었다. 콧구멍 속이 싸하고 눈에는 눈물이 번졌다. 저녁으로 먹은 카레라이스가 불쾌하게 목구멍을 역류했다.

"거기, 후지사키인가?"

목소리가 들려왔다. 지점장의 목소리였다. 지점장이 뒤에 다가서는 게 느껴졌다.

"괜찮아?"

지점장의 손끝이 어깨에 닿았고 이윽고 손바닥의 감촉으로 바뀌었다. 괜찮다고 말하려 했지만 기침이 터져서 띄엄띄엄 걸리는 말이 되었다.

"어허, 이거 참, 큰일 났네."

지점장의 손바닥이 미도리의 등을 천천히 오르락내리락했다.

"그렇지, 전부 토해버려. 그러면 편안해져."

여전히 속이 메스거렸다. 분명치 않은 의식 속에서, 우리 지점장이 나름대로 친절한 면도 있으시네, 라고 미도리는 생각했다. 하지만 그냥 혼자 놔뒀으면 싶었다.

두 번째 토기가 울컥 밀려와 위 속의 것을 모조리 토해냈다. 눈물이 줄줄 흘러서 분명 얼굴이 엉망진창일 거라고 생각했다.

지점장은 등 뒤에서 양쪽 겨드랑이를 받쳐주며 미도리를 일으켜 세우려고 했다. 미도리도 어떻게든 일어서볼 마음이었지만 다리가 후들거렸다. 가까스로 허리를 펴들자 양쪽 가슴에 남자의 손이 와 있었다.

지점장의 손이었다. 등 뒤에서 미도리의 젖가슴을 움켜쥐고 있었다.

'이게 뭐야?'라고 생각하면서도 미처 말이 나오지 않았다. 지점장의 손은 별개의 생물처럼 움직였고 귓가에 거친 숨까지 훅 끼쳤다. 남자의 턱이 미도리의 어깨에 얹혀 있었다.

'말도 안 돼, 믿을 수가 없어, 진짜 웃기고 있어.'

그렇건만 말이 나오지 않았다. 몸을 앞으로 숙이자 지점장의 아랫도리가 미도리의 엉덩이에 닿았다. 몸을 꺾자마자 등과 허리가 완전히 그에게 밀착되어 움직이는 것조차 불가능했다.

미도리는 작은 신음 소리를 올렸다. 그것을 어떤 식으로 오해를 했는지, 지점장도 나지막하게 헐떡였다.

지점장이 아랫도리를 움직이고 있었다. 남자의 오른손이 미도리의 티셔츠를 들어 올리고 안으로 들어왔다. '혁, 지금 내 옷을 벗기려는 거야? 설마! 어떻게 이런 데서 이런 짓을?' 지점장의 손이 브래지어로 가려지지 않은 살에 직접 와 닿았다.

'싫어. 죽어도 싫어!'

지점장이 젖가슴을 세게 움켜쥐었다. 미도리는 뿌리치려고 했지만 힘이 주어지지 않았다. 남자의 거센 숨소리가 귓가에 메아리쳤다. 그리고 아래로 손이 뻗어오는 바람에 미도리는 몸을 부르르 떨었다.

남자가 아랫도리를 더듬었다. 목덜미에는 남자의 혓바닥이 달라붙었다. 너무나 오싹해서 미도리는 기운이 쭉 빠졌다.

'당신, 지점장이잖아. 이런 짓을 해도 되는 거야?'

그때, 미도리의 등 뒤를 무겁게 짓누르던 것이 스르르 풀렸다.

"이봐, 괜찮아?"

지점장의 생뚱한 목소리였다. 미도리는 풀려났다.

"허 참, 젊은 아가씨는 술 마실 줄을 모른다니까."

등 뒤에서 지점장이 말하고 있었다. 하지만 그건 미도리에게 하는 말이 아니라 다른 누군가에게 하는 말인 것 같았다. 미도리는 가슴을 손으로 가리며 뒤를 돌아보았다. 5미터쯤 떨어진 곳에 누군가의 그림자가 나타났고, 자세히 보니 이와이가 멍하니 서 있었다.

"뭐야, 이와이? 소변보러 나왔나?"

지점장이 노기를 품은, 하지만 떨리는 목소리로 말했다.

"아, 네." 이와이는 겁에 질린 듯한 목소리로 대답했고, 지점장은 "후지사키가 술에 취해서 말이지"라고, 아직도 호흡이 정리되지 않은 목소리로 말했다.

"자네, 소변이라면 임시 화장실이 있잖아? 거기서 봐야지. 도통 예의가 없어, 예의가!"

"죄송합니다……."

이와이는 금세라도 꺼져갈 듯한 목소리였다.

지점장은 억지로 헛기침을 하더니 미도리에게 "이제 다 토했으니 괜찮을 거야"라고 말하고 등을 툭툭 치더니 텐트 쪽으로 걸어갔다. 빠른 걸음으로 가야 할지 아니면 천천히 가야 할지 판단이 서지 않는 듯 어색한 발걸음이었다.

미도리는 떨리는 손으로 티셔츠 자락을 바로잡았다. 이와이 쪽은 보지 않았다. 사라져가는 발소리만 들렸을 뿐이다.

그 자리에 5분쯤 머물면서 마음을 정리하려고 했다. 물론 놀란 가슴은 진정되지 않았다. 미도리는 텐트로 돌아왔다. 이미 잠자리에 든 동료를 밟지 않도록 조심조심 침낭에 파고들었다. 그 안에서 가슴을 웅크리고 새우처럼 동그랗게 몸을 말았을 때 너무나 억울해서 눈물이 터졌다.

한시라도 빨리 집에 돌아가 샤워를 하고 싶었다.

12

황금연휴라고 세상이 온통 들썩이는데도 가와타니 신지로
는 공장에서 스폿용접 기계를 돌리고 있었다. 두 명의 종업원
가운데 말수가 적은 마쓰무라는 쉬게 해주고, 태국인 코비에
게는 휴일 출근을 부탁했다. 노상 제 속에 틀어박혀 사는 마쓰
무라는 아무리 봐도 연휴 때 누구랑 놀러 나갈 것 같지도 않았
지만 그래도 한창 젊은 아이를 황금연휴에 불러내 일을 시키는
건 아무래도 마음에 걸려서 일주일 휴가를 주었던 것이다. 하
긴 마쓰무라는 별로 좋아하는 기색도 없이 "아, 예" 하는 김빠
진 대답을 할 뿐이었다. 그런 점에서 태국인 코비는 부탁하기
가 쉬웠다. 월급의 대부분을 브로커에게 빼앗겨버리지만 잔업
비라면 제 지갑에 넣을 수 있었던 것이다. 그래서 코비는 언제
나 명랑하게 "사짱님, 나, 쉬는 날 필요 없어"라고 했다.

아내 하루에는 이웃 아줌마와 쇼핑을 나갔다. 아들 노부아키는 동아리 합숙이 있다면서 이즈 쪽의 휴양지인지 어딘지로 가버렸다. 딸 미카는 패스트푸드 가게에서 아르바이트를 하고 있었다. 전문대에 가고 싶다더니 최소한 공부를 하는 척이라도 하면서 그런 말을 해야지, 하고 내심 못마땅했다. 그러면서도 미카는 "꼭 사고 싶은 게 있는데, 아이, 어떻게 해?"라면서 마치 사주지 않는 부모가 나쁘다는 식으로 말하곤 했다. 사고 싶다는 건 무슨무슨 브랜드 가방이었다. 왜 그런 걸 꼭 사려고 하느냐고 물었더니 "다른 애들도 다 가지고 다닌단 말이야!"라고 말도 안 되는 이유를 갖다댔다. 신지로가 "그럼 다른 애들이 사람을 죽이면 너도 죽일래?"라고 물었을 때, 미카는 이미 제 방으로 퉁탕퉁탕 뛰어가고 있었다.

황금연휴 동안의 작업은 이웃 야마구치 차체에서 부탁받은 것이었다. 급한 주문이 들어와 자기네 공장에서는 다 처리할 수 없자 친한 동업자에게 나눠준 것이었다. 이 업계에서는 드물지 않은 상부상조 시스템이랄까, 친분 때문에 어쩔 수 없이 떠맡은 일이었다. 신지로는 연휴 때만이라도 일을 쉬고 싶었지만 바로 옆집이고 보니 가족끼리 여행 간다는 엉성한 거짓말을 둘러댈 수도 없고 결국 거절을 못 해서 일을 받았다. 어차피 떠맡을 일이어서 아예 흔쾌히 응해버렸다. 하루 종일 작업해봤자 3만 엔이 될까 말까 한 일거리여서, 좀 더 붙여주든지, 라는 불만이 든 것도 사실이었지만 야마구치 사장의 부탁이라면 어쩔 수 없다고 단념했다.

신지로는 기계를 마주하고 묵묵히 작업을 계속했다. 페달을 밟자 작업대 중심에 있는 포인트를 향해 위에서 용접봉이 내려왔다. 그 순간 압력과 열이 발생하여 작업대에 세트된 두 장의 금속이 순식간에 용접되는 구조였다. 스폿용접은 한 군데마다 몇 엔 정도를 청구할 수 있었다. 고압전류가 흘러서 간간이 팡팡 터지는 소리가 작업장에 울렸다. 각도가 아주 조금만 잘못되어도 총을 연달아 쏘는 듯한 날카로운 소리가 나는 것이다.

코비는 콧노래를 부르며 작업을 하고 있었다. 노랫소리는 들리지 않지만 기분 좋게 머리를 흔들고 있어서 그런 줄 알았다.

금세 온몸에 땀이 비 오듯 해서 선풍기를 돌렸다. 코비가 웃옷을 벗고 러닝셔츠 바람이 되려고 해서 신지로가 주의를 주었다.

"코비, 안 돼. 웃통 벗고 작업하다가 다치면 보험금이 조금밖에 안 나와."

코비는 손가락으로 동그라미를 만들며 "오케이, 오케이!" 하고 웃었다.

천장 근처에 뚫린 창문으로 보이는 하늘은 페인트 스프레이를 뿌린 것처럼 골고루 파랗고 맑았다.

"놀러 다니기 딱 좋은 날씨로구나." 혼잣말을 흘리며 신지로는 부지런히 손을 움직였다.

한 시간쯤 작업을 하고 있으려니 기계 소리에 섞여 탕탕 철문을 두들기는 소리가 두어 번 들려왔다. 코비를 쳐다봤지만 소리가 날 만한 짓은 하고 있지 않았다. '잘못 들었나?' 하고 다시 기계 쪽으로 시선을 집중했다. 그런데 또 소리가 나서 신지로는 일단 기계를 멈췄다.

누군가 작업장 셔터를 두드리고 있었다.

신지로는 좋지 않은 예감을 품은 채 셔터 옆의 문을 열고 밖으로 나섰다. 한 번인가 본 적이 있는 오타 씨가 음울한 표정으로 서 있었다.

"저기요." 오타가 웃음기 없는 얼굴로 조용히 말했다. "분명 휴일에는 소음을 내지 않기로 시청하고도 이야기가 된 걸로 아는데요?"

"아, 그게……"라고 하다 말고 신지로는 그만 대답이 막혔다. 억지로 웃는 표정을 지으려고 했지만 얼굴이 후끈 달아오를 뿐이었다.

"오늘이 무슨 날인지 알고 계십니까?"

"아니, 그게 그러니까……"

"가와타니 씨, 대답해주세요. 오늘이 무슨 날입니까?"

화난 게 아니라 어른이 아이를 타이르는 듯한 말투였다.

"3일이니까 헌법기념일이던가?"

"그렇습니다. 헌법기념일이에요. 전국적인 공휴일입니다.

215

오늘부터는 서비스업 등을 제외하고는 어디나 사흘 연휴예요. 모두들 편안히 휴일을 즐기는 기간이지요. 그런데도 불구하고……."

"아니, 그게요." 신지로가 가로막았다. "폐를 끼쳤다면 사과하지요. 아니, 사과가 아니라……. 그러니까 폐가 된다는 건 나도 알아요. 알긴 아는데 우리도 좋아서 작업을 하는 건 아니고……."

"그야 그러시겠죠." 오타가 크게 고개를 끄덕였다. "누구라도 좋아서 황금연휴에 일을 할 리는 없겠죠. 피치 못할 사정이 있으시겠지요. 원청회사의 급한 주문이 들어왔다든가 불량품이 나서 그 뒤처리에 쫓긴다든가……."

"이봐요, 불량품이라는 건……."

"하지만 그건 당신 공장 쪽의 사정일 뿐이에요. 우리 맨션 주민들과는 전혀 관계가 없는 일입니다. 이곳이 황야의, 저 미국 애리조나 근처의 공장이라면 문제는 전혀 없겠죠. 얼마든지 큰 소리가 나도 괜찮아요. 하지만 유감스럽게도 이곳은 일본입니다. 그것도 수도권이고, 주택이 밀집한 곳이고, 이웃집에서 자동차 시동만 걸어도 아, 누구누구 씨가 어디 나가는구나 하고 알아차릴 만큼 개개인의 생활이 다 보이는 지역이에요. 이런 환경 속에서 어떻게 하면 모두 사이좋게 어울려 살 수 있을까……. 무엇이 필요하다고 생각하십니까, 가와타니 씨?"

완전히 연설을 하고 있었다.

"대답해주시죠, 가와타니 씨."

"아니, 그러니까요……."

"모르십니까?"

"아니, 이봐요, 무슨 소리를 하는 건지, 허 참. 우리는 이론에는 약해놔서……."

말을 하자마자 후회했다. 자신은 적잖이 기가 죽었다.

"그건요, 규칙입니다." 오타는 둘째 손가락을 치켜들었다. "다들 자기 좋을 대로 행동할 수 없는 이상, 거기에는 규칙이 필요하게 되는 거죠. 이건 좀 참자, 이런 건 서로 양보하자, 그런 약속 없이는 이 지역사회는 성립될 수가 없는 거예요. 제 말, 아시겠어요?"

말로는 도저히 못 당하겠다고 생각하며 신지로는 말없이 고개를 끄덕였다.

"당신은 시청 공무원에게 휴일에는 소리를 내지 않겠다고 약속하셨지요?"

"아니, 약속을 한 건 아니고……."

"아뇨, 저희는 그렇게 들었습니다."

"이거 참, 난처하네. 그런 게 아니고 쉬는 날에는 되도록 작업을 하지 않겠다는 것으로……."

"되도록?"

217

"아, 그래요. 되도록이라는 것이었어요."

"그런 건 약속이라고 할 수가 없죠. 규칙이라는 건 애매함을 배제하고, 여기서 여기까지라고 분명한 선을 긋는 것입니다. 그리고 모두가 거기에 따르는 겁니다."

"나 참, 무슨 말씀인지."

"좋아요, 알겠습니다. 가와타니 씨가 약속한 적이 없다고 하신다면 여기서 규칙을 만드십시다. 우리도 최대한 양보를 하죠. 자, 당신네 공장은 연간 며칠 동안 가동을 하면 만족하시겠습니까?"

"아 참, 이런, 이봐요, 갑자기 그런 말을 하면……. 게다가 우리 장사는 그런 게 아니라고요."

"그렇다면 규칙을 만들고 싶지 않다는 말씀이나 마찬가지군요." 오타가 외국인이 하듯이 고개를 젓는 제스처를 했다. "그건 인정할 수 없습니다. 내 말, 아시겠어요? 되도록이니 뭐니하는 애매한 말은 아무 도움도 안 돼요. 연간 며칠까지는 가동할 수 있다고 정해놓고, 그 범위 안에서는 누구도 불평할 수 없다, 하지만 그것을 오버하면 당신들 쪽에서는 원청회사의 급한 주문이 있건 없건 일을 거절해야 하는 거예요."

"그런 말도 안 되는……."

"뭐가 말이 안 됩니까?" 여기서 어조가 강해졌다. "말이 안 되는 건 당신들 쪽 아닙니까? 당신은 규칙이라는 개념을 전혀 알지 못하고 있어요."

"개념이라니……. 그만두지요, 그런 어려운 이야기는."

신지로는 완전히 기가 꺾였다. 아예 고함을 치고 덤비는 편이 훨씬 나을 것 같았다.

"그러시다면 제대로 된 협의는 다시 다음에 정식으로 하지요. 그래서 몇 마디 물어보겠는데요, 이 소음은 내일도 모레도 계속됩니까? 나는 그걸 꼭 알고 싶은데요."

"아, 이보세요." 이제는 그냥 이 자리에서 도망쳐버리고 싶었다.

"이 일은 옆의 야마구치 씨네 공장에서 어쩔 수 없이 떠맡은 거라 나는 별로 관계가 없어요." 말을 하면서도 신지로는 자신이 비겁하다고 생각했다. "그러니까, 만일 야마구치 사장 쪽에서 이걸 연휴 이후에 해도 된다고만 하면 당장이라도 기계를 멈출 수 있다니까."

"아, 그러세요?" 오타가 잠시 생각에 잠겼다. "야마구치 씨라고 하셨죠?"

"음, 그래요."

"알겠습니다. 바로 옆 공장이지요?"

"예, 옆의……. 아, 공장은 뒤쪽으로 들어가는 게 좋을 텐데……."

"그럼 협상을 하고 오지요. 아 참, 그전에……."

"뭐, 뭔데요?"

"제 아내가 편두통으로 고생하고 있어요. 전에 살던 집에서는 그런 증상이 없었어요. 그 점만은 분명히 말씀드리도록 하죠."

마지막까지 신사적으로 주절거린 오타는 발을 돌려 가와타니 철공소 부지 밖으로 나갔다. 전형적인 민완 비즈니스맨의 뒷모습이었다. 분명 회사에서는 일 잘하는 사람으로 통하겠구나. 신지로는 어두운 기분으로 상상했다.

작업장에 돌아오니 코비가 "사짱님, 왜 그래?" 하고 변함없이 콧노래 섞인 목소리로 물어왔다.

"아니, 아무것도 아냐"라고 대답하고 기계 앞에 앉았다. 어떻게 해야 하나. 하지만 일을 그만둘 수도 없는지라 다시금 모터의 스위치를 켰다.

당연히 작업에 전혀 집중할 수 없었다. 두 번을 연달아 합금판 세트 위치를 잘못 잡아서 그때마다 요란한 소리가 울렸다.

10분쯤 지나, 가슴이 부글부글 끓어서 신지로는 기계를 멈추고 뒷문 쪽으로 향했다. 그 순간 문이 벌컥 열리면서 야마구치 사장 부인이 얼굴이 사색이 되어 뛰어들었다. 그 얼굴을 보자마자 신지로는 심상치 않은 사태를 짐작했다.

"아이고, 가와타니 씨, 우리 집 양반이……!"

신지로는 더 들을 것도 없이 야마구치 차체 공장으로 달려갔다. 좁은 통로의 드럼통이니 쇳조각을 피해 급히 걷다가 한 차례 넘어질 뻔해가면서, 끝에는 거의 뛰다시피 공장 문을 넘어섰다.

야마구치 사장의 벌건 얼굴이 우선 눈에 들어왔다. 늙수그레한 종업원이 야마구치 사장을 뒤에서 끌어안았고 사장은 그 손을 뿌리치려 버둥거리고 있었다.

그 앞에는 오타가 서 있었다. 오타는 더러워진 바지 허리 부분을, 마치 공원 벤치에서 일어났을 때처럼 침착하게 손으로 털어냈다. 그리고 오른쪽 손바닥으로 입가를 닦았다. 멀리서도 피가 배어 있는 게 보였다.

"야, 이놈아!" 야마구치 사장이 침을 튀기며 외쳤다. "사람을 바보로 아는 것도 정도가 있어야지! 뭐가 규칙이야? 뭐가 지역사회야? 그런 거 네놈이 주절주절 말하지 않아도 다 알아. 뭣때문에 우리가 나중에 들어온 네놈에게 그런 설교를 들어야 하느냐고!"

"사장님!" 신지로가 사이에 들어섰다. "잠깐, 잠깐만 진정하세요, 예?"

앞쪽에서 야마구치 사장의 어깨를 껴안고 필사적으로 달래보려고 했다.

"가와타니, 저놈 좀 두들겨 패줘. 저놈이 우리를 아주 바보로 알고 있어. 저거 좀 봐, 저 새끼 눈! 사람을 아주 깔보는 눈이잖아!"

"아니에요, 사장님. 이 사람이 원래 그런 성격이에요."

눈썹을 팔자로 내리뜨고 애원하듯이 말했다.

"아니, 틀림없이 우리를 바보로 알고 있어. 개똥 같은 이론을 줄줄 늘어놓으면서 말이지. 그러고는 우리가 말이 막히면, 아시겠어요? 아시겠어요? 하면서 눈을 치뜬다니까. 제 놈만 똑똑한 줄 아나 봐. 어떤 대기업 높은 자리를 꿰찬 놈인지는 모르지만 야 이놈아, 회사 밖에서도 그게 통할 줄 알아?"

"어허, 잠깐, 잠깐! 사장님, 좀 진정해요. 그렇게 흥분하면 잘 풀릴 이야기도 꼬인다고요."

야마구치 사장이 어깻숨을 몰아쉬고 있었다. 그 작은 상하 운동이 신지로의 손에도 고스란히 전해져왔다.

"아무튼 폭력은 안 돼요."

사장을 달래면서 신지로는 자신이 한 짓을 크게 후회했다. 오타를 야마구치 사장에게 보내면 이런 일이 일어나리라는 건 충분히 예상할 수 있는 일이었던 것이다.

"오타 씨." 신지로는 몸을 돌려 말했다. "괜찮아요?"

"......."

오타는 차가운 눈빛으로 조용히 고개를 저었다.

"미안하게 됐네요. 내가 사과할 테니."

신지로는 깊이깊이 고개를 숙였다.

"사과할 거 없어!" 야마구치 사장이 고함을 질렀다. "사과할

게 뭐 있냐고!"

"제발 사장님은 잠깐만 조용히 좀 해요. 저기, 아주머니, 의자 가져다가 일단 사장님을 앉히지요."

야마구치 사장 부인이 머뭇머뭇 접이식 의자를 들고 왔다. 일단 사장을 자리에 앉히고 신지로와 오타는 선 채로 이야기를 했다.

"오타 씨, 미안해요. 야마구치 사장님이 좀 거친 면은 있지만 근본은 정말 착한 사람이에요."

"대부분의 사람들이 그렇게 말하죠." 오타가 무표정하게 단어를 늘어놓았다. "학생에게 체벌을 휘두른 교사도 같은 교사들 사이에서는 교육열이 높은 선생으로 통합니다. 술집에서 날뛴 합기도 유단자도 도장에서는 후배들을 잘 돌봐주는 인정 있는 선배로 통하지요. 그리고 이웃 주민에게 폭력을 휘두른 공장 경영자도 동업자들 사이에서는 배포 좋은 사나이로 통하는 겁니다."

"아니, 이봐요……."

"동업자들 사이에서 어떤 평판을 받건, 바깥 사회에서는 아무 관계도 없는 거예요. 같은 가치관을 가진 사람들끼리니까 서로 이해해주게 마련이죠. 문제는 가치관이 다른 사람들끼리, 이해를 달리하는 사람들끼리 서로를 어떻게 이해하느냐 하는 거예요. 이 점에 있어서 당신들은 완전히 커뮤니케이션이 되지 않는군요. 가와타니 씨, 내가 하는 말, 아시겠습니까?"

"그거, 완전히 당신 입버릇이구먼?"

"예?"

"아, 아니, 알아들어요. 우리가 나빴어요."

"정말 그렇게 생각하십니까?"

"그렇게 생각 안 해!" 야마구치 사장이 옆에서 고함을 질렀다. "저거 봐, 가와타니. 들었지? 저놈이 그럴싸한 썰을 풀면서 결국은 사람을 아주 바보 취급을 한다니까!"

"제발, 사장님은 조용히 하고 있어요!"

신지로가 조금 강한 어조로 야마구치 사장을 나무랐다.

"나, 경찰을 부르겠습니다." 오타가 신지로의 눈을 보며 말했다.

"아니, 그런 건 하지 맙시다."

"불러, 불러! 일개 중대를 부르든 뭘 부르든 다 불러봐!"

"사장님, 좀 조용히 하라니까!"

"상해 사건이기 때문에 조용히 넘어갈 수는 없어요."

"예? 상해 사건이라니?"

"그럼 이게 뭡니까?"

"그냥 좀 이웃 간에 티격태격한 것 아니오?"

"하지만 저분은 전혀 반성하는 기미가 없어요." 오타가 자신의 입가에 난 상처를 가리켰다. "치료비도 낼 마음이 없겠지요?"

"흥, 잘 아는군. 누가 그런 돈을 내!"

"사장님, 좀 조용히……. 아, 그래요. 그건 내가 대신 낼 테니까."

"그걸로 끝입니까?"

"끝이라니?"

"휴일의 소음 문제는 어떻게 하실 생각이지요?"

"그러니까 그건……."

"나중에 들어온 놈이 이러니저러니 뭔 잔소리냐고!"

"사장님, 그런 말 하면 안 된다니까."

"도저히 더 이상 대화가 안 되겠군요."

오타는 가볍게 눈을 감더니 고개를 좌우로 흔들었다. 그리고 가엾다는 눈초리로 야마구치 사장과 신지로를 바라보고는 공장을 나섰다. 가는 길에 돌아보면서 "역시 경찰을 부르는 수밖에 없겠어요"라고 마른 목소리로 말했다.

"야, 웃기지 마라." 야마구치 사장이 부르르 떨리는 입술로 누구에게랄 것도 없이 웅얼거렸다. 야마구치 사장 부인이 걱정스럽게 큰 한숨을 한 차례 내쉬었다.

30분쯤 지나 세 명의 경관이 야마구치 공장에 나타났다. 그중 두 명의 경관이 각각 따로 신지로와 야마구치 사장의 이야기를 들었다. 그즈음에는 야마구치 사장도 흥분이 가라앉아 조용히 경관의 질문에 응했다. 사장은 "아니 그게, 내가 그만 불끈해서 말이지"라며 힘없이 고개를 떨구고 있었다.

신지로 쪽의 조사를 담당한 경관은 가까운 파출소의 잘 아는 사람이었다. 번거롭게 해서 미안하다고 하자 "아휴, 제발 좀 봐주세요. 어른들끼리 이래서야 쓰겠습니까?"라며 쓴웃음 섞인 꾸지람을 했다.

"사장님은 어떻게 될까요?"

"뭐, 큰 문제는 없을 거예요. 근데 저쪽에서 형사 고소를 하겠다고 덤비니."

"고소? 그런 말도 안 되는 소릴. 이런 사소한 다툼에."

"이런 이웃 간의 다툼은 경찰로서도 참 난처해요."

"예, 미안해요, 미안해."

"가와타니 씨, 괜찮다면 사이에서 중재 좀 해요. 우리 경찰도 되도록 쌍방 합의로 끝나는 게 좋으니까."

"그렇겠지요." 자신이 감당할 수 있을지 신지로는 불안했다.

"근데요." 경관이 목소리를 낮췄다. "그 피해자, 정말로 냉정하던데?"

"그렇다니까. 얻어맞고도 목소리 한번 높이지를 않더라고."

"상사에 다닌대요, 외국계 기업의."

"흐흥."

그럴 거라고 신지로는 생각했다. 외국인을 상대로 날이면 날마다 빡빡한 협상을 하는 사람이다. 이런 작은 공장 경영자를 상대하는 것쯤은 누워서 떡 먹기일 터였다.

경관이 나서서 야마구치 사장의 사죄를 받아달라고 부탁했지만 오타는 그 제의를 거절했다. 말로만 하는 사죄는 의미가 없다고, 어디까지나 냉정하게 대꾸하는 것이었다.

야마구치 사장이 며칠 뒤 다시 경찰서에 출두하기로 마무리하고 경관은 물러갔다.

그런 판국에도 오타는 신지로에게, 그리고 똑바로 쳐다보지 못하는 야마구치 사장에게 "그런데 내일과 모레는 어떻게 되는 겁니까?"라고 온화하게 물어왔다. 끝까지 타협하지 않는 그 태도에 신지로는 가벼운 공포감마저 느꼈다.

신지로가 입을 다물고 있으려니 야마구치 사장은 어깨를 떨구고 작업을 중지하겠노라는 뜻을 힘없이 밝혔다.

야마구치 사장은 여기저기 전화를 걸어 일을 맡아줄 동업자를 찾았다. 신지로도 나서서 아는 사람들에게 연락을 해보았다. 야마구치 사장은 곁에서 보기에도 딱할 만큼 의기소침해 있었다. 그런 모습의 사장을 보는 건 처음이었다.

결국 신지로로서는 연휴 작업을 면제받은 셈이 되었다.

코비만 섭섭해서 어쩔 줄을 몰랐다.

13

노무라 가즈야에게 그 사흘 동안은 최악의 나날이었다. 실컷 얻어터진 그날 밤은 그리 심하지 않았는데 하룻밤 자고 나니 얼굴이 완전히 딴사람이었고 더구나 타박상이 심한 탓인지 열이 40도까지 올라가 제대로 일어나 앉을 수도 없었다. 가즈야는 꽁꽁 얼린 수건으로 얼굴을 덮은 채, 방 안에서 그저 반듯이 누워 있을 도리밖에 없었다. 섣불리 몸을 뒤척였다가는 바늘로 찌르는 듯한 예리한 통증이 온몸을 들쑤셔서 가라앉을 때까지 숨을 멈추고 있어야 했다. 특히 오른쪽 옆구리는 꺼멓게 부어올라 갈비뼈에 금이라도 간 것 같았다. 반죽음이라는 게 바로 이런 거였다.

그사이에 배 속에 넣은 것이라고는 수돗물뿐이었다. 치아는 다행히 무사했지만 입안은 너덜너덜 찢겨나갔다. 편의점에서 사온 삼각 김밥을 한 입 베어 먹었다가 고통으로 얼굴이 일그러졌고 그 일그러진 부분에 격통이 몰려와서 이중의 고통을 맛보았다. 애초에 식욕도 없었다. 몸속은 온통 비상사태. 얼마 안 남은 에너지가 모조리 치유에 소비되는 듯한 느낌이었다.

다만 이명은 더 지독해졌다. 정적 속에서 원반 하나가 왱왱거리면 금세 그것은 곱절로 불어나서, 어금니를 악물고 있지 않으면 금세 미쳐버릴 것 같았다. 바로 조금 전에도 그때까지 일정하던 이명이 돌연 파장이 흐트러지면서 마치 줄넘기가 귀옆에서 돌아가듯이 윙윙 속도를 올리며 파고들어 거의 패닉상태에 삐졌다가 깨어난 참이었다. 온몸이 땀범벅이 되어 살아 있어도 살아 있는 것 같지 않았다.

가에데에게 한 번 전화가 왔었다. 황금연휴에 우리 가게도 쉬는데, 라면서 여느 때처럼 가즈야를 불러준 전화였지만 대충 핑계를 둘러대고 거절했다. 와서 간호해달라고 할까 하고 잠시 생각했지만 이 꼴을 보고 꼬치꼬치 캐물으면 그게 더 귀찮을 것 같았다.

얼룩진 천장을 바라보며 가즈야는 목숨 따위 아깝지 않다고 생각했다. 이 아파트에서 혼자 죽는 건 못 견딜 일이지만, 그것만 아니라면 가령 스포츠카를 훔쳐 타고 고속도로를 마구 내달려 경찰차와 경주를 펼친 끝에 방호벽을 들이받고 와장창 깨어져 죽는 거라면 별로 억울할 것도 없다.

'다테노 친목회' 사무실에서 가즈야는 몸도 마음도 철저히 박살이 나버렸다. 프로 야쿠자의 협박이란 퇴로를 차례차례 끊어가는 외통수 장기와 비슷했다. 가즈야와 다카오는 웃통을 벗은 채 수염 난 야쿠자 앞에 나란히 세워졌다. 벗으라는 말에 스스로 벗은 것이었다.

"신장, 어디 있는지 알아?" 수염 야쿠자는 그러면서 가즈야의 바지를 아래로 끌어내리고 "이 속이야. 오줌 만드는 곳이지"라고 주먹을 틀면서 아랫배를 쥐어박았다.

"작년에 장기이식법이 시행되었거든? 그 덕분에 우리는 장사하기가 아주 간편해졌어. 두 개나 되니까 한 개쯤 떼어내도 죽거나 하진 않아. 괜찮지?"

고함을 내지르는 게 아니라 조용히 옴짝달싹 못 하게 조여드는 말투였다.

"그게 아니면 눈알로 할래? 아이뱅크에 팔아주지. 알째 가져가면 값을 꽤 쳐줘. 어느 쪽이건 너희 좋을 대로 해. 너희가 선택하라고."

소파에서 담배 연기를 내뿜는 야쿠자의 얼굴을 차마 마주 볼 수 없어 오로지 아래만 보고 있었다. 곁에서 다카오가 무릎을 덜덜 떨기 시작했다. 그것을 보자 가즈야에게도 저절로 떨림이 전염되었다. 야쿠자는 본심이었다.

"말을 안 하면 알 수가 없지." 용서해줄 듯한 기미는 어디에도 없었다. "어느 쪽이야? 말을 안 하면 알 수가 없잖아? 신장이야, 눈알이야? 빨랑빨랑 결정하라니까!"

갑자기 분위기가 바뀌면서 성난 고함이 날고 테이블의 재떨이가 가즈야의 귀 옆을 스쳤다. 뒤쪽 벽에서 유리 재떨이가 산산이 깨지는 소리가 울렸다. 어느새 가즈야의 머릿속에서 사고라는 게 사라졌다. 아무 생각도 나지 않았다. 상대의 말소리만 머릿속의 하얀 공백을 채우며 파고들 뿐이었다. 이미 자신은 없고 전혀 낯선 타인이 들어와 있었다.

"아니면 너희 손으로 돈을 만들어낼 건수라도 있어? 흥, 있을 리기 없지. 빠친코에서 알량한 용돈이나 벌어들이는 조무래기 불량배 놈들이 제 몸뚱이를 팔지 않고서야 어떻게 이 일을 처리하느냐 말이야!"

다카오가 견디지 못하고 오열을 터뜨렸다. 무릎을 꿇고 손을 바닥에 댄 채 "무엇이든 하겠습니다. 그것만은 용서해주십시오!"라고 눈물 섞인 목소리로 호소했다. "무엇이든 하겠습니다!" 다시 한 번 터져 나온 그 목소리는 절규에 가까웠다.

"무엇이든 다 하겠다? 좋아, 말 한번 잘했어. 그쪽은?"

시선을 받고 가즈야도 다카오를 흉내 내어 그대로 따라 했다. 자아가 덜컹덜컹 소리를 내며 무너지는 게 느껴졌다. 철저하게 궁지에 몰리면 인간은 당장 그 자리를 모면하기 위해 어떤 요구에나 응하게 되어 있었다. 자신들이 하고 있는 건 목숨

구걸이었다.

수염 야쿠자는 한 달 이내에 어떤 짓을 해서라도 각자 3백만 엔씩 만들어 오라고 명령했다. 한쪽이 도망치면 남은 한쪽을 죽이겠다고 했다. 면허증을 복사해갔다. 여차하면 그걸로 본적지를 찾아 부모까지 죽이겠다고 잔혹하게 입을 비틀며 웃었다. 이 세계에는 이른바 '프로 수금원'이라는 게 존재한다고 했다. 내빼버린 놈은 지구 끝까지라도 쫓아가 끌고 와서 두둑하게 보수를 받는 직업이라고 했다.

수시간에 걸친 감금에서 풀려났을 때는 거의 방심 상태였다. 그것은 다카오가 선배라고 부르던 야쿠자, 야마자키가 가즈야의 아파트를 떠난 순간이었다. 야마자키는 가즈야와 다카오를 차로 태워다주었다. 물론 그건 친절해서가 아니라 사는 곳을 확인해두기 위해서였다. 야마자키가 신발을 신은 채 집 안에 들어와 가즈야의 방을 둘러보았다.

"흥, 대충 이럴 줄 알았지." 포마드로 넘긴 머리를 슬슬 쓸면서 한심하다는 듯 말했다. 그리고 곁에서 말뚝처럼 서 있는 다카오를 손가락질하며 "앞으로는 다카오에게 연락을 취해. 만일 도망치면 그때는 다카오를 죽일 거야"라고 마지막 으름장을 놓았다. 야마자키가 다카오의 덜미를 끌고 집을 나섰다. 고향 선배라고 하니 거스를 도리가 없을 터였다. 그들이 계단을 내려가는 소리를 들으며 가즈야는 그대로 이불에 쓰러졌고 더 이상

1밀리미터도 움직일 수 없었다. 잠시 뒤에는 맹렬한 불안감이 들이닥쳤고 그제야 새삼스럽게 자신의 천애고독을 실감했다. 잠을 자고 싶었지만 신경이 가닥가닥 곤두서서 잠의 실마리조차 찾아낼 수 없었다. 아예 기절해주는 게 나을 것만 같았다.

가만히 손을 뻗어 커튼을 젖혔다. 구름 하나 없는 푸른 하늘이 유리창 너머로 펼쳐져서 습기 찬 방 안에 드러누운 자신이 더욱더 원망스러웠다.

소변을 참을 수 없어 화장실에 갔다. 사흘간 피해왔던 거울을 용기를 내어 들여다보니, 아직 푸르스름한 멍 자국은 남았지만 붓기는 상당히 빠져 있었다. 죽고 싶은 심정인데도 그에 반하여 젊은 몸뚱이는 필사적으로 회복하려고 발버둥을 치고 있는 게 아이러니했다. 시험 삼아 기지개를 켜봤더니 오른편 갈비뼈가 찌릿하고 아팠다. 가즈야는 소스라쳐서 다시 몸을 웅크렸다. 그래도 걸음은 뗄 수 있어서 파스를 사러 가기로 했다.

누군가 계단을 올라오는 소리가 나더니 그 발소리가 집 앞에서 멈췄다. 난폭하게 문을 두드렸다. 숨을 죽인 채 누구냐고 물었더니 "나야, 나!"라는 다카오의 목소리가 들렸다. 자물쇠를 돌려 문을 열었다. 어떤 얼굴로 나타나시려나 했더니 의외로 뻔뻔스럽게 싱글거리는 얼굴로 양복 차림의 다카오가 서 있었다.

"어때, 좀 나았냐?" 멋대로 집 안에 들어와 방바닥에 털썩 주저앉더니 가즈야의 얼굴을 살피듯이 올려다보았다. "뭐, 대충 봐줄 만하다야."

다카오는 캔 주스 두 개를 들고 와서 그중 하나를 가즈야에게 건네고 저도 뚜껑을 따 기세 좋게 들이마셨다.

"야, 그새 여름이다. 다들 반팔 입고 다니더라."

다카오의 얼굴을 보니 군데군데 출혈의 흔적은 남았지만 윤곽은 원상태로 돌아와 있었다. 가즈야는 커튼을 젖히고 이불 위에 책상다리를 틀고 앉았다.

"너, 계속 누워 있었냐?" 다카오는 두 손을 뒤로 짚고 다리를 내던지고는 학생이 친구네 하숙방에 놀러온 듯한 분위기로 물었다. "하긴 그럴 만도 하지. 나보다 훨씬 요란하게 당했으니."

"그런가?"

"나는 발차기는 별로 안 먹었어."

"불공평하네."

"깨지는 데도 요령이 있거든."

영문 모를 자랑이었다. 다카오는 담배에 불을 붙여 천천히 연기를 내뱉고, 다 마신 캔을 재떨이로 썼다.

"근데 둘이 합해서 6백만 엔을 챙기라는 거 말인데, 어때, 사무실털이 한번 안 할래? 다른 도장 회사에서 또 톨루엔을 터는 방법도 괜찮긴 한데⋯⋯. 야, 근데 한 깡통에 진짜로 20만 엔이 넘을 줄은 몰랐다. 선배도 진짜 독하게 짠돌이 장사를 했더만.

우리한테 떨어지는 게 5분의 1도 안 됐어. 제대로만 받으면 앞으로 서른 통만 째비면 6백만이 나온다는 계산인데⋯⋯. 하긴 이번에는 현금 아니면 선배도 안 받아줄 거고, 그렇게 되면 우리야 뭐, 처분할 만한 루트도 없으니까 아무리 생각해도 역시 어디서 현금을 터는 수밖에 없어. 사무실털이가 가장 현실적인 방법이야. 사무실이라고 해도 일반 회사 쪽은 안 돼. 그런 곳에 돈을 놔둘 리도 없고. 털려면 역시 할인판매점이나 중고차 회사야. 그쪽은 대개 현금으로 주고받으니까 금고를 통째로 털어버리면 틀림없이 뭉칫돈이 있을 거야. 내가 드릴 다루는 데는 선수니끼 금고 여는 건 그럭저럭 해결돼. 사실을 말하면, 어제 신문을 보니까 요코하마 전자도매점에 도둑이 들어서 6백만 엔이 털렸다는 기사가 나왔더라고. 햐, 우리가 지금 필요한 액수하고 똑같구나 했다."

다카오가 단숨에 떠들어댔다. 어떻게 사람이 저토록 금세 바뀔 수 있는지, 가즈야는 어처구니가 없어서 그저 멍하니 쳐다볼 수밖에 없었다. 바로 사흘 전에 무릎을 부들부들 떨며 싹싹 빌던 비굴함은 어디에도 없었다. 가즈야가 아무 말이 없자 "왜, 싫어? 그거 말고 무슨 다른 수라도 있냐?" 하고 물었다.

"아니, 별로."

"그렇다면 함께하자고, 사무실털이. 그 왜건, 아직도 있어. 고속도로 아래 주차장에 넣어놨어."

가즈야는 창문턱에 등을 기대고 작게 기침을 했다. 이세 새삼 도둑질이 싫다는 건 아니지만, 그만큼 두들겨 맞고도 의욕을 잃지 않은 다카오가 정말 신기하기만 했다.

"야, 너." 다카오가 앉음새를 고치며 가즈야의 눈을 들여다보았다. "너, 설마 도망칠 생각하는 거 아니지?"

"그럴 리가 있냐?"

가즈야가 화난 듯 대답했다. 도망치는 건 고사하고 그간 사흘 동안 뒷일에 대해서는 생각조차 하지 못했던 것이다.

"도망치면 안 돼." 다카오는 진지한 얼굴로 말했다. "이건 내가 대신 죽을까 봐서 하는 말이 아냐. 나는 말이다, 결심했어. 어떻게든 돈을 마련해서 나도 고집이 있다는 걸 보여주고 조직에서 정식으로 잔을 받을 거야. 이제 그거밖에 없어, 우리가 살아날 길은. 어차피 다른 데 가봤자 뭘 어쩌겠냐? 일을 하려 해도 신원보증인도 없는 우리 같은 놈들을 누가 써주겠어? 방 한 칸도 못 빌리는 신세야. 그러면 남은 건 기껏해야 카바레나 파친코 입주점원밖에 더 있냐? 내가 분명히 말하는데 난 그런 거 하려고 이 세상에 태어난 거 아냐. 일하는 건 완전 딱 질색이다. 너도 마찬가지지?"

"그야 뭐, 나도 그렇지."

"그렇다면 둘이 나란히 야쿠자가 되어서 쑥쑥 치고 올라가야지. 안 그래? 뭐, 이번 린치는 분명 굉장했고. 야마자키 선배도 말이지, 지독하게 군 건 분명해. 하지만 그것도 결국 누가 더 힘이 있느냐 하는 문제야. 똑같이 실수를 저질렀어도 우리보다 그 선배가 더 힘이 있었다는 것뿐이라고. 지금이야 우리가 맨 밑바닥이니까 안 좋은 일은 우리한테 죄다 떨어졌다. 간단히 말하면 그런 얘기야. 그러니까 우리도 어떻게든 조직에 들어가서 머지않아 윗자리에 서는 인간이 되어야 해. 아래로 부하들이 생기면 밑 닦는 일은 얼마든지 그 졸개들한테 시키고 우리는 상전 행세만 하면 되는 거라고. 손을 더럽히는 건 졸개로 다 해결되는 거야. 나는 이대로 졸개 노릇만 하다 끝나지는 않을 거야. 야쿠자든 샐러리맨이든, 어떤 세계나 다 그래. 졸개가 있고 상관이 있는 법이지. 손해 보는 놈 따로 있고 이익 보는 놈 따로 있다고. 나는 손해 보는 쪽에서 주저앉고 싶진 않다야."

다카오는 마치 학생이 장래의 부푼 꿈을 펼치듯이 열변을 토했다. 가즈야는 머릿속이 정리되지 않은 채 다카오를 멀거니 바라보고 있었다. 다만 이 녀석은 분명 야쿠자에 소질이 있는 놈이라고 생각했다. 자신이 실의의 나락에서 허우적거리는 사이에 녀석은 살아갈 궁리를 했던 것이다.

"그리고 야쿠자가 될 거면 일찌감치 시작하는 게 좋아. 지난번에 본 그 펀치파마, 그거 열아홉 살이야. 우리보다 어려. 지금 당장 조직에 들어가도 서열은 그 펀치파마 아래야. 짜증 나지만 어쩔 수 없어. 하지만 여기서 더 어물거리다가는 좀 더 어린놈들이 상전 행세를 하게 되잖아. 지금이라면 절대 늦지 않아. 야, 그래도 사내대장부가 큰 조직에 들어가서 말이지, 한가락 해봐야 할 거 아니냐?"

"음, 맞는 말이야."

가즈야는 대답은 했지만 야쿠자가 될 자신은 없었다. 사람 사귀는 게 서툴다는 건 스스로도 잘 알고 있었고, 거기에 이명이라는 고질병이 있는 한, 어떤 조직에서도 오래 버틸 수 없을 것 같았다.

"마음 푹 놓으셔. 아무도 우릴 죽이지는 못하니까. 지난번에는 나도 완전히 쫄았지만 나중에 냉정히 생각하니까 그런 일쯤에 사람을 죽이지는 않아. 야쿠자가 가장 무서워하는 게 뭔지 아냐? 징역살이야. 위로 올라가면 올라갈수록 더 그래. 데리고 있던 졸개들이 싸그리 남의 손에 넘어가거든."

그건 분명 그랬다.

"그런 점에서 우리는 형무소 같은 거, 별로 무서울 것도 없어. 도리어 관록이 붙는 거지. 사무실털이로 깜빵에 가더라도⋯⋯. 너, 근데 깜빵에 가본 적 있어?" 가즈야가 고개를 저었다. "그러면 너나 나나 초범이야. 실형을 먹어봤자 별것도 없어. 조직 이름을 대지 않고 우리가 뒤집어써 주면 선배들도 우리를 인정해줄 거라고. 아무튼 우리는 한 달 안에 6백만 엔을 만들어내는 거야. 배짱 두둑하게 나가자. 야, 형제!"

가즈야가 쓴웃음을 흘렸다. 녀석의 명랑함이 진심으로 부러웠다.

"그래, 맞는 말이다." 당분간 다카오의 말대로 따르는 수밖에 다른 방법은 없을 것 같았다. "우선 6백만 엔부터 만들어보자."

"그래, 이제 무서울 거 하나도 없어. 여차하면 파친코 현금교환소 같은 데 쳐들어가지, 뭐."

다카오의 말을 들으며 가즈야는 드디어 나도 뒷골목 세계로 들어가는구나, 하고 생각했다. 그리고 일반 사회와 마찬가지로 뒷골목 세계에도 나름대로 에너지가 필요하다는 상상을 하면서 약간은 우울해졌다. 본심을 말하자면 가즈야는 그중 어느 쪽에서도 살고 싶지 않았다. 그렇다면 내가 가고 싶은 곳은 어디냐 하고 생각해봐도 자신이 갈 곳은 어디에도 없었다.

"아 참!" 다카오가 퍼뜩 생각난 듯이 말했다.

"다테노 친목회에 가택수색이 들어왔다더라."

"그래?"

"으응, 일본도 하나하고 방탄조끼하고 두랄루민 방패 같은 거 내놓고, 일단 돌아가게 했다는 모양이야."

사태의 심각성에 가즈야의 마음에는 다시 그늘이 드리워졌다.

"걱정 마. 이런 건 조직하고 경찰 사이에서 노상 하는 짓거리야. 폭력계 형사하고 야쿠자는 평소에도 서로 대충 알고 지내는 사이야. 담당 형사가 실적 올리려고 뭐 건수 없냐고 하면 권총도 좀 내주고 해서 빚을 만들어두는 거야. 그러니까 가택수색이라고 해봤자 대개는 사전에 연락이 다 들어와. 지금 곧 간다, 맨손으로는 못 돌아오니 뭔가 준비해둬라, 그런 식이야. 원래 그렇게 돌아가는 거라고, 세상이란 게."

다카오는 다시 한 번 "세상은 원래 그렇게 돌아가게 돼 있어"라고 혼잣말처럼 중얼거렸다. 그리고 목뼈를 두두둑 울리고는 기지개를 켜며 자리에서 일어섰다.

"야, 그럼 일주일 안에 연락하마. 그때까지 돈이 있을 만한 사무실을 찾아둬야지. 너도 후보지를 좀 찾아봐. 몇 차례 하는 게 아니라 한 방에 끝낼 곳으로. 아예 천만 엔쯤 털어서 나머지 4백만은 둘이 나눠 갖자야."

돌아가는 길에 다카오는 차입품인지 뭔지, 뜯지도 않은 말보로 한 갑을 호주머니에서 꺼내 툭 던져주었다. 나갈 때는 다시 한 번 돌아보며 "야, 너 배신 때리지 마라"며 나지막하고 조용한 어투로 다짐을 했다. 가즈야는 말없이 고개를 끄덕였다.

밤이 되어 가즈야는 가와사키 거리로 나갔다. 파친코를 할 마음도 없고 딱히 목적지가 있는 것도 아니지만 집에 혼자 있기는 더욱 싫었다. 이명이 견딜 수 없이 심해졌던 것이다. 네온 불빛을 받으며 소란스러운 유흥가를 건들건들 걸었다. 황금연휴는 중반에 접어들어 번화가 여기저기에 넥타이족 대신 학생들이며 연인들이 즐거운 듯 몰려다녔다. 그들에게는 아무런 걱정거리도 없는 것처럼 보였다. 늘 하던 대로 '불행의 분배'를 해주고 싶었지만 아쉽게도 그럴 만한 기력이 없었다.

문득 돈을 대출해준다는 간판이 눈에 들어와, 분명 이곳에는 돈이 넘치도록 많을 거라고 생각했다. 하지만 버터플라이 나이프 하나로 덤벼볼 상대가 아니었다. 그 옆 빌딩에는 필리핀 주점 간판이 있었다. 하룻밤 매상이 수백만 엔이라고 들었지만 당연히 경호원이 있을 터였다.

걷다 보니 이마에 땀이 났다. 봄이 여름을 꽁지에 달고 급히 달아나고 있었다. 티셔츠 겨드랑이가 땀으로 축축해졌다. 벌써 나흘씩이나 샤워를 하지 않은 게 생각나서 사우나에 가기로 했다. 골목길을 빠져나가자 러브호텔 간판이 있었다. 대충 20실에 하루 50커플이 이용한다면……. 계산대에 돈이 얼마나 있을지 계산해보았지만 숫자가 얼른 떠오르지 않았다.

사우나에서 멈칫멈칫 탕에 몸을 넣었다. 타박상을 입은 옆구리 쪽은 별로 대단하지 않았지만 무심코 뜨거운 물을 떠서 얼굴을 적셨더니 쿡쿡 찌르는 통증이 여기저기서 튀었다. 탕의 가장자리에 등을 대고 팔다리를 쭉 뻗었다. 온몸의 근육이 가닥가닥 풀리는 듯한 감각에 이대로 탕물에 녹아드는 것도 나쁘지 않겠다고 생각했다.

사우나에서 나와 다시 거리를 돌아다녔다. 배가 고파서 우연히 눈에 띈 맥도날드에 들어갔다. 카운터 앞에서 메뉴판을 바라보기는 했지만 어떤 햄버거도 당기지 않아 어쩔 수 없이 감자튀김과 콜라만 주문하고 테이블에 앉았다. 창유리 너머로 거리를 멍하니 바라보았다. 정면 맞은편에 게임센터가 있고 입구에 설치된 스티커 사진기에서 젊은 남녀들이 왁자지껄 떠들고 있었다. 입에 넣은 감자튀김이 왠지 맛이 없었다.

밤늦은 시간까지 장사하는 서점을 둘러보고 비디오 대여점 안을 한 바퀴 돌기도 하면서 정처 없이 거리를 헤맸다. 폭주족들이 대로를 뒤흔들고 달려가서 거센 폭음이 골목길까지 들려왔다. 상점가 끝까지 걸어가 작은 공원 앞에서 말보로 담배에 불을 붙였다. 그 앞은 주택가였다. 돌아서려고 발길을 돌리는데 한 남자가 가즈야 쪽으로 다가왔다.

가즈야는 무심코 고개를 들어 사내를 바라보았다. 머리를 붉게 물들인 비슷한 또래의 사내였다.

"야, 뭘 봐?" 사내가 말했다. 그 뒤에는 여자가 있었다.

"안 봤는데?" 가즈야는 연기를 토해내며 천천히 말했다.

"시치미 떼지 마. 지금 우리를 쳐다봤잖아?"

사내는 헐렁한 바지에 화려한 알로하셔츠를 입고 있었다. 야쿠자가 아니라 불량학생 같은 느낌이었다.

"이놈이 지금 나를 째려봐?" 사내가 딱딱거렸다. "뭐야, 싸우자는 거야, 이 새끼?"

가즈야는 입을 다문 채 중키에 평범한 몸집의 사내를 내려다보았다.

"엉? 암말 안 하면 어쩌겠다는 거야?"

"해치워, 해치워"라는 여자의 작은 목소리가 뒤에서 들려왔다.

가즈야는 눈앞의 두 사람을 번갈아 바라보았다.

"이봐, 형씨. 지금 담배 같은 거 피우고 있을 때가 아닐 텐데?"

남자가 호주머니에서 버터플라이 나이프를 꺼냈다.

"왜, 쫄아서 말도 안 나와? 흐흐흐." 그리고 칼끝을 가즈야 쪽으로 향하더니 "뭐, 됐어. 잠깐 대화 좀 하자는 거야"라며 위세를 부리듯 가슴을 젖혔다.

"실은 택시비가 없어서 말이지. 누구한테 좀 빌려야겠는데, 흐흐, 그게 너야."

자세히 보니 사내는 이마에 땀을 흘리고 있었다. 가즈야는 담배를 아스팔트에 버렸다.

"이봐, 피 보기 전에 빨랑 내놔."

사내는 여전히 낮은 목소리로 으르댔다.

가즈야가 용무늬 점퍼의 오른쪽 호주머니 속에 손을 넣었다.

"그럼 그럼, 아주 착하군. 제법 말을 잘 듣는데 그래?"

버터플라이 나이프를 꺼내 한쪽 핸들을 잽싸게 밀어 블레이드를 칼 쪽으로 세트했다. 사내가 펄쩍 뛰듯이 두세 걸음 물러섰다.

"흥, 나랑 똑같구나." 가즈야가 조용한 눈빛으로 말했다.

이번에는 사내가 입을 다물 차례였다. 눈에 당황한 빛이 역력했다. 문득 몸을 숙이더니 다음 동작으로 옮겨갈 자세를 취했다. 하지만 그건 앞쪽으로가 아니라 뒤쪽으로였다.

모든 것이 귀찮기만 했다. 이러쿵저러쿵 길게 얘기할 마음도 나지 않았다.

가즈야는 아무 말 없이 발을 내밀었다. 그와 동시에 오른손을 투수가 언더스로를 하듯이 아래에서 위로 휘둘렀다. 나이프 끝이 무언가에 닿았고 두부라도 썰듯 가볍게, 하지만 분명한 감촉이 느껴졌다.

사내가 엉덩방아를 찧었다. 짧은 시간차를 두고 남자의 뺨에서 선혈이 주르륵 흘렀다. 그것은 진득하게 붉고 진한 피였다.

사내가 손으로 뺨을 쥐어 잡았고 피로 물든 그 손바닥을 들여다보며 히익 비명을 올렸다.

"뭐, 뭐야, 이 새끼! 말도 안 돼!"

그 목소리는 완전히 뒤집혀 있었다.

가즈야는 한 걸음 더 다가가 사내를 바로 위에서 내려다보았다. 돈을 생각했다.

'이 녀석이 돈줄이 되어주지 않을까.'

3백만, 3백만 엔이 필요했다.

사내가 영문 모를 비명을 올리며 뒷걸음질쳤다. 다리를 버둥거리며 추하게 버르적거렸다. 가까스로 몸을 일으키더니 공원 쪽으로 냅다 뛰었다. 가즈야는 그 뒷모습을 보며 역시 저런 놈이 돈줄이 될 리 없다고 포기했다.

사내는 공원을 가로질러 어둠 속으로 사라졌다.

그 방향으로는 땅바닥에 떨어진 핏자국이 활주로 유도등처럼 점점이 이어졌다.

가즈야는 나이프를 보았다. 잽싸게 베어버린 탓인지 피는 전혀 묻지 않았다. 블레이드를 접어 오른쪽 주머니에 챙겨 넣었다.

'아차, 저놈 신장을 팔게 하는 방법도 있었는데.' 그렇게 생각했지만 이미 때는 늦었다.

"저기요!" 여자 목소리가 났다.

돌아보니 화장은 했지만 아직 앳된 얼굴이었다. 여자는 얼굴이 약간 불그레해진 채 생글생글 태연한 웃음을 짓고 서 있었다.

"오빠, 너무 여유 있다~!" 진심으로 감탄했다는 듯한 목소리였다.

여자는 유행하는 재킷에 타이트한 바지를 입고 있었다. 발에는 통굽 부츠를 신고 있어서 얼치기 연예인 같은 모습이었다.

"와우, 대단해. 오빠, 하나도 쫄지 않던데? 뭔가 무지 여유만만한 느낌! 진짜 카리스마가 넘쳐."

"네 남자 친구, 달아난 거 모르냐?" 가즈야가 턱짓으로 가리켰다.

"남자 친구 아닌데?" 여자는 입을 뽀로통하게 내밀었다.

"그럼 뭔데?"

"아까 조기서 잠깐 만났을 뿐이야. 그쪽에서 먼저 나한테 말을 걸었어. 그래서는 저녁을 사준 것까지는 좋았는데 더 이상 돈이 없다고 해서, 그럼 난 집에 간다고 했지. 그랬더니 지가 금세 돈을 마련할 거라면서……."

"그래서 나한테 뜯어내려고 했단 거야?"

"응." 미안한 표정도 없이 여자가 대답했다. "그러게 내가 좀 더 비실비실한 사람을 찾으라고 했는데, 내 말 안 듣고 겉모양새만 그럴싸하다느니 어쩌니 하면서 덤비더니만. 근데 오빠는 진짜 여유가 있어. 보통은 나이프 들이밀면 완전 쫄잖아? 근데 태연한 얼굴로 거꾸로 나이프를 꺼내 싸악 그어버리다니. 그런 사람, 첨 봤어."

가즈야가 담배를 꺼내 입에 물었다. 여자가 "아, 잠깐"이라고 하더니 가방에서 라이터를 꺼내 호스티스처럼 불을 붙여주었다.

"나, 메구미라고 해. 후지사키 메구미."

"흐응."

"저기, 오빠는?"

"너 몇 살이냐?"

"열아홉."

"거짓말하지 마."

"그럼 열여덟. 흥, 그런 거 아무려면 어때? 그보다 오빠 이름 알려줘."

"시끄러워! 너, 고등학생이지? 빨랑 집에 가."

"고등학생 아냐. 그런 거 오래전에 때려치웠어."

가즈야는 말없이 여자를 보았다. 햇볕에 그을린 얼굴에 핑크 빛 립글로스가 반짝였다.

"그럼, 켄이라고 할래."

"뭐라고?"

"이름 알려주지 않으면 켄이라고 할 거야. 배우 다카쿠라 켄 처럼 카리스마가 넘치니까."

가즈야가 저도 모르게 쓴웃음을 지었다. 까불지 마, 라고 입 속으로 웅얼거렸다.

"앗, 웃었다. 켄, 웃으니까 너무 귀여워."

"야, 고만 해라."

화를 내보기는 했지만, 조금쯤 상대의 페이스를 즐기고 있 었다.

"켄, 지금 어디 갈 거야?"

"집에." 가즈야는 거리 쪽으로 걸음을 옮기기 시작했다.

앞에서 한바탕 바람이 불어와 가즈야의 이마에 흘러내린 머 리칼을 휘익 들어 올렸다.

"그럼 나도 갈래. 아무튼 전화번호라도 알려줘. 켄, 휴대전화 있지?"

"시끄럽다."

"앗, 휴대전화 있구나? 그럼 알려줄 때까지 따라갈래."

메구미라는 여자애가 가즈야의 뒤를 깡총깡총 따라왔다. 부츠 소리가 아스팔트에 울렸다. 귀찮다는 듯 돌아보니 메구미는 햄스터처럼 뾰족한 하얀 앞니를 내보였다.

14

황금연휴가 끝난 5월 6일, 후지사키 미도리는 은행에 출근하는 데 상당한 결심이 필요했다. 일단 집을 나서기는 했지만 전철이 은행에 가까워질수록 점점 더 속이 메슥거려서 몇 번이나 다시 집에 돌아갈 생각을 했다. 하지만 집에 가려면 어머니에게 둘러댈 변명이 필요해서 그것 역시 생각하기만 해도 지겨웠다. 이대로 어디 가서 하루를 땡땡이칠까도 생각했지만, 그러는 자신이 너무 비참해서 더욱더 기분이 가라앉을 것 같았다. 결국 머릿속이 정리되지 않은 채 은행이 있는 역에 도착해버렸다. 내려서는 참에 동료를 만나버려 더 이상 돌아갈 수도 없었다.

황금연휴의 나머지 날들을 미도리는 방에 틀어박혀 보냈다. 어디에도 나갈 마음이 나지 않고 텔레비전조차 보기 싫어서 그저 침대에서 이불을 뒤집어쓰고 있었다. 이따금 젖가슴을 주무르던 불쾌한 감촉과 바지 위로 사타구니를 더듬던 끔찍한 느낌이 되살아나 비명이 터지려는 것을 꾹꾹 참으며 혼자 머리를 움켜쥐었다.

당연히 은행을 그만두는 것도 생각했다. 날이면 날마다 지점장과 얼굴을 마주칠 터였다. 그건 미도리에게는 견딜 수 없는 일이었다. 그런 고통을 참으면서까지 은행에 다닐 이유는 어디에도 없는 것 같았다.

주저할 이유라면 그건 여동생 일뿐이었다. 여동생 때문에 온 집 안에 괴롭고 묵직한 분위기가 가득했다. 무엇이 못마땅한지 동생은 고등학교는 간단히 중퇴해버렸을 뿐만 아니라 제멋대로 외박을 밥 먹듯이 했다. 회사 일에만 몰두하는 아버지는 동생과 마주치는 것조차 피하고, 어머니 혼자 고민을 떠안은 채 날마다 어두운 얼굴로 지내고 있었다. 할 수만 있다면 원래부터 걱정 많은 성격인 어머니를 더 이상 걱정하게 하고 싶지는 않았다.

하지만 결국 은행은 그만둘 거라고 미도리는 생각했다. 억울하기는 하지만 그것 말고는 다른 방법을 찾아낼 의욕도 없었다.

어찌 됐건 출근을 해버렸기 때문에 미도리는 되도록 흐트러진 마음을 겉으로 드러내지 않으려고 노력했다. 조회 때는 맨 뒤에 서서 지점장을 쳐다보지 않도록 고개를 푹 숙이고 있었고, 과별 미팅 때는 머리칼을 앞으로 내려 얼굴이 보이지 않게 했다.

그나마 다행인 것은 지점장이 과장 이하와는 전혀 말을 하지 않는다는 것이었다. 적어도 오늘은 마주치는 일이 없을 것 같았다. 게다가 지점장도 정상적인 신경을 가진 사람이라면 미도리를 피할 터였다.

다행히 미도리는 신규계약 및 상담 창구로 돌려졌기 때문에 돈 계산에 신경 쓸 일은 없었다. 연휴가 끝난 로비는 아직도 느슨한 분위기가 남아 있어서 미도리는 내내 고개를 숙인 채 일하는 척했다. 정기예금 팸플릿을 들여다보며 그동안 얼마나 저금을 해뒀는지 살펴보았다. 2년 동안 근무해서 모은 돈이 백만 엔쯤은 될 터였다. 그거라면 반년쯤은 어떻게든 버틸 것이다. 안달할 필요는 없다. 이번에는 내가 직접 직장을 선택하자. 가능하면 작은 규모의 회사가 좋다. 유니폼도 없고 사가(社歌)도 없고 따분한 행사도 없는 곳. 그리고 좀 더 도심 쪽 회사라면 좋겠다. 공장으로 둘러싸인 이런 가와사키 변두리에서는 근무 끝난 뒤의 사적인 시간에 무슨 좋은 일이 생길 리가 없다. 아오야마나 하라주쿠 같은 데가 좋지. 그래, 이담에 디자인 회사에 다니는 친구와 상의해보자. 혹시 사람 구하는 데 없느냐고 물어봐야지. 물론 디자인에 대해서는 전혀 모르지만, 처음에는 그저 잔심부름이나 차 대접하는 일이라도 할 것이다. 좀 더 공부해서 꼭 번듯하게 일할 거니까…….

"저어…….."

깜짝 놀라서 고개를 들었다. 갑자기 말을 건네오는 바람에 가벼운 현기증이 일어났다. 미도리 앞에 중년 남자가 서 있었다.

"미안한데요, 다카나시 씨 계신가요?"

"아, 네. 융자과의 다카나시 씨 말씀이시죠?" 대답을 하면서도 가슴이 두근두근 뛰었다.

자리에서 일어서다가 다시 한 번 남자 쪽으로 몸을 돌렸다.

"저어, 실례지만 누구신지요?"

"가와타니 철공소의 가와타니라고 합니다."

"약속을 하셨던가요?"

"예, 그래요."

미도리는 마치 마음속을 들킨 듯한 부끄러움을 느끼며 다카나시를 부르러 갔다. 다카나시는 안쪽 책상에서 나오더니, "저런, 일부러 여기까지 오시고, 죄송합니다"라고 환하게 말하고는 중년 남자를 작은 응접실 쪽으로 데려갔다. 다른 여자 행원이 그것을 보고 급탕실로 향했다. 작은 응접실 쪽 손님은 간단한 차 대접만 하면 되는 것으로 정해져 있었다.

다시 창구로 돌아와 일을 하는 척했다. 로비의 저 뒤쪽에 시바타 노인이 있었다. 눈이 마주치자 씨익 웃었지만 미도리는 어색한 눈인사밖에는 응할 수 없었다. 얼굴이 굳어 있는지도 모르지만 지금은 친절을 베풀 만한 심정이 아니었다.

오늘은 긴 하루가 될 것 같구나, 하고 미도리는 한숨을 쉬었다.

"미도리, 무슨 일 있었니?"

점심시간에 유코가 물어왔다. 들키지 않으려고 애써 평소와 다름없이 행동했는데, 유코는 식당에서 도시락을 펼치면서 아침부터 꽤 걱정했다는 투로 얼굴을 들여다보는 것이었다.

"응? 왜?" 머리를 쓸어올리며 대답했다.

"글쎄, 왠지 기운이 없어 보여."

"그런가?"

"아침부터 어째 우울한 얼굴이던데?"

"그런 거 없어." 미도리가 잠깐 웃는 얼굴을 만들었다.

"으응……."

유코는 뭔가 믿지 못하겠다는 표정이었다.

"디즈니랜드, 어땠어?" 미도리가 화제를 바꾸었다.

"엄청 붐볐지, 뭐. 입장하는 데만 2시간을 기다렸으니, 말 다 했지. 우라야스의 패밀리 레스토랑에서 내내 시간을 때웠어."

"그래?"

"그래도 재밌었어. 퍼레이드도 봤고 스플래시 마운틴에도 올라갔거든."

"그랬구나."

"다카나시 씨도 좋아하더라. 줄서는 건 정말 지겨워하는 거 같았지만."

"그래?"

"다카나시 씨, 본사 상무님 신임이 대단한가 봐."

"으응."

"그래서 지점장도 실적을 올리게 해주려고 애쓴대. 자기가 담당한 간부 후보가 우리 지점에서 실적이 나쁘면 지점장이 지도를 잘못했다는 평가가 나온다나?"

"그런 이야기까지 했어?"

"직접 말한 건 아냐. 은근슬쩍 그런 얘기를 흘리더라고. 자기 자랑을 꽤 하던데?"

"흐응."

"그래서 말이지……."

유코가 계속해서 다카나시 이야기를 했다. 미도리는 도시락을 깨질깨질 집어먹으며 대충 맞장구를 치고 있었다.

"아무래도 이상한데?"

"뭐가?"

"미도리 너, 그냥 듣는 둥 마는 둥 하고 있잖아."

"그런가?"

"그렇다니까?"

대답이 막혔다.

"뭐, 괜찮아, 말하기 싫으면."

미도리가 젓가락질을 멈추었다. 유코를 바라보니 입가에 다정한 웃음을 담고 있었다.

유코에게는 은행을 그만둘 때가 되면 말해야지, 라고 미도리는 생각했다.

'그래, 소중한 친구였는데 이유를 말하지 않고 떠날 수는 없어. 은행을 그만두더라도 유코와는 계속 만나고 싶다……'

그렇게 생각하니 미도리는 약간 감상적인 기분이 되었다. 눈앞에서 웃고 있는 유코가 어느 때보다 다정하게 느껴졌다.

"억지로 캐묻는 것도 좀 안 좋겠지?"

"……"

"혼자서 해결할 수 있겠니?"

그 말을 듣자 미도리는 저절로 눈에 눈물이 글썽해졌다. 친구는 정말 고마운 존재라고 생각했다. 눈물 한 방울이 뺨에 떨어지자 그만 멈추지 않고 줄줄이 흘러내렸다. 미도리는 어느새 식당 한 귀퉁이에서 작게 흐느끼고 있었다.

유코가 손을 내밀었다. 미도리의 도시락을 재빨리 정리해주고 자기 것도 함께 주머니에 넣었다.

"미도리, 탈의실로 가자." 유코가 일어섰다. "자, 어서."

미도리는 유코의 손에 이끌려 식당을 나섰다. 주위의 시선을 느꼈지만 식당 분위기가 달라질 정도는 아니었다. 남자가 울었다면 또 모를까, 젊은 여자의 눈물에 그리 깊은 관심을 가지는 사람이 있을 리 없었다.

탈의실 안쪽으로 깊숙이 들어가 유코는 미도리를 가스히터 위에 앉혔다. 말해버리면 마음이 훨씬 편해질 거야, 라며 유코가 미도리를 달래주었다. 괜찮아, 절대로 남에게 말하지 않을게, 라고도 덧붙였다.

미도리는 신입행원 환영캠프에서 일어났던 일을 이야기했다. 술을 많이 마셔서 취했었고 속이 안 좋아 숲 속으로 혼자 들어갔는데 지점장이 자신을 껴안았다고 이야기했다. '성폭행'이라는 단어를 사용해서 하마터면 그것을 당할 뻔했다고 말했다. 그건 분명 성폭행 미수에 해당된다고 생각했다. 만일 그때 이와이가 오지 않았다면……. 그 생각을 하면 미도리는 아직도 몸이 부르르 떨리는 것이다.

이야기를 하며 끊일 새 없이 눈물이 흘렀다. 아무에게도 말 못 하고 꾹꾹 참았던 만큼 마치 둑이 터진 것처럼 감정이 넘쳐나왔다. 손수건을 얼굴에 대고 미도리는 엉엉 울었다.

"도저히 용서할 수 없어!"

유코도 큰 충격을 받은 모양이었다. 정말 용서할 수 없는 짓이라고 몇 번이나 말하며 옆에 다가와 미도리의 어깨를 다정하게 안아주었다. 하지만 유코도 그 이상의 말은 하지 못했다. 크게 분노하면서도 또 그만큼 속으로는 난처해하는 것 같았다.

이럴 때 아직 젊은 그녀가 무엇을 할 수 있을 것인가.

"미도리, 어떻게 할 거야?" 유코가 물었다.

"어쩌지?" 한심하다고 생각하면서도 미도리는 그런 대답밖에 할 수가 없었다.

"누구한테 상담을 해볼까?"

"누구라니?"

"기다 씨는 어때? 기다 씨라면 어떻게든 해주지 않을까?"

유코는 부하에게 인기가 있는 과장대리의 이름을 댔다.

"어떻게든이라니?"

"그건 나도 모르겠어. 하지만 딸랑이보다는 낫잖아?"

"안 돼. 다마이 과장은 절대로 안 돼." 미도리가 고개를 저었다.

"그럼 기다 씨밖에 없어."

"아냐, 됐어."

"됐다니, 뭐가?"

"이제 됐어."

"되긴 뭐가 돼?"

미도리는 크게 심호흡을 했다. 자신에게 기합을 넣으며 눈물을 멈추었다.

"고마워. 유코가 함께 분노해준 것만으로도 기뻐. 그러니까 이제 그만 됐어."

"설마……. 말도 안 돼."

"아냐, 됐어." 스스로에게 말하듯 미도리는 대답했다.

"그럼, 이대로 가만있을 거야?"

"나, 은행 관둘 거야."

"엑, 진짜?"

"괜찮아."

"괜찮지 않아!" 유코가 딱 잘라 말했다. "절대로 괜찮지 않아."

미도리는 흠칫 놀라 유코를 바라보았다.

"그런 일로 왜 네가 은행을 그만둬? 넌 피해자잖아. 이건 뭐, 완전히 울며 겨자 먹기로 포기하는 꼴이잖아? 기다 씨에게 한번 말이라도 해보자. 지점장에게 사과라도 받아내야지. 어쩌면 지점장도 지금은 반성하고 있을 거야. 못된 짓을 저질렀구나, 후회할 거라고. 그러니까 분명하게 사과할 기회를 주는 게 좋아."

"내가 그렇게 할 수 있을까?" 미도리는 불안해서 시선을 떨구었다.

"지점장이 머리 숙여 사과하면 어떻게 할래?"

"나도 잘 모르겠어……."

"아무튼 은행을 관두면 안 돼. 재취업이란 거, 정말 어려워. 여자는 더군다나 그렇지. 게다가 지점장은 앞으로 1년만 지나면 다른 지점으로 갈 거야."

"그럴까?"

"그럼. 벌써 1년이나 지났잖니, 그 사람이 우리 지점에 온 거. 지점장이란 게 보통 2년쯤이면 바뀌잖아?"

그 말을 듣고 보니 약간 구원을 받은 듯한 심정이었다.

"게다가 미도리가 없으면 나, 너무 섭섭해."

멈추었던 눈물이 다시 글썽해졌다.

"내가 도와줄게. 기다 씨에게 시간 좀 내달라고 내가 말할게."

미도리의 눈동자는 다시금 눈물로 가득 차고 말았다.

퇴근 시간 정각이 되자 유코가 눈으로 신호를 보내왔다. 미도리는 집에 갈 준비를 하고 다시 책상에 돌아오지 않아도 되게끔 정리를 마친 다음 회의실로 갔다. 유코도 천천히 자리에서 일어섰다. 둘이서 한가운데 접이식 테이블이 덩그러니 놓인 회의실에 나란히 자리를 잡고 앉았다.

5분쯤 뒤에 기다 과장대리가 들어왔다. 평소처럼 웃는 얼굴이었지만, 표정이 굳어버린 두 부하직원을 마주하고 뭔가 불온한 분위기라는 건 느낀 모양이었다.

유코가 먼저 말문을 열었다. 신입행원 환영캠프가 있던 날 밤, 숲 속에서 미도리가 지점장에게 성적인 공격을 받았다는 이야기를 미도리에게서 들은 그대로 기다에게 전했다. 유코는 분명하게 성추행이라는 단어를 사용했다. 기다의 얼굴이 금세 흐려졌다. 미남이라고는 할 수 없지만 삼십 대 전반이어서 아직 청년다운 모습을 지닌 기다 과장대리는 자신의 상사가 저지른 일을 온순한 얼굴로 듣고 있었다.

뒤를 이어 미도리가 다시 한 번 직접 이야기했다. 젖가슴을 잡혔던 부분은 그나마 나았지만 사타구니를 더듬었다는 부분은 창피해서 저절로 목소리가 작아졌다.

유코는 미도리가 받은 충격에 대해 말했다. 여자에게 얼마나 굴욕적인 일인지, 얼마나 비참한 일인지. 유코는 미도리가 회사를 그만둘 생각까지 한다는 것, 그래서 너무 가엾다는 것 등을 또렷한 말투로 기다에게 전했다.

"정말이야?"라며 기다는 눈썹을 찌푸렸다.

"정말이에요"라는 유코.

"아니, 자네가 아니라 후지사키가 대답해봐."

"네." 미도리가 눈을 내리깔고 대답했다.

"그렇군……." 기다는 복잡한 표정으로 고개를 끄덕이더니 "이 일을 다른 사람에게도 말했나?"라고 물어왔다.

"아뇨, 저희 둘뿐이에요." 유코가 대답했다.

"자, 그럼……. 우선은 우리 세 사람만 아는 이야기로 해두자." 묵직한 목소리로 기다가 말했다. "그래서, 자네들……이랄까, 후지사키, 어떻게 해주었으면 좋겠어?"

"사과를 원해요"라는 유코.

"지점장님이 사과를 하면, 그냥 없었던 일로 할 거야?"

"……." 미도리는 고개를 숙인 채 입을 다물고 있었다.

"그건 사과를 받은 다음에 생각하는 거 아닌가요?"

아까부터 유코만 이야기를 하고 있었다.

"그야 그렇지." 기다가 팔짱을 끼고 한 손으로 턱을 쓰다듬었다. "좋아. 아무튼 이야기는 잘 알았어. 어떻게 풀릴지 나도 잘 모르겠지만 할 수 있는 만큼은 일단 해보자. 오늘은 여기까지. 자네들은 그만 집에 돌아가 봐."

기다는 그렇게 말하고 자리에서 일어섰다. 문을 향해 걷다가 돌아보며 다시 한 번 두 부하직원에게 다짐했다.

"이 일은 일단 비밀로 해두자. 알았지?"

아무튼 한 걸음을 내디뎠다는 것에 미도리는 조금쯤 어깨가 가벼워졌다.

은행을 나서자 곧바로 유코와 헤어졌다. 퇴근 후 다니는 요리 교실에 늦겠다면서 바로 앞 큰길에서 택시를 잡아탔던 것이다.

"미안해, 택시 값은 내가 내줄게."

미도리가 가방에 손을 집어넣자 유코는 "아아, 됐어, 됐어"라며 웃는 얼굴로 손을 흔들었다. 다시 한 번 친구란 정말 고마운 존재라는 생각에 가슴이 뭉클했다.

내일도 마음이 무거운 하루가 되겠지만, 그래도 오늘보다는 나을 것 같았다. 유코에게 털어놓아 조금쯤 마음이 편안해졌고 기다 과장대리에게 호소를 했으니 어떻든 원군을 얻은 듯한 기분이기도 했다. 괴로운 일은 역시 혼자서 떠안고 있으면 안 되는 거라고 생각했다.

오후 6시를 지난 시간인데도 5월의 하늘은 푸른 여운이 남아서 먼 곳에 희미한 별이 보일 뿐이었다. 하늘에 뜬 구름의 옆면만 자줏빛으로 물들어 가까스로 저녁노을임을 보여주었다. 까마귀가 태평하게 까악까악 울며 전깃줄에 앉아 있었다. 두부 장수의 나팔소리가 들려와서 역시 이곳은 서민 동네구나, 하고 미도리는 새삼 주위를 둘러보았다.

유코가 만류는 했지만 이제 그만둘 때인지도 모른다는 마음이 약간은 있었다. 내가 원하는 직업과 직장. 스물두 살의 나이라면 아직 얼마든지 가능성이 있을 것이다. 시험 삼아 구인 정보지나 사볼까, 하고 미도리는 생각했다.

"어라?" 그때 누군가 뒤에서 말을 건네왔다. "이봐요."

돌아보니 하얀 셔츠에 루프타이를 맨 시바타 노인이 서 있었다.

"갈매기은행에 다니는 아가씨지, 자네?"

"아, 네." 미도리가 꾸벅 인사를 건넸다.

"후지사키라고 했던가?"

"네, 그렇습니다."

"유니폼을 벗으니까 도무지 못 알아보겠군. 딴 사람이면 어쩌나 했더니만, 다행이네. 역시 후지사키 양이었어."

"네에······." 미도리는 의아한 눈빛으로 노인의 기색을 살펴보았다.

"나, 이제는 안 갈 거니까 안심해요."

"네?"

"이제는 후지사키 양의 은행에는 안 갈 테니 마음을 놓으라는 거야."

시바타는 지팡이를 앞에 짚고 등줄기를 꼿꼿이 세우며 온화하게 말했다. 미도리는 무슨 말인지 알아들을 수가 없었다.

"저어······ 혹시 저희가 무슨 실수라도······?"

"아니, 아니, 그렇지 않아. 그저 오늘 보니 후지사키 양이 영 표정이 안 좋더라고."

"네?"

"오늘, 내가 몹시 방해가 된다는 표정이던데······."

"아!"

미도리는 퍼뜩 생각이 났다. 오전에 로비에 있는 시바타와 눈이 마주쳤을 때, 제대로 웃음이 나오지 않아 딱딱하게 굳은 표정으로 고개를 숙여버렸던 것이다.

"그래서 이제는 자네 은행에는 안 갈 거야. 그간 정말 미안했어."

"아, 저런! 죄송해요." 미도리는 당황했다. "저, 그게, 그때는 제가 좀······."

"아냐, 신경 쓸 거 없어. 화가 나서 그러는 게 아냐. 내가 화 낼 자격이 있나?"

사실 시바타는 엷은 웃음을 띠고 있었다.

"아뇨, 그러니까 그때는요, 제가……."

"방해가 된다는 건 나도 잘 알아."

"아니, 그런 게 아니에요." 미도리는 시바타 노인의 말을 가로막았다. "저어, 정말 죄송해요. 마음 상하셨다면 용서해주세요. 오늘은 제가…… 이런 건 변명거리도 안 되겠지만……. 개인적으로 몹시 안 좋은 일이 있었어요. 그래서 아침부터 기분이 좀 좋지 않았어요. 그래서 그만 고객분께 무뚝뚝하게 대하고……. 그러니까요, 절대로 손님께서 생각하시는 그런 일이 아니에요."

미도리는 공손히 머리 숙여 사과했다.

"불쾌하게 해드려서 정말 죄송합니다."

"저런, 뭔가 일이 있었구먼?"

시바타는 시종 온화한 표정을 무너뜨리지 않았다.

"네, 맞습니다."

"어허, 이거 내가 잘못 짚었군."

"그렇습니다. 오해세요."

"허허, 그렇군."

"네, 내일도 꼭 와주세요."

"아, 그랬군, 그랬어." 시바타는 혼잣말처럼 중얼거렸다.

이 노인이 혹시 그 일 때문에 일부러 나를 기다리고 있었던 걸까, 하고 미도리는 생각했다. 그 성실한 마음에 신기하게도 저절로 정겨움이 솟구쳤다.

"자네한테 안 좋은 일이 있었다고?"

"네……."

"아니, 무슨 일인지 내가 꼬치꼬치 묻지는 않을 테니까 안심해."

"네……."

"안 좋은 일이 있다는 건 인생의 중심에 있다는 증거야."

"네?"

"내 나이쯤 되면 안 좋은 일조차 없어. 워낙에 갈 곳이라야 병원하고 도서관하고 은행밖에 없거든. 그런 곳을 빙빙 돌아봤자 무슨 일이 생기겠나? 이번 연휴 때는 정말 어째야 좋을지 모르겠더라니까. 병원도 도서관도 은행도 죄다 문을 닫아버렸으니. 겨우 연휴가 끝나서 아휴, 잘됐다 했네. 그래서 냉큼 은행으로 갔더니만 자네가 안 좋은 얼굴을 하는 거야."

"저, 정말 죄송……."

"아니, 그래도 내가 오해했다는 거 알고 나니, 참 마음이 놓이는구먼."

"네."

"아무튼 안 좋은 일이라도 아무것도 없는 거보다는 나아."

"네……." 내심 할아버지야 그러시겠죠, 라고 생각했지만 미도리는 말없이 고개를 끄덕였다.

"아차, 미안하군, 길 가는 사람을 붙잡고."

"아녜요."

시바타 노인은 목례를 건네더니 다시 등을 꼿꼿이 세우고 발길을 돌렸다.

"저어." 미도리가 노인을 불러세웠다. "내일, 은행에서 기다릴게요."

"응, 고맙네."

시바타 노인이 어린아이처럼 빙긋 웃었다.

역으로 향하며, 온종일 이래저래 마음이 뒤흔들린 미도리는 녹초가 되어 있었다.

하지만 집에서 혼자 고민하는 것보다 훨씬 나았는지도 모르겠다고 희미한 별빛을 올려다보며 생각을 고쳐먹기로 했다.

은행을 그만두는 문제는 둘째치고, 지점장이 사과만 한다면 너그럽게 용서해주자고 미도리는 생각했다.

15

연휴 끝의 아침 이른 시간에 가와타니 신지로는 갈매기은행 기타카와사키 지점으로 나갔다. 따로 부탁도 하지 않았는데 기타자와 제작소의 간다 씨가 아예 밥상까지 차려놓고 융자과 사람을 한번 만나보라고 알려온 것이다. 그날은 오전 8시에 기타자와 제작소에 납품할 물건이 있어서 간 김에 은행에 들르게 되었다. 기타자와 제작소와 갈매기은행은 철도를 끼고 마주 보고 있었다. 하지만 트럭으로 가려면 멀리 돌아야 했다. 지름길인 고가 밑 터널은 높이를 1.5미터로 제한한 괴상한 길이라서 일반 승용차가 아니면 지나살 수 없었다. 어쩔 수 없이 신지로는 트럭을 몰고 육교가 있는 큰길까지 우회했던 것이다.

갈매기은행은 가와타니 철공소와 거래가 있기는 했지만 친하다고 할 만한 교제는 전혀 없었다. 원래부터 기타자와 제작소의 부탁 때문에 계좌를 개설했을 뿐, 그쪽에서도 자기들 영역이 아니어서인지 은행원이 찾아오는 일도 없었다. 기껏 온다고 해야 예금 협조를 요청해올 때 정도였다.

신지로 입장에서는 신용금고 쪽과 거래하는 게 훨씬 편했다. 물론 돈을 대출할 때 금리가 시중은행보다 높지만, 신용금고는 은행원들이 모두 싹싹해서 맡길 돈이 있다고 하면 즉각 달려와주었다. 인정이 통하고 지역과 밀착된 분위기가 있었다.

신지로는 익숙하지 않은 양복까지 입고 나왔다. 아내인 하루에가 "정식으로 입고 나가는 게 좋지 않을까?" 하고 권하는 것을 처음에는 피식 웃으며 고개를 흔들었으나 그렇다고 늘 입던 작업복 차림으로 나가는 것도 실례일 것 같아 결국 감색 양복을 꺼냈다. 기타자와 제작소에서 간다에게 이 양복 때문에 놀림을 당했고 친한 여사무원에게는 그거 입고 트럭 타실 거냐는 말을 들었다.

시중은행이라는 곳은 역시 영세 기업에게는 문턱이 높았다. 신용금고와 외관의 차이는 없지만 거기서 일하는 은행원들에게 왠지 모르게 기가 죽었다. 주간지에서는 은행원들의 높은 월급을 떠들어대곤 했다. 서른 살에 연봉 천만 엔이라는 말을 들으면 질투라기보다 서로 노는 세계가 완전히 다르다는 생각이 들었다. 동네 공장에서 일하는 사람은 30년을 근무해도 그 반절이 될까 말까였다.

은행 문을 들어서서 가볍게 긴장하며 창구로 걸어가 여자 은행원에게 말을 붙였는데 깨끗이 무시해버렸다. '뭐야, 이 아가씨?'라고 신지로는 내심 생각했다. 다시 한 번 "저어……"라고 말을 건넸더니 그제야 얼굴을 들고 응해주었다. 흘끗 명찰을 보니 '후지사키'라고 적혀 있었다.

"미안한데요, 다카나시 씨 계신가요?"

이름을 대고, 다카나시 씨와 약속이 되어 있다고 하자 그 행원은 눈을 아래로 착 내리깐 채로 안쪽으로 부르러 갔다. 앉으라는 말도 없었다. 동네 공장 아저씨라고 깔보는구나 싶어 적잖이 부아가 났지만, 불려 나온 젊은 남자가 선선히 고개를 숙이고 들어오는 바람에 금세 잊었다.

카운터에서 면담을 하나 했더니 응접실로 안내해주었다. 역시 양복을 입고 오기를 잘했다고 신지로는 생각했다. 명함을 교환하고 비닐 소파에 앉았다.

"기타자와 제작소의 간다 씨에게서 말씀은 많이 들었습니다." 다카나시는 밝은 목소리로 말했다. "신용할 수 있는 협력 공장이라고 하시던데요?"

"간다 씨가 그랬어요?"

"네. 납기일에 늦은 적도 없고 불량품이 나왔을 때도 성실히 대처해주신다고 하더군요."

"아, 아니, 불량품은 분명 한두 차례뿐이었는데……."

"아뇨, 그런 걸 문제 삼겠다는 건 아니고요. 불량품을 낸 적이 없는 것보다 불량품을 냈지만 분명하게 책임을 지는 편이 더욱 신용할 수 있다는 뜻이죠."

"아, 그건 그렇군요. 네, 네."

신지로는 내심 그리 싫지만은 않았다.

"이쪽 업계는 결국 신용이거든요. 다행히 가와타니 철공소에서 저희 은행과 그간에 성실히 거래를 해주셔서······." 다카나시가 서류를 뒤적였다. "정기예금으로 5백만 정도 적립해주셨지요? 결산기의 예금에도 꽤 협력을 해주셨고요. 부동산 담보는 없는 것으로 되어 있지만 보증협회를 끼워서 연대보증인을 세워주시면 별문제 없습니다."

이야기가 너무 간단해서 신지로는 적잖이 놀랐다.

"설비투자를 하신다고 들었는데요."

"아, 그게······."

"아뇨, 요즘은 어디나 설비투자를 망설이는 곳이 많아서 그런 말씀을 들으면 저희로서도 기운이 납니다."

"저어, 사실을 말하자면, 아직 결정한 건 아닌데······."

"아, 그러십니까?"

"저어, 뭐라고 해야 할까······. 그럴 마음은 있는데 정말로 돈을 빌릴 수 있을지도 모르겠고······. 간다 씨가 그냥 이야기라도 들어보라고 해서······."

"아, 그러셨군요." 다카나시는 젊은 사람치고는 상당히 여유 있는 웃음으로 응해왔다.

"게다가 펀치 프레스 기계를 들여놓으면 종업원도 늘려야 할 거고……."

"네, 그러시겠죠."

"근데……."

"뭔가요?"

"요즘 은행마다 대출을 잘 안 해준다고 들었는데……."

"그건 매스컴이 과장해서 떠드는 것뿐이에요. 우선, 대출을 하지 않으면 저희 은행들은 수익을 낼 수가 없죠."

"게다가 동업자들한테서도 은행에 대해 그리 좋은 얘기는 안 나오는 거 같던데……."

"그거야 경우에 따라서 다르겠지요. 어느 날 갑작스럽게 운영자금을 대출해달라고 하시면 저희로서도 좀 곤란해요. 그야 요즘 들어 대출 조건이 엄격해지기는 했지만 가와타니 씨처럼 견실한 경영을 하시는 분까지 대출을 망설이는 건 아니에요."

"아뇨, 견실하다고 해봤자……."

"물론 심사는 해야 합니다. 품의서를 위에 올려야 하거든요. 가능하시다면 다음번에 나오실 때, 결산서와 장부를 보여주셨으면 합니다만."

"아, 그야 그래야지요." 신지로의 목소리가 한순간 높아졌다.

영세 기업의 결산은 대부분이 주먹구구식이라고 하는 게 옳았다. 그야말로 정직하게 세금을 내는 사람은 거의 없는 거나 마찬가지였다. 신지로도 그렇고 옆집 야마구치 사장도 그렇고, 매출을 축소해서 신고하는 방법으로 상당히 대담한 '절세'를 해 왔다.

"있는 그대로도 괜찮습니다."

다카나시는 그런 사정을 다 아는지 밝게 말했다. 조금쯤 마음이 편안해졌다.

"우리처럼 영세한 공장은 그리 큰돈은 못 벌어도 그렇다고 큰 손해를 보는 일도 없으니까, 뭐, 장부라야 아주 시시하지요."

신지로는 회사의 현 상황을 하나도 감추지 않고 이야기했다. 지금 보유한 기계설비는 모두 지불을 마쳤다는 것, 말단 하청업체라서 그만큼 리스크는 적다는 것, 어떤 작은 일이라도 받아들이기 때문에 잔업이 한두 번이 아니라는 이야기 등이었다.

"우리야 무슨 프라이드가 있나요?"라고 자조적인 웃음도 지었다.

"아뇨, 그런 게 가장 좋습니다."

다카나시는 요즘 들어 서비스업이나 소매업이 불경기라서 더더욱 제조업에 큰 기대를 하고 있다는 말을 경제신문에서 그대로 따온 것처럼 늘어놓았다. 그리고 일본 경제를 떠받치는 건 현장에서 물건을 생산해내시는 분들이라고 신지로를 치켜세웠다.

신지로에 대해 정직한 분이라는 말도 했다. 돈을 빌리러 오는 경영자는 자꾸 허세를 부리려 드는데 그런 태도는 도리어 심증을 악화시키는 법이라고 비밀스런 이야기까지 해주었다.

"아 참, 그런데요……." 다카나시가 조금 목소리를 낮추었다.

"타 은행은 어떤 곳과 거래를 하고 계시지요?"

신지로는 근처의 신용금고 이름을 댔다.

"지나친 간섭인지는 모르겠습니다만, 어느 정도 예금이 있으신지요?"

"음, 그게, 그럭저럭 합치면 5백쯤 되려나?"

사실은 3백만 엔 정도였지만 그 점에서만은 허세를 부려봤다.

"잘 알겠습니다. 그리 큰 대출도 없으신 거 같고, 별문제는 없겠군요."

다카나시는 그야말로 엘리트다운 분위기로 능숙하게 대화를 이끌어나갔다. 역시 신용금고와는 다르다고 신지로는 생각했다. 돌아오는 길에 바쁘게 일하는 여자 행원들을 무심코 돌아보았다. 신용금고보다 예쁜 여자들이 많은 것 같았다. 처음에 무뚝뚝하게 응했던 후지사키라는 행원이 눈에 들어왔다. 마음에 여유가 있어서인지 '저 아가씨도 찬찬히 보니 꽤 미인이네' 하는 생각까지 했다.

공장에 돌아와 사무실에서 점심을 먹으며 신지로는 말수 적은 마쓰무라에게 누구 일할 사람 좀 없느냐고 물어보았다.

"네 친구 중에 좀 없을까? 꼭 경험자가 아니어도 괜찮은데 말이야."

"아, 네……."

"이번에 새로 큰 기계를 들여놓게 될 거 같아서 그래. 그렇게 되면 지금보다 훨씬 더 바빠질 거야."

"네……. 물어볼게요."

마쓰무라가 어물어물 대답했다. 명랑함이라고는 찾아볼 수 없는 그 얼굴을 보고 있으려니 신지로는 왠지 한마디 해주고 싶었다.

"이번 연휴에는 뭐 했냐?"

"친구하고 놀았는데요."

"어딘가 놀러 갔어?"

"아뇨, 이 근처요."

"친구라면 어떤 친구?"

"고등학교 때 친군데요."

거짓말이라고 신지로는 생각했다. 여기서 일한 지 1년이 넘었지만 친구에게서 전화가 걸려온 일은 한 번도 없었다. 스무 살 젊은 애라면 당연히 가지고 있을 휴대전화도 없었다.

"한창 젊은 나이에 좀 놀기도 해야지. 내가 스무 살 때만 해도 날마다 일 끝나면 자동차 몰고 시내 번화가를 휘젓고 다녔는데. 너도 웬만하면 차라도 한 대 사지 그러냐? 월급은 적지만 집에서 출퇴근하는 거니까 중고차쯤은 살 수 있잖아?"

이야기를 하면서 젊은이에게 설교를 해보는 게 몇 년 만이냐, 하는 묘한 생각을 했다. 샐러리맨이라면 설교를 해줄 부하가 얼마든지 있을 것이다. 하지만 이런 소규모 동네 공장에서는 애초에 젊은 사람과 대화할 기회를 갖는 것부터가 어려웠다. 그렇게 생각하자마자 좀 더 상사답게 몇 마디 해주고 싶었다. 어쩌면 아침 나절에 싱싱한 젊은 은행원을 보고 온 뒤라서 마쓰무라가 더욱 답답하게 느껴졌는지도 모른다.

"그 머리도 그래, 요즘 젊은 사람들이 많이 하는 염색 같은 것도 한번 해봐, 갈색이든 노란색이든. 거, 피어싱이라는 것도 멋있더만. 그런 건 우리 업계의 특권 같은 거야. 은행 같은 데 근무해봐라. 머리가 귀를 슬쩍 넘어도 이래저래 잔소리를 해요. 게다가 피어싱 같은 거 했다가는 당장 감봉 처분일 거야. 자유라고는 전혀 없다니까? 그런 점에서 우리야 얼마든지 자유롭잖아? 물론 영업 담당자가 그런 꼴을 하면 곤란하겠지만 너야 거래처에 신경 쓸 일도 없으니까. 뭐냐, 좀 더 요즘 사람답게 화려하게 꾸며봐."

마쓰무라는 고개를 숙인 채 배달된 도시락 밥만 집어먹었다.

"이건?"

신지로가 새끼손가락을 쳐들었다.

마쓰무라는 피식, 딱딱한 웃음을 웃었다.

"저런, 그래서는 안 되지. 맞다, 우리 공장에 가끔 커피 배달
하러 오는 '사프란' 다방 아가씨, 알지? 그 아가씨한테 데이트
한번 하자고 해봐. 약간 통통하기는 하더라만. 야야, 열여덟 살
아가씨는 아무리 못난이라도 죄다 이쁘다잖냐. 내가 보기에는
탱탱한 게 여간 예쁜 게 아니더라. 남자 친구 있냐, 그렇게 한
번 슬쩍 물어보면 되는 거야."

마쓰무라는 어색하게 고개만 끄덕였다.

"아니면 필리핀 바에 한번 가볼래? 이담에 옆집 사장이 가자
고 하면 너도 함께 가자. 필리핀 여자애들은 어쩌면 그렇게 착
한지 몰라. 일본 호스티스처럼 뻣뻣하지 않으니까 저절로 마음
이 스르르 놓인다니까. 서비스도 최고야."

"잠깐, 여보!"

그때까지 입을 다물고 가만히 듣고만 있던 하루에가 끼어들
었다.

"아니, 서비스라 해도 무슨 나쁜 짓을 하는 건 아니고……."

"그게 아니라."

"그럼 뭔데?"

"마쓰무라는 그런 얘기 싫어하니까 이제 그만해요."

"싫기는 왜 싫어? 사내대장부인데. 그렇지, 마쓰무라?"

"그만하라니까."

"허 참, 시끄러워. 남자들끼리 이야기하는데 자꾸 헤살 놓지 말라고."

"마쓰무라는 당신하고 달라서 책 읽거나 비디오 보거나, 그런 걸 좋아해. 그렇지, 마쓰무라?"

마쓰무라가 어물거렸다. 어느새 얼굴이 빨개져 있었다.

"그야 혼자 하는 취미라는 것도 있겠지만 사내라는 건 겉으로는 놀기도 하고 힘도 써보고 하는 거야. 거기다 마쓰무라는 스무 살이잖아? 일 끝나면 시원하게 술 한잔 걸치고 노래방에서 노래 한판 하고, 그러면서 발산하고 때로는 미쳐도 보고……."

"여보!"

"스무 살 아니냐고, 여자 엉덩이도 좀 쫓아다녀야지."

"아이 참, 여보!"

"아깝잖아. 나중에 마흔 넘어서 아, 그것도 좀 해볼걸 하고 후회해봤자 이미 때는 늦어."

"아이 참, 마쓰무라 군이 싫어한다니까."

"아, 싫긴 왜 싫어?"

끝에는 부부 싸움같이 되어버려서, 하루에는 험악한 얼굴로 신지로를 흘겨보았다. 마쓰무라는 마치 꾸지람 들은 어린애처럼 어깨를 움츠리고 고개를 숙인 채 어물어물 젓가락질만 하고 있었다.

밤이 되어 신지로는 장부를 펼쳐들고 들여다보았다.

매출의 30퍼센트 이상은 없는 것으로 해두었기 때문에 그 수치는 가족 넷이 겨우 입에 풀칠이나 할 정도의 것밖에 안 되었다. '이거야, 입으로 설명하는 수밖에 없겠구나' 하고 신지로는 생각했다. 하긴 펀치 프레스 기계 들여놓고 간다 씨가 거기에 맞춰 일거리를 대주기만 한다면 매출은 비약적으로 늘어날 터였다. 계산기로 대충 두들겨본 것만으로도 연간 수백만 엔은 수입이 늘어날 전망이었다. 신지로는 혼자 기분이 좋아서 맥주병 뚜껑을 땄다. 하지만 하루에는 불안한 듯 옆에서 장부를 들여다보았다.

"여보, 아직 결정한 건 아니지?"

"응, 아직. 판매 회사에서 견적서도 받아야지. 그것도 간다 씨가 중개해준다고 했어."

신지로는 텔레비전의 자이언츠 팀 야구 중계를 간간이 쳐다보며 익숙하지 않은 숫자와 격투를 벌였다.

"연대보증인은 어떻게 할 건데?"

"형한테 부탁하지, 뭐."

하루에는 입을 다물었다.

"아버지 돌아가셨을 때, 나는 상속 포기했었잖아. 그 정도는 해주겠지."

"형님네도 상속세 때문에 한참 고생하셨는데."

"그래도 부동산을 받았잖아."

"그야 그렇지만……."

"이제부터 정말로 바빠질 거야."

"응." 하루에는 별로 내키지 않는 듯 대답했지만, 뭔가 하고 싶은 말이 많은 표정이었다.

밤 9시부터 10시에 걸쳐 장난 전화가 몇 차례 걸려왔다.

"아휴, 기분 나빠"라며 하루에의 얼굴이 흐려졌다.

그 다음 날, 마쓰무라가 무단결근을 했다.

"왜, 전화도 안 받아?"

신지로가 기계 소음 속에서 큰 소리로 물으며 돌아보자 하루에가 화난 얼굴로 고개를 끄덕였다.

"부모는 도대체 뭐하는 거야? 그 녀석, 자기 집에서 다녔지?"

"부모도 일 나간다고 하긴 했는데."

"한 번 더 걸어봐."

"벌써 세 번이나 해봤어." 하루에가 가시 돋친 목소리로 대꾸했다.

신지로는 터핑 공작기의 페달을 밟으며 부품에 나사 구멍을 뚫고 있었다. 드릴의 날카로운 소리가 부부간의 대화를 방해했다.

"당신이 쓸데없는 소리를 해서 그렇잖아."

"뭐라고?"

"어제, 당신이 마쓰무라 군을 놀려서 그렇다고."

"놀리기는 내가 언제?"

말을 하면서도 신지로는 바쁘게 손을 움직였다. 오후 1시 납품이라서 시간 여유가 없었다. 원래 마쓰무라에게 맡기려던 일거리였다.

"걔가 성격이 소심해서 그런 일에도 상처를 입는다니까."

"사내답게 좀 놀러 다니라고 한 것뿐이잖아?"

"글쎄, 놀러 다닐 만큼 요령 좋은 애가 이런 시시한 공장에 다닐 리가 있어?"

"뭐라고?"

"아무것도 아냐."

곁에서는 태국인 코비가 돌리는 전동 톱이 요란하게 불똥을 날리고 있었다. 아침부터 눈이 핑핑 돌아갈 만큼 바쁜 판이었다.

"아무튼 1시까지 천 개를 끝내야 돼. 이건 내가 처리할 테니까 당신은 밑판 찍는 거 좀 해줘."

"마쓰무라 군, 그만둔다고 하면 이쩌지?"

"그만두다니, 그 정도 일에 왜 그만둔단 말이야?"

화가 나 소리를 지르면서도 신지로의 마음에 불안감이 스쳤다. 하루에가 장갑을 끼고 부품이 든 바구니를 나르고 있었다.

"아, 그건 무거우니까 내가 할게." 신지로는 철제 바구니를 대신 옮기면서 "납품하고 오는 길에 마쓰무라네 집에 들러봐야겠어"라고 말했다.

"안 돼. 집에까지 찾아가면 더 부담스러워할 거야."

"그럼 어쩌라고?"

"오늘은 그냥 내버려두는 수밖에 없어."

"참 내, 오늘 정신없이 바쁘다는 건 그 녀석도 뻔히 다 알 텐데. 이다음에 사토 씨네 일거리까지 들어올 거라고. 그것도 빨리 해달라고 야단인데, 어휴."

그만 화가 솟구쳤다. 신지로는 다시 나사 구멍을 뚫으며 평소보다 50퍼센트쯤 빠른 속도로 페달을 밟아댔다.

그때, 작업장 문이 열리고 등 뒤로 빛을 받으며 선 사내가 보였다. 신지로는 고개를 옆으로 돌려 가만히 쳐다봤지만 누구인지 얼른 생각이 나지 않았다.

남자는 가볍게 인사를 하고 안으로 들어서더니 신지로 바로 옆에까지 다가와 뭔가 말을 건넸다.

"뭐요? 외판원? 지금 바빠요."

"아니, 그런 게 아니고요……." 사내가 좀 더 귀 가까이 얼굴을 들이댔다. "전에 인사드렸던 시청 환경공해과 사람이에요."

신지로가 다시 그 얼굴을 보았다. 남자는 억지웃음을 지으며 공손히 허리를 숙였다. 지난번에는 둘이서 왔는데 오늘은 나이

든 공무원 혼자였다. 어쩔 수 없이 일단 작업하던 손을 멈췄다.

"무슨? 또 맞은편 맨션의 오타 씨가……?"

"예, 그렇습니다."

"미안하지만 다음에 한 번 더 오시면 좋겠는데? 좀 봐요, 우리가 눈코 뜰 새 없이 바빠서."

신지로가 작업장 안을 가리키며 말했다.

"아, 15분이면 끝납니다. 잠깐만 시간 좀 내주세요."

"이봐요, 우리는 지금 그 15분이 아까운 판이라고요."

"그러시면 10분만이라도……."

뒤에서 하루에가 걱정스러운 얼굴로 지켜보고 있었다.

"정말로 10분이면 돼요."

신지로는 헛기침을 한 번 하고는 기계를 멈추고 시청 공무원을 사무실로 안내했다. 문을 닫으며 "미안하지만 차 대접할 새도 없네요"라며 의자를 권했다. 마주 앉긴 했지만 너무 바빠서 이러니저러니 인사 차릴 마음도 나지 않았다.

공무원은 "예, 그럼요, 차는 무슨, 괜찮습니다"라며 어디까지나 공손한 자세였다.

"실은 어제 오타 씨의 직상에 가서 밀씀을 들었는데요."

"직장에? 당신들, 그런 일까지 해요?"

"아뇨, 보통 때는 그렇게까지는 안 하는데……."

"그쪽에서 억지로 오라고 했군요?"

"예, 말하자면 그렇지요." 공무원은 이마의 땀을 닦고 있었다.

"상대가 대기업이라고 공무원도 태도가 완전히 달라지시네."

"아뇨, 그런 건 아니고요……."

"그놈의 말재간에 깜빡 넘어가셨구먼."

"예?"

"그 오타 씨라는 사람이 이론으로 조곤조곤 따지고 들어온 거 아닙니까?"

"하하, 예. 아주 잘 아시네요."

"대체 뭐라고 하던가요? 아니 뭐, 나야 시청에서 일하시는 분들의 입장도 있고 하니까 웬만하면 일을 원만하게 해결하고 싶어요."

"예, 그야……." 직원이 움츠러든 채 몸을 앞으로 내밀었다. "저희도 그런 분은 처음이라 적잖이 압도되었다고 할까……. 시청에 전화를 해서 당장 만나고 싶으니 회사로 좀 와달라는 거예요. 시내의 도라노몬까지요. 그건 좀 어렵다고 했더니, 그럼 자기가 올 테니까 밤 10시까지 시청에서 기다려달래요. 그렇게 늦게까지는 기다릴 수가 없다고 했더니만, 그러면 토요일에 올 테니 시간을 잡아달래요. 토요일은 휴무일이라고 했더니……."

"그랬더니?"

"자기는 평일에는 도저히 시간이 나지 않는다, 대개는 밤까지 잔업이 있다, 댁들은 도라노몬까지는 올 수 없다고 한다, 그러면 당신이 휴일에 출근을 하거나 자기가 직장을 빠지지 않고서는 만날 방법이 없지 않으냐고 따지는 거예요. 당신이 휴무일에 나올 마음이 없고 자기 쪽으로 올 마음도 없다는 건 자기한테 회사를 결근하라는 소리냐, 그러다 문득 정신을 차리고 보니 우리 쪽에서 나가기로 얘기가 흘러가서……."

그 정경이 눈에 선히 떠올라 신지로는 저절로 쓴웃음이 터졌다.

"내 말을 아시겠습니까? 아시겠습니까? 말끝마다 그렇게 물었지요?"

"예, 맞아요. 정말 말끝마다 그 말을 하더라고요." 공무원도 쓴웃음을 지었다.

"나는 진짜 그런 사람은 적성에 안 맞아요."

"예, 저희도……." 공무원이 애매하게 웃었다.

"그래서 뭐래요?"

"분명하게 규칙을 정하재요. 1년에 토요일과 일요일이 약 백 일, 공휴일이 열나흘, 추석과 정월에 일주일씩 쉰다고 하고……."

공무원이 수첩을 홀홀 넘겼다.

"그러니까 그쪽에서는 1년에 최저 110일은 공장을 쉬어줬으면 좋겠대요."

말을 들으면서도 얼른 감이 잡히지 않았다.

"그리고 오후 7시 이후의 공장 가동은 원칙적으로 중지해줬으면 좋겠다는군요."

"그건 안 되지."

"아뇨, 원칙적으로 그렇다는 거예요. 아, 그리고…… 그쪽 말로는 한 달에 합계 7시간까지는 예외를 인정하겠답니다."

"뭐야, 그게? 어디서 그런 숫자가 나온 거래?" 어지간히 순한 성품의 신지로도 말투가 강경해질 수밖에 없었다.

"그렇지요? 하지만 그쪽도 분명히 양보를 하긴 했어요."

"당신, 그쪽 말에 홀딱 넘어갔네. 그 오타라는 사람 말주변에 놀아났어."

"아뇨, 그런 건 아니고요."

"하지만 우리 장사라는 게 그렇게 시간이 딱 정해지는 게 아니라니까 그러네."

문득 새로 들여놓을 펀치 프레스가 머릿속에 떠올랐다. 새 기계를 들여놓으면 소음은 아무래도 더 늘어날 터였다.

"그야 저도 잘 알지만……."

"알긴 뭘 알아요? 어휴, 내 속을 누가 알아?" 신지로는 벽시계를 보았다. "아무튼 오늘은 너무 바쁘니까 그 이야기는 다시 다음에 하자고요."

"언제가 좋을까요? 그게, 저도 보고를 해야 되거든요."

"그럼 내일이라도 전화해요."

말을 하면서도 별 뾰족한 대책이 없어서 기분이 영 우울했다. 신지로가 먼저 자리에서 일어섰다.

"아, 그리고……."

"뭐요, 또 있어요?"

"옆의 야마구치 씨에게 지금 이 이야기를 전해주세요. 그게, 오타 씨가요, 야마구치 씨하고는 대화가 안 된다고 해서……."

한마디 쏘아붙이고 싶지만 얼른 입이 떨어지지 않았다.

"어이구, 알았어요, 알았어." 신지로는 짧게 대꾸하고 시청 공무원이 가기도 전에 다시 작업장으로 돌아와 스위치를 켰다.

공무원은 몇 번이나 머리를 숙인 뒤에 돌아갔다.

작업은 자꾸만 실수가 나고 좀체 부드럽게 진행되지 않았다. 그때마다 날카로운 금속음이 터져 신지로 스스로도 얼굴이 찌푸려졌다.

결국 오후 1시의 납품 시간을 맞추지 못하고 한참 늦은 시간에 거래처에 도착하는 바람에 담당자에게 험악한 얼굴로 한참이나 잔소리를 들었다.

16

"이봐, 켄. 이불 좀 말려야겠어." 메구미는 얄팍하게 눌린 요 위에 책상다리를 하고 앉아 이불을 툭툭 쳤다. "뭔가 눅눅해."

"그럼 알아서 말리시든지."

노무라 가즈야는 싱크대에서 이를 닦으며 마뜩찮은 표정으로 대답했다.

메구미는 창문을 열고 햇볕이 닿는 곳으로 이불을 질질 끌고 가 "여기 놔두면 그나마 뽀송뽀송해지겠지?"라고 귀찮은 듯 중얼거리고는 멘솔 담배에 불을 붙였다.

"아르바이트 안 가냐?"

"응? 오늘은 쉴래. 괜찮아, 어차피 손님도 없는 찻집이거든. 나 말고 또 한 명 더 있어."

가즈야는 수돗물로 입을 헹구고 칫솔을 컵에 던져 넣었다.

메구미가 제 손으로 사들고 온 빨간색 칫솔도 나란히 꽂혀 있었다.

가와사키 번화가에서 묘한 인연으로 만나 뒤를 졸졸 따라왔던 메구미는 그 길로 가즈야가 잡은 택시에 억지로 올라타더니 반은 장난처럼 아파트까지 따라왔다. 세상에 무서울 거 하나도 없다는 얼굴로 낯선 남자의 집에 들어와서는 "오늘, 여기서 자고 갈래"라고 환하게 말했다.

"너, 내가 야쿠자면 어쩌려고 그래?"

오히려 가즈야가 어이가 없어서 물어보았더니 "켄, 야쿠자야?"라고 기대가 가득한 표정으로 되물었다. 고개를 젓는 가즈야에게 "에이, 야쿠자면 좋을 텐데"라고 입을 삐죽거렸다.

위험한 일을 어지간히 좋아하는 여자애였다.

유일하게 소녀다운 본심을 내보인 건 전깃불을 껐을 때였다. 메구미는 "나, 잘 못해"라고 여린 목소리를 흘렸다. 아닌 게 아니라 가에데와 비교하면 한참 서툰 섹스였다.

그날 이후로 메구미는 매일같이 가즈야의 휴대전화에 연락을 하며 만나자고 졸라댔다. 가즈야는 돈을 마련하는 일로 머릿속이 복잡해서 그다지 내키지는 않았지만, 여자 쪽에서 좋다고 달라붙는 데는 적잖이 우월감을 느꼈다.

메구미는 나이는 알려주지 않았지만 부모님과 언니가 있다는 이야기만은 해주었다. 언니와는 배다른 자매라고, 그런 사실이 몹시 짜증스럽다는 투로 털어놓았다.

제 이야기는 별로 하지 않으면서 가즈야에 대해서는 꼬치꼬치 물어댔다. 부모와는 진즉에 인연이 끊긴 몸이라고 하자 동정하기보다 부러운 눈빛으로 바라보았고, 약간 각색을 해서 '풍운아의 인생살이'를 늘어놓았더니 눈을 반짝여가며 재미있어했다.

돈이 필요하다는 말도 했다. 그때만은 메구미도 심각한 얼굴을 했지만, 내심으로는 그런 비일상적인 드라마를 즐기는 것처럼 보였다. 그럼 은행을 털면 되잖아, 라고 농담 같지 않은 소리를 입에 올렸던 것이다.

이름만은 가르쳐주었다. 다만 노무라 가즈야라는 흔해빠진 이름을 들더니 메구미는 잠시 생각한 끝에 "하지만 켄이 더 좋아"라며 계속 그 이름으로만 불렀다.

"게임센터에도 가?"

메구미는 무릎을 끌어안고 담배를 피우고 있었다.

"돈이 없어."

"하나도?"

"하나도 없는 건 아니고."

"돈 마련 좀 하셔야겠네?" 공갈로 돈을 뜯는다는 이야기를 들은 탓인지 메구미는 아예 부추기는 듯한 소리를 했다. "토요일이잖아, 아무튼 시내로 나가자. 텔레비전도 없고, 이런 멋대

가리 없는 독신 생활은 처음 봤단 말이야."

"툴툴거리지 마라."

아파트를 나와 택시를 잡아타고 늘 그렇듯 시내로 향했다. 맥도날드 햄버거로 대충 아침을 때우고 흔들흔들 번화가를 걸었다. 파친코 가게에라도 가볼까 싶었지만 가에데를 만나면 귀찮아질 것 같아서 관두고, 그러다 보니 시간 때울 방법이 없어서 결국 게임센터에 가기로 했다. 혼자 심심하게 보내는 건 이미 익숙해졌지만 둘이 함께 심심해지고 보니 할 일이 생각나지 않아 가즈야는 정말 난처했다.

메구미는 스티커 사진을 함께 찍자며 팔을 붙잡고 늘어졌다. 가즈야는 싫다고 그 팔을 뿌리쳤다. 약간 삐친 메구미는 혼자 인형 뽑기 게임을 하고 가즈야는 뒤쪽 벤치에서 담배를 피우며 쳐다보고 있었다.

메구미의 엉덩이는 예쁘장하게 도드라져서 바지가 얄미울 만큼 잘 어울렸다. 간밤에 맞비볐던 싱싱한 살집이 생각나 달콤한 기분이 되었다. 문득, 야쿠자라면 이런 여자에게 돈벌이를 시키겠지, 하는 생각이 들었다.

휴대전화가 울렸다. 호주머니에서 꺼내 통화 버튼을 누르자 거친 잡음 속에서 다카오가 뭔가 소리를 지르고 있었다.

"아, 잠깐 기다려." 가즈야는 급히 일어나 길로 나가 수신이 잘되는 곳까지 이동했다. "뭐라고?"

"오늘 밤, 하자." 다카오가 기세 좋게 말했다. "중고 컴퓨터 가게야. 내가 제2게이힌 도로변에서 찾아냈어. 중고 컴퓨터를 즉시 현금으로 매입하겠다는 간판이 서 있는 걸 보면 틀림없이 눈이 튀어나올 만큼 현금이 많을 거다."

"괜찮겠냐?"

"내가 그걸 어떻게 아냐? 해봐야 알지." 다카오는 완전히 마음을 정한 모양이었다.

"여차하면 아예 금고를 통째로 들고 나올 거다, 까짓것."

"그래?"

"전기드릴 같은 작은 도구는 내가 준비할게. 너는 자동차 좀 마련해봐라. 그 왜건은 이제 도저히 못 쓰겠더라. 어차피 좁은 길에는 들어가지도 못해."

"오늘 밤이라며?" 너무 다급한 이야기여서 가즈야가 비명을 내질렀다.

"그래, 오늘 밤."

"자동차부터 준비한 다음에 날짜를 정하는 게 좋지 않을까?"

"야, 내일은 일요일이라 중고 컴퓨터 팔러 나오는 손님들이 많을 거라고. 그러면 현금도 평소보다 넉넉히 준비해둔다는 얘기야. 오늘 밤이 딱 좋아."

"그 가게 금고에 반드시 돈이 있으란 법도 없잖아?"

"아, 몰라, 몰라. 그런 것까지 걱정하다가는 아무 짓도 못

해." 다카오는 괜히 잔소리 달지 말라는 투였다. "지난번 패밀리 레스토랑, 생각나지?"

"응, 알지."

"거기서 밤 12시, 어때?"

"괜찮긴 한데……."

"차는 되도록 눈에 띄지 않는 걸로 부탁한다."

"응……."

"오늘 밤 안에 아예 결말을 짓자고."

"응, 그래야지."

"야, 뭐야? 좀 기운차게 대답해보라고."

"……좋아, 알았어. 해보자!"

가즈야는 배 속에서 소리를 끌어올렸다. 마음이 무거웠지만 거짓말로라도 기합을 넣어 불안감을 떨쳐버리는 수밖에 없을 것 같았다.

가즈야는 게임센터로 돌아가 메구미의 등을 툭 치며 "볼일이 생겼어"라고 말했다. 메구미가 부루퉁한 표정을 지었다. 변명을 둘러대기도 귀찮아서 "지금 차를 한 대 훔쳐야 해"라고 퉁명스럽게 말을 던지고, 택시 값으로 천 엔 시폐 두 장을 메구미의 손에 쥐여주었다.

하지만 메구미는 차를 훔쳐야 한다는 말을 듣자마자 어린애처럼 호기심을 내보였다.

"어머, 그럼 내가 망을 봐줘야지!" 그러면서 도무지 돌아가려고 하지 않았다.

이런 막무가내 어린애를 달래는 것도 정말 귀찮았다. 가즈야는 메구미가 따라오건 말건 내버려두고 큰길을 성큼성큼 걸어갔다. 나고야에서 살던 무렵에 철사를 이용해 차 문을 여는 법과 배선을 손봐서 시동을 거는 법은 알아두었지만, 대낮에 그런 작업을 하면 남의 눈에 띄기 십상이라 일단 시동을 켜둔 차를 찾았다. 될 대로 되라는 심정이었다. 정 안 되면 주차하는 중인 차를 골라 운전자를 끌어내고 강탈하자. 그 자리에서 당장 체포된다면 뭐, 그것도 괜찮다는 마음이었다.

잠시 걸어가려니 편의점 앞에 차가 서 있는 게 보였다. 하얀 글로리아였다. 비상용 깜빡이가 켜지고 차 문이 열리더니 폴로 셔츠의 칼라를 아니꼽게 바짝 세운 남자가 시동을 켜둔 채 편의점으로 들어갔다. 망설임은 없었다. 가즈야가 가드레일을 뛰어넘자 메구미도 말없이 따라 왔다. 운전석 문을 열자 아직도 새 차 냄새가 풍겼다. 올라탔을 때, 조수석에는 벌써 메구미가 앉아 있었다. 기어를 드라이브에 맞추고 사이드브레이크를 풀고 천천히 액셀을 밟았다. 이렇게 좋은 차에 타보는 건 난생 처음이었다.

"켄, 핫케이지마에 가자. 수족관 가보고 싶어."

메구미가 몸을 앞으로 내밀며 말했다.

"까불지 마."

말은 그렇게 했지만 핫케이지마 시파라다이스로 향했다. 밤 12시까지 어떻게 시간을 때워야 할지 알 수 없었기 때문이다.

밤이 되자 메구미와는 헤어졌다. 거의 말을 하지 않는 가즈 야에게서 무언가 감지했는지 메구미 쪽에서 먼저 집에 가겠다 고 했다. 사무실털이를 한다는 말은 차마 하지 못했다. 메구미 는 "내일 또 전화할게"라고 그야말로 환한 웃음을 지으며 자동 차에서 내려 멀어져갔다.

가즈야는 아무것도 할 마음이 나지 않아 국도 연변에 세워둔 차 안에 가만히 앉아 있었다. 경찰차가 한 차례 지나가는 바람 에 사타구니가 꼿꼿해졌다. 설마 자동차 절도 사건 정도에 경 찰이 수사에 뛰어들었을 리는 없지만, 차 넘버는 틀림없이 경 찰 데이터에 입력되었을 것 같았다.

좌석을 뒤로 넘기고 담배에 불을 붙였다. 차에 선루프가 달 려 있어서 그것을 열고 담배 연기가 밤하늘에 빨려드는 것을 멍하니 바라보았다.

그러자 귓속의 원반이 윙윙 소리를 내기 시작했다. 다시 이 명이 심해진 것 같았다. 가즈야는 좌석을 세우고 한 번 숨을 내 쉬었다. 스테레오의 스위치를 켰다. 가수는 모르겠지만 하드 록이었다. 볼륨을 올리고 천천히 차를 출발시켰다. 그대로 고 속도로를 타고 상당한 스피드로 정처 없이 돌아다녔다. 속도를 경고하는 차임벨이 울리고 있었다. 활짝 열어젖힌 선루프에서 바람이 들어와 가즈야의 머리칼을 뒤흔들었다.

밤 12시가 되자 가즈야는 약속 장소인 패밀리 레스토랑의 문을 열었다. 다카오는 4인석 테이블에서 벌써 밥을 먹고 있다가 가즈야를 보더니 손을 번쩍 쳐들었다. 앞에 스파게티가 놓여 있었다.

"뭐야, 너 긴장했냐?"

다카오가 표정이 굳은 가즈야를 쳐다보며 말했다.

"별로."

"톨루엔 터는 거하고는 차원이 다르긴 하지. 그래, 차는 구했냐?"

"응, 타고 왔어. 흰색 글로리아."

다카오는 씨익 웃으며 주먹으로 가즈야의 팔을 툭툭 쳤다. 어떻게 째벘느냐고 물어와서 가즈야는 있는 그대로 이야기했다.

"이번 한 판으로 끝냈으면 좋겠다야."

"응, 그래."

"도둑질은 진짜 쩨쩨한 짓이야." 다카오가 포크를 슬쩍 흔들었다. "사내대장부가 할 일이 못 돼. 그러니까 이런 건 일찌감치 마스터하고 번듯한 야쿠자가 되어서 좀 큼직한 격전을 펼쳐야지."

가즈야는 눈을 내리깔고 작은 쓴웃음을 지었다.

"돈만 갚으면 우리는 자유야. 요즘 내가 책을 읽고 있다. 도산업체 처리하는 법을 공부하는 거야. 이것만큼 쏠쏠한 장사도 없거든. 채권자만 대충 쫓아내면 엄청난 돈이 굴러든다니까. 여자 친구는 물장사 시킬 거야. 어딘가에서 제대로 된 직업을 갖고 있으면 은신도 될 거고."

다카오는 여전히 힘이 넘쳤다.

한 시간쯤 패밀리 레스토랑에서 노닥거리다 둘은 자동차에 올랐다. 번쩍거리는 새 차를 보고 다카오는 "야, 이거 팔아도 되겠는데?"라며 혼자 신바람이 났다.

일단 역으로 돌아가 다카오는 코인로커에서 큼직한 가방을 들고 나왔다. 고물상에서 입수한 전기드릴이라고 했다. 그걸로 금고가 열릴지 어떨지는 모르지만, 이제는 그냥 강행하는 수밖에 없었다.

다카오의 지시에 따라 제2게이힌 도로에서 도쿄 방향으로 달렸다. 간선도로라서 한밤중인데도 트럭이 빈번하게 오갔다. 민가가 드물어 최소한 소음 걱정은 안 해도 될 것 같았다.

"저기야, 저기 신호등 건너편!"

다카오가 곁에서 손가락으로 가리켰다. 속도를 늦추고 자세히 바라보니 어슴푸레한 속에서 허름한 빌딩과 김퓨디 기기라는 간판이 보였다. 창문에는 '즉시 현금 매입'이라고 적혀 있었다.

"뒤쪽이야. 저 앞에서 뒤로 돌아가라고."

모퉁이를 두 번 돌아 빌딩 뒤편에 도착했다. 바로 옆이 주유소라는 게 마침 좋았다. 숙직 따위 있을 리 없었다.

대담하게도 빌딩 주차장에 차를 꽁무니부터 집어넣었다. 노상 주차를 하면 더 수상하게 생각한다는 다카오의 말에 과연 그렇겠다고 생각했다.

"잘도 찾아냈네."

"고맙게 생각해라."

그 대담무쌍한 웃음을 보며 가즈야도 마침내 각오를 다졌다. 건네준 장갑을 끼고 가슴 앞에서 손가락을 두두둑 꺾었다.

정면은 셔터로 닫혀져 있어서 다카오는 주유소와 빌딩 틈새의 좁은 골목길로 돌아 들어갔다. 그리고 가즈야를 돌아보며 뒷문 옆 창문을 손가락으로 가리켰다.

"엇, 또 와이어네."

"흥, 와이어 커터가 있지."

다카오가 가방에서 큼직한 가위를 꺼냈다.

"야, 너는 야쿠자보다 도둑질에 더 소질이 있는데?"라고 했더니 다카오가 "이 바보 새끼가!"라며 가즈야의 볼을 꼬집었다.

비닐테이프를 붙여 유리를 깬 다음에 작은 파편들을 떼어내자 다카오가 와이어 커터로 철사들을 한 줄씩 절단했다. 간단한 작업이었다. 금세 팔뚝이 들어갈 정도의 구멍이 뚫려서 자물쇠를 열고 둘은 안으로 들어갔다. 어둠 속에서 곧장 2층 사무실로 이어진 계단을 올라갔다. 가게 간판이 걸린 문짝에 손전

등을 비추자 경비 회사의 이름이 찍힌 스티커가 붙어 있었다.

"전부 허풍이야. 이런 후줄근한 빌딩에 경비는 무슨?"

다카오가 스스로에게 확인하듯이 중얼거렸다. 문은 어떤 아파트에나 있는 그런 철제문이었다.

"이거 어떻게 여는 거냐? 드릴을 쓰기도 그렇고……."

"야, 누가 그런 어수룩한 짓을 해? 이쪽이야, 이쪽."

다카오는 계단참의 창문을 열고 뒤편의 길 쪽을 들여다보았다. "저거 봐"라고 해서 창문에서 아래를 보았다.

"발 짚는 데가 있지? 그걸 타고 다시 창문을 통해 들어가면 돼."

"괜찮을까?"

"겨우 2층이야. 떨어져 봤자 별거 없어. 그리고 2층 창문에는 와이어가 없어."

가즈야는 다카오의 의욕에 다시 한 번 감탄했다.

다카오는 가방에서 망치를 꺼냈다. 그 망치를 보자 가즈야는 자신이 직접 하고 싶은 마음이 들었다.

"야, 내가 할게."

다카오는 가즈야의 얼굴을 흘끔 쳐디보더니 말없이 망치를 건네주었다.

계단참의 벽을 타고 밖으로 나가 발바닥 폭 정도의 난간을 걸어갔다. 빌딩이 큰길에서 약간 안쪽에 자리잡은 게 그나마 다행이었지만, 그래도 누군가 바로 앞길을 지나간다면 그 즉시 끝장일 것이다. 맨 앞의 창문 자물쇠 쪽 언저리에 테이프를 붙였다. 자세히 보니 학교 교사에서 흔히 보이는 허술한 창문이었다.

"야, 단방에 해치워!" 다카오가 말했다.

가즈야도 여러 차례 큰 소리가 나는 건 원하지 않았다.

망치를 머리 위로 쳐들었을 때, 멀리서 폭음이 들려왔다. 가즈야는 움직임을 멈추고 귀를 기울였다. 폭주족의 출동이었다. 다카오와 시선이 마주치자 말없이 고개를 끄덕였다. 수십 대의 오토바이 엔진 소리가 심야의 거리에 굉음을 울리며 다가왔다. 선도를 맡은 녀석인지 소음기를 떼어낸 오토바이의 날카로운 소리가 큰길을 통과했다. 잠시 뒤에는 본대(本隊)가 축제의 가마 행렬처럼 지축을 흔들며 이 허접한 빌딩의 앞쪽 큰길로 서서히 접어들었다. 뒤쪽 벽에 붙어 있는데도 그 소음이 가즈야의 고막을 뒤흔들었다.

가즈야는 망치를 있는 힘껏 내리쳤다.

그 순간 비스듬히 균열이 생기고 손 밑에서 아름다운 호를 그리며 유리에 구멍이 뚫렸다.

잽싸게 오른손을 집어넣어 자물쇠를 열었다. 창문을 살살 열고 양손을 창턱에 걸쳤다. 그대로 점프를 했더니 철봉에서 앞으로 돌 때처럼 몸이 앞으로 쏠려서 커튼을 주르륵 훑고 머리부터 사무실 안쪽으로 굴러 떨어졌다.

폭주족이 사라지는 소리를 들으며 창문을 닫고 안쪽에서 출입문을 열었다.

문 앞에 서 있던 다카오가 씨익 웃으며 "야, 너 다시 봤다?"라고 가즈야의 가슴팍을 쿡쿡 찔렀다.

당장 둘이서 실내를 살펴보았다. 눈이 닿는 곳에 금고는 없었다. 살풍경한 사무실이었다. 구석에는 컴퓨터인 듯한 상자가 쌓여 있었다. 이어서 안쪽 사장실로 들어갔다. 방 꼴과는 어울리지 않는 호사스러운 책상 뒤로 돌아가자 큼지막한 철제 입방체가 떡하니 버티고 있었다.

"이게 금고야?"

가즈야는 처음에는 그게 뭔지도 몰랐다. 다카오도 말없이 쳐다보고만 있었다. 표면이 멀끔하니 아무것도 없어서 두 사람이 품고 있던 금고의 이미지와는 크게 차이가 났던 것이다.

"뭐야, 이거? 다이얼도 레버도 없네?" 다카오가 얼굴을 바짝 들이댔다.

다만 이게 금고라면 안에 분명히 돈이 들어 있을 거라는 확신은 들었다. 손으로 들 수 있는 단순한 금고가 아닌 것이다.

손전등을 비추자 희미하게 작은 창 같은 게 보였다. 다카오가 만지작거리자 그 작은 창이 찬장처럼 옆으로 열리고 거기에 전자계산기 비슷한 버튼이 배열되어 있었다.

"이거, 비밀번호 입력하는 거네." 다카오가 중얼거렸다. "아아, 됐다, 됐어. 다이얼 돌리는 게 아니라도 여는 방법이야 뭐, 거기서 거기겠지."

다카오는 가방에서 전기드릴을 꺼낸 다음 콘센트를 찾았다.

그런 걸로 이 금고가 열릴지, 가즈야는 아무래도 미심쩍었다.

"경첩을 부수는 거야. 이거 목공용 드릴 아니야. 완전히 전문 공업용이란 말씀."

전기드릴은 상당히 큰 소리를 내며 돌아갔다. 다카오는 위아래 두 군데의 경첩 위 원통을 용접한 부분에 날 끝을 댔다. 찌이잉, 머리를 찌르는 듯한 날카로운 소리가 울리고 금속이 타는 냄새가 코를 찔렀다. 튀어오르는 금속파편이 손전등의 빛 속에서 번쩍거렸다. 가즈야는 소매로 이마의 땀을 닦았다. 문득 다카오의 옆얼굴을 보니 땀이 턱을 타고 바닥에 뚝뚝 떨어지고 있었다. 그렇게 해서 겨우 한 곳의 구멍이 뚫렸다.

"지금 몇 시냐?"

"이제 곧 2시야."

"이거, 장기전이 되겠는데? 에이, 별수 없지."

이어서 다카오는 뚫어진 구멍 바로 아래에 드릴을 들이댔다. 다시 모터가 신음 소리를 올리고 강철 칼날이 파고들었다.

감을 잡았는지 세 번째부터는 속도가 빨라졌다. 결국 구멍 여섯 개를 뚫고서야 위쪽 경첩이 문짝에서 떨어졌다. 그걸로 반은 진행된 셈이었다. 끝이 보여서 약간은 마음이 놓였다.

"어휴, 잠깐 쉬자."

다카오가 엉덩방아를 찧으며 다리를 내던졌다. 호주머니에서 담배를 꺼내 고급스러워 보이는 라이터로 불을 붙였다.

"야, 꽁초는 가져가."

"나도 알아. 너도 한 대 태워라." 다카오는 맛있는 듯 담배를 빨아들였다.

"내가 교대할까?" 가즈야도 말보로 담배를 입에 물었다.

"아니, 내가 해야 돼. 이건 각도 맞추기가 어려워. 아마추어가 하면 칼날이 한 방에 나가버려. 내가 이래 봬도 기계과 중퇴생이야."

엷은 어둠 속에 푸른 담배 연기가 흔들흔들 올라갔다. 새삼 실내를 둘러보니 장식장이며 호랑이 조각품이 있어서 사장의 졸부 취미가 느껴졌다. 점점 더 금고 안에 엄청난 돈이 들어 있을 듯한 감이 들었다.

"선배 중에……." 다카오가 불쑥 말했다. "큰형님이 있었잖냐, 지난번에 그 수염 난 야쿠자."

"응."

"천만 엔으로 아사다 파하고 협상을 하겠다고 했는데, 그거 분명 거짓말일 거다."

"그래?"

"천만 엔은 무슨 천만 엔이나 들겠냐? 겨우 가택수색 한 번 받은 것쯤에 말이지. 경찰에서 그리 심각하게 수사한 것도 아냐. 끽해야 톨루엔 절도 사건이라고. 원가를 따져보면 기껏 몇만 엔이야. 그런 사건에 형사가 몇 명이나 움직이겠냐고."

"응, 그건 그렇다."

"내 생각에 반절은 그 형씨 지갑으로 들어가는 거야. 괜히 험악하게 을러대놓고 우리가 고생고생해서 마련해온 돈을 가로채려는 속셈이지."

가즈야도 그럴 거라고 생각했다.

"하지만 그게 바로 야쿠자야. 우리도 얼른 윗선에 올라가서 부하 놈들에게 돈벌이를 시켜야 해. 이런 사무실털이 같은 짓은 오늘로 끝이라고."

"응, 이 금고에 돈이 많이 들어 있다면 그렇지."

"흥." 다카오가 비웃음처럼 내뱉었다. "만약 돈이 없으면 이 빌딩에 확 불을 싸질러버릴 거야."

다카오는 "좋아, 해보자고"라며 무릎을 세우더니 다시 전기 드릴을 집어 들었다.

완전히 요령을 터득했는지 다카오는 연달아 경첩 용접 부분에 구멍을 뚫었다.

그사이에 가즈야는 두 번쯤 다카오의 지시에 따라 바깥 상황을 살폈다. 길거리에 사람이라고는 전혀 없이 심야의 맑은 냉

303

기만 눈에 시렸다.

새벽 3시경이 돼서야 금고 문의 경첩이 모두 떨어졌다.

"야, 해냈네!"

"오옷." 다카오가 쇠지레를 문과 본체 틈새에 집어넣었다. "부탁이다, 제발 돈뭉치가 잔뜩 들어 있어라."

다카오가 힘을 잔뜩 넣어 쇠지레를 틀었다.

하지만 금고 문은 5밀리미터쯤 들썩일 뿐, 그 이상은 꿈쩍도 하지 않았다.

"왜 이래, 이거?" 다카오가 믿을 수 없다는 비명을 올렸다. "경첩을 다 떼어냈는데 왜 안 열리는 거냐고!"

"잠깐, 내가 해볼게." 가즈야가 쇠지레를 쥐었다.

혼신의 힘을 다해 틀어봤지만 문짝은 기껏 5밀리미터에서 1센티미터 정도만 앞으로 나올 뿐이었다. 한 치도 틀림이 없던 정밀도에 약간의 뒤틀림이 생긴 것뿐이었다.

"진짜, 이거 왜 이래?"

"자물쇠 갈고리가 속에 깊숙이 박힌 거 아니냐?"

가즈야가 언뜻 생각나는 대로 되물었지만 말을 하고 보니 그게 정답인 것 같았다.

"야, 아무리 그래도……."

다카오는 도저히 이해가 안 된다는 얼굴로 끈질기게 쇠지레를 밀어 넣었다.

가즈야는 곁에서 지켜보며 우울한 기분이 들었다. 금고가 그리 간단히 부서질 리 없다. 신문에 나오는 사무실털이는 프로들이나 하는 일인 것이다. 아마추어가 언뜻 생각난다고 해볼 수 있는 게 아니다.

"자물쇠 갈고리를 구부려야 할 거야. 훨씬 더 강한 도구를 써야 해."

"그런가……."

"이 문짝을 고정하는 건 이제 갈고리뿐이니까 그것만 구부리든지 빼든지 하면 열리는 거 아닐까?"

"흠, 좋아." 다카오가 벌떡 일어섰다. "이거 통째로 들고 가자. 이렇게 된 이상 나도 고집이 있지, 이 금고, 기어코 열고 만다."

다카오가 금고 안쪽에 손을 끼우고 다리를 버티며 들어 올리려고 했다. 하지만 금고째 뒤흔들어도 5센티미터쯤 앞으로 끄덕이는 게 고작이었다.

"야, 너도 힘 좀 써봐."

가즈야가 한쪽을 붙잡고 둘이 덤벼서 끌어보려고 했다. 허리 높이도 안 되는 금고인데도 대형 냉장고보다 오히려 더 무거운 것 같았다.

"아, 안 돼. 들고 나갈 만한 물건이 아냐." 다카오가 거친 숨을 몰아쉬며 털썩 엎드렸다. "이거, 아무래도 100킬로그램도 넘겠어."

뚝뚝 떨어지는 땀을 소매로 닦으며 가즈야는 세상 참 만만한 게 없다고 생각했다. 열 수도, 들고 나갈 수도 없게 만들어진 금고인 것이다.

"포기할래?"

"바보, 여기서 물러설 수 있냐? 잘 들어, 여기에 금고를 들여 놨다는 건 들고 나갈 수도 있다는 거야. 설마 크레인을 썼을 리는 없고, 누군가 사람이 여기로 옮겨왔다고."

"그야 그렇지만."

"밀차야, 밀차가 어디 있을 거야." 다카오가 방을 나섰다. "너도 찾아봐. 장사하는 집에 밀차가 없을 리 없지."

둘이 사무실을 수색하고 다녔다. 잠시 뒤에 가즈야가 첩첩이 쌓인 상자 옆 한쪽 구석에 세워진 밀차를 찾아냈다.

밀차를 금고 바로 앞에 대놓고 그 위로 밀어 넘어뜨리기로 했다.

둘이 손을 뻗어 금고 뒤를 붙잡고 호흡을 가다듬었다.

"영차!"

쇳덩어리 같은 입방체의 뒷다리가 쳐들렸다.

"거기야, 한 번만 더!"

앞다리 쪽을 꼭짓점으로 금고가 앞으로 기울었다. 점차 그 각도가 커졌다.

"야, 밀차 좀 붙잡아."

가즈야가 밀차 핸들을 잡고 바퀴가 움직이지 않도록 발로 버텼다. 균형의 고비를 넘어선 금고는 그대로 밀차 위에 덜컹 소리를 내며 올려졌다.

다카오가 히유, 하는 소리를 냈다.

"됐다!"

가즈야도 저절로 웃음이 배어났다.

"좋아, 어서 뜨자. 이거, 진짜 사람 고생시키고 있어."

밀차에 올려지기는 했지만 금고는 엄청나게 무거웠다. 문틱을 넘어서는 데도 한바탕 진땀을 뺐고 엘리베이터에 실었을 때는 바닥이 출렁 가라앉았다.

자동차에 싣는 건 더욱더 어려운 작업이었다. 트렁크 쪽은 일찌감치 포기하고 뒷좌석에 넣기 위해 일단 금고를 세웠다. 좌석에 넘어뜨리고 아래쪽을 들어보려고 했지만 이미 단단히 부어오른 팔 근육이 말을 듣지 않았다. 어쩔 수 없이 타이어 교환용 잭을 꺼내와 금고 밑에 끼워넣고 조금씩 올려서 마지막 순간에 죽을힘을 다해 밀어붙였다.

결국 뒷좌석에 금고가 들어간 건 동쪽 하늘이 부옇게 밝아오는 새벽 4시였다. 가즈야는 금고털이가 이토록 힘겨운 일인 줄은 상상도 하지 못했다.

차에 타고 에어컨을 빵빵하게 틀었다. 다카오가 담배에 불을 붙이고 요란하게 연기를 토했다. 한바탕 한숨을 내쉬며 "어디

음료 자판기 앞에서 좀 세워주라"라고 목쉰 소리로 말했다. 가즈야도 이의가 있을 리 없었다. 맨 처음 발견한 자판기에서 스포츠 드링크 두 개씩을 사서 단숨에 들이켰다.

가즈야가 운전해서 국도 246호선을 타고 내려갔다. 다카오가 다리나 절벽 같은 곳에서 금고를 떨어뜨리자고 했기 때문이다. 두 사람 모두 자연을 즐기는 일과는 도통 인연이 없었던 터라 대충 짐작으로 산 쪽을 향해 달렸다.

뒤편에 금고를 실은 탓인지 액셀의 반응이 둔하고 뒤쪽 서스펜션이 어쩐지 가라앉아 있었다. 그래도 고성능 자동차라서 비어 있는 국도를 미끄러지듯이 달렸다.

아츠기를 지나 한참 달려간 참에 오른편으로 꺾었다. 그 건너편으로 산이 보였기 때문이다.

2차선 도로가 이윽고 1차선이 되면서 구불구불 이어졌다. 민가가 끊기고 '낙석주의'라는 표지판이 자주 눈에 띄었다. 강이 있어서 두 사람을 태운 자동차는 그 상류를 향해 달렸다. 차 두 대가 마주 지나치기 어려울 만큼 도로 폭이 좁아졌을 즈음에 저 앞쪽으로 다리가 보였다.

"저기 저 다리에서 하자. 난간에서 깅가로 밀지고."

계곡에 덜렁 걸려 있는, 새로 건설한 흔적이 역력한 다리였다. 그 다리 위에서 차를 세웠다.

차에서 내려 다리 아래를 굽어보자 자살하기에는 부족하지만 금고를 떨어뜨리기에는 알맞은 높이였다. 무엇보다 인적이 없다는 게 좋았다. 일요일 새벽의 이 시간대라면 나무꾼이라도 아직은 잠을 잘 시간이었다.

　두 사람은 뒷좌석 문을 열고 금고를 내리는 작업을 시작했다. 그나마 시트가 미끄러워서 꺼내기는 간단했지만 난간까지 들어 올리는 건 도저히 불가능할 것 같았다.

　"어쩌지?"

　"어떻게든 해보는 수밖에 없어." 다카오는 잔뜩 약이 오른 목소리였다.

　가령 들어 올려서 아래로 밀어버린다 해도 금고가 반드시 열릴 거라는 보장은 없었지만 이미 거기까지는 생각할 여유가 없었다. 다리 위에서 금고를 떨어뜨리는 것밖에는 아무 생각도 나지 않았다.

　차에 실었을 때처럼 우선 한쪽을 쳐들어 바닥에 잭을 대고 난간 쪽으로 천천히 기울게 하는 식으로 들어 올렸다. 하지만 그것으로는 20센티미터쯤 들어 올리는 게 고작이었다.

　난간은 족히 1미터는 되었다.

　"잠깐, 로프가 있었어!"

　다카오가 가방에서 로프를 꺼내왔다.

　"야, 너, 도라에몽 같다?"

　"웃기지 마. 이래 봬도 준비 하나는 철저한 놈이야."

다카오는 로프를 풀어 금고를 열십자로 꽁꽁 묶었다. 건설현장에서나 쓸 듯한, 납이 코팅된 튼튼한 로프였다.

"이걸 여기다 걸고서……."

다카오는 로프 끝을 7, 8미터의 난간 아래 강변으로 내던졌다.

"야, 가즈야, 너 몸무게 몇 킬로냐?"

"65나 66?"

"나랑 비슷하네. 그럼 가위바위보다."

"뭐야, 그게?"

"아무튼 가위바위보 해."

하라는 대로 가위바위보를 해서 가즈야가 졌다.

"네가 졌으니까 아래로 내려가서 이 로프를 당겨. 나는 여기서 밀어올릴 테니까. 알겠냐, 힘껏 줄을 당겨야 해."

"한 가지 물어봐도 되겠냐?"

"뭔데?"

"그래서 금고가 난간까지 올려지고 아래로 떨어진다고 하자고. 그럼 그 금고는 내 머리통을 향해 떨어지는 거 아니냐?"

"그렇지. 부디 잘 피해주라."

가즈야가 작게 한숨을 내쉬며 말했다.

"그렇게까지 해서 금고가 열렸는데 안에 돈이 없으면, 너 여기 두고 나 혼자서 돌아갈 테니 그리 알아."

다카오는 초췌하기 짝이 없는 얼굴로 입 끝을 쳐들며 히죽 웃었다.

"딱 한 번이야. 이 금고는 일단 떨어지면 어차피 다시 들어 올릴 수도 없어. 이렇게 해도 안 된다면 그때는 은행이라도 털어야지. 안 그러냐?"

정말 은행 강도가 차라리 더 편하겠다고 가즈야는 생각했다.

가즈야는 다리 끝에서 비탈길을 주르르 미끄러져 내려갔다. 벌써 무릎이 벌벌 떨려서 내 몸뚱이 같지가 않았다. 강가에서 발 디딜 자리를 잡고 난간에서 내려온 로프를 두 손으로 단단히 쥐어 잡았다.

"자, 해봐!"라고 부아가 나서 큰 소리를 내질렀더니 주위에 우렁우렁 울렸다. '메아리를 듣는 게 정말 몇 년 만이냐' 하는 엉뚱한 생각을 했다.

혼신의 힘을 다해 줄을 당겼다. 금고가 조금씩 들어 올려지는 게 손의 감각으로 멀리서도 분명하게 느껴졌다. 등판이 땅바닥과 평행이 될 만큼 가즈야는 온 체중을 걸고 로프를 끌어당겼다. 얼굴이 벌겋게 달아오르고 어금니가 으드득 갈렸다.

그 순간, 위에서 "빨리 피해!"라는 고함이 쏟아졌고 동시에 등짝이 강가에 치박혔다. 하늘에서 검은 물체가 흔들흔들 춤을 추었다. 그것은 순식간에 큼직해져서 가즈야의 시야를 점거했다.

황급히 몸을 뒤집어 강바닥을 데굴데굴 굴렀다. 귀 옆 10여센티미터쯤에서 돌이 깨지는 소리가 나면서 그 파편이 가즈야의 머리에 쏟아졌다. 부연 먼지가 피어올랐다.

금고가 가즈야 바로 옆에 털썩 누워 있었다. 게다가 문짝이 떨어진 상태로.

빙그르르 눈을 돌리자 두툼한 문짝이 강 가까이까지 날아간 게 보였다.

"성공이다!"

다카오가 구르듯이 비탈길을 내려왔다. 가즈야는 비틀비틀 무릎을 세웠다. 허리를 쳐들었더니 가벼운 현기증이 일었다. 다카오가 뒤에서 끌어안았다.

"저거 봐, 돈뭉치야!"

그 소리에 흠칫 놀라 발치를 보았다. 분명 지폐 다발이 금고에서 튀어나와 강변에 흩어져 있었다. 그것도 한두 개가 아니었다.

"성공이다, 성공이야!"

다카오가 가즈야의 목을 조르듯이 팔을 둘러왔다.

가즈야는 숨이 막히는 것도 잊고 어떻게 해야 좋을지 몰라 다카오가 흔드는 대로 밍하니 서 있었다.

어제까지의 울적했던 마음이 거짓말이었던 것처럼, 마음속의 묵직한 응어리가 뚝뚝 떨어지는 게 느껴졌다.

문득 위를 올려다보니 동쪽 하늘에서는 아침 해가 찬연히 빛

나고 있었다.

가즈야는 가까스로 정신을 차리고 "해냈다, 해냈어!"라며 다카오를 끌어안았다.

이제 자유로워질 수 있다고 가즈야는 생각했다.

17

정말 나도 참 어지간히 손해나는 성격이다, 하고 출근길의 후지사키 미도리는 생각했다. 내 탓도 아닌 일을 자꾸 고민하고 온갖 걱정을 사서 한다.

어제 밤늦게 들어온 여동생이 어머니와 말다툼을 했다. 2층 방에서 그 소리를 들으며 미도리는 우울해지고 말았다. 여동생은 입버릇처럼 항상 하는 소리를 또 내뱉었다.

"그래, 난 어차피 바보 멍청이야!"

아마도 "원래 언니처럼 착하지 못해서"라며 입도 뾰로통하게 내밀었을 것이다. 아래층에 내려가 말려볼까 망설였지만 결국 그럴 용기가 나지 않았다.

왜 이렇게 눈치를 보는 걸까, 하고 미도리는 자신이 지겨워졌다. 당당히 어머니 편을 들어 여동생을 혼내주면 될 텐데 미도리는 그럴 수가 없었다. 오늘 아침, 어머니의 아무렇지도 않은 척하는, 하지만 어딘가 어두운 얼굴을 보며 미도리는 작은 자기혐오에 빠졌다.

게다가 자기 일만으로도 벅찬 판이었다. 어제 기다 과장대리에게 털어놓은 일이 앞으로 어떻게 되어갈지 생각하기만 해도 마음에 그늘이 졌다. 원래 가해자인 지점장이 고민해야 할 일일 텐데, 이건 오히려 자신이 더 속을 썩이는 꼴이었다. 지점장은 어떻게 생각하고 있을까. 분명히 후회하고 있을까.

통용구로 들어가 타임카드를 찍고 탈의실에서 행원들과 인사를 나누었다. 유코는 벌써 옷을 갈아입고 웃는 얼굴로 미도리를 맞아주었다. 무슨 말을 해야 좋을지 몰라 우선 어제 일에 대해 고맙다는 인사부터 했다. 유코는 "아냐"라고 다정하게 고개를 저었다.

"요리교실, 늦지 않았어?"

"응, 괜찮았어. 어차피 정시에 시작하는 법도 없어."

"어제는 무슨 요리였는데?"

"다진 다랑어 요리. 어휴, 메뉴가 진짜 촌스럽지?" 유코가 얼굴을 찌푸리는 바람에 미도리는 그만 웃음이 터졌다. "가스레인지에서 이런 거나 하라고 하고." 몸짓으로 연기를 해 보였다. "프랑스 요리라든가 그런 분위기 좋은 거 가르쳐주면 좀 좋아?"

"막상 결혼하면 날마다 그런 근사한 요리를 해 먹는 것도 아니잖아."

"그야 그렇지만."

유코가 보통 때처럼 스스럼없이 대해주어서 미도리는 한결 마음이 놓였다.

조회 때는 다시 고개를 숙인 채 시간을 때웠다. 지점장은 평소와 다름없이 예금과 대출 책임량에 대해 침을 튀기며 잔소리를 했다. 어제 털어놓은 이야기는 이미 전달되었을까, 하는 생각이 떠오르자마자 금세 기분이 암울하게 가라앉았다.

과별 미팅이 끝나고 저마다 맡은 자리로 흩어지려는데 기다 과장대리가 눈짓을 해왔다. 그가 먼저 일어서서 회의실 앞으로 가더니 손짓을 했다. 미도리는 바짝 긴장이 되었다. 한 차례 심호흡을 하고 그 뒤를 따라갔다.

들어가 보니 그곳에는 다마이 과장이 와 있었다.

순서로 보면 당연히 그렇게 될 일이었는데 그걸 전혀 예상하지 못한 자신의 어리석음을 미도리는 저주했다. 기다 과장대리에게 고충을 털어놓으면 당연히 다마이 과장의 귀에 들어가는 것이다.

다마이는 뭔가 들썩늘썩, 고개를 외로 꼬고 노려보는 듯한 눈초리로 미도리를 쳐다보았다.

미도리가 기다의 재촉으로 자리에 앉았다. 의자에 앉자마자 다마이가 입을 열었다.

"불쾌하군, 이런 이야기."

너무도 위압적인 목소리에 미도리는 몸이 굳어버렸다. 저도 모르게 다마이의 얼굴을 멀거니 쳐다보았다.

"무슨 어린애도 아니고, 잠깐 껴안은 정도로 공연히 일을 크게 벌일 거 뭐 있어?"

당장에 온몸에서 핏기가 빠지는 게 느껴졌다. 어째서 자신이 이런 말을 들어야 하는지, 정말 믿을 수 없었다.

"술이 좀 들어가면 그런 일쯤은 있게 마련이야. 서로 허물없이 어울리는 술자리라는 게 원래 그런 거지. 반대로 여자 쪽에서 남자한테 안기기도 하고 때로는 살살 눈웃음도 치고 그러잖아? 술이 들어가면 여자나 남자나 다 마찬가진데, 그런 걸 어떻게 자네는 성추행이니 뭐니 하는 소리를 하지?"

기다 과장대리를 보았더니 황황히 눈을 돌렸다.

"첫째, 그런 일에 일일이 눈을 부릅뜨고 달려든다면 이 나라 회사는 모두 남녀를 따로 갈라서 일하게 해야 돼. 자네, 혹시 여학교 출신인가? 뭔가 좀 사회적인 면역성이라는 걸 키워야지, 안 그러면 앞으로 함께 일하기 힘들어."

무슨 말인가 해야 한다고 생각했지만 목소리가 나오지 않았다. 아무 생각도 나지 않고 머릿속이 그저 하얗기만 했다.

"그보다 자네가 한 말, 그거 사실이야? 자네도 술에 취했었다면서? 취해서 비틀거리니까 좀 도와주려고 했는데 그걸 이상한 식으로 착각한 거 아니야? 지점장님이 좀 엄격한 면이 있긴 하지만 그래도 늘 우리 지점을 생각하는 좋은 분이야."

"아니에요, 사실이에요." 가까스로 말이 나왔다. 하지만 눈에는 눈물이 번졌다.

"증거라도 있어?"

그런 말이 튀어나오는 데는 정말 놀랐다. 증거라니? 경찰 취조도 아니고, 이게 무슨 말인가.

"이런 일은 증거가 없으면 말이 되질 않아. 남녀 간의 일이란 게 여자 쪽에서 그렇다고 주장하면 남자 쪽이 불리하게 마련이거든. 그래서야 공평하질 않지. 자네가 뭘 원하는지는 모르겠지만, 성추행을 당했습니다, 라는 말에 아, 예, 그러세요, 하고 즉각 움직일 만큼 회사라는 데가 만만한 곳이 아냐."

미도리는 입술을 깨물었다. 꾹꾹 억누르지 않으면 감정이 터져버릴 것만 같았다.

"이쯤에서 관두자, 이런 얘기는. 이봐, 가령 그쪽에서 자네를 껴안았다고 해도 말이지." 다마이가 느닷없이 아이를 달래는 듯한 투로 나왔다.

"남자라는 건 어쩔 수가 없구나 하고, 기볍게 흘려버릴 만한 도량이……."

문득 미도리는 생각이 났다. 목격자가 있었던 것이다.

"저기요." 얼굴을 들었다.

"뭐?"

"이와이 씨가 봤어요. 이와이 씨가 나타나는 바람에 지점장님이 깜짝 놀라서 물러섰어요."

"뭐? 그게 정말이야?" 다마이가 짜증 난다는 표정으로 되물었다.

"네, 정말이에요."

다마이가 기다 쪽을 바라보며 잠시 입을 다물었다. 답답하다는 기색으로 담배에 불을 붙였다. 그리고 뭔가 한참 궁리하다가 "이봐, 이와이 좀 불러와!"라고 거칠게 말했다.

"아직 안에 있지? 거래처 담당 과장한테는 나중에 내가 말할 테니까 잠깐 볼일이 있다고 해."

기다가 회의실 밖으로 나갔다. 다마이는 침착성 없이 담배를 뻑뻑 피워댔다. 미도리를 똑바로 쳐다보려고 하지 않고, 손끝으로는 테이블을 계속해서 툭툭 쳤다. 곧바로 기다의 뒤를 따라 이와이가 나타났다.

"어이, 이와이, 지난번 신입행원 환영캠프 때 일인데…….""

이와이가 대답하려는 순간, 다마이가 먼저 미도리에게 말했다.

"자네는 잠깐 자리 좀 피해줘. 금방 다시 부를 테니."

미도리는 그 말대로 자리를 떴다. 자신의 책상에 돌아와 떨리는 마음을 감추며 일할 준비를 했다. 직원들은 저마다 바빠서 미도리가 불려간 데 대해서는 별 관심이 없는 듯했다. 오전 9시 차임벨이 울리고 동시에 모두가 자리에서 일어섰다. 입구 셔터가 열린 것이다. 미도리도 따라서 일어섰다. 몇몇 손님이 들어서자 직원들은 일제히 어서 오십시오, 라고 인사를 했다. 손님 가운데는 시바타 노인이 있었다. 미도리는 애써 웃어 보였지만 제대로 웃어졌는지 어떤지 자신이 없었다.

10분쯤 지나서 기다 과장대리가 이름을 불렀다. 미도리는 다시 회의실로 갔다. 미도리가 들어가자 이와이는 딱딱하게 굳은 얼굴로 회의실을 나갔다.

"이봐, 이와이는 모른다고 하던데?"

다마이는 딱딱한 어조로 말했고 미도리는 입이 얼어붙어 버렸다.

"그날 숲 속에서 여자 행원을 돌봐주는 지점장님을 보기는 했는데 껴안았다든가 하는 건 못 봤대."

"서, 설마!"

"우선 너무 어두워서 그 여자 행원이 누구였는지도 모른다는데, 뭘?"

"……"

"좋아. 이걸로 이 얘기는 끝." 다마이가 자리에서 일어섰다. "끝이야"라고 다시 한 번 선언하듯이 말했다. 나가는 길에 돌아보며 "괜히 이상한 소문내지 마"라고도 했다. "지점이라는 건 가족 같은 거야. 알겠어? 팀워크가 가장 중요하다고."

미도리는 멍청히 서 있었다. 돌연 현실의 벽이 눈앞을 가로막았다는 느낌이었다. 젊은 여자에게 이래저래 비위를 맞춰주지만 남자들의 사회란 여차하면 제 몸을 지키기 위해 표변하는 것이구나, 하고 생각했다. 그런 거였어. 여태껏 미도리는 훨씬 더 달콤한 상황만 상상했었다.

기다 과장대리가 말없이 미도리의 어깨에 손을 얹었다. 얼굴을 똑바로 쳐다보지 않았다. 아무리 착한 성품의 상사라도 못 해주는 일이 있구나, 하고 미도리는 슬펐다.

그나마 구원은 유코가 또 한 번 함께 분개해준 것이었다. 하긴 젊은 여자 둘이서 아무리 화를 내봤자 조직 안에서 할 수 있는 일이라고는 아무것도 없을 것 같았다.

이제는 사표를 내겠다는 미도리를 처음에는 만류하며 달래던 유코도 마지막에는 서글픈 얼굴로 "최소한 보너스 나올 때까지는 다녀야지"라며 어깨를 쓰다듬었다.

그건 가장 그럴싸한 제안이었다. 하지만 미도리에게 7월은 너무도 멀게만 느껴졌다.

미도리는 정시에 은행을 나섰다. 잔업을 해야 할 분위기였지만 기다 과장대리가 나름대로 염치는 있었는지 "나머지는 내가 할게"라면서 전표 다발을 가져갔다. 술이라도 마시고 노래방에라도 들러 모조리 발산해버리고픈 심정이었다. '옛 학교 친구라도 불러내 요코하마쯤에서……'라고 생각하는 참에 눈앞에 누군가 다가섰다. 시바타 노인이었다. 상냥한 얼굴로 짧은 목례를 건네왔다.

"이제 일은 끝났나?"

"아, 네."

미도리는 부드럽게 대답하려고 애썼지만, 이그, 또 이 노인네야? 하는 마음이 표정에 드러나서 아차, 하고 생각했다.

"아, 아니"라고 시바타는 얼굴 앞에서 손을 저었다. "자네를 기다렸던 건 아니야."

"아뇨, 무슨 그런 말씀을……."

"이거 봐." 시바타가 들고 있던 가방을 열어 보였다. "도서관에 다녀오는 길이야. 그러다가 우연히 여기를 지나간 거라고. 그러는데 후지사키 양이 나온 거지."

"아, 네……."

눈앞에 들이대는지라 어쩔 수 없이 미도리는 가방 안을 쳐다보았다. 아닌 게 아니라 책이 몇 권 들어 있었다.

"나이 든 사람의 소일거리는 독서뿐이거든."

"네……." 뭔가 대답을 해야겠다 싶어서 "아주 좋은 취미시네요"라고 뒤를 이었다가 너무나 빤한 소리여서 내가 지금 무슨 말을 하는 거야, 하는 불편한 심경을 느꼈다.

책등을 보니 그 가운데『지구를 돌아다니는 법―모로코 편』

이라는 게 있었다.

"모로코에 가시려고요?"

"아니, 아니." 시바타가 벙실벙실 웃으며 고개를 저었다. "이 책을 읽고 그저 모로코에 갔다는 기분을 느껴보는 거야. 이제 나는 어디에도 못 가. 머릿속으로나마 여행을 해보자는 거지. 이거라면 공짜로도 갈 수 있잖아?"

"아, 네⋯⋯."

"지난주에는 괌하고 사이판에 갔었어. 괌하고 사이판이라면 우리야 전쟁 때 생각밖에 안 나는데, 요즘은 훌륭한 리조트로 싸악 바뀌어서 아주 깜짝 놀랐네."

"예에⋯⋯."

"후지사키 나이쯤이면 전쟁이라고 해봐야 얼른 실감이 안 나지?"

"저어⋯⋯." 길게 상대하고 있을 기분이 아니어서 미도리는 "죄송해요. 제가 잠깐 약속이 있어서요"라며 머리를 숙이고 걸음을 떼려고 했다.

"후지사키는⋯⋯." 등을 향해 노인의 목소리가 들려왔다. "상담할 사람이 필요하지?"

무슨 말이람, 하고 생각했다.

"고민을 털어놓을 사람은 있나?"

"네, 있는데요."

"그럼 됐어."

뭐야, 이 할아버지, 라고 신경질이 났다. 내가 그렇게 어두운 표정이었나? 하지만 아무리 그래도 그렇지, 정말 오지랖도 넓은 할아버지다.

"실례합니다"라고 미도리는 정중하게 인사를 건넸다.

고독한 노인인지 뭔지는 모르지만 자꾸 친한 척 다가들면 나도 정말 곤란하다.

미도리는 빠른 걸음으로 역으로 향했다.

그 등에는 거절의 기색이 진하게 배어 있었는지도 모르지만 그런 것에 신경 쓸 이유 따위는 없었다.

이미 옛 친구를 불러낼 마음도 사라져버렸다. 어서 빨리 혼자가 되고 싶었다.

18

"마쓰무라는 대체 어떻게 된 거야? 왜 전화도 안 받아?"

"그걸 내가 어떻게 알아?"

"전보라도 쳐봐."

"뭐?"

"전보! 전보라도 쳐보란 말이야! 급하게 연락 바람, 이라든지 뭐라든지!"

기계 소리에 묻혀 도무지 대화가 되지 않았다. 함께 작업하면서 나누는 부부간의 대화는 마치 맞고함을 지르는 것처럼 보인다.

가와타니 신지로는 오늘도 아침부터 이리 뛰고 저리 뛰고 정신이 없었다. 마쓰무라가 이틀 연속 무단결근을 하는 바람에 예정된 작업을 전혀 소화할 수 없었다. 그러기는커녕 오후 납품까지도 아슬아슬한 판이었다.

"그런 거 보내봤자 소용없어."

"왜?"

"아니, 자기가 안 나오면 얼마나 곤란할지 그 애도 뻔히 다 알 텐데, 뭐."

"그럼 일부러 우리 힘들게 하려고 출근 안 하는 거야?"

"그런 게 아니라."

"그럼 뭐야?"

"깜빡 하루를 말도 없이 쉬고 오늘 아침이 되니까 또 그것 때문에 나오기가 어려워서 그럴 거야."

"뭐라고? 안 들려."

"어휴, 됐어."

"되기는 뭐가 돼?"

"당신은 그런 걸 도통 모른다니까. 사람의 마음이랄까, 예민한 감정 같은 거."

"멀쩡한 젊은 놈이 그렇게 물러터져서 앞으로 어떻게 살 거야?"

"여보."

"뭐?"

"마쓰무라 군, 혹시 나오더라도 괜히 혼내면 안 돼."

"무슨 소리야, 그쯤이야 나도 알지."

사회인이 직장을 말없이 땡땡이치다니, 그래서야 도대체 어디다 쓸 건가.

신지로는 화가 나는 김에 난폭하게 레버를 내렸다. 쇠파이프가 불꽃을 튀기며 차례차례 잘려나갔다. 맡아온 소재를 정해진 치수에 맞춰서 자르고 연마하고 그 옆구리에 나사 구멍을 뚫어야 했다. 숫자는 200개. 납품은 오후 3시였다. 반입만이라도 누군가 다른 사람이 맡아주면 좋겠다는 생각이 간절했지만 물론 가와타니 철공소에 그런 일손은 없었다. 우리 공장의 약점은 경영자가 반입 반출까지 해야 하는 것이라고, 싫어도 통감하지 않을 수 없었다.

"사짱님!"

태국인 코비가 큰 소리로 불렀다. 손으로 벽 쪽을 가리킨다. 소음이 커서 전화가 울리면 붉은 불이 켜지게 해두었다.

전화를 받아보니 갈매기은행의 다카나시였다. 귓속으로 힘찬 아침 인사가 뛰어들었다.

"아, 예." 신지로가 저도 모르게 머리를 숙였다. "결산서하고 장부 때문이군요? 준비는 해뒀는데 요즘에 일이 너무 바빠서……."

"아, 그러십니까? 딱히 그건 급하지 않은데요……."

공장의 소리가 시끄러워 잘 들리지 않았다. 신지로는 수화기를 쥔 채 팔을 쭉 뻗어 문을 닫았다.

"아, 미안해요. 다시 한 번 말해줄래요?"

"예, 그러니까요, 가와타니 씨, 다른 신용금고에 5백만 엔의 예금이 있다고 하셨지요? 어떠세요, 그걸 저희 은행 쪽으로 합쳐주실 수 없을까요?"

"아, 그, 그건……." 신지로는 뒷말을 우물거렸다.

"그렇게 해주시면 예금이 천만 엔으로 아귀가 맞으니까 이걸 담보의 일부로 해주시면 딱 좋을 텐데요."

"아, 그래요……."

난처하군, 이라고 신지로는 생각했다. 그간 오래도록 거래해온 신용금고에서 예금을 인출한다는 것도 큰일이지만, 그것보다 실제로는 돈이 3백만 엔 남짓밖에 없었다. 5백만 엔이라고 했던 건 그저 잠깐의 허세였을 뿐이었다.

"그렇게 되면 심사도 통과하기 쉬울 텐데요. 저희 지점장께서도 꼭 그렇게 해주셨으면 하십니다만."

"으음……."

"어떠세요, 어려울까요?"

"아니, 어려울 건 없는데……."

"자, 그럼 좋으신 거죠'?"

"그야 뭐……."

"아, 잘됐네요. 혹시 거절하실까 봐 은근히 걱정했습니다. 사실 솔직히 말씀드리면 부동산 담보 없는 대출이라는 게 정말 힘들거든요."

"아, 그렇겠지요."

"그래서 저는 더더욱 이번 건을 성공시키고 싶어요. 어쩌면 이런 게 은행이 본래 해야 할 임무겠지요. 담보가 완벽하지 않더라도 사업 계획만 확실하다면 얼마든지 대출해 드릴 수 있다는 걸 한번 보여드리겠습니다."

다카나시는 수화기 너머로 은행의 참모습이니 뭐니 하는 이야기를 하고 있었다.

"근데 아무 문제없겠습니다. 이걸로 윗사람을 설득할 수 있을 테니까요."

"아, 그래요……."

신지로는 전화를 끊고 사무실에 놓인 낡은 냉장고에서 보리차를 꺼내 천천히 목을 적셨다. 의자에 앉아 담배에 불을 붙였다. 그 연기를 바라보며 후회까지는 아니어도, '나 참, 미치겠네'라고 생각했다. 대출이 가능하겠다는 이야기는 반갑지만, 신용금고의 예금을 그쪽으로 옮겨주고 거기다 어딘가에서 부족한 2백만 엔을 융통해야 하는 것이다. 이건 상당히 마음 무거운 일이었다.

다시 작업을 하려는 참에 또 전화가 울렸다. 시청 환경공해과 직원이 걸어온 것이었다. "오늘 전화드리기로 약속이 되어 있어서"라고, 전화기에 대고 허리를 굽실거리는 것처럼 공손한 목소리였다.

"지난번 이야기는 결론을 내셨던가요?"

"무슨 결론?"

"연간 휴업 일수가 110일이고 오후 7시 이후의 잔업은 월 합계 7시간까지라는 그쪽의 제안에 대해서……."

"그거야 당연히 안 될 소리지요." 신지로는 그만 목소리가 거칠어졌다. "어떻게 그런 걸 정할 수가 있냐고. 당신, 일이라는 걸 도무지 모르시는구먼?"

"그러시면 그 제안은 받아들일 수 없다는 것으로 우선 보고를 해도 좋겠습니까?"

"예?" 대답이 막혀버렸다. "이봐요, 잠깐만."

"그러면 어떻게 할까요?"

"우리도 되도록 좋게 해결하고 싶다는 말은 몇 번이나 했잖아요."

"그건 그렇지만……. 실은 예스인지 노인지, 오늘 안으로 오타 씨 쪽에 대답을 해야 되거든요."

신지로는 불끈했다. 어째서 그 오타인지 뭔지 하는 놈은 매사가 이런 식인가. 세상살이라는 게 흑백으로 딱 기를 수 있는 건 아니지 않은가 말이다.

"그보다 옆의 야마구치 차체에도 아직 이야기를 못 했다고요."

"그럼 언제 이야기를 해주실 수 있을까요?"

"당신, 점점 더 그 사람을 닮아가는 것 같네."

"예?"

"아니, 아무것도 아뇨. 아무튼 지금은 일이 너무 바빠요. 이렇게 전화하는 시간도 아까울 만큼 시간이 급하다고요."

"하지만 저희도 이제는 꼭 대답을 해야 해서요."

"어떻게든 좀 미뤄봐요." 신지로의 목소리는 애원조가 되었다.

"그러면 언제까지로……."

"내일, 아니 아니, 모레." 말을 하면서도 신지로는 아무 대안도 떠오르지 않았다.

"모레 낮에 전화를 하든지 이쪽으로 나오든지 해요. 그때까지 옆집 사장하고도 상의해서 대답을 내놓을 테니까."

"알겠습니다. 모레 점심이시라고요. 가와타니 씨도 힘드신 줄은 알지만 저희도 되도록 빨리 이 문제를 처리하고 싶어요."

"처리라니, 처리는 무슨 처리?" 다시 말투가 거칠었다.

"예?"

"우리는 먹고사는 문제가 걸린 일이야. 쓰레기 처리하는 식으로 말하지 마쇼."

"아뇨, 전혀 그런 뜻으로 드린 말씀은 아니고요."

"아아, 됐어요."

수화기를 난폭하게 내려놓고 신지로는 점점 더 우울해졌다. 거의 피우지도 않은 채 재가 되어버린 담배를 손끝으로 재떨이에 던져넣고 큰 한숨을 내쉬었다. 뭔가 생각을 좀 해보려고 했지만, 납품 시간이 바짝바짝 다가드는 게 생각나서 급히 작업장으로 돌아갔다.

쇠파이프를 절단하며 야마구치 사장은 어떤 반응을 보일까, 하고 생각했다. 지난번 사건 때문에 완전히 기운이 떨어지기는 했지만, 오타가 또 이런 요구를 해왔다는 말을 전하면 다시 화통을 터뜨릴 가능성이 있었다. 벌컥 화를 내는 성질이라 이런 얘기를 얌전히 받아들일 리 없었다. 또다시 사건이 터지는 일은 없어야 할 텐데. 그런 생각을 하던 끝에 '아차, 이것뿐만이 아니야. 대출 조건 이야기는 어떻게 하지?'라는 것까지 생각나 가슴속에서 답답함이 더욱더 커져갔다. 2백만 엔을 융통해볼 곳이라고는 형이 아니면 처가밖에 없었다.

"사짱님!" 코비가 이쪽을 보며 부르고 있었다.

문득 정신을 차리니 레버를 중간에 세워둔 채 불꽃과 소음이 터지는 대로 멀거니 앉아 있었다. 서둘러 레버를 당기고 절단한 파이프는 아래쪽 바구니에 넣었다. 200개의 부품 가공 중에서 절단 과정조차 아직 반을 못 했다. 다음 공정으로 넘어가는 건 결국 오후가 될 것 같았다. 마쓰무라가 있었다면 언달아 할 수 있는 작업인데, 겨우 한 사람이 빠지자 일이 정말 번거롭게 되었다.

아무리 계산해보아도 시간을 맞출 수 없을 것 같아 신지로는 납품이 늦어지겠다고 거래처에 미리 말하기로 했다. 재촉 전화가 울릴까 봐 전전긍긍하며 작업하는 것보다 선수를 쳐서 사과하는 게 마음이 더 편할 것 같았다. 아직 거래를 시작한 지 얼마 안 되는 곳이라서 신용을 잃고 싶지는 않았다.

전화를 걸어 종업원이 갑작스런 병으로 결근하는 바람에 늦을 것 같다고 최대한 미안한 목소리로 말했다. 담당자는 극히 사무적으로 반절만이라도 3시까지 가져오라고 했다. 그게 없으면 현장이 다음 작업에 들어갈 수 없다는 것이었다. 전화하기를 잘했다고 생각했다. 그런 줄도 모르고 상대에게 큰 피해를 끼칠 뻔했다. 반입하느라 두 번이나 왔다 갔다 해야 하지만 그건 어쩔 수 없는 일이었다.

신지로는 서둘러 연마 준비를 했다. 코비의 도움을 받아 쇠파이프를 공장 한편에 정리했다. 코비가 하던 일감이 뒤로 미뤄졌지만 그건 잔업으로 충당하기로 했다. 집중해서 일한 덕분에 가까스로 반절은 시간을 맞출 수 있었다. 거래처에서 정말 힘드시겠다고 위로해준 게 그나마 큰 격려가 되었다.

밤에 코비와 둘이서 일을 하고 있으려니 야마구치 사장이 쑥떡을 들고 나타났다. 사장은 자신이 직접 세 사람분의 차를 준비하더니 작업대에 방해가 되지 않을 자리에 내려놓고 의자를 들고 와 스폿용접 중인 신지로 곁에 나란히 앉았다.

"할 얘기라는 게 그 오타 씨 얘기야?"

야마구치 사장이 '씨'자를 붙여주는 게 의외였다. 훨씬 더 불쾌해할 줄 알았더니 어딘가 그저 메마른 표정이었다.

"나는 궁합이 안 맞아, 그런 사람하고는."

"나도 그래요."

"가만 보면 그 사람이 우리를 얕잡아본다기보다 아예 애초부터 다른 인종이라고 생각하는 거 같아."

"무슨 말이에요?"

"말로는 표현을 못 하겠는데…… 이를테면 영화 같은 데서 외국인이 하인에게 뭔가를 부탁하는 장면이 있잖아? 담배 좀 사오라든가 속옷을 빨아달라든가 말이지. 그런 건 우리는 애초에 못 하잖아. 내 일을 남한테 시키는 게 왠지 양심에 찔려서 저절로 미안하다고 고개를 숙이게 되거든. 근데 외국인은 그게 당연히 하인이 할 일이라고 생각하니까 아무렇지도 않게 부려먹잖아? 그러니까 뭐라고 할까…… 애초부터 같은 종족이라고 생각하지 않으니까 상대가 어떤 심정일지 전혀 신경도 안 쓴다는 거야."

신지로는 의미를 알 수 없이 입을 다물고 있었다.

"내가 지난번에 하와이에 갔을 때 호텔 보이가 짐을 날라주려고 하는데, 아, 됐소, 내가 들고 갈 거야, 하고서 가방을 다시 빼앗았다니까. 다른 사람을 부리는 짓은 혹시 그쪽에서 일본말을 할 줄 알더라도 우리는 체질적으로 안 되는 거야. 하지만 그 사람이라면 콘돔이라도 태연히 사다 달라고 하게 생겼잖아. 팁 좀 집어주고서 말이지."

과연 그런 예라면 대충 무슨 말인지 알 만했다.

"그 사람이 그런 인간이야. 우리를 자기하고는 애초에 신분이 다르다고 생각하는 거라고. 그러지 않고서야 이웃 간에 어떻게 그런 식으로 나오느냐 말이야."

"우리가 하인이라는 거예요?"

"그래. 우리를 얕잡아보는 게 아니라 애초부터 하인 족속이라고 딱 갈라서 생각하는 거야, 그놈이."

합금판에 먼지라도 붙어 있었던지 파앙 하는 큰 소리를 내며 불꽃이 튀었다.

"우리 마누라가 5만 엔을 들고 사과를 하러 갔는데 말이지……."

야마구치 사장이 실수가 난 판을 거둬들여 철제 바구니에 따로 담아주었다.

"마침 그 맨션에 사는 여자들이 모여서 플라워라나 뭐라나 하고 있더래. 그게 꽃꽂이하고는 달리 꽃을 멋들어지게 장식하는 수업 같은 거라는데, 우리 마누라가 완전히 기가 팍 죽어서 돌아왔더라고. 사람들 앞에서, 남편이 당신에게도 폭력을 행사하나요? 라고 물어보더래."

"부부간에 똑같이 밉살스러운 인간들이네. 그래서 5만 엔은 받더래요?"

"응. 우선 맡아두지요, 라고 했다나?"

"참 내."

"에구, 싫다 싫어. 옛날에는 이 동네에 그런 놈들은 없었는데."

야마구치 사장은 푸념을 하면서도 왠지 덤덤했다.

"아, 그렇지." 신지로는 기계를 일단 멈추고 야마구치 사장과 마주 앉았다. "그래서요, 그 오타라는 자가 이런 요구를 해왔어요……."

신지로는 오타가 구체적인 숫자를 대며 휴일 가동과 잔업 규제를 요청해왔다는 것, 그 대답을 모레까지 시청 직원을 통해해야 한다는 것을 이야기했다. 야마구치 사장은 조용한 얼굴로 듣고 있었지만 오후 7시 이후의 잔업을 한 달에 7시간밖에 인정할 수 없다는 대목에서 눈이 치켜 올라갔다.

"그건 도저히 안 되지." 묵직한 소리로 말했다. "우리 같은 공장은 시간 외로 작업을 하니까 일감이 들어오는 거야. 그게 없으면 원청회사는 당연히 다른 공장으로 가지."

"그건 우리도 마찬가지예요. 잔업을 못 하면 뭐, 그날로 공장 문 닫아야죠."

"이봐, 그런 건 절대 안 된다고 해."

"예, 그래야죠."

336

"마음에 안 들면 재판이든 뭐든 맘대로 하라고 해."

"하지만 재판은 좀……."

"아니, 기죽을 거 없어. 재판소는 분명히 우리 편을 들어줄 거야."

"하지만 변호사는 30분만 상담을 해도 돈이 엄청 든다던 데……."

"그건 그 오타라는 놈도 마찬가지야."

야마구치 사장의 눈에 노기가 담겨 있었다.

"어떻게든 원만하게 해결할 수 없을까요?"

"안 돼. 첫째로 내가 두들겨 패버렸잖아. 이게 동업자라면 깨끗이 머리 숙이고 술이라도 한잔 대접하면서 없던 일로 해달라고 부탁하면 어떻게든 되겠지만, 그 작자한테는 그런 거 통할 리가 없어."

"역시 그렇겠지요?"

"그 작자는 우리하고 똑같은 마당에 서 있지를 않아. 이런 말은 하고 싶지 않지만, 한 단 높은 데서 우리와는 전혀 다른 생활을 하는 족속이야."

평소에 자부심 강한 야마구치 사장이 그런 말을 하는 건 정말 뜻밖이었다.

야마구치 사장은 우두둑 목뼈를 돌리더니 "그럼, 나는 그만 가네"라고 한숨 섞인 탄식을 하며 돌아갔다. 제안은 거부하는 건가. 신지로는 그렇게 생각하며 기계 스위치를 켰다. 그걸로 끝이 날까. 이런저런 잡념 속에 작업을 해서 그런지 좀처럼 진척이 되지 않았다. 몇 개나 불량품을 내면서 예정량을 마쳤을 때는 밤 11시를 한참 지난 시간이었다.

목욕을 마치고 나와 부엌에서 맥주 병뚜껑을 따는데 잠옷 차림의 하루에가 나와서 냉장고의 치즈를 꺼내 신지로 앞에 차려 주었다.

"마쓰무라 군하고 전화로 이야기했어."

신지로는 저도 모르게 고개를 번쩍 쳐들었다. 마쓰무라가 내일도 결근을 하면 가와타니 철공소는 큰 타격을 입을 판이었다.

"그래서? 내일은 오겠대?"

"그 집 어머니가 전화를 받기에 가와타니 철공소인데 마쓰무라 군은 집에 있느냐고 물어봤어. 그랬더니 지금 목욕하러 들어갔대. 어제오늘 공장에 나오지 않았는데 혹시 감기라도 걸렸느냐고 물었더니 어머니가 깜짝 놀라더라고."

"뭐야?"

"아침마다 틀림없이 집을 나갔었대."

"어떻게 된 거야, 그럼?"

"집에서는 나갔는데 우리 공장에는 안 왔다는 거지."

신지로가 맥주 잔을 비우자 하루에가 앞에 앉아 다시 채워주었다.

"아차 싶더라니까. 마쓰무라가 어머니한테 말도 안 하고 슬쩍 쉰 건데, 내가 일러바친 꼴이 되었잖아. 아무래도 내가 말을 잘못했나 봐."

"괜찮아, 그런 건. 그래서 마쓰무라하고는 통화했어?"

"그래서 30분 뒤에 다시 걸었더니 마쓰무라 군을 바꿔주는데 수화기를 들고서 내내 아무 소리도 안 하는 거야."

"미안하다고도 안 해?"

"응."

"진짜 웃기네."

"여보, 그런 소리 하면 안 된다니까? 그 애, 어딘가에서 하루 종일 혼자 시간을 보냈을 거야. 공원 그네 같은 거 흔들흔들 타면서."

"무슨 자기가 직접 본 것처럼 얘기하네. 그네는 무슨 그네? 만화도 아니고."

"그 생각을 하니까 정말 마쓰무라 군이 너무 불쌍해."

"불쌍한 건 우리야."

"아무튼 우리는 전혀 서운하거나 화나지 않았다, 마쓰무라 군이 오지 않으면 정말 곤란하다, 내일은 꼭 와달라는 말만 하고 끊었어."

"흥."

"여보, 내일 마쓰무라 군이 오더라도 혼내면 절대 안 돼, 알았지?"

"알았어."

신지로가 맥주 한 병을 비우자마자 하루에는 잽싸게 싱크대로 잔을 들고 가 씻었다.

"뭐야, 한 병 더 마실 건데?"

"안 돼."

어쩔 수 없이 담배에 불을 붙였다.

"아, 그렇지. 갈매기은행에서 신용금고에 맡긴 돈을 자기네 쪽으로 좀 옮겨달라는데?"

"왜?"

신지로는 아침에 다카나시와 전화로 나눈 이야기를 하루에에게 해주었다. 그 참에 2백만 엔이 필요하다는 얘기도 일부러 아무것도 아닌 일처럼 술술 말해버렸다.

"당신도 참, 쓸데없이 왜 그런 허세를 부려?"

"말을 하다 보니 그렇게 된 거야."

"그럼 지금이라도 솔직히 말하면 되지, 사실은 3백만 엔이라고."

"이제 와서 그런 말을 어떻게 해?"

"그럼 2백만 엔을 어디서 구해? 돈 빌릴 데는 있어?"

그 말로 처가는 후보에서 사라지고, 신지로는 별수 없이 "어머니한테 부탁해볼게” 하고 대답했다.

　올해 일흔두 살인 어머니는 여전히 건강하셔서 노인회 모임에서 여기저기 여행을 다녔다. 연금 생활이기는 하지만 목돈이 좀 있을 터였다.

　“시아주버니한테 보증 서달라고 부탁할 거잖아? 금세 다 아실 거야, 날마다 얼굴 보며 사는데.”

　“우리 사정을 똑똑히 말할 거야.”

　“은행에 사정해보는 게 더 낫지 않을까?”

　“응? 글쎄…….”

　끝은 애매하게 얼버무리고 신지로는 먼저 방으로 들어갔다.

　이불 속에 들어가 술기운이 얼큰한 머리로 생각을 정리했다. 우선은 형에게 가볼 필요가 있다. 형제 사이가 나쁜 건 아니지만, 형에게 정식으로 머리를 숙여가며 보증을 서달라고 부탁하는 건 그리 내키는 일은 아니었다. 신용금고의 예금을 해약하는 수속도 필요했다. 그동안 마음 편히 수금하러 오던 은행원에게 그런 말을 한다는 게 상당히 괴로울 것 같다. 마쓰무라는 내일 정말 출근할까. 만약 또 안 나오면 어디든 일손을 부탁해봐야 한다. 아니, 오늘 하루에 그만큼 공손하게 전화를 했지 않은가. 안 올 리가 없지. 그것뿐이던가, 하고 생각하다가 건너편 맨션의 오타와의 일이 퍼뜩 떠올라 정말 지긋지긋해졌다.

　신지로는 이불을 머리까지 덮어쓰고 몸을 옆으로 돌린 채 눈을 감았다. 오늘 하루 종일 정신없이 일하느라 피곤했던지 금세 수마(睡魔)가 덮쳤다. 덕분에 밤새 뒤척이는 고생만은 하지 않았다.

19

똑같은 유니폼의 남자들이 우르르 뛰어와 차를 닦아주는 모습을 유리창 너머로 바라보며 노무라 가즈야는 캔 커피를 마셨다. 차가 워낙 크고 돋보여서 그런지 세차에 나선 점원들의 태도도 다른 것 같았다.

훔쳐온 글로리아가 상당한 고급차여서 가즈야는 정말 마음에 쏙 들었다. 서점에 서서 자동차 잡지를 뒤적여 가격을 알아봤더니 자그마치 350만 엔짜리 차였다. 내심 놀라기도 했고 좀더 소중하게 다뤄야겠다는 마음도 들었다. 하얀 세단이라서 최소한 빨간 쿠페 같은 것보다는 눈에 띄지 않는다는 점도 좋았다. 도난 차량에 대해 경찰은 과연 얼마나 열의를 가지고 수사할까. 가즈야는 그런 쪽의 지식은 없었지만 아마도 도난 신고를 접수해주고 그걸로 끝일 것이라는 생각이 들어서 도로를 내달리는 데 별다른 망설임은 없었다.

다카오는 이 차를 팔 수도 있다고 했다. 도난 차량을 전문으로 취급하는 밀매업자가 있어서 간단히 현금으로 바꿔주는 모양이었다. 다만 매입 가격은 아무리 새 차라도 정가의 10분의 1이라는 말에 팔 마음이 싹 가셨다. 지난번에 금고를 싣고 달리기도 했고, 그야말로 고락을 함께한 탓인지 묘한 애착도 있었다. 가즈야는 완전히 오너드라이버 같은 심정이 되어 있었다.

이렇게 주유소에서 일부러 돈을 들여 세차를 하는 것도 그런 애착 때문이었다. 로비에 진열된 자동차 용품을 바라보며 왁스까지 사들일 마음이 났던 것이었다.

단자와 산속의 다리 위에서 강가로 떨어뜨려 정말 어렵게 열어본 금고에는 모두 합해 5백만 엔 남짓한 지폐가 들어 있었다. 은행 종이 띠도 풀지 않은 만 엔 지폐 다발이 네 개, 천 엔 다발이 일곱 개, 그리고 동전이 가득 든 부대도 있었다. 일단 모두 차에 옮겨 싣고, 돌아오는 차 안에서 다카오가 헤아려보았다.

"야, 다 합쳐서 485만 엔이야!"

조수석에 앉은 다카오는 흥분을 감추지 못하는 기색으로 얼굴이 상기되어 당장이라도 돈을 흩뿌릴 깃처럼 큰 소리로 떠들었다. 가즈야도 웃음이 멈추지 않았다. 돈이 들어 있을 줄은 알았지만 막상 직접 눈앞에 접하고 보니 무슨 꿈을 꾸는 것 같아서, 이 세상도 그리 나쁜 것만은 아니라고 도둑놈 주제에 뿌듯한 감개에 젖었다.

야쿠자가 요구한 돈은 1인당 3백만, 둘이 합해 6백만 엔이었지만 어쩐지 이 정도면 해결될 듯한 마음이 들었다. 다카오가 "약간 모자라긴 하다만 이거 들고 가면 봐줄 거야"라고 말했고 가즈야도 그럴 거라고 생각했다. 오히려 칭찬해줄 것이다. 스무 살짜리 2인조가 순전히 자신들의 힘으로 5백만 엔 가까운 현금을 손에 넣은 것이다. 이 쾌거에는 아무리 냉정한 야쿠자라도 감동할 터였다.

"이걸로 잔을 받을 수 있을 거야." 다카오가 앞을 바라본 채 말했다.

"응, 그렇겠다." 가즈야가 대답했다.

가즈야는 야쿠자가 되고 싶지는 않았지만 다카오와 함께라면 그리 나쁜 선택은 아닐 것 같았다. 녀석의 타고난 명랑함에는 매번 적잖이 용기를 얻었다.

돈은 다카오가 다테노 친목회 사무실에 가져다주기로 했다.

"다음 주 월요일에라도 내가 가져갈게. 그걸로 선배에게 용서를 받고 그다음에 너한테 휴대전화로 연락할게. 꼭 휴대전화 터지는 곳에 있어라."

다카오는 만 엔 다발 한 개의 종이 띠를 뜯더니 가즈야의 호주머니에 열 장을 찔러주었다. 가즈야는 그 정도면 충분하다고 생각했다.

꼬박 밤을 새워 금고를 열고 난 일요일 아침에 아파트에 돌아와 진흙 같은 잠에 빠졌다. 눈을 떴을 때, 이제는 돈 걱정에서 해방되었다는 것을 새삼 깨닫고 기쁨으로 가슴이 설레었다.

그날 밤에는 오랜만에 가에데의 맨션에 찾아가 넉넉한 살집의 여자를 품었다. 가에데는 "흥, 어디서 바람피웠던 거야, 진짜?"라고 달콤한 콧소리를 내며 침대 위에서 어느 때보다 요염한 모습을 보여주었다. 그것이 끝나자 이번에는 메구미에게서 전화가 걸려와 만나고 싶다고 했다. 내일이라면 괜찮다고 대답해주었다. 마치 전문 제비족이라도 된 듯한 쾌감을 느꼈다.

하얀 글로리아는 물방울 하나까지 깨끗이 닦여서 로비 앞으로 천천히 모셔졌다. 가즈야는 계산을 마치고 그 참에 추잉껌도 하나 사들고 차에 올랐다. 매실 맛이 나는 껌을 입안에 넣고 턱을 움직이며 메구미를 데리러 갔다. 저절로 콧노래가 나오는 게 스스로 생각해도 우스웠다.

백화점 앞에서 기다리고 있던 메구미를 태우고 목적도 없이 차를 몰았다.

"찻집 아르바이트, 잘렸어."

메구미는 그다지 섭섭해하는 기색도 없이 머리칼을 만지작거리며 중얼거렸다.

"네 맘대로 자꾸 빼먹으니 잘릴 만도 하지, 당연히."

"근데 또 한 명 전문대 다니는 여자애도 있었는데 걔는 빠져도 별로 혼내지도 않아. 주인이 걔만 예뻐한다니까?" 메구미가 입을 뾰로통하게 내밀었다. "그 계집애, 진짜 짜증 나. 착한 척은 혼자 다해요, 아주. 타고난 범생이."

"흐응."

"저기, 그 여자애, 불러내 줄 테니까 켄이 한 번 따먹을래?"

"뭔 소리야?" 가즈야는 눈썹을 찌푸리며 메구미를 쳐다보았다.

"난 모범생은 진짜 싫어. 우리 언니가 그랬걸랑."

"너희 언니는 뭘 하는데?"

"은행 다녀."

"헤에, 착실했네."

"그러니 짜증 난다는 거야. 아빠랑 엄마 앞에서 혼자 착한 척하고, 머리 나쁜 동생 따위는 눈에 뵈지도 않나 봐. 밤에 늦게 들어가면 복도에서 만나도 완전 무시한다고. 그런 언니는 없어졌으면 좋겠어, 진짜."

메구미가 가족에 대해 너무도 원망스럽게 말하는 바람에 가즈야는 적잖이 놀랐다.

"하긴 무슨 상관이야, 어차피 친언니도 아닌데."

"그래?"

"뭐, 대충."

메구미가 다리를 대시보드에 얹고 무릎을 벅벅 긁었다.

'나의 사랑하는 차'라는 마음이 강했던 터라 그런 메구미의 머리통을 툭 쳐주었다.

메구미는 목을 움츠리며 "우리 하라주쿠에 가자"라고 화제를 바꾸었다.

"안 돼. 지금 연락을 기다리는 중이라 가와사키에 있어야 해."

"누구 연락?"

"파트너."

"파트너라니?"

"다카오라는 놈."

"그래?" 메구미는 약간 샐쭉하니 토라져서 "켄, 이 자동차로 무슨 짓을 한 거야?"라고 물었다. "그 다카오라는 사람하고 뭔가 일 저질렀지?"

"어⋯⋯." 애매하게 대답했다.

"전에 돈을 마련하지 못하면 재미없다고 했었잖아. 그래서?"

"알고 싶어?"

"응." 메구미가 가즈야 쪽으로 몸을 돌렸다.

"금고털이."

"거짓말."

"거짓말 아냐. 5백만 엔 털었어."

메구미는 눈을 동그랗게 떴다.

"진짜 죽을 고생을 했다. 단자와 산속까지 싣고 가서 다리에서 아래로 던져서 겨우겨우 열었다니까. 그랬더니…….”

“그랬더니?”

“안에 돈다발이 꽉꽉 찼더라.”

“우와, 굉장하다!”

어떤 반응을 보이나 했더니 메구미는 잔뜩 흥분한 얼굴로 가즈야의 팔을 붙잡고 마구 흔들었다. “처음부터 다 말해줘”라며 메구미가 졸라댔다. 가즈야도 그리 싫지는 않아서 그간의 사건을 모조리 말해주었다. 그 돈이면 야쿠자도 대충 봐줄 거라는 이야기도 했다.

“그럼 이제 돈 걱정은 안 해도 되겠네?”

“응.”

“켄도 야쿠자가 되는 거네?”

“응.”

“그럼 나는 야쿠자의 여자네?”

“얘가 지금 뭔 소리야.” 가즈야가 쓴웃음을 지었다.

“조금 더 넓은 아파트로 이사 좀 해.”

“왜?”

“그러면 나도 내 짐 옮겨다 함께 살 거야.”

“돈이 없어. 그 돈은 일종의 합의금 같은 거라서.”

“그럼 지금부터 벌자. 켄, 공갈 쳐서 돈 뺏는 거 보여줘.”

“야, 너, 진짜…….”

가즈야는 차를 아파트 쪽으로 돌렸다. 조수석의 메구미가 막무가내로 예뻐서 어서 품에 안고 싶었던 것이다.

대낮에 방에서 벌거벗고 끌어안았다. 곰팡이 냄새 풍기는 커튼을 닫으며 메구미가 이것도 새 걸로 바꾸자고 했다. 그러고는 "좀 좁긴 하지만 나도 여기 와서 살 거야. 알았지?"라며 연신 미소가 떠나지 않았다. 메구미에게 팔베개를 해주며 가즈야는 달콤한 감정이 뭉클뭉클 피어올랐다.

그날은 결국 다카오에게서 연락이 오지 않았다. 이쪽에서 전화를 해도 휴대전화는 연결되지 않았다. 그리 급할 것도 없는 일이라 가즈야는 별반 신경도 쓰지 않았다.

다음 날, 메구미가 짐을 가지러 일단 집에 돌아가고 나자 가즈야는 할 일이 없어져서 오로지 다카오한테서 연락이 오기만을 기다리는 신세가 되었다. 바깥이 화창한 날씨여서 이제 완전히 자신의 다리가 된 글로리아를 몰고 산 너머로 신나게 달려보고 싶은 마음이 굴뚝 같았지만 휴대전화의 감도를 생각하면 멀리 나가지 않는 게 좋을 것 같았다. 자기 쪽에서 몇 번이나 걸어봤지만 무기실의 안내 음성만 흘러나올 뿐, 아무래도 다카오가 전원을 꺼놓은 것 같았다.

문득 그 금고털이 사건이 뉴스로 보도되었는지 마음에 걸렸다. 실렸다면 어제 신문일 터여서 근처 도서관에 가보기로 했다.

도서관이라는 데 가기까지 상당한 시간이 걸렸다. 하루 지난 신문을 읽으려면 어떻게 해야 하는지 몰라서 찻집에 들어가 어제 신문은 없느냐고 물어봤고, 거기서 도서관에 가보라는 얘기를 들었던 것이다. 가즈야는 도서관 같은 데는 지금껏 가본 적이 없었다.

우선 일반 신문부터 펼쳐보았는데 금고털이 기사라고는 전혀 없었다. 지방판을 살펴봐도 없어서 적잖이 김이 샜다. 이어서 스포츠 신문을 펼쳐보니 사회면에 조그맣게 '컴퓨터 가게에 금고 도둑'이라는 작은 제목과 10행 남짓한 기사가 있었다. '현금 5백만 엔이 든……'이라는 내용이 있어서 거기서 처음으로 작으나마 실감이 났다.

하지만 마음이 놓이기도 했다. 세상 전체로 보면 가즈야와 다카오가 저지른 일은 일반 신문이 무시해버릴 만큼 사소한 사건인 것이다. 뭔가 면죄부를 받은 듯한 마음이 들었다.

도서관에서 돌아오는 길에 상점가 가구점에 들러 작은 테이블을 샀다. 메구미가 갖고 싶다고 했기 때문이다. 편의점에서 사온 도시락을 방바닥에 늘어놓고 먹는 건 뭔가 쓸쓸한 일이라고 스스로도 생각했기 때문에 그다지 망설임은 없었다.

가게 아저씨가 친절한 사람이어서 이것저것 꺼내다 가즈야에게 권해주었다.

"됐어요, 좀 더 싼 것으로."

"손님, 혼자 살아요?"

"그런 건 아니고요……."

가즈야가 말끝을 흐리자 아저씨는 다정하게 웃으며 "히야, 참 좋구먼, 젊은 사람은"이라며 자기 혼자 지레짐작으로 신바람을 냈다.

가즈야는 가장 싼 접이식 테이블을 고르면서 젊음을 부러워하는 아저씨 덕분에 기분이 좋아졌다. 스무 살이라는 나이는 그것만으로도 가치 있는 것인지 모른다고 생각했다.

아파트에 들고 돌아와 하얀 멜라민판 테이블을 방 가운데 놓아보았다. 그러자 살풍경하던 방 안이 갑작스레 분위기가 달라져서 마음이 묘하게 부풀어올랐다. 거기에는 가즈야가 완전히 잊고 살았던 생활의 냄새가 있었다. 여기서 메구미와 마주 앉아 밥을 먹을 것이다. 그런 상상만으로도 즐거웠다. 다음에는 텔레비전을 사자. 그렇게 살림이라는 것을 해보는 거다.

가즈야는 이불을 접어 방 한쪽에 밀어놓고 거기에 기댄 채 눈을 감았다.

창문으로 비쳐드는 5월의 햇살은 신경이 한 올 한 올 풀릴 듯 기분 좋아서 가스야는 어느새 스르르 잠에 빠졌다.

누군가가 문을 두드리는 소리에 눈이 떠졌다. 처음에는 메구미인가 했지만 메구미라면 진즉에 열쇠를 건네주었다. 그렇다면 분명 다카오일 거라는 생각에 자물쇠를 풀었더니 문 앞에 펀치파마의 젊은 남자가 우뚝 서 있었다. 낯익은 얼굴이었다. 다카오가 '선배'라고 부르던 야쿠자, 그 야마자키의 부하 녀석이었다. 다카오는 분명 '그 새끼, 아직 열아홉 살이야'라고 했었다.

"아, 저기……." 자기 쪽에서 찾아왔으면서 남자는 말을 어물거렸다.

펀치파마의 얼굴을 바라보며 가즈야도 무슨 일인지 감을 잡지 못해 멀뚱하고 있었다.

그래도 조직에 들어가면 이 녀석의 서열이 자신보다 위라는 것을 생각해서 가즈야는 "무슨 일이야?" 하고 먼저 입을 열었다.

"……잠깐 사무실까지 가줄래?"

녀석이 야쿠자가 아니라 착실한 보통사람 같은 어투로 말했다.

"다카오?" 가즈야가 물었다. 다카오가 불렀느냐는 뜻이었다.

녀석은 대답 없이 방 안을 잠깐 들여다보더니 "차 가져왔는데"라며 턱으로 바깥을 가리켰다.

가즈야는 용무늬 점퍼를 걸치고 구두를 발에 꿰며 복도로 나섰다.

펀치파마가 앞장을 서고 가즈야는 그 뒤를 따라갔다.

"돈은 납부했나, 다카오가?"

펀치파마는 무슨 말인지 모르겠다는 듯한 얼굴로 돌아보더니, 애매하게 빨리 가자는 몸짓을 했다. 자동차는 벤츠였다.

"이거, 야마자키라는 그 사람 차?"

"그래."

조수석에 올라타자 단단한 시트가 등을 가볍게 튕겨냈다.

녀석은 시동을 걸고 말없이 액셀을 밟았다.

"다카오는 사무실에?"

"아니, 나는 형님 지시로 데리러 온 것뿐이라 무슨 일인지는 몰라."

녀석이 허세를 부리는 말투는 어디 가고 왠지 공손한 말을 썼다.

"다카오는 거기 없어?"

"아, 그게, 나는 밖에 있다가 휴대전화로 너를 데려오라는 지시를 받아서……."

아무래도 이 녀석은 사정을 전혀 모르는 것 같아 가즈야도 더 이상 묻지 않았다.

펀치파마가 운전하는 차는 골목길을 나와 큰길로 들어서더니 주변을 위압하듯 한가운데 차선을 달렸다. 창문은 검은 코팅이 되어 있었고 수위의 자들이 우물쭈물 피하는 게 조수석에 앉아 있어도 느껴졌다. 다음에 내 글로리아의 유리창도 이렇게 하자고 가즈야는 생각했다.

"아까……." 펀치파마가 말했다. "돈을 납부했냐고 했지? 그

거 무슨 소리야?"

"그런 얘기 못 들었어?"

"아니, 나는 밖에 있었다니까."

"그건 지난번에 톨루엔 문제로 크게 실수한 일의 위자료랄까 합의금이라고 할까, 다카오하고 둘이서 6백만 엔을 만들어 오라고 했었잖아? 그 돈을 마련했거든."

"너희 둘이서 6백만을 만들었어?" 녀석이 놀란 표정을 했다.

"응, 실은 5백이 좀 안 되지만 그 정도면 봐주지 않을까?"

"어떻게 마련했는데?"

"중고 컴퓨터 가게의 금고를 털었어. 신문에도 났던데? 스포츠 신문이지만."

가즈야는 아무것도 모르는 펀치파마에게 금고털이 건을 이야기해주었다. 다카오가 조직의 잔을 원한다는 말도 덧붙였다. 녀석은 크게 감탄한 듯 작은 신음을 올리며 "일이 그렇게 된 거였군"이라고 중얼거렸다.

"응?" 가즈야가 펀치파마를 돌아보았다.

"아니, 아무것도 아니야." 녀석의 표정이 슬쩍 험악해졌다.

사무실 앞에 차를 세우고 가즈야는 펀치파마와 함께 좁은 계단을 올라갔다. 전에 반죽음이 되도록 당했던 사무실에 다시 들어가는 건 그리 기분 좋은 일은 아니었지만 안에 다카오가 있을 거라고 생각하니 그리 마음에 걸리지는 않았다.

하지만 철제문을 열고 들어가 안을 둘러보니 다카오의 모습은 없고 소파에 앉아 있던 야마자키가 의외라는 듯한 얼굴로 가즈야를 쳐다보고 있었다.

포마드로 모양새를 잡은 머리를 쓸어올리며 뭔가 할 말을 못 찾겠다는 듯한 표정이었다.

가즈야가 고개를 숙이며 어물어물 "안녕하십니까?" 하고 인사를 건넸다.

그 자연스러운 모습에 야마자키는 점점 더 이상하다는 표정을 지었다.

"잠깐만요"라며 펀치파마가 야마자키에게 귀엣말을 건넸다. 뭔가 짧은 대화가 오고 가더니 두 야쿠자는 옆방으로 들어갔다.

별수 없이 가즈야는 우두커니 선 채 기다렸다.

사무실에는 그 밖에 두어 명의 야쿠자가 있어서 인정사정없는 눈초리로 가즈야를 노려보았다.

5분쯤 지나 두 사람이 나왔고 야마자키가 소파에 엉덩이를 깊이 들이고 앉았다.

"어이, 노무라라고 했던가? 자네도 좀 앉지."

조용하지만 묵직한 목소리였나. 뭔가 낌새가 이상하다는 생각이 들었다.

"금고를 털었다고?"

"아, 예……." 어째서 야마자키가 아직 모르고 있는지 가즈야는 영문을 알 수 없었다.

"5백만 엔이 들어 있었다면서?"

"예."

"말하는 걸로 봐서는 모르는 것 같군. 얌마, 다카오 새끼 토 졌어."

한순간에 핏기가 빠져나갔다.

"오늘, 그 새끼 아파트에 가봤더니 빈껍데기더라. 여자도 없 더만."

말이 나오지 않았다.

"너희 같은 조무래기들이 깔보고 들어오다니, 나도 참 만만 하게 보였네."

야마자키의 시뻘건 얼굴만이 가즈야의 시야를 가득 채우고 있었다.

"약속은 약속이야. 네놈을 죽여주지."

가즈야는 머릿속이 하얗게 비어버려 아무 생각도 나지 않았다.

20

여동생이 가출 비슷한 것을 하는 바람에 후지사키 미도리는 근심 걱정이 점점 더 커졌다.

한동안 얌전하다 싶더니 연휴 끝 무렵에 돌연 사라져버린 것이다. 어머니가 방이 달라진 것을 깨닫고 서랍장을 열어보았다. 옷가지가 반쯤 없어졌기 때문에 가출이라고 판단하지 않을 수가 없었다. 아르바이트하러 다니던 찻집에 전화해보니 무단결근이 너무 잦아 그만두게 했노라고 사장이 퉁명스럽게 대꾸했다고 한다.

전에도 이런 일이 있었던 터라 어머니는 경찰에 신고해야 할지 말아야 할지 망설이고 있었다. 점잖기만 한 아버지는 그저 어쩔 줄 모르는 얼굴을 하고 있었다. 금세 또 돌아올 거야, 라고 미도리는 아버지와 어머니를 달랬지만 그런 말로 집안의 어둠이 사라지는 것도 아니었다.

어쩌다 여동생이 그렇게 비뚤어졌는지 미도리는 이해할 수가 없었다.

아니, 비뚤어지기로 들자면 그럴 권리는 자기 쪽에 있는 게 아니냐고 생각했다.

미도리가 네 살 때 친엄마가 병으로 세상을 떠났다. 아직 슬픔을 느낄 만한 나이가 아니었다. 아버지는 아이가 아직 어릴 때 재혼해야 새엄마를 더 잘 따른다는 주위의 권고에 따라 지금의 어머니와 중매결혼을 했다. 어머니도 한 차례 결혼에 실패한 경험이 있어서 그럭저럭 잘 맞아떨어진 혼담이었다.

미도리가 여섯 살 때, 두 사람 사이의 새 아기 메구미가 태어났다.

그때의 광경을 미도리는 아직도 기억한다. 어머니는 병원 침대에 누워 있고 그 곁에서 아버지가 아기를 안고 있는 장면이었다. 아버지와 어머니는 지금껏 한 번도 본 적이 없는 행복한 웃음과 함께 이야기를 나누었다. 그 모습을 미도리는 형용할 수 없는 불안감을 안고 올려다보았다.

당황해서 급하게 두 사람의 대화에 끼어들었더니 어머니가 아기를 만져봐도 괜찮다고 해주었다. 자신만 외톨이가 된 건 아니라는 생각에 약간 안도했지만 그래도 경계심이 완전히 풀린 건 아니었다.

말 잘 듣는 착한 아이가 되지 않으면 당장 모든 사랑이 새 아기에게 가버릴 듯한 마음이 들었던 것이다.

미도리는 늘 자신이 할 수 있는 최대한의 일을 했다. 초등학교에 막 들어간 나이였는데도 자진해서 청소를 도왔고 열심히 심부름도 했다. 여동생도 돌봐주었다. 그때마다 어머니의 칭찬을 받아서 미도리는 그 만족감에 젖곤 했다.

소녀 만화에서 계모라는 말을 알았을 때, 약간은 불행한 여주인공을 연기해보고 싶기도 했지만 그런 감정이 길게 이어진 일은 없었다. 딱 한 번 어머니에게 그 비슷한 말을 던지며 차갑게 대했던 일이 있었다. 어머니는 당장 얼굴색이 바뀌어 못나게도 미도리 앞에서 엉엉 울었다. 그 눈물을 보자마자 미도리는 그보다 더 엉엉 울고 말았다. 더 이상 그런 어머니 얼굴은 보고 싶지 않았다.

미도리에게는 반항기 같은 것도 없었다.

그래서 여동생이 날뛰는 꼴을 보고 있으면, 대체 뭐가 마음에 안 든다는 건지 도무지 이해할 수가 없었다.

'내가 비뚤어진다면 남들도 이해를 하겠지만 네가 비뚤어지는 건 아무 이유도 없어!' 여동생의 얼굴을 머릿속에 떠올리며 저도 모르게 그런 말을 쏘아붙이고 싶은 심정이었다.

집에 돌아와도 마음 편히 쉴 수 없다는 건 정신적인 피로가 누적되는 일이다.

게다가 지금 미도리는 직장이 고민의 씨앗인 것이다. 은행을 그만두겠다는 결심은 거의 굳어 있었다. 그 전날 지점장과 계단에서 마주쳤을 때, 미도리는 잔뜩 긴장해서 인사를 했지만 지점장은 평소 그대로 무뚝뚝하게 고개를 끄덕일 뿐이었다. 그런 일은 아예 없었던 것처럼 굴고 있었다. 그 생각을 하면 작은 자존심마저 짓밟힌 것 같아 정말 분통이 터졌다.

하루하루가 탄식의 나날이었다.

그날은 저녁 무렵에 기다 과장대리가 미도리를 불렀다. 책상 앞으로 갔더니 기다는 목소리를 낮추어 오늘 밤에 시간이 있느냐고 물어왔다.

무슨 일일까, 의아해하며 고개를 끄덕이자 기다는 "저기, 요코하마쯤에서 저녁 한번 사주고 싶은데"라며 가볍게 미소를 지었다.

"아, 일 얘기야." 오해를 받고 싶지는 않았는지 서둘러 덧붙였다.

그리고 "좀 비밀스럽게 해야 할 이야기라서 그래"라고도 했다. 멍하니 그 말을 들으며, 다른 사람에게는 말하지 말라는 뜻일 거라고 미도리는 내심 생각했다.

"7시 반이야. 늦은 시간이라 미안한데 내가 정시에는 퇴근하기가 어려워서."

기다는 요코하마의 오래된 호텔의 카페테리아 이름을 메모지에 적어 미도리에게 건네주었다.

마음에 걸리기는 했지만 무슨 일인지 짐작도 가지 않아 미도리는 그저 시간이 가기만을 기다렸다.

정시에 은행을 나서 전철을 타고 이시카와초 역으로 나갔다. 거기서부터는 해안 도로를 향해 걸었다. 상당한 거리였지만 중화가를 지나는 코스여서 심심하지 않았다.

중화가는 마침 저녁 식사 때라서 그런지 사람들로 북적거렸다. 깃발을 든 젊은 남자 안내원의 뒤를 따라 단체 관광객이 곁을 지나갔다. 문득 기다 과장대리가 사주겠다는 저녁 식사가 중화요리일지 모른다는 생각이 들었다. 지금의 자신에게는 적잖이 부담스러운 메뉴라는 생각에 저절로 한숨이 터졌다.

시간이 남아서 야마시타 공원까지 나가보았다.

벤치에 앉아 딱히 어디랄 것도 없이 항구 쪽을 멀거니 바라보고 있었다.

베이 브리지에는 벌써 조명이 들어와 아직 푸르스름한 기운이 남은 하늘을 배경으로 보석처럼 반짝였다. 그 반짝임은 수면에도 반사되어 도회지 바닷가 일대를 한층 화려하게 상식했다. 눈앞에 펼쳐진 바다에서는 유람선인지, 창문이 유난히 환한 대형 크루저가 하얀 물거품을 일으키며 천천히 가로질러 갔다. 그 갑판에 젊은 남녀들이 어깨를 맞대고 있었다.

공원 안에도 커플이 많았다. 어깨를 마주하고 저마다 둘만의 세계에 빠져들었다. 자신이 그 자리에 너무도 어울리지 않아 미도리는 어쩔 수 없이 이따금 손목시계를 보며 마치 누군가를 기다리는 듯한 포즈를 취했다.

연인이 있었으면, 하고 미도리는 마음속으로 중얼거렸다. 사랑하는 사람이 있다면 하루하루가 조금쯤은 달라질 것이다. 고민거리도 함께 상의하다 보면 한결 줄어들리라. 섹스에도 빠져보고 싶었다. 좋아하는 사람의 품에 안기면 지겨운 일도 모두 잊을 수 있을 것이다. 무엇보다 누군가 자신을 지켜주었으면 싶었다.

시간이 되어 미도리는 호텔로 향했다. 해안가 도로에서는 화려한 미국산 자동차가 가로수 가지가 뒤흔들릴 만큼 중저음으로 카스테레오를 울리며 의기양양하게 서행하고 있었다. 그중 한 대에서 누군가 말을 걸어왔다. 멍청해 보이는 염색머리 남자가 "아가씨, 어디 가?"라며 창문 밖으로 몸을 내밀었다. 미도리는 무시하고 걸었다. "흥, 콧대가 높으시네"라는 뾰족한 목소리가 희미하게 들려왔고, 별것도 아닌 일이건만 미도리는 마음에 상처를 입었다.

호텔 현관을 지나 로비 안쪽으로 들어가자 기다 과장대리는 벌써 도착해서 소파에서 일어나 손을 흔들었다.

"후지사키, 미안하네, 이렇게 멀리까지 불러내고."

기다 곁에는 낯선 중년 남자가 서 있었다.

"손님이 꽉 차서 말이지." 기다는 바로 곁의 카페테리아를 턱으로 가리키며 "차 마시는 건 생략하고 바로 식사하러 갈까?"라고 말했다.

"아, 이쪽은……." 기다가 혼자서 말하고 있었다. "후지사키는 잘 모르겠지만 갈매기은행의 선배, 시노하라 씨야. 내 대학 선배이기도 하고."

시노하라라는 사십 대 남자는 첫 만남에 걸맞게 온후한 미소를 지었다.

"시노하라라고 합니다. 2년 전까지 본점에서 법인 영업을 했는데 요즘은 관련 회사인 갈매기파이낸스에 있죠."

이른바 자회사 파견근무인 모양인데, 그게 어떤 쪽 코스인지 미도리는 판단이 서지 않았다.

미도리도 자기소개를 하며 고개를 숙였다.

"멀리까지 걸어가기도 번거롭고, 여기 위층 레스토랑으로 갈까? 예약은 하지 않았지만 평일이라 빈자리가 있을 거야."

기다의 말에 셋이서 엘리베이터를 탔다.

엘리베이터 안에서 기다와 시노하라가 누구누구는 잘 지내느냐는 둥의 이야기를 나누었다. 미도리는 약간 긴장해서 층수를 알리는 램프만 쳐다보았다.

도착한 곳은 역시 중화요리 레스토랑이었다. 하긴 중년 아저씨들과 프랑스요리를 먹는 것도 별로 내키지 않는 일인지라 미도리는 그냥 아무 소리 안 하기로 했다.

입구에서 기다 과장대리는 개인실이 있느냐고 물었고 점원이 공손하게 고개를 끄덕였다. 항구가 한눈에 내려다보이는 3평 남짓한 방으로 안내되었다.

"호오, 경치가 좋은데? 뭐야, 자네는 늘 이런 데서 접대를 받나?"

창가에 손을 짚으며 시노하라가 장난하듯이 말했다. 기다는 "무슨, 나도 처음이에요"라고 쓴웃음을 지으며 고개를 저었다.

"지점 영입이란 게 접대하고는 통 인연이 없어요."

"내 쪽은 더 심해. 요즘에는 술도 골프도 죄다 내 주머니를 털어야 한다니까?"

기다가 메뉴를 정하자 우선 맥주가 테이블에 나왔다.

미도리가 맥주병을 잡으려고 하자 기다가 먼저 집어 들어 처음에 시노하라, 이어서 미도리의 잔에 따라주었다.

"자, 그럼." 어중간하게 잔을 쳐들고 셋이서 건배 비슷한 것을 했다.

"이 선배한테는 내가 취직할 때도 아주 큰 신세를 졌어." 기다가 말했다. "정말 믿을 만한 분이시지."

시노하라는 미도리의 긴장을 풀어주려는지 다정한 눈빛으로 장난스럽게 어깨를 으쓱 쳐들어 보였다.

"그게 그러니까……." 기다가 시노하라 쪽으로 시선을 옮겼다. 그 뒷말을 이어받는 식으로 시노하라는 미도리를 바라보며 말했다.

"후지사키 양이 험한 일을 당했다는 이야기를 들었어."

미도리는 흠칫 고개를 들었다. 이런 이야기가 나올 줄은 생각도 못 했다.

"그 사람, 옛날부터 그 짓거리를 했어. 자네가 처음이 아냐. 본점에 있을 때도 술에 취해서 부하 행원을 끌어안고 성추행이나 다름없는 짓을 했어. 다른 지점에서 부지점장을 했을 때는 금액이 맞지 않는다면서 아예 여자 행원의 신체검사까지 했다는 소문이 돌기도 했고."

미도리는 이게 어떤 사태인지 생각을 정리해보려고 했지만 너무나 갑작스러운 일이어서 머리가 제대로 돌아가지 않았다.

"그런데도 문제가 되지 않았던 건 그자가 입사 초기부터 상무 쪽에 붙은 사람이었기 때문이야. 하긴 붙었다고 해봤자 그야말로 말단 중의 말단이지만 그래도 그런 영향력이라는 게 상당히 커요, 회사 조직이라는 데는."

기다는 조용히 있었다. 첫 수프가 나오자 기다는 웨이터가 해주려는 걸 자신이 직접 맡아서 그릇에 3인분을 덜어주었다.

"한참 얼굴도 못 봤는데, 뭘 하나 했더니 여전히 음침한 짓거리를 하고 있었군, 그 바보가."

시노하라의 말투는 온화했지만 지점장에 대해서는 노골적으로 유감이 있다는 느낌이었다.

"게다가 다마이라는 부하를 이용해서 대충 없었던 일로 넘어갈 속셈이에요."

약간 틀린 말인 듯한 감이 들었지만 미도리는 끼어들지 않았다. 미도리는 분명 그건 다마이가 자기 멋대로 한 짓일 거라고 내심 생각했다.

"후지사키, 어디 다치거나 하지는 않았나?"

"아뇨." 질문을 받고 고개를 저었다.

"하지만 이런 일은 마음에 큰 상처가 남게 마련이지."

그건 맞는 말이라서 가만히 고개를 끄덕였다.

"그런 공포감은 웬만해서는 지워지는 게 아냐. 밤에 잠은 제대로 잘 자나?"

"네, 아뇨……." 뭐라고 대답해야 하나 생각하다가 "이런저런 생각을 하는 일이 많아지기는 했어요"라고 말했다.

"그건 틀림없는 불면증이지. 그렇다면 말이지, 좀 주제넘은 이야기인지 모르지만 남성 공포증 같은 건 생기지 않았나?"

대체 무슨 말을 하려는 건지 미도리는 잘 알 수 없었다.

"저어, 전철을 타고 갈 때 치한을 만나면 어쩌나 하고 보통 때보다 더 긴장하는 거 같아요."

그건 사실이었다. 되도록 중년 남자들은 피해서 자리를 잡게 되었다.

"당연히 그렇겠지."

시노하라는 충분히 이해한다는 듯 고개를 주억거렸다. 그사이에 테이블에는 칠리 새우와 춘권 같은 요리가 줄줄이 나왔다. 시노하라는 그 요리를 먹어가며 기다를 상대로 "그런 거야, 이런 사건은. 심적인 외상, 즉 트라우마를 남기는 거지"라며 몹시 잘 아는 듯한 말을 했다.

"저기, 후지사키." 시노하라가 새삼 정색을 하고 미도리를 바라보며 목소리를 낮추었다. "병원 신경정신과에 가서 진찰을 한번 받아보면 어떨까?"

"네?"

"딱히 무서워할 곳은 아니야. 신경정신과라고 하면 심각한 마음의 병을 떠올리는 사람이 있지만, 요즘에는 작은 고민거리를 마음 편히 상담하러 가는 사람도 많아."

"네……."

"자네만 괜찮다면 내가 알아봐 주지. 친구 중에 수더분한 의사 선생이 있어. 혹시 여자 의사가 좋다면 그런 사람을 소개받아도 되고."

"저어……."

"싫은가?"

"그렇지는 않은데요, 병원에 갈 정도는 아니어서……."

"후지사키." 그때 기다가 곁에서 말했다. "분명히 말해두겠는데⋯⋯."

기다는 미도리의 눈을 바라보며 신중하게 말을 고르는 기색이었다.

"진단서가 필요해, 이 문제를 해결하기 위해서는. 무슨 말인가 하면 지점장이 자신의 죄를 인정하게 하려면 뭔가 일정한 형식이 필요하다는 거야. 여기 시노하라 선배는 요즘 자회사에 파견근무 중이지만 본점에 아직도 아는 사람이 많아. 예전 부하직원들도 시노하라 선배를 존경하는 이들이 많고. 그 진단서 복사본민 빌아오년 이 문제를 어떻게든 해결할 수 있다는 얘기야."

미도리는 혼란스러웠다. 이래저래 놀랐지만 가장 놀란 건 기다가 그런 생각을 가졌다는 것이었다. 지금까지 누구하고나 잘 어울리는 팔방미인 타입인 줄만 알았다.

"단순히 인사부에 제보하는 걸로는 너무 약해. 그저 과장된 소문쯤으로 생각할 가능성이 있거든. 다마이와 똑같은 소리를 하자는 건 아니지만, 자칫하면 그저 술에 취해 잠시 부하 여직원을 안아준 정도로 뭘 그러느냐고 할 사람들이 많아. 본점으로서도 기본적으로 이런 일이 크게 번지는 건 원하지 않는 법이야. 샐러리맨이란 게 원래 그런 거잖아."

어떻게 대답해야 좋을지 몰라 미도리는 그저 입을 다물고 있었다.

"예를 들어 말하는 건데, 진단서가 있으면 경찰에 피해 신고도 할 수 있어."

미도리는 순간 몸이 빳빳하게 긴장되었다.

"예를 들면 그렇다는 이야기야. 후지사키가 싫다면 다른 방법도 있어."

미도리가 긴장하는 것을 느꼈는지 기다가 다정하게 말했다.

"자네, 역시 회사를 그만둘 생각이지?"

가슴이 덜컹했지만 얼굴은 들 수 없었다. 더 이상 식욕은 나지 않겠구나, 하고 시선 한쪽으로 요리를 바라보며 생각했다.

"날마다 지켜보는데 다 알지. 통 기운도 없고 웃는 것도 못봤어. 하지만 자네가 회사를 그만둘 건 없어. 직장에서 이런 부정이 버젓이 통용되는 건 정말 옳지 않아."

'부정'이라는 말이 마음에 들었던지 시노하라가 그야말로 동감이라는 듯 우렁찬 목소리로 뒤를 이었다.

"그렇고말고. 이건 명백한 부정이야. 그 사람, 한번 따끔한 맛을 봐야 해."

자신이 올 곳이 아니었다고 미도리는 후회했다. 사과를 받고 싶기는 했나. 하지만 이런 식으로 일이 커지는 건 결코 미도리가 원하는 게 아니었다.

"나를 믿고 한번 맡겨보겠나?" 시노하라가 말했다. "자네에게 해가 될 일은 절대로 하지 않겠어. 아니, 나는 어떻게든 힘이 되어주고 싶어."

"하지만 진단서는 좀……." 간신히 입을 열었다.

"싫은가?"

"……."

"왜 싫은 거지?"

미도리는 용기를 내어 물어보기로 했다.

"저, 시노하라 씨는 왜 저를 도와주려고 하시는지요?"

"그건 내가 이번 일을 선배에게 상의했기 때문이야." 기다가 틈을 두지 않고 나서서 대답했다. "유감스럽게도 지금 내 처지에서 지점장과 내립하기란 어려워. 그래서……."

"아니, 됐어." 시노하라가 기다를 손으로 제지했다. "자회사로 밀려난 중년 아저씨가 이런 일에 끼어드는 게 이상하다고 생각하는 거지?"

"아뇨, 그런 건 아니고요……."

"아니, 괜찮아. 단지 무슨 속셈이 있어서 그런 건 아냐."

시노하라는 자조적인 분위기로 피식 웃더니 이마를 쓱쓱 긁었다.

"샐러리맨으로 살다 보면 말이지, 이놈만은 절대로 용서 못하겠다는 인간이 한둘은 있게 마련이야. 나한테는 바로 그자가 그런 존재였어. 물론 이런 이야기에는 별로 관심이 없겠지만, 그자와는 동기였고 이래저래 경쟁할 수밖에 없는 처지야. 둘이 각각 줄을 댄 상사도 달랐어. 내가 잡은 상사는 대단히 유능한 사람이어서 이 사람한테 붙으면 언젠가는 끌어줄 거라고 생각했지. 하지만 그이가 지나치게 유능했어. 지나치게 유능하니까 다들 어려워하고 멀리했던 거야. 결국 그 상사도 그렇고 그 밑에 붙은 부하들까지 한 두름에 떨어졌지. 그나마 말단이었다면 면제를 받았을지도 모르지만 어중간하게 높은 쪽을 잡고 있었기 때문에 나도 똑같이 한심한 처지가 됐어. 물론 그것도 인생이야. 인생에는 운이라는 게 있어. 그런 걸로 앙심을 품거나 하진 않아. 하지만 떨어지고 난 뒤에야 그런 짓을 꾸민 자가 그자의 상사이고 실제로 움직인 건 그자라는 걸 알았어. 이사한테 빌붙어서 말이지……."

그런 이야기는 정말 듣기 싫었다. 시노하라는 생각만 해도 분통이 터지는지 정수리 언저리가 점점 불그레해졌다.

시노하라는 불량 채권을 자신에게 밀어붙였다느니 부정 대출이 어떻다느니, 미도리는 알아듣지도 못하는 이야기를 줄줄이 늘어놓았다. 이런 걸 파벌 싸움이라고 하는구나, 하는 생각이 들었다.

막판에는 지점장이 보냈다는 연하장 이야기까지 나왔다. 앞으로 더욱 활약을 기대한다고 적혀 있었다고 한다.

'이런 게 앙심을 품는 것과 뭐가 다르단 말인가.' 미도리는 저도 모르게 그런 생각을 하고 말았다.

하지만 아직 어린 아가씨를 상대로 그런 이야기를 늘어놓는 자신이 부끄러웠던지 나중에는 "남자들이란 참 우습다고 생각하겠지만, 허허"라고 우스꽝스럽게 입술을 틀며 웃었다.

미도리는 생각했다. 물론 지점장을 응징하는 건 통쾌한 일이었다. 지점장이 어딘가로 쫓겨난다면 얼마나 속이 시원할까. 하지만 현실감 없는 이야기였다. 영화처럼 그렇게 멋지게 풀릴 리가 없다. 분명 또 다른 괴로운 일이 생길 게 뻔했다. 인사부에 불려가 취조를 받거나 괜히 엉뚱한 소문이 퍼진다거나.

미도리는 냅킨으로 입을 닦고 물로 목을 축였다. 그리고 앉음새를 바로잡고 조심스럽게 말을 꺼냈다.

"죄송합니다만 저는, 그런 건 그냥 됐어요."

"왜?" 두 남자가 합창을 했다.

"이제는 그냥 잊어버릴 생각이에요."

"안 되지, 그래서는. 억울하지도 않아?"

"자네는 아무것도 안 해도 괜찮아."

아무것도 안 해도 될 리가 없었다. 지금의 미도리에게는 의사를 찾아가 진단서를 받아올 만한 에너지도 없었다.

"아뇨, 괜찮습니다."

"괜찮지 않다니까."

"그럼, 용기를 내야지."

두 남자가 열성적으로, 하지만 일단은 공손하게 설득에 들어갔다. 그래도 미도리는 고개를 끄덕이지 않았다. 설득이 한참이나 이어졌지만 미도리는 말없이 고개를 숙이고 있었다.

더 말해봤자 미도리의 태도만 완강해질 뿐이라고 판단했는지 시노하라가 "그래도 하루만 더 생각해보겠나?"라고 물었다.

"응, 그래. 마음이 바뀔지도 모르는 거고." 기다도 고개를 끄덕였다.

"네." 미도리가 힘없이 대답했다.

거기에서 화제가 바뀌어 시노하라의 옛 추억 이야기로 넘어갔다. 무거운 분위기를 부드럽게 풀어보려는 것인지 기다의 신입사원 시절의 실수담을 재미있게 이야기했고 기다는 "아휴, 선배, 그 얘기는 좀 빼주시지"라며 얼굴을 붉혔다. 미도리에게 마음을 써주고 있다는 게 그대로 느껴졌다.

나쁜 사람들은 아니구나, 라고 생각했다. 기다 과장대리가 이만큼 신뢰할 정도라면 시노하라는 분명 부하를 진심으로 배려해주는 든든한 상사였을 것이다.

요리를 거의 남긴 채 레스토랑을 뒤로했다.

기다와 시노하라는 아주 오랜만에 만났으니 좀 더 회포를 풀어야 한다며 나시 택시를 잡아타고 이세자키초로 나갔다.

두 사람을 배웅하고 미도리는 혼자서 역으로 향했다.

무슨 볼일인가 했더니 그런 얘기였구나. 깊은 한숨을 내쉬었다.

별 뜬 밤하늘을 올려다보며 언젠가 이 일을 웃으며 이야기할 날이 올까, 하고 생각했다. 아마 그런 일은 없을 것이다. 남자가 불량배한테 두들겨 맞았다는 정도의 이야기가 아니지 않은가. 여자가 남자에게 당한 것이다. 그때는 정말 지독하게 당했었네, 라며 웃을 리 없다. 역시 두고두고 마음의 상처가 될 것 같았다.

그런 생각에 잠겨 중화가의 동쪽 문에 접어들 때쯤, 한 가게에서 나오는 남녀 커플을 목도했다.

유코와 다카나시였다.

두 사람은 즐거운 듯 서로를 바라보며 웃고 있었다.

미도리는 반사적으로 몸을 돌려 두세 걸음 돌아가 문기둥 뒤에 숨었다. 자신이 왜 그러는지 생각할 여유도 없이 그저 본능적으로 그들과 만나는 것을 피해버렸다.

'나를 봤을까?' 순간 유코가 이쪽을 돌아본 듯한 느낌이 들었다.

나를 봤다면 이건 명백히 부자연스러운 행동이었다.

아니, 그럴 리 없다. 유코는 다카나시와 마주 보고 있었다. 그 옆얼굴을 미도리 쪽에서 언뜻 쳐다본 것뿐이다.

왠지 불끈 화가 났다. 내가 이렇게 허둥거릴 이유가 어디 있어?

뒤를 이어 그날 아침에 탈의실에서 본 유코의 옷차림이 생각났다. 유코는 팔과 가슴께가 훤히 비치는 원피스를 입고 있었다. 너무 예쁘다고 칭찬하고 그 이상 캐묻지 않았었는데 바로 이 데이트 때문이었구나, 하고 깨달았다.

머뭇머뭇 기둥 뒤에서 고개를 내밀고 바라보니 두 사람의 뒷모습이 30미터쯤 저 앞에 가 있었다.

그때서야 비로소 둘이 팔짱을 끼고 있다는 것을 깨닫고 가벼운 충격을 받았다.

묘한 감정이었다. 누군가 질투라고 말한다 해도 어쩔 수 없을 만큼 음침한 마음이었다.

특별히 다카나시를 좋아했던 건 아니었다. 만일 다른 낯선 여자와 팔짱을 끼고 걸어갔다면 자신이 이렇게 허둥거리지는 않았을 것이다. 상대가 유코라는 게 충격의 원인이었다.

두 사람은 레스토랑이 밀집한 쪽으로 가는 것도 아니고 그렇다고 역 쪽으로 가는 기색도 없이 옆의 골목길을 빠른 걸음으로 걸어갔다. 문득 깨닫고 보니 미도리는 그 뒤를 밟고 있었다.

저 앞쪽에 새로 생긴 호텔의 네온사인이 보였고 미도리는 가슴이 옥죄어왔나.

들어가는 걸까. 들어간다면 두 사람은 이미 관계를 가졌다는 이야기다. 처음이라기엔 유코도 다카나시도 너무나 여유 있는 분위기인 것이다.

언뜻 유코의 옆얼굴이 보여서 미도리는 화들짝 놀라 좀 더 거리를 두었다. 여자들끼리 있을 때는 한 번도 지은 적이 없는, 한껏 내숭을 떠는 미소를 짓고 있었다.

두 사람은 호텔의 대리석 현관 앞에 이르자 그야말로 간단히 안으로 쑥 들어갔다. 예상한 일이지만 막상 눈앞에서 그 모습을 보자 뭔가 흠씬 두들겨 맞은 듯한 기분이었다.

심장이 두근거렸다. 미도리는 호텔 앞에 서서 유리 너머로 안쪽 카운터에서 접수를 하고 있는 다카나시를 바라보았다. 유코는 조금 뒤에 서 있었다. 안은 조명이 환하니까 어두운 이쪽 길은 보이지 않을 거라고 미도리는 생각했다.

접수를 마치자 보이의 안내는 거절했는지 둘만 엘리베이터 홀로 향했고 거기서 기둥 그늘 너머로 사라졌다.

유코는 어떤 식으로 남자의 품에 안기는 걸까. 불현듯 머릿속에 그림이 떠오르려고 했지만 그런 상상은 하고 싶지도 않아 미도리는 고개를 저었다.

역으로 향하는 발걸음은 무거웠다. 이건 질투가 아니라고 가슴속에서 몇 번이나 중얼거렸지만, 그렇다면 이건 대체 무슨 감정인지 스스로도 알 수가 없었다.

어서 빨리 집에 돌아가 이불을 둘러쓰고 자고 싶었다.

21

그날, 가와타니 신지로는 아침 일찍 본가인 문구점에 찾아가 어머니에게 돈 이야기를 했다. 2백만 엔을 좀 빌려줬으면 한다고 말하자 어머니는 깜짝 놀라며 신지로의 공장을 걱정했다. 그러나 사정을 설명했더니 신용금고에 맡겨둔 2백만 엔을 해약해서 빌려주마고 선선히 응해주셨다.

내친김에 형에게 연대보증인이 되어주면 고맙겠다고 부탁했다. 형은 근처 서점 2층에 문구매장이 생겼노라고 벌레를 씹은 듯한 얼굴을 하고 있었지만, 신지로의 부탁은 말을 꺼내자마자 허락해주었다. 공손히 고개를 숙이자 "형제간에 그런 일을 거절하면 되겠냐?"라고 약간 화가 난 듯이 말했다.

신지로는 무거운 짐 하나를 벗은 것 같아 안도의 한숨을 내쉬었다. 피붙이가 자신의 부탁을 거절할 리 없다고 생각은 했었지만 혹시 어머니나 형이 애매하게 대답을 미루거나 했다면 정말 기운이 빠졌을 것이다.

총총히 공장으로 돌아와 작업에 뛰어들었다. 저녁까지 1,500개의 부품에 나사 구멍을 뚫어 기타자와 제작소에 납품해야 했다. 나간 김에 외주 담당인 간다에게서 터릿 펀치 프레스 판매 회사를 소개받기로 되어 있었다. 그런 자리에 늦을 수는 없었다.

다행히 마쓰무라는 이틀을 무단결근한 끝에 그날은 공장에 나와주었다.

아심에 최대한 평소처럼 맞이하자고 마음먹었지만, 그렇다고 아무 말 안 하는 것도 이상할 것 같아 "에구, 이 친구야, 자네만 믿고 있는데"라고 가볍게 한마디를 던졌다. 마쓰무라는 고개를 숙인 채 인사를 했고 그것으로 이 일은 끝이 났다. 이 젊은 애가 앞으로 이 험한 세상을 어떻게 살아갈꼬, 하는 생각이 들기는 했지만 신지로가 걱정해봤자 별수도 없는 일이었다.

신지로는 터핑 공작기 앞에 앉아 부품을 작업대 위에 세트하고 오른발로 페달을 밟았다. 위에서 드릴이 내려와 금속 파편을 튕기며 나사 구멍을 깨끗하게 뚫어나갔다. 마쓰무라는 도면을 따라 묵묵히 모양을 깎아내는 작업을 했다. 코비는 슬슬 리듬을 타며 용접기를 돌렸다. 마쓰무라가 이틀을 결근한 탓에 일감이 크게 밀려 있었다.

한 시간쯤 뒤에 하루에가 돌아왔다. 신용금고의 정기예금을 해약해오라고 부탁했던 것이다.

하루에는 난처한 얼굴로 신지로의 등을 툭툭 쳤다.

"신용금고의 가타오카 씨가 요 앞에 와 있어."

"왜, 무슨 일 있어?"

"아무튼 여보, 나가봐."

재촉하는 바람에 밖에 나가보니 항상 집금하러 드나들던 가타오카가 이마에 땀을 번들거리며 서 있었다. "자전거 타고 함께 오셨어"라고 하루에가 말했다.

"가와타니 씨." 가타오카가 애원하는 목소리를 올렸다. "이러시면 제가 지점장님한테 혼납니다."

"아니, 그렇긴 한데……." 신지로는 말이 막혔다.

어두운 공장에서 갑자기 바깥에 나온 탓에 해가 한층 눈부셨다. 일기예보에서 종일 여름 같은 햇살이 쨍쨍할 거라고 하더니, 그 말대로 온몸에 햇빛이 엄청나게 쏟아졌다.

"사모님께 대충 이야기는 들었는데요, 어떻게 좀 안 될까요? 지금부터 보너스 기간까지는 저희도 예금 획득 책임량이 정말 빡빡하거든요. 지금 해약하시면 저는 도리어 마이너스 사정(査定)이라 된통 혼쭐이 난다고요."

"흐흠……."

"대출이라면 저희도 고려해볼게요. 물론 시중은행과 똑같은 조건은 안 되겠지만 저희도 최대한 애는 써볼게요."

"근데 그게……."

"그러면 3백만 엔을 저희한테 대출하는 형식으로 해주세요. 곧바로 품의서 올려서 이틀이면 내드리겠습니다."

"근데 그게, 3백만을 맡겨놓고 3백만을 대출하다니, 그래서야 이자만 손해 보라는 얘기잖아."

"하지만 여기서 해약을 하시면 앞으로 저희하고는 좀……."

그건 일리 있는 말이었다. 결국 비즈니스라고 해도 평소에 서로 오가는 정이 중요한 것이다.

"기계 들어오고 수익이 나면 다시 그쪽 은행으로 갈게. 내가 대충 계산해봤는데 대출금 갚으면서도 한 달에 수십만 엔은 순이익이 나오겠더라고."

"그러시면 3백만 엔쯤 저희한테 빌리셔도 되잖아요?"

"그야 그렇지만……."

"부탁합니다, 가와타니 씨."

아직도 얼굴에 어린 티가 남은 젊은 사람이 바닥에 아예 무릎을 꿇을 기세로 머리를 숙이고 들어왔다. 이 젊은이도 날마다 실적 때문에 시달리겠구나, 하고 신지로는 생각했다. 이런 때 후의를 베풀어두는 것도 괜찮겠다는 생각도 들었다. 힘들고 어려울 때 가족처럼 애를 써주는 건 역시 시중은행보다 신용금고 쪽이었다.

"따님의 대학 입학금 대출 때도 저희가 상담을 해드릴 거고요……."

신지로가 하루에를 보았다.

"당신, 또 집안일을 미주알고주알."

"아니, 나는 그냥……"이라는 하루에.

"앗, 죄송해요. 제가 그만 쓸데없는 소리를."

"아니, 괜찮아. 우리 딸이 내년에 고등학교를 졸업하는데 전문대에 가겠다고 저리 야단이라서 말이지."

"예, 그러시면 꼭 그 일은 저희하고……."

입을 다물고 있자 가타오카는 다시 한 번 우렁찬 목소리로 "부탁합니다!"라고 하며 머리를 숙였다.

"아무튼 지금은 좀 바빠서. 그 일은 하루만 더 생각하게 해줘."

신지로가 말했다. 말은 그렇게 하면서도 이렇게까지 매달리며 부탁하는데 해약은 차마 못 하겠다는 체념이 머리를 스쳤다.

"감사합니다! 필요한 서류는 다 챙겨서 가져올게요."

가타오카는 신지로의 성격을 잘 아는지라 다시금 깊숙이 머리를 숙였다.

신용금고의 연이율이 7.5퍼센트라고 치면…… 이라고 머릿속으로 주판을 퉁겨보았지만 마음이 급한 탓인지 얼른 답이 나오지 않았다. 신지로는 손목시계를 보았다. 그보다 어서 일부터 해야 한다.

문득 바라보니 가타오카 뒤에 중년 남자가 서 있었다.

늘 보던 시청 직원이었다.

"에구, 또?"

입안에서 중얼거린다는 게 그만 입 밖으로 나왔다.

신용금고의 가타오카가 "그럼 저는 이만 실례합니다. 좋은 대답을 주시는 걸로 알겠습니다!"라는 힘찬 인사를 남기고 자전거를 타고 사라졌다.

"그러고 보니 오늘 낮에 대답해준다는 약속이었죠?"

"예, 가와타니 씨도 무척 바쁘신 줄은 압니다만."

"예, 바빠요. 죽을 둥 살 둥 바쁘다니까."

가시 돋친 말투였지만 지금 상냥하게 대꾸할 심정이 아니었다.

"우리도 되도록 빨리 해결되었으면 좋겠어요."

신지로는 한숨을 내쉬었다. 재판이든 뭐든 마음대로 해보라던 야마구치 사장의 얼굴이 떠올랐다.

"안됐지만 오타 씨의 요구는 받아들일 수 없어요. 잔업을 제한했다가는 우리처럼 작은 공장은 당장 문을 닫아야 되거든요."

"그럼 어떤 정도의 조건이라면……?"

"아니, 그러니까요." 될 대로 되라는 듯 거친 목소리가 튀어나왔다. "우리 일이라는 게 그렇게 일일이 자로 재듯 할 수 없는 거라고 몇 번이나 말했잖아요. 급한 일거리가 들어오면 철야 작업이라도 해야 하는 게 우리 일이라고."

"그러면 전면적으로 거부하신다는 건가요?"

직원이 신지로의 얼굴을 들여다보았다.

"예." 신지로는 억지대답을 하고 잠시 틈을 둔 다음에 "음, 거부할 수밖에 없어"라고 중얼거렸다.

"안 되는 건 안 돼. 저녁 7시 이후의 잔업이 한 달에 7시간이라니, 만약 당신들이 그런 말을 들었으면 어떻겠소? 아, 그러세요, 하고 일을 멈추겠냐고." 말을 하면서 엄청나게 화가 끓었다.

"잔업을 안 하는 회사라는 게 대체 어딨어? 그 오타라는 사람도 날마다 늦게까지 회사에 있다면서요? 그러면서 어떻게 남한테 그런 말을 할 수가 있냐고."

"예, 하지만 사무실은 소음을 내지 않죠."

"이보쇼, 웃기지 마쇼!"

결국 목소리가 거칠어지고 말았다.

"여보." 그때까지 곁에서 조용히 듣고 있던 하루에가 신지로의 팔을 붙잡았다.

"왜!"

"여보, 좀 조용히 해. 이웃에 다 들리겠어."

"내가 알 게 뭐야?"

"자, 진정, 진정하시고요"라는 직원.

"영세 공장을 못살게 구는 게 그렇게 재밌답니까?"

"아뇨, 절대로 그런 건 아니고……."

"이 동네에 자기들이 나중에 들어왔으면서, 정말 웃기지 말라고."

"자자, 좀 진정하시고요."

"그만 돌아가 주쇼. 지금 화장실 갈 새도 없을 만큼 바빠 죽겠다고!"

신지로는 발길을 돌려 냉큼 공장 안으로 돌아갔다.

대체 뭐야, 이놈이고 저놈이고 자기들 좋은 쪽으로만 입에 침을 튀기고. 우리가 고분고분 대해주면 냅다 기어오르고 말이지. 나도 항상 그렇게 좋은 얼굴만 할 수는 없다고.

남에게 화를 내고 소리쳐본 일이라고는 없었던 터라 잔뜩 흥분한 스스로에게 묘한 이질감이 느껴졌다. 작은 울화가 쌓이고 쌓여 돌연 엉뚱한 곳에서 터져버린 것 같기도 했다.

"정말 죄송해요."

하루에가 등 뒤에서 시청 직원에게 사과하고 있었다.

죄송하긴 뭐가 죄송해? 신지로는 속으로 욕을 퍼부으며 점점 더 화가 났다.

사무실을 지나려는데 전화가 울렸다.

어머니의 태평한 목소리가 수화기 너머에서 들려왔다.

"으응, 신지로냐? 지금 신용금고 사람이 와 있는데 네 이야기를 했더니 내가 연대보증을 서면 2백만 엔을 대출해준단다.

어쩔래?"

"어쩌기는요?"

"제발 해약만은 하지 말아달라고 자꾸 부탁을 하는데 어쩌지? 아무래도 오래오래 서로 알고 지내던 사이라서 갑자기 해약하기는 좀 그렇구나."

신지로는 되도록 감정을 억누르며 어머니에게 꼭 해약을 해달라고 부탁했다.

어머니는 "아휴, 그래도, 좀 딱한데"라고 해가면서도 마지막에는 신지로의 설득에 넘어가 주었다.

"죄다 왜들 이래, 진짜."

신지로는 몇 번이나 그 말만 되풀이하고 있었다.

22

불온한 침묵이 스무 살의 젊은이를 에워쌌다.

들려오는 건 뺨을 내려치는 소리와 자신의 숨소리뿐이고, 이따금 거기에 낮은 신음 소리가 섞여서 고막 안쪽이 파르르 떨렸다.

찐득한 땀이 목덜미를 질척하게 흘러내렸다. 어쩌면 그건 피인지도 모른다.

노무라 가즈야는 양손이 묶여 있었다. 그 끈의 끝이 이층 침대 난간에 묶여 있어서 어중간하게 허공에 매달린 꼴이었다.

똑바로 서지 않으면 온 체중이 손목에 걸리고 허리만 숙여도 팔 관절이 거세게 삐걱거렸다.

하긴 가즈야에게는 이미 몸을 세울 만한 힘도 없어서 해체된 고깃덩어리처럼 그저 침대에 매달려 있었다.

눈은 감고 있었다. 한쪽 눈꺼풀은 오래전에 눈알을 덮어버렸고, 다른 한쪽 역시 뜨고 있어 봤자 시야가 부옇게 흐릴 뿐이었다.

다카오가 선배라고 부르던 야쿠자 야마자키는 이미 고함도 협박도 없이 오로지 가즈야를 두들겨 패는 데만 몰두하고 있었다.

땀과 피로 범벅이 된 가즈야에게 직접 손을 대기가 싫었던지 중간부터는 가죽 장갑을 꼈다.

야마자키가 연달아 날리는 주먹질에서는 명백하게 살의가 느껴졌다.

아예 죽여야 직성이 풀리겠다는, 분노를 뛰어넘은 차가운 의지가 섬뜩하게 전해져서 가즈야의 마음은 완전히 박살이 나 있었다.

도움을 청할 마음도 들지 않았다. 어디가 아픈지도 알 수 없었다. 온몸이 타는 듯 뜨겁고 정수리가 지끈지끈 쑤셨다.

30분쯤 전에 아래층 사무실에서 같은 빌딩의 옥상 창고로 끌려왔다. 야마자키와 젊은 펀치파마 사이에 끼어 계단을 올랐다. 사형대에 오르는 기분이 바로 이런 것이겠구나 싶었다.

"내가 말이지, 더 이상 좋은 생각이 떠오르질 않아"라고 야마자키는 중얼거렸다.

그 말의 뒷면에는 다시 한 번 너 혼자라도 돈을 마련해오라고 해봤자 네놈도 도망갈 게 뻔하다, 라는 확신이 있는 듯했다.

가즈야도 이제는 돈을 마련해서 잔을 받겠다는 생각 따위, 어디에도 없었다.

다카오가 토껴버렸다. 얼른 믿어지지 않는 이야기였다. 그 말을 듣는 순간에는 어떤 감정도 들지 않았다. 그저 밀려드는 현기증을 필사적으로 견디며 서 있었다.

조립식 창고에는 이층 침대 두 개가 나란히 있었다. 아마 입주해서 일하는 조무래기 야쿠자들의 숙소인 모양이었다.

손을 뒤로 젖혀 끈으로 묶고 바닥에 꿇어앉힌 후에 야마자키가 나지막하게 말했다.

"야, 노무라. 너 어떻게 할래?"

가즈야는 말없이 눈을 내리깔고 있었다. 생각 따위 떠오를 리가 없었다.

"네가 돈을 만들지 못하면 말이지, 이번에는 내가 죽을 똥을 싸야 해. 이런 실수를 위에서 조용히 넘어가 주실 만큼 이 세계가 물렁하질 않아. 야, 말 좀 해봐라. 너, 앞으로 어떻게 책임을 질래?"

그래도 가즈야는 아래만 보고 있었다.

"다카오 새끼는 절대로 용서 못 해. 어떤 수단 방법을 써서라도 꼭 찾아내서 죽일 거야. 우선 그놈 집에 쳐들어가서 부모고 형제고 싹 발라버려야지. 우리 식대로 해주는 거야. 부모 자식의 인연을 끊었다더라만, 우린 그런 거 상관 안 해. 한다면 하는 거야.”

야마자키는 거기서 약간 말투가 거칠어졌다.

“야쿠자는 한 번 만만하게 보이면 그걸로 끝장이야. 너희 같은 조무래기들이 나를 만만하게 보고 까부는데, 아 그러세요, 하고 쭈그러들면 나는 더 이상 이 세계에서는 살아갈 수가 없단 말씀이야. 자, 얼른 말해봐. 너, 어떻게 결판을 낼래?”

“저어…….” 가즈야는 가느다란 소리로 대답했다.

“다시 한 번 사무실을 털어올 테니까요…….”

“거짓말!” 야마자키가 덮치듯이 소리쳤다.

“너, 거짓말할래?” 두 번째는 느닷없는 노성이었다.

“여기서 너를 놔주면 당장 토낄걸? 뻔하다, 뻔해.”

기다렸다는 듯 귓불에서 바람이 일었다. 야마자키의 오른쪽 다리가 날아와 가죽 구두 바닥이 볼살을 찢고 입안에서는 뭔가가 터졌다. 견디지 못해 바닥에 쓰러졌다.

“네놈이 되는 대로 지껄이는 소리, 누가 믿겠냐?”

다시 한 번 바람이 일더니 이번에는 구두 끝이 옆구리를 파고들었다. 숨이 컥 막혀서 입을 벌렸더니 피가 산산이 튀고 그 겨를에 부러진 어금니가 허공을 날았다.

“너, 이 동네에 무슨 볼일이라도 있어? 없지? 그러니 당장 토낄 게 뻔하지.”

‘아뇨, 도망 안 쳐요.’

대답하려고 했을 때, 구두 끝이 입술을 스쳤다. 당장 피가 터져 가즈야의 입을 틀어막았다. 어설프게 말을 했다가는 발끝에 차이는 서슬에 혀를 깨물 것 같았다. 가즈야는 턱을 당겨 앞니를 악물고 말없이 고개만 저어댔다.

"죽여주마. 최소한 너라도 죽여서 조직에 사죄장을 올리는 거야."

야마자키의 폭력은 용서가 없었다. 이리저리 내빼는 바퀴벌레를 잡듯이 가즈야의 온몸을 짓밟고 피하려고 하면 틈을 놓치지 않고 발차기를 날렸다.

이어서 곁에서 지켜보던 펀치파마에게 지시해서 일단 가즈야의 손을 묶었던 끈을 풀었다가 이층 침대에 매달리게 다시 묶었다.

주먹이 날아와 가즈야는 얼굴을 돌렸다. 영락없는 샌드백이었다. 오른쪽 왼쪽으로 몸이 뒤흔들렸다.

"야아!"

야마자키는 더 이상 할 말도 생각나지 않는지 그저 열심히 거친 고함만 내질렀다.

가즈야는 매달린 채로도 몸을 한껏 움츠려 뱃속에서 치미는 공포를 견뎠다. 조금이라도 긴장이 풀리면 비명을 내지르고 말 것 같았다.

어째서 늘 일이 이렇게 꼬이는가.

조금이라도 좋은 일이 생기면 그보다 몇 배는 나쁜 일이 덮쳐들었다. 마치 인간의 운명을 갖고 놀듯이 어딘가에서 악마가 킬킬거리고 있었다.

이제는 정말 지겹다. 죽어도 상관없다.

애초에 이 세상에 태어날 때부터 내게 주어진 카드가 너무 형편없었던 거다. 그걸로 뭘 어떻게 만들어내라는 건가. 깡그리 바꿔버리지 않고서야 대체 뭘 어떻게 해보라는 건가. 내 인생은 끝까지 패배만 이어질 것이다. 단 한 번의 인생에 모조리 패배할 패만 쥐여주고서, 하느님은 이걸 어떻게 설명할 작정인가.

이제 됐다. 포기했다. 죽고 싶지는 않지만 여기서 목숨을 건져봤자 앞으로 무슨 좋은 일이 있을 건가. 있을 리가 없다.

생에 대한 갈망이 슬슬 사라지고 있었다. 살아갈 기력이 완전히 시드는 게 스스로도 느껴졌다.

야마자키는 때리기에도 지쳤는지 의자를 가져와 가즈야의 정면에 자리를 잡고 앉았다. 어깻숨을 몰아쉬고 있었다. 그리고 내내 따귀를 쳤다. 더 이상 말은 없었다.

침묵 속에서 간간이 가즈야의 뺨에 손바닥을 날렸다.

야마자키는 도서히 좋은 수기 생각나지 않는 듯한 기색이었다. 뭔가 시켜보려 해도 가장 중요한 협박의 수가 떠오르지 않는 것이다. 야마자키 역시 어쩔 줄 모르고 있는지도 몰랐다.

하지만 그렇다고 분노가 줄어드는 건 아니었다.

오히려 시간이 갈수록 분이 나서 폭력은 더욱 집요해졌다. 이따금 흥, 하고 내뿜는 콧소리가 이 사내의 잔혹함을 말해주었다.

손바닥은 때로는 주먹으로 바뀌었다. 작은 동물을 못살게 굴듯이 린치는 한없이 계속되었다.

"야, 노무라!" 야마자키가 오랜만에 입을 열었다. "무슨 좋은 아이디어가 있으면 나한테 좀 알려주라. 너를 토끼지 못하게 할 방법하고 6백만 엔의 현금을 만들어낼 방법 말이야."

다시금 손바닥이 뺨에 철썩 날아왔다.

"참치 배라도 탈래? 원양어업이라 1년 내내 바다 위에서 살아. 그거라면 너도 도망은 못 치겠지? 허 참, 근데 젊은 놈 하나 업자한테 팔아봤자 2백만 엔도 안 되고……. 야, 입 다물고 있으면 내가 어떻게 하냐고!"

깜빡 숨을 내쉬었더니 입안에 고여 있던 피가 주르륵 흘렀다.

"역시 형님에게 부탁해서 병원 소개해달라고 할까? 신장, 전에도 말했지? 신장은 꽤 값이 쏠쏠하거든. 6백만 엔은 좀 안 되겠지만 그거밖에 없겠다. 야, 너 수술대 한 번 올라갔다 와라."

목구멍이 얼얼했다. 물을 마시고 싶었다.

이제는 신음 소리조차 나오지 않았다.

"나도 그 돈, 급하게 만들어내야 한다고. 네놈들이 쌔볐던 톨루엔, 이란 사람들 불러다가 처분하는 중이다만, 당장 돈이 손에 들어오질 않아. 그렇다고 다른 구역에 가서 장사를 할 수도 없고 말이지. 기껏 하룻밤에 10만, 20만 매상이야. 나도 진짜 죽을 지경이다. 야, 듣고 있냐? 네놈 때문에 나도 윗분들한테 맞아죽게 생겼단 말이야, 알겠어? 야쿠자라는 건 미안하다는 말로는 절대로 안 봐주는 세계야. 네놈들, 조직의 잔을 받겠다는 소리를 쉽게도 지껄이더라만."

그때 방울벌레가 우는 듯한 휴대전화 소리가 울렸다.

가즈야의 바지 뒷주머니에서 나는 소리였다.

"누구야?" 야마자키가 말했다. "누구한테서 온 거야?"

야마자키가 갑작스레 활기를 되찾는 게 느껴졌다.

"다카오냐? 그렇지? 그 새끼한테서 연락 온 거지?"

야마자키는 의자에서 일어나 가즈야의 엉덩이 쪽으로 손을 돌려 휴대전화를 뽑아냈다. 그리고 창가로 걸어가 스위치를 눌렀다.

"여보세요." 야쿠자라고 생각되지 않는 보통 목소리였다. 태도가 일변했다.

"아니, 그게 아니고⋯⋯. 지금 잠깐 밖에 있거든⋯⋯. 켄? 켄이라니, 노무라 말인가?"

메구미가 걸어온 전화였다. 알기는 했지만 목구멍이 돌처럼 굳어서 소리가 나오지 않았다.

"아가씨, 노무라에게 무슨 볼일 있어? 그렇다면 내가 전해주지. 응……, 응. 아파트에 짐 옮겼다고 하면 안다고? 호오, 근데 그 짐이라는 게 뭐지? ……응? 갈아입을 옷들? 아하, 아가씨가 노무라의 여자 친구인 모양이네. 응, 응……. 나? 나는 말하자면 노무라의 친구 같은 사람이야."

무슨 소리를 하는 건가. 대체 어쩔 생각인가.

"아니, 그런 게 아니고, 말하자면 형님뻘이지. ……응, 그렇지. 하하, 아가씨도 알고 있었구나? 노무라한테 우리 조직의 잔을 좀 나눠줄까 하고 말이지……."

저 새끼, 무슨 꿍꿍이인가.

"아, 그렇지, 금세 가기는 갈 텐데……. 어때, 아가씨, 괜찮다면 우리 사무실에 한번 놀러 올래?"

뭐라고? 몸을 일으키려고 하자 이제껏 옆에 우두커니 서 있던 펀치파마가 잽싸게 가즈야의 머리에 모포를 씌웠다. 양손으로 얼굴을 짓누르는 바람에 소리를 쥐어짜 보기는 했지만 담요에 막혀버렸다. 야마자키의 목소리도 필터로 가린 듯 둔하게 흐려졌다.

"그럼 그럼, 이런 거 한번 봐두는 것도 좋아. ……무섭기는, 그런 거 없어. 다들 아가씨한테는 착한 오빠들인데, 뭐. 내가 길 알려줄게. ……그렇지, 그렇지. 택시 타고 와. 30분도 안 걸려."

안 돼. 오지 마. 왔다가는…….

"응, 그래. 그럼 기다릴게."

야마자키는 전화를 끊더니 가즈야에게 다가와 머리의 모포를 벗겨냈다.

"뭐야. 너, 여자가 있었냐? 야, 여간내기 아니네."

그리고 가즈야를 내려다보며 입을 삐뚜름하게 틀고 빙긋 웃었다.

"괜찮은 인질이 생기겠군. 아니지, 네 여자 친구, 호리노우치● 쪽에 잠수시킬까? 목소리가 예쁘장하던데 비싸게 팔아치울까, 엉?"

"돈……." 가즈야가 가까스로 소리를 냈다.

"만들어 오겠습니다. 그러니까……."

"뭐라고? 잘 안 들린다."

"돈……. 반드시 마련합니다. 절대로, 도망 안 칩니다."

"아, 그래? 말 잘했다. 내가 말이지, 바로 그 말을 기다렸어."

"그러니까 여자는 돌려보내 주십쇼."

"이런 멍청이." 야마자키가 파충류처럼 웃었다. "이 세상에 그런 물렁한 놈이 어딨냐? 네가 돈을 만들어 올 때까지 여자는 내가 맡아둘게. 안심해라, 네가 도망치지 않는 한, 우리한테는 중요한 손님 아니겠냐? 험한 짓은 안 할 거야. 하지만 만약 토꼈다가는, 그때는 각오해."

말없이 고개를 끄덕였다.

● 가와사키의 유흥업소가 모여 있는 지역.

"나도 진짜 죽을 지경이야. 이건 내 체면이 걸린 일이란 말이야. 내 선에서 해결될 일이면 누가 너 같은 조무래기를 상대로 이렇게까지 쪼겠냐? 이건 조직 윗선이 걸린 일이야. 너희 생각만큼 내가 운신의 폭이 넓은 몸이 아니야. 조직 안에서는 아직 한참 꽁지라고. 형님이 지금 의리상 담판 문제로 오사카에 나가셨다만 돌아와서 꼴이 이렇게 된 걸 알면 그때는 내가 치도곤을 당할 판이야. 한마디로 나한테는 사활이 걸린 문제라고. 어떤 위험한 짓이라도 다 해야 할 판이란 말이야."

은행 강도든 뭐든 닥치는 대로 하자고 생각했다.

가즈야는 혀로 입술을 핥았다. 혀가 닿는 곳은 남의 살처럼 아무 감각이 없고 미지근한 피 맛이 났다.

23

간신히 나사 구멍 1,500개의 작업을 끝내고 거의 날다시피 트럭을 몰아 기타자와 제작소에 납품을 하러 들어갔더니 외주 담당 간다는 응접실 소파에서 양복 차림의 남자와 담소 중이었다.

"여어, 가와타니, 수고가 많네."

"아, 예. 20분쯤 늦었습니다." 가와타니 신지로는 머리를 긁으며 인사를 건넸다.

"괜찮아, 괜찮아, 그 정도쯤이야." 간다가 얼굴 앞에서 손을 서었나. 그리고 자리에시 일어서더니, 웃옷 단추를 채우고 있던 남자 쪽을 가리키며 "이쪽은 레인보우상사의 야노 씨"라고 소개했다.

"이번에 간다 씨께서 소개해주셔서요. 영업 담당 야노라고 합니다."

"아, 저야말로 잘 부탁합니다."

명함을 교환하고 신지로도 자리를 잡고 앉으려는데 간다가 "잠깐 밖으로 나갈까?"라고 말했다. "가와타니, 시간 있지?"

신지로는 한시라도 빨리 공장으로 돌아가 밀린 일을 처리하고 싶었지만 반사적으로 "아, 예에" 하는 대답이 나와버렸다.

셋이서 공장을 나섰다. "이 근처 커피 집은 죄다 우리 쪽 사람들이라서……." 간다는 왠지 회사 사람들과 맞닥뜨리는 것을 피하는 듯한 말을 하더니 앞장서서 철로 굴다리 아래의 좁은 길로 향했나.

그 굴다리 아래는 높이가 1.5미터밖에 안 되었다. 신지로가 트럭을 타고 올 때마다 늘 멀리 돌아야 하는 짧은 터널이었다.

"우와, 이런 길이 다 있네?" 야노가 몸을 숙인 채 걸으면서 웃었다.

"머리 조심해. 그리고 자동차도"라고 대꾸하는 간다.

세 사람 옆을 승용차가 우무 뽑는 막대처럼 일직선으로 지나갔다.

"일반 승용차 지붕도 아슬아슬한데요?" 신지로도 감탄해버렸다.

"택시는 못 지나간대, 지붕에 램프가 달려서."

"구청도 참, 이런 길은 얼른 좀 고쳐주면 좋을 텐데."

"흥, 길이 있는 것만으로도 감사하라고 할걸? 일부러 표를 사서 역 쪽으로 건너다녀야 하니 진짜 어이가 없다니까."

잠시 걸어서 역 앞 상점가로 나섰다. 눈앞에 갈매기은행 기타카와사키 지점이 있었다. 신지로는 그 간판을 올려다보았다. 여기서 돈을 빌릴 거라고 생각하니 묘하게 다정한 느낌이 들었다.

유리창이 큼직한 찻집에 들어가 안쪽 테이블에 마주 앉았다. 야노라는 이름의 영업사원은 가방에서 서류를 꺼내고 팸플릿을 그 위에 얹어 신지로에게 내밀었다.

"이게 카탈로그하고 사양서가 되겠습니다. 이미 대강 내용은 간다 씨에게서 들으셨겠지만, 아마다 회사제 터릿 펀치 프레스로 92년 모델입니다. 그러니까 6년쯤 된 상품인 셈이죠. 총 길이 약 4.7미터, 전체 폭이 약 3.7미터……."

야노가 싹싹하게 공작기계에 대해 설명했다. 그야말로 닳고 닳은 영업사원 같은 분위기로, 신지로가 던진 애프터서비스며 보증기간 같은 두세 가지 질문에도 막힘없이 대답해주었다.

다시금 사진을 들여다보니 펀치 프레스는 정말 위풍당당한 기계여서 신지로는 마음이 부풀었다. 이것을 공장 한쪽에 설치한 장면을 머릿속에 그려보았다.

"가격은 최대한으로 줄여서요, 소비세하고 반입 경비까지 모두 합해 정확히 2천만 엔으로……."

가격에 관한 이야기는 이미 간다를 통해 들었다. 신지로는 천천히 고개를 끄덕이며 그가 내준 견적서를 훑어보았다. 신품이 6천만 엔이 넘는 기계니까 대략 타당한 금액으로 생각되었다.

"기술자는 저희 쪽에서 파견해 드립니다. 그것도 비용에 모두 포함되어 있어요. 도합 이틀간 프로그래밍 등의 강습을 해 드릴 거니까 가능하면 사장님이 직접 수강해주셨으면 합니다."

"어때, 일할 사람은 구했어?" 간다가 옆에서 끼어들었다.

"아뇨, 그게 좀……."

"아직 못 구했다면 내가 소개하지. 우리 회사를 정년퇴직한 사람이 있는데 오래도록 선반을 돌려온 사람이라 솜씨는 뭐, 두말할 것도 없어."

"아, 그래요? 이거 참, 하나에서 열까지 죄다 신세를 지네요."

"하긴 이 기계가 컴퓨터 제어 시스템이거든. 그런 쪽 지식은 나도 보장을 못 하지만."

"아, 그건 그렇군요……."

"아뇨, 괜찮습니다." 이번에는 야노가 몸을 내밀었다.

"웬만한 분이면 다 쓰실 수 있도록 만들어져 있어요."

그 의견은 조금 미심쩍었다. 도면을 보면서 데이터를 키보드로 입력하는 작업이라서 적어도 간단한 계산쯤은 할 줄 알아야 이야기가 될 터였다. 하긴 펀치 프레스 작업은 자신이 배우고,

단순한 용접이나 깎기를 그 베테랑 선반공 쪽으로 돌리는 방법도 있기 때문에 나이 든 퇴직자라도 우선 다급한 대로 고마운 일손이었다.

그 뒤에도 야노의 설명은 이어졌다. 공장 앞 도로 폭까지 물어보면서 대형 트레일러가 들어갈 수 있는지 검토했다. 신지로는 아직까지도 어딘가 남의 일 같은 느낌이 있었는데 구체적인 협의가 진행되면서 마음이 흥분되는 것을 느끼지 않을 수 없었다. 동시에 무거운 책임도 통감했다. 자꾸만 목이 말라 연달아 물을 마셨다. 이제는 돌이킬 수도 없는 일이라는 마음도 있었다.

이야기가 일단락된 참에 간다와 야노가 눈짓을 했다.

"가와타니." 간다가 약간 정색을 하며 말했다. "대금 불입에 관한 얘기인데, 불입처는······." 간다는 한 차례 헛기침을 하더니 작업복 호주머니에서 메모용지를 꺼냈다.

"이쪽으로 좀 해줄래?"

그곳에는 '간토 기기판매'라는 회사명과 계좌번호가 적혀 있었다.

"예? 왜 이쪽으로······?"

"이 회사를 통해서 가와타니 씨한테 판매하는 걸로 해두려고 그래. 물론 기계는 야노 씨가 보증하고 나도 딸려 있고, 그런 쪽으로는 전혀 걱정할 거 없어."

간다의 그 말에 야노가 곁에서 고개를 끄덕였다.

신지로는 할 말을 찾고 있었다. 무슨 이야기인지 이해가 되지 않았다.

"이 간토 기기판매라는 회사는……?"

신지로가 묻자 거기에는 야노가 대답했다.

"걱정 마십쇼. 실제로 있는 회사예요. 제 친구가 하는 판매 회사인데 이번에는 그쪽에서 구입하는 형식으로 부탁하려는 거라서요."

"저어……." 신지로가 조심스럽게 물었다. "물론 간다 씨 소개니까 아무 문제 없을 거라고 생각하는데요. 뭐랄까, 역시 2천만이라면 저로서는 상당히 큰 구입 건이라서……."

"네, 그러겠지요." 야노가 진지한 얼굴로 맞장구를 쳤다.

"어떻게 된 사정인지 분명하게 알아두고 싶은데……."

"뭐, 한마디로 말하자면." 간다가 약간 목소리를 낮추었다. "야노 씨가 아는 사람이 경영하는 회사의 명의를 빌려서 우리가 커미션 같은 걸 좀 먹어보려는 거야."

간다는 뭔가 거북스러운지 얼굴이 약간 긴장되었다.

"물론 그렇다고 가와타니 씨에게 커미션을 덮어씌우자는 건 아니고, 솔직히 이 가격은 다른 데보다 양심적인 가격이야. 사실을 말하자면 이 터릿 펀치 프레스, 야노 씨 회사에서 임대해 갔던 거래처 공장이 도산해서 말이지, 긴급하게 회수해온 물건이야. 언제까지고 창고에 묵혀둘 수도 없고, 야노 씨로서는 한 시바삐 다음 구매자를 찾았으면 좋겠다고 해서……. 그래서 내가 이 건을 맡은 거야."

"하지만 아무리 도산한 공장의 기계라고 해도……."

그것이 고액의 상품을 서둘러 판매할 이유는 안 되는 것 같았다.

"제품에 딸린 옵션들을……." 그다음 이야기는 야노가 이어받았다. "회수하지 못했다는 것으로 회사에 보고해뒀거든요."

야노는 간다와는 달리 수더분한 웃음을 보이며 명랑하게 행동하고 있었다.

"그래서 아는 판매 회사에 얼른 싼 가격으로 전매한 거예요. 벌써 저희 쪽 손익은 3월로 결산이 끝나서 아무 문제는 없어요. 그다음은 가와타니 씨가 구입해주시기만 하면 더 이상 창고비를 내지 않아도 되는 거죠."

"그럼 어째서 이 간토 기기판매라는 곳이 영업을 하지 않고 야노 씨가……?"

"아, 그건요, 그쪽은 노하우가 없어요." 야노가 환하게 말했다. "왜냐면 그 회사가 오피스 기기 딜러라시요."

신지로는 어이가 없었다. 간단히 말하면 야노가 자기 회사 물건을 업무상 횡령했다는 이야기가 아닌가. 그 차액은 간다와 야노, 그리고 야노가 아는 경영자인지 뭔지 하는 자가 서로 나뉘 갖는 것이다. 그러니 간다가 끈질기게 권할 만도 했다.

"저어……."

"예, 무슨?"

"제품에는 아무 문제 없는 거지요?"

"물론입니다."

"애프터서비스 같은 것도?"

"괜찮습니다. 저한테 연락해주시면 당사 고객과 똑같이 전부 봐드리겠습니다."

'이 사람들은 대체 얼마나 버는 걸까' 하고 신지로는 생각했다. 아마 셋이서 수백만 엔은 나눠 가질 것이다. 달콤한 상담(商談)에는 뒤가 있다는 게 이런 건가.

"간다 씨." 이렇게 된 이상 박자를 맞춰주는 수밖에 없다. "저희 일감은 틀림없이 주시는 거지요?"

신지로는 일부러 천연덕스러운 말투에 억지웃음을 붙였다. 야마구치 사장의 말대로 외주 담당과 공범 관계가 되는 건 하청업체에게는 오히려 좋은 일인 것이다.

"아, 물론이지. 당장에라도 줄 수 있어."

간다는 안심한 듯 얼굴이 환해져서, 구체적으로 다른 공장 이름을 대면서 그쪽 발주분을 가와타니 철공소로 돌려주겠노라고 했다.

"저도 영업을 해드리죠." 그 참에 야노까지 박자를 맞추고 나왔다.

"저어." 그렇게 되니 점점 더 의심이 커져갔다. "갈매기은행의 다카나시 씨도 여기에 한몫 낀 건가요?"

"아냐, 설마!" 간다가 고개를 저었다. "그쪽은 그쪽대로 사정이 있을걸? 지점장을 뒤에 업고서 실적을 올리려고 하는 거 같더라고."

"아니, 보통 시중은행에서는 우리 같은 데는 대출 같은 거 해주지도 않잖아요?"

"아이, 빌려준다는데 뭘? 그럴 때는 그냥 당당히 빌리면 되는 거야."

신지로는 행운이 굴러든 것으로 생각하기로 했다. 뒤가 있다는 게 꺼림칙하지 않은 건 아니지만, 어떻든 가와타니 철공소의 일감은 비약적으로 불어나는 것이다.

그날 밤, 늦게까지 잔업을 하고 집에 돌아와 은행에 제출할 서류를 작성했다. 결산서, 시산표(試算表)와 자금예산표 등을 정리하고 야노가 건네준 제품 카탈로그와 견적서를 첨부하여 파일을 만들었다. 신용금고에서 인출하려고 했던 3백만 엔은 결국 대출을 받는 형식으로 하기로 했다. 그만큼 다달이 갚아야 할 이자가 새롭게 부담이 되지만 어쩔 수 없는 일이었다.

다 완성된 서류를 바라보며 신지로는 거실에서 맥주를 마시고 있었다. 공장을 개업한 이래 최대의 모험을 하는구나, 하고 약간 과장스러운 감개가 솟구쳤다. 오랜 불경기 탓에 그저 포기하고 넘어가는 데 익숙해져 있었던 터라 이런 흥분은 참으로 오랜만이었다. 그러고 보니 예전에는 하와이 여행을 가기도 했고 비싼 브랜디를 마시고 다닌 일도 있었다.

만약 펀치 프레스 기계가 들어오고 일감이 불어나기 시작한다면? 그건 신지로에게는 참으로 감미로운 공상이었다. 슬슬 고물이 되어가는 텔레비전도 새로 들여놓자고 생각했다. 본가에 갔을 때, 옆으로 길쭉한 대형 텔레비전을 보고 자신도 모르는 사이에 세상이 발전해버린 것에 적잖게 주눅이 들었었다. 컴퓨터라는 것도 사들이자. 언제까지고 손으로 쓴 청구서를 내밀어서야 그야말로 뒤떨어진 회사라는 인상을 주게 된다.

"네가 아빠한테 직접 말해." 부엌에서 아내의 나지막한 목소리가 들려왔다. 아까부터 하루에는 딸인 미카와 소곤소곤 이야기를 하고 있었다. '뭔데 저러나' 하고 있으려니 유리문이 열리면서 아내가 얼굴을 내밀었다.

"여보, 미카가 진학 문제로 할 얘기가 있다는데?"라면서 눈짓으로 신호를 보내왔다. 미카가 부모 자식 간인데도 뭔가 눈치를 보는 듯한 표정으로 거실에 들어왔다.

"뭔데?"

"내일 학교에서 진학 상담이 있걸랑? 취직할 건지 진학할 건지 말하래."

'이그, 말투가 뭐 저래?' 하고 어이가 없었지만 굳이 잔소리는 하지 않고 덮어두었다.

"담임선생님하고 개인 면담을 해야 돼."

미카는 머뭇거리는 태도로 아버지의 얼굴을 똑바로 보려고 하지 않았다.

"너는 어떻게 하고 싶은데?"

"전문대 가고 싶어."

"정식으로 부탁을 드려야지. 돈을 대주는 건 아빠니까."

하루에가 뒤에서 끼어들었다.

미카가 볼을 붉히며 불쑥 말했다.

"……아빠, 전문대 보내주세요."

"그럼 공부 제대로 잘해야 한다?"

"네."

몇 년째 한 번도 들어본 적이 없는 온순한 대답이었다.

"놀러 다니라고 큰돈을 대주는 게 아니야."

"네."

"집안일도 좀 노와주고." 밀을 하면서 신지로도 앤지 낯이 뜨거웠다.

"응, 알아."

"그래, 그럼 보내주마."

"아빠, 고마워······."

마지막은 기어들어가는 목소리였지만 신지로에게는 진심이 담긴 인사로 들렸다.

미카가 일어서서 도망치듯이 2층 제 방으로 올라갔다. 신지로는 딸과 좀 더 이야기를 하고 싶었지만, 그보다는 자신이 오랜만에 아버지 대접을 받은 것이 만족스러웠다.

"아르바이트도 하라고 할게."

보리차를 내온 아내가 말했다.

"맥주 마시는데 보리차는 왜 내오고 그래?"

"어라, 아직도 맥주 마시고 있어?"

"게다가 맥주 마신 뒤에 누가 보리차를 마신대?"

아내가 옆에 앉아 전병을 베어 물었다.

"미카 일, 고마워, 여보."

"뭐야, 당신까지 정색을 하고서?"

"여보, 건강 조심해요."

"알았어."

이쪽도 오래간만에 부부다운 대화를 했다. 하루에는 미카가 앞으로 보육사가 되고 싶다는 꿈을 가지고 있노라고 했다. '어이구, 머리를 노랗게 염색하고 다니는 주제에 그런 얌전한 면도 있었어?' 하고 신지로는 뜻밖이라는 마음이 들었다.

"아 참, 아까 9시쯤에 또 장난 전화가 몇 번이나 왔었어." 하루에가 우울한 얼굴을 했다. 신지로는 대충 대꾸하고 넘어갔지만 두 사람 모두 어딘지 짚이는 곳이 있는지라 그 화제는 그리 깊이 들어가지 않았다.

24

사람들에게 얼굴을 보이고 싶지 않아 모자와 선글라스를 샀다.

지나던 길의 스포츠 용품점에 들어가 고르고 자시고 할 여유도 없는지라 맨 먼저 눈에 띈 것을 집어 계산대로 가져갔더니 젊은 여점원은 누가 위협이라도 한 것처럼 고개를 푹 숙이고 상품을 냉큼 종이봉투에 넣어 얼굴이 퉁퉁 부어오른 젊은 남자에게 건넸다.

거울을 들여다볼 용기는 없었지만 길거리 쇼윈도에 비친 자신의 모습을 흘끔 쳐다본 것만으로도 형편없이 변한 얼굴 꼴을 충분히 알 수 있었다. 갈비뼈는 쿡쿡 쑤시고 발에 차인 등짝은 얼얼하게 아파왔다.

걸음을 옮기며 노무라 가즈야는 몸의 떨림이 멈추지 않았다.

다리를 번갈아 내밀고 있어도 발이 땅에 닿는 감각은 전혀 없이 온몸의 관절이 삐거덕거렸다.

마음의 동요는 한층 더 심했다. 바람에 휩쓸리는 촛불처럼 위태로워서 조금이라도 센 바람이 불면 즉각 자신의 존재가 없어져버릴 것 같았다.

아무것도 알지 못한 채 다테노 친목회에 나타난 메구미는 옥상 가건물에 끌려와서야 비로소 얼굴색이 하얗게 질렸다. 눈을 둥그렇게 뜨더니 잠깐의 시간차를 두고서 비명을 올렸고 그 입은 즉각 똘마니 펀치파마에 의해 틀어막혔다.

"오, 아가씨, 아주 예쁜데?" 야마자키가 사디스트처럼 입술을 비틀었다. "아가씨의 남자 친구한테 이제부터 돈을 마련해오게 해야 하거든. 그때까지 아가씨는 여기서 얌전히 기다려주셔."

가즈야는 열심히 소리를 쥐어짜 절대로 도망치지 않을 거라고 애원해봤지만 소용없었다.

"야, 안심해라. 우리가 이래 봬도 신사야. 네가 도망치지 않는 한, 귀한 손님으로 모실 거야. 잠도 침대에서 재워줄 거고 분명하게 식사 배달도 시켜줄 테니까. 근데 말이다, 네가 자칫 이상한 마음을 먹을 시에는, 알지? 나는 말이다, 징역살이 같은 건 이미 각오한 몸이야. 내 갈 길 갈 거라고."

야마자키의 눈은 분노로 완전히 굳어버려서 광기마저 어려 있었다. 메구미는 망연자실한 얼굴로 멀거니 바닥에 주저앉아 있었다. 늘 배짱 좋던 메구미가 입술이 퍼렇게 질린 채 벌벌 떨었다.

가즈야는 뭔가 말을 해주고 싶었지만 그전에 팔의 끈이 풀려 바깥으로 떠밀려 났다.

"야, 어디 가서든 돈만 만들어 와. 계산하기도 좋게 딱 5백만 이야. 5백으로 싸악 없던 일로 해주지. 휴대전화 전원은 절대 끄지 마라, 알겠냐? 연락을 안 받으면 저 깔치는 용서 없이 죽일 거야. 그리고 밤에는 여기로 돌아와. 너는 돈이 마련될 때까지 여기서 숙박하는 거야."

가까스로 고개를 끄덕였다.

"잘 들어, 나 본심이다." 야마자키가 말했다. 굳이 말로 하지 않아도 눈을 보면 알 수 있었다.

가즈야는 휘청휘청 거리를 헤매고 다녔다. 용무늬 점퍼의 오른쪽 호주머니에는 버터플라이 나이프가 있었다. '이거 하나로 뭘 할 수 있단 말인가' 하고 생각했다. 길 가던 놈을 잡고 협박을 해봤자 몇만 엔이 고작이다. 아무리 생각해도 뭉칫돈이 있는 곳에 쳐들어가는 수밖에 다른 방법은 없을 것 같았다.

가와사키의 유흥가에 접어들자 휴대전화가 울렸다.

호스티스 가에데가 걸어온 것이었다. 늘 그렇듯이 자기 집에 오라고 꼬드기는 전화였다. 그 순간 검은 생각이 가즈야의 머릿속에 불쑥 떠올랐다. 스스로도 뜻밖일 만큼 자연스럽게 떠오른 생각이었다.

우선은 이동수단을 확보하기 위해 차를 가져오기로 했다. 하얀 글로리아는 아파트 근처 무인 주차장에 세워두었다. 무슨 일을 하건 자동차가 필요했다.

가즈야는 택시를 잡아타고 아파트 앞에서 내려달라고 했다. 문득 2층의 방을 올려다보니 유리문 너머로 베이지색 커튼이 쳐져 있어서 메구미가 새로 사들였다는 것을 깨달았다. 메구미를 저대로 내버려둘 수는 없다. 반드시 데려와야 한다……. '집에 들어갔다 나올까' 하고 생각했지만 그러면 이불 위에 그대로 쓰러져버릴 것 같아 곧바로 주차장으로 향했다. 고개를 돌려 바라보며 멍한 마음으로 '다음에 이곳으로 돌아오는 건 언제일까' 하고 생각했다.

무인 주차장에서 자동 입금기에 현금을 넣고 글로리아로 향했다. 리모컨으로 잠금을 해제하고 운전석에 올라탔다. 막 차 문을 닫으려는데 그 문이 무언가에 걸렸다. 돌아보니 한 남자가 차 문을 손으로 잡고 있었다.

동시에 잎유리에도 사람 모습이 비쳤다. 세 명이었다. 모두 양복을 입은 남자들이었다. 한 사람은 가는 길을 막으려는 듯 앞쪽에 서 있고 두 사람이 운전석 쪽을 맡았다. 벌써 차 문 안으로 몸을 들이밀고 있었다.

'아차, 왜 이 사람들이 다가오는 것을 전혀 알아채지 못했지?'

이미 때늦은 일이지만 조금 전에 주차장에 서 있던 차에서 남자들이 내려서는 모습이 시야의 한 귀퉁이에 들어왔던 게 그제야 생각이 났다.

"어이, 형씨. 경찰인데, 잠깐 좀 볼까?"

말은 공손했지만 행동은 결코 부드럽지 않았다. 굳이 신분을 밝히지 않아도 뻔히 알고 있었지만 그야말로 빼도 박도 못 하게 거듭 확인을 받은 듯한 심정이었다.

"어라?" 뒤쪽 형사의 목소리가 높아졌다. "어이, 그 얼굴, 어떻게 된 거야?"

형사는 가즈야를 안심시키려고 그러는지 웃음을 지어 보였다.

"아무튼 잠깐 나와봐." 둘이서 똑같이 손짓을 했다.

가즈야는 시선을 떨어뜨렸다. 오른편 다리를 천천히 차 밖으로 내밀고 거기서 무릎을 꺾어 온 체중을 실어 구두 바닥을 앞쪽 형사의 가슴팍을 향해 냅다 쳐올렸다. 앞차기가 깔끔하게 적중했다.

차 문 옆에 나란히 서 있던 형사 두 사람이 함께 뒤로 쓰러지며 엉덩방아를 찧었다.

"야!"

형사들의 성난 고함 소리가 날았다. 앞쪽에 있던 형사가 보닛에 뛰어오르는 바람에 앞유리가 그림자로 뒤덮였다.

아랑곳하지 않고 차 문을 닫고 떨리는 손으로 잠갔다. 형사들은 차 앞과 옆에서 유리창을 퉁퉁 거칠게 내려쳤다.

키를 꽂으려다 두세 차례나 헛손질을 했다.

침착해, 침착하라고.

가까스로 키 끝이 어딘가에 들어갔고 깊숙이 돌리자 엔진이 신음 소리를 냈다.

기어를 가장 안쪽으로 당겼다. 액셀을 밟는 것과 사이드브레이크를 푼 것은 거의 동시였다. 타이어가 맹금류 같은 비명을 올렸다.

느닷없이 눈앞이 활짝 트이고 보닛 위에 있던 남자가 튕겨나가는 게 보였다. 뒤에서는 아직도 고함 소리가 들려왔다. 주차장 출구쯤에서 자전거를 들이받았다. 중학생의 얼어붙은 얼굴이 가즈야의 망막에 또렷이 찍혔다.

하지만 속도를 줄이지 않고 그대로 인도를 가로질러 차도로 진입했다. 느닷없이 튀어나온 승용차에 깜짝 놀라 급정거하는 택시기사의 얼굴이 옆 창문 너머로 보였다. 왜 이럴 때는 유독 사람의 얼굴이 눈에 찍히는가 싶었나.

경찰이 떴다. 가즈야는 핸들에서 손을 떼어내고 머리를 움켜쥐었다. 도난 차량의 수사일까? 아니, 아니다. 그런 사건 정도에 형사들이 움직일 리 없지.

그렇다면 금고털이다.

목격자가 있었던 것이다. 분명히 그것이었다. 컴퓨터 가게 뒤에 세워두었던 글로리아를, 아니면 단자와 깊은 산중에 어울리지 않는 수상한 글로리아 차량을 누군가가 본 것이다.

가즈야는 자신의 허술함을 저주했다. 어째서 경찰에 대해 지금껏 마음을 놓고 있었던 걸까. 큰돈이 든 금고를 도난당한 것이다. 경찰이 그냥 팔짱을 끼고 있을 리가 없지 않은가.

신호 따위는 무시해버렸다. 슬쩍 브레이크를 밟으며 차 앞머리를 박을 각오로 사거리에 들이밀고는 요란한 클랙슨 세례를 받아가며 빨간 신호를 그대로 통과해 내달렸다. 희미한 사이렌 소리가 뒤통수에 와 닿았다.

이 차는 이제 볼 장 다 봤다. 어서 빨리 내버려야지.

다시 시야의 끝에 빨간 신호가 나타났다. 몇 대나 되는 차들이 줄을 서 있었다. 가즈야는 맞은편 차선으로 튀어나가 그대로 액셀을 밟아버렸다. 정면에서 오던 경자동차가 사자의 습격을 받은 임팔라 영양처럼 황급히 방향을 바꾸어 가드레일에 충돌했다. 인도를 지나가던 사람들이 일제히 멈춰 서서 폭주하는 하얀 글로리아를 바라보고 있었다.

횡단보도를 건너는 사람을 쳐냈다. 다음 순간, 핸들을 통해 양팔에 충격이 느껴졌다. 억지로 뛰어든 사거리에서는 앞선 승용차 뒤범퍼를 들이박고 있었다.

다시금 운전자의 파랗게 질린 얼굴이 눈에 뛰어들었다. 가즈야는 액셀을 밟은 채 핸들을 꺾어 승용차들을 밀쳐내듯이 앞으로 달렸다. 차 옆구리가 드르르르 소리를 내며 긁혔고 다시 한번 횡단보도에서 사람들을 밀쳐냈다. 흉포한 탄환이 된 글로리아가 거리에 온통 공포를 흩뿌렸다.

이대로 가다가는 내 몸이 위험하겠다 싶어 간선도로로 들어선 순간 갓길에 차를 세웠다. 엔진도 끄지 않은 차를 그대로 내버리고 도로를 마구 달렸다.

방향도 알지 못한 채 그저 현장에서 벗어난다는 목적만으로 내달렸다.

자신이 점점 깊은 늪으로 빠져들고 있다는 것을 느꼈다.

얼마 전까지만 해도 하찮은 공갈범에 톨루엔 도둑일 뿐이었다. 그런 자신이 그리웠다.

하지만 지금 자동차 절도에 금고털이라는 죄가 덧붙었다. 방금 전에는 자전거를 탄 중학생을 퉁겨내는 충돌 사고를 일으켰다. 그러고 보니 형사를 차의 보닛에서 내동댕이쳤다. 만일 부상을 당했다면 죄는 더욱 무거워진다.

10분쯤 달려 작은 공원에 접어들었다. 수도꼭지를 발견하고 덮치듯 뛰어들었다. 미지근한 물을 목구멍에 부어넣고는 모자와 선글라스를 벗고 머리에서부터 물을 뒤집어썼다.

가슴이 거세게 두근거렸다. 새삼스럽게 온몸의 동통이 되살아났다. 몸의 안쪽에서 무언가가 움찔움찔 경련을 일으켰다. 구역질이 나서 가즈야는 웅크리고 앉아 가슴팍을 부여안았다. 누렇고 미끈한 위액이 올라와 입술 끝에서 실을 늘이고 있었다. 목구멍 언저리가 타는 듯 얼얼했다.

만신창이라는 게 바로 이런 거였다.

메구미 일만 아니라면 이대로 길바닥에 쓰러져버리고 싶은 심정이었다.

택시를 타기도 무서워서 자전거를 훔쳐 가에데의 맨션으로 향했다. 택시는 무선으로 경찰이 쳐놓은 비상 연락망에 협력한다고 들은 적이 있었다. 한여름 같은 오후의 햇볕을 받으며 가즈야는 자전거를 몰았다. 티셔츠는 땀에 흠뻑 젖고 코와 턱에서는 땀이 뚝뚝 방울져 떨어졌다.

맨션에 도착하자 가에데는 가즈야의 꼴을 보고 입이 떡 벌어졌다.

"자, 잠깐. 키다리, 웬일이야!"

가즈야는 아무 말 없이 성큼 들어섰다. 가에데는 황급히 그를 붙들어 소파에 앉히고 물에 적신 수건을 준비했다.

"대체 어떻게 된 거야?"

점퍼를 벗기려다 그 아래의 티셔츠가 피로 물든 것을 알아보고 작은 비명을 터뜨렸다.

"아무튼 어서 벗어."

만세를 하게 해서 티셔츠를 벗겨냈다. 상반신 살갗 여기저기가 내출혈로 시커멓게 멍들어 있어서 다시금 가에데가 비명을 질렀다.

"폭주족한테 당했어." 가즈야는 거짓말을 했다.

"언제 그랬는데?"

"아까. 클랙슨을 자꾸 울리기에 노려봤더니 네 명이 한꺼번에 내려와서 완전 멍석말이를 하더라."

"왜 도망치지 않았어? 어휴, 진짜."

가에데는 젖은 수건을 더 가져와 가즈야의 얼굴이며 가슴에 냉찜질을 해주었다.

가즈야가 오른손을 내밀어 가에데의 젖가슴을 움켜쥐었다.

"안 돼, 이런 때에."

걱정스러운 얼굴로 열심히 간호만 해주었다.

가즈야는 가에데의 팔을 잡고 몸을 뒤집어 여자를 소파에 넘어뜨렸다. 이상한 흥분이 일어나 성기는 벌써 면바지를 밀어올리고 있었다.

"아이 참……." 가에데가 머뭇거렸다.

상관없이 덮쳐서 허벅지를 벌리고 블라우스 단추를 풀고 브래지어를 끌어내려 불룩 튀어나온 유방을 움켜쥐었다.

"왜 이런대, 우리 키다리가?" 가에데가 가느다란 소리를 냈다.

"몸은 아무렇지 않아." 가즈야가 거친 호흡으로 말했다.

"그럼 다행이지만……." 가에데는 중얼거리며 눈을 감았다.

억지로 속옷을 벗기고 자신도 벌거숭이가 되어 허리를 움직였다.

난폭하게 하고 싶었다. 무언가를 토해내고 싶었다.

가에데는 다른 때처럼 헐떡이는 소리는 내지 않았지만 그 행위가 리듬을 새겨나가자 서서히 쉰 듯한 탄성을 내비치고 마지막에는 가즈야의 등에 손톱을 세웠다.

욕망도 물론 있었지만, 꼭 이렇게 할 필요가 있었다. 섹스를 하고 난 뒤에 가에데는 반드시 출근에 대비하여 샤워를 하는 것이다.

일이 끝난 뒤에는 침대로 옮겨가 가에데가 잠시 가즈야의 몸을 지분거렸다. 제대로 치료를 받아야겠다며 의사에게 가보라고 말했다. 가즈야는 알았다고 억지대답을 했다. "잠시 눈 좀 붙이고 싶은데"라고 했더니 예상대로 가에데는 욕실로 사라졌다.

당장 침대에서 내려와 바지만 걸치고 방 안을 살펴보았다. 부엌 옆 욕실에서 샤워 물이 타일을 때리는 소리가 들려왔다.

우선은 옆방 서랍장이다. 아래에서부터 차례로 서랍을 열어나갔다. 그런 조심은 하지 않을 거라고 생각했지만, 그래도 확인할 겸 옷가지를 치우고 바닥까지 뒤적여보았다. 통장을 찾는 것이었다. 술집에 나가는 독신 여자, 게다가 노처녀다. 젊은 여자들처럼 무분별하게 낭비를 할 리 없었다. 일반적으로 생각해도 상당한 저금이 있을 터였다.

서랍을 모조리 뒤졌지만 아무것도 나오지 않았다.

다시 눈알을 이리저리 굴렸다. 찬장 위에 작은 상자가 있었다. 그쪽으로 다가가 뚜껑을 열고 안을 들여다보았다. 그다지 값비싼 것 같지 않은 액세서리가 가득 차 있었다. 그 참에 찬장 안까지 뒤져보았다. 술병이 아니라 어울리지도 않게 봉제 인형이 늘어서 있을 뿐이었다.

살그머니 붙박이장을 열었다. 의류와 이불뿐이었다.

텔레비전 받침대의 유리문도 열어보았다. 아무것도 없었다.

있을 리 없다고 생각하면서도 소파의 쿠션 밑으로 손을 넣어보았다. 점점 초조감이 일었다. 그리 넓지 않은 방에 별다른 보관 장소가 있을 리 없다. 일단 부엌 쪽으로 몸을 내밀어 욕실을 살폈다. 괜찮다. 아직 물소리가 났다. 그리고 돌아서는데, 문득 시선이 침대 옆 화장대를 잡아냈다.

심장이 마구 뛰었다. 틀림없이 그곳에 돈이 있을 거라는 예감이 들었다.

서둘러 서랍을 열었다. 머리핀이며 손톱깎이가 어지럽게 널려 있었다. 안쪽까지 손을 집어넣어 훑었다. 뒤진 흔적이 남았지만 원래대로 정리해둘 여유는 없었다.

큼직한 서랍도 뒤졌다. 화장수며 크림 병이 줄줄이 들어 있었다. 하지만 여기에도 없었다. 그 서랍을 닫으려는 때에 안쪽에 있던 반투명 비닐 케이스가 눈에 뛰어들었다. 립스틱이라고 생각했던 게 사실은 인감도장이라는 것을 알기까지 그리 오랜 시간은 걸리지 않았다.

끌어내서 지퍼를 열었다. 있었다. 통장이었다. 떨리는 손으로 페이지를 넘겼다. 이 여자는 대체 얼마나 가지고 있는가.

그때 거울에 사람 모습이 언뜻 보였다. 올려다보니 활짝 펼쳐진 삼면경에 수많은 가에데의 모습이 비쳤다.

"서, 설마……." 거울 속의 얼굴이 새파랗게 질려 있었다. "자기, 뭐하는 거야?"

눈앞의 일이 믿어지지 않는지 목소리에 힘이 없었다.

가즈야는 얼굴이 뜨거워졌다. 영문을 알 수 없는 감정이었다.

"저기…… 말해봐, 자기, 뭐하는 거냐고!"

마지막은 거친 말투였다. 가에데는 가즈야의 어깨를 흔들었다. 나무라기보다 슬퍼하는 듯한 모습이었다.

"자기, 그 통장 어쩌려고? 훔칠 생각이야?"

"시끄러워!" 가즈야가 손을 뿌리치며 밀쳐냈다. "잠깐 빌려가는 거야."

"거짓말! 자기, 내 돈을 가져가려는 거지?"

가즈야가 벌떡 일어섰다. 몸을 틀어 돌아보는 순간에 가에데의 뺨을 내리쳤다.

"제기랄, 귀찮게 굴고 있어."

알 수 없는 격정이 솟구쳤다. 얼굴뿐만 아니라 온몸이 후끈 달아올랐다.

머리채를 붙잡아 가에데를 바닥에 넘어뜨렸다.

"자기, 역시 그런 사람이었구나?"

가에데가 눈물 섞인 목소리로 말하며 가즈야의 다리에 매달렸다. 내려다보니 흐트러진 머리칼 사이로 일그러진 얼굴이 내다보고 있었다.

가즈야는 무릎으로 밀쳐내고 통장을 뒤적였다. 가에데가 울면서 부르짖었다.

"돈도 별로 없어. 내가 무슨 긴자의 호스티스인 줄 알아? 가와사키의 그런 좁아터진 가게에서 일해서 얼마나 번다고 그 돈을? 여기 집세 내고 옷 사 입고 미용실 좀 다니면 몇 푼 남지도 않아."

그제야 마지막 페이지에 가 닿았다. 숫자의 단위가 얼른 헤아려지지 않았다.

그때 가에데가 몸을 일으켜 가즈야의 손에 있는 통장을 빼앗으려고 했다.

"안 돼, 이 돈은. 아무리 적은 돈이라도 내가 모은 돈이란 말이야!"

주먹을 가에데의 광대뼈에 먹였다. 힘없는 어린애라도 쥐어

박은 듯 몹시 불쾌한 감촉이었다. 그래도 자꾸 매달려서 가즈야는 발차기를 날려버렸다. 깨끗이 턱에 박혀서 가에데는 신음 소리를 올리며 바닥에 나뒹굴었다.

"왜 나는 이런 꼴만 당하는 거야, 대체!" 여자는 쓰러져 울면서 혼잣말처럼 넋두리를 풀어냈다. "사귀는 남자마다 죄다 폭력을 휘두르고. 왜들 그래, 진짜……. 내가 무슨 나쁜 짓이라도 했어? 아무 짓도 안 했잖아? 뭘 사달라고 졸라본 적도 없고 손님하고 바람을 피운 적도 없는데……. 착실하게 돌봐주고 정성을 다 바쳤는데. 근데 다들 마지막에는 발로 차고 때리고 돈을 뜯어가고……. 자기, 어째서 그래? 어째서 나만 항상 폭력을 휘두르는 남자하고 사귀는 거냐고!"

"아아아!" 가즈야가 답답해서 고함을 내질렀다. 통장에 적힌 숫자는 백만 엔 남짓이었다. 어떻게 할까. 이거라도 가져갈까. 아니, 일이 이렇게 되고 보면 은행에서 인출하는 건 너무 위험하다.

통장을 여자에게 내던졌다.

"키다리, 전에 물어봤을 때 여자한테 손 안 댄다고 했었잖아?"

"시끄러워, 이 가난뱅이."

이건 틀렸다. 가즈야는 다른 수를 찾아야 한다고 생각했다. 5백만 엔을 손에 넣을 방법. 가즈야는 하늘을 우러러보았다.

"자기는 그럼 뭐야? 나 같은 가난뱅이한테 돈을 뜯어가는 자기는 뭐야?"

"입 닥쳐!"

정말이지 살아간다는 게 지겨웠다. 지지리도 남자 복이 없는 불쌍한 노처녀. 그런 여자를 상대로밖에 우위에 설 수 없는 스무 살의 자신. 대체 나는 인생이라는 것에서 어디까지 운이 없는 건가. 이대로 마음 편한 삶이 뭔지도 모른 채 계속 살아가야 하는 걸까.

그때 머리를 찌르는 듯한 감촉이 내달렸다. 귓속에서 다시 원반이 신음을 올리며 돌아가기 시작했다. 가즈야는 이를 악물고 양손으로 머리를 쥐어뜯었다. 최대급의 이명이었다. 미쳐버릴 것만 같았다. 아니, 이미 미쳐버린 게 아닐까.

피와 땀으로 곤죽이 된 셔츠를 대충 입고 위에 점퍼를 걸쳤다.

"자기, 제발 다시는 여기 오지 마." 여자가 애원하는 목소리로 말했다.

"누가 또 온대?"

"가게에도 오면 안 돼, 응? 또 찾아오면 내가 아는 야쿠자에게 부탁해서 자기 쫓아달라고 할 거야."

"야쿠자라고? 할 테면 해봐!"

화장대 의자를 쳐들어 바닥에 내동댕이쳤다. 흐트러진 머리 너머로 내다보는 여자의 두려움에 찬 눈을 보자 한층 더 잔혹한 흥분을 느꼈다.

가즈야는 문짝을 걷어찼다. 옆방에 들어가 서랍장을 넘어뜨렸다. 마구 고함을 내질렀다. 이렇게라도 하지 않으면 여자를 죽이고 말 것만 같았다.

찬장 유리가 깨지는 소리가 울렸다. 커튼이 레일과 함께 쥐어뜯겼다. 이명과 거친 숨이 고막을 안쪽에서 파르르 떨리게 하고 있었다.

가즈야는 모자와 선글라스를 움켜쥐고 가에데의 맨션을 뛰쳐나왔다.

마침내 나와 친한 사람은 메구미밖에 남지 않았다. 어떻게 해서든 메구미만은 내 손으로 다시 데려와야 한다.

어떻게든 돈을 마련해서.

25

어머니에게 2백만 엔을 빌리고, 신용금고에서는 담당 은행원
이 정말 딱 이틀 만에 결제를 받아 3백만 엔을 내줘서 도합 5백
만 엔을 준비한 가와타니 신지로는 갈매기은행의 다카나시가
오기를 기다렸다. 이대로 서류만 주고받으면 끝나는가 했더니
역시 대출해가는 공장을 미리 와보지도 않고 넘어갈 수는 없었
는지 다카나시는 전화로 찾아오겠다는 뜻을 알려왔다.

이제 새삼 모양을 내봤자 별 볼 일도 없지만 그래도 공장 화
장실을 꼼꼼하게 청소하고 사무실에는 처음으로 꽃도 꽂아두
었다.

마음이 몹시 불안해서 몇 번이나 금고 안의 5백만 엔을 확인
했다. 마치 어린애가 소풍 전날 밤에 가방 안의 과자를 몇 번이
고 들여다보며 가슴을 쓸어내리는 짓거리하고 비슷했다.

아마 이 5백만 엔으로 다카나시라는 젊은 은행원도 예금 실적을 올릴 수 있을 것이다. 벽돌만큼이나 두툼한 돈다발을 보고 있으려니 왈칵 무서운 마음도 들었다.

다카나시가 올 때까지 한바탕 일이나 해두자는 생각에 용접기 앞에 앉았는데 하루에가 잔뜩 흐려진 얼굴로 공장에 뛰어들었다. 뭔가 겁에 질린 듯한 눈빛이었다. "여, 여보, 마당에⋯⋯." 그러면서 맞은편 도로를 가리켰다.

이상하게 불길한 예감 같은 게 들어서 공장을 나서는 짧은 시간이 몹시 길게 느껴졌다. 무릎의 힘이 자꾸만 풀리려고 했다. 문을 열며 고개를 쳐들었다. 희고 큼직한 무언가가 눈에 뛰어들었고 순간적으로 그것이 항의의 입간판이라는 것을 알았다.

가로 세로 2미터는 되겠다 싶은 나무판에 '우리는 공장 소음이 고통스럽습니다'라는 굵은 문자가 펄펄 뛰놀고 그 아래에는 '조용한 생활을 주세요. 맨션 주민 일동'이라고 색깔을 바꾼 문자와 일러스트가 들어가 있었다.

신지로는 눈앞이 핑 돌았다. 머릿속이 하얗게 변하면서 손끝이 떨려왔다.

부드러운 표현이 도리어 더 충격적이었다. 만일 '결사반대'라는 투의 가시 돋친 말이었다면 반발심이라도 들었겠지만 그게 아니라 어디까지나 약자의 호소라는 뉘앙스를 풍기고 있었다. 일러스트는 새장 안에서 잠을 자는 어린 아기의 모습이었다.

어떻게 해야 좋을지 몰라 신지로는 우두커니 서 있었다.

"여보, 어떡해." 하루에는 당장에라도 울음을 터뜨릴 것 같은 얼굴이었다.

가장 먼저 아이들의 얼굴이 떠올랐다. 이런 것을 아들과 딸의 눈에 띄게 해서는 안 된다. 이유도 없이 주눅이 들어 사는 건 자신 한 사람만으로도 충분했다.

게다가 이제 곧 갈매기은행의 다카나시가 들이닥친다는 게 생각나서 신지로는 얼굴이 새파래졌다.

생각하고 자시고 할 여유도 없이 신지로는 냅다 달려들어 입간판을 떼어내려고 했다.

"여보, 펜치 좀 가져와."

고함을 치고 싶어도 큰 소리가 나오지 않았다.

막상 이런 식으로 항의가 들어오니, 입으로 떠드는 말을 듣는 것과는 완전히 다른 충격이 몰려왔다.

오타 씨 부부뿐만 아니라 맨션 주민들이 모두 상의한 끝에 이 입간판을 만들었을 것이다. 그렇게 생각하니 아무것도 모른 채 일만 하던 자기가 식은땀이 나서 점점 더 머릿속이 뒤죽박죽 헝클어섰다.

신지로는 벽돌 담벼락에 판을 고정시킨 철사를 펜치로 풀어내려고 했다. 나중에 어찌 되건 오늘만이라도……. 은행 대출 담당이 이걸 보고 어떻게 생각할지, 얼마든지 상상할 수 있었다.

"가와타니 씨, 그건 좀 곤란하죠."

그 소리에 돌아보니 캐주얼한 옷을 차려입은 오타가 와 있었다. "오늘, 임시휴가를 받았어요"라고 신지로의 궁금증을 앞질러 풀어주며 차갑게 입 끝으로 웃었다.

"곤란한 건 우리야!" 신지로의 목소리가 붕 떠 있었다. "뭡니까, 갑작스럽게 이런 걸 내걸고? 진짜 웃기지 마쇼!"

"아무튼요." 오타가 입간판과 신지로 사이에 끼어들었다. "이걸 철거하시면 곤란합니다. 당신들은 우리 쪽 양보안에 '노'라고 했어요. 그건 서로 한 걸음씩 양보해주겠다는 의지가 없는 거지요. 그렇다면 우리도 항의 조치를 취하지 않을 수 없어요."

"무슨 소리야? 이봐, 당신, 장난치지 마쇼."

"아니죠. 장난이라뇨? 우리는 정당한 생활권을 주장할 뿐이에요."

"그럼 우리 쪽 생활권은 어떻게 되는데?"

"그러니까 서로 한 발씩 양보하자고 우리는 얘기하는 겁니다. 어떤 경우에나 권리라는 건 무한한 게 아니지요. 우리 쪽 권리도 그렇고 당신 쪽 권리도 그렇습니다."

"아아, 됐어, 됐어. 당신하고 이야기하면 머리가 돌아버릴 것 같아." 신지로는 오타의 어깨를 밀쳐냈다. "이것만은 일단 떼어야겠어."

"아뇨, 안 됩니다." 오타가 발을 버텼다.

신지로는 얼굴이 굳어지는 것을 느꼈다. 가까스로 흥분을 억누르고 우선 하루에부터 자리를 피하게 했다. 이 추한 옥신각신을 아내에게는 보이고 싶지 않았다.

오타가 그 모습을 보고 연민이 섞인 웃음을 흘렸기 때문에 신지로의 감정은 그야말로 간단히 뒤집혀버렸다.

"이봐, 당신, 뭐가 우스워?"

"아뇨, 뭐, 별로요."

"지금 웃었잖아?"

"웃지 않았어요."

"아, 됐어, 됐어. 아무튼 비켜."

"큰소리 내지 마시지요."

"당신들 말이야, 장난하지 말라고. 그 맨션도 옛날에는 다 공장이었어."

"하지만 지금은 제1종 주택지역입니다."

"웃기지 마!" 그 말밖에 나오지 않았다.

스스로도 어떻게 해야 좋을지 알 수 없었다. 이대로 가면 은행 쪽에서 이 꼴을 보고 만다. 그것만은 어떻게든 피해야 한다고 생각했나.

오타의 셔츠를 잡고 있는 힘껏 잡아당겼다. 오타는 양손을 뒤로 돌리고 무저항의 포즈를 취했다. 어디까지나 영악한 태도를 무너뜨리지 않는 것이었다.

키가 큰 오타에게 대롱대롱 매달리다시피 하며 신지로는 달려들었다. 그때 신지로의 다리가 미끄러졌다. 완력으로 대드는데 익숙하지 않은 탓에 자기 스스로 헛발을 짚으며 뒤로 넘어졌다. 오타도 동시에 중심을 잃고 온몸으로 신지로 위를 덮쳤다. 신지로는 등을 아스팔트에 세게 부딪혔다. 땅바닥과 오타 사이에 샌드위치처럼 낀 꼴이었다.

순간, 숨이 턱 막혔다. 하늘이 유난히 파랗다. 이런 청명한 날씨에 내가 무슨 짓을 하고 있는 건가 싶었다.

오타는 좀체 비켜주지 않았다. 오타의 머리가 마침 신지로의 코 밑에 있었다.

문득 오른손에 불쾌한 감촉이 있었다. 그것을 다시 움켜쥐려다 가슴이 철렁했다.

신지로는 아까부터 펜치를 들고 있었다. 그것도 끝이 뾰족한 라디오펜치였다. 그 펜치가 아무래도 오타의 얼굴 어딘가를 찌른 것 같았다.

오타가 신음 소리를 내고 있었다.

신지로는 깜짝 놀라서 몸을 비틀어 밑에서 빠져나왔다. 오타의 어깨를 일으켜 세우려는 참에 입이 피투성이가 된 게 보였다.

앗, 큰일이 났구나! 신지로는 얼굴을 일그러뜨리며 속으로 외쳤다.

이게 무슨 일인가. 하필 고르고 골라 이런 때에.

"이봐요, 오타 씨……." 신지로가 떨리는 목소리로 불렀다. "괜찮아?"

오타는 가까스로 한쪽 무릎을 짚더니 손을 입에 댔다. 아스팔트 위에 피가 뚝뚝 떨어졌다.

신지로가 허리에 찼던 수건을 내밀었지만 오타는 그것을 받지 않고 자신의 바지 호주머니에서 손수건을 꺼내 입에 댔다.

"일부러 그런 게 아냐. 내가 발을 헛디뎠고 당신이 나를 깔고 넘어지는 바람에, 어쩌다 오른손에 펜치가 있다는 걸 깜빡 잊고……."

"그건 경찰에게 판단해달라고 하지요."

이런 판국에도 오타는 고함 소리 한 번 내지 않고 냉철한 눈으로 신지로를 바라보았다. 그리고 침을 뱉었다. 이의 파편이 섞여 있었다.

"입이 찢어졌어요. 게다가 이도 빠진 것 같군요." 마치 남의 일처럼 오타는 말했다.

"값싼 치과의에게 치료를 받을 마음은 없어요. 그에 상응한 배상은 하시도록 하죠."

신지로의 머릿속이 빙글빙글 돌고 있었다. 자신이 지금 해야 할 일이 무엇인지 도무지 알 수가 없었다. 태양이 한여름처럼 쨍쨍 내리쬐었다. 땀에 젖어버린 살갗이 지글지글 타들었다.

우선은 이 입간판을……. 비틀비틀 걸음을 옮겨 신지로는 펜치로 철사를 풀어내려고 했다.

"가와타니 씨, 당신이라는 사람은……."

이런 걸 세워놓고서야 은행이나 아이들에게 어떻게 얼굴을 들라는 건가.

"가와타니 씨, 사람을 다치게 해놓고서, 지금 생각이 있는 겁니까?"

오타가 옆에서 신지로의 팔을 잡았다. 그것을 뿌리치고 한 군데 철사를 풀었다. 온몸에서 땀이 솟구치고 이마를 타고 흘러내려 눈에 들어갔다.

"가와타니 씨!" 오타가 약간 강한 어조로 말했다. "경찰을 부를 겁니다."

그런 것보다 어떻게든 이 입간판을.

오타가 머리를 저으며 걸음을 돌렸다. 그 뒷덜미에 신지로의 손이 나갔다. 무의식적인 행동이었다.

"무슨 짓입니까?"

핏발이 선 신지로의 눈을 보며 오타가 뒷걸음질 쳤다.

"자, 잠깐, 당신, 잠깐만 어디로 좀 사라져줄래?"

"무, 무슨 소리를 하는 겁니까?"

스스로도 무슨 소리를 하는지 알 수 없었다. 신지로는 오타를 움켜잡고 이웃한 야마구치 차체와 작업장 사이의 틈새에 밀어 넣으려고 했다. 별반 깊이 생각한 것도 없었다. 그저 바라보니 그곳이 눈에 들어왔을 뿐이었다.

"가와타니 씨, 이러지 말아요!"

스스로도 뜻밖의 힘이 났다. 그게 아니면 오타가 그저 겉만 멀쩡할 뿐 힘이 없는 건지, 사람 하나가 겨우 드나들 틈새에 쉽사리 떠밀려 들어갔다.

"뭐하는 거예요?" 오타가 피에 젖은 입으로 말했지만, 양쪽 작업장에서 기계 소리가 끊임없이 울려서 그 소리를 간단히 지워버렸다.

어째야 좋을지 알지 못했다. 어떻게 하고 싶은 건지도 몰랐다.

"어이, 가와타니." 등 뒤에서 소리가 났다. 돌아보니 야마구치 사장이 심각한 표정으로 서 있었다. "뭐하는 거야? 마당에서 누가 싸우나 했더니만……. 자네까지 싸움을 하면 영 재미없잖아?"

야마구치 사장은 곧바로 오타의 입에 난 상처를 알아보고 한층 표정이 험악해졌다.

"사장님, 이 사람 좀 잠깐만 잡고 있어줄래요?"

야마구치 사장이 이번에는 신지로의 얼굴을 보고 흠칫했다. 물론 자신이 어떤 일굴을 하고 있는지 신지로는 알지 못했다.

"가와타니, 진정해. 이런 대낮에 험한 짓을 하면 쓰나."

"사장님, 저 간판 봤지요? 저걸 떼어내지 않으면……."

"아무렴 어때? 그냥 놔둬, 이런 놈들이 떠드는 소리."

"어떻게 그냥 놔둬요? 우리 애들은 아직 학교에 다녀요. 사장님 댁처럼 어른이 아니라니까요? 아직 한참 예민한 나이라고요. 사장님, 내가 간판을 떼고 올 테니까 그사이에 이 남자 좀 봐줘요."

대답을 기다릴 것도 없이 신지로는 다시 펜치를 손에 들고 철거 작업에 들어갔다. 다른 한쪽 끝과 가운데 철사를 풀고 벽에서 떼어내 질질 끌며 길을 횡단하여 야마구치 사장네로 옮겨 왔다.

"우선은 여기에 감춰두자고." 그렇게 혼잣말처럼 중얼거리며 작업장 틈새에 처넣었다.

야마구치 사장과 오타가 멈칫멈칫 몸을 비켰다.

"어이, 가와타니, 이봐!"

아아, 다음에 해야 할 일은…….

"사장님."

"왜?"

"이 사람, 잠시 사장님네 공장에 가둬줄래요?"

"무슨 소리야? 어떻게 그런 짓을 해?" 야마구치 사장이 신지로의 어깨를 흔들었다. "그런 짓을 했다가 뒷일을 어떻게 감당하려고?"

"그럼 이 사람 데리고 어딘가……. 그렇지, 병원에라도 데려가줘요."

"병원이라면 괜찮지."

"거절합니다." 오타가 차갑게 내뱉었다. "내가 직접 구급차를 부를 거예요. 당신들, 정신이 어떻게 됐군요. 지역사회에서 이런 짓이 허용될 리 없습니다. 마음에 들지 않으면 폭력을 휘두르다니, 영락없이 불량배 아닙니까?"

"폭력이 아니야!"

신지로의 목소리가 뒤집혀 있었다.

"어이, 가와타니, 그러지 말라니까. 마음 가라앉혀."

신지로는 거친 숨을 토해내며 어쩔 줄을 모르고 시선이 이리저리 떠돌았다.

"이보쇼, 오타 씨." 야마구치 사장이 말했다. "내가 이런 말을 하는 것도 좀 그렇지만, 가와타니 씨를 용서해줘. 이 사람, 참 좋은 사람이야."

"뭐가 좋은 사람입니까? 당신들의 가치관은 정말 이해를 못하겠어요. 마치 화성인과 대화를 시도하는 듯한 느낌이에요."

"그건 우리도 마찬가진데?"

"뭐라고요?"

"아니, 우리가 보기에는 당신이 화성인 같다고."

야마구치 사장이 눈을 착 내리깔고 작업화로 바닥의 자갈을 소리 나게 짓이겼다.

"여보." 그때 하루에의 목소리가 들려왔다. "갈매기은행 사람이 왔는데······."

오타의 피투성이 얼굴을 보자마자 하루에의 말문이 턱 막혔다.

"들어가!" 신지로가 고함을 쳐서 하루에를 돌려보냈다. "금방 갈 테니까 기다리시라고 해. 아, 사무실이 아니라 집 쪽으로······."

아무런 방도도 떠오르지 않았다. 신지로는 바닥에 무릎을 꿇고 양손을 짚으며 머리를 숙였다.

"오타 씨, 제발 좀 봐주쇼."

"가와타니!" 야마구치 사장이 위에서 멱살을 붙잡았다. "무슨 짓이야? 이만한 일에 왜 무릎을 꿇고 그러느냐고!"

"경찰을 불러도 괜찮아. 하지만 30분만 기다려주쇼, 제발. 은행에서 나왔다고. 이런 모습을 절대로 보일 수가 없다니까. 제발 나 하나 살리는 셈 치고 의사한테 가쇼. 아니, 가주시면 안 되겠소?"

"가와타니, 무릎은 꿇지 말라니까!" 야마구치 사장이 얼굴을 붉히고 있었다.

"그렇습니다. 그런 짓을 하셔도 곤란하지요."

눈물이 터졌다. 어떻게도 설명할 수 없는 감정이 터져 나와 신지로는 뚝뚝 눈물을 떨어뜨렸다. 47년을 살아오면서 이런 일은 처음이었다.

"어라, 가와타니, 자네 어떻게 된 거야. 진짜! 이딴 거, 아주 소소한 일이잖아?"

"소소한 일이라고 할 수는 없을 텐데요?"

"당신은 입 좀 다물어! 사내대장부가 머리를 숙이고 들어오 잖아? 당신은 느껴지는 게 없어, 진짜?"

"참 말이 안 되는군요." 오타가 슬쩍 고개를 내저었다.

"뭐가 말이 안 돼?"

"당신들이 하시는 일이 그렇습니다. 논리라는 게 전혀 통하 질 않는군요. 고함을 쳤다가 울었다가, 완전히 어린애예요."

"뭣이, 어린애? 그래, 인간이란 게 원래 그런 거야. 당신처럼 새치름하게 살아서야 무슨 재미가 있냐고!"

이번에는 야마구치 사장이 당장 멱살잡이를 할 듯한 기세로 오타에게 화를 내고 있었다.

"아무튼 말이죠." 신지로가 일어서서 호소했다. "30분만 기 다려줘요. 손님이 와 있어. 그 손님이 돌아가면 얼마든지 배 상도 할 거고 또 경찰서에도 갈 거고 소음 이야기도 들어볼 거 고……, 그리고, 그리고……."

"가와타니, 마음을 가라앉히라니까. 됐어, 알았다고, 이 사람 은 내가 의사한테 데려갈 테니까."

"흥, 무슨 말씀을." 오타가 단호하게 말했다.

"뭐야?"

더 이상 상대하고 있을 수 없었다. 신지로는 발길을 돌려 잰걸음으로 공장에 들어갔다. 들어갈 때 문득 눈을 돌리자 아까 입간판이 있던 자리 앞에 다카나시가 타고 온 하얀 밴이 세워져 있었다. 아슬아슬하게 시간을 맞춘 것에 안도하기보다, 만일 떼어내지 못했으면 어땠을까 하는 생각에 저절로 식은땀이 났다. 구석 수돗가에서 얼굴과 손을 씻고 수건으로 꼼꼼히 닦았다. 바로 옆에서 코비가 이상하다는 얼굴로 바라보고 있었다.

크게 심호흡을 한 다음에 금고를 열고 5백만 엔을 종이봉투에 넣어 사무실에 놓여 있던 서류와 함께 옆구리에 끼고 집으로 들어갔다. 아직도 심장이 벌렁거렸다. 조금 전 자신이 눈물을 흘렸다는 게 왠지 실감이 나지 않았다.

현관으로 들어서자 하루에가 부엌에서 달려 나왔다.

"야마구치 씨가 또 드잡이를 했어?" 걱정스러운 얼굴로 그렇게 물었다.

"응? 아, 아니, 응."

신지로가 애매하게 고개를 끄덕였다. 그렇게 착각해주는 게 고마웠다. 신지로는 다시 한 번 크게 숨을 들이쉬고는 대충 웃는 얼굴을 만들이 붙이고 유리문을 열었다.

"아, 이거 참, 오래 기다리셨네. 미안해요, 잠깐 바쁜 일이 있어서."

"아뇨, 저야말로 바쁘신 때에 죄송합니다." 갈매기은행의 다카나시는 허리를 슬쩍 쳐들고 가볍게 인사를 했다. "먼저 공장 쪽부터 둘러보게 해주셨어요. 저는 이런 데는 처음이어서 덕분에 몹시 흥미롭게 구경했습니다. 와, 철공소 기계는 죄다 큼직큼직하더군요."

신지로는 아차 싶어서 다카나시의 안색을 살폈다. 순진하리만치 밝은 표정이어서 일단 안도했다. 벽 너머 바로 옆에서 세 남자가 티격태격했다는 건 눈치채지 못한 모양이었다.

"그럼 먼저." 5백만 엔 봉투를 다카나시에게 내밀었다.

"고맙습니다. 일단 확인부터 하겠습니다."

다카나시는 지폐 다발의 띠지를 뜯고 능숙한 손놀림으로 헤아리기 시작했다. 부채처럼 펼치더니 몇 장 단위로 손끝에 일정한 리듬을 새겨나갔다.

그사이에 신지로는 아내가 내민 주스를 마시며 바깥 상황을 살피고 있었다.

야마구치 사장과 오타 사이에 새로운 싸움이 일어나지 않아야 할 텐데. 사장이 정말 오타를 병원에 데려갔을까. 아니, 오타가 얌전히 따라갔을 것 같지 않다. 일단 한 차례 얻어맞은 상대인 것이나. 잠시 상황을 보러 나가봐야 하는 거 아닐까.

신지로는 마음이 급했다.

그나저나 내가 무슨 짓을 저지른 건가. 그건 상해에 해당되는 걸까. 아니, 그냥 과실이다. 치료비만 물어주면 끝날 일이다. 게다가 그 간판을 떼어낸 건 백번 잘한 일이었다. 그건 절대로, 앞으로도 인정할 수 없다.

"가와타니 씨."

부르는 소리에 정신을 차렸다.

"무슨 일 있으세요?" 다카나시가 의아한 표정으로 들여다보고 있었다. 정신을 차리니 이미 눈앞에는 수취서류와 통장이 나란히 놓여 있었다.

"아, 응, 아니." 신지로는 횡설수설 대꾸하며 이마의 땀을 닦고는 준비해둔 결산서, 시산표, 제품 카탈로그 등의 자료를 내밀었다.

다카나시는 그것을 가져다 조용한 눈으로 숫자를 바라보았다. 다카나시가 몇 가지 질문을 하고 신지로는 거기에 대답했다. 다카나시는 금리가 5.5퍼센트쯤 될 것 같다고 했고, 그거라면 신용금고에 비해 2퍼센트는 낮기 때문에 역시 시중은행은 이익이구나, 하고 생각했다.

앞마당에 자동차가 멈춰 서는 소리가 났다. 가슴이 덜컹해서 신지로는 몸을 긴장시켰다.

"아, 저기……." 마음이 뒤흔들린 것을 들키고 싶지 않아 뭔가 화제를 찾았다. "어때요, 요즘 은행 경기는?"

아차, 얼간이 같은 질문을 했구나.

"예, 물론 호경기라고 할 수는 없지만 매스컴에서 떠들어대는 만큼 심한 건 아니에요. 월급도 꼬박꼬박 잘 나오고 있고요."

다카나시가 상냥하게 웃었다.

"아니, 우리 같은 영세 기업에 대출을 해줄 줄은 생각도 못해서……."

"그것도 편견이에요. 물론 시중은행은 담보주의 같은 원칙이 있지만, 계속 그런 것만 고수해서야 기업은 전혀 성장을 못 할 거고, 그러면 저희도……."

앞쪽에서 남자들의 이야기 소리가 들렸다. 신지로는 반은 제정신이 아니었다.

"그리고요……." 다카나시가 말했다. "종업원은 사모님까지 포함해서 세 명이라고 되어 있던데, 어떠세요, 앞으로는 급여 불입도 저희 은행으로 해주실 수 있을까요?"

"음, 좋아요."

정신은 다른 데 가 있는 채로 대답해버렸다. 말한 순간 마음 한구석에서 이거 난처하구나, 하고 생각했다. 태국인 코비의 월급은 브로커 쪽에 주어야 한다. 직접은 줄 수 없었다.

"또 종업원들의 정기예금도 부탁드리고 싶은데요."

"아, 음, 그렇군."

누군가 현관 자갈을 밟는 소리가 났다. 심장이 거칠게 두근거렸다.

현관 미닫이문이 드르륵 열렸다. "어이, 가와타니, 좀 보세"

라는 야마구치 사장의 나지막한 목소리가 응접실까지 들려왔다. 뭔가 분통이 터져 어쩔 줄 모르겠다는 음색이었다.

"자, 잠깐 실례."

새파랗게 질린 얼굴로 다카나시에게 잠시 자리를 뜨겠다는 말을 하자마자 신지로는 현관으로 달렸다.

야마구치 사장은 목뼈를 울려가며 실망한 표정으로 서 있었다.

"안 되겠어." 코를 한 번 둘러 마신다. "저 사람, 인정이고 뭐고 도무지 통하지를 않아. 나도 죽어라 머리를 숙여봤는데……. 끝끝내 경찰을 불러버렸네."

턱으로 바깥을 가리켰다.

현관에 한쪽 발만 내밀고 밖을 내다보니 제복 차림의 경관 몇 명이 와 있었다.

다시금 머릿속이 빙빙 돌았다. 이 상황을 뚫고 나갈 방법은 어디에도 없을 것 같았다.

바깥으로 나섰다. 이전에 야마구치 사장이 오타를 두들겨 팼을 때 달려왔던 낯익은 경관도 와 있었다.

"아, 저어……." 말이 나오지 않았다.

"허 참, 이게 뭡니까, 가와타니 씨." 경관은 답답하다는 표정으로 말을 뱉었다.

"아뇨, 그게, 이건 말이지, 일이 좀 잘못되어서……."

"일이 좀 잘못된 정도로 사람이 다친대서야 이건 뭐, 개그도 안 되지요. 게다가 가와타니 씨, 그러고는 공장 뒤편으로 질질 끌고 갔다면서요?"

"아, 그러니까, 그건 말이지……."

신지로는 필사적으로 변명을 해보려고 했지만, 말이 얼른 찾아지지 않고 그저 입술만 부르르 떨 뿐이었다.

경관은 세 명이었다. 그 뒤에서는 오타와 그 부인, 그리고 어느새 모여든 맨션 주민들이 몇 명이나 둘러서 있었다. 차가운 시선이 용서 없이 신지로에게로 쏟아졌다.

문득 집 쪽을 돌아보았다. 유리문 너머로 희미하게, 목을 빼고 이쪽을 살펴보는 다카나시와 눈이 마주쳤다. 하루에는 벌써 현관 앞에 나와 있었다.

신지로는 두 손으로 머리를 움켜쥐었다.

여전히 말이 나오지 않았다. 경관 한 명이 오타의 이야기를 들었는지 공장 옆 틈새에서 입간판을 끌어내왔다. "이걸 강제로 떼어내려고 했단 말이지요?"라는 대화가 희미하게 들려왔다.

안 된다. 저것만은 은행 쪽 사람의 눈에 띄게 해서는 안 된다.

신지로는 황급히 뛰어나가 입간판을 빼앗아 다시 감춰두려고 했다.

"이봐, 당신, 대체 뭐하는 거야?" 경관의 목소리가 거칠어졌다.

"아니, 그러니까, 이건 곤란하다고요."

"무슨 말을 하는 거야?"

젊은 경관이 사이에 끼어들어 신지로를 다시 밀어냈다.

"이봐, 가와타니, 진정해."

야마구치 사장이 지난번과는 완전히 반대 입장이 되어 신지로를 달래려고 했다.

"그럼 잠깐만 기다려요, 예? 아주 잠깐이면 돼."

신지로가 집으로 돌아가려고 하자 경관이 팔을 붙잡으며 "안 되죠, 안 돼"라고 말했다. 그 손을 뿌리쳤다. 경관이 불끈했던지 이번에는 몸을 붙잡으려고 했다.

"놔요. 도망치진 않을 거니까."

"아무튼 안 돼요." 얼굴을 모르는 사이도 아닌데 경관의 목소리가 딱딱해져 있었다.

"사장님, 좀 도와줘요."

"가와타니, 그러니까 제발 마음을 좀 가라앉히고 말이지……."

"여기서 어떻게 마음을 가라앉히냐고요!"

목소리가 갈라졌다. 목구멍이 바짝 말라 있었다. 골목길 건너편에서 붉은 등을 돌리며 구급차가 다가왔다. 대체 누구람, 저런 걸 부른 건.

"가와타니 씨." 돌아보니 다카나시가 서 있었다. "뭔가 사정이 복잡하신 것 같아서 오늘은 이만……."

온화한 말투였지만 그래도 표정에 어딘가 호기심의 기색이 엿보였다. 그리고 그 시선은 신지로의 어깨를 넘어 뒤편으로 향했다. 입간판을 들켜버렸구나 싶었다.

"자, 잠깐……."

신지로는 다카나시의 팔을 잡고 5미터쯤 그 자리를 벗어났다. 누군가 자신의 이름을 불렀지만 귀에 들어오지 않았다.

"무슨 일이 있어요?" 다카나시가 이상하다는 얼굴로 물었다.

"아, 아니, 그게……. 이웃 공장의 사장이 잠깐 주먹을 쓰는 바람에……." 이미 거짓말을 하고 있다는 자각은 없었다. "내가 중간에서 말리려고 했는데 그만. 다들 참 어른답지를 못해서……."

의미도 없이 손목시계를 들여다보았다. 행동 하나하나에 이유를 찾을 수가 없었다.

"저어 그게, 서류는 이걸로 다 갖춰진 건가?"

"예, 상세한 부분은 은행에 가서 살펴보겠습니다."

"그, 그렇겠지. 자, 그럼, 오늘은 이만……."

"자동차가……."

다카나시가 목을 뺐다. 바라보니 다카나시가 타고 온 자동차가 경찰차와 구급차 사이에 끼어 있었다. 게다가 그 주위에는 맨션 주민들도 있었다.

"아, 내가 자동차를 이쪽으로 가져올게."

"아뇨, 그러실 것까지는……."

그 말을 뿌리치고 신지로가 하얀 승용차로 향했다. 발걸음이 어색했다. 차가 잠겨 있어 다시금 주춤했다.

"다카나시 씨, 키가……."

"제가 할게요."

다카나시가 자동차까지 다가왔다. 이미 자신은 어떻게 봐도 부자연스러운 행동을 취하는 동네 공장의 사장일 터였다.

경관들이 불끈해서 신지로를 바라보고 있었다.

"거기, 좀 비켜요."

다카나시가 자동차에 올라타는 곁에서 신지로가 오타며 구급대원에게 손짓을 섞어가며 말했다.

"이봐요, 비키라는 건 대체 뭡니까?" 오타의 얼굴이 딱딱하게 굳었다.

"됐으니까 좀 비켜!"

신지로의 머리에는 이 자리를 벗어나는 것밖에 없었다.

"돈, 잘 넣었지요?"

"네, 분명하게 제가 맡았습니다."

주위의 불온한 공기에 당황한 젊은 은행원이 그래도 웃는 얼굴을 지으며 검은 가방을 툭툭 쳤다.

다카나시는 시동을 걸고 천천히 핸들을 꺾어 자동차를 출발시켰다. 그 앞에 경관이 끌어내온 간판이 벽에 기대어 세워져 있었다. '우리는 공장 소음이 고통스럽습니다.' 하얀 바탕에 검은 고딕체로 적힌 글자들이, 싫어도 신지로의 눈에 들어왔다.

차 안의 다카나시의 뒤통수를 보았다. 명백히 다카나시의 눈은 그 간판으로 향하고 있었다.

신지로가 마음속으로 부르짖었다.

안 돼, 저 사람이 봤어! 대체 무엇을 위해 나는 우왕좌왕했던가.

하얀 자동차가 그 몸체에 햇빛을 반사하며 좁은 골목길을 서행으로 나아갔다.

이마에 손을 짚자 그 손등에 땀이 축축하게 묻어났다.

"가와타니 씨." 경관이 눈을 치뜨고 있었다. "서까지 함께 가실까요?"

신지로가 큰 한숨을 내쉬었다. 야마구치 사장까지 딱하다는 시선으로 바라보고 있었다.

그날 밤, 목욕물에 잠긴 채 신지로는 후회에 시달렸다. 오타를 다지게 한 것보다, 간판을 나가나시의 눈에 띄게 한 것보다, 자신이 꼴사납게 흐트러졌던 것이 더 큰 충격이었다.

자신이 눈물을 줄줄 흘려가며 무릎을 꿇었다. 그 사실은 해일처럼 신지로의 마음에 밀려들어서 자기도 모르게 비명이 터져 나올 것만 같았다.

앞으로 야마구치 사장에게 어떤 얼굴을 해야 좋은가. 물론 이웃사촌인 터에 그런 걸 놀리고 하지는 않겠지만 그래도 절대 잊을 리 없었다. 내일 일이 벌써부터 우울해졌다.

아내인 하루에한테까지 경관 앞에서 어쩔 줄 몰라 허둥거리는 꼴을 들키고 말았다.

평생 괴로운 기억이 될 듯했다.

간판은 그 뒤에 맨션 주민들의 손에 의해 다시 세워졌다. 이미 그것을 뜯어낼 기력도, 그들에게 대항할 용기도 없었다.

노부아키와 미카도 분명히 그 입간판을 보았을 것이다. 공장 바로 코앞에 있으니 알아보지 못할 리가 없다. 저녁을 먹을 때 그런 소리를 하지 않은 건 틀림없이 아내가 미리 단단히 타일렀기 때문일 것이다. 그 생각을 하면 자식들에게까지 걱정을 끼치는 가장이라는 자신의 꼬락서니가 더욱더 한심하게 느껴져 가슴이 미어지는 것 같았다.

얼마 전에 미카가 '가와타니 철공소'는 너무 동네 공장 티가 나는 이름이니까 바꿨으면 좋겠다고 했던 게 생각났다. 그러잖아도 집안에 콤플렉스까지는 아니어도 약간의 부끄러움을 품고 있는 판에 저런 입간판까지 내걸렸으니 정말로 기가 팍 죽었을 것이다. 딸이나 아들이이 더 이상 친구들을 집에 데려올 생각도 하지 않으리라는 건 쉽게 상상이 되었다.

지금껏 텔레비전에서 공장 소음 문제가 나올 때마다 남의 일 같지 않다는 생각에 시달렸는데 막상 자신에게 이런 일이 닥치고 입간판까지 내걸리고 보니 정말 견딜 수 없는 압박감이 느껴졌다. 뭔가 자신의 인생을 송두리째 부정당한 듯한 기분이었다.

갈매기은행의 다카나시도 정말 이상하다고 생각했을 터였다. 대출에 영향은 없을까. 이것만은 아무래도 낙천적으로 생각할 수가 없었다.

아예 모든 것을 없던 일로 해버릴까 하는 생각도 들었다. 그렇게 되면 얼마나 마음이 편할까. 생계가 다급한 것도 아니고, 그냥 지금까지 해온 대로 살면 될 일이 아닌가……. 아니, 그래도 그건 안 된다. 신지로는 혼자서 도리질을 쳤다.

우선 기타자와 제작소의 간다에게 체면이 서지 않고, 그러다 보면 앞으로 일감을 받아오는 데도 악영향이 미친다. 첫째로 미카의 대학 진학 문제도 있다. 그래도 아비랍시고 정식으로 머리를 숙이며 부탁을 해왔는데 이제 와 포기하라고는 도저히 말 못 한다. 어떤 짓을 해서든, 가령 노후 저축을 헐어서라도 미카는 대학에 보내주지 않으면 안 된다.

신지로는 뜨거운 물을 퍼서 얼굴을 씻고 다시금 한숨을 내쉬었다.

경찰서에서 젊은 경관에게 진창 혼이 났다. 파출소에 근무하는 낯익은 경관은 아무래도 거북했던지 자리를 떠버렸고, 아직 얼굴에 어린 티가 남아 있는 경관에게 고압적인 호통까지 들은 것이다. 책상에 이마를 비비다시피 사과를 하면서도 자칫 스무 살 가까이 나이가 어린 사람에게 머리를 조아리고 있는 자신이 한심하기만 했다. 오타가 형사 고소를 하겠다고 나선 모양이었다. 그게 어떤 것인지 신지로는 짐작도 가지 않았다. 경관은 일이 커지는 건 피하고 싶은지 "아저씨, 어떻게든 사과하고 합의를 하세요"라고 엄하게 명령했다.

내일. 완전히 골치 아픈 일들만 기다리고 있었다. 덕분에 일거리는 마냥 뒤로 밀렸다.

욕실을 나와 부엌에서 맥주를 땄다.

하루에는 침울해 있었다. 기분이 나쁘다기보다 남편이 이성을 잃은 모습을 목격하고는 마음이 아픈 기색이었다.

침묵이 한없이 무겁기만 했다. 아이들은 벌써 2층으로 올라갔다. 하루에는 남편을 혼자 있게 해주어야 하나 어쩌나 망설이고 있는 듯, 어디로 가야 할지 모른 채 부엌 싱크대 앞에 서 있었다.

전화가 울렸다. 하루에가 받았다. "네, 가와타니입니다"라고 말하고 그뿐, 입을 꾹 다물었기 때문에 신지로는 그것이 장난전화라는 것을 알았다.

"또야?"

"응, 당신 욕실에 들어갔을 때도 왔어."

"정말 음침한 놈이네."

하루에는 대꾸를 하지 않았다. 하루에가 돌아서려는데 다시 울렸다.

"받지 마, 안 받아도 괜찮아. 이런 한밤중에 우리가 아는 사람들은 전화를 할 리가 없어."

하루에는 전화기 스위치를 눌러 호출음을 오프로 했다. 그것으로 소리는 멈췄다.

"내일, 전화기 하나 사와. 상대방 번호 나오는 거 있지? 넘버 디스플레이인지 뭔지 하는 거."

"어디서 파는데?"

"전자제품 가게에 가면 있겠지."

"비싸지 않을까?"

"그 정도는 괜찮아. 전부터 들여놓고 싶었어."

"응."

하루에는 힘없이 대답했다.

맥주를 제 손으로 따르려니 문득 손의 힘이 풀리면서 하마터면 떨어뜨릴 뻔했다.

가까스로 흘리지는 않았지만 컵의 반 이상이 거품이 되어서 그것을 입에 대자 씁쓸한 맛만 입안에 퍼졌다.

오늘 밤은 제대로 잠을 못 자겠구나, 하고 신지로는 생각했다.

26

요즘 들어 시간이 나면 구인 정보지를 읽고 있다.

갈매기은행에 입사할 수 있었던 건 친척의 연줄 덕분이었기 때문에 이런 잡지를 손에 든 건 처음이었다. 그래서 예상 밖으로 세상 물정에 어둡다는 것에 후지사키 미도리는 스스로도 당황스러웠다. '플로어 레이디 모집'이라는 고수입 광고에 가슴이 부풀었는데 읽다 보니 호스티스라는 것을 알고 낙담하는 식의 어리석은 짓을 되풀이하고 있었다.

한바탕 훑어보고는 세상이 그리 만만치 않다는 것을 깨닫고 미도리는 한숨을 내쉬었다. 중도 채용을 해주는 회사라야 중소기업뿐이고 당연히 대우는 이런 시중은행과는 비교도 안 되었다. 작은 규모의 회사가 좋다고 생각하면서도, 명색이 사무직이라면서 한 달에 실제 수령액이 12만 엔이라는 급여를 보면 역시 기분이 우울해졌다.

퇴사는 7월 보너스가 나올 때까지 기다릴 생각이었다. 여자 일반직에게도 나름대로 두둑한 보너스가 나왔다. 지점장과 얼굴을 마주치는 건 고통스러웠지만 보너스를 포기하는 건 더 신경질이 났다. 게다가 여동생이 가출한 일도 있었다. 최소한 여동생이 돌아올 때까지, 어머니의 마음이 안정될 때까지 기다렸다가 그만두는 게 가족을 위해서도 좋을 듯한 마음이 들었다.

"후지사키."

누군가 부르는 소리에 얼굴을 들었다. 기다 과장대리가 벽시계를 가리켰다. 이제 슬슬 창구 업무에 들어갈 시간이었다. 미도리는 책상 위를 정리하고 창구로 나갈 준비를 했다.

기다는 요코하마의 그 일 이후로 어딘지 냉랭해졌다. 요코하마의 호텔 식당에서 기다는 미도리를 옛 상사와 만나게 해주고는 지점장의 성추행을 고발하겠다는 속내를 내보였다. 그것은 기다가 지점장을 좋게 생각하지 않는다는 것을 고스란히 보여준 뜻밖의 일이었다. 기다는 하룻밤 생각해보라고 했었지만 미도리는 그 다음 날 거절했다. 그걸로 적잖이 거북스러운 사이가 되고 말았다.

그날, 기다는 긴장된 표정의 미도리를 바라보며 잠시 입을 꾹 다물고 있더니 가볍게 미소를 지으며 "그렇다면 어쩔 수 없지"라고 포기했지만, 그래도 아쉽다는 기색이 역력했다.

지점장을 어딘가로 내쳐봤자 내게 무슨 좋은 일이 돌아오는 것도 아니다. 그것이 미도리가 낸 결론이었다. 하마터면 봉변을 당할 뻔했던 것에 대한 분함은 아직 사라지지 않았지만 더이상 번거로운 일에 휘말리는 건 싫었다.

서류 작업을 하고 있는 유코를 바라보았다. 그 대각선 뒤쪽에서는 다카나시가 전화를 받고 있었다. 미도리는 저도 모르게 두 사람이 어떤 식으로 함께 잤을까, 하는 생각을 하고 말았다. 육체관계를 가진 남녀가 같은 직장에서 일하는 기분은 어떨지 두서도 없는 상상을 했다. 비밀을 공유한다는 건 분명 감미로운 일일 것이다. 왜냐하면 요즘 유코는 작은 몸짓 하나조차도 정말 아름답게 보였다.

유코는 다카나시와의 관계를 언제 내게 말해주려는 걸까. 그때 나는 어떤 얼굴로 그 이야기를 들을까. 제대로 웃는 얼굴로 축복해줄 수 있을까.

미도리는 창구 동료의 어깨에 손을 얹어 교대하자는 뜻을 전했다.

간단한 눈인사를 나누고 의자에 앉아 호출 버튼을 눌렀다. "68번 손님, 3번 창구로 와주세요"라는 합성음이 손님이 뜸한 로비로 흘러나갔다.

그만두기로 마음을 정하고 나자 단조로운 창구 업무가 더욱더 따분하게 느껴졌다. 남의 돈을 헤아리고 숫자를 맞추면서 하루해가 저무는 것이다.

이곳을 그만두면 좀 더 재미있는 일을 하자. 그런 마음은 굴뚝 같았지만 구인 정보지의 현실을 보면 기분이 우울해지는 나날이었다.

정시에 은행을 나섰다. 기다도 염치는 있었는지 다른 여자 행원에게 잔업을 부탁하고 있었다.

통용구를 나와 길거리를 걸었다. 이대로 집에 돌아가 봤자 딱히 할 일도 없고, 어디 들렀다 가고 싶었지만 갈 곳도 없었다. 친구를 불러낼 마음도 나지 않아 그저 멍하니 거리를 바라보며 느린 걸음으로 미도리는 걷고 있었다.

어쩔 수 없이 서점에나 들러보기로 했다. 가끔은 소설이라도 읽자. 가능하면 속이 시원하고 유쾌한 걸로. 주인공이 꾸물꾸물 고민하는 거 말고 명랑하고 거칠고 강하게 나가는 게 좋다.

술집 모퉁이에 사람이 서 있었다. 시바타 노인이었다. 오늘은 은행에 얼굴을 안 내미는구나 했더니, 미도리의 착각이 아니라면 이런 곳에서 기다리고 있었나 보다. 미도리는 슬쩍 웃음을 띠며 인사를 했다.

"안녕하세요?"

되도록 들러붙지 못하도록 무표정하게 말했다.

"지금 돌아가고 있는 길인가?" 시바타는 빙글빙글 웃고 있었다.

"아, 네."

노인 스토커라는 말이 미도리의 머릿속에 떠올랐다. 어서 빨리 피해가고 싶었다.

"알고 있나?"

"네?"

"요 앞 공원 맞은편에 말이지, 새 찻집이 생겼더라고. 나는 잘 모르겠는데, 암만해도 그 옆의 케이크 집에서 경영하는 찻집인 모양이야. 그래서 차를 마시면서 여러 가지 케이크를 먹을 수 있다네? 우리 동네 노인회의 미야자키 씨가 그러더구먼."

자신은 알지도 못하는 그런 사람을 들먹거려봤자 그저 딱하기만 하다. 공원 맞은편이라고 해도 어디인지 얼른 짚이지 않았다. 근무처라지만 이 동네를 한 번 제대로 둘러본 일도 없었다.

"화젯거리 삼아서 한번 가보고 싶은데 암만해도 나 같은 노인네가 혼자 들어갈 만한 데가 아니지 뭐야. 아까 그 앞을 지나면서 보니까 정말 참 근사한 서양풍이더구먼. 노인네는 들어오지 말라는 식으로 꾸며놨더라니까."

대체 이 노인네가 무슨 이야기를 하고 싶은 건가. 미도리는 어색한 얼굴로 듣고 있었다.

"후지사키 같은 젊은 아가씨라면 그런 곳이 정말 잘 어울릴 게야."

"아, 네……."

"나이가 들면 역시 행동범위가 좁아져서 도무지 사는 재미가 없어. 견문을 넓히고 싶어도 화려한 곳은 아무래도 들어서기가 망설여지더라니까."

혹시 차라도 함께 마시자는 이야기인 걸까. 어휴, 말도 안 돼.

미도리는 일부러 손목시계를 들여다보았다.

그 순간, 시바타 노인의 표정에 그늘이 드리웠다. 얼굴에 웃음은 그대로였지만 슬픔이 담긴 눈으로 "아차, 이런"이라고 말했다.

"노인네들은 깜빡 자기 생각만 하고 이야기를 길게 늘어놔요. 무슨 급한 일이 있는 모양이지? 그야 그렇겠지, 젊은 사람이야 당연히 바쁘기 마련이지."

"아, 네, 죄송합니다."

냉담하게 말을 던졌다. 여기서 느슨한 얼굴을 해서는 안 된다.

"저기……."

"네, 무슨 말씀이신지요?"

"이다음에 차라도 한잔 대접할게."

시바타가 마음을 정한 듯한 얼굴로 말했다.

"아뇨, 괜찮습니다."

미도리는 전혀 표정을 무너뜨리는 일 없이 은근하게 인사를 건네고 걸음을 뗐다.

시선의 끝에 그야말로 기운이 빠진 듯한 시바타 노인이 비쳤다. 남에게 차갑게 대한 것에 미도리도 적잖이 마음이 뒤흔들렸다.

하지만 어쩔 수 없다고 생각했다. 남을 배려해줄 만한 여유 따위는 지금의 자신에게는 없는 것이다.

27

"별로 무섭지 않았어."

메구미는 머리를 쓸어올리더니 눈을 귀엽게 치켜뜨고 가즈야를 바라보며 낮은 소리로 말했다.

"정말?"

"응. 아까까지 야마자키라는 사람의 이게 와 있었거든." 메구미가 새끼손가락을 세웠다. "야스코라는 여자야. 나를 감시하려고 일부러 왔나 봐. 여자를 인질로 잡아두자니 화장실이니 뭐니, 감시하기가 힘들어서 그런가? 야마자키라는 사람하고 펀치파마는 가끔 들락날락하기만 했어."

옥탑방 한 귀퉁이에서 두 사람이 수군수군 이야기를 나누었다. 야마자키의 똘마니인 펀치파마는 밖에서 의자에 앉아 도시락을 먹고 있었다. 하지만 문을 열어두고 있어서 바로 앞에 펀치파마의 뒷모습이 보였다.

아무리 돈을 만들어 오라고 윽박질렀어도 5백만 엔이라는 돈은 그리 쉽게 손에 들어오는 금액이 아니었다. 결국 경찰에 쫓기고 교통사고를 일으키고 노처녀에게 폭력을 휘두른 끝에 완전히 녹초가 되어 다테노 친목회로 돌아왔을 뿐이다. 사무실에 얼굴을 내밀자 소파 등받이에 몸을 젖히고 앉아 있던 야마자키는 잔인한 눈빛으로 "돈은 어떻게 됐냐?"라고 물었고, 가즈야가 고개를 젓자 "냉큼 옥상으로 가. 돈이 될 때까지 여기서 출근해"라며 차갑게 손끝으로 쫓아냈다.

옥상으로 올라가자 거리의 야경을 배경으로 펀치파마가 가즈야를 쓰윽 노려보더니 턱으로 창고 안을 가리켰다. 들어갔더니 메구미가 침대 위에 무릎을 안고 앉아 있었다.

"아무 짓도 안 당했어?" 가즈야가 메구미의 몸을 살펴보며 물었다.

"응, 괜찮아. 처음에는 틀림없이 강간을 당하겠구나 했는데, 그런 짓은 안 하려나 봐. 야스코라는 여자는 나한테 가엾다고 하더라, 나쁜 남자한테 걸렸다고."

"내 얘기야?"

"내가 말해줬어. 내가 먼저 좋아해서 매달린 거라고."

"흐흥."

"자기하고 똑같다면서 웃더라? 그 여자도 야쿠자가 좋았대.

그래서 야마자키라는 사람하고 사귀기 시작한 것까지는 좋았는데 금세 필리핀 술집에 보내 일을 시키더래. 밤에는 거기서 일하고 낮에만 여기로 오는 건가 봐."

"담배 없냐?"

"있어." 메구미가 가방에서 멘솔 담배를 꺼냈다. "휴대전화는 뺏겼어. 경찰에 신고하면 큰일일 테니까."

담배에 불을 붙여 빨아들이자 입속의 상처가 얼얼하게 아팠다.

"나, 필리핀 술집은 싫은데."

"그야 당연하지."

"보통 물장사라면 괜찮아. 소질이 있는 거 같기도 해."

"도망칠 수 없겠더냐?"

"여기를?" 메구미도 담배를 물었다.

"응, 여자가 감시하는 거면 어떻게든 튀어볼 수도 있을 텐데."

"글쎄, 그게 될까? 야스코라는 여자, 예전에는 여자 조폭으로 활동한 거 같던데?"

"너는 참 태평하기도 하다."

"저기, 켄. 논은 어떻게, 마련될 서 같아?"

"그게 그렇게 간단히 되냐? 자그마치 5백만이라고."

"하긴 그렇지."

"하지만 안심해. 절대 너를 그냥 포기하진 않을 거야."

"켄, 고마워." 메구미는 수줍은 얼굴을 했다.

"바보. 이런 판에 실실 웃고 그러지 마라."

"그래도 좋은데?"

"어이." 뒤에서 굵은 목소리가 들렸다. "뭘 속닥거려?"

펀치파마가 입구에 서서 두 사람을 내려다보고 있었다.

"아무것도 아냐." 가즈야가 대답했다.

펀치파마는 흥, 콧방귀를 날리더니 비어버린 도시락을 방의 쓰레기통에 던졌다. 그리고 가즈야에게 다가오더니 호주머니에서 수갑을 꺼내 한쪽은 가즈야의 오른손에, 다른 한쪽은 이층 침대의 기둥에 채웠다.

"이런 짓 안 해도 도망 안 쳐."

"입 다물어. 여자 쪽은 봐주지. 그리고 휴대전화 내놔, 충전하게."

"네가 감시 맡았어?"

"어. 너희 땜에 나는 밤새 잠도 못 잔다."

"흥, 감기 걸리지 않게 조심해라."

"죽인다, 이 새끼."

펀치파마는 선반 위에 있던 라디오를 집어 들고 문 앞의 의자로 돌아갔다. 전파의 잡음이 들리더니 곧바로 가요곡으로 바뀌었다.

"너, 후회 안 해?" 가즈야는 다시 메구미에게 물었다.

465

"안 해."

"왜? 이런 지독한 꼴을 당했는데?"

"모르겠어."

"모르다니, 그런 소리가 어딨냐?"

"그래도……."

"그래도 뭐?"

"그냥 평범한 건 재미도 없고."

"그런 게 이유가 되냐?"

"그럼 켄은 후회하고 있어?"

"후회막심이지, 물론. 이 얼굴 좀 봐라. 야쿠자한테 왕창 두들겨 맞지, 큰돈 가져오라지……."

"그럼 어디로 돌아가고 싶은데?"

"톨루엔 훔치기 전이지. 그짓만 안 했어도."

"지금쯤 뭘 하고 있을까?"

"내가 어떻게 알아, 그딴 걸?"

"생각해봐."

"파친코라도 하겠지."

"그설로 새미있었을까?"

"당연히 재밌지."

그럴 리는 없었다. 한 달 전까지 자신은 죽은 사람처럼 살았었다. 아침에 눈을 뜨면 이명에서 도망치기 위해 거리를 싸돌아다니고 파친코에서 생활비를 벌고 밤이면 사우나에서 시간을 죽이는 그런 나날이었다. 하루하루가 너무 길었고 그러면서도 일주일은 빨리도 지나갔다.

그렇다면 좀 더 옛날로 돌아가고 싶은가 하면 꼭 그렇지도 않았다. 어차피 돌아가고 싶은 과거 따위는 있지도 않았다.

"아파트, 커튼 바꿨어."

"응, 바깥에서 봤어."

"얼른 돌아가고 싶다."

"너는 진짜 태평하다."

이층 침대 아래에 둘이 나란히 누웠다. 그나마 안도할 만한 것은 메구미가 쉽게 울고짜고 하지 않는 여자라는 것이었다.

바깥의 라디오에서 DJ의 경쾌한 수다가 들려왔다.

피곤해서 그런지 온몸에 둔한 통증이 들러붙어 있었다. 오른손에 수갑이 채워져 있어서 그 팔을 베개로 삼는 수밖에 없었다.

메구미가 말없이 몸을 맞대왔다. 아직 5월인데도 축축하게 열기를 품은 밤기운이 활짝 열린 문을 통해 스며들었다.

메구미만이 자신과 세계를 이어주는 끈이라고 가즈야는 생각했다.

28

새벽 6시부터 가와타니 신지로는 공장 기계를 돌렸다. 연달아 말썽이 일어나는 바람에 일감이 대폭 밀려서 이렇게라도 하지 않으면 오전 납품 시간을 맞출 수 없는 상황이었다. 다행히 바깥은 비가 내리는 날씨여서 눅눅한 공기와 쏟아지는 빗소리가 모터 소리를 얼버무려줄 것 같았다. 셔터는 내려놓은 그대로였다. 천장의 형광등 불빛이 푸르스름하게 작업장 안을 비춰서 기름을 빨아들인 공작기계가 차갑게 번뜩였다.

아침밥은 하루에에게 주먹밥을 갖다 달라고 해서 선 채로 먹었다. 아내는 "코비 씨나 마쓰무리 군한테 아침 일찍 출근해달라고 부탁하면 좋잖아"라고 말했지만, 간밤에 잔업을 시킨 터에 또 새벽 6시에 나오라는 말은 차마 입이 떨어지지 않았다. 배 속이 슬슬 쓰려왔다. 하루에가 없을 때 위장약을 좀 먹어두자고 생각했다.

작업장에 들어섰을 때, 환기를 위해 일단 셔터를 열었더니 눈앞의 담벼락에 예의 입간판이 있었다. 비를 맞아 글씨가 좀 번졌으면 했는데 페인트의 윤기가 더해져서 더욱 조용한 항의의 의지를 내뿜고 있었다.

역시 입간판을 보니 기분이 침울해졌다. 하룻밤이 지나도 충격이 누그러지지 않았다. 집을 나설 때마다 아들과 딸아이는 노상 저것을 볼 터였다. 오타를 다치게 한 일의 뒤처리 역시 생각하기만 해도 우울했다. 거기다 또 하나 불안한 일을 꼽자면 대출 건도 걱정거리였다. 이웃과의 소음 문제가 심사에 마이너스가 되리라는 건 불을 보듯 뻔한 일이다.

신지로는 첩첩이 쌓이는 어려운 문제들을 지워버리려는 듯이 작업에만 몰두했다. 스폿용접 기계 앞에 앉아 차례차례 부품을 가공해나갔다. 오른쪽 바구니에서 왼쪽 바구니로 철 부품을 옮기고 있으려니 자신은 역시 묵묵히 작업을 하는 게 성질에 맞다는 약한 마음이 앞서고 말았다. 경영자는 과감하게 리스크에 맞서지 않으면 안 된다. 물론 18년이나 철공소를 해왔으니 새삼 오늘에야 갑작스레 생겨난 부담은 아니지만, 일이 제대로 풀리지 않을 때는 그 책임이 정말 무거웠다.

8시가 되자 코비와 마쓰무라가 출근을 했다. 두 사람은 어제부터 입간판에 대해서는 아무 말도 하지 않았다. 코비는 일본

어를 읽고 쓰지는 못하지만, 그래도 매사에 숨기는 게 없는 성품인 사람이 어떻게 된 일이냐고 묻지도 않는 걸 보면 대강 눈치를 챈 모양이었다. 마쓰무라는 조심하는 건지 관심이 없는 건지, 여전히 입을 꾹 다문 채였다. 이럴 때면 신지로도 일터에서의 고독을 느꼈다.

야마구치 사장은 이틀에 한 번꼴로 아침 커피를 마시려고 얼굴을 내밀곤 했는데 역시 어제 신지로의 추한 꼴을 배려해주려고 그러는지 오늘은 나타나지 않았다.

오른손으로 레버를 당기면 가운데에서 내려온 드릴이 규칙적으로 용접을 해나갔다. 압축음과 금속음과 불꽃이 튀는 소리가 뒤섞여 작업장 안에 울려 퍼졌다.

강하게 밀고 나가는 수밖에 없다고 신지로는 생각했다. 이사를 할 수도 없고 그렇다고 방음 개축을 할 여유도 없고, 우선은 이대로 일을 계속하는 수밖에 없는 것이다. 바늘방석이기는 하지만 그것밖에 달리 방법이 없었다.

해결할 방법이 있다면 돈이었다. 돈만 있으면 공업단지에 적당한 택지를 찾아내 집을 지을 수 있다. 역시 집은 갖고 싶었다. 계약 갱신 때마다 신지로는 가슴이 조마조마했다. 집을 비우라는 요구가 그리 쉽게 나오지는 않으리라는 걸 알면서도 불길한 상상을 하기 시작하면 몸이 졸아드는 심정이 되곤 했다. 이웃에서 항의가 들어왔다고 하면 부동산 업자가 난색을 표할 가능성도 컸다. 그렇게 되면 다음 갱신은 지금까지보다 훨씬 더 걱정스럽다. 그러니 어떻든 터릿 펀치 프레스가 필요했다. 그것만 있으면 일거리는 보장되는 것이다. 5년 동안 빚 전액을 갚아버리면 그다음은 착착 벌어들이는 일뿐이다.

여기서 물러설 수는 없다고 신지로는 생각했다. 현재 상태로 가다가는 앞날이 걱정스러울 뿐인 것이다.

"사짱님." 바깥에 쌓아둔 자재를 가지러 갔던 코비가 말을 붙여왔다. "밖에서 누가 사진을 찍어." 몸짓으로 카메라를 들이대는 시늉을 했다.

"뭐야, 뭘 찍는데?"

"몰라."

신지로가 앞쪽으로 나섰다.

"뭐야, 또 당신이야?" 신지로가 지겹다는 소리를 냈다.

"아, 안녕하십니까?"

늘 시청에서 나오던 직원이 콤팩트 카메라로 담벼락의 입간판을 사진에 담고 있었다.

"당신, 뭐하는 거야?"

"예, 저희도 일단은 자료를 작성해야 하거든요."

"무슨 자료를?"

"관청이다 보니 뭐든 보고서가 있어야 해요." 직원은 여전히 저자세였다. "어디서 어떤 케이스의 문제가 발생했는지, 기록으로 남겨서 이후의 일에도 도움이 되고자…….”

“뭔 소린지 모르겠네.”

“이를테면 시민들 중에는 환경공해 문제에 유독 관심이 많은 분들이 있어서 저희로서도 이래저래 질문에 대답해야 하거든요.”

“그거, 시민단체인가 뭔가 하는 데?” 어두운 마음이 순식간에 부풀었다. “저 오타라는 사람, 시민운동이라도 한답디까?”

“아뇨, 그런 건 아니고요.”

“장난치지 말라고. 제발 부탁이야, 이제 우리 좀 가만히 놔둬.” 신지로는 울고 싶은 심정이었다. “우리가 대체 뭘 어쨌다는 거야? 열심히 일해서 세금 내고 착실하게 사는 것뿐이잖아?”

“예, 하지만 경찰까지 들락날락하게 되면 좀…….” 벌써 시청에 알린 것이다. 그야 당연히 그랬을 것이다. 그 오타라는 놈이 그렇게 하지 않았을 리가 없다.

“어떠세요, 이쯤에서 한번 그쪽의 제안을 존중해주시는 것도…….”

“아니, 그러니까, 그건 도저히 안 될 소리라니까.”

“하지만 그랬다가는 언제까지고 평행선이어서…….”

신지로는 몸이 달았다. 오전 중에 납품해야 할 일거리가 있는 것이다. 길게 상대하고 있을 여유가 없었다.

“아무튼 지금은 바빠요.”

“지난번에도 그렇게 말씀하셨는데.”

"언제고 바쁘다고." 가시 돋치게 쏘아붙일 작정이었지만 말에 힘이 들어가지 않았다.

"여보." 뒤에서 하루에의 목소리가 들려왔다. 돌아보니 요즘 완전히 걱정하는 게 버릇이 되어버린 아내의 우울한 얼굴이 있었다. "전화 왔어, 갈매기은행의 다카나시 씨에게서."

"응, 알았어."

아무 일도 아닌 척 대답하면서도 마음속 어딘가에서 드디어 올 것이 왔다는 생각이 들었다. 역시 어제의 소동이 걸린 거다. 적어도 융자과라면 무슨 일인지 알려고 하는 건 당연했다.

그때까지 묵직했던 위가 찌르르 아파왔다. 신지로는 사무실로 달려가 수화기를 집어 들고 억지로 밝은 목소리를 짜냈다.

"어제는 일부러 찾아주고 고마웠어요." 전화를 향해 머리를 숙였다.

"결산서 등 서류는 자세히 읽어봤습니다. 그래서 드리는 말씀인데요……."

신지로는 심장이 높직하게 뛰었다.

"우선은 연대보증인인데요, 형님이 받아주기로 했다고 하셨는데 보증 의사를 확인하는 문서를 형님 편에 보내드릴 테니까 서명 날인해서 이쪽으로 우송해주십사고, 가와타니 씨 쪽에서 사전에 연락해주실 수 있을까요?"

"아, 예, 괜찮아요."

어깨에서 스르르 힘이 빠졌다. 대출이 안 된다는 소식일 거라고만 생각했었다.

"가능하면 형님 쪽도 정기예금을 하나 들어주시면 고맙겠습니다만."

이 대목에서 다카나시는 약간 장난스럽게 말했다.

"글쎄, 거기는 너무 멀 텐데? 형님 집에서 여기까지는 아주 멀어요."

그렇게 대답하고 신지로는 가슴을 쓸어내렸다. 다카나시는 "아무리 먼 곳이라도 찾아뵙겠습니다"라고 밝은 소리를 냈다.

"그리고 설비투자하시는 기계를 예금과는 별도로 담보로 하겠습니다."

"응, 좋아요." 그건 당연하다고 생각했다.

"그리고 또 한 가지, 이건 조금 말씀드리기 어려운 일인데요……."

"뭔데요……." 다시금 마음에 어두운 그림자가 드리웠다. 기분이 오르락내리락 기복이 심했다.

"역시 처음 해드리는 대출이고, 게다가 부동산 담보도 없어서요……. 어떠세요, 거기에 2퍼센트씀 금리를 올려주실 수 없을까요?"

"2퍼센트?"

"저도 힘을 쓰고는 있는데 품의에서 통과되기 위해서는 아무래도 좀……."

신지로는 대답이 막혔다. 어제 다카나시는 5.5퍼센트 정도라고 했었다. 그게 7.5퍼센트로 올라가면 신용금고와 별반 다를 것도 없는 금리로 빌리는 셈이 된다.

"그 대신 이번에 실적을 쌓아주시면 다음부터는 좀 더 낮은 금리로 대출해드릴게요."

그런 건 처음부터 말을 해야지, 하는 생각이 들었다. 막판에 도망치기 어렵게 해놓고서 금리를 쳐들고 나서다니, 이건 좀 비겁하다고 신지로는 생각했다.

"어떠세요, 받아주실 수 없을까요?"

어차피 이쪽에 선택의 여지 따위는 없는 것이다.

"……응, 알았어요."

"고맙습니다. 정말 죄송합니다."

죄송하다는 말로 끝날 일이 아니잖아. 신지로는 마음속으로 욕을 퍼부었다.

"즉각 품의를 심사에 올릴 테니까, 네, 일주일 안으로 2천만 엔, 준비될 겁니다."

신용금고는 이틀이면 되는데, 라고 생각했지만 신지로는 말 없이 고개를 끄덕였다.

전화를 끊고 차를 한 잔 마셨다. 처음부터 가까운 신용금고 와 상의하는 게 좋았겠다는 생각이 솔솔 들었지만, 기타자와 제작소의 간다가 소개해준 덕분에 대출이 가능했던 것도 사실인지라 신지로는 억지로라도 납득하기로 했다.

다행히 입간판 일은 문제 삼지 않았다. 그건 한결 마음이 놓이는 일이었다.

작업장에 돌아가려는데 출입구 쪽에 아직도 시청 직원이 서 있었다.

"당신, 아직도 있었어?"

"예, 그러니까요. 저희도 되도록 신속하고 온당하고 원만하게 해결하고 싶거든요."

"유난히 일을 열심히 하시네. 공무원이 언제부터 그렇게 일을 열심히 했대?"

"아니, 무슨 그런 말씀을." 직원은 손수건으로 이마의 땀을 닦고 있었다.

신지로가 벽시계를 보았다. 시간이 없었다.

"정말로 바빠요, 우리. 부탁이야, 제발 가만 좀 놔둬."

"예, 하지만……."

여전히 직원은 끈덕지게 물고 늘어지려고 했다.

"이봐요." 신지로가 가까스로 싸증을 익누르고 직원을 보았다. "뇌물이라도 받은 거 아뇨? 이상하네, 보통 공무원은 이렇게까지는 안 하잖아?"

"네? 그, 그건 실례 아닙니까?"

"그럼 뭐요? 어째서 자꾸 그쪽 편만 드느냐고?"

신지로가 마구 들이대자 직원의 눈이 슬그머니 침착함을 잃었다.

"뭔가 감추고 있지? 뭔가 뒤가 있는 거 아뇨?"

"뒤라니요……."

"그럼 대체 뭐야? 말 좀 해주쇼, 이제는 그리 놀라지도 않을 테니."

다시 시계를 보았다. 이 이상 시간을 끌면 납품에 지장이 생길 것 같았다.

"저어, 실은…… 오타 씨가 시의회 의원에게 압력을 넣었는지……."

"시의회 의원?"

신지로는 그 즉시 숨이 답답해지는 것을 느꼈다. 빨대로 겨우겨우 공기를 빨아들이는 듯한 느낌이었다.

"예, 제가 직접 지시를 받은 건 아니지만 상사 쪽에서……."

뭔가 말을 하고 싶었지만 선뜻 말이 나오지 않았다.

"아, 물론 그쪽에 강제력이 있는 건 아니에요."

신지로는 당황하여 가슴에 손을 얹었다. 트림을 토해내려고 했다. 요란하게 트림을 하자 그때만 공기가 목구멍을 지나갔다.

"……왜, 왜 그러세요?"

"아니, 아무것도 아냐. 시의회 의원이라면 우리도 상공회가 추인한 의원이 있다고."

"그러니까 저희도 최대한 원만하게……."

사무실 전화가 울렸다. 둘러봤지만 하루에가 없어서 신지로가 직접 받았다.

파출소의 잘 아는 경관이었다. 기운 없는 목소리로 "가와타니 씨, 큰일 났어"라고 말했다.

"왜, 왜 그래?" 가느다란 목소리밖에 나오지 않았다.

"오타 씨가 피해 신고를 냈어. 이대로 가면 체포될지도 모른다니까."

"체, 체포?"

목구멍에 뭔가 얽혀드는 듯한 착각이 들었다.

"그렇다니까. 그렇게 되면 조서를 꾸미고 서류 송검을 해서……."

설마 그런 말이 실제로 튀어나올 줄은 예상도 못 했기에 신지로는 그만 입이 떡 벌어졌다. 머리에서 서서히 핏기가 빠지면서 어깨부터 아래까지 한기가 훑고 내려갔다.

"물론 불기소 처분으로 끝나기는 하겠지만, 이거 영 곤란해, 이웃 산에 이런 일이 일어나면. 가와타니 씨, 사흘 말미를 줄 테니까 분명하게 사과를 하고 적절하게 배상도 하고 그래서 화해를 좀 해줄래? 그걸로 피해 신고를 취소해달라고 해봐. 그렇게만 해주면 우리도 살려주는 일이야. 위에서 말이지, 이렇게 바쁜 때에 그런 사건은 들고 오지도 말래. 우리 파출소 입장도 있단 말이지. 이봐, 가와타니 씨, 듣고 있어?"

"아, 으응."

숨을 들이쉬려고 했지만 가슴조차 열려주지 않았다.

"아무튼 부탁 좀 하자고."

경관은 마지막에 불퉁거리는 태도로 전화를 끊었다. 신지로는 그 자리에 쭈그리고 앉았다. 몇 년 전의 기억이 되살아났다. 거품경기가 꺼지면서 일거리가 갑자기 줄어들어 새파래져 있던 때에 한 번 경험한 적이 있었다. 필시 과호흡 증세일 것이다.

"가와타니 씨, 무슨 일이세요?"

시청 직원이 사무실로 뛰어들어와 신지로의 등을 쓸어주었다.

입을 막고 잠시 있으면 나을 터였다.

신지로는 한쪽 무릎을 세우고 왼쪽 손바닥으로 입을 틀어막고 오른손으로 그 위를 다시 덮어 눌렀다. 가슴속의 공기를 토해내고 싶은데 기침조차 나오지 않았다. 눈에 눈물이 번졌다.

대체 뭐가 잘못된 건지 생각해보았다. 터릿 펀치 프레스를 사려고 하는 게 잘못인가. 아니, 은행에서는 돈을 빌려준다고 하고 간다는 일거리를 주겠다고 한다. 그렇다면 오타를 다치게 한 게 잘못인가. 하지만 그건 뜻하지 않은 사고였다. 애초에 그 입간판이 발단이 된 것이다. 내가 어떻게 해야 좋았을까. 방법이 없질 않은가.

1, 2분인지 아니면 몇십 초였는지, 한참을 웅크리고 있었더니 호흡이 회복되었다. 격하게 기침이 터졌다. 온몸이 흠뻑 땀에 젖어 있었다.

"괘, 괜찮으세요?"

직원이 머뭇머뭇 물어왔다.

"당신들이 나를 못살게 구니까 그렇잖아."

농담이 아니라 원망스러운 어조로 말했다.

"결코 그럴 마음은……."

신지로는 다시 시계를 보았다. 정말 이런 짓을 하고 있을 때가 아니었다.

창문으로 바깥을 보니 하루에가 돌아오는 참이었다. 하루에까지 동원해서 어떻게든 스폿용접부터 끝내야 한다.

"어디 갔었어?" 창문을 열고 엉뚱하게 화풀이 삼아 소리를 내질렀다.

"전화 사러. 당신이 사오라고 했잖아? 넘버 디스플레이 되는 거." 하루에가 왜 화를 내느냐는 듯한 얼굴로 멀뚱히 쳐다보았다.

"한가할 때 가면 좋잖아. 하필 이렇게 바쁜 때에."

"나갈 때 내가 말했잖아? 말없이 나간 것도 아닌데."

하루에가 드물게도 표정이 딱딱해져서 반항을 해왔다.

"아, 저기, 저기요."

직원이 수습을 해보려고 나섰다.

"아직도 있었어?"

"예, 그게 그러니까요."

"당장 돌아가쇼. 두 번 다시 오지 마!"

스스로도 얼굴이 붉어진 것을 깨달았다. 신지로는 난폭하게 사무실 문을 열고 용접기 앞에 앉았다. 감정이 폭발했던 탓인지 손끝이 떨려 두세 개 연거푸 불량품을 냈다. 그때마다 불꽃이 튀는 소리가 울려 퍼졌다.

아무리 생각해도 납품 시간에 맞출 수 있을 것 같지 않았다.

하루에에게 거래처에 시간을 못 맞출 것 같다는 전화를 해달라고 부탁했더니 하루에는 "당신이 해요"라고 가시 돋친 소리로 대꾸했고 거기서 작은 부부싸움을 했다.

코비는 난처한 얼굴로 고용주 부부의 눈치를 살피고, 마쓰무라는 입을 꾹 다문 채 일만 하고 있었다.

저녁이 되어 신지로는 서랍에서 와이셔츠를 꺼내고 넥타이를 맸다. 골프용 셔츠로 할까 했지만, 조금이라도 성의를 보이는 편이 낫겠다는 생각에 양복을 골랐다. 하루에의 기분이 영 좋지 않아서 자신이 직접 멜론을 사러 갔다. 근처 과일 집은 피하려고 먼 슈퍼마켓까지 가서 샀다. 만 엔이라는 가격표를 보고 있으려니, 앞으로 얼마나 돈이 더 들어갈지 한숨이 새어나왔다.

맨션 출입구로 들어가 7층 건물의 빌딩을 올려다보았다. 여기저기 칸칸마다 백열등의 부드러운 불이 켜져 있었다. 현관에 가서야 맨션 문이 오토록이라는 것을 처음으로 알았다. 바로 곁에 명판과 각 집의 번호 게시판이 있어서 오타의 이름을 찾았다. 203호였다.

버튼을 누르자 오타 부인의 새침한 목소리가 스피커를 통해 들려왔다.

"저어, 맞은편에 사는 가와타니예요. 어제는 대단히 죄송했습니다……."

곧바로 대답이 돌아오지 않았다.

"오타 씨, 집에 돌아오셨는지요."

"아뇨, 아직요." 목소리 톤이 낮아져 있었다.

우선은 부인이라도 좋으니 일단 만나서 사과해야 한다. 다음 말을 찾고 있으려니 오타 부인은 지극히 사무적으로 "가와타니 씨, 전화번호를 알려주시겠어요?"라고 해왔다. "나중에 변호사를 통해 연락드리지요. 저희는 만날 마음이 없습니다"라고 연달아 빠르게 주워섬겼다.

"저어……."

"전화번호 알려주세요."

전혀 들러붙을 데가 없었다. 신지로는 어쩔 수 없이 마이크를 향해 전화번호를 알려주고, 멜론을 옆에 낀 채 집으로 돌아왔다.

점점 더 마음이 무거워졌다. 변호사라는 말은 신지로처럼 평범한 사람에게는 몸이 자지러들 듯한 위압적인 여운이 있었다.

하루에는 신지로가 멜론을 들고 돌아오는 것을 보고도 그리 캐묻지 않았다. 두 아이는 어딘지 데면데면한 얼굴로 늘 그렇듯 저녁 식사를 마치자마자 2층으로 올라갔다.

다시 작업장으로 돌아갈까. 일거리가 잔뜩 밀려 있었다. 마음이 들썽거려서 낮 동안 작업이 제대로 풀리지 않았던 탓이다. 하지만 소음이 날 것을 생각하면 망설이지 않을 수 없었다. 당분간 이른 아침 시간에 일을 하자고 생각했다.

멍하니 텔레비전으로 자이언츠 팀 야구를 보고 있으려니 전화가 울렸다.

부엌에서 장부를 쓰고 있던 하루에가 화들짝 놀라며 몸을 돌려 신지로 쪽을 보았다.

신지로가 일어서서 전화로 다가가자 하루에가 뒤를 따라왔다.

둘이서 새로 산 전화기의 작은 회색 화면을 보았다. 그곳에 숫자가 늘어서 있었다. 신지로는 기억에 없는 번호였다.

살짝 전화기를 떼어 귀에 대봤더니 상대방은 여전히 아무 말이 없었다. 하루에가 번호를 메모지에 적었다. 수화기를 내려놓았다.

"누구야, 이 번호?"

"나는 모르겠는데?"

다시 울렸다. 같은 번호였다. 신지로는 호출음 스위치를 꺼서 우선 전화 소리부터 멈췄다.

"좋아, 전화번호부로 조사해보자고."

그 자리에 쪼그리고 앉아 두툼한 전화번호부를 펼쳤다. '오'행에서 찾아보았다.

"오타라는 사람, 이름은 뭐지?" 하루에에게 오타의 이름을 물었다.

"나도 모르지."

조사해서 나와봤자 자신이 항의할 수 있을지는 알 수 없었다.

오타라는 흔해빠진 성씨는 잔뜩 있지만 기재된 주소를 보면 집어낼 수 있을 터였다.

똑같은 번호는 없었다. 그럴싸한 주소도 없는 걸 보니, 어쩌면 번호 게재를 거부했을 가능성도 있었다. 그런 마음이 들었다. 저 냉정하기 짝이 없는 오타의 성격상 그럴 만도 했다. 프라이버시가 어쩌고저쩌고하는 이유로 싣지 않았는지도 모른다.

옆에서 하루에가 주소록을 뒤적이고 있었다.

"뭐하고 있어?"

"으응." 왠지 애매한 대납을 한다.

"어디 짐작 가는 데라도 있어?"

"응, 잘은 모르겠지만……."

불안한 목소리였다. 이윽고 하루에의 손이 멎었다. 잠시 종이 위의 숫자를 바라보더니 넋이 나간 듯한 표정으로 신지로를 바라보았다. 범인을 알아냈구나, 하고 직감했다.

"누군지 알았어?"

하루에는 말없이 고개를 끄덕였다. 주소록 한 곳을 가리켰다.

분명 아까 아내가 서둘러 메모했던 번호가 그곳에 적혀 있었다.

"있지, 지난번에 마쓰무라가 무단결근했을 때, 내가 몇 번 전화를 했었잖아."

"마쓰무라가? 왜……?"

신지로의 머리는 뒤죽박죽되었다. 이유를 알 수 없었다.

"여보, 너무 심하게 혼내지는 마."

"무슨 소리야?"

"안 된다니까. 그 애, 또 안 나올 거란 말이야."

"말도 안 돼."

"걔가 이런 짓이라도 하지 않으면 어디에도 발산할 데가 없어서 그럴 거야."

제 방에 틀어박혀 공장 사장 집에 장난 전화를 걸어대는 마쓰무라의 모습을 머릿속에 그려보았다.

"뭐야, 그 녀석."

"혼내면 안 돼, 알았지?"

하루에가 서글픈 눈으로 신지로에게 애걸하고 있었다.

29

후지사키 미도리가 단호한 태도를 보인 탓인지 시바타 노인은 벌써 이틀쯤 얼굴을 내밀지 않았다. 차 한잔 하자는 청을 거절했을 때는 나중에 너무 심했나 하고 가슴이 아팠지만, 애매하게 대답하면 계속 치근덕거릴 것 같아서 역시 잘한 일이었다고 생각하기로 했다.

어차피 금세 또 나타날 것이다. 동정은 금물이다. 노인과 함께하는 시간은 불쾌하다고 할 정도는 아니지만, 그저 입에 발린 소리로라도 즐겁다고 할 건 아니었다.

미도리는 창구에서 묵묵히 일을 해냈다. 손님에게서 받은 돈을 헤아리고 수령 도장을 찍고 거스름돈을 맞춰 내줬다. 손 밑의 서랍에는 만 엔 다발이 아무렇게나 들어 있었다. 은행 일을 하다 보면 그런 게 단순히 물건으로만 보여버리니, 정말 신기하다. 어차피 남의 돈이라고 생각하면 소중하게 다루려는 마음도 사라진다. 뭔가 창구 뒤쪽이 웅성웅성 소란한 느낌이 들었다. 뒤쪽 담당자에게 전표를 넘겨주면서 아까부터 몇 번이나 뒤를 보았는데, 몇몇 행원이 급한 걸음으로 돌아다니며 수군거리고 있었다. 그리고 이따금 등에 시선이 느껴졌다. 흘끔 눈을 던지면 그저 착각인지 모르지만 재빨리 시선을 피하는 사람이 있는 것 같았다.

무슨 일이 있었나? 미도리는 의아하여 주위를 살피며 업무를 계속하고 있었다. 옆 창구에서도 이상한 분위기를 감지했는지 미도리에게 작은 소리로 "무슨 일 있었어?"라고 물어왔다. 물론 미도리는 고개를 저었다.

조금 있으니 다른 여자 행원이 미도리를 부르러 왔다.

"후지사키, 다마이 과장님이 잠시 회의실로 오래." 귓가에 속삭이더니 "창구는 내가 대신 맡을게"라며 어깨에 손을 얹었다.

딸랑이가 무슨 일이지? 생각해봤지만 알 수 없었다. 회의실까지 기껏 10미터, 주위의 무거운 시선이 느껴졌다.

회의실 문을 열고 들어서자 직속상사인 다마이 과장, 그리고 부지점장이 딱딱한 얼굴로 테이블에 나란히 앉아 있었다.

"후지사키, 무슨 일인지 알겠지?"

부지점장이 미도리의 표정을 읽어내려는 듯한 눈초리로 말했다. 딸랑이도 미도리를 응시하고 있었다.

"아뇨."

미도리는 겁에 질려 목소리를 쥐어짜 냈다. 좋지 않은 이야기라는 건 분명한 듯했다.

"솔직하게 말해."

이번에는 딸랑이가 비난이 담긴 시선으로 미도리를 똑바로 쳐다보았다.

"무, 무슨 말씀이신지⋯⋯?"

짐작도 가지 않는 일이라서 미도리는 머리를 갸우뚱거리지 않을 수 없었다.

두 중년 남자가 얼굴을 마주 보았다. 서로 고개를 주억거리더니 미도리는 아예 무시해버리고 둘이 뭔가 숙덕거렸다.

"아무래도 모르나 봐요." 딸랑이가 하는 말이 들려왔다. "그 야 그렇겠지. 아무리 이니셜이라지만 명부를 보면 뻔히 다 알 일이고, 그런 짓을 곧 시집갈 아가씨가 직접 했을 리 없지"라는 부지점장의 대꾸도 들렸다.

무슨 영문인지도 모른 채 미도리는 그저 멀거니 서 있었다.

"누구한테 말했지?" 딸랑이가 턱을 쓰윽 내밀었다. "거 있잖 아, 신입행원 환영캠프에서 시점장님이 술에 취해 억지로 껴안 았네 어쨌네 하는 그 얘기."

이제 와서 새삼 그 이야기가 나올 줄은 생각도 하지 못했다. "아, 그거⋯⋯. 아무에게도 말 안 했는데요?"

"그건 거짓말이지. 우선 기다에게도 말했으면서."

그 거친 말투에 미도리는 화가 치밀었다. 전부터 그랬지만 이 딸랑이라는 사람은 진짜로 싫다고 생각했다.

"틀림없이 다른 사람에게 말했을 게야."

어떻게 이런 독선적인 말을 내뱉을 수 있담. 저러고도 어떻게 결혼을 했을까. 이런 남자에게도 아내가 있다는 게 미도리는 도저히 믿을 수가 없었다.

마치 꾸중을 듣는 듯한 불쾌감을 느끼면서 자리도 권해주지 않아 미도리는 내내 서 있었다. 그러자 문득 유코의 얼굴이 떠올랐다. 유코에게만 말했었다.

어떻게 할까 망설였지만 숨길 만한 일도 아니어서 별수 없이 유코의 이름을 댔다. 무엇이든 털어놓는 사이여서 그녀에게만은 상의했었노라고 두 남자에게 말했다.

"그거야 완전히 광고를 한 꼴이로군." 부지점장이 말했다. "젊은 아가씨가 그런 얘기를 그냥 입 다물고 있을 리 없잖아."

"그렇겠죠." 딸랑이가 쓰디쓴 벌레를 씹은 듯한 얼굴로 고개를 끄덕였다.

"기하급수로 퍼졌어. 여자들 입소문, 그게 정말 빠르거든. 남자들처럼 속에 담아두지를 못해."

무슨 일인지는 모르지만 이쪽을 욕한다는 것만은 알 수 있었다.

"눈 깜짝할 사이에 본점에 다 퍼지고 못된 꿍꿍이를 품은 놈들에게도 전해진 거야."

"맞는 말씀입니다."

"다마이, 이런 일 같은 건 자네가 분명하게 처리를 해줬어야지."

"죄송합니다. 모두 제가 부덕한 탓에……."

무슨 소릴 하는 거야, 이 아저씨들. 불쾌감이 점점 커져갔다. 사람을 불러놓고 미도리는 아예 상대도 해주지 않고 있었다.

"저어……." 미도리가 머뭇머뭇 끼어들었다. "무슨 일 있었습니까?"

두 사람이 다시 얼굴을 마주 보았다.

부지점장이 작게 한숨을 내쉬는 것 같았다.

"어차피 본점에 가면 싫어도 보게 될 거고……."

"우리 지점까지 사본이 돌기 시작한 거 같아요."

"허 참, 인간이란 남의 안 좋은 일에는 마냥 신이 나서 어쩔 줄을 모르니."

정말 무슨 소린지 알 수가 없었다.

"후지사키." 딸냉이가 말했다. 미처 알아보지 못했지만 그의 손에는 한 장의 종이가 들려 있었다. "방금 한 시간쯤 전에 팩스로 이런 문서가 들어왔어. 우리뿐만이 아냐. 본점에서 당장 문의가 들어왔어. 아마 전국의 지점마다 다 돌린 모양이야."

그 종이가 테이블 위를 미끄러지듯이 미도리의 손으로 건너왔다.

시선을 내렸다. '기타카와사키 지점장, 여자 은행원 M·F 성폭행 미수'라는 글씨가 눈에 뛰어들었다. 순간, 눈앞이 핑 돌았다.

"내부 고발이야." 부지점장의 목소리가 왠지 멀게만 들렸다. "뭐, 일반적으로는 괴문서라고도 하지만."

뒷덜미 언저리의 살갗이 부들부들 떨리고, 그 경련과도 같은 감각이 등줄기를 천천히 훑고 내려갔다. 발끝에서부터 점점 체온이 빠져나가는 듯한 느낌이 들었다.

눈이 글씨를 제대로 따라가지 못했다. 단편적으로 '방갈로 안에서' '젖가슴' '사타구니'라는 글씨가 떠올랐다. 어느새인지, 방갈로 안으로 끌려 들어갔다는 것으로 이야기가 바뀌어 있었다.

기다 과장대리다. 미도리는 생각했다. 아냐, 기다가 아니라 요코하마 호텔에서 기다가 소개해주었던 옛 상사, 이름이 뭐였지? 그래, 분명 시노하라라고 했어. 그 시노하라라는 사람이 한 짓이야. 입사 동기인 지점장에 대한 앙심을 나를 이용해 풀어보겠다는 거야.

"물론 이건 말도 안 되는 누명이야." 부지점장이 뭔가 말을 했지만 귀에 들어오지 않았다.

왜 내가 이런 꼴을 당해야 하지?

"지점장님도 어쩔 줄 모르고 계셔."

너무해. 나를 동정해주는 척하면서 이런 짓을.

더 이상 이 은행에는 있을 수 없어. 7월 보너스까지라니, 말도 안 돼. 지금 당장 도망치고 싶어. 이 문 너머의 동료와도 마주치고 싶지 않아. 창문으로 뛰쳐나가 그 길로 내 방 침대에 파묻히고 싶다…….

얼굴이 돌처럼 굳어버렸다. 눈물은 나오지 않았다. 나 혼자가 되면 분명 펑펑 울겠구나, 하고 생각했다.

"뭐, 자네한테도 충격이 클 줄은 알아."

가까스로 아저씨들의 목소리가 귀에 들어왔다.

미도리의 시선은 문서에 박힌 채였다. 패닉상태 속에서도 서서히 내용이 파악되었다. '목격자인 부하 I를 협박하고…….' 이건 이와이를 가리키는 거다. '사실을 은폐하고자…….' 거기에서 눈을 돌려버렸다. 이런 걸 세세히 읽고 싶지 않았다.

"자네가 지금 본점에 가줬으면 좋겠어. 인사부에서 사정을 알고 싶다고 하니까 그쪽에 가서 의혹을 풀어줘야겠어." 부지점장이 말했다.

그만 풀어줬으면 싶었다. 이미 아무것도 할 힘이 없었다. 어서 빨리 집에 가고 싶었다. 게다가 의혹을 풀어달라고? 피해자인 나더러 지점장 편을 들어주라는 건가?

부지점장이 안쪽 호주머니에서 봉투를 꺼냈다. "자네한테 일부러 본점까지 가달라고 하는 거라서 말이지." 묵직하게 말하면서 미도리 앞에 봉투를 내밀었다.

"뭐예요?"

미도리가 물었다. 소리를 내고서야 지금껏 한참이나 아무 말도 하지 않았다는 것을 깨달았다.

"받아둬."

돈이구나, 생각했다. 미도리는 손을 내밀지 않았다.

"택시비야. 이상하게 생각할 거 없어."

말없이 고개만 떨어뜨리고 있었다.

"후지사키, 부지점장님이 그렇게 하라시잖아? 말씀대로 하도록 해"라는 딸랑이.

"아니, 너무 급작스런 일이라 후지사키도 지금 정신이 없을 게야." 부지점장이 손으로 딸랑이를 제지했다.

"남자라면 이야기가 쉬워지겠지만······. 아니, 실례했네. 무슨 여자니까 어떻다는 건 아니고. 그저 우리는 지점을 한가족이라고 생각해. 지점장님은 아버지고 자네들은 딸 같은 거라고."

흥, 그딴 거 누가 좋아할까. 그저 생판 모르는 타인이어도 괜찮다고.

"그러니까 우리 지점의 불상사는 모두에게 큰 폐를 끼치는 거야. 예를 들어, 어디까지나 예를 들어 하는 말인데, 혹시 지점장님이 술에 좀 취해서 그냥 장난삼아 여자 행원을 껴안았다고 해도 말이지······."

그냥 장난이라고? 진짜 말도 안 되는 농담을 하시네.

"하지만 문제는 그 행위 자체가 아냐. 그게 외부에 새어나가서 지점장님에게 반감을 품은 사람들에게 이용되는 거, 그게 바로 문제지. 우리 지점은 서로 단합을 못 했다, 그게 걱정스러운 거라고."

이제 새삼 사과를 요구할 마음은 없었지만, 미도리는 다시금 중년 남자들의 높은 벽에 부딪혀 나가떨어진 듯한 기분이었다.

"자네는 지금 본점 인사부로 갈 거야. 거기서 이런저런 질문을 받을 거고. 하지만 자네가 거기서 뭔가…… 예를 들어, 지점장님에게 불리한 답변을 한다고 해봤자 이번에는 인사부가 난처해질 거야. 그런 답변은 인사부에서도 원하지 않아. 자네도 알지?"

미도리는 고개를 가로저었다. 문서의 내용에 대해 아니라고 해달라는 부탁이라는 건 알겠는데, 왜 그렇다는 것인지 알 수가 없었다.

부지점장이 한숨을 내쉬었다.

"후지사키." 딸랑이가 날카로운 소리를 냈다. "자네도 어린애가 아니잖아?"

"아아, 됐어." 부지점장이 턱을 쓰다듬으며 의자 등받이를 삐거덕 울렸다. "자네가 인사부 조사에 뭔가 기대를 품고 있다면 틀림없이 실망하고 말 거야. 내가 미리 충고해두겠는데, 조

직이란 그런 게 아냐. 여직원 한 사람의 의견을 받아들일 만큼
목가적인 집단이 아니라고."

가족이랬다 조직이랬다 웃기지도 않는다. 하긴 아무려나 상
관없었다.

"여기, 택시비."

부지점장이 일어서서 다시 봉투를 미도리의 손에 쥐여주었다.

미도리는 거부하지 않았다. 어서 빨리 해방되고 싶었다. 싫
은 일은 얼른 뚝딱 해치워버리고 싶었다.

"본점 8층에 총무부가 있어. 우선 그곳으로 가. 최대한 서둘
러서 가게. 소문은 가만 놔두면 자꾸 퍼져 나가. 그런 건 자네
한테도 좋을 게 없어."

담당자 이름을 알려주고 유니폼을 입은 채 그대로 가라고 지
시했다.

미도리는 회의실을 나섰다. 곧바로 기다를 찾았지만 어디로
도망쳤는지 사무실에서는 찾을 수 없었다.

유코가 달려왔다. "괜찮아?"라고 물으며 걱정스러운 듯 미도
리를 들여다보았다.

지점 사람들이 죄다 알고 있다고 생각하니 그 자리에 더 이
상 있을 수가 없었다. 가볍게 고개를 끄덕이고 미도리는 도망
치듯 은행을 뒤로했다.

택시를 잡아타고 봉투 속을 보았다. 5만 엔이었다. 이 금액

을 어떻게 판단해야 할지 알 수 없었다.

본점 인사부에서 미도리는 부지점장이 말하고자 했던 것을 지겨울 만큼 통감했다. 이 사람들이 두려워하는 건 스캔들이 외부로 새어나가는 것뿐이고, 여자 은행원 하나가 실제로 성추행을 당했건 말았건 그런 건 아무 관심도 없었다.

아마도 그들은 이 일이 주주들이나 깡패 같은 경제기자에게 알려지는 것을 각자의 직무를 걸고 어떻게든 막고 싶었을 것이다.

미도리는 수없이 설득을 당했다. 문서에 적힌 내용은 사실이 아니다, 악의적인 소문에 불과하다, 그런 사실을 인정하는 서류에 서명하라는 것이었다. 너무 지겨워서 미도리는 내내 입을 꾹 다물고 있었지만 결국에는 그 끈질긴 설득에 지고 말았다.

어떻게 되건 상관도 없다. 어차피 당장 내일이라도 그만둘 직장이다. 더구나 이 괴문서가 지점장의 출세에 영향을 미치리라는 건 확실할 것 같았다. 은행은 철저한 감점주의였다. 내 상처가 더 깊지만 상대도 전혀 상처가 없는 건 아니다.

이어서 그들의 범인 찾기가 시작되었다. 본점 각 부서와 각 지점의 팩스번호를 알고 있다는 점에서 내부 범행이라고 단정 짓는 것 같았다. 기다와 그 옛 상사의 이름을 미도리는 말하지 않았다. 짐작 가는 곳이 없다고 버텼다. 기다를 감싸려던 건 아니었다. 이 이상 서로 엮이고 싶지 않았을 뿐이다.

사정 청취는 거의 2시간 걸렸다. 그 시간 내내 미도리는 그들에게 위로의 말이라고는 한 마디도 듣지 못했다.

총무부에서 나올 때, 마침 퇴근 시간과 겹쳤다. 엘리베이터에 들어서자 본점에서 근무하는, 점수가 높은 연줄을 타고 입사해서 이곳으로 배속된 여자들이 함께 타고 있었다. 몇몇은 그 팩스를 보았을 것이다. 분명 신나게 씹어댈 이야깃거리가 되었으리라. 그렇게 생각하니 갑자기 숨이 막혀서 미도리는 중간층에서 사람들을 헤치고 내려버리고 말았다.

고개를 숙인 채 계단을 급하게 내려가면서 아는 사람과 마주치지 않기만을 기도했다.

몸도 마음도 너덜너덜해져 버렸다.

어쩌면 잔업을 하고 있을 유코나 다른 동료들과 얼굴을 마주치고 싶지 않아서 서점에서 잠시 시간을 때웠다. 7시가 되기를 기다려 도쿄 역에서 택시를 탔다. 이런 장거리를 택시로 이동하는 것은 처음이었지만, 유니폼 차림으로 전철을 탈 용기도 없었고 어차피 받은 돈이라 사치라고는 생각하지 않았다. 어느새 비가 내리고 있었다. 조용한 차 안에 와이퍼 움직이는 소리가 규칙적으로 울렸다.

이쯤에서 비로소 5만 엔이라는 금액이 실감으로 다가왔다. 위자료 대신 준 거라면 참 어지간히도 값싸게 보였구나. 비참하다는 생각이 스멀스멀 치밀었다. 지점장의 주머닛돈일까? 아니면 부지점장과 딸랑이가 충성의 증표로 자신들의 주머니를 털었을까. 어서 빨리 다 써버리고 싶었다. 이런 돈, 내 지갑에 넣고 싶지 않아.

기타카와사키 지점에 도착해서 통용구를 통해 안으로 들어갔다. 딸랑이에게 보고를 해야 하나 생각하니 그것도 우울했다. 사무실에서는 남자들이 바쁘게 일하고 있었다. 기다 과장 대리는 얼굴이 새파래져 있을 거라고 생각했더니, 그저 태연히 "도시락 있는데 먹을래?"라고 묻고는 식당이 있는 위층을 가리켰다. 미도리가 굳은 얼굴로 "아뇨"라고 대꾸했다. 자기 자리에 앉아 있던 딸랑이는 미도리 쪽은 돌아보지도 않고 "수고했어"라고 했다. "이제 옷 갈아입고 퇴근해도 돼."

아무래도 본점에서 전화 연락이라도 온 모양이었다. 이미 자기에게는 볼일이 없는 것이다. 솔직히 후유 하고 마음이 놓였다. 딸랑이와는 단 몇 초라도 함께하고 싶지 않았다. 본점에서는 범인을 알아내지 못했다는 소식도 전했을 터였다. 그래서 기다는 평소처럼 태연하게 굴고 있는 것이다. 내가 당신을 감싸주느라 얼마나 애를 먹었는데, 하고 화기 났다.

미도리는 계단을 올라갔다. 식당에 전깃불이 켜져 있어서 무심코 들여다보니 이와이가 혼자서 배달 도시락을 먹고 있었다. 혼자라면 창 쪽 좋은 자리에 앉으면 될 텐데 굳이 벽을 마주하고 먹고 있었다. 이 남자는 무슨 생각을 하는지 도무지 알 수가 없었다. 상사에게는 늘 큰 소리로 혼이 나고 동료들에게서는 따돌림을 받고 여자 행원들에게는 '그 바보'라는 소리를 들었다.

그렇게 살면 대체 무슨 재미가 있을까.

이와이는 묵묵히 젓가락질만 하고 있었다.

얼굴을 손바닥으로 비비고는 탈의실로 들어갔다. 로커를 열고 유니폼을 벗었다. 앞으로 며칠이나 이 옷을 입을까 하고 엷은 베이지색 조끼를 바라보았다. 천장에서는 형광등이 지직거렸다. 문득 눈물이 나오려고 해서, 이제 조금만 더 참으면 돼, 라고 스스로에게 뇌까리며 배에 힘을 주어 꾹 참았다.

옷장 거울에 자신을 비춰보았다. 어쩌다 이렇게 되었을까, 하고 생각했다. 하루하루가 너무 따분하다고 툴툴거렸던 때가 그리웠다. 중년 아저씨에게 자칫 당할 뻔하고, 항의를 했는데도 무시만 당하고, 게다가 괴문서의 희생양이 되고. 좋은 일이라고는 하나도 없네.

사복으로 갈아입고 예비 우산을 들고 탈의실을 나섰다. 다시 한 번 식당을 들여다보았다. 아직도 이와이는 묵묵히 젓가락을 놀리고 있었다. 먹는 것도 느림보인가? 미도리는 한마디 해주고 싶었다. 약간 심한 말이라도 좋다. 이 겁쟁이. 그 정도 말은 할 권리가 자신에게 있는 것 같았다.

미도리는 식당에 들어가 천천히 이와이에게 다가갔다. 알아차리지 못했을 리가 없는데도 이와이는 시선을 도시락에 떨군 그대로였다. 무시하는가 싶어서 불끈 화가 났다. 좀 더 다가가 바로 앞에 서서 헛기침을 했다.

이와이 씨. 차갑게 한마디 하려던 미도리는 숨을 헉 삼켰다.

이런 모습, 볼 일이 아니었다.

도시락은 진즉에 텅 비어 있었다.

빈 그릇을 마주하고서 이와이는 젓가락을 내밀어 허공을 떠서 입에 넣고 있었다.

눈이 이미 정상이 아니었다. 노(能)●의 가면 같은, 감정을 어딘가에 놔두고 온 듯한 눈이었다. 미도리는 가까스로 비명이 터지려는 것을 틀어막았다.

도망치듯이 그 자리를 떠났다. 계단을 뛰어내려 타임카드를 찍고 밖으로 튀어나왔다. 미도리는 가슴을 감싸 안았다. 심장이 높직이 두근거렸다.

생각해보면 이와이도 괴문서의 희생양이 된 것이다. 평소보다 더더욱 차가운 시선을 받았으리라는 건 쉽게 상상할 수 있었다.

"후지사키." 그 목소리에 뒤를 돌아보았다. "무슨 일이야, 안색이 안 좋은데?"

● 일본의 전통 예능으로, 가면을 쓰고 공연한다.

다카나시가 스스럼없이 웃는 얼굴로 뒤에 서 있었다.

"아니, 아무것도 아녜요." 황급히 고개를 저었다.

"아, 우산이 있네?" 그러고는 미도리의 손을 가리켰다. "준비를 잘 하시는데? 역까지 함께 쓰고 가죠, 나도 퇴근하는 길인데."

"아, 예⋯⋯."

우산은 다카나시가 들고 두 사람은 역까지 걸어갔다. 어깨와 팔이 맞닿았다. 아스팔트를 두드리는 빗방울이 구두 위에 물방울을 만들었다.

"너무 신경 쓰지 마." 다카나시가 말했다. "기껏해야 시시한 소문인데, 뭐."

그날 처음으로 들은 위로의 말이었다. 하지만 역시 다들 알고 있구나, 하는 생각이 들었다.

"선배한테 들었는데 우리 은행은 원래 괴문서가 많대. 워낙 조직이 크다 보니 그렇지. 이런 사람도 있고 저런 사람도 있는 거야. 여기저기 파벌도 있고."

"예⋯⋯."

"이런 말을 하는 나도 모 상무의 강아지라고들 하는 모양이던데? 그 상무가 내 대학 선배거든. 게다가 같은 테니스부의 부원이기도 하고."

그러니 지점장도 신경을 쓸 만하다고 미도리는 생각했다. 하긴 그런 지점장도 지금쯤 얼굴이 하얘져 있을 것이다. 고소하다. 실컷 고민하라지.

"상무님도 참, 좀 더 괜찮은 지점으로 보내주시면 좀 좋아? 동네 영세 공장 아저씨 상대로 대출 상담이라니, 진짜 맥빠진 다."

다카나시가 입을 뾰로통하게 내밀었다. 자기가 다니는 직장을 나쁘게 말하는 게 별로 유쾌하지는 않았지만 그 천진한 모습에 이의를 달 마음은 없었다.

"지점장님이 실적을 올리게 해주시는 건 좋은데 2, 3천만 엔 짜리 대출 건을 올려봤자 야구로 치면 번트에 성공한 정도잖아. 아, 그렇지, 저녁 먹었어?"

"아뇨, 아직."

"그럼 먹으러 가자. 어차피 기숙사에 가봤자 식어빠진 반찬 밖에 없을 거고. 요코하마에 맛있는 레스토랑이 있어. 자자, 가자고요."

좋다 싫다 할 수 없는 말투여서 미도리는 저도 모르게 "네"라고 말꼬리가 꺼지듯이 대답해버렸다.

아아, 지금 그럴 기분이 아닌데.

"자, 택시 타고 가자. 비 오는 날에는 진철 싫더라, 눅눅해서."

역 앞에서 택시를 잡아타고 요코하마로 향했다. 혹시 유코와도 함께 갔던 식당이 아닐까 하고 미도리는 상상했다. 물어봐야 하나, 유코와 사귀는 중이죠, 라고.

"철로 너머에 가본 적 있어?"

다카나시가 창밖을 내다보고 있었다. 철로 너머는 공장이 들어찬 지역이었다.

"아뇨, 없는데요."

"화장실 비누가 공업용이더라고. 난 처음 봤어, 그런 거. 그걸 양파 망 같은 데 넣어서 수도에 매달아 놓은 거야. 세계가 좀 다르더라니까."

잠시 생각해본 끝에, 질문은 안 하기로 했다.

"게다가 여기저기 죄다 '안전제일'이라는 간판이 있더라. 우리야 일 하나 다친다는 게 얼른 실감이 안 나는데 말이야."

다카나시는 혼자서 중얼거렸다. 택시의 냉방이 지나치게 강해서 미도리는 손으로 양팔을 문지르고 있었다.

"아 참, 우리 은행 고객 중에 시바타 씨라고 알아? 아사히초의 땅 부자."

"아, 네."

"죽었대."

미도리가 저도 모르게 얼굴을 번쩍 들었다.

"우리 지점에서도 몇 사람이 장례식 도와주러 나간다나 봐."

그럴 수가……. 이삼일 전에 주고받은 대화가 머릿속에 떠올랐다. 그럴 줄 알았으면 좀 더 상냥하게 해 드릴걸.

"자살이래."

"네?" 미도리는 말문이 턱 막혔다.

"고독한 노인네였어. 날마다 은행에 와 있었잖아. 며느리가 노인 요양소에 보내려고 했던 모양이야."

등줄기가 서늘했다. 가슴이 두근두근하는 속에서도, 아니, 내 탓이 아니야, 라고 가슴속으로 중얼거렸다.

"거참, 유산상속 때문에 시끄럽겠어. 이 근처만 해도 2천 평이나 된다는데."

기껏해야 차 한잔하자는 거 거절당했다고 그것 때문에 죽을 리는 없잖아.

미도리는 열심히 도리질을 쳤다.

더욱더 최악의 하루였다.

도착한 곳은 지난번에 미도리가 다카나시와 유코를 목격했던, 중화가 외곽의 레스토랑이었다. 어쩌면 이렇게 무신경할 수 있는지 좀 이해가 안 갔다.

양식풍으로 마무리했다는 중화요리를 둘이서 먹었다. 와인도 조금 마셨다. 다카나시는 일방적으로 업무 이야기만 늘어놓을 뿐, 오늘의 괴문서에 대한 얘기는 전혀 하지 않았다. 그건 배려라기보다 서의 무관심처럼 보였다. 딱히 남에게 고민 상담을 하고 싶지도 않았고 뭐, 그것도 나름대로 고마웠다. 시바타 씨 일은 억지로 머릿속에서 털어내기로 했다.

하지만 역시 요리를 즐길 만한 기분은 아니었다. 무슨 맛인지도 알 수 없었다.

"아, 미즈와리는 이제 됐어요." 다카나시가 위스키를 더 따라주려는 것을 손을 저어 말리고 "뭔가 다른 게 좋겠어요"라고 말했다. 위스키는 쓴맛이 나서 별로 좋아하지 않았다.

"솔티 도그는 어때? 보드카를 그레이프프루트로 묽게 한 건데, 마시기 쉬울 거야."

"그럼 그걸로 해볼까……."

2차로 간 지하 바에서 미도리는 칵테일을 마셨다. 처음에 마신 와인이 예상 밖으로 취기를 불러서 오랜만에 "오늘은 실컷 마셔야지" 하는 마음이 들었다. 홧김에 술을 마신 경험이 없어서 서서히 머리가 마비되어가는 자신이 흥미로웠다.

그렇구나, 남자들은 이런 식으로 고민거리를 해결하는구나.

"그래서 말이지, 마지막 문제를 풀 때는……."

다카나시는 제 자랑이 어지간히도 좋은 모양이었다. 모의고사에서 만점을 받았다는 얘기는 분명 신입행원 환영캠프 때도 했다.

"근데 도쿄 대학에 떨어져 버렸다니까. 재수를 할까도 생각했는데, 1년 동안 또 시험 공부를 해야 한다는 게 너무 답답해서 말이지."

갈매기은행은 임원의 반이 도쿄 대학 출신이라고 했다. 다카나시도 일단 도쿄 대학 시험은 쳤었다는 말을 해두고 싶은 모양이었다.

카운터 옆의 커플을 훔쳐보았다. 여자 쪽의 눈이 반짝거리고 있었다. 같은 여자들끼리는 절대로 보이지 않을 눈빛이었다. 나도 저런 눈을 하고 있을까. 설마. 그나저나 온통 커플투성이다. 무슨 생각으로 다카나시는 나를 이런 곳에 데려왔을까.

"한 잔 더 할래?"

"아, 네."

"술이 센데? 이건 술술 잘 넘어가기는 하는데 베이스는 보드카야. 자칫하면 취할 거야."

"뭐, 어때요?"

좀 묘한 말투였나, 하고 잠시 스릴을 느꼈다. 다카나시의 눈이 반응을 해왔다. 한번 꼬셔볼까. 물론 농담이다.

가게 안에는 재즈 음악이 흘렀다. 어디 사는 누군지는 모르지만 음울하게 나팔을 불어대고 있었다.

"이거, 누구예요?"

"나도 몰라. ……이봐요, 이거 누구?" 다카나시가 바텐더에게 물었다. "유선방송이라 살 모르겠내."

"흐응."

"마음에 들어?"

"아뇨, 별로."

다카나시의 눈에 술병이 늘어선 선반의 조명 불빛이 반사되었다. 술이 얼근한 덕분에, 역시 한번 물어보고 싶었다.

"이봐요, 다카나시 씨. 유코하고 사귀죠?"

다카나시가 장난스럽게 와우, 하고 말했다. 미즈와리를 눈높이로 쳐들고 얼음을 딸랑 울린다.

"유코가 그렇게 말했어?"

"아뇨." 미도리는 고개를 젓고는 아차차 싶었다. 어떻게 알았다고 해야 하나. "……둘이 함께 있는 걸 본 사람한테 들었죠."

"둘이 함께 있으면 연인 사이인가?"

"그건 아니겠죠. 하지만 그런 분위기인 거 같다던데……."

"그래서, 우리 지점에 소문이 났어?"

"그런 건 아녜요. 아는 사람은 나뿐이에요."

말이 앞뒤가 맞지 않는 듯한 감이 들었지만, 다카나시도 알아채지 못했다.

"뭐, 사귄다고 할 정도는 아니라고 생각해."

"그래요?"

"유코가 어떻게 생각하는지는 모르지만."

"유코는 꽤 진지할 텐데요?"

"아냐, 이제 곧 선 본다고 하던데 뭘."

그건 말려줬으면 하고 던져본 말인지도 모른다. 유코도 참, 그런 촌스러운 방법을 쓸 게 뭐야. 뭔가 심술궂은 마음이 들었다.

"게다가 나는 서른까지는 결혼할 생각 없어."

뭐, 아무려면 어때. 유코도 어른인데.

엘리트인지는 모르지만 어딘가 유치한 면이 있어서 열렬히 빠져들 만한 남자는 못 된다. 유코도 그 정도는 알고 있을 터였다.

화장실에 가서 거울에 비친 얼굴을 보았다. 관자놀이 언저리가 붉어져 있었다. 이렇게 많이 마신 건 정말 오랜만이었다.

뺨에 손을 대고 자신의 열기를 느끼고 있었다. 그리고 괴문서 일을 잊고 있었다는 것을 깨닫고, 때로는 술도 마시고 볼 일이라고 생각했다.

다음 날을 생각하면 마음이 무거웠다. 그렇다면 오늘 밤만이라도 다 잊어버리고 싶다.

거울을 향해 혼잣말을 중얼거렸다. "보너스가 다 뭐야. 그따위 은행, 당장 관둘래. 그 노인네도 그렇지, 그 나이까지 살았으면서 자기 손으로 목숨을 끊을 건 뭐람."

카운터로 돌아와 잔에 남아 있던 솔티 뭐라나 하는 칵테일을 싸악 비워버렸다.

다카나시가 다시 외국인처럼 와우 하고 탄성을 올렸다.

"취한 거 아냐?"

"아뇨, 안 취했어요."

"취했는데?"

"안 취했어요."

똑같은 소리를 몇 차례나 주고받았다.

다카나시가 쓴웃음을 지었고 미도리도 우후후 웃었다.

"이봐, 어디 가서 좀 쉬었다 갈까?"

에구, 어쩌면 저리도 고전적인 유혹 문구를 날리시는지.

"응, 좋죠."

어엇? 무슨 소릴 하는 거야, 내가.

고르고 골라 하필이면 언젠가 유코와 들어가는 걸 목격했던 바로 그 호텔에서 미도리는 다카나시와 잤다. 호텔 방에 들어섰을 때는 역시 당황스럽기도 했지만 커튼을 닫아 방을 컴컴하게 하고 나자 아무려나 상관없다는 생각이 들었다.

길에서 만난 남자와 살을 맞대는 거라고 생각하면 된다. 그런 바람도 지금까지 없지는 않았었다.

처녀도 아닌데, 뭐. 이런 거, 너무 멀리했다가 섹스하는 법까지 잊어버릴지 모른다는 걱정도 든다.

내내 눈을 감고 있었다. 눈을 감고서 남자의 행위를 모조리 받아주었다.

기왕이면 느끼게 해줬으면. 엉망진창이 되게 해줬으면. 지끈거리는 머릿속으로 미도리는 황홀할 정도는 아니지만 자신이 더러워져 간다는 쾌감에 먹혀들고 있었다.

하긴 그건 미도리의 자기도취일 뿐, 실제로는 눈 깜짝할 사이에 끝나버린 섹스였지만.

눈꺼풀 안쪽에서 빨간빛을 발견하고 미도리는 자신이 잠깐 졸았다는 것을 깨달았다.

느릿느릿 눈을 떴다. 엉덩이 근처에 마른 시트의 감촉을 느끼며, 이게 실제로 일어난 일이구나, 하고 새삼스럽게 생각했다.

아직도 머리가 마비되어 있었다. 몸의 열기는 이미 걷혔지만 생각은 정리가 되지 않았다.

머리를 쳐들었다. 전기스탠드 옆에 다카나시가 앉아서 책상을 마주하고 뭔가 서류를 뒤적이고 있었다.

미도리는 시트로 가슴을 가리고, 바닥에 떨어진 속옷을 집어들었다. 그게 거울에 비쳤는지 다카나시가 돌아보면서 "자고 갈래?"라고 물었다.

"아, 아뇨. 집에 갈래요."

침대 옆의 시계를 보았다. 새벽 2시를 가리켰다.

"하긴 그렇다. 여자들은 똑같은 옷차림으로 출근하는 거, 안 좋지?"

시트를 앞에 두르고 슬금슬금 속옷을 입었다.

"은행 일이에요?"

이런 데서까지 일을 하다니, 정신이 어떻게 됐나보다고 생각했다.

"품의서를 작성하고 있는데, 어떻게 하나, 이거? 융자해줄 데가 두 군데가 있는데, 처음에는 지점장이 자꾸 하라고 해서 따왔거든. 근데 과장은 둘 중 하나만 하라는 거야. 하긴 지점 전체로 보면 대출금 회수에 한창 열을 올리는 판이니."

미도리는 어이가 없었다. 정사한 뒤끝에 그런 얘기를 참 잘도 주절거린다.

"뭐, 두 군데 다 시원찮은 영세 공장이니까 아무려나 상관없지만……. 역시 이쪽을 떨어뜨릴까……. 그래, 나이도 지긋한 아저씨가 부동산도 없이 하는 거니까. 아무리 거래처에서 지원한다지만 그거야 어차피 말로 한 약속이고. 가와타니 철공소, 탈락!"

다가나시는 한 장의 서류를 팔랑팔랑 바닥으로 떨어뜨렸다.

"저어……." 미도리가 집에 갈 차비를 마쳤다.

"응?"

"이 얘기……." 어떤 말을 해야 좋을지 알 수 없었다.

"응, 알았어. 비밀로 하자는 거지? 그러자고 우리, 서로를 위해서."

자꾸만 마음이 식어가는 게 느껴졌다. 로맨틱한 기대 같은 건 없었을 텐데도 어딘가 배신을 당한 듯한 느낌이 들었다.

한시바삐 이곳을 떠나고 싶었다. 뭔가가 가슴을 짓누르고 있었다.

가방을 들고 문을 향해 걸음을 옮겼다.

뭐라고 말해야 하나. 안녕히 계세요, 라고 해야 할까. 아니면 잘 자라고 해야 할까.

"자, 그럼."

다카나시가 그렇게 말해서 미도리는 눈을 마주치지 않고 슬쩍 인사를 했다.

복도로 나왔다. 엘리베이터에 탔다. 로비에서는 눈을 아래로 깔고 빠른 걸음으로 걸었다.

택시를 타고 집이 있는 동네를 말했다.

그때서야 처음으로 미도리는 가슴속의 암울한 덩어리가 무엇인지 깨달았다.

당연한 일이잖아. 왜 유코에 대한 생각을 못 한 거야.

스스로를 믿을 수가 없었다.

후회라고 하기에는 너무도 비참한 감정이었다.

내가 이렇게 바보일 줄은 생각도 못 했다.

30

플라스틱 통이 우당탕 소리를 내며 쓰러지고 길바닥에 쓰레기가 산산이 흩어졌다. 주스 깡통인지 뭔지가 등 뒤에서 떨렁떨렁 울렸다.

길을 굽어든 참에 갑작스레 눈앞에 나타난 양복 차림의 남자를 그대로 들이받았다. 몸이 앞으로 쏠려서 하마터면 꼬꾸라질 뻔했지만 죽기 살기로 버텨서 가까스로 몸을 가누었다. 욕설이 날아왔다. 무슨 일인가 하고 통행인들이 발을 멈추고 있었다.

풍경이 자꾸자꾸 뒤로 흘러갔다. 고막에서는 자신의 거친 숨소리와 구두가 아스팔트를 때리는 소리가 울렸다. 목이 말랐다. 심장이 입 밖으로 튀어나올 것 같다.

가즈야는 목 잘린 닭처럼 전속력으로 거리를 빠져나갔다. 갈곳이 있을 리 없다.

간간이 뒤를 돌아보았다. 아직도 쫓아오네, 제기랄. 그야 그렇겠지, 그게 경찰이 할 일이니까.

파친코 현금교환소를 노렸다가 어처구니없이 경찰에 쫓기는 신세가 되었다. 야구모자에 선글라스를 낀 젊은 놈이 아침부터 주변을 어슬렁거렸으니 신고를 하는 것도 당연했다. 파친코 가게 앞에 순찰차가 슬슬 멈춰 서고 경관이 내려서는 참에 그중 한 사람과 눈이 마주쳤다. 반사적으로 가즈야는 달음박질을 쳤다. 무슨 당연한 일처럼 도주극이 펼쳐졌다.

"거기 서란 말이야!" 성난 목소리가 5월의 푸른 하늘에 울려 퍼졌다.

가즈야는 번화가 쪽을 향해 뛰었다. 차도를 큰 걸음으로 가로지르는 통에 급브레이크 걸린 타이어들은 끼익 소리를 냈고 그 겨를에 통행인들은 놀라 얼굴이 굳어버렸다. 인도를 온통 차지하고 걸어가던 중학생들을 뒤에서 밀쳐버리고 길가에 세워둔 자전거들을 연달아 쓰러뜨렸다.

사거리를 대각선으로 횡단하여 달렸다. 클랙슨이 여기저기서 울렸다. 한 중년 남자가 트럭 유리창으로 고개를 내밀고 "이 바보야!" 하고 고함을 쳤다. 건너간 곳이 우연히도 파출소였다. 추격자가 일시에 불어났다.

"거기 서!" 그 말밖에 모르는 것처럼 경찰이 소리쳤다. 다리를 움직일 때마다 갈비뼈가 아팠다. 맨 처음 린치를 당한 뒤부터 내내 이 꼴이다. 뼈에 금이 갔는지도 모른다.

공기가 입으로 헉헉 흘러들고 갈증은 점점 더해갔다. 심장이 비명을 내지른다. 문득 다카오는 지금쯤 뭘 하고 있을까, 라는 생각이 들었다. 분명 늘 하던 대로 새로운 지역에서도 신이 나서 폼을 재고 있을 것이다. 그렇게 생각하니 요령이라고는 눈곱만큼도 없는 자신이 소름끼치도록 싫어서, 뛰면서도 와아악 소리를 내지르고 싶었다.

사거리를 뛰어가는데 오토바이가 옆에서 튀어나왔다. 흰 앞치마 차림의 배달원이 눈을 둥그렇게 뜨고 가즈야를 쳐다보았다. 비켜, 비켜! 그렇게 생각했을 때는 이미 온몸으로 오토바이를 들이박고 있었다. 오토바이를 옆으로 넘어뜨리면서 다리가 허공에 호를 그렸다. 눈앞이 캄캄해지는 것과 동시에 한 바퀴를 굴러 허리부터 세게 바닥에 떨어졌다. 시야에 은가루가 휘날렸다. 옆으로 자빠져버린 오토바이의 뒷바퀴가 헛돌고 있었다.

"이봐, 뭐하는 거야!" 배달원의 목소리가 붕 떠 있었다. "메밀국수 다 못쓰게 됐잖아. 아이쿠, 그릇도 깨졌어!"

뒤를 돌아보았다. 제복을 입은 경관이 필사적인 얼굴로 쫓아오고 있었다.

"어이!"라는 소리가 들려왔다. "거기, 거기 그 사람!"

가즈야는 후다닥 일어나 배달원의 멱살을 움켜쥐었다. 사내가 큭 하고 비명을 냈다. 그대로 땅바닥에 밀쳐버리고, 짐칸에 작은 크레인 같은 것을 실은 메밀국수 집 오토바이를 일으켜 세웠다. 안장에 걸터앉아 액셀을 밟아댔다. 50cc 주제에 타이어가 하얀 연기를 피우고, 다시금 가즈야는 사람들이 오가는 번화가로 달려 나갔다.

요란한 엔진 소리에 사람들이 돌아보고는 당황하여 우왕좌왕 달아났다. 쓰고 있던 모자가 바람에 홀떡 벗겨져 날아갔다. 머리칼이 일제히 휘날렸다. 악다문 이의 틈새로 바람이 들어와 더욱더 목이 말랐다.

왼손으로 코를 덮었다. 손바닥을 보니 질퍽하게 피가 묻어 있었다. 날마다 피를 보는 듯한 느낌이 들었다. 나는 어떻게 되는 걸까, 하고 생각했다. 앞으로 며칠이나 이런 나날을 보내야 하는가.

오토바이를 내버린 뒤에는 전철에 탔고 그 속에서 또다시 돈을 마련할 방법을 궁리했다. 선반에 있던 신문을 펼쳐 얼굴을 가리고 차량 구석자리에 꼼짝도 하지 않고 앉아 있었다. 몸 여기저기가 아팠다. 오토바이와 부딪혔을 때 등뼈도 어떻게 된 모양이었다. 몸을 옆으로 틀기만 해도 머리꼭지까지 격통이 내달렸다. 마음만 급하고 머리가 제대로 돌아가지 않았다. 돈이 있고 경비는 허술한 곳……. 흥, 그런 곳이 있을 리 없었다.

어느새인가 잠이 들어버렸다. 정신을 차렸을 때는 무슨 역인지, 역무원이 다가와 어깨를 흔들고 있었다. 가즈야는 플랫폼에 내려 다시 돌아가는 전철을 탔다.

해가 저문 뒤에 다테노 친목회로 돌아왔다. 무거운 발걸음으로 계단을 오르며 메구미는 무사할까, 하고 생각했다.

그날 아침에는 감시를 위해 나타난 야스코라는 여자를 보았다. 누가 보건 야쿠자의 정부(情婦)다운 분위기를 풍기는 그 여자는 피부가 거칠고 비쩍 말라서 가즈야가 보기에는 분명한 각성제 상용자였다. 그 순간, 메구미도 약 중독이 되는 게 아닌가 하는 공포가 머리를 스쳤다. 더구나 메구미는 무엇에나 호기심을 가지는 구석이 있다.

다시 수갑이 채워질 생각을 하니 온몸에 한기가 들었다. 어째서 나는 제 발로 터덜터덜 다시 감금되러 돌아오는가. 도망치면 그만인데. 아마 다카오라면 그렇게 했을 것이다. 여자 하나 내버리는 일에 이렇게 뭉그적거려서야 야쿠자는 될 수 없는 건지도 모른다.

철문을 열고 옥상으로 나갔다. 야스코라는 여자가 의자에 앉아 밤하늘을 향해 담배 연기를 날리고 있었다. 눈이 마주치자 여자의 뺨이 삼시 파르르 떨렸다.

조립식 창고의 문을 열고 안으로 한 걸음 들이밀었다.

야마자키가 와 있었다. 거꾸로 돌려놓은 의자에 걸터앉아 등받이를 안고 있다. 구석에는 펀치파마도 있었다. 뭔가 재미있는 이야기를 했었는지 입가에 웃음이 남았다.

뭔가 분위기가 이상하다고 생각했다.

"뭐야, 벌써 왔어? 돈은 됐냐?"

메구미가 이층 침대 아래쪽에서 타월담요를 둘러쓰고 등을 돌린 채 누워 있었다.

"야, 얼른 대답 못 하겠냐? 돈은 어떻게 됐냐고!" 야마자키가 늘 하던 것처럼 다시 으르렁거렸다.

가즈야의 얼굴에서 핏기가 사라졌다. 그대로 몇 초 동안 우뚝 서 있었다.

"쳇, 또 맨손이야? 이제 슬슬 이 언니, 팔아치우랴?"

타월담요 틈새로 내보이는 메구미의 어깨는 맨살이었다. 브래지어 끈만 보였다. 메구미는 몸에 팽팽히 힘을 주고 있었다. 자는 게 아니라고 생각했다.

"뭐야, 그 눈은? 무슨 불만 있냐?"

그 말에 확신이 들었다. 가즈야는 메구미에게 달려가 어깨를 잡았다. 몸을 이쪽으로 돌리려고 했지만 저항했다. 가즈야가 몸을 들이밀어 얼굴을 들여다보았지만 메구미는 얼굴을 대고 엎드린 채 끝까지 눈을 맞추려 하지 않았다.

빠져나갔을 터인 피가 단숨에 온몸을 치고 올라왔다. 눈 밑의 살이 푸들푸들 떨리고 이마가 달궈진 돌처럼 후끈후끈했다.

"당신……." 가즈야의 목소리가 떨렸다. "얘, 건드렸어?"

"어이, 똘마니. 말솜씨가 영 형편없네?"

"대답해. 건드렸어?"

목소리의 떨림이 온몸에 퍼지고 손끝이 파르르 떨렸다.

야마자키가 흥, 코웃음을 쳤다. 뒤쪽에서 펀치파마가 부스스 일어섰다.

"야, 건드렸어?"

가즈야의 성난 고함 소리가 야쿠자의 얼굴에 쏟아졌다. 남의 목소리 같은 느낌이 들었다.

야마자키의 얼굴색이 확 바뀌었다. 눈 가장자리가 벌게지더니 순식간에 눈알이 충혈되었다.

"야, 임마. 너 지금 누구한테 짖고 있냐?" 낮게 으르렁댄다. "너, 돈 만들 수 있어? 엉? 그냥 여기저기 싸돌아다니기만 하잖아. 네가 돈 마련을 못 하면 이 언니 몸뚱이를 팔아서라도 벌어야지. 미리 도장 좀 박아준 거 갖고 뭘 부들부들 떨고 그래, 이 바보 새끼야!"

가즈야의 목구멍이 꾸르륵 울렸다. 침도 안 나오는데 입안에서 내내 숨을 삼켰다. 뭔가가 몸속을 마구 내달리고 온몸의 땀구멍이 쩍쩍 벌어지는 착각이 들었다.

오른손을 주머니에 쑤셔 넣어 버터플라이 나이프를 꺼냈다. 등 뒤에서 그림자가 움직였다. 가즈야는 몸을 돌리는 동시에 무릎을 쳐올려 펀치파마의 안면에 먹였다. 녀석이 신음 소리를 내며 바닥에 나뒹굴었다.

앞쪽에서는 야마자키가 벌떡 일어섰다. 의자를 방패삼아 방 구석까지 뒷걸음질을 친다.

"뭐야, 이 새끼, 붙어볼래?" 아직 여유를 보이고 있었다. "나한테 이런 짓을 하고도 그냥 넘어갈 줄 알면 큰코다쳐."

시야의 끄트머리에 메구미가 보였다. 깜짝 놀라 자리에서 벌떡 일어서고 있었다.

말없이 돌진했다. 양손으로 나이프를 쥐고 야마자키를 노리고 몸을 날렸다.

가슴팍에 의자 다리를 맞았다. 팔을 뻗자 나이프 끝이 유리창에 부딪혀 마른 파열음이 났다. 손이 피투성이가 되었다. 아픔은 없었다. 붉은 액체가 뚝뚝 떨어지는 것을 그냥 풍경처럼 보고 있었다.

"이 새끼!" 야마자키가 부르짖었다.

의자가 위에서 떨어져 내렸다. 피하지 않고 다시 한 번 돌진했다. 머리와 어깨에 충격이 내달렸지만 그 아픔도 느끼지 못했다.

야마자키가 몸을 돌렸다. 비틀비틀 그대로 다른 쪽 벽까지 밀치고 들어갔다.

야마자키의 눈에 경악과 공포의 빛이 드러났다.

이 새끼를 기어코 죽이고 말겠다고 생각했다.

이번에는 슬금슬금 다가들었다. 절대 안 놓쳐. 죽여버릴 거야.

문 쪽에서 비명이 터졌다. 야마자키의 여자 야스코가 손으로 뺨을 감싼 채 딱 굳어 있었다.

그 순간, 옆에서 그림자가 떨어졌다. 충격이 내달렸다. 균형을 잃고 허공에 뜨는 순간, 펀치파마에게 차였다는 것을 알았다. 바닥에 어깨부터 떨어졌다. 그대로 쓰러져서 벽에 머리를 들이박았다. 펀치파마의 다리가 번개같이 달려들었다. 반사적으로 두 팔로 막아냈지만 그 틈새로 날아든 구두 끝이 가즈야의 얼굴에 맞았다. 일순, 정신이 가물거리는 것을 꾹 참고 가즈야는 정신없이 나이프를 휘둘렀다.

중심을 잡아가며 가까스로 일어섰다. 다시 자세를 취했다. 눈앞에서는 펀치파마가 "이 새끼, 이 새끼!" 하고 부르짖고 있었다. 놈의 눈꼴신 하얀 실크셔츠가 뻘겋게 물들어 있었다. 그 뒤에서는 야마자키가 의자를 방패삼아 서 있었다. 약간 기운을 차렸는지 "이 새끼 빨랑 못 치우냐?"라고 제 부하에게 고함을 쳤다. 메구미는 침대 한구석에 타월담요를 쓰고 한껏 웅크리고 있었다.

펀치파마가 배짱이 좋은 건지 형님이 무서운 건지 허리를 둥그렇게 말고 슬금슬금 거리를 좁혀왔다. 가즈야는 나이프로 견제했다. 펀치파마의 어깨 너머로 의자가 날아오는 게 보였다. 급하게 몸을 피했다. 눈을 돌린 잠깐의 틈새에 다시 펀치파마가 돌격해왔다. 이번에는 태클이라도 하듯 양팔로 몸통을 휘감고 늘어졌다. 가즈야가 필사적으로 버둥거리자 또 하나의 그림자가 덮쳤고 오른쪽 손목이 말을 듣지 않았다. 손목을 짓밟고 있는 건 야마자키의 발이었다.

"이 새끼가 까불고 있어."

펀치파마가 타고 올라왔다. 뒤에서 목을 졸려 몸통이 쳐들렸다.

오른손의 악력이 다했다. 꽃이 피어나듯 손가락이 풀리고 나이프는 가즈야의 것이 아니게 되었다.

야마자키가 그것을 발로 차버렸다. 쇠로 된 흉기가 소리를 내며 바닥을 미끄러져 갔다.

"더 이상 못 봐줘. 너는 죽여주마."

가죽 구두의 뒤축이 머리에 떨어졌다. 피하려 해도 펀치파마의 몸뚱이가 짓누르고 있었다.

"죽인다! 죽인다!"

수없이 똑같은 소리를 내뱉었다. 야마자키가 분노로 부들부들 떨고 있었다.

의식이 희미해져 왔다. 내가 신싸로 죽는구나, 또 다른 자신이 생각하고 있었다. 이미 포기했다. 죽는 건 괜찮다. 하지만 적어도 메구미만은.

이런 판에 어머니 얼굴이 떠올랐다. 젊은 어머니가 부엌에

522

서 있었다. 돌아보며 빙긋이 웃는다. 왜 나오는 거야. 당신 따위, 보고 싶지도 않은데.

두 놈이 함께 덤벼 퍽퍽 쳤다. 이미 위협이 아니라 명백히 살의가 담겨 있었다.

"야, 니들 뭐하는 거야?"

멀리서 목소리가 들려왔다. 주먹질과 발길질이 멈췄다. 눈을 뜨자 몇 개인가 다리가 희미하게 보였다.

야마자키가 뭔가 말을 했다. 점점 목소리가 커졌다.

"이 새끼가요……. 말썽난 거 뒤처리를 하려는데……." 그런 이야기가 들려왔다.

가즈야는 누운 채로 시선을 빙글빙글 돌렸다. 체격이 당당한 남자가 서 있었다. 낯이 익다. 야마자키가 형님이라고 하던 수염 기른 야쿠자였다.

"이 아가씨는 뭐야?"

"그게요, 이 노무라라는 놈의 여자 친굽니다. 인질로 잡아둬서 이 새끼 도망 못 치게 하려고……."

야마자키가 수염 야쿠자에게 변명을 하고 있었다.

"이런 멍청한 새끼. 니 없는 사이에 무슨 짓을 한 거야?" 수염 야쿠자가 일갈했다. "누가 이 방을 제멋대로 쓰라고 했냐?"

수염 야쿠자가 혼자서 떠들고 있었다. 야마자키가 몇 마디 변명하고 그때마다 수염은 큰 소리로 고함을 쳤다.

"어이, 아가씨, 옷 입어." 이번에는 메구미에게 말을 건넸다. "아가씨, 몇 살이지? 솔직히 말해봐."

"열일곱……." 메구미의 가느다란 목소리가 가즈야의 귀에 들어왔다.

"이런, 진짜 멍청한 놈들이네!" 수염 야쿠자는 한층 더 성질 난 얼굴이었다. 큰 소리가 나고, 쳐다보니 야마자키가 벽에 등을 들이박고 있었다. 포마드로 빗어 올린 앞머리가 흐트러지고 입가에서 피가 흘렀다. "야, 니들 머리가 있는 놈들이냐? 미성년자 아가씨를 조직 사무실로 데려다가 빚 대신 잡아놓고 족쳐? 이 노무라라는 놈이 강도질이라도 해서 경찰에 잡히면 어쩔 작정이야? 눈 깜짝할 사이에 경찰이 들이닥쳐서 줄줄이 오랏줄에 묶여볼래?"

수염 야쿠자는 화가 가라앉지 않는 기색으로 야마자키의 머리를 계속해서 내리쳤다.

"그러니 너는 내내 똘마니인 거야. 조직에 피해가 간다는 건 생각도 못 해봤지? 이 새끼 저 새끼 하면서 조무래기나 협박하며 먹고살 만큼 야쿠자 세계가 호락호락한 줄 알아? 너는 야쿠자에 소실 없어. 냉큼 손 씻고 나가, 잔 엎으라고. 지금 당장 손가락 하나 나한테 가져와!"

가즈야가 엎드린 채로 고개를 털었다. 린치가 멈춘 것을 다행으로 여기며 호흡을 가다듬었다. 문득 방바닥 저 앞을 보았다. 손이 닿을 듯한 곳에 나이프가 나뒹굴고 있었다.

"야, 야마자키, 어쩔 셈이야? 돈은 못 만들어내지, 이런 아무 짝에도 쓸모없는 조무래기들은 떠맡았지, 대체 어떻게 뒷갈망을 할 거냐고!"

"예, 우선……." 야마자키가 조금 전과는 딴판으로 높직한 소리를 냈다. "얘네들은 야스코 쪽으로 데려가겠슴다. 남자 쪽은 참치잡이 배에라도 팔고, 여자 쪽은 야스코 가게에서 일하게 해서……."

"멍청한 놈, 그런 걸 나한테 상의하면 어쩌냐고! 나를 공범으로 끌어넣을래? 그건 네가 결정하고 네가 실행해. 내가 알고 싶은 건 언제 돈을 준비할 수 있느냐, 그거야!"

가즈야가 팔을 내밀었다.

"예, 그러니까요……." 야마자키가 필사적으로 주절거리고 있었다. 저놈도 조무래기구나 싶었다. 손끝에 차가운 금속이 닿고 이윽고 나이프의 감촉이 손바닥 전체에 와 닿았다.

양팔을 단숨에 당겼다. 동시에 무릎을 차내듯이 벌떡 일어나 고개를 쳐들었다. 흠칫 놀란 야마자키가 가즈야를 보았다. 한순간에 방 안을 휘둘러보았다. 엉덩방아를 찧은 채인 야마자키, 제 팔을 붙잡고 고개를 떨어뜨린 펀치파마, 입구에서 새파란 얼굴로 서 있는 야스코라는 여자, 그리고 한복판에 우뚝 버티고 선 수염 야쿠자.

가즈야는 바닥을 박차고 튀었다. 비디오의 순간정지 화면처럼 수염 야쿠자가 눈을 큼직하게 뜨는 게 또렷이 보였다. 양손을 배 부분에 모아 자세를 잡고 그대로 수염 야쿠자를 향해 돌진했다. 아무도 소리를 내지 않았다. 가즈야만 빼고 모두의 시간이 정지해버린 것 같았다.

마치 푸딩에 나이프를 꽂은 것처럼 강철 칼날이 스윽 파묻혔다. 수염 야쿠자의 턱이 가즈야의 어깨에 얹혔다. 중년 남자의 체취와 향수가 뒤섞인 냄새가 코끝에 감돌았다.

다시 한 걸음, 가즈야가 발을 내디뎠다. 그러자 수염 야쿠자는 자신의 배를 부둥켜안은 채 천천히 뒤로 넘어갔다. 자신의 심장 고동 소리만 고막에서 부르르 떨고 있었다.

"꺄아악!" 창백하고 비쩍 마른 여자가 비명을 올렸다. 그래도 모두들 멀거니 굳어 있었다.

"이, 이놈이……." 야마자키가 가까스로 목소리를 냈다.

가즈야가 쓰윽 돌아보았다. 그 형상에 압도되었던지 야마자키가 흠칫 뒷걸음질을 쳤다.

"와아악!"

가즈야는 고함을 내질렀다. 나이프를 왼손으로 바꿔들고 침대로 뛰어갔다. 메구미의 팔을 잡고, 있는 힘껏 잡아당겼다. 빨리 일어나, 나가자고!

문 앞에 말뚝처럼 서 있던 여자가 튕기듯이 바깥으로 달아났다. 먼저 메구미를 보내 옥상 문을 열게 했다.

"이 새끼, 그냥 보낼 줄 알아!"

등 뒤에서 야마자키가 소리쳤다. 문에서 돌아보며 견제했다. 옥상 주위에는 화려한 네온이 번쩍거리고 있었다. 밤의 눅눅한 습기가 살에 휘감겨 들었다.

"메구미, 빨리 뛰어!"

메구미가 계단을 내려선 것을 보고 가즈야는 거무스레한 문짝에 뛰어들었다.

굽이 두툼한 부츠를 신은 메구미가 쿵쿵 소리를 내며, 그래도 숙을 둥 살 둥 뛰어내려갔다. 가즈야가 그 뒤를 따랐다. 머리 위에서는 야마자키가 뭐라고 짖어대고 있었다.

이 빌딩만 빠져나가면 우선 당장 지옥에서 탈출할 수 있을 것만 같았다. 그다음 일은 가즈야도 알지 못했다.

31

기타자와 제작소의 간다에게서 재촉 전화가 걸려온 건 가와타니 신지로가 시계를 들여다보며 긴급하게 부품에 나사 구멍을 뚫고 있을 때였다.

하지만 그 전화는 납품 건이 아니라 터릿 펀치 프레스를 언제 반입할 수 있느냐는 문의 전화였다.

"은행에서 언제 돈을 준비해준대?" 간다가 물었다.

"서류는 전부 제출했고, 그쪽에서도 기본적으로는 오케이인 모양이니까 아마 다음 주쯤이면 나올 텐데요."

"이봐, 가와타니, 부탁이 있어. 펀치 프레스 기계, 내일이라도 좀 받아주면 안 될까?" 간다가 수화기 너머에서 은근히 목소리를 낮췄다. 자기 책상에서 거는 모양이었다. 리베이트 문제인 만큼 상당히 조심하고 있었다. "이봐, 실은 이제 곧 다음

달로 넘어가잖아, 그러면 창고 비용이 한 달치가 더 들어가. 이게 진짜 보통 액수가 아니야. 레인보우상사의 야노 씨가 아주 울면서 사정을 하더라고."

"아, 예……."

"어차피 가와타니는 한 식구 같은 사람이니까……." 약삭빠르게 비위 맞추는 소리를 한다. "정식계약은 나중에 해도 괜찮아. 내일 우선 들여놓고 가계약이나 해두면 돼."

"아 예, 그래도 너무 급한 얘기라……."

"이봐, 부탁해."

"예……."

일이 그렇게 되어서 신지로는 싱겁게 밀려버렸다.

그토록 학수고대하던 설비투자였는데 왠지 마음이 설레는 것도 없었다. 오히려 이유를 알 수 없는 불안이 부풀어올랐다. 물론 그건 오타와의 분쟁이 우선 당장 발등에 떨어진 문제였기 때문이다.

기계가 들어올 때 다시 누군가 저 입간판을 볼 것이다. 상사에서 나온 사람은 '이거, 괜찮은 거야?'라고 생각할 터였다. 어쩌면 간다에게 보고가 들어갈지도 모른다. 그 생각만 하면 신지로는 안절부절못하고 정신이 나갈 지경이었다.

그날 아침에도 새벽 6시에 일어나 공장을 가동시켰다. 부품에 나사 구멍 뚫는 작업을 혼자서 묵묵히 해치웠다. 벌써부터 일손에 문제가 있다는 건 명백했다. 간단한 작업밖에는 맡길 수 없는 코비와 속도가 느린 마쓰무라. 게다가 경영자인 자신이 영업에서 납품까지 맡아야 하는 것이다. 그렇다고 해도 새로 사람을 쓰는 데는 용기가 필요했다. 한가할 때는 이틀이고 사흘이고 종업원을 놀리는 때도 있는 것이다.

보통 때라면 이런 일은 이웃 야마구치 차체에 도움을 청했을 것이다. 하지만 너나없이 소음 문제를 떠안고 있는 상황이라서 역시 눈치가 보였다. 그렇게 봐서 그런지 요즘 야마구치 사장은 완전히 풀이 죽은 것처럼 보였다. 귀를 기울여봐도 저녁 7시 이후에는 기계 돌아가는 소리가 들리지 않았다. 야마구치 사장도 나름대로 상처를 입고 맨션 주민들과의 트러블을 되도록 피하고 싶은 것인지도 모른다.

신지로는 의지할 곳을 잃은 것 같은 마음이 들어 점점 더 고독감이 깊어졌다.

여느 때처럼 8시가 되자 코비와 마쓰무라가 출근을 했다. 코비는 콧노래를 부르고 마쓰무라는 입을 꾹 다물고 일을 했다. 아침에 아내 하루에가 다시금 다짐을 했었다.

"전화 얘기는 절대로 하면 안 돼, 알았지?" 신지로는 뒤에서 마쓰무라를 물끄러미 바라보았다. 도대체 이 젊은 녀석은 무슨 생각을 하고 사는 걸까.

그럭저럭 천 개의 나사 구멍을 마감해서 납품하러 나갔다.

오늘은 또 한 건의 납품이 있었다. 한꺼번에 돌고 오면 좋을 테지만 오전 중에 끝내지 못해서 어쩔 수 없이 그건 오후에 다시 나가기로 했다.

카 라디오를 들으며 신지로는 정체된 간선도로를 달렸다. 아직 장마도 시작되지 않았는데 하늘은 벌써 완연한 여름이어서 쨍쨍한 햇살이 차 앞유리의 먼지를 허옇게 드러나게 했다. 와이퍼를 한 차례 오락가락했더니 공연히 더 앞이 안 보이게 되어서 한참이나 몸을 앞으로 내밀고 운전을 했다.

가와사키 공장가로 가는 도중, 번화가를 지나갈 때 등이 서늘해지는 일이 있었다. 신호가 파란불로 바뀌어 차를 출발시키자마자 사람이 툭 튀어나오는 바람에 다급하게 브레이크를 밟았던 것이다. 키가 훌쩍 큰 젊은이가 성큼성큼 사거리를 대각선으로 가로질러 갔다. 여기저기서 타이어들이 비명을 질렀다. 신지로는 저도 모르게 창문으로 얼굴을 내밀고 "이 바보야!" 하고 고함을 질렀다. 남자 뒤로는 경찰 몇몇이 "거기 서!"라고 부르짖으며 필사적인 얼굴로 쫓아갔다. 주변은 일순 시끌벅적해졌다.

무슨 짓을 한 거야, 저 젊은이는? 마음속 어딘가에서 나보다 더 힘든 놈도 있구나, 하고 불쌍한 마음이 들었다. 그리고 순간 큰 소리를 내지른 스스로에게도 놀랐다.

아내에게는 어디서 메밀국수라도 한 그릇 먹겠다고 했지만,

그럴 시간도 없어서 점심을 굶은 채 신지로는 공장으로 돌아왔다. 오후 납품을 위해서는 얼른 일감을 마무리해서 다시 나가지 않으면 안 되었다.

트럭을 작업장 앞에 세우고 짐칸에서 바구니를 내렸다. 그러자 엔진 소리를 들었는지 하루에가 집에서 종종걸음으로 나왔다.

"여보."

또 무슨 일이 있었나.

"왜 그래? 아, 그보다 야요이 공업에 납품할 거 어떻게 됐어? 3시까지 갖다줘야 하는데."

"변호사가 와 있어. 오타 씨 일로."

역시 그렇구나. 신지로는 어깨가 축 처졌다.

하루에를 보니 눈에 비난의 기색이 역력했다. 그건 오타를 다치게 한 것보다 좀 더 깊은, 어딘가 가장으로서 부족함을 추궁하는 듯한 눈빛이었다.

"변호사? 뭐야, 갑자기. 미리 연락 좀 하고 오면 안 된대? 몰상식하게시리."

"당신 나간 다음에 전화가 왔었어. 오후에는 돌아올 거라고 했더니 그럼 그때쯤에 오겠다고 했어."

"내 사정이 어떤지도 물어봤어야지. 휴대전화 있으니까 미리 알려주면 좀 좋아?"

"그래도……."

신지로는 한숨을 내쉬었다. 오후 납품을 생각하면 단 1분도 허비하고 싶지 않았다. 하는 수 없이 신지로는 아내에게 일거리를 부탁해놓고 집으로 향했다. 제발 일이 귀찮게 커지지 않기를 마음속으로 빌었다.

응접실에 머리를 7대 3으로 가른 삼십 대로 보이는 남자가 와 있었다. 본바탕이 그런지 아니면 처음부터 기를 꺾어놓겠다는 건지, 자못 심각한 얼굴로 자리에서 일어나 명함을 내밀었다. 제 이름을 딴 변호사 사무실이 적혀 있었다.

"길 건너 사시는 오타 씨의 의뢰를 받아 이렇게 찾아뵈었습니다."

"아, 예. 이번에 참으로 죄송스러운 일을 해버렸네요."

신지로는 깊숙이 머리를 숙였지만 변호사는 거기에는 대꾸하지 않았다.

"가와타니 씨." 변호사는 앉으라는 말을 하기도 전에 털썩 주저앉더니 눈을 치뜨고 말을 이었다. "어떻게 해결하실 생각이신지요?"

"아니, 사실은 경찰 쪽에서도 전화가 와서. 아, 그게 잘 아는 경관인데, 서로 잘 화해를 해서 피해 신고는 좀 취하하게 해달라 그렇게 부탁을 하니, 이거 참. 그래서요, 가능하다면 치료비하고……."

"경찰이 그렇게 부탁했다고요?"

변호사가 호오, 하는 얼굴을 했다. 아차, 그런 말은 안 하는 게 좋았을 텐데, 하고 마음속에서 혀를 찼다.

"아니, 그게 그러니까……." 횡설수설 말이 꼬였다. "부탁을 했다기보다 그게 뭐랄까, 평소에 늘 농담을 주고받는 사이니까……."

"그게 농담이었습니까?"

이 사람도 오타하고 똑같았다. 매사에 이론을 달아 조목조목 따지고 든다.

"아니, 그러니까…… 아, 잠깐 실례."

부엌으로 도망쳐 냉장고에서 보리차를 꺼내 목을 축였다. 이건 상대방의 요구만 가만히 들어두는 게 낫겠구나 싶었다.

"가와타니 씨." 변호사가 메모지를 꺼내며 말했다. "오타 씨는 도합 세 개의 이가 손상됐어요. 그중 두 개는 빠져버려서 새로 이를 해넣을 수밖에 없다는군요. 그리고 잇몸과 입천장, 입술에도 상해가 있습니다. 전치 4주의 진단이 나왔어요."

"아 예, 정말 죄송스럽게……."

"치과 치료에는 50만 엔쯤 들어갈 것으로 예상하고 있습니다."

"50만 엔이라고?"

가슴이 콱 오그라들고 핏기가 가셨다. 말도 제대로 나오지 않았다.

"병원에 드나드는 택시비 등도 고려했습니다. 오타 씨는 회사를 쉬고 병원에 다녀야 하거든요."

아주 덤터기를 씌우는구나, 하고 생각했지만 마음속 어딘가에 애초에 모종의 체념이 있었다. 이런 거야, 세상이란 게. 그나저나 큰일 났네, 50만 엔이라니…….

"거기에 위자료가 더해집니다."

또 있어? 신지로는 점점 더 낙담이 되었다.

"합계 2백만 엔으로 생각하고 있습니다."

"2, 2백만?"

눈앞이 캄캄했다. 생각지도 못한 액수에 마치 무대가 훌떡 뒤집어지듯이 미안하다는 마음은 어딘가로 날아가고 불끈 화가 치밀었다.

"이보쇼, 2백만이라니. 아무리 그래도 그건 너무 심하지."

"아뇨." 변호사는 냉랭한 눈으로 신지로를 정면으로 바라보았다. "절대로 심한 게 아닙니다. 오타 씨 부부가 받은 마음의 상처를 생각하면 지극히 합리적인 액수죠."

"사람 놀리지 마쇼." 도저히 믿어지지 않았다. "이건 뭐, 완전 야쿠자 아냐?"

"야쿠자라니, 말씀이 지나치시군요." 그는 여유가 있는지 차갑게 웃었다.

"아니, 그래도 어떻게……."

"괜찮으시다면 어디 다른 변호사와 상담을 해보시지요. 모두들 타당한 금액이라고 할 겁니다. 아니면 재판을 하시겠습니까?"

"재판이라니, 이봐요."

"이런 쪽의 소송은 재판관이 대부분 합의를 권합니다. 법정까지 가는 일은 일단 없을 겁니다. 그러니까 결국 마찬가집니다."

"보쇼, 제발 부탁 좀 합시다. 그런 큰돈을 내라니, 이거 너무하잖아?"

신지로는 얼굴을 일그러뜨렸다. 다시 호흡이 가빠졌다.

"시간을 드릴 테니 잘 생각해보세요. 다시 연락드리겠습니다. 오늘은 그만 이쯤에서." 변호사가 자리에서 일어섰다. "그리고 소음에 관해서인데요, 이것도 머지않아 상의를 드리겠습니다."

신지로는 자기 가슴을 벅벅 긁어댔다. 대답이 나오지 않았다.

변호사는 가방을 집어 들고 배웅은 필요 없다는 듯 빠른 걸음으로 현관을 향해 걸어갔다.

신지로는 또다시 손으로 입을 틀어막고 가까스로 과호흡을 견뎌냈다. 기침이 터졌다. 비틀비틀 부엌으로 나가 보리차를 병째로 마셨다. 주르르 흘러내린 보리차가 목덜미를 타고 바닥에 떨어졌다.

'이쪽이 문외한이란 걸 알고 말도 안 되는 요구를 덮어씌워?'

신지로는 슬리퍼를 발에 꿰고 그 길로 파출소로 달려갔다. 아무리 변호사라지만 이건 공갈이나 매한가지 아닌가 하고 화가 뻗쳤다.

파출소에 뛰어들자 다행히 전화로 합의를 권했던 경관이 있었다. 경관은 핏발이 선 신지로의 눈을 보고 깜짝 놀라 진정하라고 달래며 의자를 권해주었다. 신지로는 사정을 줄줄이 다 말했다. 지금 떠들고 있는 게 자신이 아닌 것 같은 마음이 들었다.

하지만 경관의 대답은 신지로를 실망시키기에 충분했다.

"우리는 민사사건에는 개입을 못 해. 게다가 가와타니, 2백만 엔은 물론 좀 심하다는 생각이 들긴 하지만 실은 그런 경우가 꽤 많아. 전에 근무했던 파출소에서도 말이지, 뒤차가 들이박는 바람에 화가 난 사람이 상대 운전자를 끌어내 주먹질을 했어. 어떻게 된 줄 알아? 광대뼈가 나가서 위자료로 3백만 엔을 물어줬다니까. 역시 세상이란 게 어른의 폭력에는 아주 엄해. 정말 참 딱하기는 한데 우리도 어떻게 해줄 수가 없어."

경관이 신지로의 어깨를 토닥이더니 "어떻든 피해 신고는 취하해달라고 해봐"라고 말했다. 어디 나 좀 도와줄 사람은 없을까.

돌아오는 길에 이 혼란을 정리해보려고 했지만 머릿속에 아무것도 떠오르지 않고 그저 묘한 허탈감만 맛보았다. 공원에서 젊은 엄마들이 아이들이 노는 것을 지켜보고 있었다. 신지로는 휘적휘적 공원에 들어가 벤치에 걸터앉았다.

아 그래, 신용금고에 3백만 엔이 있었지, 라고 혼자 잠시 신이 났다가 곧바로 그게 3백만 엔을 빌린 담보라는 것을 깨닫고 낙담했다. 다시 어머니에게 빌려볼까. 아니, 아무리 그래도 그건 안 된다. 무엇보다 형이 가만있지 않을 것이다.

등받이에 몸을 맡기고 위를 보았다. 큼직한 은행나무가 하늘을 반이나 가리고 있었다. 풍성하게 우거진 녹음이 바람에 살랑살랑 흔들렸다. 가까운 공원에 이렇게 훌륭한 나무가 있다는 것을 18년이 되도록 알지도 못한 자신이 어이가 없었다.

갈매기은행에서 빌릴 수는 없을까. 그렇게 생각했다. 2천만이나 2천2백만이나 그리 큰 차이는 없을 것이다. 연대보증인도 있고 천만의 담보 예금도 있는 것이다.

서둘러 공장으로 돌아왔다. 사무실에서 하루에가 "어디 갔었어?"라고 부루퉁하게 물어와서 신지로는 애매하게 대충 둘러댔다.

"여보, 변호사가 뭐래?"

"치료비하고 위자료를 내래."

"얼만데?"

"50만." 눈을 마주치지 않고 퉁명스럽게 말했다.

"아휴……."

하루에가 울먹이는 소리를 냈다. 사실대로는 도저히 말 못

하겠다고 생각했다.

"열심히 일하지 뭐. 일하고 또 일하고 아침부터 밤까지 일해야지. 감기에 걸려도 일할게. 암에 걸려도 일하고. 그래서 돈 많이 벌어서 갚으면 되잖아."

"여보, 왜 그래?"

"왜 그러고 말 것도 없어."

"아이 참……."

"야요이 공업에 보낼 거, 어떻게 됐어?"

"다 했어."

"좋아, 그건 마쓰무라한테 납품하고 오라고 해야겠다. 그 애도 운전면허 있어. 이런 어두컴컴한 공장에서 하루 종일 일해봤자 재미도 없을 테고."

"여, 여보!"

"때로는 밖에도 나가봐야지. 세상 구경도 좀 하면 좋잖아? 야요이 공업에는 사무 보는 아가씨도 있어. 자꾸 드나들다 보면 서로 친해질지도 모른다고."

"정말 당신 왜 그래?"

"이이, 마쓰무라!" 사무실 문을 열고 큰 소리로 불렀다. "잠깐 트럭 몰고 야요이 공업까지 납품하러 갔다 올래?"

마쓰무라가 흠칫 놀라 돌아보며 겁에 질린 눈으로 고개를 끄덕였다.

"지도 그려줄 테니까 얼른 한달음에 달려갔다 와라."

뒤에서 하루에가 작업복 자락을 잡아당겼다.

"왜 이래 이 사람이, 귀찮게?"

"여보……."

하루에가 근심스런 얼굴로 멀거니 서 있었다.

하루에를 안채로 쫓아 보내고 신지로는 수화기를 들었다. 명함첩을 펼쳐들고 갈매기은행에 전화를 했다. "융자과의 다카나시 씨 부탁합니다"라고 전하자, 어디선가 들은 적이 있는 오르골 음악이 흐르고 한참을 기다리게 한 끝에 다카나시가 전화를 받았다.

"아, 가와타니 씨? 실은 저도 전화를 드리려던 참입니다."

"저기, 내가 부탁이 좀 있는데."

"아, 예."

"2천만 융자, 2백만 엔만 더 어떻게 안 될까?"

"아, 예."

"그게 옵션 부품을 좀 더 사고 싶어서 그래요. 그러면 일거리를 따오기가 더 쉬울 거 같아서 말이지."

다카나시가 아무 말 없이 듣고 있었다.

"어떨까?"

"저어, 가와타니 씨, 정말 말씀드리기 어려운 얘기인데요……."

“안 될까? 그래도 어떻게 좀 해봐요.”

“아뇨, 그게 아니라……. 실은 융자 자체를요, 없었던 일로 해주셨으면 하는데요.”

“뭐요?” 얼른 알아들을 수가 없었다.

“본점 심사부에 올렸는데, 이번에는 보류라는 것으로…….”

“이봐, 그, 그게 무슨 소리야?”

아직은 뭔가에 기대를 품고 있었다. 잘못 들은 소리라든가 착각이라든가. 이번에는, 이라고 하는 걸 보면 잠시 결재가 미뤄지는 것뿐이라든가.

“죄송합니다. 심사가 생각보다 엄해서요…….”

“융자가 안 된다는 거야?”

“예.”

“예라니, 이봐, 당신, 너무 심하잖아? 이제 와서 그런 소릴 하면 어떡해?” 목소리가 뒤집혀 있었다.

“그게, 본인의 부동산 담보가 없다 보니 역시…….”

“무슨 소리야? 당신, 부동산에만 기대는 건 은행 본래의 모습이 아니네 어쩌네, 지난번에 분명히 그런 말 했잖아?”

“물론 저는 그렇게 생각합니다. 하지만 위에서는…….”

다음 말이 나오지 않아 신지로는 손으로 머리를 쓸어올렸다. 다시 머릿속이 새하얘졌다. 앞으로도 뒤로도 가지 못하는 정지 상태였다.

"가와타니 씨, 듣고 계십니까?"

"어, 듣고 있어."

"저도 참으로 유감입니다. 다음에는 반드시 품의가 통과되도록 하지요."

사람을 놀리나? 다음이 뭐야, 다음이. 신지로는 퍼뜩 생각이 났다. 내일이면 터릿 펀치 프레스가 들어온다. 융자를 못 받으면 대금은 지불을 못 한다.

"이봐요, 다카나시, 도저히 이해를 못 하겠네, 이건. 첫째로 이 얘기는 당신하고 기타자와 제작소의 간다 씨가 먼저 꺼냈잖아?"

"아뇨, 저는 간다 씨께 소개를 받은 것뿐이에요."

"사람을 놀리나, 진짜. 당신하고 간다 씨가 자꾸 권하니까 나도 비싼 설비투자를 할 맘을 먹은 거 아냐!" 목소리가 거칠어졌다. "이걸 어쩌느냐고, 대체!"

"저한테 그런 말씀을 하셔도……."

마음만 초조하고 대체 어찌해야 할지 모르겠다. 아무튼 다른 융자처를 찾아야 한다. 신용금고에 부탁해보자. 지난번에 예금을 해약하지 않아서 그나마 다행이었다.

"이봐, 다카나시, 아무래도 안 되겠어?"

"예, 정말 죄송하게 됐습니다."

"그럼 정기예금을 해약할 테니까 당장 갖다주쇼."

"아, 그런데요, 어쩌지요? 저희한테 그대로 맡겨주실 수 없을까요? 앞으로의 관계도 있고요."

"이봐, 웃기지 마!" 마침내 신지로는 고함을 질렀다. "앞으로는 무슨 앞으로가 있어? 부동산 담보가 없으면 당신네 은행은 돈을 안 빌려준다면서? 근데 무슨 앞으로가 있어?"

"잠깐 기다리시겠습니까? 윗분과 상의해보겠습니다."

다시 오르골이 흘러나왔다. 남의 속도 모르는 태평한 그 멜로디를 들으며 신지로는 설비투자를 관둬야 하나, 하고 다시금 생각했다. 애초에 2천만 엔이나 빚을 내는 건 자기에게는 너무 무거운 짐인 것이다. 하지만 곧바로 똑같은 이유에서 마음을 고쳐먹었다. 우선 기타자와 제작소의 간다에게 체면이 서지 않는다. 이제 와서 취소했다가는 서로 거북살스러운 사이가 되어버린다. 계약서도 없이 인정으로 엮여온 사이인 만큼 그런 일만은 피하고 싶었다. 딸아이를 대학에 보내는 문제도 있었다. 게다가 이대로 현상을 유지해봤자 좋은 일이라고는 있을 리가 없다. 아마도 돈이 돌기 시작하면 모든 문제가 다 해결될 것이다. 그때까지만 꾹 참으면 된다. 소음 문제도 1년만 버티면 그때쯤에는 모아둔 돈이 생겨서 어떤 식으로든 방법이 나올 터였다.

"아, 가와타니 씨, 기다리시게 해서 죄송합니다." 다시 전화가 연결되었다. "지금 윗분과 상의해봤는데요, 어떠세요, 천만 엔을 융자하는 것으로 해주시면 금방이라도 승낙이 떨어질 텐데요."

"그걸 말이라고 해!" 신지로는 이번에야말로 진심으로 고함을 쳤다. "천만 엔 예금에 천만 엔을 빌리라니, 그럼 나는 이자만 물라는 거야? 당장 해약이야!"

험악한 고함 소리에 놀랐는지 다카나시는 "아, 잠깐만요"라며 다시 전화를 보류로 돌렸다.

이놈이나 저놈이나 죄다 왜 이래. 분통이 터져서 수화기를 쥔 손이 부르르 떨렸다.

"오래 기다리셨습니다. 가와타니 씨." 다카나시가 미안한 기색도 없이 말했다. "그럼 새로 가입해주신 5백만 엔에 대해서는 내일이라도 해약 수속을 밟겠습니다."

"바보 멍청이!" 관자놀이가 실룩실룩 경련을 일으켰다.

"천만 엔 전부 다야! 당장 가져오라고!"

수화기 너머가 잠시 침묵에 잠겼다.

"그러세요? 그거 참 유감이네요. 하지만 당장은 좀……. 꼭 그렇게 하시겠다면 내일 오후쯤에라도 가지러 오시겠습니까? 준비해둘 테니까요."

목소리가 벌써 생판 남 대하듯 한다. 신지로는 "알았어, 갈 거야!"라고 씩씩거리며 전화를 끊었다. 그리고 전화를 끊자마자 새로운 분노가 치밀었다.

예금을 따갈 때는 금복주 얼굴로 샐샐 웃으며 찾아왔던 주제에 해약할 때는 가지러 오라고?

손으로 책상 위의 서류를 밀쳐버렸다. 그 참에 찻잔도 함께 날아가 바닥에 산산이 깨지는 소리가 울렸다.

도저히 가만있을 수가 없어 사무실을 서성거렸다. 지금부터 무엇을 어떻게 해야 할지 알 수가 없었다.

생각이 정리되지 않은 채 작업장으로 돌아왔다. 반나절만이라도 손과 머리를 쉬는 시간을 갖고 싶었지만, 이럴 때일수록 주문이 한꺼번에 몰려든다. 정신적인 여유가 없다는 게 현재의 자신을 더욱더 괴롭혔다. 처리해야 할 일들이 너무나 많았다.

담배를 몇 개비나 피우며 여기저기 기계를 옮겨다녔다. 불꽃이 소리를 내며 흩어지고 불량품이 날 때마다 답답한 탄식을 올렸다. 코비가 무슨 일인가 하고 돌아보았다. 구석에서 너트에 솔질을 하고 있는 하루에는 불퉁하게 등을 돌린 채였다.

오늘은 늦게까지 잔업을 하자고 생각했다. 아침 6시부터 일을 시작했으니 대관절 몇 시간 노동이 되는지는 모르지만, 아무튼 일감을 시간 안에 맞춰주는 게 먼저다. 소음에 관해서는 버텨볼 결심을 했다. 어차피 진즉에 맨션 주민들과의 관계는 도서히 회복할 수 없는 상태인 것이다. 일거리를 일단락 짓고서 다음 일을 생각하자. 신용금고에서 융자받는 일, 그리고 오타가 요구하는 위자료 깎아내는 일. 변호사 앞에서는 주춤 물러서 버렸지만 2백만 엔은 아무리 생각해도 도저히 낼 수 없는 돈이었다.

오후 3시 반이 되어 하루에가 사무실에서 신지로를 불렀다. 야요이 공업의 외주 담당 히라노가 걸어온 전화였다. 또 불량품이 나왔나 하고 불안감이 모락모락 일었다.

"뭐야, 진짜? 왜 아직도 공장에 있어?" 이게 히라노의 첫마디였다. "내내 하던 열교환기, 그거 3시까지 갖다주기로 약속했잖아? 잊어버렸어?"

"아, 아닌데? 우리 공장 마쓰무라라는 애가 납품을 하러 갔어요. 여기서 2시에 나갔으니까 벌써 한참 전에 도착했을 시간인데."

"엇, 그래? 이상하네? 잠깐 알아볼게."

그러면서 히라노가 전화기를 잠시 내려놓았다. 수화기 너머로 "어이, 아케미짱!" 하고 부르는 소리가 들려왔다. 뭔가 불길한 예감이 들었다.

"역시 아직 안 왔어. 수령서가 여기 있는걸?"

"아, 그래요? 이거 참, 미안해요. 처음으로 보내는 거라 지도를 그려줬는데 혹시 길을 잃었는지도 모르겠네."

"이러면 곤란해, 가와타니 씨."

"미안해요."

"뭐, 됐어. 좀 더 기다려봐야지. 우리도 그 부품이 없으면 일을 못 하는데, 이거 참."

"정말 미안하네요."

고개를 꾸벅거리며 전화를 끊었다. 휴대전화를 쥐여줄걸 그랬다고 후회했다.

"여보, 무슨 일인데 그래?" 전표 정리를 하던 하루에가 물었다.

"마쓰무라가 아직도 안 왔대."

"정말?" 하루에의 얼굴이 흐려졌다. "그러니까 당신이 가는 게 좋다고 했잖아."

"어째서 당신은 그렇게 마쓰무라 편을 드는 거야? 우리는 사장이고 그쪽은 종업원이야. 어째서 그렇게까지 신경을 써줘야 하냐고."

"그 애한테는 사람을 만나는 것 자체가 고통이라니까."

"또 아는 체를 하네. 당신은 사무실에서 온종일 라디오를 들으니까 쓸데없는 지식만 머릿속에 잔뜩 들었어."

"온종일은 무슨? 방금까지 솔질하고 있었어."

"아아, 됐어, 그딴 거. 아무튼 마쓰무라한테서 전화 오면 다시 한 번 길 알려줘서 어서 빨리 납품하라고 해."

신지로는 사무실을 나섰다. 이번에는 부품 커팅을 시작했다. 날카로운 소리를 주위에 흩뿌리며 금속 파이프가 차례차례 절단되었다. 애써 아무렇지도 않은 척했지만 마쓰무라가 도착을 안 했다니, 이건 정말 보통 일이 아닌 것 같았다. 혹시 사고라도 난 걸까? 불안이 가슴을 스쳤다. 황급히 보험에 대한 생각을 했다. 그 트럭은 어떤 보험에 들었더라? 아니, 괜찮다. 분명 운전자의 연령 제한은 없었다.

30분 지나서 다시 야요이 공업의 히라노에게서 전화가 걸려왔다. 아직 안 왔다고 불퉁거리는, 약간 뾰족한 목소리였다.

점점 더 불안했다. 이번에는 신지로도 마쓰무라를 보낸 건 실수였다고 생각했다. 벽시계를 보았다. 아무리 그래도 한 시간씩이나 늦는다는 건 거리상으로 있을 수 없는 일이었다.

그러니 일도 제대로 되지 않았다. 어딘가에서 어쩔 줄 모르고 있을 마쓰무라의 모습이 머리에 떠올랐다. 길을 잃고 누구한테 물어보지도 못하고 회사에 전화도 못 하는 마쓰무라.

본격적으로 후회가 들었다. 그 애에게는 남들이 그저 보통으로 하는 일이 엄청난 시련인 것이다.

5시에 다시 불만에 찬 전화가 왔다. 더 이상 일이 손에 잡히지 않았다. 6시가 되자 야요이 공업의 히라노는 완전히 화가 나서 "오늘은 그만 종업원들 집에 보낼 거야!"라고 말해왔다. "그러니까 내일 아침에는 일찌감치, 시간 꼭 지켜줘"라고 다짐에 다짐을 했다.

오후 7시. 이제는 안절부절, 가만있을 수가 없었다. 2시에 공장을 나갔으니 벌써 5시간이 지났다. 사고라면 경찰에서 연락이 왔을 거고 길을 잃어서 빙빙 돌아다니는 거라면 오래전에 휘발유가 떨어졌을 터였다. 대체 마쓰무라는 뭘 하고 있는지, 신지로는 짐작도 가지 않았다.

하루에가 머뭇머뭇 마쓰무라의 집에 전화를 했다. "아직 집에 안 왔는데요"라는 그 집 어머니의 말에 하루에는 댁의 아들이 행방불명이라는 얘기를 하지 못하고 전화를 끊었다.

일손이 잡히지 않는 가운데서도 작업을 계속하다가 8시가 되자 신지로는 결국 찾으러 나가기로 했다. 야마구치 사장에게 차를 빌렸다. 사정 얘기를 했더니 사장이 자기 일처럼, 마쓰무라가 아니라 신지로의 처지를 걱정해주며 자동차 키를 내주었다.

우선 공장에서 야요이 공업까지 가는 길로 차를 몰았다. 마주치는 트럭이며 갓길에 세워둔 차들을 눈여겨 살펴보며 아직도 차량 통행이 빈번한 간선도로를 타고 내려갔다.

야요이 공업에 도착해보니 이미 인기척이 없고 문도 닫혀 있었다. 돌아오는 길에는 다른 길을 지나왔다. 골목길에도 들어가 설마 이런 데 있으랴 하면서도 주차장 안까지 들여다보았다. 30분 간격으로 하루에와 연락을 취했다. 아내는 가라앉은 목소리로 "아직이야"라고 그때마다 한숨을 내쉬었다.

그렇게 11시까지 정처도 없이 차를 몰고 돌아다녔다. 가와사키 부두까지 갔을 때는 가로등 불빛을 받으며 출렁출렁 흔들리는 바다를 보며 혹시 어딘가에 빠진 거 아닌가 하고 방정맞은 상상까지 했다.

신지로는 지칠 대로 지쳐 집에 돌아왔다. 납덩이라도 삼킨 것처럼 위가 묵직했다. 문득 저녁을 먹지 않았다는 것을 깨닫고, 게다가 점심까지 걸렀다는 게 생각나서 이제까지 배고픈 줄도 모르고 돌아다닌 자신이 놀라웠다. 우선은 오차즈케●를 훌훌 몰아넣었다. 한 공기로 그만이었다.

텔레비전을 들여다볼 마음도 없어서 조용한 한밤중에 부부가 멀거니 거실에 앉아 있었다.

"그 애, 공장 그만두고 싶었던 거 아닐까?" 하루에가 침묵을 깨고 불쑥 말했다.

"무슨 말이야?"

"공장을 관두고 싶은데 차마 말을 못 해서 우리 쪽에서 그만두라고 해주기를 기다린 거 아닌가 몰라."

"어째 생각이 그런 식으로 돌아가? 그럼 그만두라는 소리를 듣고 싶어서 트럭에 상품을 실은 채로 사라졌다는 말이야?"

"그건 나도 모르지……."

"쓸데없는 소리 하지 마."

하루에에게 커피를 타오라고 해서 마셨다. 가만히 있으려니 눈꺼풀이 슬슬 감기려고 했다. 얼마나 길고 긴 하루였는가. 한숨밖에 나오지 않았다.

"실종 신고라도 해볼까." 신지로가 말했다.

● 뜨거운 밥에 밑반찬을 다져 넣은 양념을 얹고 녹차를 부어 먹는 일본 요리.

"글쎄……. 하지만 경찰은 그런 거, 접수만 받지 찾아주지도 않아."

"그건 그렇지."

담배에 불을 붙였다. 입안이 담뱃진으로 지저분해져 있었다.

"경찰이라……." 신지로는 중얼거렸다.

일단 물어볼 가치는 있을 것 같았다. 마쓰무라가 어딘가에 트럭을 내버렸다면 그건 주차위반이고, 그렇다면 견인차로 끌어냈건 창에 딱지를 붙였건 경찰에 차 번호가 기록되어 있을 터였다.

아무것도 안 하고 있는 것보다는 낫겠다 싶어서 신지로는 가장 가까운 경찰서에 전화를 했다. 퉁명스러운 남자가 받아서 그런 차량은 없노라고 대꾸했다. 다음에는 지도를 펼쳐놓고 야요이 공업까지 가는 길의 경찰서에 차례차례 전화를 걸었다.

네 번째로 건 경찰서에서 가와타니 철공소 트럭이 주차위반으로 기록되어 있다는 것을 알았다. 신지로는 하마터면 쓰러질 뻔했다. 노상에 세워져 있으니 어서 빨리 이동시키라고, 교통과 경관이 위압적으로 수화기 너머에서 말했다.

살았구나 싶었다. 그 순간 신지로는 자신이 가장 두려워한 게 상품의 분실이었다는 것을 깨달았다. '내일 아침 납품은 어떻게든 맞추겠구나.' 그것에 안도의 한숨을 내쉬고 있었다. 신지로는 택시를 타고 그쪽으로 가기로 했다. 이미 화도 나지 않고 그저 어서 빨리 찾아다 놓고 자고 싶었다.

"여보, 그럼 마쓰무라는 어디로 갔대?"

"내가 어떻게 알아? 그런 놈, 이제는 출근해도 바로 모가지야."

"아이 참, 그렇잖아도 일손이 부족한데……."

그건 그랬다. 내일만 해도 한 사람이라도 빠지면 진짜 괴로워지는 것이다.

"……집에 전화해봐."

"지금? 벌써 2시야."

"도대체 그 집 부모는 뭐하는 거야? 아들이 집에 안 오는데 어째서 직장에 전화도 안 해?"

그렇게 말하다가 아차 했다. 마쓰무라는 이미 집에 가 있는 게 아닐까. 이불 속에서 쿨쿨 자고 있는 게 아닐까. 그런 감이 들었던 것이다.

싫다는 하루에에게 다시 전화를 걸어보라고 했다. 하루에는 목소리를 낮추어 몇 번이나 미안하다고 하고서 마쓰무라가 집에 돌아왔느냐고 물었다. 아니나 다를까, 마쓰무라는 집에 있었다. 10시쯤에 돌아와 목욕을 하고 벌써 자고 있노라고, 병적으로 내성적인 아들을 가진 어머니가 알려주었다. 신지로는 할 말이 없었다. 그저 당분간 마쓰무라는 공장에 안 나오겠구나, 하고 생각했다.

아무튼 우선은 트럭을……. 신지로는 심야의 길거리로 나가 택시를 잡았다.

　내일 일 따위, 생각하고 싶지도 않았다.

32

 이제야 사람을 칼로 찔렀다는 감촉이 손바닥에 스며왔다. 그건 남의 땀에 흠뻑 젖은 전철 손잡이를 억지로 잡고 있는 듯한, 안 좋은 감촉이었다. 어쩐지 팔꿈치 아래 전부가 근질거리는 것 같기도 했다. 슬쩍 힘주어 주먹을 쥐고 있지 않으면 뭔가 마음이 불안했다.

 가즈야는 불그레한 간접조명이 벽을 밝힌 러브호텔의 한 방에서 침대에 누워 있었다. 옆에는 메구미가 있었다. 메구미는 욕실에 있던 수건을 물에 적셔 가즈야의 몸을 닦아주었다. 오른쪽 옆구리는 거무칙칙하게 색이 변했고 그밖에도 멍든 곳이 한두 군데가 아니었다.

 메구미의 얼굴에는 표정이 없었다. 눈이 마주쳐도 서글픈 웃음을 잠시 지을 뿐, 입을 꾹 다문 채 가즈야의 간호만 하고 있었다.

테이블에는 샌드위치 접시가 있었다. 프런트에 전화해서 배달시킨 것이었다. 반 넘게 남아 있었다. 배는 고픈데 목구멍으로 넘기자마자 구역질이 났다.

메구미는 목욕을 했지만 가즈야는 그럴 수가 없어서 메구미가 더러워진 몸을 닦아주는 것이었다. 메구미의 손짓은 솜 인형이라도 돌봐주는 것 같은 느낌이었다.

"저기, 메구미." 가즈야가 잔뜩 쉰 목소리로 말했다.

"응?"

"나, 사람 죽인 놈이 됐다."

"안 죽었어."

"어떻게 알아?"

"그 야쿠자, 뚱보였잖아. 비곗살을 찌른 것뿐이야."

천장을 바라보며 그랬으면 좋겠다고 생각했다. 다시 그 불쾌한 감촉이 되살아났다. 그 순간의, 수염 야쿠자의 경악에 찬 표정도 눈에 낙인으로 찍혀 있었다.

"켄." 메구미가 수건을 착착 돌려 접으며 말했다. "나야말로 강간당한 여자가 됐어."

가즈야는 대답하지 않았다.

"야마자키라는 그 사람, 처음에는 친절하게 대해줬어. 나더러 예쁘니까 모델이 되라나? 이번 일만 정리되면 자기가 아는 연예 사무실에 소개해준대. 문신한 것도 보여줬고. 뭔가 잉어 같은 게 폭포에 올라가는 그림. 굉장하다고 칭찬해줬더니 바보처럼 히히 웃었어. 내가 부탁도 안 했는데 부하의 문신까지 보여주고. 근데 좀 있다가 눈빛이 변해서……. 야스코라는 여자한테 밖에 나가 있으라고 하는 거야. 뭔가 이상하다 하는데 갑자기 팔을 잡고…….”

“그만, 됐어.”

“그 야스코라는 여자, 진짜 어쩌면 그럴 수가 있어? 자기 남자가 다른 여자를 강간하려고 하는데 그냥 조용히 밖에 나가더라?”

“그만하라니까.”

“나, 혀를 깨물려고도 했어. 강간당하는 기분, 알아? 그런 놈, 잡으면 꼭 사형을 시켜야 해, 반드시.”

“찌를 놈을 잘못 골랐네.”

“……응. 하지만 이제 됐어. 켄이 구해줬으니까.”

“무슨 소리야, 나 때문에 거기 갇혔었는데.”

“켄, 내가 싫어졌지?”

“바보. 왜 그런 소리를 해?”

“나하고 자는 거, 이제 싫지?”

그 목소리가 어딘지 떨리고 있었다. 고개를 들고 바라보니 메구미가 울고 있었다. 넘치는 눈물을 열심히 손으로 닦아낸다.

몸을 일으키려고 했지만 힘이 없었다. 어쩔 수 없이 오른손만 내밀어 메구미의 팔을 쓰다듬었다. 한참이나 그러고 있었다.

"메구미, 넌 어디로 가고 싶어?"

"어디라니?"

"이제 이 근처에서는 더 이상 살 수 없잖아. 도쿄도 안 될 거고. 어딘가 먼 데로 가서 새 출발해야지."

"어디든 괜찮은데, 난 추운 건 싫어."

"그럼 오키나와로 갈까?"

"그렇게 덥지 않아도 되는데."

"아무튼 도카이도(東海道)를 타고 내려가 볼까나."

"그래. 하지만 그전에 병원에 가봐야겠어. 켄, 옆구리가 뭔가 썩어드는 거 같아."

"나를 아예 죽은 사람 취급하네? 게다가 병원에 가면 꼬리가 밟혀. 돈도 없고."

"지금 얼마나 있어?"

"여기 호텔비 내고 나면, 2만 엔쯤."

"그럼 어떻게든 돈을 만들어야지. 편의점이라도 털까?"

"음. 하지만 좀 더 돈이 많은 데가 좋아. 한 1년쯤 편히 놀고 지낼 만큼."

"그래. 일일이 돈 걱정하는 것도 싫다, 그치? 번번이 위험한 짓을 하기도 힘들고. 자기, 아예 은행 같은 데를 털어보면 어떨까."

"버터플라이 한 자루로?"

"괜찮아. 어떻게든 될 거야. 은행원은 어차피 자기 돈도 아닌데 누가 목숨 걸고 지키겠어?"

"그야 그렇지만."

"중딩 때 텔레비전에서 그런 외국 영화를 봤었어. 남자하고 여자가 은행 강도를 하면서 여행하는 거. 제목은 잊어버렸지만."

"그 두 사람은 행복해졌냐?"

"아니, 마지막에 탕탕탕 총 맞고 둘 다 죽었어."

"그럼 안 되잖아!"

"푸하하." 드디어 메구미가 웃었다. "근데 털겠다면 내가 적당한 은행을 알아. 작은 지점이고 주위가 전부 공장이라 번화가보다 도망치기도 쉬울 거야."

그때 휴대전화가 울렸다.

가즈야가 소스라쳐서 몸을 일으켰다. 소파에 걸쳐둔 점퍼 호주머니에서 벨이 울렸다. 둘이서 얼굴을 마주 보았다.

가즈야가 슬금슬금 다가가 다이너마이트라도 다루듯 신중하게 집어 들었다.

스위치를 누르고 귀에 댔다.

"야, 노무라?" 야마자키의 목소리였다. "야, 끊지 마, 끊지 마. 겁낼 거 없어. 우리 형님, 병원에 실려 가긴 했는데 전혀 심하지 않아. 내장까지는 안 닿아서 잠깐 입원하면 나을 거 같단다."

왜 그런지 야마자키는 명랑한 어조로 떠들었다.

"히야, 너도 배짱 한번 두둑하더라. 아무리 맞아도 비명도 안 지르고, 게다가 형님한테 대들고. 야, 진짜 요즘 너처럼 근성 있는 놈은 없어. 그래서 야, 우리 형님도 네가 마음에 든다더라. 어때, 우리 조직의 잔, 받아볼래?"

웃기고 있네. 말도 안 되는 소리를 주절거리고.

"돈 얘기도 이제 끝이야. 나도 항복이다. 야, 그러니까 어디서 좀 만날래? 너, 정말 야쿠자에 소질 있어. 유망한 신인이라고. 야야, 우리 조직에 들어와서 멋지게 치고 올라가보자."

무슨 빤한 소리를.

"야, 노무라. 지금 어딨냐?"

"말하겠냐, 그런 걸?"

"엇, 드디어 입을 여셨네. 어때, 우리 조직에 안 들어올래?"

"잡소리하고 있네. 사람을 장난감처럼 갖고 놀더니."

"뭐야, 싫어?"

"당연하지."

"그래…… . 그렇다면 어쩔 수 없다." 여기서 말투가 홱 바뀌었다. "야, 똘마니. 나, 너 절대 안 놓쳐. 무슨 짓을 하건 찾아서 네놈 숨통을 끊을 거야. 야, 듣고 있냐? 네놈 때문에 나는 조직에도 못 돌아가는 신세야. 이대로 가면 손가락 세 개는 자르게 생겼다고. 세 개야, 세 개. 그러면 창피해서 돌아다니지도 못해. 이미 이 세계에서는 버틸 수 없다고. 게다가 사죄의 표시로 3천만이야. 손가락 세 개하고 3천만이라고."

"그거야 당신 사정이지."

"흥, 말 잘했다. 기억해둬. 무슨 수를 쓰건 너를 찾아내마. 내 인생이 걸렸다고. 그냥 협박이라고 생각하지 마. 반드시 너를 찾아내서 죽인다. 알겠냐? 반드시."

가즈야는 휴대전화를 끄고 황급히 소파에 내던졌다.

몸에 떨림이 몰려왔다. 메구미가 전화 상대를 알아챘는지 겁에 질린 얼굴로 가즈야를 쳐다보고 있었다.

도망쳐야 한다. 돈을 마련해서 최대한 먼 곳으로.

33

가와타니 신지로는 새벽에 눈을 뜨자마자 뛰어나가 8시에는 야요이 공업의 납품을 마쳤다. 담당자인 히라노에게 납작 고개 숙여 사과하고 사무원에게는 캔 커피도 넣어주며 겨우겨우 벌 칙을 면할 수 있었다.

돌아오는 길에는 아침 해를 정면으로 받게 되었다. 차 안에 뜨뜻한 공기가 가득 찼다. 에어컨을 켜면 낡은 트럭이 당장 파 워가 떨어지는지라 신지로는 창을 활짝 열고 길을 서둘렀다. 간밤에는 한숨도 못 잤다. 길바닥에 방치된 트럭을 찾아낸 게 새벽 3시. 그다음에는 경찰서에 출두해서 주차위반 수속을 하 고 집에 돌아온 게 4시 반. 일단 이불 속에 들어가면 다시 일어 날 자신이 없어서 거실에 잠깐 누웠지만 눈만 감고 있었을 뿐 잠이 오지 않았다. 사십 중반 나이에 밤샘이라는 건 역시 힘에 부쳤다.

납품을 마치고 돌아와 제일 먼저 가까운 신용금고에 전화를 했다. 천만 엔의 예금을 그쪽으로 돌릴 테니 그 두 배의 융자를 해줄 수 없겠느냐고 상담을 했다. 지난번에 예금을 해약하지 못하게 했던 은행원은 깜짝 놀라며 "우선 돈은 저희한테 맡겨주시지요. 그런 다음에 상담에 응하도록 하겠습니다"라고 신이 난 목소리였다.

어떻게 될지는 모르지만 거기밖에는 기댈 데가 없는 이상, 하라는 대로 하는 수밖에 없었다. 아마 그리 쉽게 돈을 내주지는 않을 것이다. 연대보증인을 몇 명 더 대라고 요구해올지도 모른다.

공장에 들어가 부품이 산더미 같은 것을 보고 엄두가 안 나서 야마구치 사장에게 징징거리며 매달렸다. 첩첩이 밀린 일거리 몇 퍼센트를 그쪽에 부탁해서 자신의 책임을 조금이나마 줄였다. 눈 밑이 거뭇거뭇해진 신지로를 보고 야마구치 사장은 차마 거절을 못 하는 눈치였다.

역시 마쓰무라는 나오지 않았다. 그 녀석은 이제 아무려나 상관없었다. 겁이 나서 남은 월급도 못 받아갈 것이다. 뭐, 고마운 일이다.

공장 앞 입간판은 트럭 포장 덮개를 말리는 척 대충 덮어서 감춰버렸다. 맨션 주민이 보면 또 한마디 하겠지만, 시간이 흐르면서 묘하게 대담해져서 어디 올 테면 와보라는 심정이 되었다.

그사이에도 신지로는 일을 했다. 코비와 둘이서 스폿용접을 하느라 끊일 새 없이 기계 소리와 불꽃이 작업장 안에 흩어졌다. 왠지 뭔가에 들씌운 듯 집중력이 생겨서 평소의 두 배나 되는 속도로 가공을 마친 부품들을 바구니에 착착 쌓아나갔다.

그리고 오전 10시가 되어 가와타니 철공소 앞길에 대형 트레일러가 모습을 드러냈다. 마치 집이라도 실어나르는 듯 굉장한 광경이었다.

트레일러가 도로 폭을 아슬아슬하게 차지하고 섰다. 짐칸에는 군대 병기 같은 터릿 펀치 프레스가 버티고 앉아 있었다. 신지로가 저도 모르게 숨을 삼켰다. 어느새 구경하러 뛰어나온 야마구치 사장이 툭툭 어깨를 두드리며 "이거 참말로 엄청나네"라고 내내 벌어진 입을 다물지 못했다.

트레일러 뒤로 승용차가 따라붙었고 거기서 레인보우상사의 야노가 내려섰다.

"안녕하십니까?" 인사를 건네며 힘차게 허리를 꺾는다.

"죄송해요, 무리한 말씀을 드려서. 아무래도 이달 안으로 반입을 끝내고 싶었거든요."

"아니, 괜찮아요. 그보다 이렇게 큰 걸 어떻게 안으로 들이지?"

"크레인이 딸려 있어요. 그걸로 내려서 그다음에는 활차를 이용해 지게차로 밀어 넣습니다. 걱정 마세요, 가와타니 씨는 그냥 가만 계셔도 됩니다. 이 사람들, 항상 하는 일이거든요."

이제는 정말 돌이킬 수 없게 되었다고 생각했다. 경사스러운 날이어야 마땅할 텐데 목구멍에 뭔가 걸린 듯 이질감을 느꼈다.

어째서 나는 멈추려고 하지 않을까. 적어도 융자 건이 결정될 때까지는 보류했어야 하는 게 아닐까.

트레일러에 딸린 크레인이 신음을 올리며 터릿 펀치 프레스를 끌어올렸다. 헬멧을 쓴 몇 명의 인부들이 크레인 소리에 지지 않을 만큼 큰 소리를 내질렀다. 신지로는 그것을 멍하니 바라보고 있었다.

내가 뭔가 잘못하고 있는 걸까.

나뭇잎이 흔들릴 만큼 우르릉거리는 소리에 놀랐던지 맞은편 맨션의 복도에 사람이 나타났다. 퍼뜩 올려다보니 오타 부인이었다. 미움이 담긴 눈빛으로 신지로를 노려보고 있었다. 20미터는 떨어졌을 텐데 눈의 색깔까지 보였다. 마치 최면술에라도 걸린 듯 신지로는 꼼짝도 못 하고 서 있었다.

이윽고 사람은 둘이 되고 셋이 되고, 평일 오전을 보내던 부인네들이 전깃줄에 앉은 제비들처럼 맨션 복도에 줄줄이 나와 섰다. 누군가가 신지로를 손가락질했다.

풍경이 언뜻 일그러지는 듯한 느낌이 들었다. 한순간에 눈에 비치는 것들이 위쪽으로 스르르 흘러가고 콘크리트가 시야를 온통 차지했다.

"가와타니 씨!" 야노가 자신을 부르고 있었다. "왜 그러세요?"

문득 정신을 차리자 무릎을 땅에 짚고 있다는 것을 알게 되었다.

"괜찮으세요?" 야노의 손이 신지로의 팔을 붙잡았다.

"아, 아냐." 눈을 꾹 감고 마비가 지나가기를 기다렸다. "아무것도 아냐"라고 가까스로 대답했다.

"빈혈인가요? 어허, 안 되죠, 이런 좋은 날에." 야노는 그저 가볍게 입을 놀리고 있었다. "자, 다음 일은 저 사람들에게 맡겨두고 우리는 계약이나 마치도록 하지요."

신지로는 야노를 사무실로 안내했다.

야노가 테이블에 서류를 늘어놓고 다시 보증과 그 밖의 설명을 했다. 열심히 귀 기울이고 있는데도 머릿속에 하나도 들어오지 않았다. 게다가 글씨까지 일그러져 보였다.

"그래서요, 대금 지불은 언제쯤이면 될까요?"

"다음 주에는 대충."

"고맙습니다. 보통 이런 일은 없는데요, 기타자와 제작소 간다 씨가 보증하시는 일이니 저도 딱 믿겠습니다."

다음 주에는 대충이라고? 아니, 괜찮아. 신용금고의 심사는 이틀이면 오케이가 떨어질 거야.

"자, 정식계약은 지불 때 하기로 하고요. 우선 여기하고 여기에 도장을……."

일러주는 대로 신지로는 도장을 찍었다.

자신이 하는 짓이라는 실감이 들지 않았다.

"기계 설치는 시간이 좀 걸려요. 원체 물건이 커놔서. 업자로서는 하루가 꼬박 걸리는 작업이죠."

사무실 창으로 내다보니 아직 펀치 프레스를 가까스로 내려놓은 상태였다.

"저는 이따 저녁때 다시 상황을 보러 오겠습니다."

그 말을 남기고 야노는 돌아갔다.

펀치 프레스 설치 작업이 공장 안을 가로질러 가야 해서 그 사이에 일은 중단하게 되었다. 코비는 앞마당에서 담배를 피우고 있었다.

잠시 사무실에서 눈을 감고 있으려니 야요이 공업의 히라노에게서 전화가 걸려왔다.

아침 일찌감치 납품한 것에 불량품이 섞여 있다는 연락이었다.

이전과 똑같이 용접 실수였다.

"가와타니, 이거 곤란하잖아. 납품도 늦었는데 게다가 불량이야? 우린 지금 예정이 틀어져서 아주 난리라고. 원청회사에서도 자꾸 재촉이 들어오고. 아무튼 최대한 빨리 다시 해줘."

히라노는 분통이 터진 기색이었다. 신지로는 그저 열심히 사과를 하는 수밖에 없었다.

"오늘 안으로 좀 될까?"라고 물어와서 "예, 어떻게든 해보지요"라고 대답해버렸다.

신지로는 부품을 거둬오기 위해 트럭에 올라탔다.

그리고 이제야 마쓰무라가 실종되었던 이유를 알았다. 마쓰무라는 용접 전압 설정을 잘못 했다. 그런데 그 말을 하지 못한 채 자신이 만든 불량품을 싣고 가게 되었다. 이중의 걱정거리를 안고 어쩔 줄을 모르다가 막판에 도망쳐버린 것이다.

바보 녀석. 도망치고 싶은 건 바로 나야.

시계를 보았다. 오후 1시에는 갈매기은행에 가야 한다. 머리가 제대로 돌아가지 않아 도무지 대책이 세워지지 않았다.

야요이 공업에서 부품을 받아 싣고 그 길로 갈매기은행에 들르기로 했다. 히라노는 언짢은 심사를 감출 것도 없이, 신지로를 향해 "오후 5시까지 해줘"라고만 내뱉었다.

도중에 편의점에서 삼각 김밥을 사서 핸들을 쥔 채로 베어 먹었다. 왠지 자꾸 트림이 올라와서 제대로 먹을 수도 없었다. 트럭을 운전하면서 아직 천만 엔이 있으니 겁낼 거 없어, 라고 스스로에게 되뇌었다.

도로는 밀려 있어서 좀체 앞으로 나가지 않았다. 라디오에서는 뉴스를 하고 있었다.

"오늘 오전 11시경에 가와사키 시 중구 노상에서 젊은 남녀 2인조가 신호를 기다리던 회사원의 승용차에 권총 비슷한 것을 들이대며 난입하여 차를 강탈하고⋯⋯."

별 험악한 짓을 다 하는구나. 멍하니 듣고 있었다. 간선도로가 도무지 뚫릴 기색이 없어 뒷길로 돌아들었다.

거기서 퍼뜩 생각이 났다. 천만 엔이 어떻게 내 돈인가. 그중 2백만 엔은 어머니한테서 얻어온 돈이고 3백만 엔은 신용금고에서 빌린 돈이 아닌가. 원래 맡겼던 건 5백만 엔인 것이다. 그리고 지금 오타는 2백만 엔의 위자료를 요구하고 있다. 딸 미카의 대학 진학에는 백만 엔을 준비해야 한다. 그럼 남는 건 2백만 엔밖에 안 되잖아. 신지로의 위 언저리에 오한이 밀려왔고 핸들을 쥔 손이 부르르 떨렸다.

아니지, 이런 바보, 그게 아니지. 신용금고에는 3백만 엔의 예금이 담보로 들어 있지 않은가. 그건 틀림없이 내 돈이다. 하지만 담보라는 건 완납을 하지 않고서는 인출할 수 없다. 그러면 어떻게 되는 거지⋯⋯.

신지로는 필사적으로 생각해보려고 했지만 마치 뇌가 데모라도 하는 것처럼 도통 움직여주지 않았다. 그보다 야요이 공업에 5시까지 맞춰줄 수 있을까, 하고 생각하다가 그게 상당히 어렵겠다는 것만은 확실하게 깨달았다.

기타카와사키 역의 작은 상점가에서 주차 공간을 발견해 가방을 챙겨들고 트럭을 세웠다. 내릴 때 룸미러로 얼굴을 들여다보니 턱수염이 엷게 뺨까지 덮고 있었다. 이제 새삼스럽게 모양을 낼 것도 아니고, 뭐 어찌 돼도 상관없었다.

그렇게 신지로는 은행에 들어갔다. 상담 창구에서 용건을 말했다.

"다카나시 씨 좀 부탁합니다."

창구에 앉은 여자 은행원은 왠지 굳은 표정을 하고 있었다. 뒤로 몸을 돌려 사무실 안을 둘러본다.

"약속은 하셨던가요?"

"그래요, 1시. 조금 늦었지만."

"잠깐만 기다려주세요"라고 하고는 일어섰다.

신지로는 이 여자 은행원이 낯익었다. 전에 왔을 때도 퉁명스럽게 대응을 했던 아가씨다. 흘끔 명찰을 보았다. 그래, 후지사키라는 아가씨였어, 라고 생각이 났다.

의자에 앉아 담배에 불을 붙였다. 연기가 폐 속에서 회오리를 만들고 스르르 혈관에 퍼지는 게 느껴졌다.

무심코 옆 창구를 들여다보니 여자 은행원의 허리께 서랍에 돈다발이 보였다. 여기서는 돈을 그야말로 물건처럼 취급하고 있었다. 병원에서 환자에게는 그야말로 절체절명의 일인데도 의사는 애써 냉철하게, 혹은 의학적인 흥미로만 대하는 것과 비슷했다. 돈과 병은 본인에게만 중요한 일인 모양이라고 생각했다.

한참을 기다리게 한 뒤에 후지사키라는 은행원이 돌아왔다.

"저어, 정기예금 해약이시죠?" 어딘가 무뚝뚝한 태도로 말하더니 용지 한 장을 카운터 위에 내놓았다. "수속을 해드릴 테니여기 굵은 선 안에……."

"이봐, 잠깐." 불끈 성질이 났다. 신지로는 손으로 가로막았다. "다카나시 씨는 어떻게 됐어? 안에 있지?"

"아뇨, 그게……."

신지로의 험상궂은 말투에 여자 은행원이 흠칫 질린 기색이었다.

"왜 안 나오냐고!"

"저어, 지금 다카나시 씨가 쉬는 시간이라서요……."

"물론 내가 좀 늦었어. 그래도 그 사람, 지금 안에 있지? 점심을 먹다 말고라도 본인이 나와야 할 거 아냐. 애초에 말이지, 그쪽에서 돈을 들고 고객에게 찾아오는 게 맞는 일이라고. 집금할 때는 샐샐 웃어가며 찾아오더니 해약을 할 때는 여기로 나오라는 건 대체 뭐야? 손님을 깔보는 것도 정도가 있지!"

창구의 행원들이 신지로를 쳐다보았다. 등 뒤에서도 손님들의 시선이 느껴졌다.

"아, 예……."

"아, 예가 아니라, 당장 데려오라고!"

후지사키라는 여자 은행원이 얼굴색이 변해서 안으로 쏙 들어갔다. 이 아가씨의 태도에도 적잖이 화가 났다. 그 얼굴에는 내 탓이 아니오, 라고 써 있었다.

씩씩 콧숨을 내쉬며 주위를 둘러보자 몇몇 사람이 잽싸게 시선을 돌렸다.

휴대전화가 울렸다. 주머니에서 꺼내 귀에 대자 아내에게서 걸려온 것이었다.

"여보, 신용금고의 가타오카 씨한테 융자 부탁했다던데, 정말이야?"

"응, 좀 했어."

"좀 했어라니, 그런 얘기를 왜 나한테는 안 했어?"

"시간이 없었잖아."

"지금 어디 있어?"

"갈매기은행."

"왜?"

"왜든."

"그런 말이 어디 있어?" 노골적인 비난의 목소리였다.

"그래서 뭐야? 용건을 말해."

"역시 융자는 어렵겠대. 융자를 기대하고 천만 엔을 맡기실 텐데 그러다 융자가 안 되면 너무 죄송하니까 미리 말씀드린다고 하던데?"

눈앞이 캄캄해졌다. 당장 이 자리에서 마구잡이로 머리를 쥐어뜯고 싶은 충동에 휩싸였다.

"가타오카 씨는 정말 착한 사람이야. 대충 비위 맞추는 소리 안 하고 분명하게 말을 해주잖아."

다시 숨쉬기가 힘들어졌다. 도대체 몇 번째인가, 요즘 며칠 사이에만.

"그리고 시청 직원이 와서 기계가 새로 들어왔다고 다시 소음 측정을 해야겠대. 아직 기계는 작동을 안 했다고 했더니 다음에 다시 온다고 하더라고."

"아, 알았어."

가까스로 목소리를 쥐어짜 전화를 끊었다.

기침을 하고 싶은데 나오지 않았다. 목구멍 안쪽에 코르크라도 끼워넣은 것 같았다. 손으로 입을 막고 코까지 감싸 쥐었다. 그런 꼴로 카운터에서 작업복 차림의 중년 사내가 웅크리고 있는 것이다. 몸이 부들부들 떨렸다. 남에게 보이고 싶지 않아 카운터 아래로 숨었다. 이상한 짓을 하고 있다고도 생각하지 않았다. "저어, 손님, 손님" 하는 소리가 들리고 몇몇의 다리가 보였다. 손사래를 치며 밀쳐냈지만 물론 물러서줄 리가 없었다.

이제는 틀렸구나 하고 생각할 즈음에 가까스로 호흡이 되살아났다. 충혈된 눈으로 "아무것도 아냐"라고 말하고 다시 의자에 앉았다. 옆 창구의 여자 행원이 겁에 질린 눈으로 신지로를 훔쳐보고 있었다.

"아, 안녕하세요?" 미안하다는 표정 하나 없이 다카나시가 나타났다. "해약하시는 거죠?"라고 멀쩡하게 시치미를 떼는 얼굴로 말했다.

당연히 해약이지, 그럼 뭐겠냐! 속으로는 그렇게 고함을 쳤지만 입 밖으로 튀어나온 말은 스스로 생각해도 뜻밖이었다.

"이봐, 다카나시 씨, 어떻게 좀 안 되겠어?" 이건 애걸하는 말투였다. "한 사람 더, 연대보증인을 붙여도 좋으니까 어떻게 좀……."

"아뇨, 글쎄요, 보증인만 늘려봤자……."

"그래도 원청회사가 권해서 설비투자를 하는 거잖아? 간다 씨한테 들어서 그건 잘 알지? 일거리는 보장된 거나 마찬가지라고."

"그런 내용의 계약서는 갖고 계신가요?"

"아니, 계약서는 없지만……."

"그러시다면 좀……. 아, 여기 인감도장 부탁합니다."

다카나시는 아랑곳하지 않고 해약 수속을 진행했다.

"애초에 이 얘기는 당신 쪽에서 먼저 들고 왔었잖아? 당신이 융자를 해주겠다고 하니까 나도 마음이 동해서 펀치 프레스를 사기로 한 거 아니냐고."

"간다 씨에게 소개를 받은 건 사실이지만 융자를 약속했던 건 아니고요⋯⋯."

"이봐, 다카나시 씨."

"예, 말씀하십시오."

"부탁 좀 합시다. 펀치 프레스, 벌써 공장에 들어왔다니까."

"대금도 지불하지 않았는데 들어왔어요?"

"응, 그래. 그쪽도 사정이 있어서 그렇게 됐다고."

"그렇게 해주는 회사도 있나요?"

"설명하기가 좀 복잡한데 말이지⋯⋯."

"아무튼 이번에는 무리예요. ⋯⋯인감도장을 여기에."

신지로는 도장을 내놓지 않았다. 일단 찍으면 그걸로 끝이라는 생각이 들었다.

"해약을 안 하시는 겁니까? 그러시다면 저희로서도 고맙겠습니다만."

뭐라고 해야 할지 몰라 신지로는 입을 다물었다. 앞으로 어떻게 해야 할지, 생각해봤자 답이 나올 리 없었다. 가방에서 도장을 꺼내 날인을 했다.

그것을 기다렸다는 듯이 다카나시는 발치에서 큼직한 봉투를 꺼내 카운터에 내놓았다.

"천만 엔, 확인해보십시오."

"이봐, 이런 건 응접실에서 해야 하는 거 아냐?"

"공교롭게도 빈 곳이 없어서요."

"태도가 완전 딴판이네. 오늘은 차 한잔도 없어?"

"드시겠습니까?"

두개골 안쪽에서 뇌가 지글지글 타는 듯한 느낌이었다.

"어이, 지점장 나오라고 해. 한마디 해야겠어."

"가와타니 씨."

"이봐, 당신." 옆 의자에서 어두운 얼굴로 고개를 숙이고 있는 여자 행원에게 말했다. "당신 말이야, 후지사키. 지점장을 여기로 좀 불러줘."

"가와타니 씨, 저희한테 무슨 실수가 있었단 말입니까?"

그때 사무실의 가장 안쪽 통로를 척 보기에도 고급스러운 양복을 입은 남자가 지나갔다. 뒤에는 가방을 든 부하직원이 따랐다.

"이봐, 저 사람이 지점장이지?"

다카나시가 포커페이스로 고개를 돌려 바라보았다. 신지로는 그 표정을 보고 지점장이라고 확신했다.

"어이, 거기! 당신이 지점장이지?"

신지로의 큰 소리에 은행 안의 모든 사람들이 움직임을 멈췄다.

"뭐야, 이 은행? 손님을 아주 바보로 알고 있어!"

다카나시가 급하게 그 사람에게로 달려가 뭔가를 설명하기 시작했다.

다른 행원은 다가와 달래기 작전에 들어갔다.

"아, 손님, 잠시 이쪽으로."

"어디로 가자는 거야!"

"안쪽에 응접실이 있으니……."

"빈 곳이 없다면서? 아까 다카나시인지 뭔지가 그랬다고!"

"저어, 손님, 부디 좀 목소리를 낮춰서……."

"그럼 지점장을 데려와. 나는 한마디만 하면 돼."

입 끝에 거품이 일어난 것을 스스로도 깨달았다. 얼마든지 말이 술술 튀어나올 듯한 마음이었다.

잠시 소리를 지르고 있으려니 정말로 지점장이 나왔다. 하지만 손을 비비거나 허리를 굽실거리는 것도 없이 어디까지나 고압적인 태도로 신지로 앞에 버티고 섰다.

더욱더 머리에 피가 솟구쳤다. 신지로는 카운터를 돌아 사무실 안으로 들어갔다. 주위 사람들이 마른 침을 삼키며 지켜보고 있었다.

"당신이 지점장이야?" 얼굴을 들이대고 낮은 목소리로 말했다.

"가와타니 씨죠? 대강 이야기는 방금 다카나시한테 들었는데, 뭣 때문에 화를 내시는지 전혀 모르겠는데요?"

"뭣이 어째? 예금을 천만 엔 넣어주면 융자를 해준다고 해서 말이지, 나는 여기저기서 아쉬운 소리를 해가며 마련했어. 근데 막판에 와서 융자를 못 해준다고? 이걸 어쩔 거야, 당신!"

"겨우 천만 엔 가지고 뭘……."

"이봐, 당신 지금 뭐라고 했어?"

정말 믿을 수가 없었다. 차 뒤꽁무니를 들이박아서 나무랐더니 되레 욕을 하고 덤벼드는 식이었다.

"얼른 해약을 하시면 되잖아요? 우리도 바빠요. 동네 공장 사장님을 상대하고 있을 시간은 없다고."

"뭐, 뭐야?" 신지로의 목소리가 떨렸다. 몸 안의 모든 피가 머리 쪽으로 쑤욱 쏠렸다. "응, 그래, 본점에 가서 따지자. 기타카와사키 지점에 이런 형편없는 지점장이 있다고 항의할 거야!"

"당신 하고 싶은 대로 해." 영락없이 불량배 같은 말투였다. "어차피 이제 곧 여길 떠날 거야. 인사부에서 뭐라고 하건 내 알 바 아니라고."

"무슨 말도 안 되는 소리야……."

그때, 뒤쪽에서 여자의 비명 소리가 났다. 신지로는 그 소리를 의식의 끄트머리에서 언뜻 들었다.

"애초에 나는 이 은행하고 거래할 생각도 없었어. 근데 당신들이 원청회사를 위협하다시피 계좌를 개설하라고 요구하니까 나도 어쩔 수 없이 돈을 맡겼다고. 그래 놓고서는 말이지……."

웬일인지 주위의 시선이 신지로에게서 멀어져갔다.

신지로의 팔을 붙잡고 있던 행원의 손이 어느새 풀려버리고 아무도 자신을 말리려 하지 않았다.

지점장을 쳐다보니 동갑내기쯤으로 보이는 이 사람도 입을 헤벌리고 한곳을 응시하고 있었다.

모두 똑같은 쪽을 소리도 없이 쳐다보고 있었다.

"다들 움직이지 마!"

그런 고함 소리가 들려온 것 같기도 했다.

신지로는 사람들의 시선을 따라갔다. 그곳에는 야구모자에 선글라스를 낀 젊은 남녀 2인조가 있었다.

"남자들은 벽 쪽으로 붙어!"

이번에는 또렷이 귀에 들어왔다.

아, 이건 은행 강도구나, 라는 생각이 무감동하게 신지로의 머리를 스쳤다.

34

은행에 근무하다 보면 '얼굴이 새파래져서 뛰어드는 영세 기업 사장'이라는 생물체를 자주 보게 된다. 가장 많이 뛰어드는 건 월요일 아침 이른 시간. 뜬금없이 긴급한 융자를 신청해오거나 한다. 한결같이 눈에 침착성이 없고 다리를 들까불고 때로는 큰소리를 내기도 한다. '대출해주지 않는 것도 고객을 위한 일'이라는 이쪽 업계의 격언도, 물론 개개인의 사정은 잘 모르지만, 그들을 지켜보면 나름대로 이해가 간다. 오로지 내 회사를 지키겠다는 일념밖에 없는 경영자에게는 어딘가 광기 비슷한 것이 있는 것이다.

오늘 뛰어든 손님은 한눈에 보기에도 이상하다고 미도리는 생각했다. 눈 밑이 거무스레한데다 수염은 불결하게 입 주위를 덮었고 얼굴은 기름기로 번들거렸다. 차림새고 뭐고 따질 것도 없을 만큼 초췌한 몰골이었다.

이 손님이 지금 카운터를 사이에 두고 다카나시에게 연신 머리를 숙이고 있었다. 처음에 미도리를 찾아왔을 때는 어서 빨리 다카나시를 불러오라고 씩씩거렸으면서, 막상 본인이 나오자 당장 태도가 바뀌어 눈썹을 팔자로 늘어뜨리고 애걸을 하고 있었다.

그 광경에 미도리의 기분은 암울해졌다. 아버지뻘이나 되는 사람이 젊은 사람을 상대로 염치 불고하고 매달리며 사정하는 모습은 딱한 것을 넘어 슬픔마저 불러일으켰다. 차라리 뻔뻔스럽게 큰소리를 치며 덤벼주는 편이 훨씬 더 고마울 정도였다.

미도리가 사표를 제출했지만 다마이 과장은 좀체 수리를 해주지 않았다. 벌레를 씹은 듯한 얼굴로 "조금만 더 기다려줄 수 없어? 타이밍이 영 안 좋단 말이야"라고 남의 일처럼 투덜거렸다.

괴문서가 나돈 직후인 만큼 지금 미도리가 그만두면 그게 사실이었다는 인상이 사내에 퍼질지도 모른다. 딸랑이는 그 점을 우려하는 모양이었다.

미도리는 지금 당장 그만두고 싶다고 말했다.

"이제 곧 보너스가 나올 텐데?" 다마이 과장은 이쪽의 마음속을 들여다본 듯한 소리를 했다. 그래도 미도리가 고개를 가로젓자 마지막에는 "그럼, 결혼 때문에 퇴직하는 걸로 해줄래?"라며 비굴하게 웃었다.

결국 내일부터 우선 유급휴가를 갖기로 했다. 이번 일의 열기가 식을 때쯤 슬그머니 그만두게 하려는 것이다.

지점장은 역시 밀려나는 모양이었다. 즉각 본점에 호출되었다고 한다. 정보통인 선배가 귀엣말을 해주었다. 지점장도 적당한 때를 봐서 자회사로 밀려나는, 돌아올 길 없는 차표를 쥐게 될 것이라고 했다. 미도리도 약간은 체증이 풀렸다.

유코와는 눈을 마주칠 수가 없었다. 하지만 다행히도 유코는 미도리의 어색한 태도를 사표를 냈기 때문이라고 생각하는 것 같았다. 미도리가 바라는 것은 '행여 다카나시와 유코의 결혼 청첩장이 저힌테 오는 일만은 없게 해주소서'였다.

참고로, 다카나시는 모르는 척하는 얼굴이었다. 그건 또 어떤 의미에서는 고마운 일이었다.

옆에서는 아직도 어딘가의 공장 사장이 머리를 굽실거리고 있었다. 분명 가와타니라는 이름이었다.

어디선가 들어본 이름이라고 미도리는 생각했다. 아, 그렇지. 다카나시와 함께 보냈던 호텔에서였다. 두 건 중 어느 쪽에 융자를 할까 하다가 그가 팔랑팔랑 바닥에 떨어뜨렸던 품의서가 '가와타니 철공소'라는 이름이었다. 하긴 그딴 거 자신과는 아무 관계도 없는 일이었다.

상담 창구에 앉아 잠시 그런 생각에 빠져 있으려니, 어느새 가와타니라는 손님의 말투가 다시 거칠어졌다.

미도리는 얼굴을 쳐들었다. 가와타니 씨의 관자놀이에 퍼런 핏줄이 돋아 있었다.

그리고 미도리를 향해 뭔가 말을 했다. "이봐, 당신."

"당신 말이야, 후지사키. 지점장을 여기로 좀 불러줘."

화들짝 정신이 들었다. 손님이 뒤쪽을 가리키는지라 돌아보았더니 지점장이 안쪽 통로를 지나가는 참이었다. 아마 본점에서 돌아오는 길일 터였다.

다카나시가 달래보려고 했지만 손님은 뭔가 엄청 화가 난 듯했다. "어이, 거기! 당신이 지점장이지?" 그렇게 소리치며 벌떡 일어선 것이다.

점포 안의 시선이 가와타니라는 손님에게 집중되고 행원 몇몇이 달려왔다. 미도리는 멀거니 그 모습을 바라보고 있었다.

손님은 점점 더 큰 소리를 질렀다. 어쩔 생각인지 지점장도 이쪽으로 다가왔다. 보통은 지점장이 손님의 클레임에 직접 응하는 일은 없었다.

손님이 카운터를 돌아 창구 안으로 들어왔다. 아무래도 안 되겠다 싶었는지 남자 행원이 밀쳐내려고 했다. 천만 엔이 이러니저러니 떠들면서 손님이 침을 튀겼다. 미도리가 문득 테이블을 보니 배가 불룩한 봉투가 있었다. 그게 천만 엔인 모양이었다. 자신의 예금을 해약하러 와서 왜 화를 내는지 도무지 알 수 없었다.

그리고 더더욱 알 수 없는 건 지점장이 대거리를 하고 나선 것이었다. 성질난 기색으로 손님에게 말대꾸를 하고 있었다. 손님은 금세 경기라도 일으킬 것처럼 미친 듯이 화를 냈다.

미도리는 그것을 유리창 너머의 광경처럼 바라보았다. 눈앞의 일인데도 어쩐지 멀게만 느껴졌다. 다들 마음껏 떠들라지. 모두 함께 세탁기 안에서 휘휘 돌아가는 더러운 빨래처럼 서로 얽히고설키는 거야.

그때, 로비 쪽에서 누군가 고함을 질렀다.

미도리는 그쪽으로 시선을 돌렸다. 젊은 남자가 뭔가 부르짖고 있었다.

이번엔 또 뭐야. 이 손님은 또 무엇 때문에 화가 났을까. 남자는 야구모자에 선글라스 차림이었다.

손에는, 만일 미도리가 잘못 본 게 아니라면, 권총이 쥐여져 있었다.

"다들 움직이지 마!" 남자가 이를 드러낸 개처럼 으르렁거렸다.

그리고 미도리는 그대로 얼어붙었다.

"남자들은 벽 쪽으로 붙어!"

한순간에 온몸에서 핏기가 빠져나가는 게 느껴졌다. 눈앞에 펼쳐진 광경의 딱 한 곳이 왠지 크게 확대되어 망막을 지배하고 있었다.

은행 강도로 뛰어든 남자 때문에 놀란 게 아니었다.

그 옆에서 가방의 입을 펼치고 있는 여자가 바로 미도리의
여동생, 메구미였던 것이다.

35

엔진을 켜놓은 채 주인이 잠시 자리를 비운 자동차는 좀체 눈에 띄지 않아서 노무라 가즈야는 아예 길에서 차를 강탈하기로 마음먹었다.

먼저 모자와 선글라스, 점퍼를 사러 나갔다. 용무늬 점퍼는 너무 눈에 띄는지라 별 특징이 없는 싸구려 점퍼를 샀다. 다음에는 밀리터리 용품점으로 갔다. 그리고 7천5백 엔짜리 모조 토카레프●를 샀더니 완전히 빈털터리가 되었다. 호주머니에는 동전 몇 개밖에 없었다. 이걸로 결심이 더욱더 굳어졌다. 은행을 털 만한 좋은 이유가 생겼다는 마음이 들었던 것이다.

간선도로의 횡단보도에서 차를 물색했다. 이런 상황에서도 취향에 맞는 차를 고르려고 하는 자신이 우스웠다. 잠시 기다

● 소련의 군용 권총의 일종.

리고 있으려니 하얀 글로리아가 가장 앞쪽에 멈춰 섰다. 이것도 뭔가 인연이라고 생각했다. 안에는 얌전하게 생긴 남자가 혼자 타고 있었다. 보행자용 파란 신호가 깜빡이자마자 즉각 행동에 들어갔다. 메구미를 쳐다보자 말없이 고개를 끄덕였다.

메구미가 운전석 쪽으로 돌아가 창문을 두드렸다. 운전자가 의아한 얼굴로 창유리를 내렸을 때 가즈야가 잽싸게 끼어들어 팔과 머리를 들이밀었다. 손을 들이밀어 록을 해제하여 문을 열고는 남자를 끌어냈다. 등 뒤에 끼워뒀던 모조품 총을 들이댔더니 남자는 찍소리도 못 하고 그 자리에 스르르 주저앉았다. 메구미가 조수석에 올라탔다. 그걸로 끝이었다. 곁에 있던 몇 대의 차들이 이 강탈극을 알아차린 듯했지만, 신호가 바뀌자 아무 일도 없었던 것처럼 움직이기 시작했다.

"드디어 터뜨렸네." 메구미가 생각에 잠긴 표정으로 말했다.

"음." 가즈야는 짧게 대답하며 고개를 끄덕였다.

"갈매기은행 기타카와사키 지점이야. 알지?"

간밤에 메구미가 갑작스레 꺼낸 말이었지만 그것을 가즈야는 아무 의심 없이 그대로 받아들였다. 번화가의 은행을 습격하는 것보다 리스크가 적다는 건 사실이었기 때문이다. 아마 경찰서에서도 한참 떨어져 있을 것이다.

"일본이 대륙이라면 좋을 텐데." 메구미가 곁에서 중얼거렸다.

"왜?"

"한없이 도망갈 수 있으니까. 어제 말했던 그 영화, 일본에서라면 절대로 안 될 거야. 자동차로 이틀만 달리면 홋카이도 아니면 규슈잖아. 그다음은 바다야. 대륙이라면 국경을 넘어서 한없이 도망갈 수 있잖아?"

"그러네."

"이름도 바꾸고 기분도 싹 바꾸고 새 출발할 수도 있을 텐데."

"응."

"일본 사람이 겁이 많은 건 그런 길이 없어서 그런 거야. 짜증 나는 일이 있어도 바다 때문에 어디로도 도망칠 수가 없어. 그래서 다들 하나로 똘똘 뭉쳐서 꾹 참고 사는 거지."

"그런가?"

"진짜, 대륙이라면 좋겠다."

길을 몰라 한참 공장가를 헤맸다. 오후 1시 반을 넘어선 참에 은행 간판을 발견했다. 코딱지만 한 동네에서 그 간판은 주위를 깔보듯이 우뚝 솟아 있었다. 역 앞을 지나칠 때 파출소가 눈에 들어왔다. 중년의 뚱뚱한 경찰이 한가롭게 보초를 서고 있었다. 별거 아니네, 라고 생각했다.

무서운 것도 없고 심장이 두근거리는 것도 없었다. 도움닫기는 벌써 시작되었고 가즈야에게는 이제 구름판을 박차고 힘껏 뛰어오르는 것뿐이었다. 그래도 손바닥은 축축하게 땀에 절어 있었다.

은행 뒤에 차를 세웠다. 시동을 걸어놓은 채 내렸다. 잠깐이라도 멈춰 서면 망설이고 말 것 같아 가즈야는 곧바로 뜀박질을 했다. 잰걸음으로 정면 현관까지 뛰어갔다. 자동 유리문이 양옆으로 열렸다. 자신의 얼굴이 후끈 달아오르는 것을 느꼈다. 늘 들리던 이명이 일순 볼륨을 올렸다. 안에 한 걸음 들이밀었다. 모조품 총을 오른손에 치켜들고 배 속에서부터 고함을 질렀다.

"다들 움직이지 마!"

자신의 목소리 같지 않았다.

가즈야는 로비 한복판에 다리를 버티고 허리를 낮춘 채 팔을 쭉 내밀어 모조품 총을 좌우로 휘둘러 겨누었다. 뒤에서는 메구미가 가방을 들고 서 있었다. 다시 한 번 크게 외쳤다.

"움직이지 마! 다들 가만있어!"

전원이 움직임을 멈추고 이쪽을 보고 있었다. 모조품 총을 로비의 손님에게로 겨누자 여기저기서 여자들의 비명 소리가 터졌다. 손님들은 소스라치듯 일제히 몸을 낮추고 몇몇은 바닥에 납작 엎드렸다.

이어서 카운터 안으로 총구를 들이대고 "남자들은 벽 쪽으로 붙어!"라고 고함을 쳤다.

여자 은행원들이 머리를 부둥켜안고 그 자리에 쪼그리고 앉았다. 공포로 가득한 몇 개의 시선이 연약하게 이쪽으로 날아 왔다. 남자들은 창백한 얼굴로 천천히 뒷걸음질을 쳤다.

우선은 예상대로 진행되었다.

그런데 카운터 한쪽만은 여전히 사람들이 서 있었다.

서너 명이 우두커니 선 채 이쪽을 돌아보고 있었다.

"좋아! 돈, 돈 내놔!"

가즈야는 그러거나 말거나 이렇게 외치며 앞으로 튀어나갔 다. 험악한 분위기를 잡으려고 눈앞의 화분과 재떨이를 발로 걷어차 버렸다. 요란한 금속음이 점내에 울려 퍼졌다. 메구미 가 숄더백의 입을 활짝 펼치고 뒤를 따라왔다.

그때 카운터에 놓인 돈 봉투가 가즈야의 눈에 들어왔다. 웬 일인지 피하려고 하지 않는 서너 사람 앞에 그 봉투가 있었다. 봉투 끝으로 두툼한 돈다발이 얼굴을 내밀었다.

심장이 빠르게 뛰었다. 저것을 안 가져갈 수는 없다. 가즈야 는 모조품 총을 수평으로 겨눈 채 큰 걸음으로 달려갔다. 온몸 에 뜨거운 피가 휘돌고 몸속에서 이상한 힘이 용솟음쳤다.

가즈야가 다가가자 양복 차림의 사내가 허리를 숙이며 반사 적으로 돈 봉투를 쑥 내밀었다. 돈이라면 다 줄 테니 어서 빨리 떠나줘, 라는 듯 잔뜩 겁에 질린 태도였다.

드디어 돈이 내 손에 들어오는구나, 하고 생각했다. 그토록 바라마지 않던 뭉칫돈이었다.

하지만 가즈야가 손을 뻗자마자 또 하나의 손이 정면에서 튀어나왔다.

그 손은 봉투를 필사적으로 끌어당기려고 했다.

가즈야가 얼굴을 들었다. 거기에는 작업복 차림에 눈에는 핏발이 선 중년 남자가 서 있었다. 이 아저씨가 이를 악물고 돈을 사수하려 하고 있었다.

"쏜다, 이 새끼!"

그렇게 소리를 질러도 남자는 귀먹은 사람처럼 필사적인 얼굴로 돈 봉투를 지키려고 했다.

가즈야는 반사적으로 모조품 총의 개머리판으로 남자의 머리를 내리쳤다. 한 번, 두 번. 그래도 내놓지 않았다. 가즈야는 온몸으로 봉투를 덮쳐 한 팔로 휘감아 단숨에 빼앗으려고 했다.

중년 아저씨가 허리를 숙이고 다리로 버텼다. 마치 줄다리기를 하듯 있는 힘껏 당겼다. 그러자 봉투는 그 아저씨와 함께 로비 쪽으로 굴러 떨어져 바닥에서 가즈야와 한 덩어리가 되었다.

다시 어디선가 여자의 비명이 들렸다. "켄!" 하고 부르는 메구미의 목소리도 들렸다.

급히 몸을 일으키자 작업복 차림의 중년 아저씨는 봉투를 가슴에 부둥켜안고 동그랗게 몸을 말고 있었다.

가즈야가 그 등허리 위에 올라탔다.

"그 봉투 내놔!"

"바보, 내가 내놓을 줄 알아?" 아저씨가 맞고함을 쳤다. "이 돈은 말이지, 이 돈은 말이지……."

"시끄러워! 뭘 중얼거려? 내놓지 않으면 쏜다!"

"흥, 쏠 테면 쏴라."

가즈야의 마음에 동요가 내달렸다. 이 아저씨는 이게 모조품 총이라는 걸 아는 걸까. 아니, 그럴 리 없다.

"은행에서는 사람을 바보로 알고, 맨션 놈들은 입간판을 걸고, 게다가 변호사를 앞세워 위자료를 내라고 하고……. 펀치 프레스는 벌써 들어왔다고. 당장 돈을 내야 한단 말이야!"

아저씨는 알 수 없는 소리를 마구 내지르고 있었다.

"진짜로 쏜다!"

가즈야는 뒤통수에 총구를 들이댔다. 짜증이 났다. 이런 일로 시간을 허비해서 좋을 턱이 없었다.

"그래, 쏴라! 나는 생명보험이 나올 테니 마침 잘됐다!"

대체 뭔가, 이 아저씨는.

좋은 생각이 떠오르지 않았다. 그만두고 다시 다른 은행으로 쳐들어갈까. 아니, 여기까지 와서 물러설 수 없다.

가즈야는 아저씨를 덮치는 건 포기하고, 다시 한 번 은행 안을 둘러보았다.

손님도 행원도 아직 바닥과 벽에 찰싹 붙어 있었다. 숨을 삼킨 채 이쪽을 지켜보았다.

뭘 해야 하는가. 아무튼 우선은 돈이다.

"어이!"

작업복 차림의 중년 아저씨가 외쳤다. 어느새 봉투를 단단히 끌어안고 일어서 있었다.

"너 이 새끼, 지금 무슨 짓을 했어?" 가즈야가 아니라 카운터 안의 양복 차림의 사내를 향해 고함을 지른 것이었다. "내 돈을 내주려고 했지? 이 강도 놈에게 내 돈을 그냥 내주려고 했지?"

양복을 입은 나이 든 사내는 새파랗게 질린 얼굴로 고개만 저었다.

대체 무슨 소린가. 도무지 모르겠다.

"어이, 젊은이." 중년 아저씨가 가즈야를 보았다. "저기 창구 서랍에 돈 많아. 가져가려면 그쪽에서 가져가."

창구 한 곳을 손으로 가리켰다. 중년 아저씨는 성큼성큼 걸어가더니 카운터를 훌쩍 뛰어넘어 건너편에 내려섰다.

"여기야. 이 서랍."

정말 뭔가, 이 아저씨는.

"어디 가방 줘봐. 내가 채워줄게. 어이, 거기. 아가씨도 한패지?"

메구미가 가즈야를 돌아보았다. 불안한 얼굴을 하면서도 중년 아저씨의 말에 따라 가방을 내놓았다.

"돈 있는 데는 얼마든지 돈이 있어. 이런 곳에 잔뜩 쟁여두니

592

까 우리한테는 한 푼도 오지를 않는다고!"

중년 아저씨는 시뻘건 얼굴로 혼자 마구 소리를 지르며 열심히 돈을 채워넣고 있었다.

이 아저씨의 눈에는 명백히 광기가 서려 있었다. 문득 정신을 차리니 가즈야는 모조품 총을 내려뜨린 채였다. 메구미와 둘이서 말뚝처럼 멀거니 서 있었다. 기묘한 시간이 흘러갔다.

우~웅.

등 뒤에서 자동문이 열렸다 닫히는 소리가 났다.

가즈야가 재빨리 돌아보았다. 제복 차림의 경관이 눈에 들어왔다. 한 사람이었다. 아까 보았던 역 앞 파출소의 뚱뚱이라는 건 금세 알아보았다. 가즈야가 황급히 저격 자세를 취했다. 신고 부저가 울렸던 것이다. 분명 이제 곧 본서에서 대부대가 들이닥칠 것이다.

"너, 너희들." 경관의 목소리는 떨리고 있었다. "바보 같은 짓은 하지 마라."

그 목소리에도 힘이 없었다. 허리의 권총에 손도 대지 못한 채 허리를 슬슬 굽혀 거리를 두고 있었다.

가즈야는 가장 가까운 곳에 있는 여자 손님의 멱살을 잡아 억지로 일으켜 세웠다.

"물러서! 가까이 오면 이 여자 죽인다!"

모조품 총을 여자의 관자놀이에 들이대자 다시 몸속의 피가 날뛰었다.

작업복 차림의 중년 아저씨가 카운터를 뛰어넘어 가즈야 옆으로 다가왔다. "이거 봐"라고 가방을 내밀었다. 메구미가 그것을 받아 가슴에 끌어안았다.

"네가 원하던 돈이야. 무사히 도망쳐라."

중년 아저씨가 가즈야의 어깨를 두드렸다. 씩씩 콧숨을 몰아쉬고 있었다.

앞문으로 나갈까, 잠시 망설였다. 하지만 그러자면 경관을 물러나게 해야 한다. 뒤에도 분명 출입구가 있을 터였다. 차는 빌딩 뒤편에 세워두었다.

은행 안쪽을 들여다보았다. 그럼직한 통로가 눈에 들어왔다.

가즈야는 여자 손님을 껴안은 채 옆걸음으로 움직였다.

"그 여자, 풀어줘!"

처음으로 경관이 큰 소리로 외쳤다.

"떠들지 마. 우리를 쫓지 않으면 풀어줄 거야."

"저어……." 그때 등 뒤에서 가녀린 여자의 목소리가 뛰어들었다. 흠칫 놀라 뒤를 돌아보았다. "인질, 내가 대신할게……."

젊은 여자 은행원이 귓가에서 애걸하듯이 말했다.

"내가 인질이 될 테니까 제발 그 손님은……."

다시 한 번 말했다. 여자 은행원은 은행 강도를 마주하는 것과는 또 다른 공포를 가득 담은 표정으로 그렇게 말하더니, 자기 마음대로 여자 손님을 밀쳐내고 스스로 가즈야의 팔 안에 뛰어들었다.

도무지 어떻게 된 건지 알 수가 없었다. 이 여자는 대체 무슨 생각을 하는 건가.

아무튼 가즈야는 퇴각하기로 했다. 얼굴이 새파래진 메구미를 먼저 내보내고 자신도 그 뒤를 따라갈 참이었다.

"잠깐, 거기 서!"

경관이 다가오려고 했다. 자진해서 팔 안에 들어온 새 인질에게 가즈야는 모조품 총을 들이댔다.

"저쪽으로 꺼져!"

있는 힘껏 소리를 내지르며 가즈야는 뒤쪽 출입구로 걸음을 서둘렀다. 인질이 된 여자 행원은 전혀 저항하는 일 없이, 마치 공범자처럼 똑같은 스피드로 따라왔다.

뒤에서 수많은 사람들의 발소리가 들렸다.

"거기 서라!" 다시 경관이 외치고 있었다.

어스레한 통로를 빠져나와 철문을 열자 눈부신 빛이 시야를 하얗게 지배했다. 고맙게도 바로 눈앞에 차가 있었고 운전석도 이쪽을 향하고 있었다.

"켄, 빨리!" 메구미가 조수석에서 소리쳤다.

황급히 뛰어들었다. 왜 그런지 인질은 스스로 뒷문을 열고 차에 올라탔다.

출입구에서 뚱보 경관이 얼굴을 쑥 내밀더니 차를 향해 달려
왔다.

"켄, 빨리, 빨리!"

액셀을 힘껏 밟았다. 보닛 아래에서 짐승의 신음 같은 소리
가 튀었다. 아차, 기어를 넣지 않았다. 다시 한 번 밟았다. 다시
뭔가가 걸렸다. 이번에는 사이드브레이크 푸는 것을 잊어버렸
다. 침착해, 침착해야 해.

"어이, 어디 가! 거기 서!" 경관이 창유리를 두드리며 외쳤다.

가까스로 글로리아가 움직였다. 타이어가 요란하게 비명을
지르고 앞바퀴가 붕 뜨다시피 하며 하얀 세단은 조그만 동네의
뒷길을 발진했다.

곧바로 사거리에서 좌회전으로 꺾어 들었다. 장바구니를 든
아줌마가 깜짝 놀라 벽에 찰싹 붙었다.

"저 앞에서 오른쪽이야!"

뒷좌석에서 웬 남자의 목소리가 날아왔다.

머릿속이 새하얘졌다. 누구야? 누가 타고 있는 거야?

가즈야는 액셀에 발을 올린 채 뒤를 돌아보았다.

조수석 바로 뒤에는 인질이 된 여자 은행원이 앉아 있었다.
그 옆, 자신의 바로 뒷자리에 중년 남자가 있었다. 가즈야는 전
율했다. 어째서 이 아저씨가?

아저씨가 운전석과 조수석 사이로 얼굴을 쑥 내밀었다.

"철도 밑을 지나서 가자고! 그런 길이 있어!"

조금 전에 은행에서 돈을 챙겨준 중년 아저씨였다. 가즈야에게 그렇게 외치더니 갑자기 시트에 털썩 등을 내던지고 머리를 부여잡으며 "아아, 나는 이제 끝장이야"라고 탄식했다.

세단에는 자신을 포함하여 네 사람이 타고 있었다.

어휴, 진짜 어떻게 된 거야.

어서 빨리 도망쳐야 한다는 초조감과 상황을 파악할 수 없는 곤혹감에 가즈야의 머리는 점점 더 뒤죽박죽되었다.

그리고 그 혼란에 마침내 쐐기를 박고 들어온 한 마디. 자진해서 인질이 된 여자 은행원이 흑흑 울면서 "메구미!"라고 이름을 부른 것이다.

"메구미, 왜 이런 짓을……."

뒷좌석에서 인질이 된 여자 은행원이 눈물을 뚝뚝 흘리고 있었다.

진짜 어떻게 된 거야. 이게 실제 상황인 거, 맞아……?

36

동네 여기저기서 사이렌이 울렸다. 사람의 마음을 조급하게 몰아세우는 날카로운 소리가 맑고 푸른 하늘에 울려 퍼지고 있었다. 자동차가 골목길을 돌아설 때마다 그 소리는 커졌다 작아졌다 하며 마치 스테레오처럼 양쪽 귀에 와 닿았다.

자동차가 철로 옆 좁은 길로 들어서자마자 경찰차 몇 대를 만났다. 흰색 세단은 금세 눈에 띄어서 어느새 사이렌은 뒤쪽에서만 들려왔다. 엔진이 마른 신음 소리를 냈다. 창밖의 풍경이 뒤로 마구 날려간다.

"똑바로 가. 앞으로 50미터야!"

가와타니 신지로는 뒷좌석에서 몸을 내밀고 소리쳤다. 발치에는 천만 엔 봉투가 있고 곁에는 후지사키라는 여자 은행원, 그리고 앞좌석에는 2인조 은행 강도가 있었다.

울퉁불퉁한 도로 때문에 네 사람은 차 안에서 동시에 퉁퉁 튀었다.

"조금만 더 가면 돼. 철도 역 울타리 끝나는 데 있지? 거기서 좌회전이야!"

맹렬한 스피드로 자동차는 완만한 언덕길을 달려 내려갔다. 저 앞쪽에 컴컴한 굴다리 입구가 보였다.

"좋아, 여기서 브레이크 밟아!"

그렇게 외쳤더니 젊은 은행 강도가 당황한 목소리로 "지나갈 수 있어요?"라고 물었다.

"괜찮아. 높이가 1미터 50이야. 승용차라면 지나갈 수 있어."

신지로의 말을 믿었는지 젊은 강도는 타이어를 돌리며 차를 90도로 꺾어 요란하게 굴다리로 돌진했다.

마침 위쪽에 전철이 지나가고 있었다. 모두 저절로 고개를 바짝 움츠렸다. 소음에 휘감긴 채 어둠 속을 뚫고 나가자 하얀 빛이 눈앞에 나타났다.

신지로가 뒤를 돌아보았다. 터널 입구에서 경찰차가 어쩔 줄을 모르고 있었다. 이 터널은 자동차 지붕에 램프가 달린 택시는 지나가지 못한다. 그렇다면 경찰차도 당연히 통과를 못할 터였다.

사이렌 소리가 서서히 멀어졌다. 운전을 하던 남자가 고개를 돌려 뒤를 보았다. 어리벙벙한 표정이었다.

"다음은 어디죠?" 남자가 물었다.

"그걸 내가 어찌 알아!"

신지로는 뒷좌석 깊숙이 몸을 기대고 손으로 얼굴을 덮었다. 어깨가 떨리고 있었다.

이게 대체 무슨 일인가. 그렇게 마음속으로 중얼거렸더니, 온몸에 한기가 들면서 구역질이 났다. 양쪽 팔로 배를 부여안았다. 그 순간, 위액이 목구멍까지 넘어왔다.

토기를 꾹꾹 참으며 창밖을 보았다. 기타자와 제작소 공장 지붕이 천천히 뒤쪽으로 흘러갔다. 외주 담당 간다의 얼굴이 떠올랐다. 아마 그는 거래처의 사장이 지금 이곳에 있는 줄은 상상도 못 하리라.

문득 자신이 트럭을 타고 왔었다는 생각이 났다. 그리고 짐칸에 열교환기 불량품이 실려 있다는 게 느닷없이 머릿속에 떠올랐다. 갑작스레 뇌를 점거당한 듯한 느낌이었다. 야요이 공업에서는 분명 5시까지 갖다 달라고 했었다.

손목시계를 보니 벌써 오후 2시였다. 지금 다시 돌아가 최고 속도로 용접을 하면 시간을 맞출 수 있을지 모른다.

"이봐, 잠깐." 운전하는 젊은 강도 녀석에게 급하게 말했다. "잠깐만 돌아가 줄래? 중요한 볼일이 있어. 트럭도 거기 세워 뒀고."

"아저씨, 머리가 돈 거 아냐?"

"머리가 돌다니, 무슨 소리야?"

"머리가 돌았다는 게 머리가 돌았다는 거지 뭐예요!"

강도 녀석은 신경질적으로 소리를 지르더니 제트코스터처럼 공장가를 우로 좌로 차를 몰았다.

최소한 옆집 야마구치 사장에게라도 부탁할까. 미안하지만 기타카와사키 역에 가서 우리 트럭 좀 끌어오고 거기 실린 열교환기 좀 다시 용접해줘요. 아니, 이건 너무나 염치없는 부탁이다. 그보다 벌써 일거리를 잔뜩 부탁해둔 것이다⋯⋯. 그, 그렇다면 야마구치 사장이 마감한 것도 납품해야 하는데. 아아, 그건 언제 다 한담.

신지로의 머릿속은 미로를 헤매고 있었다.

옆에서는 인질이 된 여자 은행원이 울고 있었다.

"메구미, 어째서 이런 짓을 했어?"

그런 비통한 울부짖음이 들려왔다. 아무래도 조수석에 앉아 있는 젊은 여자의 이름이 메구미인 모양이었다. 어째서 은행원과 은행 강도가 서로 아는 사이일까.

"메구미, 뭔 일이야, 이거?"

젊은 강도도 큰소리를 냈다. 이 녀석도 패닉상태인 것 같았다.

메구미라고 하는 여자애는 조수석에 깊숙이 들어앉은 채 꿈쩍도 하지 않았다. 창 쪽으로 얼굴을 돌리고 부루퉁하니 입을 꾹 다물고 있었다.

"너, 대체 무슨 마음을 먹고 이러니? 언니가 근무하는 은행을 털러 오다니!"

"뭐? 너희, 자매 사이야?" 젊은 강도의 목소리가 뒤집혀 있었다.

남자가 핸들 조작을 잘못하는 바람에 차체가 휘청 흔들렸다. 앞유리로 전봇대가 쑤욱 다가들었다. 순간적으로 눈을 가렸더니 타이어의 비명 소리와 함께 다시 한 번 반대 방향으로 급하게 돌아섰고 신지로는 창문에 옆머리를 찧었다.

"엄마가 얼마나 걱정하는지 알아? 네가 가출한 뒤로 잠도 못 자고 내내 기다렸는데. 메구미, 뭔가 말 좀 해봐!"

메구미라는 여자애는 점점 더 고집스럽게 입을 다문 채 돈이 든 가방만 끌어안고 있었다. 뒷좌석에서 보기에도 몸이 딱 굳어버린 게 느껴졌다. 여자 은행원은 손수건을 눈에 대고 흐느껴 울었다.

차가 간선도로에 접어들었다. 사이렌 소리는 어디서도 들려오지 않았다. 어디로 가는 건가. 우선 하늘 모양새를 보고 서쪽이라는 건 알았다. 점점 더 내 트럭에서 멀어지는구나.

"어이, 자네." 신지로가 젊은 강도에게 말을 건넸다. "어디로 가는 거야?"

뇌를 그대로 통과해서 불쑥 튀어나온 말이었다.

"무슨 말이에요? 아저씨가 굴다리로 들어가랬으면서!" 남자는 핸들을 탕탕 내려치며 거친 숨을 내쉬었다. "그보다, 아저씨는 대체 누구야?"

"나? 나는 가와타니야."

"그런 게 아니라! 왜 따라왔냐고!"

대답이 막혔다. 나는 왜 이 차에 타고 있을까.

무심코 몸을 틀자 가슴팍 호주머니의 휴대전화가 눈에 들어왔다. 바로 몇 분 전의 전화가 머릿속에서 플래시백 되었다.

신용금고에서 융자는 안 된다고 했다. 그 선고가 태풍처럼 마음속에서 회오리쳤다. 다시 한기가 몰려왔다. 그리고 전화로 그 소식을 알려준 게 아내 하루에라는 게 생각나면서 심장이 쫘악 오그라들었다.

신지로는 떨리는 손으로 휴대전화의 전원을 꺼버렸다.

지금 아내에게서 전화가 걸려오면 어쩔 것인가 하는 생각이 들었기 때문이다.

신지로는 퍼즐이 산산이 흐트러져버린 머릿속으로 자신이 저지른 짓을 생각했다.

일감을 내팽개쳐버렸다. 야요이 공업의 열교환기는 트럭에 실어둔 채, 게다가 은행 옆에 내버렸다. 그것 말고도 첩첩이 밀린 일거리가 작업장에 쌓여 있다. 내가 지시를 하지 않으면 코비는 손도 대지 못할 것이다. 내일이면 당장 여기저기서 재촉 전화가 걸려올 것이다.

터릿 펀치 프레스를 들여놓고 말았다. 주인을 잃어버린 기계는 아마 지금쯤 작업장 안쪽에서 가동 한 번 못 해보고 잠을 자고 있을 것이다. 이제는 되돌려주는 수밖에 없다. 운송비와 위약금을 내고서라도. 간다가 뭐라고 하건. 분명 가와타니 철공소는 가장 중요한 거래처를 잃게 될 것이다.

그 변호사는 언제 또 찾아올까. 2백만 엔이라는 액수를 듣고 아내는 어떤 얼굴을 할까. 아니, 지금도 벌써 어쩔 줄을 모르고 있을 것이다. 연락도 없이 돌아오지 않는 남편을 걱정하느라.

마음의 스크린에 '적전도망(敵前逃亡)'이라는 말이, 불에 쬐면 나타나는 글씨처럼 떠올랐다. 신지로는 와 소리를 내지르고 싶었다.

주먹을 움켜쥐고 소리를 꿀꺽 삼켰다. 세포 하나하나가 굼실거리는 듯한 느낌이 들었다. 가만히 앉아 있는 게 고통스러웠다.

신지로가 고개를 들었다. 라디오에서 속보가 나오고 있었다. 지금껏 라디오가 켜져 있다는 것도 알지 못했다. "은행……"이라는 말이 귀에 들렸다.

저도 모르게 몸을 쑥 내밀었다. 운전을 하던 젊은 강도가 속도를 줄이며 라디오 볼륨을 올렸다. 중간부터는 똑똑하게 들려왔다.

"……남자 둘 여자 한 명의 3인조가 갈매기은행 기타카와사키 지점에 침입하여 은행원에게 권총을 들이대고 현금 약 5백만 엔을 강탈하여 흰색 승용차로 도주하였습니다. 또한 도주할 때에 여자 은행원을 인질로……."

"3인조라고?" 신지로가 소리를 질렀다.

"조용히 해요!" 젊은 강도가 맞고함을 쳤다.

"……가나가와 현 경찰은 긴급 연락망을 가동하여 흰색 승용차를 추적하는 한편, 인질 구출을 위해 전력을 다할 방침입니다."

신지로는 자신의 어리석음이 믿어지지 않았다. 내내 일거리 걱정만 하느라 은행 강도를 도와줬다는 건 까맣게 잊어버리고 있었다. 이것이야말로 지금 자신에게 떨어진 가장 큰 문제였다. 게다가 경찰은 3인조라고 생각하고 있었다. 자신도 한편이라고 생각한 것이다.

"아아아!"

신지로의 절규가 좁은 차 안에 메아리쳤다. 머리를 부둥켜안고 운전석 뒤를 팡팡 내리쳤다.

"조용히 해요!" 젊은 강도가 쇳소리를 지르며 급브레이크를 밟았다. 몸이 붕 떴다. 갓길에 차가 서면서 네 명이 차 안에서 뒤엉켰다.

"당신들, 내려!" 젊은 강도는 얼굴이 벌게져서 뒤를 돌아보았다. "당신들 때문에 수색이 대대적으로 들어오는 거야. 우린 인질도 필요 없어!"

신지로가 뒷좌석에서 자세를 수습했다.

"자, 여기서 내려요. 물론 신세는 좀 졌지만 이제부터는 우리 둘이서도 괜찮아. 자자, 빨랑 내려요!"

"말도 안 돼. 뭐가 둘이서 괜찮아?" 후지사키라는 은행원이 눈을 부릅뜨고 화를 냈다. "물론 내릴 거야. 하지만 도망칠 거면 당신 혼자 도망쳐. 우리 메구미는 끌고 가지 말라고! 얘는 내가 데려갈 거야."

"흥, 언니가 무슨 상관이야?" 그때 조수석의 여자가 처음으로 얼굴을 내보였다. "언니는 아무 상관없으니까 입 다물어!"

"내가 왜 상관이 없니, 내가 왜……." 은행원이 엎드려 울었다.

젊은 강도가 고개를 쳐들고 하늘을 우러러보았다. 크게 숨을 내쉬고 핏발 선 눈으로 신지로를 보았다.

"아저씨는 내릴 거지? 이봐요, 아저씨만이라도 빨랑 내려요."

신지로는 말없이 젊은 강도를 마주 보았다. 자신도 어떻게 해야 좋을지 알 수 없었다. 단지 여기서 혼자 떨어지는 것도 뭔가 영 곤란할 듯한 마음이 들었다.

"뭐야, 당신들 진짜!" 젊은 강도가 울상이 되어 말했다. "이대로 가면 너무 눈에 띈다니까. 이런 이상한 4인조가 어딨어? 누가 보든 수상하게 생각할 거라고."

그때, 머리 위에서 헬리콥터 소리가 났다. 타타타타, 굉음을 사방에 퍼뜨리며 저공비행을 하고 있었다. 신지로가 창문에 얼굴을 붙이다시피 하여 올려다보니 헬리콥터의 뱃구레에 '가나가와 현 경찰'이라는 글씨가 있었다. 멀리서 희미하게 사이렌 소리가 들려왔다.

젊은 강도가 입을 꾹 다물고 자동차 뒷창문을 쳐다보았다.

"……저거, 저 빨간 건 뭐야? 설마 피는 아니지?"

모두가 뒤를 돌아보았다. 지금까지 알지 못했지만 뒷유리에 피 같은 빨간 거품이 묻어 있었다.

신지로가 몸을 내밀었다. 트렁크는 거품은커녕 완전히 새빨갛게 물들어 있었다.

"컬러 볼이야……." 여자 은행원이 중얼거렸다.

"뭐야, 그게?"

"은행 강도가 들어왔을 때 범인에게 던지는 공. 안에 특수 염료가 들어 있어서 표시가 되게 하는……."

"제기랄, 어느 틈에……!" 젊은 강도가 답답한 듯 머리를 벅벅 긁었다.

"그 경찰이야. 은행에서 도망칠 때, 쫓아와서 매달렸던 그 뚱뚱한 경찰."

젊은 강도가 튕겨지기라도 한 것처럼 차 밖으로 뛰쳐나갔다. 동시에 조수석의 여자가 문을 발로 걷어찼다. 그것을 본 여자 은행원도 뒤를 따랐다. 신지로도 차에서 내렸다.

은행 강도 2인조가 골목길 모퉁이를 돌아 어느새 낮게 구름이 드리워진 하늘 밑을 전속력으로 뛰어갔다. 여자 은행원이 머리칼을 휘날리며 마찬가지로 뛰었다. 신지로는 천만 엔이 든 봉투를 껴안고 세 사람을 쫓아갔다.

어째서 자신이 그렇게 하는지는 알 수가 없었다.

37

　도망치는 건지 아니면 쫓아가는 건지, 스스로도 판단이 서지 않은 채 후지사키 미도리는 온 힘을 다해 달렸다. 몸이 멋대로 움직였다. 이미 머릿속은 패닉 상태를 넘어 사고가 완전히 정지되었다.

　눈물은 말라버렸는데도 눈동자가 왠지 뜨겁고 시야가 흐릿하게 뒤흔들렸다. 자신의 구두 굽이 아스팔트를 내리치는 소리가 귀를 헤집고 들어왔다. 유니폼 스커트가 허벅지를 조여왔다. 조끼 단추도 떨어져버릴 것 같았다.

　앞에 가던 남자와 메구미가 골목길로 뛰어들어서 미도리도 똑같이 뛰었다. 상공에서는 경찰 헬리콥터가 춤을 추고 있었다. 우리를 알아봤을까. 설마 그럴 리 없다. 시골길이라면 또 모르지만 여기는 시내다. 행인이 적지 않은 것이다. 목이 꾸르릉 울렸다. 입안이 바싹 마르고 침은 나오지 않았다.

사이렌 소리가 점점 또렷하게 들려왔다. 한두 대가 아니었다. 떼로 몰려오는 느낌이었다. 마치 땅울림처럼 우르릉거리는 소리가 들렸다.

정신없이 달리는 사이에 어느 상점가로 접어들었다. 이걸로 헬리콥터는 점점 더 범인을 찾아내기 어려울 것이다. 통행인과 부딪칠까봐 그러는지 남자와 메구미가 달리기를 멈추고 빠른 걸음 정도로 속도를 낮췄다. 미도리도 똑같이 걸음을 늦췄다. 10미터쯤 떨어진 곳에서 그 등판을 보며 걸었다. 이대로 달려가면 잡을 수 있을 텐데 왠지 그게 망설여졌다.

거친 숨을 몰아쉬며 자신이 해야 할 일이 무엇인지 열심히 생각했다. 메구미를 잡아봤자 뭘 할 수 있는가. 여동생을 경찰서에 끌고 갈까. 그런 짓은 절대로 못 한다. 그러면 우리 집은 무너져버릴 것이고 나도 무사할 리 없다. 언니가 근무하는 은행에 그 여동생이 들이닥치다니. 얼마나 시끄러운 스캔들이 될 것인가…….

가슴이 터질 것 같았다. 실제로 쿡쿡 쑤시듯이 아팠다.

상점가가 끝나가는 곳에 버스 정류장이 보였다. 마치 타이밍을 노리기라도 한듯 오른편에서 버스가 나타났다. 메구미와 남자가 올라타려고 했다.

말도 안 돼. 내가 여기서 혼자 떨어질 수는 없어.

미도리는 열심히 버스를 향해 뛰어갔다. 가까스로 놓치지 않고 올라탔다. 그러고는 요금통을 보고 머리를 쓸어올렸다. 은행 유니폼 차림으로 뛰어나와서 돈이 하나도 없었다. 어쩌지? 주위를 둘러보았다. 뒤에서 동전을 헤아리는 소리가 들렸다. 돌아보니 돈 봉투를 가슴에 안은 작업복 차림의 중년 아저씨가 와 있었다. 가와타니 씨였다. 아저씨는 얼굴이 땀으로 흠뻑 젖어서 말없이 두 사람분의 요금 400엔을 통에 던져넣었다. 문이 닫히고 버스는 출발했다.

미도리가 놀라서 가와타니 씨를 보았다. 새파래진 중년 아저씨가 눈을 마주치지 않고 가장 가까운 손잡이에 매달렸다.

이 아저씨는 또 왜 이러는지 모르겠다. 단지 이 아저씨도 자신과 마찬가지로 제정신이 아니라는 것만은 알 수 있었다. 가와타니 씨는 시선이 어디에도 고정되지 않고 있었다.

미도리도 우선 손잡이를 잡았다. 고개를 틀어 안쪽을 보았다. 메구미와 남자가 출구 근처에 서 있었다. 둘 다 아직 모자와 선글라스를 낀 채였다. 메구미는 가방을 어깨에 메고 있었다. 그 안에 돈이 들어 있다고 생각하니 다시금 절망적인 마음이 몰려왔다. 도저히 어떻게도 돌이킬 수가 없을 것 같았다.

미묘한 거리를 유지하며 네 남녀가 버스에서 흔들리고 있었다. 아무도 입을 열려고 하지 않았다.

사이렌이 여기저기서 울렸다. 소리가 멈출 듯한 기미는 없었다. 그도 그럴 거라고 생각했다. 은행 강도 사건이 터진 데다 인질까지 있으니 경찰은 필사적으로 범인을 쫓는 게 당연하다.

인질? 미도리는 손잡이를 잡은 손에 힘을 주어 쏟아지는 현기증을 지그시 견뎠다. 자신은 인질인 것이다. 경찰에서는 그렇게 생각하고 있다. 몸의 떨림이 멈추지 않았다.

집에 가고 싶었다. 도중에 풀려난 것으로 하고 나는 그만 집에 가버릴까, 하고 생각했다. 메구미 따위, 내 알 바 아니다. 내 책임이 아니다.

안 돼. 숨을 꿀꺽 삼키고 미도리는 도리질을 쳤다. 만일 저 두 사람이 잡히면 범인이 여동생이라는 게 들통이 난다. 그렇게 되면……

어딘가의 버스 정류장에 닿자 고등학생들이 우르르 올라왔다. 차 안이 단숨에 시끌벅적해져서 미도리는 떠밀리다시피 통로 안쪽으로 들어갔다.

메구미를 찾았더니 대각선으로 뒤쪽에 있었다. 굳은 표정으로 고개를 숙이고 있었다.

이 버스는 어디로 가는 걸까. 짐작도 가지 않았다. 단지 우연히 버스에 올라탄 보람이 있다는 건 알았다. 설마 범인이 인질을 데리고 버스나 전철을 타리라고는 경찰에서도 미처 생각을 못할 것이다. 분명 차를 버린 지점을 중심으로 여기저기 수색을 하고 있을 터였다.

미도리는 시간의 경과조차 분명치 않은 기묘한 시간을 보내고 있었다. 창밖을 내다보고 있는데도 눈에 아무것도 들어오지 않았다.

버스가 서고 승객이 일제히 일어섰다. 종점이었다. 당황하여 출구를 바라보니 메구미와 남자가 내리고 있었다. 사람들을 헤치듯이 미도리도 그 뒤를 따라갔다. 눈앞은 역이었다.

두 사람이 역 안으로 들어가더니 차표 자동판매기 쪽으로 다가갔다. 메구미가 모자를 벗고 머리채를 한 차례 획 흔들었다. 언니가 따라온다는 것을 다 알 텐데도 뒤 한 번 돌아보지 않았다.

차표. 또 논이 필요하다. 반사적으로 뒤를 보았더니 가와타니 씨가 서 있었다.

"저어, 돈 좀⋯⋯."

미도리의 말이 끝나기도 전에 가와타니 씨는 지갑에서 천 엔짜리 지폐 한 장을 꺼내 쑥 내밀었다.

"미안해요."

가와타니 씨의 표정에 색채라고는 없었다. 이런 얼굴의 사람을 보는 건 처음이었다. 이 아저씨는 정말 어쩔 작정인 걸까.

미도리는 자동판매기에 천 엔 지폐를 넣고 불이 켜진 것 중에서 가장 비싼 금액을 눌렀다.

그때 메구미가 역 밖으로 걸어나갔다. 남자도 조금 거리를 두고 똑같이 밖으로 나간다. 미도리의 시야 끝에 제복 차림의

613

경관이 비쳤다. 개찰구 근처에 두 명의 경관이 지키고 있었다.

그쪽을 쳐다보지 않도록 조심하며 미도리도 슬그머니 자동 판매기 옆을 떠났다. 하교 중인 고등학생들이 많아서 미도리의 그런 행동이 특히 눈에 띄는 일은 없었다.

긴급 연락망이구나, 하고 생각했다. 가나가와 현 전역의 도로와 역이 분명 경찰들로 우글거릴 터였다. 제대로 숨이 쉬어지지 않을 만큼 큰 공포를 안고 미도리는 지금 일어나는 현실을 받아들이려고 애썼다.

메구미와 남자는 역을 나서서 철로 옆길을 잠깐 걸어가더니 주차장으로 들어갔다.

미도리가 그 뒤를 쫓았다. 자갈을 밟고 들어서자 처음으로 메구미와 눈이 마주쳤다.

메구미가 시선을 홱 돌려버렸다. 남자는 험악한 얼굴로 아래만 보고 있었다. 인기척에 돌아보니 또다시 가와타니 씨가 있었다.

어쩔 줄 모르는 네 사람이 주차장 한구석에 우두커니 서 있었다.

먼저 남자가 움직였다. 점퍼를 벗어 바로 옆 자전거 바구니에 던져넣더니 자전거 자물쇠를 발로 걷어차기 시작했다.

"뭐 해요?" 미도리가 그 등에 대고 물었다.

"자전거로 도망칠 거야."

남자는 답답하다는 투로 대꾸했다.

"안 되지 그건, 당연히."

"그럼 어쩌라고?"

남자가 모자를 벗어 내팽개쳤다. 얼굴이 온통 멍투성이였다. 그나저나 이 남자는 누구인가. 메구미와는 어떤 사이인 걸까. 남자는 여전히 자전거 자물쇠를 부수고 있었다.

"나, 집에 갈래!" 문득 옆에서 말을 꺼낸 건 메구미였다. 저도 모르게 불쑥 튀어나온 듯한 대사였다.

무슨 말인지 미도리는 얼른 알아듣지 못했다.

"경찰에 잡혀가는 건 싫어!"

메구미는 속이 상한 듯 말하고는 신경질적으로 숄더백을 바닥에 내려놓았다. 남자의 움직임이 뚝 멈췄다. 잠시 침묵이 흘렀다.

"……너, 무슨 소리야?" 미도리가 가까스로 말을 내뱉었다. "네가 저지른 일이잖아?"

자신의 얼굴이 붉어진 것을 깨달았다. 메구미의 팔을 잡았다.

"그런 무책임한 소리가 어딨어? 이런 큰일을 저질러 놓고서. 그럼 우린 대체 어떻게 되니?"

"그래도 지겹단 말이야!"

몸을 흔들흔들하더니 메구미는 어린애처럼 뒷걸음질을 쳤다.

점퍼를 벗어던진 티셔츠 차림의 젊은 남자는 그저 멀거니 서 있었다.

"지, 지겹다니……. 메구미 너, 장난하니?"

어떻게 해야 좋을지 알 수가 없었다. 메구미를 데려가려고 뒤를 쫓아온 건데……. 스스로 생각해도 앞뒤가 맞지 않았다.

여기서 동생이 사라지면 나는 어떻게 되는 걸까. 남자는 혼자서 도망칠 것이다. 하지만 만일 남자가 붙잡히면 당연히 메구미 이름도 나오게 된다.

안 돼. 게다가 가와타니 씨도 우리가 자매간이라는 걸 이미 알고 있다. 자, 그럼 어떻게 해야 좋을까. 미도리는 머릿속이 빙글빙글 돌았다.

"야, 메구미. 이제 와서 그게 무슨 소리야?" 남자가 마음의 동요를 억누르듯이 말했다. "장난하지 말라고."

"그래도……."

"그래도가 아냐. 네가 그 은행을 털자고 했잖아?"

미도리의 심장이 꿈틀 옥죄어왔다. 설마 그럴 리 없다는 마음이 어딘가에 남아 있었는데.

"뭐라고 말 좀 해봐. 아무 말도 안 하면 뭔지 모르잖아?"

메구미는 고개를 들지 않았다. 자기가 저지른 일이 얼마나 큰일인지 이제야 실감이 난 모양이었다.

"뭐라고 말 좀 하라니까."

남자는 울 듯한 목소리로 다시 물었다.

죽어버리면 좋을 텐데, 라고 미도리는 혼란스러운 머리로 퍼뜩 생각했다. 여기 이 두 남자가 죽어버리면 문제는 간단히 해결되는 것이다. 메구미는 아무렇지도 않은 얼굴로 집으로 돌아가고, 자신은 경찰에 보호를 요청하면 된다. 자기 혼자라면 얼마든지 경찰을 속일 수 있을 터였다.

미도리는 무의식적으로 조끼를 벗었다. 리본 넥타이도 풀었다. 블라우스와 스커트만 입고 있으면 사복으로 보인다. 어쨌든 발각되는 것만은 피하고 싶었다.

그것을 보고 가와타니 씨도 작업복을 벗었다. 그 안은 러닝 셔츠였다. 오히려 더 눈에 띄는데 도대체 무슨 생각으로 저러는지. 아마 지금의 가와타니 씨에게는 초등학생 정도의 사고력도 없는 모양이었다.

마음만 초조했다. 조금 떨어진 곳에서 학생들이 자전거를 꺼내려다 의아한 눈빛으로 이쪽을 바라보고 있었다.

큰일이다. 빨리 어떻게든 해야 돼. 여기에 오래 있으면 안 돼.

"아, 미안해. 방금 한 말, 취소할게. 역시 나는 켄하고 같이 갈래." 메구미가 머리칼을 쓸어올리며 중얼거렸다. "켄, 화내지 마. 좀 겁이 나서 그랬어."

어쩌면 저렇게 제멋대로일까. 미도리가 마음속으로 부르짖었다.

켄이라고 불린 남자는 메구미의 심경 변화에 잔뜩 충격을 먹은 모습으로 입을 굳게 다물고 있었다.

미도리는 터지려는 감정을 애써 참고 있었다. 아무튼 이 자리만은 어서 피해야 한다.

주차장 바로 옆을 지나 전철이 역의 플랫폼을 향해 천천히 달려갔다. 문득 올려다보니 한낮의 전철 안에는 승객도 별로 없고 느릿느릿 움직이고 있었다.

"그래, 한 사람씩 전철에 타자!" 자신이 아니라 누군가 다른 사람이 말을 한 듯한 느낌이 들었다. "한 사람씩 타면 괜찮아. 경찰도 모를 거라고. 이거, 도카이도 선이니까 우선 가나가와를 벗어나서…… 도쿄가 아니라 시즈오카 쪽으로. 아, 그래, 고텐바 쪽으로 가자."

미도리의 머리에 방갈로가 떠올랐다. 갈매기은행의 휴양시설, 관리인도 없는 숲 속의 건물. 지점장이 자신을 성추행했던, 마을과 한참 떨어진 어스레한 그곳.

"무슨 소리야?" 남자가 거친 소리를 냈다.

"아마 오다와라 바로 전에 다른 기차로 갈아타면……."

"이봐요, 맘대로 정하지 말라고."

"됐어. 고텐바로 가자. 전철 안에서는 서로 모르는 척하는 거야."

"글쎄, 이봐요……."

"메구미, 선글라스 벗어. 그리고 당신은……." 남자를 향해 말했다. "점퍼는 여기에 버리고 가. 티셔츠 차림이 좋아. 저기, 권총은 어쨌어?"

"차 안에. 어차피 그거, 모조품인데."

"그럼 됐네."

"그 점퍼……." 갑작스레 가와타니 씨가 입을 열었다. "내가 입어도 될까?"

"참 내, 진짜 어떻게 된 거야? 뭐냐고, 당신들!"

남자가 흥분한 얼굴로 땅바닥을 걷어찼다.

"나도 데려가 줘." 가와타니 씨가 말했다. "나 혼자 남는 건 싫다고."

아버지뻘이나 되는 사람이 초췌하기 이를 데 없는 얼굴로 우두커니 선 채 그렇게 말하고 있었다.

38

하늘이 울먹이고 있었다. 오전 중에는 환하게 맑았던 주제에, 낮게 드리운 구름이 군데군데 거무스름하게 2층 건물이 늘어선 주택가를 뚜껑처럼 뒤덮고 있었다. 노무라 가즈야는 창틀에 괸 팔꿈치 위에 턱을 얹고 흘러가는 철길가 풍경을 바라보았다. 차창 밖에는 기와지붕이 울긋불긋 줄을 서서 부슬비에 번들거리고 있었다. 해가 모습을 감춘 탓인지 그새 방에 전깃불을 켠 집도 있었다.

저 지붕 아래에는 평범한 사람살이가 있겠구나, 하고 생각했다. 아이는 이제 슬슬 학교에서 돌아오고 엄마는 저녁으로 뭘 차려낼까 궁리할 것이다. 가족끼리 나누는 대화, 어디에나 있는 평온한 생활. 내게 그런 나날이 과연 찾아올까. 가즈야는 공상하는 것만으로도 비참한 기분이 들었다.

4인용 좌석의 건너편에는 교복 차림의 초등학생들이 앉아 있었다. 둘이서 한 권의 만화책에 푹 빠져 정신없이 읽고 있었다. 옆에서는 메구미가 굳은 표정으로 고개를 떨구고 있었다. 가즈야가 입을 꾹 다물고 있어서 차마 말을 못 걸고 있는지도 모른다.

시선을 옮기자 통로를 끼고 대각선으로 건너편에는 중년 아저씨가 앉아 있었다. 분명 차 안에서 가와타니라고 이름을 밝혔었다. 오늘 아침에 산 가즈야의 점퍼를 입고 있었다. 정말 어떤 사람인지 짐작도 가지 않지만, 어떻든 엉뚱하게 떠맡은 짐인 건 틀림없었다.

메구미의 언니는 바로 뒤쪽의 자리에 있었다. 돈이 든 가방은 그 여자가 갖고 있었다. 아까 주차장에서 가져갔다. 어째서 그 여자가 하라는 대로 했는지 자신이 생각해도 이상했다.

"가방은 내가 갖고 있을게. 그래야 수상하게 생각하지 않아. 자, 한 사람씩 빨리 개찰구를 나가. 경찰하고 눈을 마주치면 안 돼."

서두르는 대로 어린애처럼 순순히 따랐다. 그러는 수밖에 다른 방법이 없었고, 그 단호한 기세에 눌린 것도 있었다. 맨손으로 벌렁벌렁 개찰구로 갔더니 경관은 아예 쳐다보지도 않았다. 그대로 도카이도 선 하행열차에 탔다. 메구미의 언니는 고텐바에 가면 아무도 없는 은행 방갈로가 있다고 말했다.

가즈야는 의자에 발을 대고 무릎을 세웠다. 초등학생들이 흘끔 쳐다봤지만 곧바로 만화책으로 시선을 돌렸다. 이명이 서서히 볼륨을 높여왔다. 어금니를 악물고 눈을 감은 채 가만히 견뎠다.

은행 강도에 성공한 것까지는 좋았는데 그다음에 일어난 일은 혼란스럽기만 할 뿐이었다.

메구미는 제 언니가 다니는 은행을 털었다. 그 충격이 가즈야를 완전히 때려눕혔다. 혈육에 대한 비뚤어진 감정이라면 물론 자신도 짚이는 구석이 있지만, 그토록 과격하게 덤비는 건 어딘가 여자라는 동물의 마음속 컴컴한 어둠을 들여다본 듯한 느낌이었다.

메구미의 언니를 만나게 된 것도 마음을 어지럽혔다. 이 언니 앞에서 과연 나는 메구미를 데리고 떠날 수 있을까.

아니, 애초에 메구미 본인이 따라올지 어떨지 알 수 없었다. 메구미는 바로 30분 전쯤에 집에 돌아가겠다고 했다. 금세 취소하기는 했지만 그걸로 아무 일 없었던 것처럼 지나갈 수 있는 것이 아니다. 제가 먼저 불을 지폈으면서 어떻게 그럴 수 있는가. 더 이상 어느 누구도 믿을 수 없다는 마음이 가슴 안쪽에 꽁하게 맺혀 있었다.

은행에 들어가 강도짓을 한 것에 대해서는 완전히 후회하고 있었다. 다시 생각만으로도 손바닥에 땀이 났다.

야쿠자뿐만 아니라 경찰에게도 쫓기는 신세가 되었다. 이 자리를 어떻게든 모면한다고 해도 평생 안식을 손에 넣는 건 불가능하다. 사태는 그야말로 최악이었다.

앞으로 나는 어떻게 될까. 가즈야는 뒤죽박죽이 된 머리를 굴렸다. 적어도 메구미의 언니와 중년 아저씨가 적이 아니라는 건 분명하다. 메구미의 언니는 여동생의 범행을 감추려는 마음 하나로 인질이 되었던 거고, 가와타니라는 중년 아저씨는 두말할 것도 없이 명백한 공범자인 것이다.

모두가 제각기 약점을 갖고 있었다. 그게 유일한 구원처럼 생각되었다. 아마 나는 적당한 때에 이 기묘한 집단에서 떨어져나갈 것이다. 혼자가 될까 둘이 될까. 혼자가 되리라는 예감이 들었지만 이제는 어떻게 되어도 상관없었다. 메구미가 곁에 있어 봤자 이명이 낫지 않는 한, 안식은 얻을 수 없는 것이다.

우선은 돈을 다시 찾아야 한다고 가즈야는 생각했다. 라디오에서는 5백만 엔이라고 했었다. 그것만 있으면 어디라도 갈 수 있고 한동안 몸을 숨길 수도 있다.

문득 중년 아저씨가 큰돈이 든 봉투를 안고 있다는 게 생각났다. 어떤 종류의 돈인지는 모르지만 여차하면 그 돈도 가져가자.

고텐바에 가서 마음이 좀 가라앉으면 나는 서쪽으로 튀는 거다.

"켄." 메구미가 귓가에서 속삭였다. "깨어 있어?"

당연하지, 지금 잠이 오겠냐? 마음속으로 중얼거렸다.

"아까는 미안해. 내가 머리가 어떻게 됐었나 봐."

아무래도 아까 주차장에서 집에 가겠다고 했던 것에 대해 사과하는 모양이었다.

"갑자기 겁이 나서……. 그치만 이제 괜찮아."

"응, 됐어."

그렇게 대답하면서도 가즈야는 석연치 않았다. 메구미의 행동은 매사에 충동적인 구석이 있었다.

메구미도 아마 후회하고 있을 것이다. 열일곱 살에 은행 강도라니. 야쿠자에게 당하고, 사람을 칼로 찌르는 현장을 제 눈으로 목격하고, 그러니 이제는 집에 가고 싶다고 생각하는 것도 전혀 이상할 건 없었다. 생각해보면 메구미가 가엾기도 했다.

저마다의 죄를 싣고서 전철은 서쪽을 향해 달려가고 있었다.

고텐바 역에 내려서자 빗발은 본격적으로 굵어져서 바로 옆에 있을 터인 후지산이 윤곽조차 보이지 않았다. 가즈야가 티셔츠 밖으로 튀어나온 팔뚝을 쓱쓱 비볐다. 역시 고원지대라 으스스 한기가 들었다.

메구미의 언니는 침울한 얼굴로 하늘을 올려다보았다. 가와타니는 무표정이었다.

우선 경찰의 추적은 따돌렸지만 앞으로의 일에 대해서는 메구미의 언니도 뾰족한 수가 없는 것 같았다.

"어쩔 거예요?"

가즈야가 돌아보았다. 메구미의 언니는 돈이 든 가방을 소중히 끌어안고 있었다.

"버스가 있을 텐데……."

전철에서 흔들리며 오는 사이에 흥분이 가라앉았는지 아니면 더 우울해졌는지 목소리에 기운이 하나도 없었다.

"그 방갈로라는 데 가까이에 버스 정류장이 있어요?"

"그. 그럼 택시로……."

"이봐요." 목소리를 낮췄다. "경찰의 수색은 가나가와뿐만이 아냐. 아마 이쪽 경찰서에도 연락쯤은 들어왔을 거라고요. 그렇게 되면 택시도 똑같이 위험해."

답답해하면서 자기도 모르게 주위를 둘러보았다. 경찰이 필사의 수색을 펼치리라는 건 쉽게 상상할 수 있었다. 어쨌든 인질이 있는 것이다. 가즈야가 새삼 숨을 삼켰다.

"그럼 어쩌지?"

"애초에 회사 방갈로에 가서 뭘 어쩔 거예요? 당신까지 우리랑 도망쳐서 뭘 어떻게 하느냐고!"

"……." 메구미의 언니가 할 말을 찾지 못하고 있었다.

"당신은 역시 여기서 그만 돌아갈래요? 경찰은 인질이 있는 줄 안다고. 그게 가장 안 좋아. 인질이 돌아오면 경찰도 한숨 돌리고 수사도 느슨해질 텐데."

"안 돼."

"허 참, 왜요?"

"그러면 우리 메구미는 어떻게 해?"

"그럼 데려가쇼." 스르르 튀어나온 말이었다.

스스로도 이상하다는 마음이 들었다. 야쿠자를 칼로 찌르면서까지 구출해낸 여자인데.

"뭐야, 켄!" 메구미가 부루퉁하게 볼이 부었다. "아까 그 말 때문에 아직도 화났어?"

"그게 아냐. 역시 넌 집으로 돌아가는 게 좋아. 나 같은 사람하고 함께 있어 봤자 좋은 일은 하나도 없어."

본심인지 어떤지는 알지 못했다. 그저 이런 말이라면 명분이 서는 듯한 마음이 들었다.

"싫어."

"그럼 따라올 거야? 어디를 가든 위험할 텐데?"

"그래도 괜찮아."

"괜찮지 않아. 너는 돌아갈 때를 놓쳐서 어쩔 수 없이 그렇게 말하는 것뿐이야."

"그런 거 아냐!"

메구미가 발끈해서 대들었다. 하지만 그 말에는 힘이 없었다. 메구미 역시 가능하다면 이 일에서 벗어나고 싶은 게 틀림없었다.

어제까지의 뜨거운 애정은 어디로 갔을까. 모든 게 급속히 식어가는 듯한 느낌이 들었다. 기묘한 인연으로 찾아온 이 고 텐바의 날씨처럼.

"저기……." 언니가 말을 걸었다. "당신, 메구미에 대해서는 입 다물어줄래?"

"좋아요. 하지만 돈은 나한테 줘야 돼."

"만일 잡히더라도 혼자 뒤집어쓸 거야?"

"그래요, 그러니까 돈은……."

"약속할 수 있어?"

"약속한다니까 그러네. 그쪽이야말로 나에 대해 조잘조잘 말하지 마쇼."

메구미의 언니가 가방을 어깨에서 내려 가즈야에게 내밀었다.

"아아, 안 돼!"

내밀려던 손이 도중에서 멈추더니 다시 가방을 가슴에 꼭 끌어안았다.

"뭐야, 진짜?" 가즈야는 초조했다. 억지로 빼앗으려 해도 남의 눈이 있었다.

"저 아저씨 땜에 안 돼."

시선의 끝에 가와타니라는 중년 남자가 있었다. 조금 떨어진 곳에서 남자는 조용한 눈빛으로 역 앞의 풍경을 바라보고 있었다.

"저 아저씨가 뭘 어쨌는데?"

"우리가 자매라는 걸 알고 있어."

중년 아저씨는 가즈야의 점퍼에서 꺼낸 담배를 입에 물고 있었다. 그 담배 연기가 흔들흔들 피어올랐다.

"……애초에 저 아저씨는 대체 누구야?"

"우리 은행 고객이야, 가와타니 씨라는. 고객이라서 이름도 주소도 다 알려졌고, 그래서 저 아저씨는 끝까지 도망칠 수도 없어. 그러면 우리 일도……."

"은행 고객? 은행에 온 사람이 왜 그런 짓을 했냐고!"

"나도 몰라."

"묻어버릴까?"

아저씨가 들고 있는 돈 봉투에 눈이 갔다. 메구미의 언니는 무슨 말인지 모르겠다는 눈빛으로 가즈야의 얼굴을 쳐다보았다.

"해치워서 어딘가에 묻어버릴까……."

농담인지 진심인지, 스스로도 알지 못했다.

"무슨 소릴!" 언니의 안색이 쓱 변했다. "어떻게 그런 짓을!"

"그럼 어쩌자고?"

"어쩌자니……. 저 아저씨한테도 부탁해볼 거야."

"저 아저씨, 제정신이 아니야. 완전히 미쳤어. 말이 통할 줄 알아요?"

그때 시야의 끝에서 그림자가 움직였다. 돌아보니 가와타니가 바로 뒤에까지 와 있었다.

"저기……." 의외로 또렷한 목소리였다. "내가 렌터카 빌려 올까?"

가와타니가 턱짓을 했다. 역 앞 큰길 귀퉁이에 렌터카 간판이 있었다.

"이봐요, 무슨 소리를 하는 거야?" 가즈야가 미간에 주름을 잡았다.

"아가씨가 말하는 방갈로는 한참 먼 곳에 있잖아? 그래서."

"그랬다가는 경찰에 빤히 꼬리가 잡히잖아요?"

"설마 이런 데까지 손을 뻗칠 리가 있나."

"가와타니 씨." 메구미의 언니가 끼어들었다. "부탁이 있는 데요."

"뭔데?"

"이 아이……." 메구미를 가리켰다. "여기서 집에 돌려보내고 싶은데요. 저어, 그러니까……."

"언니 마음대로 정하지 마!" 메구미가 신음하듯이 언니의 말을 가로막았다. "누가 집에 간대?"

"메구미." 언니가 목이 메었다.

"아아, 이런 데서 자매간에 싸워서야 쓰나. ……사실을 말하면 내가 어제부터 잠을 한숨도 못 잤어. 미안하지만 그 방갈로라는 데서 좀 쉬고 싶어. 후지사키라고 했지? 내가 차를 빌려

올 테니까 거기로 좀 가자고."

가와타니는 그렇게 말을 남기고 별반 서두르는 것도 없이 비를 맞으며 걸어갔다. 어딘가 사람이 멀쩡하게 바뀌었다는 게 느껴졌다. 아니면 정말로 미쳐버린 걸까.

가즈야는 그런 가와타니의 뒷모습을 바라보며 생각을 굴렸다. 자동차가 생기는 건 유리한 일이다. 다른 사람들이 어떻게 나올지는 모르지만 자신의 목적은 어쨌든 도망가는 것이었다.

하릴없이 세 사람은 가와타니를 기다렸다. 말은 없었다.

15분쯤 지나 가와타니는 흔해빠진 세단을 타고 역 앞에 나타났다.

조수석에 올라타자 편의점 봉투가 있고 마실 것과 먹을 것이 잔뜩 들어 있었다. 진짜, 이 아저씨 무슨 생각을 하는 건지. 가와타니의 조용함은 으스스한 느낌마저 풍겼다.

몇 차례 길을 헤매다 가까스로 방갈로에 닿았다. 미국 주택을 연상시키는 목조 단층건물이 광대한 벌판을 둘러싼 숲 속에 다섯 채쯤 띄엄띄엄 자리를 잡았고, 그중 한 곳에 가와타니는 차를 댔다.

조금 떨어진 언덕 위에는 콘크리트 건물이 있었지만 울창한 나무숲에 가로막혀 직접 보이지는 않았다. 메구미의 언니가 자꾸 신경을 쓰는 걸 보면 아마도 방갈로를 관리하는 곳인 모양이었다. 비가 점점 세차게 쏟아지는 것도 가즈야 일행에게는 유리한 점이었다. 웬만한 소리는 빗소리에 섞여 지워지고, 바깥을 돌아다니는 사람도 없었다.

문이 잠겨 있어서 가즈야가 창문을 깨고 들어가 안쪽에서 문을 열었다. 현관 옆의 브레이커를 발돋움해서 들어 올렸더니 실내등이 켜졌다. 그 순간 눈앞에 있는 거울에 자신의 얼굴이 비쳤다. 저도 모르게 눈을 돌려버렸다.

방갈로 안은 마루가 깔린 거실 겸 부엌, 그리고 안쪽에 4평 정도의 침실이 있었다. 아직도 새 방 냄새를 풍겼다.

"방 좋네." 다들 입을 꾹 다물고 있어서 가즈야는 짐짓 기운을 내서 말했다. "냉장고도 있고 그릇도 있고 식탁도 있고. 없는 건 텔레비전뿐이야."

텔레비전은 없는 게 다행이라고 생각했다. 분명 대대적인 뉴스가 되었을 터였다. 자신들이 저지른 짓을 이제 와 새삼 바라보고 싶은 마음은 없었다.

메구미의 언니가 붙박이장을 열었다.

"가와타니 씨, 여기 이불 있으니까 쓰세요."

가와타니는 그 말대로 직접 이불을 꺼내더니 침실 쪽이 아니라 거실에 내다 깔았다.

"미안하지만 나는 좀 누워야겠어."

가와타니는 점퍼를 벗고 이불 속으로 들어갔다. 돈이 든 봉투는 품에 안은 채였다.

"아저씨." 가즈야가 말을 건넸다. "점퍼는 돌려줘요."

감색 점퍼를 다시 돌려받았다. 그 호주머니에서 담배를 꺼냈다. 까맣게 잊고 있었지만 그 안에 휴대전화와 버터플라이 나이프도 들어 있었다.

가와타니가 사온 편의점 봉투를 들여다보니 캔 음료와 빵이 잔뜩 있었다. 우롱차를 꺼내 목을 축였다.

"댁들도 먹어."

메구미와 언니가 똑같이 우롱차를 골랐다.

"그나저나." 방바닥에 다리를 내던졌다. "앞으로 어떻게 할지가 문제네."

우선 도망치는 데 성공한 안도감 때문인지 약간은 마음이 차분해졌다. 오랜만에 담배에 불을 붙였다. 깊이 들이마셨더니 온몸의 혈관에 스며드는 쾌감이 몰려왔다.

"나는……." 메구미의 언니가 중얼거렸다. "아까도 말한 대로 메구미가 돌아가고, 우리에 대해 입을 다물어주기만 하면 그걸로 좋아."

"메구미는?"

"난 집에 안 가." 부루퉁하게 내뱉었다.

언니 쪽은 거기에 대꾸를 하지 않았다. 말다툼을 하기에도 지쳤다는 기색이었다.

거기서 벌써 대화가 끊겨버렸다. 메구미에 대해서는 가즈야도 어떻게 해야 할지 판단이 서지 않았다. 다시 혼자 남게 되는 건 괴롭지만, 일이 이렇게 된 이상 데려갈 수 없다는 마음도 있었다.

"당신은?" 언니 쪽이 한숨을 섞어 입을 열었다. "어떻게 할 거야?"

"……돈이죠. 꼴이 이렇게 됐잖아요. 돈 없이는 못 버텨. 그 가방의 돈은 내가 가져갈 거야. 그걸로 어딘가 멀리 도망칠 거니까."

가즈야는 다 마신 우롱차 캔에 담배꽁초를 던져넣었다. 치직 하는 소리가 났다.

"메구미는 일단 집에 돌아가라. 역시 그게 낫겠어."

메구미가 불만스럽게 아래만 쳐다보고 있었다. 가즈야는 그저 해보는 포즈라고 생각했다. 속으로는 안도하고 있을 터였다.

"아직 경찰에서는 우리가 누구인지 모를 거야. 은행 CCTV에 찍혔는지도 모르지만, 모자하고 선글라스를 썼으니까 신원까지는 파악을 못 했을 거라고. 지금이라면 돌아갈 수 있어. 가령 내가 잡히더라도 입 다물어줄게. 어쩌다 우연히 길에서 만난 가출 소녀인데 은행을 턴 다음에 겁이 나서 도망쳐버렸다는 식으로 대충 둘러댈게. 그게 가장 좋은 거 아냐?"

메구미의 언니는 말없이 생각에 잠겼다. 아마 가즈야의 제안에 이의는 없을 것이었다. 어차피 돈은 은행 돈이고 그쪽에서 배 아플 일은 없다.

"정해졌죠? 그럼 최대한 빨리 찢어지는 게 좋아."

"자, 잠깐만." 언니가 가로막았다.

"왜? 당신이라면 다들 인질인 걸로 알고 있어. 자꾸 시간이 지날수록 일이 더 어려워진다고."

"그래도……"

"그래도 뭐?"

"지금 머리가 뒤죽박죽이라."

언니가 불안한 눈빛으로 옆을 보고 있었다. 그 시선 끝에 이불을 둘러쓴 가와타니가 있었다.

그랬다. 역시 이 아저씨가 거치적거리는 것이다. 세 사람만 이라면 문제는 간단했다. 가즈야는 돈을 들고 튀고, 메구미는 집에 돌아가고, 언니는 경찰에 보호를 청한다. 그걸로 끝날 일이다. 셋이서 모르는 척 시치미를 떼면 되는 것이다.

가와타니가 사태를 복잡하게 만들고 있었다. 이미 신원이 드러난 가와타니는 도망치기도 어렵고 잡힌 다음에 모르쇠 노릇을 하기도 어렵다. 설마 세 사람의 비밀을 평생 가슴에 담아두고 발설하지 않을 만큼 착한 사람도 아닐 것이다. 정말 아무 도움도 안 되는 인물이었다. 딱 한 사람이 도무지 쓸 데가 없는 것이다.

"저 아저씨라면 내가 어떻게든 할게."

가즈야가 작은 소리로 중얼거렸다. 다시금 돈다발이 눈앞에 어른거렸다. 가와타니가 가슴에 안고 있는 봉투 속의 뭉칫돈.

"어떻게든, 이라니?"

"입 다물라고 부탁해보는 거지."

분명 후지산 뒤편에 울창한 숲이 있을 것이다. 텔레비전에서 본 적이 있다. 자살의 명소로 웬만해서는 발견되는 일이 없다고 했다.

하지만 내가 사람을 죽일 수 있을까? 야쿠자를 칼로 찌른 건 졸지에 저지른 일이지만, 자고 있는 사람을 죽이는 데는 상당한 결심이 필요하다.

"나도 부탁해볼게."

"됐어, 내가 하죠. 아무튼 메구미하고 당신은 빨리 돌아가. 역까지 태워다줄 테니까. 곧바로 경찰서에 가면 나도 좀 곤란하니까 시간을 정하자고. 5시면 어때? 범인이 총을 들이댄 채 여기저기 끌고 다녔다……. 아차, 이제 총은 없었던가? 뭔가 서로 말을 좀 맞춰야지 안 그러면……."

언니가 뭔가 깊은 생각에 잠긴 표정으로 가와타니를 보고 있었다.

"하긴 꼭 고텐바 경찰서로 뛰어갈 건 없겠지? 요코하마쯤까지 다시 돌아가서 거기서 보호를 청해도 괜찮겠어." 가즈야가 마구 주절거렸다. 혀가 술술 돌아가는 자신이 이상했다. "아, 그렇지. ······차를 버렸던 지점에서 도주용 차가 또 한 대 있었던 것으로 하자고. 아저씨하고는 거기서 찢어졌다. 그 차에 강제로 태워져서 시내를 빙글빙글 돌던 중에 공범 여자애가 집에 가겠다고 하는 바람에 범인들끼리 싸움이 붙었다. 여자애는 차에서 뛰어내려 어딘가로 가버리고, 어쩔 줄 모르던 범인은 인질을 팽개치고 혼자서 도망쳤다······."

"저 아저씨가 고텐바 역에서 렌터카를 빌렸잖아? 그건 어떻게 둘러대지?"

"아니, 우리는 사람들 눈에 띄지 않았어. 아저씨가 혼자서 빌려왔으니까."

말을 하면서 아주 좋은 시나리오라고 생각했다. 깜빡 강도질에 가담했다가 세상을 비관한 중년 아저씨가 렌터카를 빌려 후지산 깊은 숲에서 자살했다. 스토리상 그리 나쁘지 않았다.

메구미의 언니는 어딘가 건성으로 들으며 혼자 곰곰이 생각에 잠겨 있었다. 잠시 뒤에 가즈야 쪽을 돌아보았다.

"저 아저씨는 어떻게 할 생각이야?"

"그걸 나한테 물어보면 어떡해요?"

퍼뜩 메구미의 언니도 나와 똑같은 생각을 하고 있는 게 아닐까 하는 마음이 들었다.

가와타니만 없어지면 이 여자는 경찰에서 얼마든지 둘러댈 수 있는 것이다.

메구미의 언니는 입술을 꼭 깨물고 있었다. 뭔가 망설이는 것처럼도 보였다. 방 안에는 무거운 침묵이 흘렀다.

가즈야가 면바지의 벨트를 주르르 빼냈다. 흠칫해서 메구미의 언니가 고개를 번쩍 들었다. 핏기가 거의 사라진 얼굴이었다.

가즈야가 일어나서 거실로 걸음을 옮겼다. 튕기듯이 메구미의 언니도 뒤를 따라왔다.

거실에 서서 가와타니를 내려다보았다. 희미하게 잠든 숨소리가 들렸다. 바로 뒤에는 메구미의 언니가 있었다.

이명이 한순간 심해졌지만, 가슴의 두근거림이 빨라지는 일은 없었다. 발로 밟지 않도록 조심스럽게 이불을 건너 넘어갔다.

"당신은 발을 잡아."

등 뒤에 선 언니에게 그렇게 말하고, 벨트 양끝을 쥐고는 허리를 숙였다.

"잠깐!" 메구미의 목소리였다. "설마!"

"이건 말도 안 돼!"

메구미가 던진 그 말은 거의 비명에 가까웠다.

39

가와타니 신지로는 깊은 어둠에 휘감겨 있었다. 그 어둠은 마치 진흙 같은 중력이 있어서 온몸을 조용히 감쌌다. 은은한 열기가 살갗을 타고 몸속에까지 스며들었다.

신지로가 도망쳐든 어둠에는 몹시도 신비한 평안이 있었다. 그것은 구원의 위안이었다. 바깥이 태풍이라면 나가지 않으면 된다. 도깨비가 있다면 가만히 숨어 있으면 된다. 굳이 거기에 맞설 필요는 전혀 없어. 그런 다정한 목소리가 어디선지 들려왔다.

평생 이렇게 있고 싶다. 아무도 없는 곳에서 조그맣게 몸을 말고서. 아예 시간이 영원히 멈춰준다면 얼마나 좋을까. 아니, 그보다 시간을 거슬러 올라가고 싶다. 걱정거리라고는 하나도 없었던 어린 시절로. 어머니의 품 안에, 아버지의 무릎 위에.

어린애처럼 누군가 지켜주는 곳에 있고 싶다.

신지로는 어머니가 입버릇처럼 하던 말이 생각났다. 문방구에 시집온 어머니는 자영업의 불안정한 살림살이가 싫어서 아버지 없는 자리에서 곧잘 신지로에게 이런 말을 했었다.

"공무원이 좋아, 국가의 녹을 먹으니까."

그래서 신지로는 어렸을 때부터 '녹을 먹다'라는 말을 알고 있었다. 그것은 텔레비전의 영웅처럼 믿음직스러운 존재였다. 힘겨울 때면 짠하고 나타나 사람들을 구해주는.

작은 각성(覺醒)이 이어졌다.

진흙 구덩이에서 둥실 떠오르는 느낌과 함께 눈꺼풀 안쪽이 붉게 물들었다.

목구멍에 희미한 이질감이 생기면서 뭔가가 흐름을 멈췄다. 왠지 숨쉬기가 힘들었다.

이건 과호흡이구나, 하고 희미한 의식 속에서 생각했다. 최근 며칠 동안 신지로를 뒤흔들어왔던 이유 없는 시달림.

입과 코를 막아야 해. 그래서 공기가 지나치게 들어가는 것을 막아야 해.

그런데 무의식중에 움직인 손은 얼굴이 아니라 목 쪽으로 올라갔다. 손끝에 뭔가 닿는 바람에 신지로는 몸에 꾸욱 힘을 주었다. 단숨에 긴장이 덮쳐왔다.

번쩍 눈을 떴다. 빛이 뛰어드는가 싶었지만 눈에 비치는 풍경은 어슴푸레 흐렸다. 안개가 자욱한 스크린 너머에 웬 남자의 모습이 있었다.

무슨 일인가. 멀리서 여자의 비명 소리도 들렸다.

신지로는 목을 휘감은 무언가를 붙잡으려고 했다. 하지만 손끝은 제 목을 쥐어뜯을 뿐이었다. 몸을 틀려고 해도 가슴 아래가 꽁꽁 묶인 듯 자유롭게 움직여지지 않았다.

혼신의 힘을 다해 풀쩍 뛰었다. 다시금 여자의 부르짖음이 들렸다.

숨이 쉬어지지 않았다. 얼굴이 달아올랐다. 대체 무슨 일이 일어난 건가.

그때 몸을 덮쳤던 그림자가 사라졌다. 큼직한 소리가 울리고 공간 전체가 뒤흔들린 듯한 느낌이 들었다.

신지로는 몸을 둥그렇게 말았다. 호흡이 되살아났다. 눈에 뛰어드는 빛의 조도가 갑작스레 높아졌다. 그 순간 구토감이 몰려와 입을 한껏 벌렸다. 동시에 눈물이 줄줄 쏟아졌다.

자신은 이불 위에 있었다. 왼손은 시트를 있는 힘껏 움켜쥐었다. 기침이 멈추지 않았다. 캑캑거리며 열심히 가슴을 쓸어내렸다.

착란을 일으키는 순간에도 명백한 고통 덕분에 신지로는 잠에서 완전히 깨어날 수 있었다. 자신이 대체 어떻게 된 것인지 생각해보려고 애를 썼다.

여자가 울고 있었다. 소리 내어 엉엉 울고 있다. 누구 소리인가. 시선을 이리저리 돌렸다.

강도와 한 패인 여자애가 바로 곁에 엎드려 있었다.

"그만해, 제발!" 부르짖는 소리가 귀에 울렸다.

또 한 사람, 여자 은행원은 자신의 발치에서 공포로 팽팽해진 얼굴로 엉덩방아를 찧고 있었다.

손을 목으로 가져갔다. 거기에는 벨트가 걸려 있었다.

흠칫해서 위를 올려다보았다. 방 한구석에서 젊은 강도가 어깻숨을 몰아쉬며 멀거니 서 있었다. 몹시 창백한 얼굴이었다.

내가 하마터면 살해될 뻔했구나. 그제야 가까스로 결론이 나왔다.

"왜 그래, 진짜. 켄! 언니! 왜 이런 짓을 하느냐고!"

여자애는 머리채를 뒤흔들며 울부짖었다.

이불 밖으로 튀어나간 돈 봉투가 눈에 들어왔다. 신지로는 깜짝 놀라 끌어당겼다.

이번에는 여자 은행원이 울음을 터뜨렸다. 뭔가에 들씌운 것처럼 허공을 응시하며 눈물을 뚝뚝 흘리고 있었다.

다시 구역질이 났다. 배 속에 든 게 하나도 없을 텐데도. 신지로는 비틀거리며 부엌으로 가 싱크대 가장자리를 짚고 연달아 트림을 해댔다. 위액인 듯한 것이 침과 함께 길게 실을 늘였다.

수도꼭지를 틀어 얼굴에 물을 적셨다. 젖은 입술을 핥으며 호흡을 가다듬었다.

"너희들, 나를 죽이려고 했어?"

가까스로 내놓은 목소리는 술 마신 다음 날 아침처럼 잔뜩 쉬어 있었다. 그 소리가 신호가 된 듯 가슴속에서 격한 감정이 커져갔다.

"나를 죽이고 돈을 뺏으려고 했구나?"

남자를 정면으로 쏘아보았다. 키 큰 젊은 강도가 벽에 기대고 서서 고개를 떨어뜨리고 있었다.

신지로는 그쪽으로 다가가 남자를 퍽퍽 내리쳤다.

남자는 간단히 무릎을 꿇고 무너졌다. 속이 풀리지 않아 놈을 누르고 올라탔다.

"이놈이……." 목소리가 나오지 않았다. 몇 번이고 주먹을 휘둘렀다. 남자는 저항하지 않았다.

추켜올린 팔을 누군가 뒤에서 끌어안았다. 한 패인 여자애가 "미안해요, 미안해요"라고 부르짖었다.

남자에게서 뚝 떨어지듯이 신지로는 등을 대고 벌렁 넘어졌다.

몸을 일으키고 바닥에 손을 짚고 거친 숨을 토해냈다.

더 이상 기운이 나지 않았다. 온몸이 벌벌 떨렸다.

남자는 벽을 보며 한쪽 구석에 누웠고 여자애는 손으로 얼굴을 가리고 있었다. 여자 은행원은 망연자실한 모습으로 그저 울고만 있었다.

눈을 뜨고 보니 역시 이곳은 지옥이었다.

시간은 멈춰주지 않았다. 신지로는 깊은 절망감을 맛보았다.

네 사람이 흥분을 진정시키는 데 한 시간 가까이 걸렸다. 하긴 그것으로 제정신이 돌아왔는지 어떤지, 이 자리에 있는 어느 누구도 알지 못했다.

신지로도 가슴속에서는 아직껏 뭔가가 꿈틀거리고 있었다. 그것은 무수한 작은 자석이 잘못 배열되어 서로 반발하면서 언제까지고 정리되지 않는 듯한 느낌이었다.

그저 울기만 하던 은행원은 이제는 새파란 얼굴로 침묵에 잠겨 있었다. 신지로가 "아가씨도 나를 죽이려고 했어?"라고 물어보자 처음에는 고개를 끄덕이더니 황급히 고개를 저었다. 완전히 자신을 잃어버린 모습이었다.

그 여동생이라는 아이가 옆에서 말린 모양이었지만 충격 때문인지 아예 입도 열지 못하는 상태였다. "네가 하지 말라고 했어?"라고 물어봐도 아무런 반응이 없었다.

목을 조르려고 했던 젊은 남자도 풀이 죽어 있었다. 그것은 살인이라는 행위의 중대성을 절실히 깨달은 동요의 모습이었다. 은행을 습격하던 때의 위세는 어디에도 없었다. 찬찬히 보니 아들 노부아키와 비슷한 또래여서 신지로는 안타깝고 답답한 심정이 들었다.

이곳에는 제대로 된 인간은 한 사람도 없었다.

고텐바에 오는 동안 신지로의 머릿속에는 막연하기는 하나마 두 가지 처신법이 정해졌었다.

그건 죽음과 증발이었다.

자수한다는 건 고려하지 않았다.

벌을 받는 것이 두려운 게 아니었다. 그저 더 이상 어느 누구도 마주 볼 낯이 없었기 때문이다. 신지로에게 가장 괴로운 건 철공소에 돌아가는 것이었다. 거기에는 대금을 마련할 길 없는 펀치 프레스가 있고, 가공해야 할 부품이 산더미처럼 쌓였고, 소음을 비난하는 입간판이 있었다. 변호사는 위자료도 요구하고 있었다. 그리고 가족은 어찌할 줄 모르고 신지로만을 기다리고 있었다.

자신은 그 모든 것을 팽개쳐버렸다.

게다가 범죄자까지 되었으니 돌이킬 방도가 있을 리 없었다. 이래서 사람은 가족을 버리게 되는구나, 하고 생각했다.

신지로는 편안해지고 싶었다. 그게 죽음이라면 그것도 좋다는 마음이 들었다.

흥분에서 깨어나니 저마다가 비참했다. 이제부터 어떻게 해야 좋을지 어느 누구도 알지 못했다.

침묵이 완전히 배어들었다. 무거운 공기가 방 안을 지배했다.

"한 번 더 할래?" 신지로가 불쑥 말했다.

젊은 녀석이 슬그머니 얼굴을 들었다.

"한 번 더 내 목을 졸라줄래?"

녀석이 눈을 착 내리뜨고 살짝 신음을 내뱉었다.

"하긴 내가 죽은 다음에 이 돈을 빼앗아가면, 그건 안 돼. 하지만 지금 내가 가진 돈을 은행 계좌에 이체하고 난 뒤라면 나를 죽여도 괜찮아. 자살하고 살인은 분명 생명보험 보상금 액수도 다르대."

반은 본심이었다. 만일 젊은 녀석이 자신의 제안을 받아주기만 한다면, 이것도 그리 나쁘지 않은 아이디어였다. 살아갈 방도를 궁리하는 게 신지로에게는 오히려 더 정신이 아득한 일이었다.

녀석은 입을 열지 않았다. 조금 전에 녀석이 한 짓을 나무라는 줄 아는 모양이다.

"하긴 목이 졸려 죽는 것도 좀 그렇다……."

탄식이 터졌다. 죽는 것도 사는 것도 다 지긋지긋했다.

다시 침묵이 흘렀다. 빗소리만 방 안에 울려 퍼졌다.

한 차례 재채기를 했다. 꽤 쌀쌀했다. 점퍼를 젊은 녀석에게 돌려주었는지라 신지로는 러닝셔츠 차림이었다.

여자 은행원이 가방에서 작업복을 꺼내 신지로에게 내주었다. 그러고 보니 어딘가에서 옷을 벗어 내버렸던 게 생각났다. 그걸 주워서 챙겨주었구나.

"가와타니 씨는……." 여자 은행원이 가느다란 소리를 냈다. "앞으로 어떻게 하실 생각이세요?"

신지로가 여자 은행원을 보았다. 약간 마음이 가라앉았는지, 자꾸만 무너지려는 자신을 필사적으로 견디는 듯한 모습이었다.

"너희들이야말로 어쩔 거야?"

"여동생은 집에 보낼 거예요. 아, 벌써 다 아시겠지만 우리는 자매간이에요."

신지로는 둘이 자매간이라는 건 알았지만, 여자 은행원이 여기까지 따라온 이유를 그제서야 비로소 깨달았다. 여동생이 자신의 언니가 근무하는 은행을 습격했단 말인가. 처음으로 머리가 정상적으로 돌아가는 듯한 느낌이었다.

"이 사람은요." 여자 은행원이 젊은 녀석을 눈으로 가리켰다. "돈을 갖고 도망칠 거예요. 혹시 잡히더라도 우리 일은 말하지 않기로 약속했어요. 그러니까 가와타니 씨도……."

신지로의 마음속에 사고가 서서히 작동하기 시작했다.

"그 비밀을 지키고자 나를 죽이려고 했군?"

"그, 그건……. 제가 정신이 어떻게 됐나 봐요. 그렇다고 용서해주지는 않겠지만."

이번에는 젊은 녀석이 나서서 나지막하게 중얼거렸다. "믿어주지 않겠지만요, 아저씨가 눈을 뜬 순간에 관뒀어요. 도저히 못 하겠다 싶어서.”

“거짓말하지 마!” 일순 피가 솟구치려고 했다.

“거짓말 아녜요.”

녀석이 입술을 깨물며 고개를 떨어뜨렸다.

“가와타니 씨도 우리에 대해서 함구해주실 수 있을까요? 여동생은 생판 모르는 가출 소녀고 중간에 겁이 나서 도망쳐버렸다고 하려고요. 그리고 저는 경찰에 보호를 요청하려고요.”

무슨 얌체 같은 소리인가.

자기들만 살겠다는 말이 아닌가. 내 쪽은 죽음 아니면 증발밖에는 없는 처지인데. 신지로는 불공평하다고 생각했다. 곧바로 응해주고 싶지는 않았다.

멀리서 우르릉 하는 천둥 소리가 났다. 어두워진 바깥에서는 빗발이 갈수록 더 거세졌다.

손목시계를 보았다. 오후 8시를 넘어서고 있었다.

대체 이건 어떻게 된 사건인가 하고 신지로는 생각을 더듬었다.

분명 차 안에서 들은 라디오 뉴스에서는 범인이 ‘3인조’라고 했다. 하지만 그건 사건이 일어난 직후의 뉴스였다. 정보가 뒤엉켰을 가능성이 크다. 직접 은행에 가서 조사를 해보면 신지로가 제정신이 아닌 손님이었다는 건 금세 알 터였다.

한 줄기 서광이 비치는 듯한 마음이 들었다.

하긴 그렇다고 강도질을 도와준 사실이 없어지는 건 아니다. 게다가 신원이 다 알려진 이상 집에는 틀림없이 연락이 갔을 것이다.

틀렸어. 역시 집에는 못 돌아가.

다시 나락 구덩이로 떨어졌다.

"저어⋯⋯." 긴 침묵을 거쳐 여자 은행원이 입을 열었다. "정말로 안 될까요? 아까 그 얘기."

신지로는 아직 대답을 하지 않았다. 간단히 승낙하고 싶지는 않았다. 아마 이 아가씨는 신지로가 자수할까 봐 걱정하고 있을 것이다.

흥, 내가 자수를 할쏘냐. 가령 형량이 가볍다 해도 석방된 다음의 일이 더 괴로운 것이다.

하지만 그런 말을 입 밖에 내면 자칫 신지로 혼자서만 손해를 보게 된다. 젊은 녀석은 돈을 들고 도망치고, 어린 여자애는 원래 있던 둥지로 돌아가고, 은행원 아가씨는 어디까지나 피해자가 되는 것이다. 아무리 생각해도 그건 받아들일 수 없었다.

"어떻게 하면 들어주실까요?"

여자 은행원이 조그만 목소리로 말했다.

"우선 그 돈은 내가 받기로 할까?"

신지로는 그 정도는 당연하다고 생각했다.

40

후지사키 미도리는 자신이 점점 더 깊숙이 빠져들었다는 것을 깨달았다.

다시 생각해도 차를 내버렸던 시점에 뒤를 쫓아오지 않았더라면 그나마 피해자로 남을 수 있었다. 이들이 도망치는 데 성공한다면 그걸로 좋다. 잡힌다 해도 여동생을 자수시키려고 자진해서 인질이 되었다고 하면 그만이다.

아니면 메구미가 집에 가겠다는 말을 꺼냈을 때 이 남자들과 헤어졌어야 했다. 남자의 꾐에 빠져 엄청난 범죄의 공범으로 나섰던 여동생을 다시 찾아오려고 쫓아갔던 것으로 하면 그나마 동정은 받을 수 있었던 것이다.

그런데도 스스로 솔선해서 고텐바까지 와버렸다. 이것에 대해서는 어떻게도 변명할 도리가 없었다. 더 이상 협박 때문에 따라왔다고 말할 수 없는 거리였다.

애초에 인질 같은 게 되지 않았더라면.

아마 지금쯤 다들 난리가 났을 것이다. 은행 강도가 인질을 끌고 돌아다닌 지 벌써 수시간이 지난 것이다. 시간이 갈수록 자신은 나서기가 어렵게 된다.

어머니 얼굴이 떠올랐다. 딸이 정말 인질로 잡혀간 줄 알고 분명 무진장 걱정하고 있을 것이다. 전화 연락만이라도 어서 해줘야 할 텐데. 자신은 차례차례 거짓말에 거짓말을 보태고 있었다.

한 가지 잘못을 감추기 위해 두 번째 잘못을 범했다. 이제는 맨 처음 한 가지 거짓말에서 관뒀으면 좋았을걸 하는 후회뿐이었다.

게다가 자신은 살인마저 도와주려고 했다.

몽유병자처럼 현실감이 없는 채 미도리는 가와타니 씨의 발을 잡고 있었다. 아저씨가 몸을 뒤트는 순간에 정신이 번쩍 들어 훌쩍 물러섰지만, 그때의 충격은 아직도 머릿속을 지배하고 있었다. 메구미가 남자를 밀쳐내 결국 미수로 끝나기는 했지만 자신이 그런 행동을 했다는 사실만으로도 공포의 포로가 되었다.

하마터면 사람을 죽일 뻔했다. 그 생각에 몸이 벌벌 떨려서 가만히 앉아 있는 것조차 힘들었다.

어떻게 해야 좋을지 정말 모르겠다. 누구든 나를 좀 구해줬으면.

유일한 방법은 가와타니가 모든 것에 대해 입을 다물어주는 것이었다. 흥분이 가라앉은 뒤로 내내 아저씨에게 그 부탁만 했다. 정말 뻔뻔스러운 부탁이라는 건 잘 알지만 그것밖에는 다른 방법이 없었다.

가와타니는 무슨 마음을 먹었는지 좀체 대답을 해주지 않았다. 하긴 자기를 죽이려고 했으니 그런 부탁을 받아줄 리 없었다.

살풍경한 방에서 테이블을 중심으로 네 명의 남녀가 있었다. 메구미는 방 한쪽 구석에 누워 있었다. 울다가 지쳐버린 모양이다. 바깥은 세찬 비가 내리고 있었다.

긴 침묵이 이어졌다. 한참만에 가와타니 씨가 한 차례 헛기침을 하더니 "우선 그 돈은 내가 받기로 할까?"라며 턱짓으로 가방을 가리켰다.

돈 가방은 미도리 옆에 널브러져 있었다. 미도리가 가방에 시선을 던졌다. 가장 먼저 입을 연 것은 메구미가 켄이라고 부르는 젊은 남자였다.

"웃기지 마쇼, 아저씨. 그게 뭔 소리야?"

"라디오에서 분명 5백만이라고 했지? 그걸 내가 가질까 하는데. 그러면 너희에 대해서는 아무에게도 말하지 않겠어. 그러면 어때?"

"진짜 웃기지 마쇼."

"애초에 은행에서 내 손으로 가방에 넣은 돈이야. 내가 없었으면 너희 둘이서는 그 돈을 못 가져왔어. 그러니까……."

"아저씨는 누구 덕분에 도망칠 수 있었는데? 자기 멋대로 따라온 주제에."

미도리는 아연해서 가와타니를 바라보았다.

"내가 아니었다면 너희는 진즉에 붙잡혔어."

"말도 안 되는 소리."

"게다가 나를 죽이려고 했지? 근데 아무 보상도 없이 입을 다물라는 건 너무 뻔뻔스럽잖아?"

"그러니까 그건……." 켄이라는 남자는 뒷말을 잇지 못했다.

"그건 명백한 살인미수야."

"이보쇼, 협박하자는 거야?"

두 남자가 말싸움을 하고 있었다. 가와타니가 돈을 요구한 건 의외였지만, 미도리는 마음속 어딘가에서 살았구나 하고 생각했다.

적어도 가와타니 씨는 지나치게 정직한 사람은 아니다. 도주 중에는 그저 정신 나간 중년 아저씨였다. 하지만 제정신이 돌아오자마자 범죄를 저지른 자신을 못 견뎌 어쩔 줄 모르는 그런 성품은 아닌 것 같았다. 지금 가와타니 씨는 대담하게도 거래를 하려고 하고 있었다.

"반절이면 어떠세요?"

미도리가 몸을 쑥 내밀었다. 가와타니의 요구에 이의는 없었다.

"왜 그래, 당신까지?" 켄이라는 남자가 불끈했다.

"아저씨가 전부 다 가져가면 이 사람은 도망칠 수가 없어요."

미도리는 오른손으로 가방을 세워 자신의 등 뒤로 끌어다 놓았다.

"안 된다니까!"

"반절이라도 250만 엔이나 돼. 그러면 충분하잖아?"

"그걸 왜 당신이 정하느냐고!"

"하지만 그렇게 안 하면……."

"당신은 이 일하고는 상관없어." 젊은 남자가 가방을 가져가려고 엉덩이를 쳐들었다.

미도리가 급히 앞을 가로막았다.

"제발 부탁이야." 손을 밀쳐내며 가만가만 달랬다. "마음을 가라앉히고 서로 상의해보자고."

"상의는 무슨 상의? 내가 제일로 고생했단 말이야. 게다가 만일 잡혀봐. 나는 절대로 그냥 넘어가지 못해."

"아아, 잠깐." 가와타니가 남자를 손으로 제지했다. "나는 반절이면 된다고 한 적이 없어."

"뭐야?"

"전부야. 전부 다 내가 가질 거야."

"이 아저씨가!"

켄이라는 젊은 남자가 테이블을 손으로 쳤다. 탁자가 흔들리고 주스 캔이 넘어져 데구루루 굴렀다.

"아니, 이 중에서는 내가 제일로 졸(卒)이 없어. 이름도 얼굴도 경찰에 다 알려졌고, 나이도 한참 먹었고."

"졸이 없다니, 뭔 소리예요?"

"불공평하다는 말이야."

조용한 어조였다. 가와타니는 앉은 채 뒤로 물러서더니 벽에 등을 기댔다. 손으로 목뒤를 주무르며 다리를 쭉 뻗는다.

"당신, 후지사키라고 했지. 당신은 풀려난 인질로서 집에 돌아갈 생각이지? 자, 그럼 아무 문제도 없어."

미도리가 시선을 떨어뜨렸다. 무슨 말을 하려는 건지 잘 알 수 없었다.

"여동생 쪽은 중간에 도망친 걸로 하고 집에 가면 된다고 했지? 이건 정말 너무 뻔뻔스럽네. 뭐, 하지만 좋아. 내가 죽을 뻔한 것을 구해주기도 했으니."

메구미는 여전히 방 한구석에 누워 있었다.

"그리고 자네, 자네는 어차피 도망칠 수밖에 없는 몸이야. 자세한 사정까지는 모르겠지만 아마 잃을 건 하나도 없는 처지일 거야. 그렇지? 말하자면 잡히지 않는 것만도 크게 따고 들어가는 셈이라고. 게다가 아직 젊어. 얼마든지 새 출발할 수 있어."

"무슨 수로 새 출발을 해?" 젊은 남자가 얼굴이 해쓱해져서 대꾸했다. "말도 안 되는 소리를 하고 있어."

"하지만 뭘 하건 살아갈 수는 있잖아. 하지만 나는 그렇지를 못해. 이번 일로 잃는 게 너무 많다고."

"무슨 말이에요?"

"나는 철공소를 경영하고 있어. 조그만 동네 공장이야. 18년을 해왔어. 우선 그걸 잃게 됐어. 이런 일을 저질렀는데 거래처에서 일거리를 줄 리가 없다고. 이제 끝장이야."

가와타니가 한쪽 무릎을 세워 팔로 감싸 안았다.

"이 나이에 신용을 잃고 내가 앞으로 어떻게 살아가겠느냐고. 사실을 말하자면 아까 목이 졸렸을 때 나도 모르게 버둥거렸지만, 이제 생각해보니 차라리 죽는 게 나았겠다는 생각이 들어. 가족도 내팽개쳐야 하는 신세."

미도리는 놀라서 가와타니를 바라보았다. 이 아저씨는 자수가 아니라 계속 도망 다닐 작정인 것이다.

"대학에 다니는 아들하고 고등학교에 다니는 딸이 있어. 마침 자네나 저기 누워 있는 애하고 비슷한 또래야. 도저히 그 애들을 볼 낯이 없어. 한마디로 이 중에서 내가 가장 불행하단 얘기야. 그러니 돈이나마 내가 가져야 할 거 아냐?"

"아저씨는 돈도 있잖아. 그 봉투에 들어 있는 거, 꽤 큰돈일 텐데?"

"이 돈은 안 돼. 어딘가에서 우리 식구 통장으로 이체해줄 거야. 그게 최소한의 속죄야. 도망자 생활을 하자면 다른 돈이 필요해."

"뭐야, 대체? 도무지 모르겠네. 아저씨가 굳이 도망칠 것까지는 없다고요."

"그럼 어쩌라는 거야?"

"은행을 턴 건 우리고, 아저씨는 그냥 옆에서 좀 도와준 것뿐이야. 별로 큰 죄도 아닐 텐데 뭘 그래?"

"옆에서 좀 도와준 것만으로도 충분히 큰 죄야."

"그래도 가족까지 버릴 일은 아니잖아?"

"너는 몰라. 가령 자수를 해서 정상참작을 받는다 해도 내가 돌아갈 자리는 너무 괴롭고 힘든 자리야."

"하지만 돌아갈 자리라도 있지? 그렇다면 그나마 괜찮은 거 아뇨? 뭐니 뭐니 해도 아저씨는 가족이 있어. 그거만 해도 얼마나 행복한데?" 콧숨이 씩씩거린다. 켄이라는 남자는 화를 내고 있었다. "불행하기는 뭐가 제일 불행해? 아저씨, 웃기지 마쇼. 나는요, 야쿠자한테 협박을 당해서 그 야쿠자의 형님이라는 놈을 칼로 찔러버렸고, 그래서 그 일로 지금 도망 다니는 중이야. 게다가 아버지는 알코올중독에 어머니는 어디 사는지도 모른다고요. 진짜 나는 도망치려야 어디 갈 데도 없어. 흥, 세상 사람들 모두 이 중에서 내가 가장 불행하다고 할걸?"

"너는 나에 대해 하나도 몰라. 성실하게 하나하나 쌓아온 것이 한순간에 무너져버렸단 말이야. 이제 더 이상 다시 해볼 마음도 안 나."

"농담 마쇼. 그런 거 누가 딱하게 생각해준대? 딱한 건 나라고요."

미도리는 일이 뜻밖의 방향으로 흘러가는 바람에 적잖이 당황스러웠다. 가와타니는 자수할 마음은 없는 듯했다. 그건 고마웠다. 하지만 신원이 이미 드러난 터에 과연 계속 도망 다닐 수 있을까. 간단한 일이라고는 생각되지 않았다.

"아무튼 그 돈 줘." 가와타니가 앉음새를 바로잡았다.

"나는 차를 타고 어딘가로 사라질게. 원래 렌터카니까 적당한 데서 내버려야겠지만."

"안 되지, 그건. 내가 그냥 가게 둘 줄 알아요? 첫째로 아저씨는 정신을 좀 차려요. 이게 증발하고 말고 할 일이나 돼? 그러면 가족들은 대체 어떻게 되느냐고!"

"너한테서 그런 말이 나올 줄은 몰랐다."

"내가요, 버림받은 자식이에요. 아까도 말했지. 아버지는 집에 붙어 있지도 않고 어머니는 남자가 생겨서 날랐다고."

"나를 똑같은 사람으로 만들지 마. 나는 내 가족에게 할 만큼은 했어."

가와타니는 테이블의 담배를 끌어다 불을 붙였다. 그러고는 흔들흔들 피어오르는 연기를 바라보았다. 더 이상 도망치던 때의 그 초점이 흐려진 눈이 아니었다. 건조하기는 했지만 분명한 의지를 지닌 눈빛이었다.

미도리가 손목시계를 보았다. 벌써 9시였다. 소동은 점점 더 커져가고 있으리라. 어머니는 분명 딸의 안부를 걱정하고 있을 게 틀림없었다.

"저어……." 남자에게 말을 걸었다. "휴대전화 좀 빌려줄래?"

"어쩔 건데?"

"집에 전화하려고."

"웃기지 마쇼. 설마 그런 걸 하게 해줄까?"

"괜찮아. 어디 있는지는 말 안 할 거야. 메구미 얘기도. 그냥 내 얘기만 할게. 엄마한테 걱정하지 말라고 그 말만 하려고 그래."

"믿어도 돼?"

"경찰에 연락할 정도라면 진즉에 도망쳤지. 알아? 나도 너나 아저씨가 붙잡히면 정말 곤란해."

켄이라는 남자는 말이 막혔다. 지긋지긋하다는 눈빛으로 미도리를 보고 있었다.

"내 전화 써." 가와타니가 작업복에서 휴대전화를 꺼냈다. "하지만 전화 다 하면 곧바로 전원은 꺼줘. 누구한테든 전화가 걸려오면 나는 감당 못 해."

미도리가 고맙다는 인사를 하고 받아들었다. 가와타니가 "근데 전파가 닿을까?"라고 물어와서 미도리는 근처에 중계 안테나가 있다고 대답했다. 휴양시설 지붕에 안테나가 설치되어 있었다.

미도리는 거실로 나가서 집으로 전화를 걸었다.

역시 집에는 경찰과 은행에서 연락이 와 있었다. 어머니는 수화기를 들고 비명을 내지르더니, 무사하냐, 지금 어디 있느냐고 울음 섞인 목소리로 정신없이 물어왔다.

미도리는 자신은 무사하다, 범인과의 약속 때문에 있는 곳을 알려줄 수 없다는 뜻을 전하고, 부탁을 해서 지금 이 전화를 걸고 있다고 말했다. 범인은 전혀 난폭한 사람도 아니고 또 다른 여자애도 있다고 어머니가 조금이라도 안심할 수 있게 말을 해주었다.

어머니가 너무 기운을 잃은 것 같아서 내일 아침에 다시 연락하겠다는 약속도 했다.

그렇게 말하면서 오늘 밤에는 도저히 못 가겠구나, 하고 미도리는 생각했다.

전화를 끊고 나자 가슴이 아팠다.

방으로 돌아왔다. 아마 귀를 쫑긋 세우고 듣고 있었던지 남자가 "난폭한 사람이 아니라고?"라며 비아냥거리듯이 입을 삐죽거렸다.

그리고 방 안은 다시 침묵의 지배하에 들어갔다.

테이블 위에는 먹을 것이 있었다. 가와타니가 사온 것이었다. 편의점 삼각 김밥이며 샌드위치가 있었지만 아무도 손을 대지 않았다. 미도리도 식욕이 나지 않았다. 그저 목이 자꾸 말라서 캔 음료를 몇 개나 비웠다.

메구미는 잠이 깊이 든 모양이었다. 모포를 덮어주었다. 그 자는 얼굴을 보고 있으려니 여동생의 인생이 걱정스러웠다. 분명 언니인 자신이 알지 못하는 곳에서 울고 괴로워하리라. 하긴 그건 자신도 마찬가지였다.

가와타니가 입을 열었다. "자고 싶어도 나는 잠을 못 자겠다."

미도리가 얼굴을 들었다.

"또 목을 졸렸다가는 이번에야말로 못 당해."

"이제 그런 짓 안 해요." 남자가 중얼거렸다. "그 얘기는 그만 좀 해요. 나도 다시 생각하고 싶지 않아."

"허허, 어쨌거나 잠이 안 온다. 이상하네, 어젯밤에도 한숨을 못 잤는데."

"어젯밤에도? 왜 잠을 안 잤는데요?"

"이래저래 바빴어. 하긴 앞으로는 잠이야 얼마든지 자겠지, 뭐. 다리 밑에서건 역 한 귀퉁이에서건."

"노숙자가 되시려고?"

"나도 몰라. 하지만 반듯한 취직자리는 없을 거 아냐. 일하고 싶지도 않지만."

"나, 아직도 잘 모르겠는데, 아저씨는 은행에서 왜 그렇게 화가 났었어?"

"흥, 융자가 꽝이 됐거든." 가와타니는 슬쩍 미도리 쪽을 쳐다보았다. "그래서 그만 정신이 나가버렸어. 나도 내가 놀랍다."

"나 그때, 목숨이 안 아까운 사람 처음 봤어. 권총…… 그야 뭐, 모조품 총이기는 했지만 그걸 들이대도 전혀 주춤하지를 않더라니까."

"그러고 보니 그때 네가 내 머리를 몇 번이나 내리쳤지?"

"아, 미안."

남자가 고분고분 사과했고 가와타니는 피식 웃었다.

"가와타니 씨." 미도리가 두 사람의 이야기에 끼어들었다. "정말 반절, 250만 엔으로는 안 될까요?"

가와타니가 한바탕 한숨을 내쉬었다. 손바닥으로 얼굴을 비빈다.

"……자, 그럼 3백으로 타결을 짓자."

그 말을 듣고 젊은 남자가 다시 안색이 바뀌었다.

"뭐야, 나는 2백이야? 웃기지 마쇼. 절대로 안 돼. 기껏해야 입막음으로 내가 왜 3백이나 내야 해? 첫째로 나하고는 아무 관계도 없는 일이잖아?"

"관계가 없다니⋯⋯."

"그렇잖아? 이 일이 다 밝혀져서 괴로운 건 당신이지? 그렇다면 이 아저씨 입을 막고 싶은 당신이 돈을 내는 게 얘기가 맞지. 그래, 당신이 돈을 내면 되겠네."

"넌 메구미는 생각하지도 않아?"

젊은 남자는 잠시 생각하고 나서 "내가 그걸 어찌 알아?"라고 내뱉었다.

"애초에 당신이 일하는 은행을 털자고 한 건 당신 동생이야. 사실은 나도 피해가 이만저만이 아니라고."

미도리는 대꾸할 말이 없었다. 반쯤 포기하는 마음이 머리를 스쳤다. 이제는 그냥 이 남자들에게 맡기자. 내일 아침에 나는 메구미를 데리고 집에 가는 거다. 그리고 그들이 잡히지 않기만을 신께 기도하자.

아니면 메구미도 자수하라고 할까. 경찰에 모든 것을 이야기하고 용서를 구한다⋯⋯.

아니, 안 돼. 미도리는 곧바로 도리질을 쳤다. 여동생이 언니가 일하는 은행을 털었다는 흥미로운 뉴스에 세상이 조용히 넘어가 줄 리가 없다. 우리 집은 분명코 무너지고 만다. 더 이상 지금 사는 집에서 살 수도 없을 것이다.

속이 울렁거려왔다. 미도리는 정말 어떻게 해야 좋을지 알
수가 없었다.

41

노무라 가즈야는 벽 쪽에 이불을 깔고 누워 있었다. 메구미의 언니는 또 다른 한쪽 구석에서 타월담요만 둘러쓰고 누웠다.

언니 쪽에서 잠시 눕고 싶다고 하는지라 가즈야도 지친 몸을 쉬기로 했다. 가와타니는 경계심을 풀지 않았지만, 역시 피로에는 견딜 수 없었던지 거실에 나가 드러눕더니 금세 꿈쩍도 하지 않았다.

돈 가방은 메구미의 언니가 자신의 등과 벽 사이에 끼워두었다. 테이블 위에 놔두는 것보다 나을 것 같았다. 가즈야는 가와타니와 돈을 사이에 두고 서로 견제하는 꼴이 되어버렸다.

메구미는 한 차례 일어나 화장실에 다녀오더니 가즈야 곁으로 들어왔다.

바깥의 비는 점점 더 강해져 갔다. 메구미가 뭔가 말을 하는

데 들리지 않았다.

"뭐?" 서로 얼굴을 바짝 대고서 이야기했다.

"켄, 앞으로 어쩔 거야?"

"도망쳐야지, 당연히."

"응……."

메구미가 어두운 목소리를 냈다. 이 여자도 죄다 지겨워진 거라고 생각했다.

"메구미."

"응?"

"너, 어째서 언니가 다니는 은행을 습격하기로 했어?"

"응? 으응……."

"똑똑히 대답해봐."

"……불공평한 거 같아서."

"뭐가?"

"야쿠자한테 당할 때, 이건 진짜 불공평하다고 생각했어. 그래서……."

"바보냐, 너?"

"언니가 새파랗게 질리는 꼴을 단 한 번이라도 좋으니 보고 싶었어."

"……그래서, 만족했냐?"

메구미는 대답하지 않았다.

"너는 집에 가는 게 좋아."

"아니, 나도 켄이랑 함께 도망칠래."

"이제 됐다. 무리하지 마라."

"무리 같은 거 아냐."

메구미는 그렇게 대답했지만, 말에 힘은 없었다.

가만히 누워 있으려니 새삼스럽게 여기저기가 쑤셔왔다. 몸을 잠시 뒤척이려고 해도 펄쩍 뛸 만큼 아팠다. 이제껏 아픈 줄도 몰랐던 자신이 이상할 정도였다.

다시 눈을 감자 귓속에서 원반이 서서히 신음을 올렸다.

역시 내가 가장 불행하다고 가즈야는 생각했다.

소모될 대로 소모된 의식 속에서 빗소리와 이명의 합주를 멍하니 듣고 있었다. 메구미는 이윽고 잠이 들었는지 쌕쌕 숨소리를 냈다.

천장을 바라보며, 한없이 미적지근하게 굴고 있는 자신이 이상하다고 생각했다.

나는 어째서 메구미의 언니와 가와타니 아저씨의 사정을 봐주고 있는 걸까.

아무리 생각해도 알 수 없었다.

검은 그림자가 스치는 것 같았다. 흐릿하게 붉은 눈꺼풀 안쪽으로 퍼뜩 뭔가가 비친 듯한 느낌이었다.

누군가 전깃불을 끈 것일까.

온몸에 들러붙은 피로가 눈을 뜨는 것조차 어렵게 만들고 있었다.

꿈이겠지. 분명 꿈이야. 아까부터 몇 번이나 꿈과 잠 사이를 오락가락하는 거다. 어머니도 나타났다. 남자하고는 헤어졌으니 집에 돌아오라고 했다. 가즈야는 불퉁거리면서도 마음속으로는 정말 반가웠다. 아예 모든 것이 꿈이라면 얼마나 좋을까. 어떤 힘든 일이라도 좋다. 나는 그냥 평범한 삶을 사는 것이다……

방바닥을 스치는 소리가 났다. 다시 한 번 눈꺼풀에 그림자가 비쳤다. 이건 현실이다, 라고 가즈야는 생각했다.

마비가 쓰윽 빠져나가는 감각이 들면서 가즈야는 번쩍 눈을 떴다.

가와타니 아저씨가 방 한쪽 구석에 허리를 숙이고 있었다. 그 손은 메구미 언니의 등 뒤로 뻗어 있었다.

"어엇."

곧바로는 몸을 움직이지 못하고 소리만 나왔다.

가와타니는 당황하여 가방을 가슴에 끌어안았다.

"어이!"

이번에는 고함을 쳤다. 주술이 풀린 듯 가즈야는 벌떡 일어섰다.

메구미와 언니가 무슨 일인가 하고 부스스 일어났다.

"이제 그만하면 됐잖아?"라고 가와타니는 말했다. 얼굴이 잔뜩 긴장되어 있었다. "너희는 아직 젊어. 돈 같은 거 없어도 얼마든지 살아갈 수 있어. 나는 아무것도 없어. 그러니 돈쯤은 나한테 줘도 되잖아?"

"웃기지 말라니까!"

"나는 벌써 마흔일곱이야. 돈 없이 어떻게 살아가겠냐고!" 거의 부르짖음이었다.

"너희는 젊잖아? 아직 새파랗게 젊잖아?"

"무슨 소릴 하는 거야, 이 개똥 같은 아저씨가."

가즈야가 다가섰다. 호우가 지붕을 두드리고 있었다. 가와타니는 가방을 안은 채 거실로 뒷걸음질을 쳤다. 더듬더듬 자신의 돈 봉투를 집어 들더니 옆구리에 끼웠다.

"아저씨, 돈 내놔."

"싫어, 못 줘."

가즈야는 점퍼에서 버터플라이 나이프를 꺼냈다. 등 뒤에서 "자, 잠깐!"이라고 언니 쪽이 소리를 지르고 있었다.

"응, 그래, 죽이고 싶으면 죽여라. 기왕 할 거, 심장을 단번에 푹 찔러줘."

"뭐야?"

"켄, 안 돼! 진짜 안 돼!"

메구미가 뒤에서 셔츠를 잡았다. 울음이 터지려는 목소리였다.

가즈야는 그 손을 뿌리치고 다시 거리를 좁혀갔다.

언니가 사이에 끼어들었다. 새파랗게 질린 얼굴로 가와타니한테서 가방을 빼앗으려고 했다.

"가와타니 씨, 제발 이러지 마세요."

"놔. 너희가 내 속을 알아?"

"돈이라면 내가 드릴게요. 5백만 엔까지는 어렵더라도 가와타니 씨가 납득할 만큼 나중에 틀림없이 드릴게요."

가즈야는 나이프를 집어넣고 가와타니에게 덤볐다.

"켄, 안 돼, 안 된다니까!"

메구미는 가즈야를 말리려고 등에 붙었다. 가즈야는 상관 않고 가와타니를 몰아넣었다.

가와타니의 허리가 꺾이면서 네 사람이 뒤엉키는 꼴이 되었다. 가와타니의 팔이 마침 가즈야의 눈앞에 와 있었다. 손목시계 바늘이 새벽 2시를 가리키는 게 보였다.

이런 시간에 우리는 대체 뭘 하고 있는 건가. 흥분한 의식 끄트머리에서 희미하게 생각했다.

문득 정신을 차리자 가방은 언니가 가지고 있었다. 잽싸게 일어서더니 방으로 도망쳐서 어린아이를 지키듯 납작 웅크리고 앉았다.

가와타니는 얼굴을 손으로 가리고 낮게 웅웅거리고 있었다. 몸을 뒤집어 엎드린 자세였다.

코를 훌쩍이는 듯한 소리가 들려왔다. 이 아저씨가 울고 있는 건가.

울고 싶은 건 나라고요, 라고 생각하며 가즈야는 거친 숨을 몰아쉬었다.

"아저씨는 어른이잖아. 어른이면 어른답게 굴어요. 이런 한심한 짓은 하지 말고."

분노의 한편에서 가즈야는 안타까운 마음이 들었다. 아버지쯤 되는 사람이 어처구니없이 흐트러지는 모습은 어떤 상황이됐건 정말 보고 싶지 않았다.

"부탁이야, 아저씨. 정신 좀 차려."

자신이 별 묘한 소리를 술술 잘도 늘어놓는다는 생각도 들지 않았다.

다시 방에 네 사람이 모였다. 이제 아무도 자리에 누우려 하지 않았다. 메구미는 굳은 표정으로 고개만 숙이고 있고, 언니쪽은 수없이 한숨을 내쉬며 가방을 가슴에 안고 있었다. 가와타니는 초췌하기 이를 데 없는 얼굴로 시선을 떨어뜨리고 있었다.

"이제 됐어요. 3백만으로 좋다면 줄게요."

침묵을 깨고 나선 건 가즈야였다. 추악한 다툼에 어지간히

지쳐버렸다.

"나는 2백만 갖고 도망칠 거야. 아저씨는 3백만 갖고 도망쳐요. 메구미는 집에 가고 언니는 경찰에 도움을 청해요. 그러면 다 끝나."

언니가 가와타니를 보았다.

"그렇게 하면 좋으세요?"

가와타니가 꾸벅 고개를 끄덕였다.

"정말 말도 안 되는 은행 강도네."

가즈야는 내던지듯이 말하고는 이제 그만 포기하기로 했다. 경찰차를 피해 도망칠 수 있었던 건 가와타니 아저씨 덕분이라고 억지로라도 이해하기로 했다.

"……가와타니 씨, 정말 도망치실 거예요?" 언니가 조심스럽게 물었다.

"응." 가와타니가 힘없이 대답했다.

"저, 아무리 생각해도 도망칠 만한 일이 아닌 것 같은데요……."

"나도 그렇게 생각해." 가즈야가 담배에 불을 붙였다. "법률에 대해서는 잘 모르지만 징역을 먹을 그런 일은 아닐 거야."

"이런 말을 하면 실례인지도 모르지만, 그때 가와타니 씨는 정신적으로 정상이 아니었어요. 그러니까 심신상실상태라는 것으로 그리 큰 벌은 안 받을 거예요."

"그래. 이런 말까지 하는 건 나도 좀 미안한데, 아저씨 그때 정말 제정신 아니었어. 그런 얘기를 하면 나름대로 참작이 될 거야."

가와타니는 말없이 듣고 있었다.

"이를테면 정신이 없는 상태에서 강도를 도와주었지만, 금세 후회하고 범인을 잡으러 쫓아간 것으로 한다든가……." 메구미의 언니가 신중히 단어를 골라가며 말했다. "그래서 범인을 설득했는데 잘 되지 않았다든가……. 뭣하면 내가 이야기를 맞춰서 증인이 되어드릴게요."

"아, 그거 괜찮겠는데?"

가즈야도 동의했다. 중년 아저씨의 비참한 꼴을 목격한 뒤라서 그런지, 자기 혼자만 완전히 나쁜 놈이 되는 건 그다지 화도 나지 않았다.

"얼굴도 이름도 다 알려진 가와타니 씨가 끝까지 도망 다니기는 정말 어려운 일이라는 생각이 들어요." 언니가 말했다.

"나도 그렇게 생각해."

"그러니까 네가 돈을 포기하면 훨씬 더 좋다는 거야. 가와타니 씨가 훔쳐낸 돈을 찾아서 돌려준다면 죄가 훨씬 더 가벼워지지 않을까?"

"웃기시고 있네."

"그러니까 가장 이상적인 걸 말해본 것뿐이야. 그리고 너에 대해서도 경찰한테 친절한 사람이었다고 말할게.”

“쳇. 그보다 아저씨가 자수할 거면 도주 자금은 필요 없는 거 아냐?”

“이제 와서 또 그런 얘기는 하지 말고.”

“알았어, 알았어. 목까지 조를 뻔했는데 위자료 대신으로 하자고.”

가와타니는 여전히 침묵하고 있었다.

“정말 괜한 참견인지도 모르지만 공장도 가족도 팽개치고 도망친다는 건 도저히…….”

“그럼, 도망쳐봤자 좋을 거 하나도 없어. 나, 공사장 합숙소에도 있어 봤는데 그중에 아저씨 같은 사람이 있었어. 자기 얘기는 일체 한 마디도 안 하고 누구하고도 친해지질 않아. 그래서 저 아저씨는 대체 누구냐는 소문이 나기 시작하니까 도망치듯이 그만두더라고. 그런 생활의 반복이야, 평생.”

“나, 가와타니 씨가 자수하지 않겠다는 말을 들었을 때, 솔직히 마음이 놓였지만요, 잘 생각해보니까 잡히셨을 때 경찰의 추궁을 받는 게 더 무서워요. 가능하면 집에 가시는 게 더 안심이 된다고 할까…….”

일이 묘하게 흘러갔다. 스무 살 남짓한 자신과 메구미의 언니가 아버지뻘 되는 사람을 타이르고 있었다. 죽이려고 했다가 돈을 뺏으려고 했다가 이제는 자수를 권하고 있었다. 겨우 몇 시간 사이에 서로의 관계가 눈이 핑핑 돌게 바뀌어버렸다.

가즈야는 자신의 아버지를 생각했다. 그 알코올중독자에게는 어떤 맨얼굴이 있었을까. 가족에게는 차마 내보이지 못한 답답함이라든가 슬픔 같은 거.

"……돈, 지금 나눌까?"

가까스로 가와타니가 입을 열었다. 누구와도 눈을 마주치려 하지 않았다.

"그러죠."

저마다 탄식 같은 한숨을 내쉬었다.

메구미의 언니가 가방 속의 돈을 테이블에 꺼내놓았다. 10만 엔씩 묶음이 되어 있어서 메구미의 언니가 능숙하게 지폐를 헤아렸다. 먼저 3백만 엔을 가와타니에게 건네고 나머지를 가즈야 쪽으로 밀어주었다.

가와타니는 받아들더니 자신의 돈 봉투 끈을 풀어 그 안에 넣었다. 가즈야는 잠시 생각하다가 반은 바지 뒷주머니에, 반은 점퍼 주머니에 쑤셔 넣었다.

"아저씨는 어디로 갈 거야?"

"몰라."

"너무 잔소리 같지만, 아저씨 정말 도망칠 거야? 아까 이 언니 말대로 돈을 다시 찾으려고 범인을 쫓아갔다는 시나리오도 그리 나쁘지 않은 거 같은데? 혹시 내가 잡히더라도 말은 맞춰

줄 테니까."

"유난히 친절하네?"

"허 참, 그냥 두고 볼 수가 없어서 그래요. 하지만 다시 한 번 말하겠는데, 아저씨가 아니라 내가 제일 불행해."

"너는 내 심정을 몰라."

"가와타니 씨." 메구미의 언니가 테이블에 팔꿈치를 얹었다. "역시 저랑 함께 경찰에 가시는 게 어떨까요? 렌터카로 이 방갈로까지 온 것에 대해 둘러댈 말도 없는데요."

"뭐야, 아가씨 사정 때문에?"

"그게 아니라요……." 언니가 말을 우물거렸다.

"아저씨, 집에 가쇼. 가족은 어떻게 되느냐고, 아저씨가 도망치면."

"시끄러!"

"지금 도망치면 평생을 도망 다녀야 하는데?"

"시끄러, 시끄러."

가와타니는 내내 고개를 들지 않았다. 뭔가를 견디듯 입을 한일자로 꾹 다물고 있었다.

"뭐, 어쩔 수가 없네. 아저씨 인생이니 맘대로 하셔."

이미 돈을 나눠버려서 이제는 아침이 되기를 기다리는 것밖에 없었다.

가즈야는 다시 자리에 누웠다. 메구미는 곁으로 와주지 않았다.

　어느새 잠이 들었던지, 눈을 뜨자 메구미의 언니는 테이블에 엎드려 있었다. 가즈야의 기척을 느끼고 힘없이 얼굴을 들더니 "오늘도 비가 오나 봐"라고 중얼거렸다.

　커튼을 쳐두었지만 밖에 세찬 바람이 부는 건 느껴졌다. 창문이 이따금 덜컹덜컹 흔들렸다. 때 이른 태풍인 모양이었다. 이런 날씨가 도망치기에 좋은 건지 나쁜 건지 얼른 판단이 서지 않았다.

　가와타니는 이불 위에서 눈을 감고 있었다. 메구미는 방 한구석에서 동그랗게 몸을 말고 있었다.

　가즈야는 담배에 불을 붙이고 벽에 등을 기댔다. 날씨를 알아보고 싶었지만 텔레비전도 라디오도 없었다. 잠시 생각하던 끝에 177번 기상 안내에 물어보기로 했다.

　점퍼 주머니에서 휴대전화를 꺼내 전원을 켰다.

　그 순간, 기다렸다는 듯 호출음이 울렸다.

　깜짝 놀라 전화기를 방바닥에 떨어뜨렸다. 메구미의 언니가 멀뚱하니 가즈야를 보고 있었다.

　야마자키일까. 다시 협박 전화인가.

　거기 말고는 짚이는 데가 없었다. 어쨌거나 좋은 소식일 리가 없었다.

머뭇머뭇 집어 들었다. 받아야 하나. 망설인 끝에 받기로 했다.

"여어, 너냐?" 전화 상대방은 그렇게 말했다. "야, 드디어 받았구나, 가즈야. 계속 걸었다야."

한순간에 가즈야의 머리에 피가 솟구쳤다.

"이 새끼! 너, 다카오지?" 큰 소리를 내지르며 자리에서 일어나 거실로 나갔다. "이 새끼, 너 진짜!"

"아아, 침착해. 그렇게 큰 소리 내지 말라고."

"웃기지 마! 너 때문에 나는 진짜……."

"아, 알았어, 알았어. 그러니까 그냥 보통으로 좀 말해주라. 야, 부탁이다."

"알긴 뭘 알아? 내가 어떤 꼴을 당했는지 아냐, 네가?"

"미안하다, 진짜로 미안하다야."

"그야 당연하지!"

"근데 그 돈, 내가 쓱싹한 거 아냐."

"뭔 소리야?"

"여자야, 여자. 내 여자가 들고 튀어버렸어. 내가 정말 너한테나 선배한테나 쳐들 낯짝이 없어서, 그래서 숨어 있었다야. 참말 내가 생각해도 한심하다. 너한테는 진짜로 미안해. 평생의 빚이라고 생각한다."

"웃기지 마라. 이제 와서 그런 소리 해봤자 늦었어."

"그러니까 이번에는 내가 널 도와줄게."

"뭘 도와줘?"

"너, 은행 털었지?"

가즈야는 말문이 막혔다.

"텔레비전에서 봤다. 뉴스에 수없이 나왔거든. 전국이 난리야. 네가 그런 엄청난 일을 터뜨릴 줄은 생각도 못 했다야. 모자하고 선글라스로 변장을 했더라만, 그래도 나는 척 보면 알지. 아, 이놈이 저질러버렸구나, 내 탓이구나, 그런 생각이 들더라."

"······뭐야, 다카오, 너 또 돈을 노리고 이러지? 내가 고생고생해서 얻은 돈을 또 가로챌 속셈이야?"

"아냐, 아냐. 내가 설마 그런 놈이겠냐? 나도 그렇게까지 나쁜 놈은 아냐. 내가 약속할게, 돈은 필요 없어. 다 네 거야. 그냥 체면이나 세우려고 그런다. 나도 사내새끼인데 이렇게 빚을 지고 살 수 있겠냐?"

"다카오, 너 이 새끼, 지금 어디야?"

"요코하마. 간사이 쪽은 오히려 선배 눈에 띄기 쉬울 거 같더라고. 야, 등잔 밑이 어둡다고 하잖냐. 구역이 다르면 코앞이라도 모르는 법이야."

가즈야는 크게 한숨을 내쉬었다. 이놈을 어떻게 해줄까 하고 생각했다.

"너는 어디야? 내가 차로 데리러 갈게. 나, 너 좋아해. 우린 진짜 좋은 콤비가 될 거야."

"나는 네놈 때문에 야마자키한테 치도곤을 당했다고. 린치 먹고 돈 가져오라고 하고."

"알아, 알아. 만나서 얘기하자. 나도 한 방 두들겨 맞을 각오 는 하고 있다야."

"한 방으로 끝날 줄 알아?"

"야, 제발 소리 좀 지르지 마라. 참말로 반성하고 있다니까? 그래서, 야, 너 지금 어딨냐?"

"고텐바."

"햐아, 멋진 곳에 있는데?"

"닥쳐."

"인질은 어떻게 했냐? 설마 해치우지는 않았지?"

"해치우기는 뭘? 펄펄 살아 있다. 애초에 그건 인질도 아냐."

"뭔 소리야?"

"전화로 설명할 얘기가 아냐."

"그래? 뭐, 됐다. 아무튼 장소를 알려주라. 속공으로 데리러 가마. 그래서 나고야에나 가자고. 너의 홈타운이잖냐. 나도 새 로운 곳에서 새 출발할 마음이야. 너하고 한패가 되어서 좀 뛰 고 싶다."

"……."

"야, 어차피 너도 가와사키에서는 더 이상 못 있어."

잠시 생각했다. 뻔뻔스러운 다카오 녀석에게는 정말 화가 났다. 하지만 어딘가 안도하는 마음도 있었다. 이 명랑한 다카오 녀석과 다시 한패를 짠다. 메구미가 떠나게 된 지금, 동지에 굶주린 것도 사실이었다.

게다가 도망칠 방법이 생겨서 솔직히 마음이 든든하기도 했다.

42

가와타니 신지로는 젊은 녀석의 고함 소리에 잠이 깼다. "웃기지 마!"라는 천둥 같은 소리가 멀리 머릿속에서 울리고 서서히 볼륨을 높이며 다가왔다. 정신을 차렸을 때는 젊은 녀석이 옆의 거실에서 마구 소리를 지르고 있었다.

부스스 몸을 일으켜 내다보았다. 닫힌 유리문 너머로 젊은 녀석이 왔다 갔다 하는 뒷모습이 눈에 들어왔다.

가만히 있지를 못하고 곰처럼 어슬렁거리고 있었다.

저 젊은 애도 참 고생이구나, 하고 또렷하지 않은 머리로 생각했다. 자신의 아들과 비슷한 또래의 젊은 애가 범죄에 범죄를 쌓아가며 살고 있었다. 그걸 생각하면 묘한 마음이 들었다.

피로가 등허리에 들러붙어 있었다. 잠깐 자는 정도로는 풀릴 리 없는 피로였다. 이다음에 잠을 잘 때 나는 어디에 있게 될까 생각하다가 갑작스레 심장을 움켜쥐는 듯한 아픔을 느꼈다. 깊은 어둠으로 휘익 끌려가는 듯한 불안감이었다.

신지로는 깊게 숨을 들이쉬어 열심히 그 생각을 머리 밖으로 털어내려고 했다. 앞으로는 생각하지 않는 것에 익숙해져야만 한다. 그렇게 자신에게 되뇌었다.

"가와타니 씨." 여자 은행원이 말을 걸어왔다. "조금 있다가 고텐바 역까지 태워다 주실 수 있을까요? 거기서 여동생은 집에 보내고 저는 경찰서에 가려고요."

"응, 그러지."

대답을 하면서 다시 심호흡을 계속했다.

"저요, 경찰에는 가와타니 씨 얘기, 어떻게 해야 좋을까요?"

"세상 포기해버린 아저씨라고 얘기해줘."

"……마음, 안 바뀌셨어요?"

"응, 안 바뀌네."

시끄러운 전화를 마치고 젊은 녀석이 나타났다. 방바닥에 털썩 주저앉더니 완전히 미지근해진 주스를 목젖을 꿀꺽꿀꺽 울리며 마셨다.

"미안한데요, 다시 휴대전화 좀 빌릴 수 있을까요?" 여자 은행원의 말에 신지로는 휴대전화를 빌려주었다.

젊은 녀석과 교대라도 하듯이 여자 은행원은 옆의 거실로 나가 작은 소리로 집에 연락했다.

"아저씨, 역시 도망치려고?" 젊은 녀석이 물어왔다.

"너도 그 소리야?"

"예?"

"아니, 젊은 애들이 번갈아가며 내 걱정을 해줄 줄이야."

"그래도 아저씨, 아무리 생각해봐도 아저씨가 도망가는 이유를 모르겠다고. 경찰서에 가서 사정을 얘기하면 가벼운 죄로 끝날 일인데 말이지."

"돌아가고 싶지를 않아."

"에엥?"

"나를 기다리는 게 얼마나 많은지 생각하면 돌아가기가 무서워."

터릿 펀치 프레스가 눈에 떠올랐다. 역 앞에 주차한 채 방치해둔 트럭도, 일거리를 맡아준 야마구치 사장도 슬라이드 영상처럼 차례차례 떠올랐다.

"흐음……."

"이제 그만해라. 너희는 아무것도 몰라. 그 얘기는 더 이상 하지 마."

"하지만 아저씨 나이에 주소 불명이라는 것도 좀……."

"제발 그만해."

호흡이 힘들어졌다. 당황하여 트림을 하려고 했다. 오른손으로 가슴을 툭툭 치며 고통을 없애보려고 했다.

"왜 그래요?" 젊은 녀석이 신지로의 얼굴을 빤히 들여다보았다.

곁에 있던 베개를 집어 들어 입과 코를 틀어막았다.

"어휴, 아저씨⋯⋯."

틀렸다. 앞으로의 일이 너무나 고통스러웠다. 어젯밤에는 증발하기로 마음을 정했었지만 아침을 맞고 보니 마음이 크게 뒤흔들렸다.

깔아둔 이불에 엎드려 몸을 웅크렸다. 젊은 녀석이 뭔가 중얼거리며 등을 쓰다듬어주었다.

여기서 한 걸음을 내밀면 나는 평생 식구들에게 돌아갈 수 없으리라.

신지로는 격하게 기침을 했다. 얼굴이 달아오르고 눈에는 눈물이 번졌다.

"이봐." 베개를 내던지고 쉰 목소리로 젊은 녀석에게 말했다. "나를 칼로 좀 찔러줄래?"

생각하기보다 먼저 말이 불쑥 튀어나왔다.

"뭔 소리야?" 젊은 녀석이 눈썹을 찌푸렸다.

"나이프 가지고 있지? 그걸로 배든 어디든 좀 찔러줄 수 없을까?"

"아저씨, 마음 가라앉혀요."

"아니, 죽이지 않아도 괜찮아. 상처를 입힐 정도면 된다니까."

"뭔 소리야, 진짜."

"입원하고 싶어서 그래."

"난 몰라요."

"그러면 돌아갈 수 있을지도 몰라. 도저히 못 가는 건 아니지만 그래도 사지가 멀쩡한 채로는 차마 돌아갈 수가 없어."

"어휴, 뭔 소린지 모르겠네."

"안 되겠어?"

"그야 당연히 안 되죠."

"그럼 나이프 좀 빌려줘. 내 손으로 할 거야."

신지로가 손을 내밀었다. 젊은 녀석이 소스라쳐서 신지로에게서 풀쩍 떨어졌다.

"미안하지만 네가 찌른 것으로 하자. 너는 어차피 도망칠 거니까 괜찮잖아?"

"말도 안 돼. 그걸 왜 내 탓으로 하냐고요!"

"자, 그럼 돈을 줄게. 거래를 하자고. 3백만에 나를 좀 찔러줘. 이렇게 되면 나는 돈도 필요 없어."

제대로 앞뒤가 맞지 않았다. 갑작스럽게 튀어나온 격정을 스스로도 정리할 수가 없었다. 단지 신지로는 피해자가 되고 싶었다. 사람들에게 동정을 받는 피해자.

전화를 마친 여자 은행원이 돌아왔다.

"이 아저씨, 역시 이상해." 젊은 남자가 도움을 청하고 있었다. "나한테 칼로 찔러달래."

"이봐, 괜찮잖아, 그 정도는 해줘도?"

"아저씨, 제발 정신 차려."

여자 은행원이 곁에 다가와 앉았다.

"가와타니 씨, 왜 그러세요?"

"죽을 마음은 없어. 내가 칼에 찔리거든 구급차를 좀 불러줘."

"무슨 말씀이세요?"

"말이 안 통해. 이 아저씨 완전히 미쳤어."

"미치지 않았어. 나는 진지하게 말하는 거라고."

젊은 녀석과 여자 은행원은 말없이 신지로를 바라보았다. 신지로도 더 이상 할 말을 찾지 못했다. 셋이서 기묘한 공백을 맛보고 있었다.

그때, 신지로는 몸 주위에서 물결이 빠지는 듯한 감각을 느꼈다. 가슴까지 와 닿았던 바닷물이 단숨에 발목까지 빠져나가는 것 같은 느낌이었다.

이불 위에 똑바로 앉아 현기증을 지그시 견뎠다. 영락없는 제트코스터였다. 감정이 무섭게 출렁거렸다.

"아저씨, 진짜 괜찮아?"

"……응." 다시 심호흡을 하고서 고개를 끄덕였다.

"아저씨, 집에 돌아가고 싶은 거 아냐?"

"아니, 그런 거 아니야."

이렇게 대답을 하기는 했지만 이미 자신이 뭘 하고 싶은지도 알 수 없었다.

"미안하지만 좀 있으면 내 친구가 데리러 올 거야. 나는 그걸로 이만 안녕할 거야."

"음……."

신지로는 이불에 드러누웠다. 눈을 꾹 감았다.

다시 흐트러져버렸다. 이미 스스로 결심했던 일인데.

이 애들과 헤어지면 나는 혼자가 된다. 앞으로는 고독을 견디지 않으면 안 돼.

현실도피일 터인데도 신지로는 스스로를 격려했다.

여자 은행원이 뜨거운 차를 끓여주었다.

부엌을 뒤져봤더니 있었다고 한다. 놀랍도록 향기가 좋은 차 한 잔을 마시고 나자 신지로의 마음도 조금 가라앉았다.

"비가 무섭게 내리고 있네." 커튼을 붙잡고 바깥을 내다본 젊은 녀석이 말했다. "그나저나 도망치면 뭘 할까 그게 문제네."

아무래도 메구미라는 아이는 데려가지 않을 모양이었다. 소녀는 남자 쪽을 쳐다보지 않고 제 무릎만 끌어안고 있었다.

대체 이 아이는 어째서 자기 언니가 다니는 은행을 습격했을까. 알 수 없는 것투성이였지만, 이제 새삼 따져보고 자시고 할 마음도 나지 않았다.

여자 은행원은 착실하게도 방 청소를 하고 있었다.

"아저씨, 만약 잡히더라도 우리 얘기는 정말 비밀로 해주쇼."

왠지 젊은 녀석이 기분이 좋은 모양이었다. 친구가 마중을 와주는 게 꽤나 마음 든든한 모양이었다.

"경찰도 나에 대해서는 아마 이름도 모를 거야. 어쩌면 새 출발을 할 수 있을지도."

"네가 부럽다."

"아저씨도 집에 돌아가면 새 출발할 수 있어."

"나도 너만큼 젊다면야 그렇게 하지, 물론."

"또 나이 얘기야?" "머잖아 너도 알게 될 거다."

현관 차임벨이 울렸다. 신지로가 흠칫했다. 방갈로에 벨이 있다는 게 뜻밖이어서 공연히 몸이 바짝 긴장되었다.

"아, 내 친구. 나 데리러 온 거야."

젊은 녀석이 잰걸음으로 현관에 나갔다.

나는 이제부터 주소불명자인가. 후회를 하려야 어디서부터 후회해야 할지 알 수가 없다. 가령 은행 사건 이전으로 돌아갈 수 있다고 해도 여전히 골치 아픈 문제가 산더미다. 이번 사건이 있었건 없었건 자신은 이미 어딘가에서 망가져 있었던 듯한 마음이 들었다.

현관에서 요란한 소리가 들려왔다. 날카로운 남자의 고함 소리가 울려 퍼졌다.

신지로가 고개를 돌렸다. 여자애들도 동시에 얼굴을 쳐들었다. 뭔가 이상하다고 생각했다.

젊은 녀석이 거실로 굴러왔다. 그 뒤로 세 명의 남자들이 성큼성큼 따라왔다. 저절로 발치에 눈이 갔다. 비에 흠뻑 젖은 구둣발이었다.

"야, 이 똘마니 새끼!"

뭔가, 이놈들은.

머리를 포마드로 빗어넘긴 사내가 소리를 질렀다.

"어때, 내가 절대로 안 놓칠 거라고 했었지?"

신지로는 저도 모르게 뒷걸음질을 쳤다.

여자 은행원은 한순간에 핏기를 잃고 방구석에서 여동생과 끌어안았다.

"여어, 실례 좀 합시다."

포마드가 뱀 같은 눈으로 으르렁거렸다. 오른손에는 권총이 쥐여져 있었다.

진짜 뭔가, 이놈들은. 뭐가 뭔지를 모르겠다.

"다카오, 이 새끼……." 젊은 녀석이 입술에서 피를 흘리며 신음했다.

"나쁘게 생각하지 마라. 나도 죽고 싶진 않다야."

다카오라고 불린 키 큰 사내가 눈을 가늘게 뜨고 말했다. 또 한 사람, 펀치파마를 한 사내는 말없이 서 있었다.

"이 멍청이가 돌아다닐 만한 곳쯤은 내가 금세 파악하지. 다카오는 어제 잡아왔다. 당장 갈궈버리려고 했는데 네놈이 은행 강도짓 하는 뉴스를 보고 다시 한 번 기회를 주기로 했어. 어때, 내 머리 쓸 만하지? 뭐야, 놀랐냐, 이 새끼야!"

포마드가 쓰러져 있는 젊은 녀석에게 발길질을 했다.

그걸 말리려고 신지로는 반사적으로 엉거주춤 일어섰지만, 포마드가 휙 쏘아보는 바람에 곧바로 벽에 바짝 붙어버렸다. 야쿠자인 듯한 사내들의 엄청난 박력에 신지로는 무릎이 덜덜 떨려왔다.

"뭐야 이거, 사람이 왜 이렇게 많아?" 포마드가 방 안을 둘러보았다. 구석에 웅크리고 있는 여자들에게 시선을 던지더니 "여어, 아가씨도 함께 계셨어?"라고 기분 나쁘게 웃었다.

여자애가 이 사내를 알고 있는 걸까. 점점 더 영문을 알 수 없었다. 여자애는 눈에 공포가 가득한 채 난입자를 바라보고 있었다.

"어이, 가즈야, 각오해라. 다카오는 돈으로 끝내주지만 너는 명줄을 끊어줄 거야."

이 젊은 녀석의 이름이 가즈야인가. 젊은 녀석은 입에 문 피를 손으로 닦아내더니 포마드가 아니라 키 큰 사내를 향해 말을 뱉었다.

"다카오, 너, 야쿠자 소질 있다."

"그래? 고맙다야."

"······언젠가 내 손으로 꼭 죽여주마."

"멍청한 새끼." 다시 포마드가 발길질을 했다. "그전에 네놈이 먼저 죽게 될 거야. 우선은 형님 입원한 데 가서 낯짝부터 보여주고, 거기서 1차로 손톱부터 뽑아주지. 손가락 열 개 전부다야. 그다음은 창고로 끌고 가서 불에 살살 태워 죽일 거야. 알았냐? 네놈이 산 채로 경찰에 잡히면 우리도 영 재미가 없걸랑. 톨루엔부터 시작해서 죄다 들통이 날 테니까. 우리도 죽을 각오로 하는 일이야. 단단히 각오해라."

"이보게들." 가까스로 말이 나왔다. "폭력은 안 돼."

"뭐야, 이 아저씨는?"

"저기, 좀 부드럽게 말로 해도 되잖아?"

"당신, 누구야?"

"나는 그러니까······." 혀가 꼬였다. 심장이 빠른 종을 치고 있었다.

"엥? 당신이구먼? 뉴스에서 얘기하던 공범."

"그러니까, 그, 그건······."

"똑똑히 말 못 하겠소?"

"그러니까 공범이라고 할 건 아니고······."

"당최 못 알아먹겠네. 어디서 가즈야를 알았어?"

"저기 좀, 거기에는 말이지······." 말이 좀체 나와주지 않았다.

"아아, 됐어. 당신은 입 다물고 있어." 포마드가 내뱉었다. "그보다, 어디 보자, 거기 뒤에 계시는 오피스 레이디께서 인질이야?"

여자 은행원은 겁에 질려 고개를 푹 숙였다.

"괜찮아, 겁낼 거 없어. 당신은 보내줄게. 그 참에 아저씨도 어디든지 꺼지셔. 내가 봐주지. 우리하고는 관계 없으니까. 하지만 경찰에서 쓸데없는 소리는 하지 마쇼. 전혀 모르는 사람들이 와서 범인을 데려갔다, 그 말만 하라고. 어때, 우리가 구세주 같지? 우리가 원하는 건 가즈야하고 메구미라는 계집애하고 돈뿐이야."

신지로는 가까스로 남아 있던 핏기마저 사라졌다.

"이봐, 잠깐!"

신지로가 공포를 견디며 말했다. 가즈야라는 젊은 녀석은 어찌 됐건, 여기서 어린 여자애를 그냥 보냈다가는 어른으로서 더 이상 살아갈 수 없을 듯한 마음이 들었다.

"그러지 마. 이 여자애는 집에 보낼 거야."

"이런 멍청한 아저씨. 대체 뭔 소릴 하는 거야? 이쪽이 누군지 빤히 다 아는 계집애를 순순히 보내줄 것 같아?"

"안 돼. 제발 부탁이니까⋯⋯."

"귀찮게 구네, 이 아저씨. 어이, 메구미. 이리 나와라."

자매는 필사적으로 끌어안고 있었다.

"뭐야, 그새 인질하고 친해졌냐? 허 참, 여자들이란 이렇다니까. 야, 이리 나와. 내가 또 찐하게 사랑해줄게."

그 순간 여자 은행원의 얼굴색이 바뀌었다.

"아앙 아앙, 신음하게 해준다니까."

"자, 잠깐!" 여자 은행원이 험상궂은 표정으로 입을 열었다. "당신, 얘한테 무슨 짓을 했어?"

"뭐야, 넌?"

"아니, 말해봐! 내 동생한테 무슨 짓을 했어?"

"동생? 뭐야, 또 이건?" 포마드가 눈을 둥그렇게 떴다. "니들, 자매간이야?"

포마드가 잠시 할 말을 잃었다. 그대로 얼굴을 찌푸린 채 멀거니 서 있었다.

"이거, 대체 어떻게 된 거야……."

"그러니까 데려가도 소용없어. 아니, 데려가면 더 위험해."

신지로가 호소했다. 여자 은행원은 적의에 찬 눈으로 야쿠자들을 노려보았다.

"어이, 똑똑히 설명 못 해?" 포마드가 성질을 냈다.

"괜찮다니까. 경찰에는 절대 말 안 해. 한마디로 우리 쪽에도 약점이 있다는 거야. 당신은 그 젊은 애만 데리고 어서 가라고."

입이 피투성이가 된 가즈야가 신지로 쪽을 흘끔 쳐다보았다. 믿을 수가 없다는 눈빛이었다.

신지로는 황급히 얼굴을 돌렸다.

어쩔 수 없잖아. 이 상황에서 나더러 어쩌라는 말인가.

"뭐야, 이 인간들?"

포마드가 답답한 기색으로 유리문을 걷어찼다. 유리창 몇 장이 산산이 깨어져 바닥에 튀었다.

"아무튼 돈부터 내놔. 이야기는 그다음에 하자고. 어이, 가즈야. 돈은 어딨어?"

포마드가 가즈야의 몸에 손을 내밀었다. 호주머니에 넣어둔 돈뭉치는 금세 발각되었다.

"어이, 너무 적잖아. 나머지는 어딨어?"

다른 야쿠자가 신지로의 신체검사를 했다. 신지로의 호주머니에서 돈은 나오지 않았다. 봉투는 테이블 아래에 있었다. 서 있는 야쿠자들 쪽에서는 보이지 않았다.

저 돈을 빼앗기면 나는 정말 죽을 수밖에 없다.

손끝이 떨려왔다.

"뉴스에서는 틀림없이 5백만이라고 했어. 나머지는 어딨냐고?"

가즈야와 눈이 마주쳤다. 젊은 녀석이 바닥에 쓰러진 채 신지로를 물끄러미 쳐다보고 있었다.

신지로는 시선을 돌리며 입술을 깨물었다.

쳐다보지 마. 제발 부탁이니 내 쪽을 쳐다보지 말아다오.

"중간에 떨어뜨렸어." 가즈야가 신음하듯이 말했다. "도망치다가 잃어버렸다고."

신지로가 퉁겨지듯이 얼굴을 들었다.

"이봐, 메구미가 제 언니네 은행을 습격했어. 그래서 경찰에는 말을 할 수가 없는 처지야. 메구미는 집에 보내줘. 언니는 경찰에 가고, 이 아저씨는 도망칠 거야. 걱정 안 해도 나만 데려가면 경찰에는 안 들켜."

"뭐야? 잘났네, 새끼."

포마드가 가즈야를 다시 걷어찼다.

"어이, 거기 여자들, 진짜야?"

여자 은행원이 뭔가를 필사적으로 견디는 얼굴로 고개를 끄덕였다.

"좋아. 뭐, 됐어. 이런 복잡한 얘기는 지겹다. 알았냐, 니들, 경찰에게 괜히 쓸데없는 소리 주절거렸다가는 반드시 보답을 할 테니 그런 줄 알아! 어이, 다카오, 가즈야 일으켜 세워라. 그만 뜨자."

가즈야는 젊은 야쿠자에게 붙잡혀 현관으로 질질 끌려갔다.

"잠깐!" 신지로가 말하고 있었다. 저도 모르게 튀어나온 말이었다. "그 애, 데려가지 마."

"뭬야?"

"죽일 생각이지?"

신지로는 벌떡 일어서 있었다. 배 속이 후끈 뜨거워지더니 그 기묘한 덩어리가 점차로 목구멍까지 솟구쳤다. 온몸이 지글지글 타들어가는 듯한 느낌이 들었다.

"이런 멍청한 아저씨, 좀 전에는 데려가랬잖아?"

"그렇게는 못 해."

"아저씨, 정신 나갔어?"

"거기, 가즈야라는 애, 내 아들 같은 애야."

다리가 자기 멋대로 움직여서 신지로는 포마드에게 다가갔다.

"당최 못 알아먹을 소리를 하시네? 뭐야, 그 눈. 당신 죽고 싶어?"

"저 애는 새 출발을 할 거야."

말을 하면서 기묘한 기시감을 맛보았다. 은행에서 카운터를 뛰어넘었을 때와 똑같은 감각이었다.

"쏴 죽인다, 이 새끼!"

포마드가 권총을 오른손에 고쳐잡고 신지로에게 가까이 들이댔다.

"쏠 테면 쏴!"

공포는 사라지고 없었다. 있는 것은 자신 속의 마지막 무언가를 지키고 싶다는 마음뿐이었다.

"아저씨, 안 돼!"

가즈야가 뒤에서 소리쳤다.

"병신 새끼, 사람을 아주 물로 보고 있어!"

포마드가 오른팔을 휘둘러 권총으로 뺨을 후려쳤다. 신지로가 바닥에 쓰러졌다. 여자들의 비명이 울려 퍼졌다.

"이 새끼야아~!"

가즈야가 포마드에게 뛰어들었다. 다른 야쿠자 둘이 당황해서 급히 떼어냈다. 바닥에 흩어졌던 유리 조각이 빠직빠직 소리를 냈다.

신지로는 벌떡 일어서서 가즈야의 뒤를 이었다. 일어서려는 포마드의 얼굴에 주먹을 먹이고 정신없이 떠밀었다.

"이 새끼들, 다 죽인다!" 포마드가 부르짖었다.

신지로가 그 목에 팔을 휘감고 이마에 이를 박았다. 두세 번 바닥을 굴렀다. 등줄기를 누군가가 발로 찼다. 머리털을 뒤에서 잡아당겼다. 사내들의 고함 소리가 천장에 메아리쳤다.

그리고 건조한 파열음이 났다.

신지로의 복부가 한순간 뜨거워졌다.

마비가 온몸을 내달리고 몸이 움직임을 멈췄다.

뜨거운 부분에 손을 댔다. 손바닥을 적시는 것이 있고 곧바로 그게 피라는 것을 알았다.

신지로는 엘리베이터가 급속히 아래로 떨어지는 듯한 감각을 맛보았다.

흐릿해지는 의식 속에서 왠지 자신은 구원을 받았다고 생각
했다.

43

저도 모르게 비명을 올리며 후지사키 미도리는 메구미를 껴 안은 팔에 힘을 주었다.

한순간에 남자들의 성난 고함 소리가 멈추고 정적이 방 안을 지배했다.

빗소리만 귀를 울리고 있었다.

머뭇머뭇 눈을 떴더니 남자들이 말뚝처럼 서 있었다.

방금 그거, 총소리였어?

얼른 믿을 수가 없었다.

메구미를 껴안은 팔을 풀고 천천히 목을 뽑아 현관 쪽을 보 았다. 쓰러진 건 가와타니 씨였다. 엉덩이를 이쪽으로 향한 채 쓰러져 있었다.

가와타니 씨가 총에 맞았다!

"흥!" 야쿠자는 윗옷의 먼지를 털고 있었다. "바보 아냐? 권총 든 사람한테 맨손으로 덤비고 있어." 그 목소리는 가늘게 떨리고 있었다.

"와아악!" 가즈야가 소리를 쳤다. "이놈이 진짜로 쐈어? 쐈어?"

그 순간, 야쿠자의 부하들이 덤벼들어 가즈야는 벽 쪽으로 떠밀렸다.

"야마자키 이 새끼! 너, 죽인다아!"

목을 경련시키는 절규였다.

"시끄러!" 야쿠자도 맞고함을 내질렀다.

"네놈도 여기서 죽여주랴?"

야쿠자가 권총의 개머리판으로 가즈야의 얼굴을 내리쳤다. 피가 허공에 튀고, 미도리는 저도 모르게 눈을 돌렸다. 가즈야가 바닥에 주저앉듯이 쓰러졌다.

"어이, 여자들!" 야쿠자가 방으로 들어왔다. "알았어? 니들은 아무것도 못 본 걸로 해야 된다?"

미도리는 메구미를 안고 방구석에서 조그맣게 웅크리고 있었다. 할 수만 있다면 좀 더 작아지고 싶었다.

"이 아저씨는 트렁크에 싣고, 가즈야 새끼는 묶어서 뒷좌석에 던져."

야쿠자가 부하에게 지시하고 있었다. 그 얼굴은 벌겋고 눈은 시뻘게졌다.

"담요가 있을 거 아냐? 그걸로 둘둘 말아!"

즉시 야쿠자의 부하가 방으로 뛰어들어 붙박이장에서 담요를 끌어냈다.

"어이, 그보다 피! 여기 바닥의 피, 어떻게 좀 해봐!"

야쿠자는 명백히 당황하고 있었다. 제 발로 깨부순 유리 파편을 구석으로 치우려고 허리를 숙였다가 맨손으로는 어떻게도 할 수 없다는 것을 깨닫고 우왕좌왕 돌아다니고 있었다.

"제기랄, 최악이네." 야쿠자가 멀거니 서버렸다. "왜 맨몸으로 덤비느냐고. 아저씨는 관계도 없잖아. 놔준다고 내가 말했잖아."

야쿠자는 잠꼬대처럼 중얼거리더니 다시금 방의 미도리와 메구미 쪽으로 얼굴을 돌렸다.

천천히 다가왔다.

"어이, 니들, 다 불 거지?"

미도리가 황급히 고개를 저었다.

"거짓말. 이렇게 큰일이 터졌는데 여자가 경찰에게 어떻게 시치미를 떼냐고."

야쿠자는 입을 반쯤 헤벌리고 미도리와 메구미를 바라보며 뭔가를 망설이고 있었다.

미도리는 정신이 나가버릴 것만 같았다. 우리는 꼼짝없이 죽겠구나, 하고 생각했다.

그때, 현관 차임벨이 울렸다.

동시에 문을 두드리는 소리가 울렸다.

"누, 누구야?"

야쿠자가 한순간에 새파랗게 질렸다. 미도리는 열심히 도리질만 쳤다.

"여봐요!"라는 누군가의 목소리가 들려왔다.

"열지 마! 자물쇠 채워!"

부하에게 낮게 으르렁거린다. 곧바로 현관문이 잠겼다.

"여봐요. 문 좀 열어봐—!"

야쿠자는 성큼성큼 창까지 걸어가더니 커튼을 쳐들고 바깥을 내다보았다. 그러더니 그 자리에서 무릎을 턱 꺾었다.

"왜냐고……."

몸을 빙글 돌려 멍한 눈으로 주저앉아 벽에 등을 기댔다. 현관에서는 손잡이가 밖에서 난폭하게 돌려지고 있었다.

"이게 뭐냐고……."

야쿠자가 왼손으로 머리를 쓸어올렸다.

"왜 나만 이런 꼴을 당해야 하냔 말이야. 똘마니 새끼 하나 잡도리한 것뿐인데, 왜 조직에서는 왕따를 당하고 고텐바 촌구석까지 허벌나게 쫓아오고, 게다가 경찰한테 포위까지 당해야 하느냐고."

경찰?

여전히 누군가 현관문을 두드리고 있었다.

"나처럼 불행한 사람이 세상에 또 어디 있냐고!"

야쿠자는 혼잣말을 하고 있었다.

그때, 창유리가 부르르 떨릴 만큼 엄청나게 큰 확성기 소리가 울렸다.

"여기는 가나가와 현 경찰이다. 여기는 가나가와 현 경찰이다……."

"알았어, 알았다고……." 야쿠자가 바닥에 털썩 주저앉았다.

"안에 있는 자들에게 알린다. 문을 열고 나와라. 반복한다. 문을 열고 신속히 나와라……."

"끝장이야. 난 이제 끝장났다고……."

야쿠자가 멍한 상태로 권총을 툭 내던졌다.

부하들은 어떻게 해야 좋을지 모른 채, 현관에서 갈팡질팡하고 있었다.

미도리는 몸에서 힘이 스르르 풀리는 감각을 맛보면서 자신도 이걸로 끝장났다고 생각했다.

"야, 이제 됐다. 열어줘라." 야쿠자가 중얼거렸다.

거실에서 가즈야가 몸을 일으켰다. 메구미가 켄이라고 부르는 그와 눈이 마주쳤다.

험악함이 사라지고 없었다. 조용한 눈빛이었다.

현관문이 열리고 그 뒤로 수많은 남자들이 성큼성큼 밀려들었다.

"움직이지 마! 다들 그대로 있어!" 선두에 선 남자가 우렁우렁한 목소리로 말했다.

가장 먼저 바닥에 쓰러진 가와타니 아저씨에게 눈길이 간 듯, "구급차!"라는 소리가 튀어나왔다.

비옷을 입은 큼직한 남자가 쓰윽 다가왔다.

"당신이 후지사키 씨?"

눈물이 홍수처럼 쏟아졌다. 엉망으로 망가진 얼굴로 미도리는 수없이 고개를 끄덕였다.

"이제 괜찮아요. 당신은 구조되었어."

"죄송해요……." 울면서 미도리가 말했다.

"그래 그래, 괜찮아요." 남자는 그렇게 말하며 미도리를 안아주었다.

"그게 아니라요……."

여자 경관이 나타나 메구미의 팔을 잡았다. 그것을 시야의 끄트머리에서 보았다.

안도와 체념이 뒤섞여 점점 더 눈물이 쏟아졌다.

방갈로를 나섰다. 담요가 씌워지고 누군가의 품에 안긴 채 숲을 나갔다. 여기저기에 비에 흠뻑 젖은 경관의 모습이 있었다. 몇 대나 되는 경찰차의 붉은 등이 어슴푸레한 숲을 영화의 순간 정지 영상처럼 비추고 있었다.

구급차 침대에 누우라는 것을 거절하고 그 옆의 벤치에 앉았
다. 젖은 앞머리가 이마에 들러붙었다. 미도리는 몸이 덜덜 떨
렸다.

창문 너머로 들것에 실려 나오는 가와타니 씨가 보였다. 그
뒤에선 경관들에게 쿡쿡 떠밀리듯이 야쿠자들이 연행되었다.

마지막으로 메구미와 가즈야가 나왔다. 메구미가 울고 있었
다. 미도리는 가슴이 터질 것만 같았다.

미도리도 우는 것 외에는 아무것도 생각나지 않았다.

44

"입욕 실시!"

간수의 호령이 타일 깔린 욕실에 메아리치고 노무라 가즈야는 욕조에 발을 넣었다.

다른 미결수와 별로 상대하고 싶지 않아 일찌감치 안쪽 자리를 확보하고 천천히 몸을 담갔다. 누가 정했는지 탕물의 양은 욕조 윗단에서 30센티미터까지. 그래서 많은 사람이 한꺼번에 들어가도 물이 넘치는 일은 없었다.

몸을 탕물에 담그는 시간은 정확히 3분이었다. 가즈야가 들어간 구치소는 주 2회 입욕에 시간은 10분이었다. 게다가 3분 욕조, 4분 몸 씻기, 3분 욕조라는 식으로 목욕탕에서의 행동도 상세하게 정해져 있었다. 감시대에서는 간수가 메가폰을 쥔 채 지켜보고, 물론 조금이라도 꾸물거리면 당장 꾸지람이 날아왔다.

사우나에서 양다리를 쭉 뻗고 있던 시절이 그리웠다. 여기서는 슬쩍 콧노래만 불러도 간수가 얼굴이 벌게져서 뛰어왔다.

"어이, 이봐."

곁에 있는 마사오가 속삭였다. 마사오라는 것뿐, 어떤 한자를 쓰는 이름인지는 모른다. 가즈야보다 일주일 늦게 잡범 방에 떨어졌고, 동갑이라는 이유로 처음부터 유난히 친한 척하는 녀석이었다. 나라(奈良) 출신이랍시고 간사이 사투리를 썼다.

"그래서, 칼로 찌른 야쿠자는 어떻게 됐대?"

"시끄러." 앞을 바라본 채 가즈야가 낮게 말했다.

"그놈들 절대로 안 잊어버릴겨. 나간 뒤에도 조심해야 돼. 그쪽이 우리 선배걸랑."

"조용히 하라고 했지? 아직 재판도 안 끝났는데 나가기는 어딜 나가?"

"그런 거 금방이라니까. 징역 같은 거, 눈 깜짝할 새야. 넌 사람을 죽인 건 아니잖아? 가령 4년 실형을 먹어도 실제로는 2년쯤이면 끝나."

대꾸하지 않고 물을 떠서 얼굴을 씻었다.

가즈야의 재판이 길어지는 건 죄목이 많다는 것과 정상참작을 해야 한다는 의견이 줄다리기를 하고 있기 때문이었다. 강도, 상해, 기물 파손 등 범한 죄는 헤아릴 수도 없이 많았지만 머리가 희끗희끗한 국선 변호인이 가즈야의 성장환경이며 폭력단에게 협박을 받았던 사실들을 들어서 애를 써주고 있었다. 게다가 은행 강도는 메구미가 먼저 말을 꺼내고 부추긴 면도 있어서 재판소는 판결에 신중을 기하는 모양이었다. 아마 조금 더 이 구치소에서 지내게 될 터였다.

"……근데 어때, 나하고 함께 조직의 잔, 안 받을래?" 마사오 는 아직도 지껄이고 있었다. "일단 조직에 들어가면 그쪽에서 도 간단히는 손을 못 댈 거라고."

"어이, 거기! 사담(私談) 금지!"

간수의 고함 소리가 날아왔다. 마사오는 혀를 차며 "에구, 그 아저씨 잔소리도 많네"라고 중얼거렸다.

"입욕 중지!"라는 호령이 떨어지고 전원이 줄지어 씻는 곳으 로 향했다. 남자들의 등판을 바라보면 대략 30퍼센트는 문신을 했다. 야쿠자들은 그야말로 익숙하다는 분위기로 물을 대야에 받았다. 이곳은 레버를 계속 누르지 않으면 뜨거운 물도 찬물 도 나오지 않는 구조여서 물의 온도를 조절하기가 어려웠다.

비누 한 개로 머리도 몸도 씻었다. 가즈야는 머리를 짧게 깎 아서 시간은 그리 걸리지 않았다. 비누를 머리에 대고 비벼대 면 적당히 거품이 나서 그 거품으로 몸도 함께 씻는 것이다. 몸 에 사용할 수 있는 물은 네 대야. 그렇게 정한 사람의 얼굴을 한번 봐주고 싶은 마음이 들었다.

욕실에서 나오면 탈의실에 정렬해야 했다. 여기서도 호령이 떨어져야 비로소 몸을 닦는 게 허용된다. 아직은 여름이라 괜찮지만 겨울철에는 감기에 걸리는 자가 속출한다는 모양이었다.

그다음에는 대열을 짜서 식당으로 향했다. 전과가 두 자릿수로 올라간 노인의 말에 의하면 이곳 구치소는 아무튼 줄세우기를 무지하게 좋아한단다.

그저 넓기만 한 식당에 들어가 딱딱한 나무 의자에 앉았다. 오늘 저녁 메뉴는 카레 마카로니. 거기에 다시마와 유부 조림에 장아찌가 따라나왔다. 메뉴판만 보면 그럴싸하지만 맛은 최악이었다. 감옥살이를 '구린 밥을 먹는다'라고 하더니 정말 딱 들어맞는 말이었다. 주식은 소문으로만 듣던 보리밥. 푸슬푸슬해서 도무지 목을 넘어가지 않았다.

"어이, 이봐." 다시 마사오가 말을 걸어왔다. "권총 쥔 야쿠자한테 대들고, 정말 무섭지 않았어?"

"응? 뭐, 별로." 가즈야가 귀찮은 듯 대답을 던졌다. "나도 꽤 흥분했었으니까. 뭐, 대충 그런 거야."

마사오는 몇 번이나 가즈야의 이야기를 듣고 싶어했다. 온 나라를 떠들썩하게 했던 은행 강도 주범이 바로 곁에 있다는 게 너무 좋아 못 견디겠다는 기색이었다.

그 비 오는 날, 고텐바 방갈로에서 가즈야는 야마자키에게 덤벼들었다. 두들겨 맞는 가와타니 아저씨를 보자 머릿속에서 뭔가 폭발해서 완전히 제정신이 아니었다. 문득 정신을 차리니 다카오와 펀치파마를 뿌리치고 야마자키의 목덜미에 매달려 있었다.

야마자키 일행에게 끌려가게 되었을 때, 가와타니 아저씨는 "잠깐!"이라고 외쳤었다. 그건 태어나서 처음 들어본 가즈야를 위한 말이었다. 자신을 구해주려는 사람이 이 세상에 존재한다는 게 놀랍고 당황스러웠다.

가와타니 아저씨는 총을 들이대는데도 야마자키에게 대들었다. 그 진의는 모르겠지만 만일 내게 보호자가 있었다면 저렇게 해주지 않았을까, 하고 가즈야는 혼란스러운 머리로 생각했다. 돈을 둘러싸고 하룻밤 내내 계속되었던 추악한 다툼이 어디론가 날아가 버렸다. 가와타니 아저씨가 총에 맞았을 때는 죽을 거면 내가 죽어야 한다고 마음속으로 부르짖었다. 아저씨가 죽는 건 이야기 결말이 틀린 거라고 생각했다. 권총 따위 하나도 두렵지 않았다.

정신을 차렸더니 큰북을 울리는 듯한 발소리가 들리고 경찰들이 에워싸고 있었다. 경찰은 가즈야가 어떤 자인지 판단이 서지 않는다는 기색으로 "너는?"이라고 물어왔다. 누가 범인인지 알지 못했던 것이리라. 말은 나오지 않고 어금니만 으드득 울렸다. 네가 강도냐고 묻는지라 무의식중에 고개를 끄덕였다. 그대로 수갑을 채우더니 일으켜 세웠다.

경관은 가즈야를 벽에 밀어붙이고 "여자는 어딨어?"라고 외쳤다. 침이 얼굴에 튀었다.

"어딨어?"

혼잡한 틈을 타 뺨 싸대기를 두어 번 맞았다. 가즈야는 방에 있던 메구미를 턱짓으로 가리켰다. 메구미, 어쩔 수 없잖아, 라고 한마디 말이나마 해주고 싶었다.

빗속에 연행되어 경찰차에 실렸다. 안에서 치도곤을 당하려나 했더니 그게 아니라 경찰이 담배를 피우게 해주었다. 아마 가즈야의 얼굴이 피투성이였기 때문일 것이다. 차 안에 피어오르는 담배 연기를 보며 이걸로 끝장이구나, 하고 생각했다. 안도하는 마음이 드는 게 스스로 생각해도 이상했다.

현 경찰서에 도착하자 매스컴의 플래시를 한몸에 받았다. 옆의 경관이 점퍼를 머리까지 씌워주었다. "마음 단단히 먹어"라고 귓가에 속삭이는지라 가즈야는 말없이 고개를 끄덕였다.

간단한 치료를 받고 조사는 그날 안으로 시작되었다. 가즈야는 제일 먼저 가와타니 아저씨의 안부를 물었다. 중상이긴 하지만 생명에 지장은 없다는 말을 듣고 가슴을 쓸어내렸다. 만일 아저씨가 죽었다면 밤마다 악몽에 시달렸을 것이다.

묻는 말에는 솔직하게 대답했다. 이미 메구미가 체포된 이상, 감출 것도 없을 것 같았다. 단지 고텐바에서의 일에 대해서는 입을 다물고 싶었다. 돈의 분배를 둘러싸고 벌어졌던 다툼이며 가와타니 아저씨의 목을 조르려고 했던 일. 아저씨가 입 밖에 내지 않는 한, 영원히 기억의 어둠 속에 묻어두고 싶었다.

밤이 되어 구치소로 들어갔다. 등 뒤로 철문이 닫히는 소리를 들었더니 온몸의 힘이 빠져서 그대로 차가운 침대에 쓰러졌다.

누우면서 가즈야는 뭔가 이상하다는 것을 깨달았다.

그건 마음의 기묘한 가벼움이었다. 감옥에 들어왔는데 해방감이 있었다.

한참 지나서야 이유를 알았다.

이명이 멈춰 있었던 것이다.

노래라도 한판 불러줄까 보다, 하고 생각했다.

취조는 날마다 이어졌다. 메구미는 열일곱 살 소녀로 돌아갔는지, 무슨 얘기건 다 불어버리는 모양이었다. 취조관이 한 차례, "너, 그 애가 켄이라고 불렀다면서?"라고 놀렸다. 가와타니 아저씨와 돈을 나눈 것에 대해서는 변명이 통하지 않게 되었다. 아저씨의 돈 봉투에서 따로 3백만 엔이 나왔기 때문이다. 그는 처음에는 범인을 설득하기 위해 쫓아갔었다고 주장한 모양이었다. 거짓말은 어딘가에서 아귀가 맞지 않는 법이다. 아저씨도 퇴원하면 재판이 기다리고 있을 것이다.

그다음에 가나가와 현 구치소로 이송 수감되었다. 잡범 방에 들어가 판결이 나올 때까지 따분한 시간을 보내게 되었다.

한 차례, 어머니가 면회를 왔다. 가즈야는 거부했지만 동반

한 변호사가 설득하는 바람에 만나러 나갔다.

1평 남짓한 상자에 들어가자 플라스틱 보드가 있고 그 건너편에 2년 만에 보는 어머니가 와 있었다. 시간은 10분으로 정해져 있었다.

"오랜만이다"라고 어머니 쪽에서 먼저 말했다. "좀 말랐네?"

"뭐, 별로."

"신문 보고 깜짝 놀래버렸다야." 그리운 고향 사투리였다. "좀 더 빨리 와볼라고는 했는데, 어차피 네가 싫어할 것이다 싶어서."

얼굴은 보지 않았다. 어머니의 매니큐어가 칠해진 손톱을 보고 있었다.

"그랬더니만 변호사가 와서 꼭 한번 만나라고 하더라."

"내가 부탁한 거 아냐." 자신도 고향 사투리 억양이 되어 있었다.

"……엄마, 아부지하고 이혼했어야?"

"응."

"네 아부지가 병원에서 빠져나와 엄마 사는 데로 자꾸 찾아오더라. 올 때마다 어찌나 쥐어패는지, 여기저기 도망 다녔는데 작년에 겨우 이혼 서류에 도장을 찍어줬어야. 지금은 도요하시의 다른 병원에 있는가 보더라."

"됐어, 그런 얘기는."

"엄마는 지금 기후에서 산다. 야나가세 쪽에서 일하고 있어."

"응."

"엄마는 나고야보다 기후가 더 좋더라."

"그래?"

대화는 거기서 더 이상 이어지지 않았다. 10분을 다 채우지 못하고 어머니는 돌아갔다.

마지막에 어머니는 "잘 지내라"라고 말했다. 주소도 전화번호도 알려주지 않았다.

형기가 얼마나 나올지는 모르지만, 더 이상 자신에게 면회인이 찾아오는 일은 없을 거라고 생각했다.

"어이, 이봐." 마사오가 또 부른다.

잡범 방에 돌아오고 나서도 녀석은 쉴 새 없이 말을 걸어왔다. 반소매 관의(官衣) 밖으로 문신이 삐죽이 내보였다. '싸움 최상급'이라고 새겨져 있다. 여기도 또 하나, 바보 새끼가 있구나.

"너, 그만큼 배짱이 좋으면 어딘가 조직에서 스카우트하러 오는 거 아냐?"

"나도 몰라, 그딴 거."

"허 참, 너무 아깝잖아. 야쿠자 간부를 찌르고 은행을 털고 경찰 추적을 따돌리고. 이거야 완전히 금 간판 아니냐."

귀찮아서 상대하지 않았다.

"그 커리어를 안 써먹을 수는 없어."

커리어는 뭐가 커리어야?

"야, 참말로 말이지, 깜빵 근무 마치면 우리 선배 한번 만나 볼래? 완전히 통 큰 선배라니까. 나는 잔 받기로 벌써 약속이 되었어."

"야쿠자는 안 한다고 몇 번이나 말했지?"

"야, 그럼 뭐 해 먹고살래? 전과자한테 세상이란 냉정한 거야. 우린 신원보증인도 없어. 일을 하려도 파친코나 카바레 입주밖에 없다고. 그런 일해서 재밌겠냐?"

"시끄러."

"나는 네가 마음에 들었다. 홀딱 반했다니까. 함께 조직에 들어가서 화려하게 치고 올라가봐야 할 거 아니냐?"

"야, 진짜……."

"왜?"

"나는 말이지, 간사이 사투리 쓰는 놈은 절대로 안 믿기로 했어."

"그런 소리 허들 말어, 응? 형제."

가즈야가 베개로 마사오의 머리를 때렸다.

마사오는 그래도 강아지처럼 졸졸 따라붙었다.

45

오른손으로 합금판을 집어올려 작업대 한가운데 놓고 나서 페달을 밟는다.

신음하는 듯한 모터 소리와 함께 위에서 드릴이 내려와 구멍 내부에 홈이 새겨져 간다. 이걸로 나사 구멍 완성이다.

가와타니 신지로는 터핑 공작기로 묵묵히 작업을 계속했다.

작업장에는 야마구치 사장과 초로의 종업원이 있었다.

저마다 기계를 돌리며 소리와 불꽃을 올리고 있었다.

이전보다 천장이 낮은 탓인지 소리가 더 웅웅거리는 듯한 감이 들었다.

자신의 철공소는 접어버렸다. 그런 사건을 일으켰으니 은행을 포함해 거래처가 죄다 도망치는 건 당연했다. 마쓰무라는 사라져버렸고 태국인 코비는 그만두라고 했다.

터릿 펀치 프레스 기계는 돌려주었고 다른 기계도 대충 처분했다.

신지로는 터핑 공작기 한 대를 들고 이웃 야마구치 차체에서 일하고 있다. 예전의 가와타니 철공소는 빈집이 되어 셔터에 '입주자 모집'이라는 광고지가 나붙었다.

처음에는 야마구치 차체의 사원이 되기를 희망했었다. 경찰 병원에 병문안을 와준 야마구치 사장에게 신지로가 부끄러움을 무릅쓰고 부탁했던 것이다. 야마구치 사장은 두 마디째에 벌써 승낙해주기는 했지만, 신지로의 보석 날짜가 가까워오자 다른 제안을 해왔다. 장소를 빌려줄 테니 프리랜서로 일하지 않겠느냐고 했던 것이다.

"언젠가 다시 공장 문 열 때를 위해서는 그러는 편이 좋지 않겠어? 내 기계를 들여놓고 전화도 놓고."

야마구치 사장은 그렇게 말했지만, 이 불황기에 새롭게 사람을 쓰고 싶지 않은 것과 친한 사람을 사원으로 두면 부리기 어렵다는 이유도 있었을 것이다.

일만 할 수 있다면 무엇이건 좋았기 때문에 신지로는 그 제안을 받아들였다.

그렇지만 그 계획은 이삼일 만에 파탄이 났다.

전화를 걸 수가 없었다.

야마구치 사장이 소개해준 새로운 거래처에 볼일이 있어도 전화기를 마주하면 심장이 두근거리고 온몸에서 땀이 비 오듯 쏟아지는 것이었다.

걸려오는 전화도 마찬가지였다. 사장 부인에게서 "전화 왔어요"라는 말을 듣기만 해도 몸이 긴장되고 속이 울렁거렸다.

그런 상태였으니 트럭을 몰고 반출 반입이 가능할 리 없었다. 이제부터 사람을 만나야 한다는 생각을 하면 그 즉시 심장이 벌렁벌렁 뛰는 것이다.

내가 영락없이 마쓰무라가 되었구나, 하고 생각했다.

결국 야마구치 사장이 모든 뒷일을 도와주고, 신지로는 그저 나사 구멍만 뚫고 있는 나날이었다. 프리랜서가 아니라 성과급 종업원 같은 것이다.

마음 편하게 이야기할 수 있는 상대는 야마구치 사장 한 사람뿐이었다.

"여어, 가와타니. 슬슬 점심 먹자고."

야마구치 사장이 말을 건네 와서 신지로는 기계를 멈췄다.

"어때, 가끔은 메밀국수라도 먹으러 나갈까? 아니, 우리 마누라가 배달 전화하는 걸 깜빡 잊어버렸대."

"아, 그렇죠. 그럼 나도 메밀국수로 할까요?"

"아니, 배달이 아니라 먹으러 나가자는 말이야."

"응⋯⋯. 근데 사람이 많지 않을까요, 점심때는?"

별로 밖에 나가고 싶지 않아 신지로는 이래저래 이유를 붙여 어떻게든 공장 안에 붙어 있으려고 했다. 그걸 알고 있는 야마구치 사장은 기회가 날 때마다 어떻게든 데리고 나가려고 했다.

"날씨가 진짜 좋아."

"그럼, 사장님 다녀오세요. 나는 적당히 때울 테니."

"……그래?"

별수 없이 야마구치 사장은 또 한 명의 종업원과 점심을 먹으러 나갔다.

그 뒷모습을 배웅하며 신지로는 호주머니에서 마스크를 꺼냈다.

이 마스크도 사건의 후유증이리라.

편의점에 도시락이라도 사러 가자고 생각했다.

은행 강도를 도와준 일에 대해서는 현재 공판이 진행 중이었다. 그 당시 신지로가 심신상실상태였는지 아닌지 하는 문제로 논의가 벌어지고 있었다. 강도라면 보석이 허용되지 않지만 단순히 도와준 것이라면 이게 판단하기가 상당히 난해한 모양이었다. 신지로의 경우, 도주나 증거 인멸의 우려가 없다는 점에서 입원 중에 허가가 나왔다. 보석 보증금은 250만 엔이었다. 들고 돌아온 돈 봉투에서 천만 엔을 헐어 납부했다. 따라서 현재 신지로의 신분은 '재택 피고인'이었다.

보석은 아내인 하루에가 신청했다. 신지로는 전혀 내키지 않앉다. 조금 더 어딘가에 숨어 있고 싶었던 것이다. 사실을 말하자면 삼 주일만 입원하면 되겠다는 진단을 받았을 때도 신지로는 크게 낙담했었다.

야쿠자에게 총을 맞았을 때, 신지로는 희미해지는 의식 속에서 '이걸로 도망치지 않아도 되겠다'라고 생각했다. 기묘한 안도감이었다. 이대로 죽는다면 그것도 좋고, 살아난다면 피해자가 될 수 있겠다고 생각했다. 부상자라면 다들 다정하게 대해줄 터였다. 적어도 꾸지람을 듣는 일은 없을 것이다. 그것밖에는 가족 앞에 얼굴을 내밀 방법이 없을 것 같았다.

가즈야라는 젊은 녀석을 그렇게 그냥 보낼 수는 없다는 마음도 있었다. 하지만 권총을 가진 야쿠자에게 덤벼들 수 있었던 건 역시 무의식중의 타산이 더 컸다고 해야 할 것이다.

하긴 검찰에서는 훔친 돈을 서로 차지하려는 싸움이었을 거라고 차갑게 보고 있었다. 여자 은행원이 증언을 해주지 않았다면 실제로 그렇게 결정이 났을 것이다. 후지사키 미도리는 자신의 여동생이 끌려갈 뻔했는데 그것도 가와타니 씨가 말려주었다고 증언했다.

그 아가씨의 후의에 대해 신지로는 자신을 목 졸라 죽이려고 했던 데 대한 보답이라고 이해했다. 그 방갈로에 있던 이들은 모두 다 뒤가 켕기는 사람들인 것이다. 그래서 그 건에 관해서는 각자 아무 말도 하지 않았다.

이틀을 연달아 하마터면 죽을 뻔했다. 지금 와서 생각하면 우습기도 했다.

돈을 되찾으려고 범인을 쫓아갔다, 라는 시나리오는 어이없이 무너졌다. 봉투 속에 은행에서 훔쳐온 3백만 엔이 들어 있었으니 변명할 도리가 없었다. 자포자기 상태에서 홧김에 증발해버리려고 했다고 신지로는 결국 정직하게 고백했다.

재판에서 유리한 점이 있다면, 은행 측의 가혹한 처사와 야쿠자에게서 두 명의 젊은이를 지켜냈다는 것이었다. 젊은 국선 변호인은 100퍼센트 집행유예가 떨어질 거라고 말했다.

매스컴은 신지로에게 동정적이었다. 졸지에 한 일이기는 하나 지점장이라는 사람이 손님의 예금을 은행 강도에게 선뜻 내줘버린 것이다. 우선은 사람 목숨이 중요했고 나중에 변상할 생각이었다고 변명을 둘러댔지만 매스컴은 은행 쪽에 엄격했다. '고객의 귀한 돈을 강도에게 내준 비상식적인 은행의 처사' '은행의 갑작스런 대출 취소에 영세 공장 사장이 폭발했다'라는 주간지의 기사 제목은 경찰 병원 침대에서 읽었다. 하긴 그만큼 여기저기에 구경거리가 되는 바람에 정말 몸이 오그라드는 듯한 심정이었다.

맨션의 오타와는 50만 엔의 치료비를 내고 합의했다. 아내가 국선 변호인에게 사정 이야기를 했더니 저렴한 요금으로 중재에 나서주었다. 그쪽에서도 더 이상 관련을 맺고 싶지 않은 기색이었다. 입간판도 철거되었다. 야마구치 사장은 "흥, 어디 두고 보자"라고 기세를 올렸다.

아들인 노부아키는 자취 생활을 해보고 싶다며 집을 나갔다.

딸인 미카는 학교에 나가지 않고 있었다. 2학기부터는 나갈 거라는데, 쉬는 기간이 길어질수록 다시 가기가 어려울 게 틀림없었다.

잃은 것은 역시 너무나 컸다.

하지만 어디서부터 후회를 해야 좋을까.

신지로는 그것조차 알 수 없었다.

점심 식사를 마치고 다시 기계 앞에 앉았다. 금속음과 함께 부품에 나사 구멍을 뚫어나갔다. 작업에 몰두하다 보면 역시 자신은 묵묵히 일을 하는 게 가장 잘 어울린다는 생각이 들었다. 모험은 성격에 맞지 않는다.

나사 구멍의 가공비는 한 개에 5엔 60전. 그중 30퍼센트가 야마구치 사장에게 커미션으로 들어간다. 신지로는 그 일거리를 한 시간에 500개라는 속도로 마감해나갔다.

저녁 나절에 뒷정리를 하고 있으려니 야마구치 사장이 다시 나가자고 꼬드겼다.

"어이, 가와타니. 필리핀 바에 안 갈래? 또 예쁜 애가 들어온 것 같아. 내가 낼 테니까 가자고."

"사장님, 나는 이제 겨우 퇴원한 사람이니까 좀 봐줘요."

"어허, 지나치게 관리하는 것도 별 재미없잖아? 때로는 술도 마셔야지."

"그래도 관둘래요."

후의는 고마웠지만 역시 사람이 많은 곳에는 가고 싶지 않았다.

신지로는 손을 씻고 공장을 나와 뒤편에 세워두었던 자전거에 걸터앉았다. 호주머니에 손을 넣어 마스크를 꺼내자 다시 야마구치 사장이 다가왔다.

"저기, 가와타니."

"응, 왜요?"

"괜한 참견인지 모르지만 그 마스크, 이제 슬슬 그만두는 게 좋지 않을까?"

"아, 이거요? 아니, 왠지 버릇이 되어서."

"우리 집사람이 그러는데 이웃 사람들까지 마음에 걸린다고 하더라고."

"그래요?"

아무렇지도 않은 척했지만 이마에서 땀이 났다.

"도리어 더 눈에 띄지 않겠어?"

"아니 뭐, 꼭 그런 생각이 아니고……."

"자네 마음은 잘 알아. 특히 맞은편 맨션 사람들하고는 얼굴을 마주치고 싶지 않을 거고."

"아니, 정말 그런 게 아니라 그냥 단순한 습관이라니까요."

"그래?"

"그럼요."

"그렇다면 다행이지만……. 하긴 서두를 것도 없어. 재활이라고 생각하면 되지, 뭐."

야마구치 사장이 웃는 얼굴을 지으며 가볍게 등을 두드렸다.

신지로는 마스크를 끼고 페달을 밟았다.

"자, 그럼 내일 또."

"응, 수고했어."

신지로는 저녁 해를 향해 자전거를 달렸다.

시영단지에서는 아내와 딸이 기다리고 있었다.

아내는 아직도 부스럼 다루듯 조심스러운 구석이 있었지만, 그래도 다정하게 대해주었다.

돌아오기를 잘했다고 신지로는 진심으로 생각했다.

46

월요일이 아니더라도 비 오는 날은 우울하다.

후지사키 미도리는 현관을 나서는 길에 하늘을 올려다보며 영차, 하고 스스로에게 기합을 넣었다. 거짓말로라도 힘을 내지 않으면 마음까지 회색 구름에 물들어버릴 것 같았다.

올 장마는 뭐가 그리 신이 나는지 개근상이라도 받으려는 듯 날이면 날마다 비를 쏟아냈다. 어머니는 이불을 못 말린다고 투덜거렸다. 미도리는 앞머리가 습기 때문에 제대로 서지 않았다. 아예 숏커트를 해버릴까 하고 생각하는 요즘이다. 미도리는 역까지 자전거를 타고 갈까 어쩔까 망설이다가 걸어가기로 했다. 물웅덩이를 피해, 이제 막 사들인 구두가 더러워지지 않게.

이달 들어 미도리는 친구가 근무하는 디자인 회사에 아르바이트를 나가게 되었다. 여자 셋이서 집에 틀어박혀 있으면 점점 더 우울해지기만 하는지라 용기를 내서 밖에 나가기로 했다.

정사원이 아닌 건 아직 체력에 자신이 없기 때문이었다. 무슨 영문인지 5시간을 근무하면 몸이 나른하고 영 우울해지는 것이었다. 사장이 말이 통하는 사람이라서 그나마 다행이었다. 미도리는 러시아워를 피해 오전 10시부터 오후 3시까지라는 변칙적인 근무를 하고 있었다.

일거리는 그저 보조적인 작업이지만 직장이 환한 분위기여서 불만은 없었다.

고텐바의 방갈로에서 구출되었던 날, 경찰서에 은행 본점 간부들이 허겁지겁 달려왔다. 처음 병원에서 검사를 받을 때도 몇 명이나 따라와서 이래저래 도와주었다. 갈아입을 옷이 좀 필요하다고 했더니 여자 은행원을 파견하여 속옷에서 블라우스까지 죄다 사다주었다. 조사를 받을 때는 도시락을 넣어주고 항상 누군가는 복도에서 대기하고 있었다. 다들 정말 친절했다.

하지만 본점의 특별대우는 길게 이어지지 않았다. 범인 중의 한 사람이 미도리의 여동생이라는 사실이 밝혀지면서 분위기가 확 달라졌던 것이다.

은행의 걱정은 일개 여자 은행원의 실수에서 벗어나 회사의 좋은 이미지를 어떻게 유지할 것인가 하는 것으로 옮겨갔다. 지점에는 함구령이 내려지고 미도리에 관해서는 어떠한 취재에도 응하지 않는 태세를 갖추었다. 불행 중 다행인 것은 메구미가 열일곱 살이라는 것이었다. 미성년자인 범인을 드러내는 보도는 금지되어 있어서 미도리도 덩달아 익명으로 보도되었다.

어휴, 진짜, 무슨 짓을 한 거야?

간부들의 얼굴에는 명백히 그렇게 쓰여 있었다.

경찰의 조사도 냉철했다. 좀 더 가엾게 생각해줄 줄 알았더니, 무엇이든 의심부터 하고 보는 것이 습성인 듯 '은행 강도의 안내 역할'이라는 설까지 들이댔다. 경찰에서는 괴문서가 나돌았던 것이며 미도리가 그 전날 사직서를 냈던 것을 알고 있어서 그런 점에서도 의심을 품었던 것이다. 게다가 은행 휴양시설로 도망을 갔기 때문에 의심을 받는 것도 어쩔 수 없는 부분이 있었다.

고텐바의 방갈로에 경찰이 들이닥쳤던 건, 그날 아침 미도리가 집에 전화를 걸었을 때 집에 형사들이 대기하고 있다가 전파 역탐지에 성공했기 때문이었다. 휴대전화는 중계 안테나밖에 특정(特定)할 수 없지만 그 근처에 별장밖에 없었기 때문에 수색에 그다지 시간은 걸리지 않았다고 했다.

예상했던 대로 매스컴은 온통 난리법석이었다. 인질의 안부를 걱정하고 있었더니 다름 아닌 범인의 언니였다. 이런 뉴스를 매스컴에서 좋아하지 않을 리가 없었다. 집은 사흘간에 걸쳐 겹겹이 에워싸이고 가족은 호텔로 피난해야 했다. 하긴 잊어버리는 것도 빨라서 유명 여배우의 이혼 이야기가 터지자마자 바람처럼 그쪽으로 몰려갔다.

이웃 사람들의 호기심 어린 시선은 계속 이어졌다. 길에서 마주치면 어색하게 인사를 하거나 쓰윽 눈을 돌리거나 둘 중 하나였다. 말을 걸어오는 일은 없었다. 어머니는 심적인 고통으로 쓰러져서 한동안 링거 신세를 졌다. 아버지는 회사에 계속 다니지만 여기저기 정말 면목이 없을 터였다. 어쩔 수 없었다. 이미 각오한 일이었다.

메구미는 가정재판소로 이송된 다음, 한 달여 만에 보호관찰 처분을 받고 집에 돌아왔지만, 어머니는 되도록 밖에 내보내지 않으려고 했다.

미도리도 은행을 퇴직하고 한참 동안 방에 틀어박혀 지냈다.

범죄는 가족에게 큰 후유증을 남겼다.

회사에 도착해 타임카드를 찍었다. 오전 10시인데도 대개는 일등이어서 사무실은 텅 비어 있었다. 디자이너라는 종족은 오전 시간을 유효하게 사용하는 습관은 전혀 없는지 다들 점심 가까운 시간에야 삼삼오오 출근했다.

미도리는 간단한 청소를 했다. 책상 위는 닦지 않았다. 닦아낼 만한 상태가 아니기 때문이다. 창문을 열어 공기를 순환시키고 그러면서 쭈욱 기지개를 켰다. "하아—" 하는 자기 것이 아닌 목소리가 들려왔다. 흠칫해서 돌아보았더니 응접실 소파에서 남자가 하품을 하고 있었다.

"거기서 밤을 새셨어요?" 미도리는 저도 모르게 웃음이 터졌다.

"그래요. 진짜 불행하죠?"

남자가 미도리를 보며 빙긋이 웃었다. 이 젊은 디자이너는 꽤 핸섬하다.

"커피 드릴까요?"

"아, 그러면 고맙죠."

이 회사에서는 원칙적으로 사장 이외에는 누구나 자기 손으로 차를 타게 되어 있었다. 그런 점도 미도리는 마음에 들었다.

"설탕하고 밀크는 어떻게 할까요?"

"설탕은 5그램, 밀크는 8그램."

이런 사람들만 우글거리는 사무실이니, 월급을 받아가며 마음의 위안을 얻는 셈이다.

그날은 퇴근 후, 클리닉에 들렀다. 일주일에 한 번, 미도리는 정신과에 다녔다. 지금 미도리에게 가장 큰 즐거움은 의사와 대화를 나누는 것이었다. 초로의 온화한 의사와 이야기를 나누다 보면 마음이 가벼워졌다. 약도 받았다. 무슨 약인지는 알려주지 않았지만 그걸 먹으면 잠이 잘 왔다.

"어때요, 몸 상태는?" 의사가 느긋한 어조로 물었다.

"네, 아직은 금세 피곤을 느껴요."

"뭐, 무리할 건 없어요. 전에도 말했지만 PTSD의 일종이니까 딱히 이상한 증상은 아니에요."

그 말은 완전히 외워버렸다. PTSD란 '심적 외상 후 스트레스 장애'의 줄임말이다.

"여동생은 요즘 어떻게 지내요?"

"얌전히 집에 있어요. 하지만 별로 큰 영향은 없는 거 같아요. 텔레비전 보면서 웃기도 하고, 식후에는 케이크도 싹싹 다 먹고."

의사가 하얀 이를 내보였다.

"좋잖아요? 우울하게 있는 것보다 훨씬 낫지요."

"그야 그렇지만……."

"혼자 나와서 살기로 한 이야기는 어떻게 되었지요?"

"역시 관두려고요."

"왜?"

"지금 집을 나오면 어쩐지 도망치는 것 같기도 하고, 어머니한테도 미안하고."

"그렇게 신경 쓸 거 없어요. 의외로 당신이 집에 없으면 어머니와 여동생이 서로 도와가며 사이좋게 지낼지도."

"네……."

"어머니와 여동생이 다정해지는 걸 원하나요?"

"물론이죠."

"당신이 거기에 관여하지 않을 때도?"

의미를 잘 알 수 없어 아무 말도 하지 않았다.

"어렸을 때, 어머니를 독점하고 싶다고 생각한 일은 있겠지요? 아니, 물론 외아들이나 외딸 이외에는 누구라도 그런 생각을 하는 거니까 딱히 예민하게 받아들일 건 없어요. 지금도 그런 마음이 있어요?"

"아뇨." 미도리는 고개를 저었다.

"그럼 독립하세요. 한번 해봐야 돼요. 조금 떨어져서 바라보는 것도 아주 좋아요."

"네, 어머니와 상의해볼게요."

미도리는 의자에 몸을 깊숙이 기대고 창밖으로 시선을 던졌다. 멀리에 구름을 찌를 듯한 고층빌딩들이 보였다. 클리닉은 빌딩의 8층에 있어서 이 경치를 바라보는 것도 미도리의 즐거움 가운데 하나였다. 청명한 날에는 후지산까지 모습을 드러냈다.

"근데 약은 아직도 날마다 먹나요?"

"네."

"하루씩 걸러본다든가 그럴 생각은 없어요?"

"아직은 좀 무서워서요."

의사는 상태가 좋은 날은 되도록 약을 먹지 말라고 권했다. 미도리는 한번 그렇게 해보았다. 하지만 그날 밤에 당장 잠이 오지 않고 게다가 정체를 알 수 없는 공포감에 휩싸여 패닉을 맛보았기 때문에 약은 하루도 빠뜨릴 수가 없었다.

"반으로 줄여도 좋은데."

고개를 끄덕이기는 했지만 역시 망설여졌다.

"고텐바에서 있었던 일은 전에 잠깐 얘기했었죠?"

"네."

"오늘은 좀 더 이야기해볼래요?"

미도리는 얼굴이 팽팽하게 당기는 것을 감추며 웃음을 만들었다.

"하지만 그때 말씀드린 게 전부 다예요."

"그런가?"

"네, 범인은 별로 무서운 사람이 아니고, 같이 왔던 공장 사장님도 착한 사람이고, 우선 여동생이 곁에 있었거든요."

"그럼, 문제는 나중에 왔던 야쿠자들?"

"네."

"아직도 무서워요?"

"네, 조금."

"그 사람들, 형무소에 들어갔어요. 당분간은 나오지 못해요.

그래도?"

"네."

사실은 그게 아니었다. 밤에 문득 가슴을 짓누르는 것은 가와타니 씨를 죽이려고 했던 일이었다. 자기 손으로 가와타니 씨의 발을 눌렀었다. 그 일을 생각하면 지금도 아악 소리를 지르고 싶어졌다.

"……뭐, 느긋하게 치료를 해나가지요."

아마도 그 일에 관해서는 어느 누구에게도 털어놓지 못하리라. 가와타니 씨가 어째서 경찰에게 그 말을 하지 않았는지 모르지만, 아마 용서해준 모양이라고 생각하고 싶었다.

"새 직장은 재미있어요?"

"네." 미도리는 거기서 처음으로 자연스러운 웃음을 내보였다.

"하하, 정말로 재미있는 모양이네?"

의사도 기쁜 듯이 고개를 끄덕거렸다.

계산을 하기 위해 로비로 나왔다. 작은 창문으로는 서쪽 하늘이 보였다.

바람이 부는지 군데군데 회색 구름이 천천히 흘러가고 있었다.

시선을 먼 곳으로 보내자 구름 사이로 터진 틈이 있고 거기서 빛이 비쳐들었다.

고층빌딩 한 군데만 햇빛을 받아 보석이라도 있는 것처럼 반짝반짝 빛났다.

이제 곧 진짜 여름이다.

그 아름다움에 미도리는 저도 모르게 흠뻑 빠져서 한참을 바라보고 있었다.

최악 (원제 : 最悪)

1판 1쇄 2017년 7월 5일

지 은 이 오쿠다 히데오
옮 긴 이 양윤옥

발 행 인 주정관
발 행 처 북스토리(주)
주   소 경기도 부천시 길주로 1 한국만화영상진흥원 311호
대표전화 032-325-5281
팩시밀리 032-323-5283
출판등록 1999년 8월 18일 (제22-1610호)
홈페이지 www.ebookstory.co.kr
이 메 일 bookstory@naver.com

ISBN 979-11-5564-135-4 04830
       979-11-5564-020-3 (세트)

※잘못된 책은 바꾸어드립니다.

이 도서의 국립중앙도서관 출판시도서목록(CIP)은 서지정보유통지원시스템 홈페이지(http://seoji.nl.go.kr)와 국가자료공동목록시스템(http://www.nl.go.kr/kolisnet)에서 이용하실 수 있습니다. (CIP제어번호 : CIP2016026445)

동시대의 감성과 지성을 담아내는 **북스토리**(주) 출판 그룹

북스토리 | 문학, 예술, 만화, 청소년
북스토리아이 | 유아, 어린이, 학습
북스토리라이프 | 취미, 실용
더좋은책 | 교양, 인문, 철학, 사회, 과학